当代中国人文大系

无边的挑战

中国先锋文学的后现代性

修订版

陈晓明 著

中国人民大学出版社
·北京·

“当代中国人文大系”出版说明

改革开放以来，中国社会的变革波澜壮阔，学术研究的发展自成一景。对当代学术成就加以梳理，对已出版的学术著作做一番披沙拣金、择优再版的工作，出版界责无旁贷。很多著作或因出版时日已久，学界无从寻觅；或在今天看来也许在主题、范式或研究方法上略显陈旧，但在学术发展史上不可或缺；或历时既久，在学界赢得口碑，渐显经典之相。它们至今都闪烁着智慧的光芒，有再版的价值。因此，把有价值的学术著作作为一个大的学术系列集中再版，让几代学者凝聚心血的研究成果得以再现，无论对于学术、学者还是学生，都是很有意义的事。

披沙拣金，说起来容易做起来难。俗话说，“文无第一，武无第二”。人文学科的学术著作没有绝对的评价标准，我们只能根据专家推荐意见、引用率等因素综合考量。我们不敢说，入选的著作都堪称经典，未入选的著作就价值不大。因为，不仅书目的推荐者见仁见智，更主要的是，为数不少公认一流的学术著作因无法获得版权而无缘纳入本系列。

“当代中国人文大系”分文学、史学、哲学等子系列。每个系列所选著作不求数量上相等，在体例上则尽可能一致。由于所选著作都是“旧作”，为全面呈现作者的研究成果和思想变化，我们一般要求作者提供若干篇后来发表过的相关论文作为附录，或提供一篇概述学术历程的“学术自述”，以便读者比较全面地了解作者的相关研究成果。至于有的作者希望出版修订后的作品，自然为我们所期盼。

“当代中国人文大系”是一套开放性的丛书，殷切期望新出现的或可获得版权的佳作加入。弘扬学术是一项崇高而艰辛的事业。中国人民大学出版社在学术出版园地上辛勤耕耘，收获颇丰，不仅得到读者的认可和褒扬，也得到作者的肯定和信任。我们将坚守自己的文化理念和出版使命，为中国的学术进展和文明传承继续做出贡献。

“当代中国人文大系”的策划和出版，得到了来自中国社会科学院、北京大学、清华大学、中国人民大学、北京师范大学、复旦大学、南京大学、南开大学等学术机构的学人的热情支持和帮助，谨此致谢！我们同样热切期待得到广大读者的支持与厚爱！

中国人民大学出版社

2015 年版自序

《无边的挑战》自 1993 年由时代文艺出版社出版，迄今已经有 22 年的历史，其间在 2004 年做了修订，由广西师大出版社出版，2006 年再次印刷。2004 年修订增补了部分章节，除了最后两章写于 2000 年左右的时间，其余增补的章节大都写于 20 世纪 90 年代初期与中期，也就是与 1993 年版的出版时间基本接近。1993 年版《无边的挑战》的写作背景和出版经历，我在 1993 年版序言里有所谈及。1993 年版的绝大部分内容写于 80 年代末期。那些章节可以在当时的几家刊物上找到发表的原稿，汇集成书时基本没有改动。因 80 年代末及 90 年代初学术著作出版非常困难，《无边的挑战》曾经在数个出版社辗转，后来还是得益于谢冕先生和李杨先生主编一套丛书列入其中。是故，《无边的挑战》的主要章节写于 80 年代末期，由此可见这本书成书及再版至今时间跨度之长，若论写作时间，迄今已有近 30 年了。中国人民大学出版社愿意出版一套在学术界持续有影响的学术著作，拙著也忝列其中，这是我的荣幸。当然，这也说明拙著《无边的挑战》论及的问题依然没有过时，按编辑的说法，拙著依然有相当活跃的读者群，也有较为充沛的引用率，这也就给了我再次付梓的勇气。此次修订再版，为不影响原书的观点和行文原貌，文中只是做了错别字的订正。篇幅方面，出版方希望再版能加入一点新内容，于是加入两篇文章作为附录。这两篇文章在内容风格与发表时间上依然与原书都比较协调，一篇发表于 90 年代初期，另一篇发表于 90 年代后期。这就是目前的第三版。

2015 年普遍被认为是先锋文学 30 年的年份，这显然是把“85 新潮”作为“先锋文学”的标志来理解的结果。显然，我对此一直有不同的看法，或者说有更具体的区别和划分。从广义上来说，把“85 新潮”看成“先锋文学”的标志或先导是当然的，从更为具体的文学变革来说，先锋派与“85 新潮”又有更为复杂微妙的关系。这正是我们今天需要进一步去认识清楚的问题。

今天如何评价“先锋文学”并不是一件轻易可解的事情。如果不是30年之际多家刊物有意规划纪念活动，“先锋”一词几乎在当代文坛失踪了。也只在某些批判性的反面教材中，“先锋”才会被偶然提起。先锋已死，先锋早已终结，这是不争的事实，但是一个令人遗憾的事实！固然，如果把先锋派看作现代主义运动的表现形态，它也终结了。而且先锋派作为一个艺术理念，它也确实是西方文化的产物。卡林内斯库在《现代性的五副面孔》一书中，把“先锋派”列为现代性的五副面孔之一。他指出：“先锋派起源于浪漫乌托邦主义及其救世主式的狂热，它所遵循的发展路线本质上类似于比它更早也更广泛的现代性概念。”[①]先锋派是一些自觉而有意识地走在时代前面的人，卡林内斯库承认，这种意识不仅给先锋派的代表人物加上了一种使命感，而且赋予他们以领导者的特权与责任。现代主义运动的兴起，得益于先锋派精神。卡林内斯库就十分赞赏加布里埃尔·德西雷·拉韦尔为先锋派精神所做的表达：“艺术是社会的表现，当它遨游于至高境界时，它传达出最先进的社会趋向；它是前驱者和启示者。因而要想知道艺术是否恰当地实现了其作为创始者的功能，艺术家是否确实属于先锋派，我们就必须知道人性去向何方，必须知道我们人类的命运为何。”[②]

卡林内斯库和拉韦尔都是在对先锋派赋予文化意义时做这种表述的，实际上，先锋派不见容于社会，也不见容于他们的艺术同行。在把先锋派定义为一种献身精神时，波德莱尔无疑是可以涵盖进去的，但波德莱尔本人却对“文学先锋派”表示了蔑视，理由是先锋派这个概念带有军事纪律色彩，先锋派的不遵从主义最终要服膺于定义其的“不遵从纪律”。真正的先锋派就只好走出行列，或者离群索居了，甚至他们蔑视了存在这件事情本身。法国的先锋派大师布朗肖中年以后就隐居，此后法国知识界谁也没有见到过他，福柯一生敬仰这个人，甚至都没见过他一面。布朗肖大约在95岁去世，这也是据说，知识界并没有人看到。加缪获得诺贝尔奖之后，在法国南部买了一幢老房子，屋里只有一张书桌、一张椅子，再加一把条凳。他要不是在47岁时意外死于车祸，随后的岁月，谁也不知道他在哪里。可能真的就在西西弗斯山上推石头吧？

① ［美］卡林内斯库：《现代性的五副面孔》，104页，北京，商务印书馆，2002。
② ［美］参见上书，115页。

中国的先锋派不可能这么绝对这么纯粹，他们是文学变革的产物，而不是变革文学的产物；他们甚至不是在观念上成为先锋派，而是文学本体论意义上的先锋派。他们的文本的先锋性很牢靠，但社会实践性的根基却不扎实。于是，社会风云变幻，他们就无处安身，无处着落。严格地说，80 年代中期我们并没有一场切实有效的先锋派运动，正如我们并没有一场切实深入的现代主义运动一样。关键可能在这里，它影响到了 90 年代的文学走向，直至今天中国文学的意义。

中国的先锋派在 80 年代中后期跻身文坛，在 90 年代初渐渐隐匿。随后是沉寂、修炼还是转型？后来那些当年的先锋派也不再以先锋派的姿态和面目重现文坛，甚至也有偶尔对先锋派的说法表示轻蔑的。但是，先锋派那条道路确实是断裂了，即使不是断裂也是消失了。因为宣言式的、反叛式的以及群体式的姿态都不复存在了，偶尔有更年轻一些的散兵游勇做些探索性的试验，但都无助于整个文坛对先锋派的遗忘和拒绝。更有甚者对先锋派的短暂存在给予了严厉的控诉，在某些人看来，中国当代文学的现实批判性不足就在于先锋派当年形成的“纯文学”观念的余毒。例如，前些年在欢呼底层写作时，就对先锋派及“纯文学”观念给予严厉批评。

“先锋派”总是被说成是对西方的追逐模仿，西方的恶魔形象是在五六十年代就被确立起来的叙事，舶来品是最致命最具有羞辱性的指控。奇怪的是现实主义不是西方的，甚至苏俄及托尔斯泰也不是西方（远东?）的，更不用说马克思主义不是西方的。中国现代文学如果没有对西方的学习借鉴，根本就不可能发生，也不可能持续。但是，中国现代文学的发生却有着自身的历史需要，自身的历史依据和方向。这是常识。80 年代的先锋派，无疑出自中国“文革”后文学变革的需要，正如 80 年代对现代主义的热切传播有着充分的现实依据一样。

今天我们说“先锋文学 30 年”，是以“85 新潮”这个概念为标识的。如此看来，我们今天说的“先锋派”，可能与二三十年前的先锋派概念还有所区分。严格地说，“85 新潮”是一拨人代表的一种文学现象，先锋文学实际上是另一拨人代表的另一种文学现象。它们之间有联系，但是更有区别。在 1985 年，“新潮文学”这个概念是当时流行的被普遍运用的概念。“85 新潮”实际上是两股潮流。一股是“寻根派”，以韩少功、阿城、李杭育、郑义、贾平凹等人为代表；另一股是刘索拉和徐星代表的现代派。虽然现代派承接了此前的现代主义的实验，如王蒙搞的意识流实验，刘索拉和徐星凭两篇小说《你别无选择》、《无主题变奏》就夺人眼目，但这两篇作品作为对 80 年代上半期急切涌入的西方现代主义文学思潮的回应是远远不够的。它们所以会产生风行一时的影响，主要是因为当时对现代派急切渴望，意识流小说还只是技巧的实验，连形式都还谈不上。但刘索拉和徐星的作品却有观念性，他们的小说中出现了现代派的人物，对于小说而言，形式、技巧和观念都不如人物来得鲜明而饱满。作为一种冲击和挑战，刘索拉和徐星的人物表达了时代反抗压抑的渴求，也表达了对思想、精神的虚假性的蔑视。这种反叛性无疑是有现实性的意义的。

“寻根派”被称为“新潮小说”，新在哪里？匪夷所思，很长时间让人不得要领。至少有这几点是可以归结为新的：其一，“寻根”的概念和意向。中国作家提出“寻根”，这本身就是一个非常新奇的创意。要知道当时的文化氛围是反传统，是呼唤西方“蔚蓝色的文明”，作家们却要“寻根”。这当然是受到海外新儒学以及文化守成主义的一些观点的零星影响，更为直接的是拉美的魔幻现实主义文学。马尔克斯在 1982 获得诺贝尔文学奖，《百年孤独》在 1983 年开始有中文版的盗版书。1984 年博尔赫斯的短篇小说集的中文版也出版了。其二，“寻根”标志着中国作家的主体自觉。小说落后于诗歌的自觉理念至少有 10 年之久。诗歌如果算上“白洋淀”的地下时期，它的主体早已自觉——也就是诗人个人有自己写作的主题、自己的语言和情绪。但小说一直是在意识形态给定的观念和意义内表现，如伤痕文学、反思文学、改革文学等等。直至知青文学开始，才在反思性中显示出主体的态度。寻根是中国作家群体表达自己对历史、对民族的思考。尽管这样的思考很仓促，并不深刻，没有思想含量，主要是一种姿态，但作家有自己的独立的立场观点这件事本身，至少是 1949 年以后中国作家破天荒的第一次。其三，寻根之“新潮”难以为继，在于它并没有形成自己有效的形式革命。在艺术上真正形成自己的语言和风格，对于寻根作家群来说是一项不可能完成的任务。根本缘由在于，寻根群体是知青群体的变种，他们几乎是为了在艺术上逃避现代主义运动才躲到寻根的天地里，故而他们与现代主义的文学经验联系最少，这不能不是寻根群体，也是知青群体严重的缺陷。单纯靠思想自觉和历史反思不足以树立起他们的艺术旗帜。

寻根的“新潮”不了了之，也只能称为“新潮”，还称不上“先锋派”。“85新潮”之后，对“新潮”的命名也有多种形式：“新潮”、“后新潮”以及“先锋派”。最早对新潮文学给予全面论述的有李劼的《论中国当代新潮小说》[载《钟山》，1988（5）]，1989年以后，“先锋派”的命名才被比较普遍采用。吴亮的《向先锋派致敬》影响一时，该文发表于1989年第1期《上海文论》，随后笔者也主持《上海文学》的“批评家俱乐部”，以《先锋派与文明解体》展开对话。同时，我与王宁的对话《后现代主义与中国先锋小说》发表于《人民文学》1989年第6期。上海当时对先锋派的支持形成一种氛围，主要有吴亮、程永新、程德培、蔡翔、毛时安、李劼、周介人。但在当时，可作为先锋派的代表作的作品还是有限，主要是马原，残雪似乎不好定义，上海出现孙甘露，这使先锋派的论说猛然增殖。这也是为什么孙甘露多少年的先锋派地位是不容置疑的。可惜，1989年的历史变故，使“先锋派”的言说难以为继，尤其是更年轻一些的先锋派登上文坛，苏童、余华、格非、孙甘露、北村、潘军、吕新等人的作品在1989年后形成一股态势，上海批评群体没有再关注这个论题，所以，在北京就以“先锋派”与“后现代主义”的话题展开新的论述空间。也因为这一论域的打开，先锋派后来成为学院批评展开理论话语和批评方法更新的场域，或者说它是磨砺新的文学观念和新的批评方法的磨刀石。由是，先锋派被归为一个群体，达成共识的是指马原、洪峰、苏童、余华、格非、孙甘露、北村、潘军、吕新。有时会把残雪也算在内，但残雪的女性身份有着过于独特的气质，使她游离“先锋派”群体。洪峰因为90年代初具有形式实验的作品不多，故也逐渐淡出这一话题。扎西达娃以西藏异域色彩享有先锋派的殊荣，但也因为作品数量较少而难以持续讨论，加之他主要还是藏地写作，在“西藏”的论题中讨论他更为恰当。

近30年来，在那些激烈批判者的眼中，先锋派最大的弊端是他们只是玩弄形式，没有现实感，只是追逐西方的舶来品。我以为如此诟病显然不合乎实际，也缺乏对先锋派的基本了解。如何理解先锋派的现实感或现实意义？先锋派的意义仅仅是形式主义实验的意义么？先锋派的形式仅只是“纯文学”么？

确实，所有的先锋派写作和先锋派理论都声称要超越现实，都表示了要以艺术的纯粹性或形式感对现实作出某种拒绝。吴亮在当时影响颇大的《向先锋派致敬》一文中写道：

> 先锋文学的自由是对生存的永恒性不满，对有限的超越，对社会束缚的挣脱，对日常感觉的改变和对变幻无穷的叙述方式的永久性试验。先锋文学是如此迷恋它的形式之梦，以一种虔诚的宗教态度对待之，它认为有着比日常的实用的世界及其法则更重要的有价值的事物，不存在于现实生活中，恰恰相反，它是不可直接触摸的，仅存在于人的不倦想象以及永无止境的文字表达中。①

吴亮关于先锋派文学超越现实的设想，正表达了那个时期人们对现实的一种独特态度——对现实有着一种真实态度，它甚至比那些亦步亦趋地反映现实的作品，具有更加强烈的现实感。

在后来出版《无边的挑战》时，我也曾写过这样的一段话：

> 在当代文学转型的某一时刻，也是在当代历史某种特殊的情境中，他们被置于这样的时刻，他们没有奔赴这一目标或那一目标的力量，作为一群“无父”的逃逸者，作为一群后悲剧时代的讲述者，其讲述的历史故事不过是自我表白的寓言。②

所有这些阐释，都是力图表达出，先锋派以他们独特的姿态、独特的艺术形式，表达了他们对历史/现实的态度。小说突显出形式，则是赋予形式本身以现实的寓言意义。先锋派的出现本身就是在现实中，就是在文学变革的现实中。

在八九十年代之交最初写作《无边的挑战》这本书的章节时，我就是立足于那样的历史语境来看这批先锋派的，把他们看成是在历史压力之下写作的群体。一方面他们反抗现实主义墨守成规的套路，追逐西方现代派，或者说是借助现代派的想象力，冲破文学史给定的秩序和位置；另一方面，他们要表现的现实何其阴郁，当然也不能见到天日，只有以历史的和语言的形式表现他们的感受、他们对生活和人性的理解。就是那些被反复磨砺而被精致化了的语言，

---

① 吴亮：《向先锋派致敬》，载《上海文论》，1989（1）。

② 参见本书第十一章“历史的颓败：后悲剧时代的寓言”。

那些费尽心机而又变幻不定的视点，那些乖戾的感觉和心理，那些结构上的装置，所有这些，其实都包含着对历史压力的抵抗。

当然，我们谈论得较多的是小说方面的变革与先锋派，其实诗歌领域，其先锋性可能要更加充足，并且更具有反叛性和挑战性。80年代冒出来了一些五花八门的诗歌团体，“非非派”、“汉诗”、“他们”等等。1986年10月，安徽《诗歌报》和《深圳青年报》在深圳联合举办“中国诗坛‘1986年现代诗群体大展’”，可以说是一次大张旗鼓的先锋派行动。徐敬亚的《圭臬之死》比较及时地概括了“85新潮”在诗歌方面的状况。作为一种天然具有的叛逆性，中国当代诗歌始终潜伏着先锋精神。在这方面，已故批评家陈超的《先锋诗歌档案》相当全面地反映了当代诗歌先锋的状况。诗歌的先锋派在90年代还有多种表现形式，诗歌批评家张清华概括道：“在90年代留下了重要的标志性诗歌文本的诗人大概有这样一些：欧阳江河、西川、王家新、于坚、翟永明、周伦佑、钟鸣、李亚伟、伊沙、张曙光、陈东东、柏桦、臧棣……这很难是一个全面的名单。在先锋诗歌阵营之外的其他诗人群落中，当然也有大量值得记取的作品。”[①]

先锋派作为一种具有社会性和政治性的现象终结于90年代上半期，其实是渐渐弱化，因为90年代上半期先锋派反倒为更多的人所认识，其文学和商业价值也为部分出版人所认识。但90年代的中国确实无法把有坚定性的东西存留下来，90年代的中国如此特殊，以至于它就是混乱、解体、变异、空洞、转型和重构的时期。80年代左/右对峙，历史方向感很清晰，其终结也干脆利落。但90年代没有方向，所有的东西都不确定，没有现实感，没有确定性。90年代是旧有的一切消逝的时代，别说先锋派，80年代的遗产也必然要消逝。因此，先锋派在90年代消逝，不是先锋派水土不服，也不是中国曾经的先锋派势利或无能，而是90年代是如此的特殊，它没有存在的根基。90年代自己开始，只有在90年代开始或重新开始的事物才能获得存在，才能在90年代以后存在下去，才能在21世纪初生长成形。

先锋派的终结是历史性的，也是世界性的，它确实是20世纪的独特现象。它是一个关于救赎和未来超越性的宗教想象在艺术上的投射，用艾略特的观点来看，其本质就是艺术替代宗教的形式，是

---

① 张清华：《穿越尘埃与冰雪》，61页，西安，西北大学出版社，2010。

美学拯救时代精神的承诺形式。这种想象确实是20世纪的特殊现象，中国只在那么短暂的时期出现过一点，就此而言，它是值得记取的。

不管如何，先锋性可以是作家、诗人及艺术家的精神气质，如谢有顺所言，“先锋就是自由”。如有这种自由之精神，就有独立之思想，就有艺术上不懈的创新追求，中国文学就还有更为长久之道路。多年前博尔赫斯说：“在棋手们离开之后，/在时间将他们耗尽之后，/这仪式当然并不会终止。”（《棋》）30年的时间已经耗尽了先锋派当年的锐气和意义，但是文学还在继续，今天的中国文学可能又面临一个变革的机遇，这个时代的先锋派或许更值得期待。

是以为序。

陈晓明

2015年6月22日改定

2003 年版自序

本书曾由时代文艺出版社出版，第一版印了 6 000 册，在不长的时间内销售一空，这在 20 世纪 90 年代初的学界无疑有些意外。这当然得益于群体效应的作用。这本书属于由谢冕先生和李杨先生合编的“20 世纪中国文学”丛书，丛书收入了谢冕、李杨、钱理群、张颐武、王富仁与王光东（合著）、李书磊、韩毓海、王光明、张玞等人写作的 10 部著作。应该说，20 世纪 90 年代初的学术氛围不是太浓厚，这套书以它整齐的阵容、锐利的思想、有个性的风格，去呈现 20 世纪中国文学最生动的历史情景、最艰难的精神历程，确实令学术界兴奋不已。

本书出版迄今已经差不多十年，何以现在我还怀着热情修订再版，这在很多人看来可能都是一件匪夷所思的事。多年来我一直敦促出版社再版本书，责编胡卓识女士也尽力争取，出版社也表示了支持，结果就是拖到现在。刺激我产生再版本书的最初念头可能非常质朴，原书第 299 页完全印错，把第 289 页当作 299 页再印了一次，而真正的 299 页则不知去向。对于偏爱解构主义理论的我来说，面对印刷术对书写的完整性采取如此断然的解构，我无法表示钦佩；相反，这个错误多年来令我耿耿于怀，坐立不安。我一想到读者读到这一页的感受时，就会汗颜不已，这是我的心病。尽管“无错不成书”，但落到我头上，还是很有些悻悻然。特别是本书还拥有不少读者，这就更令我难堪。

当然，仅仅为了纠正某一印刷错误还不足以促使我费力去促成再版，确实还有更多的原因。本书出版后，颇受青年学人的欢迎。学界同人的首肯当然是我所看重的，青年学人的评价似乎更具有广泛而真实的意义。本书出版后数年，我多次收到一些研究生和大学青年教师的来信，经常提到，拙著在大学图书馆借阅有困难，书后总是塞满了借阅卡，写满了借阅者的名字。并且一入库立即被借走。本书多年来成为中文系学生的必要参考书，特别是当代文学专业的研究生，写作硕士、博士论文一般都会用到。国外青年一代的汉学家也时常用到这本书。本书也许可以说是近十年来当代文学研究领域引用率较高的著作之一。我想，“好评如潮”这种说法经常有人为之嫌，而引用率应是一个比较过硬的指标。对于写作学术著作的人来说，写出的书有人读这就是莫大安慰。

多年来，我前后也出版了十多部书，我几乎都没有请前辈师长和同代学友作序，也从不组织书评。一是怕麻烦别人，二是对自己的东西总是处于不满足之中。我总是写完一部书就像了结了一项债务，就想逃之夭夭，有时候连回忆的勇气都没有（更不用说想到再版）。但奇怪的是，对于这本书，我始终带着一种温情，带着一种记忆。我知道这本书凝结着我最初的敏感和激动，那种无边的理论想象，那种献祭式的思想热情。我最初写作此书中的部分章节时，不到 30 岁。我从存在主义、结构主义和后结构主义的理论森林走向文学的旷野，遭遇“先锋派”，几乎是一拍即合。对先锋派文学的阐释我不只是带着最初的激动，还有我挥之不去的理论前提。大约是 1990 年春天的某个阳光灿烂的下午，格非和余华到西八间房找我。我从电脑机房匆匆赶回（那时我正在完成博士论文最后定稿），在我宿舍的桌上堆了一些莫名其妙的外文版的书籍。质朴的格非翻阅着那些书籍流露出赞许的神态，聪明过人的余华马上看出了蹊跷。余华对格非说：“格非，这家伙是把我们作为他的理论的证明材料。”我确实偏爱理论，喜欢用理论来审视并且贯穿我对文学作品的阐释，天地良心，我对文学作品还是保持着感觉，始终寻找文学蕴涵与理论的契合点。余华的不快一闪而过，热情和信心重又回到我们中间。那天下午，我们聊得很开心。阳光透过窗户照在余华年轻生动的脸上，那时余华说话的语速急促而带有一些停顿，但对文学的那种体验和认识，那种激动和偏执，未来大师的形象越过经常性的休止符已经初露端倪。格非则谈起了孙甘露，谈起了北村。这就是那个时代，我们是怀着怎样的一种热情，怎样的一种诚实谈论着文学！大约在我写作本文的数月前，我又遇到久违的孙甘露，当年的英俊小生，已经显出中年的富态；不久我与格非相遇，一脸的厚道，两鬓已经染上些许白霜；我还偶尔遇到潘军，他还是那么抖擞，商业运筹与纯粹的文学写作他居然还能结合得天衣无缝；数天前我又在一个会上遇到余华，还是那么机智，聪明过人，只是那放纵的一笑，还是闪烁着当年的天真；苏童依然那么精彩生动，却也透示出沉稳与宽厚，这使我倍感亲切……当年的先锋派几乎已经人到中年，而虚长几岁的我，早已是秋后的蚂蚱，却想借助这晚春的气息重新获得活力，复活一段已死的历史，一个即将被遗忘的文学时代。——这真的是异想天开吗？一个时代就这么过去了，那么真切，又那么遥远。

我想留住什么？留住那种气息，一种记忆，还是一种想象？

也是在不久前，一位学有所成的青年学人对我说，他还不死心，还想做做先锋派文学。只是“该说的话好像已经都被您说完了，我们所说的余地都不大了”。这当然是我不敢承受的嘉许，事实上，还有多部相当优秀的同类著作不断问世。我知道他不是在刻意恭维我，也不是说我有多高明。只是我有幸与那个时期相遇，历史还保持着那样一种姿态，而我们都还保持着理论的天真，我们有那样的希冀与祈祷，我们有和历史同在的那种心情。

这一切不会再有了，一个时代的结束就是一种心情的结束，一种风格和方式的结束。这不是说那个时代有多么了不起，而是说那是历史的拐点，转过弯之后也许是一马平川，但看不到过去的风景。现在确实空旷，一览无遗，自由而轻松。看不到过去的影子，这使我有些惶惑。我无法承认我是一个怀旧主义者，但我确实怀念那种精神，那种方式，那种心情。

也许就是为了保持那种心情，成为我再版这本书的最充足的理由。事实上，我增补了三分之一的内容（按照有关的说法，可以说是一本新书）。我想使后来的写作能与那种心情保持某种连续性，我不知道这样做是否合适。

我知道历史本来就没有连续性，特别是当代中国的文学史，它实际是由一系列的断裂构成一种历史图谱。就我本人来说，思想和观点都发生了相当的变化，我企图跳过历史的断裂，企图无视历史实际和我自身的变化，这是不可能的。比如说，就先锋派文学的“后现代性”这一点而言，显然是在那个特定的历史时期，这种理论表达才得以成立，才成为可能。先锋派那种以叙述方式、语言修辞和个人感受来确立的那种后现代性，这一切都是放在反叛传统经典现实主义的语言秩序和美学规范的意义上去理解才有可能。反中心化、反整体性、反主体、反历史及深度模式，等等，这些后现代性显然是在艺术变革的期待视野中加以阐释的。实际上，后现代性的意义要远为广泛得多。在 20 世纪 90 年代，人们（包括我在内）不会以这种方式来理解后现代性，随着城市化和市场化的加剧，以及全球化形势在中国的拓展，特别是网络文化的全面扩张，中国社会越来越趋向于消费主义。后现代性文化在中国就成为消费社会的特征，它更多地具有平民主义和时尚潮流的特征。它逐渐成为人们日常经验的一部分。这些都使我多年论述的后现代性显示出精英主义的困窘。当然，本书汇集了我在不同时期的写作，它们之间的矛盾和抵牾不可避免，它们或许可以更为真实地呈现历史图谱的本来面目。这一切只有请读者去评判，并且期望读者能以历史的态度加以理解。

感谢广西师大出版社，感谢张燕玲女士，期望本书的再版不会辜负他们的心意和努力。感谢原丛书主编谢冕先生和李杨先生，感谢时代文艺出版社和当年的责任编辑胡卓识女士，没有他们过去的努力和现在的支持，这本书没有过去，更没有今天。

陈晓明

2003 年 4 月 21 日于北京

1993 年版自序

本书取名《无边的挑战》，可能使人兴味盎然，也可能令人大惑不解。20 世纪 80 年代后期实际是一个文化溃败的时期，年轻一辈的作家（先锋派）是在面对“新时期”危机的历史前提下，而不得不走上形式主义革命的冒险道路的；况且在相当一部分人看来，这是一次误入歧途。我使用“挑战”这个字眼，似乎过于乐观；人们有理由怀疑，在文学的制度化体系依然严密的时代，“挑战”是否显得有些自以为是。

我承认 80 年代后期在艺术形式方面的变革，确实出于无可奈何，别无选择，但是，终究有一批年轻的作家怀着这代人的艺术抱负，步入文坛。他们如此执着于强调个人化的艺术感觉、风格特征，创造了我们时代最具个人特点的艺术经验，与既定的语言秩序、文化范型和经典（权威）话语——不管有意还是无意、自觉还是无奈——构成了尖锐的冲突。某种程度上，年轻一代作家改写了小说的定义，并且改变了人们的感觉方式和阅读方式。现在，人们不仅将目睹他们的部分成功，若干年之后，也将看到他们创造的艺术经验被广泛吸收。就此而言，把“先锋派”酿就的艺术革命称为“挑战”，并不为过。

在“挑战”前面冠以“无边的”，当然不是为了获取音节（听觉）上的快感。“先锋派”的那些挑战一开始就没有明确的目标，随后也就变得没有界限，并且毫无保留地拆除了那些根深蒂固的观念禁忌。这些极端的艺术经验开拓了无边的艺术远景，也断送了到达这一远景的现实道路，它必然把那个艺术乌托邦悬搁于历史之上（外）。正像所有的艺术革命最后都以似是而非的结果不了了之一样，“先锋派”的“挑战”最终也要消失在无边的艺术现状之中，消失在无边的沉默与常规化趋势之中。对于我来说，“无边的挑战”意味着无所顾忌的诗意祈祷、变本加厉的叛逆行径、没有结果的艺术游戏、没有终结的美学梦想、无主题变奏的文化挽歌——它从 80 年代后期文化溃败年月的历史深处绵延而来，穿透当今的现实，并且还要绵延而去。许多年之后，人们会意识到这段旋律的意义远远超出80年代末期。

本书的写作（因为某些原因）历经数年，某种意义上它重叠了几个时期的感受。我不知道本书是否能为80年代与90年代的交合留下特殊的印记，或是为“潮涨潮落”的历史悲欢涂抹上应有的颜色。支配我写作的，始终是藏匿于内心的艺术良知。当然，对“先锋派”的态度，随着时间的推移，可能会引起一些情感上的变化，这使得本书既带有最初的激动，又显出后来的冷静。我在写作伊始，与这些作家素昧平生，后来，他们大多数人成了我的亲密朋友。正如不久前我对格非说的那样，在文学史上，总是有些批评家与一批作家的命运休戚相关，不管他们是同舟共济还是反目为仇。多年以来，我相信自己兼有宽容大度和坚持原则的禀赋，这使我与他们的交往，不至于影响我的判断和评价；相反，这种友谊倒有助于我加深理解他们的写作。

要在“20世纪”的历史框架内来理解这一辈作家确实存在困难。他们与“五四”时期文学传统的联系是如此之少，这并不令人奇怪，而他们受外来文化的影响如此之深，也同样容易理解，这要归因于半个世纪以来人为制造的文化断裂。尽管如此，“先锋派”文学作为非常极端的文化现象，却也使“20世纪”中国文化（或文学）的历史视野，具有了最新的和最生动的景观。我着力于刻画80年代后期那些富有个性特征的文化经验，这也许有助于加深人们对20世纪文化变迁的印象。确实，正如我再三试图阐明的那样，20世纪初和80年代末，并不是两个密切相关的时代，更不是两段针锋相对的历史，然而，它们的对比如此鲜明，却也令人触目惊心。我描述的历史图景，划归于“20世纪”大视野的名下，我想会产生一些发人深省的意义。

当代中国文学的经验或形势的变化如此之快，以至要给出恰当的历史定位十分困难。几年前，我潜心关注“先锋派”的写作，师友们对我的做法大都持怀疑态度。我一度饱尝单枪匹马的孤寂，却从未牟取独家经营的暴利。数年之后的今天，“先锋派”蜚声文坛，各家刊物争相以头条位置刊出他们的作品，各种选本、文集远销海外，风靡国内。虽然这一切与我无关，但我依然感到欣慰，当然也有一点悲哀——我知道一个流派、一种挑战、一种新型的艺术经验，被广泛接受、普遍认同，它的历史使命也就完结了。“先锋派”并不仅仅徒有灰暗的“头角”，它还拖曳着丰满（美满）的尾巴，这毕竟是令人欣慰的。

“先锋派”或“后现代性”，都不过是一段特殊时期的特殊话语。在80年代后期话语匮乏的年代，能有这么一种话语，至少也给寂寥的文坛平添了一点生气（生动）。因此，如果有人指责我的观点和评价多有夸大其辞或谬误纰漏，我既欣然接受，也泰然处之。

衷心感谢冕先生主编这套丛书，为我提供一次宝贵的机会，使我的“孤寂”可以与广大读者分享；感谢我的朋友李杨，为本书的出版竭诚相助；最后，感谢时代文艺出版社，在这商业主义盛行的时代，鼎力扶持学术文化事业，功德无量矣。

陈晓明

1992年8月18日于北京

题　辞

在我们生活的世界中，总有一些东西，对于它们，艺术只不过是一种救赎；在“是什么”和“什么是真的”之间，在生活的安排与人性之间，总是存在着矛盾。

——T. W. 阿多诺

目　录

上篇　叙事革命：话语与风格

中篇　精神变异：寓言与逃逸

下篇 文化象征：断裂与更新

导言　历史转型与后现代主义的兴起

20世纪在人类历史长河中不过是转瞬即逝的几道波痕，然而，对于生活在这个世纪里的人们，尤其对于生活于这个世纪末的中国人来说，这段历史历经千辛万苦，刀光剑影，血火洗礼，令人不寒而栗，却也悲壮激越。对于思想史的研究者来说，20世纪初期以“五四”为象征的“新文化运动”永远是一个伟大的“神话库”，那些一再被人们提起的伟大事件和杰出人物，确实轻易就勾画出历史前行的壮丽曲线。而对于关切当今中国现实的人们来说，20世纪后期的那些历史情景——那些虚张声势的“思想解放”，那些小打小闹的艺术革命，以及那些自以为是或鬼鬼祟祟的叛臣逆子——同样耐人寻味，它也是一种历史景观。

某种意义上，20世纪80年代中国在思想上和文化上历经的那些变故，乃是20世纪历经的历史变故的缩影。20世纪70年代末到80年代初酿就的“思想解放运动”，在知识分子方面所提出的那些命题，所表达的历史愿望，与20世纪初期相去未远。历经半个世纪，“启蒙时代”又回到历史原点，这多少有些令人吃惊。从这里也不难发现，中国80年代的历史与“五四”在文化上是脱节的。特别是青年一代知识分子，他们在文化上得益于“五四”传统是如此之少，关于这个伟大神话仅存的文化记忆，主要是“反传统”——这确实是个不解之谜。以至于在80年代后期，年轻一代的作家在逃离“新时期”构造的主流意识形态的同时，不自觉地也在建构“五四”时期确立的历史神话。因此，突出80年代后期文化方面发生的那些变故，并不仅仅是在强调80年代的历史变动之剧烈，同时也不难看到20世纪初期与末期在文化上的尖锐对比，尽管这并不是两个针锋相对的时代，也不可同日而言，然而，历史的变迁如此大相径庭而令人触目惊心，却也是可歌可叹。

有时候，历史的变迁富有戏剧性，20世纪80年代后期从整体上说是一个文化溃败或文化逃亡的时代，然而它也同时跃进到一个奇怪的“高度”——而“先锋派”文学乃是这一高度的显著标志——不管是用启蒙时代的思想水准，还是用现实主义或现代主义的观念方法去理解这一“高度”都显得力不从心。称其为“高度”，是因为不得不用“后现代主义”这个引起广泛争议的术语，来给它做出恰当的历史定位。作为当代文化危机的直接表征，它同时表达了处于这一文化的前沿地带的人们对这一危机作出的及时反应。

也许这种做法要招致普遍怀疑，在大多数人看来，“后现代主义”乃是西方后工业社会的产物，而当今中国不过是发展中的第三世界国家，何以能产生“后现代主义”这种尖端的精神（文化）现象呢？这种怀疑不仅是基于对西方“后现代主义”作了简单的、片面的理解，同时也没有充分意识到当代中国所处的复杂的多元性的文化情境，特别是对“先锋”的历史规定性和可能性缺乏相应的洞察。在我看来，当代中国出现“后现代主义”种种征兆并非是对西方当代文化的简单模仿和挪用，当代中国正处于非常复杂而特殊的历史转型时期，它汇聚了各种矛盾，隐含了多种危机，正是当代中国的“政治/经济/文化”之间构成的奇特的多边关系，决定了当代中国的“后现代主义”的产生及其显著的中国本土特征。

一、多元的时代：西方后现代主义的兴起及其理论规约

“后现代主义”（postmodernism）一词最早见于西班牙人 F. D. 翁尼斯（F. D. Onis）1934 年编纂的《西班牙及西属亚美利加诗选》一书，1942 年达德莱·费茨（Dudlty Fitts）编辑《当代拉美诗选》一书中再次使用这一词语。1947 年英国著名历史学家阿诺德·汤因比（A. Toymbel）在其名著《历史研究》中也采用这个术语，但他特指 1875 年开始的西方文明解体阶段，与现今谈论的文化范畴并不相同。20 世纪 50 年代，美国黑山诗派的主要理论家查尔斯·奥尔生（Charles Olsom）经常使用“后现代主义”一词。60 年代以来，这个概念在艺术、文学和哲学研究领域得到广泛运用，它既是一个最时髦的话题，也是一个引起争端的课题。要详尽描述西方“后现代主义”思潮的来龙去脉是困难的，这里仅勾勒一个简略的轮廓。

“后现代主义”作为一种文化现象或文化思潮，在其历史（时间）序列上，当然产生于“现代主义”之后，然而，这个“之后”

意味着“后延”、“后续”还是“背离”、“反动”，却是值得深究的问题。在大多数“后现代”论者看来，“后现代主义”与“现代主义”之间的距离或悖反，要远大于“现代主义”与传统浪漫主义和现实主义。他们宁可以牺牲标志现代主义伊始的早期界线的清晰度为代价，而更倾向于使现代主义、后现代主义界线分明。[①]

现代主义作为一个伟大的幻想运动，并不是像人们习惯认为的那样，是在玩弄一些线条、色彩、结构的技法，现代主义大师的心灵总是为人类面临的重大生存危机困扰着，寻求解决的途径是他们艺术创作和思想探索的紧迫任务。因而，文学在艺术方面，寻求超越性的精神信仰，表达反社会的抗议情绪，沉迷于神秘性的生存体验，广泛运用象征和隐喻来表现不可言喻的精神深度等，构成现代主义的基本艺术规范。卡夫卡是一个现代神话的创造者，作为表现主义最杰出的作家，卡夫卡无疑确立了现代主义的经典文本。确实，卡夫卡看到和创造了形象与象征的世界，使人们想到日常事物的轮廓、隐蔽的梦想、哲学或宗教的观念，以及超越它们的愿望。现代主义者经常采取的反文化态度并没有湮没他们采取象征的艺术方式去寻求精神的内在隐秘。超越现实的愿望建立在对于一向被忽略的各种联想形式的信仰上，建筑在对于梦幻的无限力量的信仰上和对于为理念而思想的信仰上。因而，现代艺术运动追求的那种“精神象征”的深度模式，隐藏在现代艺术信念里，隐藏在现代大师的心灵里，以至压缩在现代最抽象的视觉形象里。印象主义以后的绘画艺术运动奉行了抽象原则，然而那些抽象的线条、色彩、结构恰恰就是现代精神苦难的象征物。毕加索的《格尔尼卡》作为视觉艺术的伟大抗议书，它的抽象图式是现代人苦难处境的象征形象。而乔伊斯的《尤利西斯》则以它对人类隐秘的“意识世界”的无穷探索，刻画了一幅处于工业文明压制下的现代精神激动不安的全景图。

总之，现代主义艺术家敏锐意识到现代工业文明给人类生活带来的危机，觉察到现代人精神异化丧失自我的普遍性，看到在商业化社会中人性的实际堕落，于是，他们以对抗社会公众的生活行为去寻求全新的艺术感觉，摆脱现实，在艺术的神秘王国里找到精神无限自由的领地——艺术不只是形式和风格的革命产物，更重要的，

---

① 参见［美］布莱恩·麦克黑尔：《现代主义文学向后现代主义文学的主旨嬗变》，见［荷］佛克玛、伯顿斯编：《走向后现代主义》，王宁等译，90页，北京，北京大学出版社，1991。

艺术是超越现实、超越苦难、超越堕落的永恒国度。因而创造一个超越性的“彼岸世界”，这就是现代思想和现代艺术创造“精神象征”意指的精神归宿。

不能说后现代主义是对现代主义的全面悖反，它们之间必然存在某些天然联系，某些似是而非的重复或反复，更何况某些后现代主义者经常撤退到现代主义。但是，作为第二次世界大战以后的后工业时代的文化潮流，后现代主义在“世界观”上，在价值立场和认知方式方面，以及在艺术规范和方法等原则性方面，与现代主义存在明显差异。

“后现代主义”作为第二次世界大战之后兴起的文化潮流，广泛涉及大众艺术、先锋派艺术、实验小说、后结构主义哲学及其文学批评。正如科勒说的那样：“尽管对究竟是什么东西构成了这一领域的特征还争论不休，但‘后现代’这个术语此时已一般地适用于第二次世界大战以来出现的各种文化现象了，这种现象预示了某种情感和态度的变化，从而使得当前成了一个‘现代之后’的时代。”① 以第二次世界大战为历史分界的说法普遍为现代主义论者所认可。这道历史界线，给它打上“和平”与“冷战”时期鲜明的时代烙印。战后的经济复苏带来和平的景象，在这个时代，人人都挤入或者正在准备挤入温文尔雅的中产阶级。人们在踌躇满志之余对于任何事情都可以表现一种大度的宽容，这种“宽容”有幸成为医治艺术心灵创伤的良药。艺术家不必再像一条受伤的狼一样与社会搏斗，他的那种决然的反抗社会的姿态，更多地为接受社会现实所取代。20世纪50年代是个随波逐流的时代，战斗的姿态则显得古怪而不合时宜。70年代，莫里斯·迪克斯坦写道：“50年代所具有的诱惑力表明历史像钟摆一样运动，它迎合我们一劳永逸地解决这些问题的愿望，告诉我们，在生活变得复杂化和我们能够安然无恙地回到一个理想化的时代。”② 那个时期被热核战争的恐怖阴影笼罩着，却又弥漫着一种万事如常、人人安分的气氛。这种气氛迅速被60年代的激进主义打破是理所当然的。马尔库塞蛊惑人心的理论声称在后工业社会的任何地方都看不到希望，“单向度的人”则揭示了革命的绝望

① ［荷］佛克玛、伯顿斯编：《走向后现代主义》，王宁等译，31页，北京，北京大学出版社，1991。

② ［美］莫里斯·迪克斯坦：《伊甸园之门》，方晓光译，28页，上海，上海外语教育出版社，1985。

处境，他只是把社会革命的可能性寄托在那些反抗的艺术家和激进的批评家身上。事实上，60 年代的激进主义更像是一次盛大的游戏，那是混合了吸毒、斗殴、性解放、摇滚乐的精彩闹剧，仅仅因为 1968 年“五月风暴”的象征意义，它的严肃性含义被夸大了。冷战唤起的是恐惧和绝望，而不是愤怒或反抗，激进主义活动的实质仅仅是一代人的情绪宣泄，那些绝望和恐惧在疯狂的宣泄中得以消解。人们没有偏执的信仰和绝对的社会目标，50 年代流行的“意识形态终结”的说法，如果抛弃它的政治性不顾的话，它是人们的日常生活原则性不强的理论表述。到了 80 年代，对权威的破坏和不确定性倾向的增长已经变得更加普遍。正如伊哈布·哈桑在《文化变革的观念》中所说的那样：“唯信仰论和不确定性倾向的力量衍生自更大的社会意向：一种正在西方世界崛起的生活准则，机构价值的破裂，自由欲望的滋生，各种解放运动的风行，全球范围的分裂和派系倾轧，恐怖主义的甚嚣尘上——总之，这众多（many）因素决定了其必然高于单一（one）因素之上。”[①] 20 世纪七八十年代，那些流行术语就是用以勾画一个没有权威、丧失中心的处于分解状态的世界图景：公开性、异端说、多元主义、折中主义、随心所欲、反叛、扭曲变形（deformation）。在哈桑看来，光是最后一个词，就足以包容十几个流行的破坏性术语：反创造、解体（disintegration）、分解、无中心（decenterment）、错位（displacement）、差异、断裂，等等。面对着世界的随意性和多样性，人们的生存态度似乎总是处在悬而未决的状态，这里面“隐含着对世界及宇宙间事物之意义和关系的一种根本易变性的宽容”[②]。

这种“多元化”的世界观未必采取一味“宽容”的态度，事实上，多元化的“宽容”与解构整体性、中心化，嘲弄权威秩序并行不悖，而那些“后结构主义”（poststructionism）理论，既是对“后现代主义”的哲学概括（和表述），同时又反过来成为“后现代主义”的思想支柱。典型的“后结构主义理论”，例如德里达的“解构主义”（deconstruction）和福柯的“话语权力理论”（或“知识考古学”）以及女权主义批评等，本身是后现代主义文化的理论象征。

---

① 《哈桑论哈桑》，29 页，见［荷］佛克玛、伯顿斯编：《走向后现代主义》，37 页，北京，北京大学出版社，1991。

② ［美］阿兰·王尔德：《一致赞成的视野：现代主义、后现代主义与反讽想象》，132 页，巴尔的摩，霍普金斯大学出版社，1981。

德里达的“解构”哲学就是要消除西方形而上学的整个“存在—神学”的、“言语中心主义”的、“语音中心主义”的传统。结构主义把符号看做能指复归的意义的根源，把符号抬到绝对存在的高度，这是受传统形而上学假定存在一个中心的观念支配所致。作为本体神学论的消毒剂，作为目的论或末世学思想的消毒剂，德里达坚持认为，从保存在“言语中心主义”和“语音中心主义”的遗产中的符号观念中，我们已预见到语音中心主义把作为存在的意义的历史规定与依赖这一普遍形式的一切次要规定性混淆起来，言语中心主义于是便赞成作为存在的整体性的规定。德里达主张的基本前提是：语词在解读中实际上没有一个最终的、超验的中心或本义。在德里达看来，只有“区分”或“拖延”才是存在的，而“存在”是不可能的，它总是被迅速变化的“异在”所取代，因为存在依赖于活生生的现在与外界的根本联系，依赖于向一般的外界开放，向不是“它”自己的领域开放。德里达把符号看成是“区分”（differ）和“拖延”（defer）的奇怪的双重运动，那么，语词的意指作用实际上成为语言的差异性的无尽的替代活动。因此，播散（dissemination）是一切文字固有的能力，这种能力不表示意义，只是不断地、必然地瓦解文本，揭露文本的零乱、松散、重复，并且播散不止于一篇文本都宣告了自身的瓦解。这样，文本陷入了在场（presence）与不在场（absence）的差异体系的替代游戏中。游戏是对在场的打乱，一个要素的在场总是铭刻在一个差异的体系和连锁的运动中的一种意指的和替代的关联。

罗兰·巴尔特用“能指天地”来描述语词的差异性替代关系。“能指天地”意味着由符号内在分裂的本质所决定的那种能指任意而自由地互相指涉的无限可能性。巴尔特说，一则文本如同一张音乐总谱般的能指播散图，从有限可见的一些能指出发，根据这种差异性的替代关系向无尽的能指海洋一层层播散。因此，分解主义批评家在实践中把“差异”作为一种行为在认识内部发生作用。巴巴拉·约翰逊在《批评的差异》里所采取的批评过程，其开始方式是通过用不能充分辨认和消除的其他差异来辨别和消除差异，他的出发点常常是一种二元差异，这种差异接着表明是由更难确定的差异作用所产生的一种幻想。本体之间的差异（散文与诗，男人与女人，文学与理论，有罪与无辜）表明，其基础是对本体之内差异的一种压制，即压制某个本体异于自身的方式。但是约翰逊强调指出，本体异于自身的方式绝不是简单的方式：它有某种严格的、矛盾的逻辑，而这种逻辑的结果在一定程度上可以理解。因此对某种二元对立的“分解”并不是消除一切价值或差异，它企图追求那些已经在一种二元对立的幻想中产生作用的、微妙的、有力的差异效果。

分解理论或分解批评排除了任何存在的实在性，消除了深层意义统一构成的任何可能性，存在的神学中心的解体，宣告了语言构造世界和谐秩序的幻想的彻底破灭，语言变成了一个在差异中自我分解的过程。总之，文本的意指活动就是语词在差异性的替代中玩弄在场与不在场的游戏——这就是没有底盘的游戏。

当然，后结构主义（或解构主义批评）并不一定就是当代文学理论和批评的主流，但是，奉德里达为圭臬的耶鲁批评学派，其代表人物布鲁姆、哈特曼、德曼和米勒，无疑是我们这个时代最激进而又最敏锐的批评家。后现代主义的艺术运动与分解主义盛行不约而同在进行着 20 世纪最轻松而又最可怕的一项工程——“拆除深度模式”，他们把我们从文明的重压下解救出来，解除我们身上的精神锁链。然而，他们把我们指向一个没有着落的轻飘飘的空中，我们除了在那里游戏，除了怀疑和空虚还能干什么呢？马歇尔·伯曼在《一切坚固的东西都烟消云散》中指出，后结构主义从 20 世纪 60 年代以来给一代避难者提供了对于在 70 年代时还控制着我们中间许多人的消极的无依无靠感的世界——历史辩解。没有任何一点愿望抵抗现代生活的压迫和不公正，因为甚至我们对自由的梦想也只是给我们的锁链增加更多的链环。

在这样一个多元分解的时代，“人”和“历史”注定了要死去。19 世纪，尼采惊呼“上帝死了”，同时宣告超人（即尼采自己）已经到来。在一百年以后，福柯宣称“人死了”！当然不只是福柯，事实上，后现代主义的写作策略就是以质疑“人”的主体地位、颠覆“历史”的必然性逻辑为其宗旨。后现代主义小说不去追踪人类整体性的历史意识，不去探求永恒而内在性的超验存在，而是倾向于追求自反性或元虚构，它反映了一切语言都是自我指涉的这一认识观。后现代小说热衷于创造一种兼收并蓄的文体，把历史、政治、文学传统和个人本质的重大素材转变成幻想、黑色幽默或启示录式的寓言，以及夸夸其谈的个人抒怀。因此，叙述角度成为人物与生活的自由组合过程，叙述方式不过提供了生活的各种可能性而已。现代主义的小说尽管经常也运用生活片断的组合，但是它的内部实际上隐含了一个统一构成的深度，因而它是可分析的、可解释的。而后现代主义的作品是不可分析的，是可写性的，因为它没有一个内在的深度性构成。例如，乔伊斯的《芬尼根守灵夜》与品钦的《万有引力之虹》，它们都是百科全书式的作品，都有宏伟的生活图景。但是《尤利西斯》有一种内在的“深度构成”，各种生活场景、梦幻意识流程，都隐含了一种特殊的意蕴，而这一内在“意蕴”是被预先植入的。《芬尼根守灵夜》中两个最基本的原则是：第一，历史本身不断地重复；第二，部分总是暗示着整体。文明根据一个预先注定的轮回方式发展和衰落，同样的人物、事件和结构随着轮子转动时以不同的面目再次出现。而品钦则向这种内在的含义和思想的价值提出挑战，小说的中心从对经验的扩展转向对经验的控制。斯罗士洛普在地图上标明的他和那些偶然结识的女人睡觉的地方恰好是U-2火箭落下的地方，性和死亡二者之间又有什么关系呢？这里提出的问题是不可解释的，也不必要解释。斯罗士洛普坚持说：“炮弹和狗不一样，它们不戴项圈，没有记忆，没有条件作用。”不管品钦在这里谴责了什么，在这部描写性欲和政治进攻的惊险小说里，一切都是不可思议的然而却又是简单明了的。火箭的速度超过声速，它飞来时的声响只有当爆炸后才增大起来。但当你还不知道什么东西打着你时，你已经死去了。这并没有什么宿命的意义，不过是一种任意形式。对于约翰·巴斯来说，生活的无意义或个性的分裂可以像轮盘赌博一样充满可能性，巴斯把对“自我本质”的反思，把现代主义关于“我们是谁、是干什么的”的探索变成了纯粹的娱乐。巴斯醉心于对整个形式化逻辑过程的极端戏弄，对组合生活、排列生活、给生活确定意义的那种心灵力量的极端戏弄。生活像是支离破碎的插曲，是漂浮着的歌剧，你可以在岸边观看它，但是只能看到在那个特定地点跟前演出的那一段，其余部分一点也看不到。因为生活残缺不全难以捉摸，不会引起任何扣人心弦、前后一致的感情——对于巴斯来说，现代世界是一种在碎片中保持得更好的游戏。

当然，后现代主义文化并不限于先锋派艺术、实验小说和后结构主义哲学；实际上，作为后工业文明时代的文化潮流，大众文化（流行艺术、通俗读物、各种娱乐形式）是后现代主义的广泛基础，只不过在当代西方，先锋派思潮与大众文化的界线并不鲜明，相反，它们经常同流合污，向传统经典文本，向权威秩序挑战。实验小说玩弄的“碎片游戏”与流行艺术奉行的拼贴法则如出一辙，典型的后现代小说经常从西部小说、科幻小说、色情文学以及其他一切被认为是亚文学（subliterary）的体裁中汲取养分，它对传统“人文主义”的背叛和对现代主义艺术抱负的嘲弄，使它填平了精英文化和大众文化之间的鸿沟。因此，通俗小说到了20世纪70年代实际上构成了后现代文学的主要部分，它是“反文化”、“反艺术”和“反严肃”的，它的方向是反现代主义和反智性的——正如L. 费德勒所说的那样——它致力于创造新的神话（不同于正统现代主义的神话），致力于“在其真实的语境中创造一种‘原始魔术’”，从而“在机器文明的空隙”造出上千个小小的西部地域。①

典型的后现代主义艺术（流行艺术）就是先锋派与大众化的杂拌物。理查德·汉弥尔顿曾经归结“流行艺术”的特征如下：

> 普及的、短暂的、易忘的、低廉的、大量生产的、为年轻人的、浮化的、性感的、欺骗性的、有魅力的、大企业式的。

沃霍尔作为一个故意使人莫测高深的后现代艺术家，他把世界名人、电影明星、电椅、花束、美钞、竞赛场上的骚动、“蒙娜丽莎”摄影，处理成一系列他称为“现代偶像”的复制品。彼埃罗·曼佐尼用粗劣的材料来制作“白色平面”，他要把他的“平面”从一切意义和象征主义中解放出来。本雅明早年就看到工业社会在文化上进入一个“机械复制的时代”，霍克海默和阿多诺后来称之为“文化工业”——这正是后现代时代文化生产及运动的方式。②

总之，后现代主义在西方是第二次世界大战后继现代主义终结而兴起的文化潮流，它广泛涉及哲学、文学、艺术和大众文化。尽管各门类各种体裁的艺术，其“后现代性”不尽相同，但是在理论上还是可以大体归纳出如下几方面的特征：（1）反对整体和解构中心的多元论世界观；（2）消解历史与人的人文观；（3）用文本话语论替代世界（生存）本体论；（4）反（精英）文化及其走向通俗（大众化或平民化）的价值立场；（5）玩弄拼贴游戏和追求写作（文本）快乐的艺术态度；（6）一味追求反讽、黑色幽默的美学效果；

① 参见［美］勒斯利·费德勒：《越过边界，填平鸿沟：后现代主义》，344～366页，坎利夫，1975。

② 参见［德］M. 霍克海默、T. W. 阿多尔诺：《启蒙辩证法》，112～158页，重庆，重庆出版社，1990。

（7）在艺术手法上追求拼合法、不连贯性、随意性，滥用比喻，混合事实与虚构；（8）“机械复制”或“文化工业”是其历史存在和历史实践的方式。[①]

尽管说生活于每一时代的人们总是夸大了自己所处时代的独特性，对于那些所谓的思想家来说尤其如此。尽管说后现代主义声称的那种“划时代感”也值得怀疑，然而近半个世纪以来人类历史确实发生了深刻的乃至某些根本性的变化，无视这些变化可能比夸大这种变化更加危险。“后现代主义”不过是理解这个时代的象征标记，是另一套话语而已。

二、趋同与变异：中国产生后现代主义的前提条件

这些想法并不是虚无缥缈的——正如史蒂夫·卡兹描写的那样：“我们都发现我们虽在不同的都市，但却在同一时间、相同的交通灯下驻足。绿灯一亮，我们都穿过街道。”[②] 世界都市趋于形成，“地球村”这种说法也不再是夸大其辞的了，世界正在经受经济“一体化”大潮的冲击，种族、信仰、制度、风俗、心理、知识、语言等等，传统社会造就的巨大地区性差异，正在为全球化的全方位渗透所消解。中国当然也概莫能外，20 世纪 80 年代改革开放的历史大潮，把中国紧紧捆绑在“现代化”这驾马车上，冲破一切阻碍去追赶发达国家。这样一个历史机遇，促使西方文化思潮大量涌入，技术转让和进出口贸易额的急剧增加，以及第三产业的兴盛，使中国社会的文化和经济乃至社会意识发生多方位的深刻变化。

没有人会怀疑 20 世纪 80 年代的中国文化潮流，一半来自“思想解放运动”的推动，另一半来自对西方现代思潮的追逐，在文学方面尤其如此。由“朦胧诗”和“意识流”小说引发关于“现代派”的争论，大量西方现代派作品和理论批评被评介，给当代中国文学造成巨大的冲击。资料统计表明，仅 1978—1982 年五年之内，关于

---

① 哈桑在《后现代主义》（1971）一书中列出二十多项指标以表明与现代主义根本对立的后现代性；戴维·洛奇在《结构主义的运用》（1981）中也列出“后现代主义”的六项艺术准则：（1）自相矛盾；（2）排列拼合法；（3）不连贯性；（4）随意性；（5）比喻的滥用；（6）虚构与事实混合。

② ［美］史蒂夫·卡兹：《勒克莱尔和麦克卡佛内》，227 页，1983。

现代派问题争论论文不下五百篇。由袁可嘉等人选编的《外国现代派作品选》(上海文艺出版社),第一卷于1980年出版,第一次印刷发行5万册,迅速告罄,即使在1983年,第三卷出版,也印刷了2.1万册。陈焜的《西方现代派文学研究》于1981年出版,引起的轰动现在恐怕难以有相提并论的学术著作,该书第一次印刷1.3万册,争相抢购者不仅限于大学专业教师,普通文学爱好者也津津乐道,足可见外国现代派文学的魅力。高行健1981年出版《现代小说技巧初探》在作家中引起浓烈的兴趣。冯骥才在给一位作家的信中记录过这种心情:

> 我急急渴渴地要告诉你,我像喝了一大杯味醇的通化葡萄酒那样,刚刚读过高行健的小册子《现代小说技巧初探》。如果你还没见到,就请赶紧去找行健要一本看。我听说这是一本畅销书。在目前"现代小说"这块园地还很少有人涉足的情况下,好像在空旷寂寞的天空,忽然放上去一只漂漂亮亮的风筝,多么叫人高兴![1]

20世纪80年代关于"现代派"文学的理论论争最开放的观点也多半限于"要不要现代派","要什么样的现代派","有批判性地借鉴"等等。对于作家来说,这纯粹是一个写作实践问题,那些理论是非几乎毫无意义。那些"现代派"作品几乎立即开展了一个新的艺术天地,80年代的中国作家和青年批评家没有人能够否认经历了西方文化,特别是现代派文学的洗礼。意识形态禁忌压制不住内心的共鸣,与其说这是精神和文化上"崇洋媚外",不如说这是非常实际的写作的压力所致。"现代派"作品摆在面前就提示了创新的范本,至少是标明了当代小说以及诗歌所达到的艺术水准,企图视而不见,或绕道而行都是不可能的。完成了"伤痕文学"和"改革文学"的历史使命的当代小说,必然要在"现代派"的诱惑之下去寻找小说观念和艺术形式的突破道路,"意识流"小说不过是一次小试锋芒的探索,然而它却预示了当代小说在这道路上只能前进的命运。

历史不仅经常弄假成真,也偶尔弄拙成巧,某些戏剧性的变化却是在无知的情形下悄然发生。20世纪80年代译介的"现代派"作

---

① 冯骥才:《中国文学需要"现代派"!——冯骥才给李陀的信》,载《上海文学》,1982(8)。

品，其实不少是“后现代派”，那时没有人意识到“后现代主义”与“现代主义”有什么区别，因为“现代主义”就足够新鲜、激进和深奥，既来不及分辨，也无须分辨。约翰·巴斯著名的“后现代派”论文《填补的文学》，美国《大西洋月刊》1980年第1期刊出，中国上海《外国文学报道》1980年第3期翻译发表。马丁·埃斯林的《荒诞派之荒诞性》，《外国戏剧》1980年第1期译出。阿兴·罗德威的《展望后期现代主义》原文载《伦敦杂志》1981年2/3月号，《外国文艺》1981年第6期翻译刊出。该文使用的“后期现代主义”英文原文就是“postmodernism”，之所以被译成“后期现代主义”可见当时没有意识到“后现代主义”与现代主义的区别。文中谈到美国的“自白派诗歌”、巴斯和巴塞尔姆的小说、纳博科夫的《微暗的火》、品钦的《万有引力之虹》、约瑟夫·海勒的《第二十二条军规》以及罗兰·巴尔特的文学批评，所有这些都是典型的后现代作品。《世界文学》1980年第3期发表陈焜的《黑色幽默——当代美国文学的奇观》，介绍弗里德曼（E. J. Friedman）编辑的小册子《黑色幽默》，书中收入的，当然也是文中谈到的作家，几乎全部是典型的“后现代派”，例如T. 品钦、J. 海勒、V. 纳博科夫、C. 西蒙斯、J. 巴斯、K. 冯尼戈特、W. 巴勒斯、D. 巴塞尔姆、N. 梅勒，等等，这个名单几乎囊括了“后现代派”所有的代表作家。陈焜的这篇文章后来收进《西方现代派文学研究》那本小册子。至于袁可嘉选编的那本有着广泛影响的《外国现代派作品选》第三、四册选入的几乎都是“后现代主义”作品。

可见“后现代主义”与“现代主义”在20世纪80年代几乎同时涌入中国，只不过它被当作“现代主义”加以接受和借鉴。这一误读对于当代中国文学的影响是深远的：其一，它使20世纪80年代中期出现的“现代派”似是而非——中国实在缺乏“现代主义”生长的文化根基和精神状态，而且在观念上袭用“现代派”的作品，在手法方面又借用了一些后现代主义因素（例如“黑色幽默”）。时过境迁，批评家用“现代派”的经典观念定义加以检验时，发现那是“伪现代派”，实际上那是一种含混的现代主义。其二，它使年轻一辈的作家还没有步入文坛就经受了从现代主义到后现代主义的双重影响，他们坐视年长的作家披着现代派的战袍匆忙上阵并且迅速失败。“现代派”在中国尤为不合时宜，那种超越性的精神和艺术宗教的狂热与中国民族性以及社会条件相去甚远。况且“现代派”在西方“已经终结”的行情（按照卡津的看法，现代主义作为一项艺术运动在20世纪30年代就已寿终正寝）逐渐为国内年轻一辈的批评家所了解，“现代派”没有精神底蕴作依托也就变成无根之木。只有“后现代主义”这种无根的文化才能在当今中国无根的现实中应运而生。因此，年轻一辈作家步入文坛时，那些“现代派”的影响已经晶化为“后现代因素”，它们切合了中国现实的文学史变迁的历史实际。

更加具体地说，在新时期“后期”（或“后新时期”）步入文坛的一部分作家（即我们称为“先锋派”的创作群落），他们既经历过像卡夫卡、乔伊斯、加缪、黑塞、萨特等现代大师——他们被认为标志着现代主义向后现代主义过渡——的影响，也为“新小说”而倾倒，当然给予他们最为深刻有力的影响的当推马尔克斯和博尔赫斯。1984年，马尔克斯的《百年孤独》译本在中国出版，显然是由于马尔克斯获1982年度诺贝尔文学奖，以及中国正在酝酿的“文化论争”的现实背景。马尔克斯在中国青年作家中风行，其震动不亚于1962年博尔赫斯的作品集在美国出版引起的骚动。如果后者直接给“枯竭的美国文学”（巴斯语）打开一条突围的出路的话，那么前者对中国作家的影响不仅有一次立竿见影的效果（寻根文学），而且有着更加深远的影响。一代青年作家开始意识到把现代派（或后现代派）的观念技巧与中国本土文化结合起来，正是这种结合导致了新的小说观念和叙述方式。显然，博尔赫斯的影响使马尔克斯式的中国产品更有力度，并且向着“形式主义”的高度进军——这一高度距离“后现代主义”只有一步之遥。如果考虑到博尔赫斯、马尔克斯等拉美“魔幻”作家被美国实验小说（后现代小说）奉为圭臬，那就不难理解中国的先锋派小说和实验小说相比不乏异曲同工之妙。

当然，“后现代主义”作为一个理论话题的形式要提到弗雷德里克·杰姆逊（F. Jameson）。作为一个马克思主义批评家，杰姆逊又深受拉康的精神分析学等后结构主义理论的影响，他尤为关注后现代问题。1985年9月至12月，杰姆逊应邀在北京大学开讲当代美国文化思潮，听者云集，讲演稿于1986年以《后现代主义与文化理论》为题结集出版，遂成为热门读物，被多方引用。

尽管“外来文化”的影响不可低估，但说到底，当今中国走向“现代化”引发的经济文化的变动则是中国式的“后现代主义”生存的直接土壤。从整体经济水平而言，中国无疑还处在相当落后的

“发展中国家”水平，但是，西方后工业社会的各种迹象在中国的大城市里不难见到。20 世纪 80 年代的中国“第三次技术革命”与“第四次技术革命”齐头并进。前者以电力工业、汽车工业和化学工业为核心，在中国已经初具规模；后者以电子计算机为核心，电子技术、生物技术、激光和光导纤维为主的通信技术，海洋工程、宇宙空间工程、新材料、新能源——虽然刚刚起步，起点很低，但是，对于处在这个社会的文化前列的一部分人来说，却足以构成强劲的感觉上的和心理上的冲击。大量引进外资，借助技术转让，学习发达资本主义国家的经营管理经验，这使得中国的“现代化”必然不可逆转地向着“后工业化社会”迈进。仅“六五”期间，我国与国外签订的大中型引进项目就有 1 300 项，用汇 97 亿美元，涉及能源开发、交通通信、原材料工业和机电工业等行业，其中引进技术软件合同占 50%。30 万和 60 万千瓦发电机制造技术，50 万伏直流和交流输变电设备制造技术、彩色显像管生产及大型板坯连铸机制造技术等填补了国内空白。通过引进国外新技术和新设备，我国高技术的研究、新技术的开发和传统技术的改造都得到了加强。通过技术引进，已重点装备了国家级开放实验室 22 个，重点科研实验室 30 个。这批实验室包括遗传工程、酶工程、天然药物及仿生药物、癌基因研究、新材料元素、固体微结构、晶体材料、元素有机化学、应用有机化学、高纯硅及硅烷、分子生物学、海洋工程、计算机软件工程、催化基础、模式识别、资源与环境信息等。我国约有 40 个实验室的装备已接近或达到国际同类先进标准，形成了国内的科研中心。电子工业共引进 2 000 多项高新技术和设备，1/3 重点企业得到了技术改造，技术水平一步跨越近 20 年。彩色显像管、线性集成电路、铬板、消气剂、计算机、磁盘机和关键元器件等 22 个大中型骨干企业在 20 世纪 80 年代中期相继投产，加强了我国电子工业的技术基础，形成初具规模的高新技术产业，产品产量大幅度增长。1981 年电子产品出口额仅为 1 157 万美元，1986 年上升到 1.19 亿美元，1987 年上升为 2 亿多美元，到 1991 年已超过 5 亿美元。从 1979 年起，至 1988 年 6 月，据资料统计，我国通过外国政府贷款、国际金融组织贷款、买方信贷、外国银行贷款、对外发行债券、股票等方式，签订了对外借款项目达 295 个，协议金额达 397.28 亿美元，实际使用 320.75 亿美元，吸收外商投资项目达12 161 个，外商投资协议金额 281.51 亿美元，实际使用 120 亿美元。两项共计利用外资项目 12 459 项，协议金额 678.79 亿美元，实际使用 414.28 亿美元。截至 1992 年 5 月，我国已累计批准中外合资、合作和外商投资企业共 4.2 万家，协议利用外资 600 多亿美元，引进先进技术 3 万项，百分之七十的企业开始盈利。[①]

在开放省份和大中城市，经济高速增长使中国的现代化（工业化）初具规模。工业化不仅带来发达国家的先进技术和管理经验，同时也必然引发当代中国人的价值观和文化心理的变更。尽管 20 世纪 60 年代西方盛行的“趋同论”存在诸多谬误，但是，“趋同论”某些观点还是符合历史实际趋势的。例如，工业化确实引起社会变化，技术进步确实影响了人类行为和价值观念。[②] 虽然亨廷顿认为“现代化并不必然包括走向现代政治制度的重要活动”，但是，他也看到：“现代化总是包含着变化，经常也包含传统政治制度的瓦解。”[③] 然而，当代中国走向现代化引发的社会变化最显著的方面，还是社会心理、价值观念和行为方式。这些变化并不单纯是由经济发达或工业化程序所直接决定的，经济发达或工业化仅仅提供一个广阔的背景，这个背景与当今依然保存的传统社会的政治、经济、文化构成极大的反差，形成一种冲突的、富有张力的文明情境——正是这种文明情境给“后现代主义”提供了产生的土壤。

改革开放给“市民社会”的形成提供了契机，尽管中国的“市民社会”还不具备任何政治实践功能，但是，其经济和文化活动却提示了一个远离政治“一体化”的自由空间。特别是市民文化（或称大众文化、流行文化或通俗文化）给封闭多年的中国增加了现代生活的活力。流行音乐、摇滚乐，时装模特，影视广告，商业招贴画，歌厅、舞厅、咖啡厅、酒吧，体育竞赛，明星崇拜，通俗读物，征婚广告，歌舞晚会，电子游戏机，大型游艺场，等等，构成当今中国现代都市混乱不堪而节奏热烈的文化潮流。那些发达国家有的消费文化（或娱乐文化），中国的大城市里应有尽有，尽管质量水准略逊一筹，但它大张旗鼓创造一种“现代化”的生活方式和消费娱乐方式，创造现代的感觉方式和生活态度却是绰绰有余的。汉密尔

① 参见王洪模等：《改革开放的历程》，515～519 页，郑州，河南人民出版社。（1992 年资料引自新华社通讯稿）

② 参见［美］罗勃特·海尔布等：《现代化理论研究》，北京，华夏出版社，1989。该书多篇论文论及“趋同论”。

③ ［美］亨廷顿：《变动社会的政治秩序》，38 页，上海，上海译文出版社，1989。

顿当年归纳的“流行艺术”的特征，不难从当今中国社会方兴未艾的大众文化中找到。虽然“先锋派”表达的“后现代性”与大众文化相去甚远，并且做出与大众文化对立的姿态，但是那些所谓的“先锋派”也生长于这个文化氛围中，他们的感觉方式和价值观念，他们企图表达对这个时代的独特感觉，无疑受到这个时代的文化潮流的直接刺激。

八九十年代中国的经济发展状况和文化氛围，给“后现代主义”的产生提供了最低限度的历史条件。但是，八九十年代中国的“后现代主义”说到底还是政治/经济/文化多元作用的结果——它是一种文明情境或文化境遇的超前表征。事实上，即使在美国，“后现代主义”依然是诸多历史条件多元决定的结果：第二次世界大战的阴影及随之出现的经济全面繁荣、和平景象与冷战的恐惧情绪相混杂，高科技的兴起及其对人们的感觉方式的改变，反现代主义的平民主义倾向，意识形态衰落与左派激进主义盛行相混淆，反战示威和学生运动，等等，这些典型的后工业文明时代的社会现象，其实也是潜在地相互作用的文明因素，它们共同造就了“后现代主义”式的感觉方式、价值观念和文化态度。高科技和经济发达不过提示了一个社会大背景，在这个背景映衬下，文化的不协调性显得异常突出，瞬息万变的信息时代与传统文化记忆的强烈冲突，富足的生活与核武器竞赛，文化上的宽容，自由主义的多元论与意识形态狂热……正是这种反差和错位的文明情景，才造成后现代主义那种无中心、不完整、丧失历史感、随遇而安的游戏态度，从破碎而荒诞的生活中寻找诗性的快乐的“黑色幽默”风格，最简要地说，早期后现代主义（或对后工业社会率先感应的先锋派式的后现代主义），正是第二次世界大战后的后工业文明时代“文化受损”的表征。在这一意义上，经济发展水平并不是唯一的决定因素，也正是在这一意义上，拉美“魔幻现实主义”被实验派小说奉为后现代主义的圭臬。

拉美“魔幻现实主义”创造的那种“神奇的真实”，正是对拉美混杂的、充满错位的文明情景的特殊表达，已死的玛雅文明与印第安或阿兹特克文化，帝国主义的经济和文化全面渗透，军政府独裁政权，现代生活和古代通灵论，等等。马尔克斯、博尔赫斯、卡彭铁尔等人一直是用欧洲文明和拉美文化双重眼光来看待他们所处的历史境遇。卡彭铁尔说道：“拉丁美洲的一切都异乎寻常：崇山峻岭和巨大的瀑布，广阔无垠的平原和难以逾越的密林，混乱的城市建设伸入风景濒临绝灭的内陆，古代的和现代的，过去的和未来的，现代技术和封建残余，史前状态和乌托邦理想，这一切全都交织在一起。在我们的城市里高耸的摩天大楼旁有着印第安集市，集市上巫师术士随处可见。”[①] 所谓“拉丁美洲意识”，就是古旧垂死的文化记忆与反抗帝国主义或屈服于军政府的殖民地意识的混合物。因为混乱、反差强烈、错位、荒诞，它才显出那种“神奇的真实”，它才具有约翰·巴斯等人赞赏的奇妙的后现代性，它与发达资本主义的“后工业社会”制造的文化情境，有着异曲同工之妙。

就其经济发展水平而言，20 世纪三四十年代乃至五六十年代的拉丁美洲显然要低于 80 年代的中国，拉美有可能产生“后现代主义”，何以中国不行呢？说到底“后现代主义”表达了“文化受损”的状况，当代中国同样置身于一个巨大的“文化落差”之中，不同的时代，不同的信仰，不同的观念和行为方式在这个特定场合汇集，它使当代中国文化变得混乱不堪却又奇妙无比。20 世纪 80 年代后期，“精英文化”失落，标志着社会的“卡理斯玛”（charisma）解体，所谓“文化失范”不过是“解体”的另一种表述。“卡理斯玛”这个词是早期基督教的词语。马克斯·韦伯借用它来指有创新精神人物的某些作风品质。爱德华·希尔斯（Edward. A. Shils）提出一个关于社会的“卡理斯玛”现象的更为综合的看法。他认为，社会上的“卡理斯玛”不一定来自有“卡理斯玛”的个人的创造，“它是赋予人们的行为、作用、制度、符号以及物质客体的一种品质，因为它们被认为与‘终极的’、‘根本的’、‘主宰一切的’产生秩序的权力有联系”[②]。因此，“‘卡理斯玛’可以把人类经验的不同范畴予以秩序化，亦即社会需要秩序的结果”。“卡理斯玛”赋予社会以中心或中心价值体系：社会有一个中心，社会结构中有一个中心带，而这个中心或中心带是价值和信仰领域的一种现象：“‘卡理斯玛’是符号秩序的中心，是信仰和价值的中心，它统治着社会。它之所以是中心，因为它是终极的，不能化约的；很多人虽不能明确说出这点，但却感觉到这样一个不能化约的中心。中心带是具有神圣性质的……中心价值体系的存在，根本上取决于人类需要结合能超越平凡的具体个人存在（并使其改观）的某种东西。人们需要与大于自己身体范围的和在终极的实在的结构中比自己日常生活更为接近

① ［古巴］卡彭铁尔：《我们的作家》，9 页，南美出版社，1975。
② ［美］爱德华·希尔斯：《中心与边缘》，127、3、7 页，芝加哥，1975。

核心的一个秩序的一些符号相接触。”① 著名汉学家林毓生教授在《中国意识的危机》一书中，以“卡理斯玛”的崩溃导致文化脱序、道德混乱与失意来描述中国现代思想史出现的危机。②

试图分析20世纪80年代后期中国社会的“卡理斯玛”解体的历史过程是困难的，这不仅面临涉及的文化现象、社会心理与符号记忆方式等方面的理论难度，而且会遭遇一些非学术的难题。但是，人们不难感觉到80年代后期中国社会的“中心化”价值体系失去创造功能，“一体化”的社会秩序处于严重破损的状况。经济过热发展激化了隐藏的文化矛盾，市民社会在逐步形成，与主流意识形态、知识分子的精英文化处在三元分离的状况。市民社会奉行经济实利主义原则，并且代表了一种有生机的蓬勃向前的社会力量，它使政治精英和文化精英确立的社会秩序面临“合法化”危机（哈贝马斯的“合法化危机”概念可以与“卡理斯玛”解体并列使用），因而社会的信仰、价值和符号秩序必然发生一系列错位：名/实，动机/效果，真实/虚假，严肃/游戏，真理/谎言，权威/丑角，精神/物质，政治/经济，文化/商业，悲剧/喜剧，仪式/闹剧，爱情/欲望，宣扬/消解，奉献/掠夺，发展/退化，进步/保守，左/右，等等。这些对立项在具体的历史实践中总是相互颠倒，就其存在方式而言，总是出现“名”（能指）与“实”（所指）的分离，因而其动作方式总是发生动机与效果的倒错。在某种意义上，经济实利主义已经消解了“卡理斯玛”中心，甚至那些政治的和文化的意识形态实践实际却变成经济活动，例如20世纪80年代末期风起云涌的“弘扬……”、“发展……”、“坚持……”、“推动……”等等，结果其背后却隐藏着经济利益，或者在其实践过程中异化为经济目的。人们始终（或经常）置身于一个自相矛盾的境地：一边是强大而严格的制度体系，另一边却是随机应变的日常生活。在一系列冠冕堂皇的符号秩序掩饰下的是截然相反的现实行径，人们游走于隐含“合法化”危机的社会秩序的各道裂痕之间而自行其是，错位的文明情境洋溢着无边的荒诞与诗意。置身于这样的历史时刻的文化不再有视死如归的革命气节，毋宁说它充塞着不置可否的喜剧精神，它为当代叙述学提示了诗意祈祷、滑稽模仿、抒情与反讽等一系列感觉方式、修辞方式和表达方式——这种方式使中国当代文学（特别是先

① ［美］爱德华·希尔斯：《中心与边缘》，127、3、7页，芝加哥，1975。

② 参见［美］林毓生：《中国意识的危机》，贵阳，贵州人民出版社，1986。

锋派文学）最大可能地切近后现代主义。

总而言之，当代中国经济虽然处在欠发达的“准现代化”水平，但代表“第四次技术革命”的高科技产业却也方兴未艾，“后工业社会”的种种迹象也初露端倪，即使就经济发展状况而言，并不是找不到培植“后现代主义”的土壤。20世纪80年代外来文化的洗礼，给中国青年一代作家提供了借鉴的范本，其中不乏后现代文本的激发作用。然而，不管是经济发展水平，还是文化模仿，都不能充分有效地说明当代中国产生后现代主义的根源及其本土特色。在我看来，正是当代中国的政治/经济/文化之间构成的奇特的多边关系，决定了当代中国的“后现代主义”可能产生极其显著的中国本土特征。当代中国正处于非常复杂而特殊的历史转型时期，它会聚了各种矛盾，隐含了多种危机，而当代中国文学中的“后现代主义”问题，正是这种历史复杂性的高度表征。

三、勉强的记忆：“文革后”的历史叙事或先锋派的文化规定性

在讨论当代中国的文学艺术中出现后现代主义倾向时，有必要把这一问题置放在文学艺术自身的历史实践中来理解，也就是说，20世纪80年代后期出现的后现代性因素，可以被看做是“泛文化”的文明情境的产物，但是，这些“泛文化”条件是全部投射、渗透、凝聚在文学艺术自身的具体实践的每一个推论环节才起作用的。因此，回到事物本身，也就是把这些“泛文化”因素融合到文学艺术的实际历史过程中去理解。这当然不是去重新编织历史必然性的逻辑，而是去清理历史推论的那些变动、错位和误置的关系。

“文革后”的中国文学被称为“新时期文学”，“新时期”这种表述不仅确立着一个反“文革”的政治态度和文化立场，同时意味着一种历史叙事：“文革”被宣告为一个已经过去的、结束的、死去的时代，而一个伟大的“新时期”业已诞生。显然，“新时期”是一次自我命名，因为这个时代才刚刚开始，怎么能证明它是“新”的呢？这个“新”仅仅建立在对“文革”的断然否定的基础上就足矣。事实上，“新时期”文学正是由对“文革”的批判否定确立其基本命题的：“文学是人学。”“新时期”文学作为思想解放运动的急先锋，全

力书写“文革”时期极左路线对人们的肉体折磨和精神迫害。反观那充满血泪的、叫人心碎的命运，终于意识到自己的存在，于是，“大写的人”被迅速推到历史主潮位置，则是理所当然。

从对“文革”的批判中获得“人”的历史起源的依据之后，文学急于在现实性上对“人”加以书写，因此，关于“文革”的故事在20世纪80年代初期已经讲完，现在则要讲述“新时期”的故事。“大写的人”随之在现实的理想主义镜像中放大，在各种关于“人”的话语中获得不断增殖的现实意义。80年代中期，文学几乎忘却了“文革”，当时盛行的两股思潮，其一是“现代派”，其二是“寻根派”。前者不用说是对西方现代主义思潮涌入中国的直接呼应；而后者却试图去寻找现代化压力之下中国民族的精神文化源流。然而“寻根派”却不过生动地证明了文化之根已经断裂。“寻根派”作为知青群体，本来就没有沟通传统渊源的“文化记忆”，他们把个人记忆勉强放大为时代的、民族的历史记忆。上山下乡经历过的那些偏远山乡的异域风情、人伦习俗、神怪传说，原本不过是作为回忆个人失意的青春岁月的背景，现在从个人的故事中剥离出来，成为“民族的故事”，成为民族的生存之根。知青群体没有“文化记忆”，只有“文革记忆”，因此，“寻根”能够寻到的依然只能是（也必然是）“文革”那段历史，企图从中发掘出民族传统的“文化之根”显然是一次记忆错位。相反，“反传统”的口号则不胫而走，在大多数人看来，传统不过是些固弊陋习，人们渴望远离传统，向往“蔚蓝色”的文明。

关于“人”的现实性故事遗忘了它的历史前提——“文革”之后，它在“新时期”意识形态推论中起着基础性的构成作用。然而20世纪80年代后期，意识形态主体产生多元分化，出现了主导意识形态、知识分子精英意识形态、民间意识形态的多元格局。而知识分子精英意识形态实践功能严重弱化，文学丧失“轰动效应”不过是个不太严重的后果而已。文学不再有现实性的故事可讲，“大写的人”也就不再有现实实践的意义。文学面临深刻的危机并不仅仅在于它被商品经济的洪流冲击到社会的角落，更严重之处在于，文学突然丧失了现实性。它本来就没有历史，现在又丧失了现实话语，它置身于一个空荡荡的荒野之中，除了自言自语，除了沉湎于个人的回忆或幻想，除了讲述一些没有历史也没有现实内容的故事，它还能有其他什么作为呢？

“文革记忆”给予“大写的人”提示了历史起源之后，在“新时期”讲述的现实故事中被遗忘了，现在“新时期”的神话也已枯竭，封存于现实想象关系之下的“记忆”又要恢复，当然，它是以非常隐秘的和奇怪的形式来显灵的。1986—1987年，马原、洪峰、残雪各自以不同的方式提示了过渡时期的经验。他们讲述的故事不再具有意识形态的实践意义，然而却预示了现实性的转折。文学创作变成个人化的写作经验，变成方法论的游戏和纯粹的幻想经历。马原对“新时期”文学规范断然拒绝的反叛姿态，洪峰胆大妄为的“渎神”行径，残雪那自行其是的幻想经验，所有这些都远离现实也远离历史传统。这一次的文学叛乱，既是一次“无记忆”的自我书写，也是一次“文革记忆”的抽象复苏。与其把这场叛乱视为对西方现代主义（或后现代主义，例如博尔赫斯）的模仿，不如看成是对“文革”那种历史欲望和想象的简要重温。

我们称之为“先锋派”的那个创作群落（他们主要包括：马原、苏童、余华、格非、孙甘露、叶兆言、北村等），是在20世纪80年代后期步入文坛的，他们不仅面对着“卡理斯玛”解体的文明情境，而且面对着“新时期”危机的文学史前提——这就是他们无法拒绝的历史和现实。与其说他们从这个历史前提找到新的起点，不如说他们承受了这个“前提”的全部压力而仓皇逃亡。他们与这道前提的关系天然地是对抗的、背离的，他们注定了是“新时期”的叛臣逆子。

在这一意义上，20世纪80年代后期崛起的创作群落可以被称为“晚生代”——这一指称实际上并不仅仅指“先锋派”，它同样适用于“新写实主义”那批青年作家，如刘震云、刘恒、李晓、李锐、杨争光、池莉、方方，乃至王朔，以及其他的后起之秀。在诗歌界前几年就有“新生代”一类的说法，这种说法不足以给出这一代作家、诗人的历史规定性，某种意义上，每一时代的作者都是“新生代”，而“晚生代”则是这一批写作者的特殊规定。

（1）面对“知青群体”，他们具有历史的“晚生感”。“知青群体”经历过“文革”的战斗岁月，他们与当代中国雄伟的历史神话联系在一起，在20世纪80年代，反“文革”的历史叙事方式和文化记忆方式使他们理所当然地成为历史主体。“新时期”构造的时代的想象关系，从“知青文学”到“寻根文学”完成的历史升华仪式，“知青群体”当之无愧是这个时代的神话主角——普罗米修斯式的文化英雄。他们讲述个人的经历、个人的心理，个人的痛苦、忧伤和希望就是历史，就是集体的历史传记。而这些后来者又如何呢？他们中也有人插过队，当过工人或战士，但通常不过一两年工夫（多则不过三年），那段历史充其量沾了点边，搭上末班车，不过是些小配角或小伙计。更多的人，关于那段伟大的不平凡的岁月，除了听说和阅读，再就是想象。尤其是“先锋派”群体，年龄上普遍要小于“新写实”群体。对于“文革”及“文革后”的新时期神话，他们更像局外人，他们被拒绝于这段历史主潮之外，他们没有成为时代的弄潮儿，却不过在历史退潮之后，拾掇一些玩物，这不能折射出历史的辉煌，却不过徒添现实的失败感。

（2）面对“大师”，他们无法摆脱艺术上的“迟到感”。先锋们在20世纪80年代后期，正值外来文化特别是西方现代派文学大量涌入中国的时期企图崭露头角。他们不仅熟知那些古典时代的大师，而且不断为现代大师所诱惑，例如卡夫卡、艾略特、乔伊斯、黑塞、罗伯·格里耶、西蒙、萨洛特、杜拉、巴斯、品钦、马尔克斯、博尔赫斯，等等。应该承认，他们的写作一开始就蒙上“大师”们的阴影。与绝大多数前辈作家有所不同——他们只要熟读《讲话》、《水浒传》、《红楼梦》之类，再加上生活，可能就会成为一个出色的作家，年轻一辈作家面对大师企图制造艺术革命的戏剧性效果（他们别无出路），却不得不像罗伯·格里耶说的那样，“话已经被说完了”。我不止一次听到他们慨叹“大师的可怕”。在那些故作狂放的形式实验背后，其实“隐藏了黔驴技穷的恐慌”。对于年轻一辈作家来说，在艺术上已经没有退路，在1986—1987年，当代中国文学，在诗歌方面矗立着北岛这座高塔，在小说方面横亘着莫言和马原两道山峰。在背离传统的语言和叙事方式两项艺术革新上，莫言和马原对年轻一辈的作家既是诱惑也是压力，尤其是超越马原乃是他们崭露头角的必经之路。然而，马原并没有摆脱某些大师的阴影，例如博尔赫斯，那么晚到者又如何呢？马原躲躲闪闪，他们干脆明火执仗，大打出手，在叙事技巧、语言风格方面铤而走险。博尔赫斯的“空缺”在格非的小说叙事中直接显灵；“新小说”的语言感觉在余华初试笔锋的几篇力作中重放光辉；孙甘露的那些极端文体则暗藏各路大师的启迪；至于北村，他一直很难摆脱黑塞后期作品的阴影（例如《玻璃珠游戏》之类）；苏童似乎不露蛛丝马迹，可是早期作品中不难见莫言、马原的痕迹，至于他最成功的作品《妻妾成群》，则足见《家》、《春》、《秋》、《红楼梦》，乃至《金瓶梅》这类古典文本在起决定性的作用。他们无法像年长一辈的作家那样讲述意识形态的神话，其艺术革命却也难逃“大师”的阴影，与其说他们是艺术上的反叛者和革命者，不如说他们仅仅是“迟到者”或“后来者”，就其艺术法则而言，他们不过用现代汉语模仿、改装、重述、拼合、拆解“大师”们的话语而已。

（3）面对传统，他们陷入文化上的“颓败感”。尽管20世纪80年代知识分子的主流意识形态一直存在“反传统”的势头，但是它起码酿就了一种与传统对话的文明情境。80年代后期，整个时代的中心化价值体系趋于崩溃，文化这种东西，仅仅被理解为“及时行乐”的相关的娱乐形式。商业社会大规模兴盛，现代工业文明给予“传统”以前所未有的冲击，那些“传统”艺术品正明码标价，随时准备向发达资本主义国家的游客兜售；在那些华丽艳俗的庙宇龙门旁边，矗立着“可口可乐”之类的洋文广告牌；在所有“弘扬传统”的背后，总是躲藏着硕大的经济目的。这个时代的文化已经为商业主义所侵蚀，而给文明以创造能力的“卡理斯玛”正趋于解体，先锋们所能感受到的就是强烈的文化溃败感，他们不仅没有历史，没有现实，也没有文化记忆。对于他们来说，关于“传统”的记忆本来就淡薄至极，这不仅与80年代“反传统”风气有关（事实上，这个风气多少还强调了传统），更主要的是几十年的文化断裂。革命的意识形态拒绝“传统”，与“传统”决裂才是无产阶级革命事业接班人的当然气质。甚至他们与“五四”时期的文化传统的真实联系也十分有限，他们接受的是关于“五四”的意识形态神话，而不是作为文化传统和艺术传统的“五四”。尽管在他们的写作中，也不时可以看到“五四”巨匠的流风余韵，那不过是偶然的巧合，我说过，他们得之于外来文化的启迪，甚至要远远大于中国现代那些文人墨客的影响。

传统已经颓然死去，湮没于商业主义的历史大潮中，湮没于初露端倪的后工业文明的巨大幻象之中。奇怪的是，我不止一次听他们慨叹过“传统”，渴望与传统沟通，找到传统的文化母本。然而，我从未听到他们讲述的“传统”、“文化母本”的真实内容。格非的“古典性”仅仅是对传统的“后浪漫式”的眷恋，余华的“传统记忆”限于对《聊斋志异》的偶尔模仿，北村的“东方神话谱系”更像是宇宙论、通灵术或末世学。对传统的奇怪眷恋某种意义上乃是后现代小说家的惯用手法，例如巴斯与中世纪传奇，巴塞尔姆与古代传说和童话。甚至巴斯心目中最理想的后现代小说，就是像卡尔维诺那样，一只脚踩在现代宇宙论上，另一只脚踩在古典传统上。然而，我们时代的“先锋派”，或者说，我们时代的“晚生代”没有真实的传统记忆，他们头脑中，他们心灵深处保存的“文化记忆”——具有真实的历史感的记忆——也就只有“文革”记忆。

对于“晚生代”来说，“文革”既是错过的、无法进入的历史，却也因此成为永久的记忆障碍，它那“神奇的真实性”被抽象化为记忆的形式，它的那种造反、反叛、革命、暴力，乃是一次纯粹的艺术创造。因为经历过“文革”，知青群体成为“新时期”的神话主角；因为没有经历过“文革”，“晚生代”无法讲述“新时期”反“文革”的神话，这是一次神奇的与伟大的掠夺。虽然他们没有成为“文革后”的历史主角，然而，他们却完成了一次“后文革”的艺术革命。当然，“文革”是一场史无前例的政治灾难，然而它也是一场前所未有的文化的末日庆典。作为一次盛大的革命节日，它那放纵的狂欢场面留给人们的印象是深刻而久远的，时过境迁，那些粗暴拙劣的行径无不具有诗性的历史象征意味——它们成为文化死亡之后散落的残简碎片，不仅拼合成一个令人绝望的末日情境，而且喻示着一个令人想入非非的黄金时代。对于一部分中国人来说，“文革”是一段不堪回首的梦魇；而对于另一部分更年轻的人来说，它可能更像是一场奇怪的仪式，一次疯狂的初恋，一段神奇的传说。不管如何，对于丧失了“文化记忆”的人们，对于远离了深挚的文化母本的人们，对于空空如也的脑袋里晃荡着几个枯燥乏味的政治概念和经典术语的人们来说，“文革”是一段不可逾越的历史，一段无法拒绝的回忆，一块永志不忘的伤疤。“文革”包含太多的政治的和文化的象征意义，它以它“反文化”的武断形式填补了几代中国人的记忆空白而成为难以抹去的“文化记忆”。尽管它一开始是作为被否定和被批判的历史事实而存在于人们的叙事话语中，但岁月的流逝冲淡了它沾染的政治污泥，许多年之后，以至仅仅若干年之后，它就变成纯粹的“文化记忆”。

我们时代的“晚生代”面对的是“卡理斯玛”解体的现实，处在文化溃败的历史境遇，他们没有现实的神话可讲，他们没有历史、没有现实、没有大众，只有孤零零的自我。然而，这个“自我”保存有什么样的个人记忆呢？作为梦幻的孤独个体而写作，那些狂乱的想象，那些无所顾忌的诗意祈祷，除了从“文革”记忆中辨认出一点蛛丝马迹，还能找到其他的精神依据吗？也许在表面的美学法则上可以列出博尔赫斯、马尔克斯、卡夫卡、鲁迅、黑塞、乔伊斯、弗洛伊德、巴尔特、纳博科夫和尤涅斯库……直至所有现代主义和后现代主义大师的名字，然而，精神呢？对于这一代人来说，“文革”那块巨大的历史幻象在记忆深处缓缓蠕动，就足以怂恿他们沉醉于无边无际的幻觉，没有终结的语词游戏，无法遏制的表达欲望，莫名其妙的暴力行径，失去家园而没有归宿的任意逃亡和随遇而安的死亡……因此，这些被称为后现代主义的倾向，并不只是对外来文化的单纯实验性模仿，更重要的是对他们所面临的现实和所拥有的“文化记忆”进行的历史叙事。

尽管“新时期”的精英话语一直在贬抑“文革”（它由此来确认自身的优越性），但是它同时也把“文革”当作唯一的理论前提和参考系。随着那些历史事实和具体内容被作为“新时期”的历史起源，作为一块历史抹布用完之后，它被随手扔在时代精神的边缘和集体记忆的底层。当“新时期”的幻想之物宣告解体，压制在记忆深处的那些历史印象则浮出现实地表，对于更年轻一辈的人们来说，这种抽象的记忆重新构成他们的历史起源。虽然人们可以强调说文学写作的动力来自纯粹个人化的经验，而且也面临着文学史序列上的母题变异和形式规范创新的直接压力，先锋派在没有现实可讲的困境中挣扎，且要跨越马原的“叙事圈套”，只能在叙事方法及语言风格方面铤而走险——这些文学制度法规的现实性是毋庸置疑的；但是，更深一层说，任何有力量的写作，最重要的动力在于从本民族的历史或现实中找到那些令人震惊的事实，这些事实经常构成写作的经验表象，而且内在地起到无意识的支配作用。正如拉康所说的那样，“无意识是‘他者’的话语”，对这一代人作历史精神分析时，能找到什么其他的“他者的话语”呢？没有，他们远离汉文化传统，那些运用自如的汉字不过是些空洞的方块符码，那个伟大的传统——按照汤因比的观点，在唐代就已死去。而对于他们，对于我们来说至少在半个世纪前就已经死去。只有“文革”那些残留在印象与现实权力中枢的话语绞合成一种奇怪的“他者的话语”——隐秘而顽强地在起决定作用的“父法”。不管是屈从还是反抗，认同还是背叛，总之这是一种铭刻在生命本体上的印记，一种永远无法分割的“父子”关系。确实，再也没有什么比“文革”那样一种历史疯狂与当今实利主义的现实拼合在一起的图景更令人震惊的了，无论绝望还是狂欢，反抗还是逃亡，这一辈人只能在这样令人震惊的历史情景中找到一些深刻有力的印象。尽管对于“文化记忆”的伟大源流来说，这不过是些徒有其表的流风余韵，然而，对于先验性地被阉割了历史和现实的“晚生代”来说，对于遭受语言异化和历史困厄的文明主体来说，这也是弥足珍贵的精神馈赠了。

作为精英文化的残余物，先锋文学被悬搁于文明的虚幻空间，他们远离政治中枢，也远离大众，那些残存的“文化记忆”保留着对权力中枢的绝望逃避，其历史叙事采取了各种各样的隐喻、象征、转喻和寓言的形式。作为自我表白的话语，先锋文学始终讲述自己的历史，它玩弄着自己的游戏，它不想颠覆，也不想填补和替代那个中心。他们是站在历史记忆交汇点上的观望者，既着迷于感官的诱惑力又富有破坏性，不再对自身以外的事物给出承诺，那些精心拼贴的浮华表象意指一个过渡的、游戏的、戏剧性的历史空当。尽管说，先锋派的行为说到底都是一种对个人表白权利的永久更新，而一切权利最终都是政治性的；但是，在意识形态充分活跃的时代，这种远离权力中枢的游戏精神，这种否定、拒绝、非承诺的姿态，则是在开辟一条通往不可归约的现实的精神歧途，在那里，艺术行为仅仅是释放、书写着和理解着自我的生命铭文而已。

因而，我坚持认为，我们时代的“晚生代”终究是从自己生存的文明现实中体悟到特殊的记忆形式，并且以此表达对语言异化和历史困厄的反抗。那些多元化的决定作用最终要依靠深刻的生命本体力量来实现。那些所谓的时代合力，所谓的多形语境凝聚在有自身历史并始终处于历史中的个人实践品格之中，因而，历史叙事是与意指性主体深处的文化记忆之展开不可分的，后现代性的叙事也正是由于这个主体才得以解读。

总而言之，20 世纪后期的中国作为一个发展中国家，或者说一个前现代化社会，它正面临着后工业化社会的各种因素的全面入侵，这个社会在文化上生存于一个“巨大的历史跨度”之内，这个社会中的人们的“文化记忆”受到严重的损坏并发生各种重叠，而政治无意识的压力则使这种重叠的“文化记忆”产生多种变体，这个时代的精神地形图变得更加复杂。正是在后工业化/前现代化、历史伪形/文化记忆、政治无意识/个人写作等多元对立的历史情境中，20 世纪末期中国的后现代主义找到它生存的现实土壤。作为“文化记忆”危机的表达，当代中国的后现代主义有着非常特殊的本土含义。

说到底，“后现代主义”仅仅是一种“命名”，在文化交汇、碰撞的十字街头，我们无法拒绝这种“世界性”的话语，所谓“先锋文学的后现代性”，不过指向一个复杂而极端性的文化情境。对于我来说，“后现代时代”并不像利奥塔德所构想的那样——是一个充斥着“稗史”的时代，也并不是一个仅有着各种并列排法、反论和背理叙述的时代。后现代时代也有某种历史的真实感，我的这些叙述意在打开某个精神地形图，某个群落的集体无意识，某代人的内心生活。正如桑塔格所说的那样：“我们需要的是一种艺术的生命欲望，而不是艺术的阐释学。”

上　篇

叙事革命：话语与风格

革命在它想要摧毁的东西内获得它想具有的东西的形象。

——罗兰·巴尔特《写作的零度》

最大的问题是去胜过“所指”、胜过法律、胜过父亲、胜过被压制者，我不说驳倒，而是说胜过。

——罗兰·巴尔特《符号学原理》

第一章　冒险的迁徙：先锋小说的叙事转换

现代以来的中国文学史一直被看成是中华民族精神历程活生生的展示，那些伟大的作品如同前行的火炬，引导中华民族走向新生。那些杰出的作家，总是被称为“闯将”、“斗士”、“民族的脊梁”。而“启蒙”、“救亡”之类的革命主题，“唤醒”、“抨击”、“揭露”和“歌颂”一类的说法，经常构成现代以来的文学史叙事中的点睛之笔。“文革后”的“新时期”文学尽管与“五四”文学传统的直接联系甚少（中间横亘着一段文化空白），然而，文学的规范体系，讲述的意识形态话语（及其讲述方式）却是如出一辙。作为一种历史话语，作为一个时期的真实写照，文学讲述的主题、破除的那些禁区、触犯的那些禁忌、引发的那些争议，都是在“思想解放运动”的历史序列之下加以确认，所谓“轰动效应”，无不是意识形态的热点效应。而所谓“大写的人”——这个“新时期”文学的最高规范式，则是“思想解放运动”的直接成果。作为人们的思想、愿望、幻想、情感和心灵的全面概括，“新时期”文学无疑是这个时代（想象中）的精神丰碑。

然而，这座“丰碑”同时铭刻着一个时代，一种文学规范体系的终结。20 世纪 80 年代后期，随着“改革开放”引发的经济、文化秩序的深刻变动，文学必然要发生深刻的变革。这是一次不自量力的反叛和挑战，因为人们面对着的是庞大的历史、是业已确认的权威话语，而挑战者不过是些初出茅庐的散兵游勇——正是这种景象本身喻示着一个理想时代的终结和一个怀疑时代的开始。这样一个全面转折的时代已经不可避免，并不因为人们是否有把握在文化上迎来一个更有希望的时代，仅仅因为“新时期”的神话已经讲完。

事实上，叙事方式的革命性转换一直是当代文学期待已久的变革，那些“新时期”神话的讲述者不少人早已疲惫，只不过历史的限定使他们绝大多数人无力摆脱这座“丰碑”的阴影。这种“变革”过去一直寄望于对“外来阴影”的模仿，现在则同时要依靠对个人存在的极端体验。马原以后的先锋派（或称之为“后新潮”），尤其是在苏童、余华、格非、孙甘露、叶兆言、北村等人那里（以及在“新生代”的诗作里），文学写作根源于个人的经验，那些苦心孤诣构造的叙事方式，那些想入非非的符号之流，那些无所顾忌的诗性祈祷，确实创造了我们时代最尖锐的艺术感觉方式，预示了文学观念，特别是小说叙事向着“后现代主义”方面转换。本章在综合性的视野里着重分析先锋小说叙事的转换流向，以期对背离“新时期”文学规范的叙事革命有一整体理解。

一、终极性失落：消解深度模式

基督教衰落以后，整个西方世界陷入了没有精神信仰的恐慌之中。寻求一个替代宗教的现代精神信仰，一直是20世纪上半叶艺术运动的主要目标。20世纪是一个寻找的世纪，当现代思想吸足了非理性的精神鸦片之后，“寻找”就变成一系列的反抗和破坏，一连串的掠夺和骚乱。现代精神逐渐沉迷到一个超越性的彼岸世界，一个无法自救的永恒深渊。卡夫卡、艾略特、毕加索、康定斯基、叶芝、梅特林克、萨特、加缪、乔伊斯……都是企图唤醒现代精神自救的现代艺术运动的伟大领导者，然而也正是他们，把现代精神引入到一个无穷的深度——那里面除了痛苦、孤独、荒诞和虚无之外别无他物。

新时期文学以“人”为出发点，为时代的思想解放运动充当观念的先锋，为寻求支撑时代的精神信念和超越性的终极价值而建立了一个“寻找的神话”模式。我当然不敢贸然说，我国新时期文学与西方现代主义精神不谋而合，或者是西方现代历史的投影。中国当代历史是一段非常混杂的历史，它不可能与西方任何一个历史阶段简单等同或类比。但是，在“寻找意识”植根的历史动机或冲动，却有它们共同的期待。当代文学最后走上“寻根”的道路，扎进历史和文化的深度中去，是理所当然的。“寻根”不仅仅是寻求文学表现题材和表达风格的方式，也不只是“寻根派”试图找回他们丢失的岁月和梦想，更重要的，它是一种寻找民族的超越性终极价值的、历史无意识的集体行动。莫言作为“寻根”的一个终结，恰恰不是沉入历史的深度中去埋葬自我，而是以感性生命的形式从那个深度中逃遁出来。这除了归咎于“寻根派”群体的艺术素养不足之外，根源可能在于我们这个民族所面临的现实使得它本来就很脆弱的对超越性价值的承受力变得更加脆弱。对原始生命力的感性形式的渴求，似乎表明当代现实充满生机，但实际上，这在显示了正视生命的勇气的同时，也表现了对那个无穷的深度、幽暗的隐秘、永恒的终结的怯懦。柔弱的民族心理不得不屈从于正在改变的现实。

当代现实当然是由于突然间兴起的商品经济的冲击而激发了内在矛盾，引起了价值观念的混乱。新时期文学一直怀着热望去追求人道主义信念，追求人的价值和尊严，却受到了现实的价值尺度的无情嘲弄。知识分子对自我生存状态的怀疑，必然导致对生存信念和超越性终极价值的怀疑。而当代的怀疑主义是致命的，因为它植根于每时每刻的生存事实中。当代现实的短期效应，急功近利，毫无疑问对所谓的终极性价值嗤之以鼻。

当然，西方 20 世纪文化成果的突然涌入，也使当代中国的思想观念选择陷入了混乱。我们是在短短几年里浏览了西方整整一个世纪的思想演进过程，各种观念混合在一起，各取所需而又无所适从。任何思想都可以在这里找到一席之地，而又很难站稳脚跟。一种观念很快就为另一更新奇的观念所代替，一种经验刚刚出现不久就遭到过时的厄运，从一种思想到另一种思想的“进步”，甚至只依靠随心所欲的“创造”就行。有人把这种现象称为“文化失范”，这可以说是一个精当的概括。当代文化不可能建立统一的范型，也就不会建立统一的深度。在文学方面，西方的现代主义、后现代主义以及拉美的魔幻现实主义，是当代实验小说的主要范本。特别是第二次世界大战后的实验小说，作为西方后现代主义的先锋，在当代中国的先锋小说急于摆脱“寻根”的深度阴影时，起到启迪的作用。但也仅仅是启迪，其影响非常有限。毋宁说，这只是实验小说家对当代现实和文学实验的一种集体“感悟”。

不管当代中国实验小说家的那种艺术方式是来自“启迪”，还是植根于“感悟”，他们与西方的后现代主义艺术家确实有着惊人的相通之处。他们的生存体验、生存态度和世界“观”，如果说不存在任何参照关系的话，也是可以基本沟通起来的。后现代主义把存在的各种现实形态——可理解的与不可理解的、合理的与不合理的——都作为生活的“本来”内容予以接受。反抗与破坏、暴力与色情、吸毒和现代预言、政治丑闻和流传逸事等等，都成了必然的事实，它们的总和构成了这个世界。后现代主义消除了“应该”这种观念。战后实验小说把好斗、破碎、冷酷、无意义等主题引向极端。与20世纪20年代的实验小说不同，如约瑟芬·韩丁所说，战后实验小说不是把不完整的经历当作西方文明衰败的迹象而加以悲叹，相反，它使人们把混乱作为生活的主要部分接受下来，并希望通过传统理想的更替，能够用新的方式来应付人类面临的形势。战后小说实验的多样化，在于用以减轻暴力、屈辱和脆弱性情感的多样分化。“不完整性”被当作切断痛苦的开关，返回到生活原初状态的纯真中去的一种方式。这并不意味着战后“小说家对现实有了清楚的认识”，恰恰不是这样，他们意识到的是现实的不可确定性，因为关于“现实”的先验模式被拆除了，“现实”几乎成了一种并不存在的事实。美国实验小说家罗纳德·苏克尼克说：现实不再存在了……时间、人物性格也不复存在，作为无所不知的作家的上帝已经去世，现在谁也不知道情节了，缺乏真正的创作者，所以作品的真实性就没了保障。正是对现实的这种不确定性的认识，使得现实的不完整性成为必然的，现实中的一切都是可以接受的。于是，对现实的超越性信仰也就不是必备的了。

超越性的信仰一经解除，现实作为立足点也就崩溃了。艺术文本不再是对生活的阐释，不再是超越生活的审美空间。因而再无须像现代主义艺术家那样在文本里压缩进人类的集体精神，探视人的灵魂颤抖的频率。文本就只是一次写作过程，一大串语词的游戏，一大堆生活碎片的拼凑娱乐。于是，文本与生活“实际”的界线完全拆除了。生活进入文本，文本也侵入生活，生活与文本达到同格的平面。在后现代主义的实验小说家那里所有的象征、隐喻都被剔除，或者被漫画化地夸张；他们热衷于玩弄拼凑语言碎片的游戏。巴塞尔姆公开宣称：“碎片是我所信赖的唯一形式。”他的作品经常由于没有主题而残缺不全，留下了一个语言和讽刺所无法填补的真空，想入非非地东拉西扯而又拒绝挪动一步。通过一种麻木不仁的机械风格，通过一整套的异化手法，巴塞尔姆有意识地阻碍人们去进行对传统小说的那种低劣、肤浅的识别，但他也找不到什么东西来取而代之。他的作品去除了原始叙事中的大量渣滓，使当代文化的糟粕得以不受阻地显示自己。他试图站在这种糟粕现象的前列，但又几乎在这股浊流中沉没。同样，对于约翰·巴斯来说，生活也是支离破碎、难以捉摸的，不可能引起任何扣人心弦、经久不衰的感情。巴斯完成了对整个逻辑过程的极端戏弄，完成了对组织生活、排列生活以及给生活编目的那种心灵力量的极端戏弄。在他看来，现代世界是一种为了在碎片中保持得更好的游戏。

当代中国的“先锋派”也已不再关心所谓的“终极性价值”，至少他们构筑的文本实际上颠覆了这一终极的统一性，即没有统一的深度意义来充当人类生存的象征。“先锋派”不再面对整个文明去创作超越的空间；写作只是个人的私事，一次偶发的动机，一次没有目的的短暂的语词欢乐——随着终极价值的失落，文本的深度意义模式也被拆解了。当然，在先锋派群体中，拆解的方式和程度都因人而异，但都自觉或不自觉地产生了这样的后果。马原是第一个反对“深度模式”的人，他用“叙事圈套”压抑故事（吴亮语），又用故事替代了深度意义。马原之后的苏童、余华、格非走得更远，使叙述结构被某种偶发性的感觉和分析了的意义所消解；而在孙甘露和王蒙那里，叙述甚至仅仅遵从由语言的自发碰撞而产生的连锁反应。所有这些都预示着文学的还原：回到了写作叙述本身，回到了故事和感觉，回到了语言的平面。文学因此而显得单薄和狭窄，但也因此而有了变更的无限可能性。这种可能性是被有效地发挥，还是被恶作剧地滥用，无疑是当代批评所必须警惕的动向。

二、文学的萎缩：创作向写作退化

“创作”与“写作”标志着两种不同的文学范式。创作的主体是面对着整个文明，面对着人类和时代；创作的动机在于表现出生活世界的内在价值；创作的结果是建立了高于生活世界的另一个封闭的、完整的世界。写作则仅仅是面对语词的一种个人行动，一种叙事过程，在那里，写作的主体已不复存在，或者说他也进入文本成为一个因素。创作显然高于叙事，其叙述人是站在生活世界来观照作品里的世界；而写作与叙事是等值的，其叙述人就存在于文本之中。尽管这种叙述人经常从生活世界直接进入文本世界，但那是因为这两个世界的界线被拆除了，文本与生活在原则上是同格的（不像在创作中那样是两个层面）。创作关注“写什么”，而写作关注“怎么写”，在这样的意义上，创作向写作还原也就是向叙述还原。

叙述占据了文本，支撑起文本的存在，其中不再有叙述以外的东西，甚至故事也只是叙述的原材料或副产品。

马原的“叙事圈套”划定了向写作还原的起点，《拉萨河的女神》（1985）作为其改变叙述方法的标志也就成了这一还原的“原点”。现在看来，这篇小说的叙述方法并不奇特，也不圆熟，但它在当代文学中则是第一次确定了“叙述意识”，认可了“假定性”原则，划定了虚构与真实之间的界线及其转化程序。在这里，假定性是叙述的起点，从这一视角给叙述揭示了各种可能性的自由，并使之成为开放性的。真实与虚构不再是先验的硬性规定，而是可以互相置换。这种置换绝不是像传统写实主义那样依赖于解读的“错觉”或文本设置的假象，而是在叙述的开放性中，借助于解读的自由参与来共同完成。叙述与解读共同在“此在”划下一道界线，开始规划虚构的世界；虚构不再是苦难而只是一道关卡，一旦进入其内就不再有虚实之分，真实成了你此刻虚设的生活，而虚构也有可能是你此刻正参与规划的生活。《拉萨河的女神》借助假定性所提示的叙述视角的多重转换，把几起没有因果联系的事件任意拼贴到一起，整个虚构世界依照可能性来展开，解读的自由参与获得了规划生活的新型经验而无须再去追求可能性与事实的差距，因为假定性的起点抹杀了这一差距。

传统写实主义小说总有一个及物世界，叙述是一种转喻式思维，文本不过是对现实转喻的结果。现在，马原解除了那个及物世界，叙述的意指作用竟然指出了叙述本身，叙述成了叙述的自我表演。因此，马原的叙述人在叙述里不断变换角色，其“叙事圈套”就是根据这不同角色的不同视角来编造的。《冈底斯的诱惑》标志着马原的叙述方法走向成熟，他在这里把三个互不相干的故事拉扯到一起，联结它们的纽带仅仅是伪装的两个叙述人。这三个故事都是非常吸引人的，但马原完全扰乱了解读的习惯视线。他不是引导我们去识别那些有意义、有价值的隐喻，那些内在的质素所可能透示的情调和思想——他对这些没有兴趣。他从一开始就把叙述人搞得鬼鬼祟祟，他们时而被叙述，时而被取代，在文本中的地位始终不清，往往是一个伪装，一个假象，一个障碍。尽管每一次都设置一个叙述人，设定一个叙述视角，但一进入叙述，叙述人就失踪了。只是在最后一个故事里，原叙述人才真正露面。在这里，多个叙述人的替换，强调了叙述的自身意指作用，并且把解读的识别视线转向了叙述方式，把故事扭曲起来藏在叙述方式的背后。所谓的“叙事圈套”在这里成为“必需的障碍”，它使故事变得没有意义——没有超出叙事方式的意义。

马原的《虚构》在 1986 年的文坛无疑提供了最新的小说经验。马原从“虚构”出发却以最大的可能性切近“真实”，这种“真实”的虚构由作者直接进入文本，伪装叙述人来建立，这个叙述人跨越“真实”和“虚构”的双重领地，真实在这里被虚构化了，叙述时间在这里成为真实与虚构双向流变的自由通道。

当然，马原的“叙事圈套”仅仅标明回到文本的第一点，文本的意指活动无疑会在这里开展下去并且会产生多种副产品。就马原的叙事方法而言也不是固守住叙事圈套，依靠变换叙述人来获取新奇的视角已经使人疲倦，那个叫“马原”的汉子经常在文本里抛头露面，也难以保持神秘的色彩。其实马原一直是运用了大量的文化神秘主义的填充物填补他的“叙事圈套”，诸如天葬、狩猎、偷情、乱伦、麻风、神秘、虚无，等等。马原以后的实验小说当然还有“内容”，也有某种“内涵”，但是，它们都是作为“写作”的要素在文本内起作用。恰恰是通过强制性的错位，这些要素的重新组合方式，标明新的写作态度和写作方式，写作特有的插入方式，打断了小说内容（或故事）自明的历史性。写作不再是历史的隐喻，它成为制造文化象征秩序错位的转喻，写作以自己特有的方式偏离文明的既定秩序。在这一意义上，写作获得与文化的邻近关系。

三、裸露的事实：叙述向故事转化

不管怎么说，马原过于执着于他的“叙事圈套”，他的“叙事”始终压抑故事，那种叙述方式的实验性意义消失以后，叙事圈套就变成了故弄玄虚的套路，成了捆绑马原才智和感觉的绳索。“马原后”的先锋群体从马原那里获得某些启示之后，去寻求自己的道路。当然，他们对马原的篡改，最直接的动力就是写作与阅读的惯性造成的自然替代过程。叙述不再是压制故事的装置；故事也不可能成为隐藏在叙述方式背后替代深度意义模式的叙述材料，叙述化解到故事中，而故事作为文本里的事实裸露出来。

显然，苏童、余华、格非、叶兆言（叶兆言只限于少部分的作品）等人的故事都被实验性方法改装过，但是叙述没有压制故事，相反故事融解了叙述。叙述对故事的干扰、扭曲和重新编码，不再外在于故事，这些手段和技术与故事融为一体。马原由于过分热衷于叙述人的角色表演，经常使叙述变成叙述人的单纯表演。现在，叙述人隐没了，留下单纯的视角作为故事的自然的或自由的连接，故事有能力反抗“叙述”。因为叙述自动向故事转化，叙述与故事作为事实存在的双重性在文本中任意转化。

苏童的《一九三四年的逃亡》(1987) 是一个关于“逃亡”的故事，1934 年是一个时间的容器，是一个历史的圆心，苦难、罪恶、堕落、生之挣扎、死之灾祸都从这里发源然后辐射出去，由是构成了一个家族的灾难的历史。叙述人把“现在”的时空与“1934 年”的时空交合在一起，“现在”是一个叙述视点，与“1934 年”遥遥相对。它是一个静止，一个终止，一个虚无的历史；“1934 年”是进入历史的一个冲动，是一个渴望、破坏和无所不包的灾难之源。1934 年因为叙述人的参与而如此真切，因为充满那么多的灾变和不可思议的苦难而又显得如此遥远而神秘莫测。生与死的意志或劫难携带着层出不穷的罪恶与祸害，使这个家族的历史在逃亡中变得无比健壮。蒋氏历经磨难，愚钝麻木而坚忍不拔。她是颗灾难之星照耀枫杨树乡的历史，她的生殖力异常旺盛却又与死亡结下不解之缘，愚朴的善良和凶险的仇恨一样吞噬她的生命。陈宝年这个乡村无产者，这个流氓和无赖，无疑一度也是革命的中坚力量。他从灾难遍地的乡村逃到罪恶堕落的城市，在“1934 年”的灾难降落到枫杨树乡的时候，他在城里吃喝嫖赌，潜心发迹。这里面或许隐藏了某种农村对城市的仇恨或者城市对农村的诱惑的意念，但“城市”更像一个逃亡的终结，一种现代性的新型罪恶的重新开始。至于陈文治，那是生命萎缩之后的乖戾，一种亢奋的丑恶和古怪的人精，他使你想起绝望的乡村濒临死亡伸出的一双扭曲的瘦骨嶙峋的手。

在这里，苏童把叙述方式全部化解到故事的组合中去，叙述视点的变化与故事的转折起合相交。所有命定的灾难、祸害、丑陋、罪恶都在“1934 年”聚集而又四处扩散蔓延。叙述方式不是那种强固的结构或叙述人生硬的编排，它是一种随意蔓延的情愫韵律，它无处可寻又无处不在，叙述不再是外在的方法或结构，它是故事自在自为的运作。

苏童的故事与“寻根派”的那些故事有着“价值构成”意义上

的区别。“寻根派”的故事植根于历史文化的深层模式中，这些故事的发生都被赋予了特定的历史动机和文化蕴涵，故事仅仅是现实历史的某个断片，故事是文化的象征容器，它是解释的结果。而苏童在《一九三四年的逃亡》、《罂粟之家》（1988）、《妻妾成群》（1989）等小说里叙述的故事排除了解释历史的先验动机，因而也不具有构成内在隐喻的深度意义模式。这些故事被划定在文本的框架内，它们不过是在叙述中裸露出来的事实而已。这些“事实”不再作为意指的符码产生功能，“事实”就是事实，它是构成故事的元件。因此，叙述不是根据事件内部的因果联系构成发展变化的程序，叙述专注于事实存在的“情境”状态，每个“事实”情境被强化而突出内在特征。荒谬、怪异、诗性混合在一起，使这些事实的情境在故事中凸显有如紫光环绕的块面。事实情境的实现在叙事中毫无理性根据可寻，完全凭借叙述感觉随机赋予事实以反常的冲力。苏童习惯于把某些事实（它们经常是偶然的、反主题的）突然提取出来加以强制性的催化，以此获取荒诞的诗意。这些事实情境构成故事，它们无须也无法在故事的整合中得到解释。叙述视角变换的主要功能就是促使那些事实情境任意突现。例如，《罂粟之家》里，苏童敏感地抓住性与血缘冲突的那些场面——事实的情境，这些情境无一例外都被诗性的想象加以催化而获得神秘的荒诞性存在。

与苏童那种把事实实现出来的做法相反，格非在《迷舟》里把“事实”隐藏起来，格非叙述的都只是故事的线索，真实的故事成为一个空白留在那里。恰恰是隐匿的事实使整个故事的解释回到故事本身，就像苏童的那些事实块面作为诗性存在在文本内相互辉映一样，格非的“事实”使故事陷入自我诠释的迷途。他的《褐色鸟群》则使这种“迷途”变成歧途，促使各个语义群互相悖谬而导致分解。至于余华，那些事实存在的情境被他的怪异感觉全面催化，因此，与其说那是一连串怪诞的事实，不如说是他“怪异”感觉的碎片集合而成的故事。

四、广阔的瞬间：故事向感觉敞开

事实上，在苏童、格非、余华等人的实验小说里，叙述向着故事还原的机能就带有了故事向感觉还原的意向。因为故事变化的线性逻辑被解除，叙述感觉就成为故事线性滑动的枢纽，并且故事被“事实情境”催化。依靠“变异”的感觉——正如我已经指出的那样，这些“感觉”融合了荒诞和神秘的诗性，使得这些故事经常变得难以解析甚至不可解析。当然，写实主义的叙述也要依靠艺术感觉，但是，其一，写实主义的“感觉”为现实的可能性所约束，其二，故事的编排依照预期的逻辑程序发展，“感觉”充其量只能起到一种润滑剂的作用，其三，感觉进入具体的情境描写时仅仅是“手段”，它依附于对象事物的“事实性”存在，“感觉”实际上被事实消耗了。

在故事性较强的“先锋”小说那里，例如苏童的那些关于家族历史的小说，感觉经常只是对事实情境加以荒诞的诗性催化。那些被感觉化合过的情境总是突然显得异常广阔，所有这些诗性的感觉都脱离叙事意念约定的故事意义，并且偏离了现实的可能性。它们在瞬间造就一种奇异的“陌生化”效果，那个瞬间突然开阔而辽远。这些感觉的碎片散播在故事中，它们像闪闪烁烁的鬼火，无比鲜亮又奇怪地幽深，它们使故事失去内在整一的永恒秩序，却又在不可思议的时刻使叙事变得意蕴横生。

当余华的叙事获得向感觉还原的最大可能时，叙事表现为一种自在的流动状态，叙述人的感觉和角色的感觉达到完全自觉的双向流动。余华习惯于把现实的感觉和幻觉再和梦境中的想象混为一体，由于幻想与现实在感觉的时空里如此自由地滑动，它们难辨真假。存在被彻底感觉化了，“真实”的存在受到严重的威胁，“真实”也因此变得飘忽不定。余华的叙事实际上拆除了物理时空的常规界限，某种物理的时间标记（例如“四月三日”、“一九八六年”等）反倒成为一个时间之谜，一个对绝对时间的诱惑，一个丧失承诺的拒绝，它渗透在“此在”的时空中。作为无始无终的感觉之流，它流向永恒的虚无。如果说苏童的感觉特点是荒诞的诗性的话，那么余华的叙述都是从感觉入手，他使你觉得他是在仔细品味“感觉”，这种感觉是如此细致而缓慢地向前推移，世界突然间变得遥远而不可企及，瞬间变得漫长而难以等待。余华在把时间拉长的同时也把空间扭曲了，他的每一个时间片断都是没有终极的诱惑。你进入他的“感觉”等于中断你的存在，你投入其中无疑是一次性的经历，然而那又确实是你从未有过的经验，或许在这一时刻你经历了一个新的感觉方式的替代过程。当然，这种“感觉方式”的改变未必像马尔库塞在后工业社会里唯一看到的生活变更的可能性，它只不过是在用纯粹的感觉来替代更敏锐的现实激情时不得不采取的一种怯懦方式。如果说它是改变生活唯一期待的想象性满足的话，那么这不仅是先锋小说的可悲，也是当代生活的不幸。

继《四月三日事件》、《一九八六年》(1987) 之后，《世事如烟》(1988)、《难逃劫数》(1989)、《往事与刑罚》(1989) 是余华叙述感觉最好的作品。在这里，余华把怪异、荒诞、罪恶、丑陋、宿命等掺和在一起，组成一个阴冷幽暗的地狱。余华的角色总是幽灵般地出现又幽灵般地消失，它把所有的生存价值都撕碎，并且非常认真而冷漠地玩弄这些残缺不全的碎片。对于余华来说，历史已经不存在，历史萎缩成原始罪恶的宿命原点，作为原点，它没有起始也没有发展，它是一个抽象的罪恶之源。正因为如此，余华的叙述可以任意越过历史的存在和事实的时间秩序，历史仅有作为罪恶之源才存在，现实是它的偶然转世，“现实”的来源性被剥夺了历史。因此所有的感觉、幻觉、预感、梦幻构成叙事的“原材料”，而非历史性的“感到……”语式构成故事的重心，它预示了叙述转折变化的任意方向。存在的历史性被剥夺之后，余华理所当然爱好上“死亡”，而阴谋、惩罚、报复等原始罪恶系列作为“死亡”的补充，形成它们构成生存的基本网络。因而余华的“死亡”像失踪一样随处可见而又无处可觅，它不过是丧失历史性存在的生存延续性偶然中断而已。如果说余华的叙述是力图把那些事实的存在变成“怪异”的感觉的话，那么格非则是试图把那些幻觉转变为“真实”的存在，余华是用感觉来铸造语式。因此余华的感觉总是微观的，格非则是用叙述来制造幻觉，格非的感觉是宏观的存在。当然，格非是在《褐色鸟群》里最突出地表现了这种特点。在格非叙述的故事里，时间和空间存在的确实性被消除了，人的存在的历史性（“回忆”）受到根本怀疑，格非并不是简单模糊真实与幻觉之间的界线，而是制造一个真实与幻觉互相否定的悖论圈。

这个“悖论圈”促使《褐色鸟群》(1988) 里的第一个“真实”产生二元分解。由于每一个“事实”都被另一个人重新解释而截然相反，因为每一个人都占有一个观点（世界“观”），都拥有创造（或毁坏）自己的世界的能力和权力。这是因为时间瓦解了人的记忆，还是人的全部存在都是语言虚构的呢？每个人的生存都面临着时间和语言的双重威胁。时间可以摧毁事实，而语言可以再造事实。

在《褐色鸟群》里，格非的叙述进入了时间与语言的双重游戏。时间把一切真实的变成幻觉（不真实），语言把一切不存在变成存在（真实），于是真实与幻觉的悖论圈变成时间与语言的对抗。格非并不是在“表达”这个悖论圈，他的叙述恰恰是在“进入”这个悖论圈，他的那些人物的观点与他的叙述视点重合在一起。随着叙述时间的推移，格非把任何“过去”的事都否定了。“过去”一旦重新出现，它就不是“过去”，它就否认了过去，过去被时间消解了，语言重新创造出一个过去的“事实”。一个是为时间所摧毁的过去，另一个是被语言塑造的过去，它们的真实性根本上值得怀疑。“棋”后来不认识“我”正如“我”开始不认识她一样，时间使一切存在成为过去：“褐色的候鸟天天飞过‘水边’的公寓，但它们从不停留。”时间循环往复而又从不停留——这是存在难解之谜。当时间使一切存在成为过去的时候，存在就不存在了，因而真实与幻觉在时间流逝的轮回里可以双向互换。我惊异于格非对存在有这样的感觉，这是一种很奇妙的感觉，格非的《褐色鸟群》纯粹是关于存在还是不存在的叙述。

实验小说进入纯粹的感觉无疑是一种“突变性”的变化，它是当代文学丧失历史依据之后所不得不寻求的世界“观”。当代先锋文学无力瓦解实在世界和日常生活的板块结构，它只能偏执在奇异的瞬间扭曲世界的实在存在方式。世界因此变得陌生、遥远和荒诞，变得不可思议地奇妙和神秘。先锋文学依靠感觉汇聚而成的“现象之流”试图唤起生存的创化力量，纯粹的自我经验在极端偏执的伸越进向中穿透世界的无限可能性而无边无际蔓延，先锋文学由此走进了一条狭窄、阴暗而无底的峡谷，那里面充满自以为是的怪诞和荒唐以及无可救药的偏执。特别是在作者那冷漠而残酷的叙述里，分明听到了世界末日的嘶哑的幸灾乐祸的笑声。“先锋派”群体在远离现实的个人感觉状态中任意沉浮，铤而走险的结果只能是毫无止境地损毁过去，而对重建未来世界的期待已经完全为暂时的感悟和随意的破坏所消解。

五、暂时的平面：感觉向语言还原

没有人不会感到惊奇，孙甘露无意中进入语言的迷宫却能找到阿里阿德涅的线头。他分明是个现代术士，在喝完了劣质白酒之后，嘴里吐出一连串含混而纯净的咒语，这些咒语把远古的呼唤与明媚的梦想，把毫无节制的形而上的玄冥之境与病态的诗性，把破败的历史与贫困的哲学等任意搅和在一起，它们毫无理由却以无法拒绝的姿态向你涌现而来，向现代小说的最后一道防线冲撞而去。孙甘露似乎在证明：小说无所不包而且无所不能。喝足了致幻剂的现代小说是否也应该像本·约翰逊一样受到警告？不过，孙甘露的语言实验在最严重地威胁到小说叙事的原命题的时候，也提示了小说语言的极大可能性。

孙甘露在《访问梦境》（1986）和《我是少年酒坛子》（1987）里，还沉迷于稍纵即逝的感觉，在对事物的体察辨析里获取某种透明性的感悟。到了《信使之函》（1987），那种“感悟”连同它发生的感觉一并交付给语言，叙述的感觉已经为语言内在的诗性碰撞和外在的语言感应所替代，语言的诗性碰撞激发了语言自由播散的连锁反应。在五十多个“信是……”的判断句里，孙甘露把一个事物的可能性推到极端，与信相关的事物几乎涵盖了这个世界的存在。“信是……”的陈述句在诗性的任意迸发和形而上的顿悟中脱颖而出，孙甘露最大限度地滥用了诗性和哲理的凝练组合成的叙述语式。可以把“信是……”的陈述句拆解为一个哲理判断句加上一个诗意的情状短语（改写成英文就是非常明确的从句形式）。例如：信是淳朴情怀的伤感的流亡。在这里，主词和宾词的结合是哲理的感悟：信是流亡。这种出人意料的判断又使你觉得这里面隐含着某种对生存的非常透彻的洞见，但是它难以用惯常逻辑来阐释。主词与宾词之间的结合完全得力于作为定语的状态短语：“淳朴情怀的伤感”，主词与宾词之间的契合所产生的哲理意蕴来自情状短语的渗透。但是，只要更仔细推敲一下，就不难发现，与其说这里“渗透”不如说宾词就是定语的产品。在这个句式中，宾词的出现不是依附于与主词的逻辑关系，而是前置短语的剩余意味。

“信是淳朴情怀的伤感的……流亡。”因此孙甘露的叙述句式都给解读造成一种“透迤而出”的感觉。

“信是……淳朴情怀的……伤感的……流亡。”句式的组成不是依照意义逻辑的语法程序，而是语词相互碰撞的自然而自由的结果。

孙甘露的叙述因为没有明确的主题而消除了叙述结构，只剩下叙述话语在文本里自由穿梭往来，而孙甘露的叙述话语经常又是语词自由串通的一次破坏性行动。这个“行动”之所以颇有韵味，乃是得自“诗性”与“哲理”在瞬间与永恒之间的两次错位交媾的结果：当诗性描摹了瞬间的状态时，语义获得了永恒性的哲理感悟；当哲理穿透了瞬间的存在时，诗性的情状却获得永恒性的定格。如果说余华的叙事把“历史性”作为一个罪恶之源的话，那么孙甘露的叙事则是把“历史性”作为诗性碰撞的语词情境，在这个情境中通过存在的“历史性”的随意阉割，或者说通过对历史存在的虚妄性的亵渎，语词获得自由播散的空间。因此孙甘露高频度审视的“历史性”（永恒性）总是从瞬间的状态中勉强压制出来，突现的“历史性”就变成语式的赤裸裸的行动，当瞬间实行的历史性强迫打乱了那些精致有序的意象之流，并且当孙甘露的叙述再度引导出一个“哲理性”意群的时候，这种形而上的夸大迸发出的诗性足以毁灭可能构造而成的象征秩序。因此，尽管孙甘露似乎一再地玩弄叙述语式中“瞬间”与“永恒”变换的游戏，但对于他来说重建不是秩序的复活而是毁灭和颠覆，这就使孙甘露正好避免了成为一个复述哲学套路的倒霉鬼。

孙甘露的叙述语式可以大体简要归结出如下公式：

叙述语法模式：瞬间的诗性情状＋哲理性感悟补充

语义突变 | 非历史性阉割　　幻象转化 | 强制性错位

语义转折模态：永恒的哲理意义×诗性的瞬间情态

在这个语式转换的模式中，永恒的哲理性强制夺取瞬间的诗性状态；而哲理性的补充以“非历史性”的语词阉割方式再度获得某种诗性情境。贯穿于这个似是而非的“否定之否定”的语式中的不是永恒的理性秩序，而是无神论者的通灵术——一种无可规范的语言妖术。

孙甘露的叙述文体最大限度地拆除了小说与诗和哲学随想录的界线。当然，梦境为孙甘露的语言实验提供了一个无边自由的空间，然而，梦境对于孙甘露的叙述文体来说，与其说是语言聚集的容器，不如说更像是语言自由碰撞散发出来的迷惘气体。那些奇思怪想和胡作非为被涂抹上一层阴郁之气以后，或许触及世界末日的神秘——除了孙甘露没有人能够也没有人愿意去通晓那种神秘。孙甘露的语言实验打破了旧有的小说语言范式，毫无疑问它提供了一种新型的阅读经验，但是，当这种“新经验”以及实验的革命性消失之后，孙甘露的叙述文体还剩下什么呢？这是值得忧虑的。1988年，孙甘露的《请女人猜谜》，显然在叙述上作了很大修改，这篇小说的实验性是多重的，孙甘露的语式在叙述中放大了之后依然有很多潜力可挖（关于这篇小说，本书另作论述）。总之，孙甘露的叙述文体把语言推到了极端的状态，那里当然是另一种世界，孙甘露在他阴郁的梦境里专心致志地玩弄语言游戏的同时，也在向文坛悄悄批发他那并非独家经营的语言致幻剂。因为实验不是在孤寂里匿迹，就是在混乱的仿效里消亡。

当然，孙甘露并不孤寂，老一辈作家王蒙以另一种风格在文坛上与孙甘露遥相呼应。如果说孙甘露的叙述语言连锁反应的机制是“诗性”的碰撞的话，那么王蒙的叙述语言则是智力碰撞的结果。孙甘露让你在惨白的月光下感到阴郁和绝望，而王蒙则在老辣的幽默中播放着无尽的快慰；孙甘露把你推到了一个遥远而虚无缥缈的梦幻之境，而王蒙则最大可能地把你拉回到生活的现实中来，把你的阅读经验与现实生活混同一体。王蒙在《冬天的话题》以后的作品里，例如在《来劲》、《一嚏千娇》、《十字架上》、《球星奇遇记》等作品里，拒绝提供任何对现实重大主题的关注，故事的情节仅仅成为语言自由播散的内在线索。王蒙把流行隐喻与政治笑话、抽象概念与学究式的堆砌辞藻、毫无节制的夸夸其谈和机智联想混合在一起，他在尽可能嘲弄现实的同时，也毫无顾虑地解放了语言。确实，人们对王蒙困惑已极，像王蒙这样一位名作家大作家，何以会另辟蹊径，他把先前的老辣和幽默变成词语游戏的放任自流，把那一向认真关注社会重大问题和聚焦问题的叙述，变成东拉西扯、指桑骂槐的文体。在这里，我确实难以妄自揣测王蒙的写作动机，我当然也不能对王蒙小说中的故事隐喻和某种可供发挥的主题视而不见，但是，我更感兴趣的是我在王蒙的叙事风格和方式中看到后现代主义实验小说家，例如巴塞尔姆和约翰·巴斯的影子（我当然不敢断言王蒙是否熟知巴塞尔姆的作品）。王蒙的那种形形色色的修辞风格的捕捉，对各种语言糟粕的调皮捣蛋的机智运用，夸大其辞的冷嘲和细碎不全，想入非非而又零敲碎打的尖刻评论，都与巴塞尔姆的早期著作，例如《白雪公主》、《气球》、《警察乐队》、《总统》和

《幸免溺死的罗伯特·肯尼迪》等极为相似。事实上，王蒙的叙述是一种拐弯抹角的政治评论，一种不知不觉凝聚而成的有针对性的现代寓言。王蒙小说的主题并不是先天性缺乏的，而是故意卷进叙述中被语言的播散活动隐藏了。

王蒙无疑极有才智和艺术感觉。现在，他把自己的才智和感觉转变成语言修辞风格的神韵。把语音和语义相关、相反、相成的语词汇聚一体，叙述成为一个语言场，每一个词都有可能唤起一群词。出场的词（在文本中出现的词）后面隐藏了一连串不出场的词，现在王蒙把过去隐匿在文本背后的能指的海洋挪到文本内部，文本成为语言自律活动的自由场所。按照分解主义的看法，一个要素（语词）的出场总是铭刻在一个差异的体系和连锁的运动中的一种意指的和替代的关联。王蒙把叙述看成是语言差异体系的纲领。叙述肯定要引发差异体系的连锁反应。出场的词同样是暂时的，它总是迅速被不出场的词所取代，王蒙的叙述成为一个开放的语言场，叙述依赖于活生生的现实与外界的根本联系。因此，王蒙在向不出场的词开放的同时，最大限度地把“外界”（文本外的现实）引进了文本。这样看来，王蒙的叙述语言是理论上的解构主义和实践上的后现代实验小说的混合物——这只是对王蒙叙述风格的一种解释，而且是对其来源的解释。这无疑是一个高智能的混血儿，它在中国肯定水土不服，它很可能因为寂寞或非文学性的热闹而猝然死去。即使这样，我对王蒙的实验依然表示崇高的敬意，我相信它预示了一个新领域。虽然王蒙天分过高而难以为一般群众所效仿，但是王蒙的实验使人们明白，叙述语言是随时可以开放的，并且在开放中可以大胆抹去语言的“修辞性”和作品的“文学性”的界线。作为“新时期”神话的一个主要讲述者，王蒙在文学失去“轰动效应”的时代突然选择了语言修辞策略，与其说这是一次历史背叛或自我否定，不如说是识时务的彻悟。许多年以后，人们会意识到，“先锋派”多了王蒙这么一个年长的同路人而有特殊的象征意义。在某种意义上，王蒙是“新时期”唯一的幸存者，他在“新时期”后期作出的挑战，构成了“新时期”解体无可置疑的象喻。

就在先锋派或后新潮小说在“低谷”的边缘地带徘徊时，“新生代”（或称为“北岛后”、“后崛起”，他们同样可以归结为“后新潮”诗歌）在语言的平面上举行现代诗歌的末日庆典。当杨炼那块铅灰色的历史之云掠过北岛那明朗澄净的天空时就预示了一场叛乱，文化的窒息与历史的焦虑足以搞得一代诗人疲惫不堪而心烦意乱。现在历史的乌云已经退尽，北岛的“沉重的影子”在遥远的地平线上消失，新生代诗人乐于退到文明的一隅，退到生活的边缘地带去咀嚼无聊的开心和拙劣的恶作剧，他们自暴自弃而玩世不恭，郁郁寡欢却自得其乐，在庸庸碌碌里找到生活的永久归宿。既然当代文明无力承受诗性的崇高和悲剧的神圣，有什么力量能够阻挡纯洁的缪斯沦落风尘呢?

确实，我们时代的“先锋派”群体是一群可怜的迷途的羔羊，又像是令人惋惜的清教徒，他们虔诚的赎罪有如走火入魔。昨天的太阳已经灿烂死去，耶路撒冷的圣灯依然诱惑他们前行于20世纪末的栈道。作为一群被先验性阉割了历史和未来的先锋派，他们在当代中国当然不会成为马尔库塞所期待的“革命的”艺术家，他们充其量是文化的掘墓人，然而，他们却同时埋葬了自己。这是当代历史给他们算定的劫数，所有的先锋派(“后新潮”)文学群体都在劫难逃!

第二章　临界叙述：先锋小说的语言经验

当具有远见卓识的人们给予“低谷”里的“后新潮”小说（先锋小说）以足够的冷漠时，我沮丧的目光偶然触及“低谷”里的“临界状态”。那里敞开的微薄希望照亮了“低谷”的寂寞和奥秘。作为叙事革命的显著标志，“临界叙述”表明先锋小说的叙述意识及其叙述语言所达到的难度和复杂度。

叙述的意指活动无限切近对象物，于猝然终止的时刻出现一片空地，那是无边的存在。先锋小说的叙述实验在那里找到自由的空间，那是当代最不安分的灵魂暂时栖息的次大陆。

我在这里绝不是重复那个关于“语言不可企及它的及物世界”的猜想，柏格森、海德格尔、瓦雷里、维特根斯坦都表达过类似的猜想，那是关于语言“本体论”的猜想。我设想的是发生在能指与所指断裂带引申出来的叙述内部的分裂状态。叙述不仅不再考虑“再现”现实世界，而且与它的意指对象脱节，中间插入一段无形的空白。叙述变成追踪与拒绝、期待与逃避的奇怪的双向运动。这是叙述的“元状态”，它表明叙述无比困难又彻底自由，预示叙述充满无限可能性又毫无结果。

一、临界感觉的发生与语言的内在机制

现实主义文学范式约定下的叙述语言直接指向现实客体世界，语词具有客观存在的实在性，并且自明地构成客观世界的运动方式及其过程。因此，语言表象与现实表象几乎可以完全等同，它们之间即使在解读经验里存在暂时的转换，但在理论上却不存在任何空隙或断裂带。语词自发的再现能力与现实的“客观逻辑”的构成能力契合一致，它们统一于世界的实在性。关于叙述语言与感觉的问题，关于语言表象与实在世界的关系问题从来都被“客观逻辑”取

代了，因而更不可能去辨析在小说叙述中临界感觉穿越语言的内在机制，不断构成叙述的原动力的运行过程。所谓“临界感觉”，简言之，即是指叙述人或故事中的角色处于语言与客观（实在）世界、语言与意义的双重辨析的情境，叙述因此始终处于真实与幻想的临界状态。

1987年以后的先锋小说开始注意语词“呈现”客体的方式，这是在马原“怎么叙述”的基础上的进一步跃进。正是因为叙述进入能指与所指的空间地带，叙述才可能获取“叙述过的”时间和真正属于叙述的方式。

叙述的及物世界（现实世界）解除之后，叙述的意指活动回到自身。支撑意指自为活动的可能是叙述结构或叙述圈套，更可能是能指与所指分离产生的“断裂带”。叙述选择了某一能指形象，所指却总不确定，所指经常拖延出场，甚全拒绝出场，例如，法国“新小说”的叙述把短暂的时间拉长为漫长的等待。娜塔丽·萨洛特、罗伯·格里耶和克洛德·西蒙的叙述时间显然不像伍尔芙或乔伊斯那样跟随角色的心理意识流动而变化。“新小说”的时间纯粹是“叙述的”时间。例如萨洛特的《行星仪》的开头：

> 根本不是原来所想的那样，找不出什么毛病，没有什么可指责，完美得很……真想不到，真走运……和谐极了，天鹅绒的窗帘，丝绒挺厚，是头等羊毛质量的，颜色深绿，既大方又不显眼……但同时色调又浓艳，又光彩……那时，她不论看到什么东西，心里都老想着这件事——看着在阳光照耀和在微风吹拂下闪闪发光、起伏波动的麦地，看着一个个稻草堆，她都会突然想到窗帘……

萨洛特在《行星仪》的开头用了大段的这种“流动性”的语式，她把角色的心理转变为单纯的感觉，有意把幻觉作为真实的现实。萨洛特追踪的不是一种心理状态，而是感觉状态，而这种感觉状态被“语态”化了。角色的感觉一直在捕捉一种灿烂而柔和的色调，但是语词始终不推出那个终极的“所指”，那个所指拒绝出场，于是一大堆的能指词绕来绕去，在那个“所指”的边界徘徊。能指词总是在切近所指的时候又突然中断。单个的能指词脱离了它所约定的所指意义，至少所指意义变得不重要，单个能指词的所指意义事实被那个终极的所指销蚀了。因此能指群进入互相辨析的领域。从窗帘到墙壁再到门，角色实际追踪的就是那个最后的和谐色调，作者有意不把这种色调用明确的语词概念揭示出来，而是利用能指群去追踪那个始终逃遁的“所指”，结果造成了一种“感觉状态”，而感觉状态真正被融解到“语态”中，经过漫长的追踪，这道流动语式停止了，结果是：

> 她在走上楼梯，从口袋里拿出钥匙打开房门的时候，体会到了一种微妙的激动，一种自信和轻快，她时常发现，这是一种好的征兆，一种幸运的预感，有人说，从人体发出一种流体，它能对远离自己的人和物发生作用；这个世界多么温暖、和谐，到处都是善良的人。

直到这里，萨洛特才暗示地揭示出前面一大段的“流动语态”不过是角色走上楼梯的幻觉。对比乔伊斯的《尤利西斯》中的莫莉的梦呓那一节意识流，可以看出，乔伊斯运用不分标点的语流力图还原莫莉的心理意识流的状态，乔伊斯注重语词的“所指意象”，构成变幻不定的色彩的声音的和运动的情境，这个情境被乔伊斯设定为角色的“心境”。而萨洛特的语词在能指的平面滑动，能指的动作播散形式替代了所指的语义意象，飘忽不定，微妙变幻的感觉被当作语词的自律反应来处理，感觉与语态的原始合成压倒一切。紧接着，另一种感觉产生了。角色走进房间看到“真实的”情境与原来想象的情境大有出入，甚至完全相反：窗帘的色彩庸俗不堪，那扇门有一种虚假做作的神气，一切都显得极其粗俗，这是一种可怜的、廉价的、到处皆有的和谐。与“幻觉”完全对立的“真实”或“现实”的感觉现在彻底摧毁当初的那种心境。同样的，萨洛特运用的手法就是绝不直接点破这个“心境”，叙述不去明确推出那个“所指”，而是一大堆能指词毫无节制地播散开去。

很显然，萨洛特的流动语态一直在寻找“潜对话”的途径，她在一开始设定的“幻觉”似乎是角色在自言自语，“内心独白”一旦进入语词自我辨析的领域，“对话”就发生。反过来看，正是萨洛特追踪的“潜对话”方式，使语词的“能指”与“所指”发生脱节，叙述人或角色的“内心独白”潜在地设定为与读者（或文本中另一种声音）对话，其实是能指词一直在追踪那个所指，呼唤那个所指出场。事实上，萨洛特的“潜对话”有三重功能：其一，解读的功能，即叙述人或角色与读者的对话；其二，叙述方式的功能，即在真实与幻觉之间构成的对话；其三，语词增殖的功能，萨洛特的那些流动状的语句并不存在于一个想象的地方——按照萨洛特的看法，它存在于一个真实的地方，即存在于分离对话和“潜对话”的那条变动不定的界线的某个地方。正如她说的那样：“为了抵抗内心活动的不断压力，为了控制内心活动，对话就变得僵硬、夸张，显得谨慎小心、慢慢腾腾。正是在内心活动的压力下，对话拉长，变成弯弯曲曲的长句子，在对话和潜对话之间展开了一场紧张的、微妙的、残酷的争斗。”总之，从语态的意义上来看，正是“能指”和“所指”的脱节或断裂，能指词追踪所指意义的活动，使萨洛特的那种“潜对话”的叙述方式成为可能。

毫无疑问，能指由于摆脱约定的所指而变得轻松自由，然而也因此陷入空虚的恐慌中：瞬间被能指和所指的断裂虚无化了，叙述由此陷入所指拒绝出场的漫长拖延和能指追踪所指的焦虑期待的双重疑难境地。

不管余华是否是从法国的“新小说”那里获取灵感，他的语言感觉与“新小说”非常相似，这点是可以肯定的。余华的《四月三日事件》的叙述时间非常艰难地向前推移，在那些叙述得非常细致的段落里（特别是对那种情调、气氛和感觉的描写），叙述的意指活动变成能指词追踪所指的期待。那个无名无姓、飘忽不定的“他”，站在“窗前”，看到外面的世界。那世界一次一次地重复，也一次一次地改变，一个永远无法确定的存在隐藏在能指无法进入的所指中，永远只能面临一种意义、状态和感觉，就像“他”永远只能站在“窗前”，无法进入窗外那个世界，无法与那个世界重合：

> 早晨八点钟的时候，他正站在窗口。好像看到很多东西，但都没有看进心里去。他只是感到户外有一片黄色很热烈，“那是阳光”，他心想。然后他将手伸进了口袋，手上竟产生了冷漠的金属感觉。他心里微微一怔，手指开始有些颤抖。他很惊讶自己的激动。然而当手指沿着那金属慢慢挺进时，那种奇特的感觉却没有发展，它被固定下来了。于是他的手也立刻凝住不动。渐渐地它开始温暖起来，温暖如嘴唇。可是不久后这温暖突然消去。他想此刻它已与手指融为一体了，因此也便如同无

有。它那动人的炫耀，已经成为过去的形式。

请注意余华在这里使用的表示程度和状态的语词："他好像看到……"，"他只是感到……"。这些叙述显然不是直接把对象事物立即显示出来，而是一步步地推引，感觉是经过艰难的辨析才摆脱那种似是而非的状态："好像"，"只是"。主观化的感觉先把事物遮蔽，而后再推出对象事物："那是阳光"，这是在感觉到户外一片热烈的黄色后才作出的判断。余华的叙述语言打断了能指与所指的紧密的线性联系，能指追踪所指与感觉追踪对象事物构成二元对位结构。绝大部分的能指词的所指意义不确定，因为那个中心的语义，或者说终极的所指隐藏在能指群的边际，能指群热衷于相互追踪而并不急于进入所指确切存在的区域。当然，并不是说单个能指词的所指都不存在，这显然是不可能的。但是，"能指群"的建立以单个能指词与所指关系的脱节为前提条件，由此造成一大群的语词压缩为能指词群。"一片热烈的黄色"及其系列的感觉体验去追踪实际存在的"阳光"。"阳光"作为一个阶段性的终极的"所指"，藏匿于能指群的边际。同样的，"冷漠的金属感觉"经过一番仔细辨析，经过不同层次和方位的感觉体验，而后再推出：

> 那是一把钥匙，它的颜色与此刻窗外的阳光近似。它那不规则起伏的齿条，让他无端地想象出某一条凹凸艰难的路，或许他会走到这条路上去。

正因为单个的能指与其所指脱节，在能指与所指之间遗留下敞开的空地，能指词的播散活动造成语词的临界势态。余华努力使他的语词切进那种状态，又总是小心翼翼地退避开。于是余华的叙述话语总是铭刻在一个差异的体系里，语词从而产生相互关联的连锁运动，在不同的意指关系中涌现出来，构成难以终止的补充和替代作用。

总之，正是能指词和所指语义脱节遗留下的断裂带，使叙述语言的临界势态的发生成为可能。先锋小说家（当然不只是余华）意识到这种可能，因而给予语词的自律动作以极大的自由能动性，这表明了先锋小说所具有的新的语言观念，这是叙事复杂化的充分前提条件。

二、临界感觉与叙述的双向循环

上节论述表明，能指与所指的断裂带为语词的指谓活动提供了临界势态的可能性，现在，我们进一步把语词的活动推导到叙述的意指活动中去，这样就会发现“临界状态”就不只是语词具有的状态，而是整个叙述的意指活动方式。叙述不再面对现实世界，而是在选择出场语词之后，不断地使整个语义系统以及与之相关的感觉陷入疑难重重的困境，同时在不断摆脱这一困境中获得双重自由：叙述一方面坚忍不拔，锲而不舍地去追踪那种感觉；另一方面又自觉地对那个永远不能切进的存在保持临界态势，叙述的意指活动实际是把那个“绝对”悬置了起来。这种双重自由，结果导致了叙述意指作用的“埃舍尔圆圈”：追踪那永远不可企及的终极的确定状态，实际是远离那个状态，追踪变成逃离，变成临界的状态；临界状态的不断延续，使能指词陷入疑难重重的境域，能指不断地期待所指，叙述实际成为对一个永远不可进入的状态的无尽追踪。这种双向循环消解了叙述动机，使意指作用的目的变得毫无必要，实际上拆除了整个深度意义模式：意义或者变成“无意义”，或者变得不可解析。叙述只是面临意义的极限状态，它是“意义”无解的函数。

格非在《褐色鸟群》的叙述里，始终不进入那个绝对的或终极的状态，而是在那个终极的边缘引申出一条凹凸不平的曲线。格非很可能意识到绝对的“不存在”既不可证明也不可摧毁的悖论。他试图辨析“事实的真实”的真实性。他每一次的追踪都更加远离事实，每一次远离事实又使他更深地陷入对事实的追踪之中。于是，他找到一个最不确定的存在——“回忆”，以充当“绝对”的替代。叙述追踪“回忆”却被“回忆”摧毁，回忆如同忘却，回忆是对“不存在”的重建。然而，“回忆”在每一次瓦解叙述的追踪时，却又提出一种新的现实，这种“新的现实”本身又构成叙述，叙述再度追踪回忆，如此循环往复，永无终止而毫无结果（当然，格非是使用一个又一个相互包容的圆圈来消解延续的重复）。

格非在《青黄》（1988）里再次操作了这个双向循环的悖论，并且掺进更加明确的“消解”思想。“青黄”作为叙述追踪的目标，它是故事发展的内在动机。然而，故事的发展却不断削弱这个动机，不如说涌现出来的“新的现实”湮没了这个原始动机。“青黄”一开始作为一个悬念，作为一个亟待揭示的谜来引发故事，叙述追踪“青黄”，试图切入“青黄”，然而却离“青黄”越来越远，而涌现的“新的现实”却在“青黄”的临界线上不断扩展，而实际的意指活动却远离“青黄”，“青黄”变得越发模糊。叙述的意指活动变成逃离动机的活动，动机欺骗了叙述，而叙述背叛了动机，这就是叙述与动机的真实关系。

很显然，在这篇小说里，追踪与逃离构成叙述的两个端点，它们都是虚拟的意指活动，真实的意指活动在这两个端点之间的临界情态里发生。《青黄》与《褐色鸟群》的那种循环圆圈不同，《青黄》通过“替代性”的消解来创造新的现实。在《褐色鸟群》里，“回忆”与“现实”各自都具有存在的可能性，它造成多种现实并存的局面，而《青黄》却不断推动“新的现实”压垮原始动机。《青黄》始终保持追踪“青黄”的临界势态，并且促使临界领域不断扩大。“九年前”那个雨夜的经验突然唤起，就预示着“新的现实”产生。叙述的临界势态转变为故事发展的两道平行线，破解“青黄”的采访活动在“现时”的时空维度发展，这是叙述追踪“青黄”的意指活动；而由此引发的过去（九年前）的故事在“历史”的时空维度伸延，这显然是逃离“青黄”的活动，它看上去是在“辨析”“青黄”，而实际上是在“替代性”地消解“青黄”。破解“青黄”的动机不断被打断，被压制，最后被那个“外乡人”的阴影遮蔽住。那口空棺材，外乡人突然的死，二翠和小青，九年前的雨夜，神秘的卖麦芽糖的老人……关于破解“青黄”的故事，结果变成另一个故事：一个40年前假装死去的人现在依然活着的故事。这个故事作为破解“青黄”的副产品最后取代了“青黄”，“青黄”作为小说的标题，不过是一个假定的动机，一个虚设的符码。要解读这个真实的故事必须穿过一道保护网，当然，也正是这一道破解“青黄”的伪装，使这个故事得以成立。用一个故事推翻另一个故事的动机，因为“临界情态”提供的张力地带，使叙述富有节奏地转换推进。

格非的《风琴》（1989）在我看来又是一篇精彩的作品，尽管在这里可以看到格非惯用的那种遗留空白的做法，但是格非在这里掺进了一种新的气氛，一种明朗而又神秘的质素——我依然试图用“临界情态”的方式去理解这篇小说的特殊格调。很显然，《风琴》与格非其他作品的相同之处在于支撑故事的核心结构的是那个遗留的空白。这种“空白”在《迷舟》里有过，萧去榆关的空白使整个故事发生突变，并且引出多重的解；在《大年》里，关伯均与豹子死因的关系又是一个空白；而在《褐色鸟群》里，这一空白被扩大为“回忆”与“真实”的错位组合结构，空白被作为多种力量对抗的消解因素来运用；《青黄》里那个死去的外乡人和卖麦芽糖的老人的“关系”，这一空白使故事突然变得明晰而又诡秘。《风琴》的空白在于王标伏击鬼子却被鬼子打了伏击，这里显然遗留了一个赵谣报告鬼子的情节没有交代。然而，“空白”在《风琴》里不过被格非作为一个小小的计谋，重温了下他惯常的诡秘，我想指出格非在这篇小说里加进抒情气氛的新因素，这种因素在格非过去的小说中很少见到。在这篇小说里，“空白”变得不那么特别重要，临界情态不是发生在“空白”的边界而是在那种抒情的气氛的边际，在那段有如音乐的透明的“织体”的边际，叙述逶迤绵延伸越开去。

《风琴》和《迷舟》(1987)、《大年》(1989) 一样，是格非常写的那种酷似战争年代的传奇故事的小说，格非先写了冯金山与王标。在一个阳光灿烂的上午，冯金山这个伪保长，目击了日本鬼子追赶他的女人的场面，日本兵抽出刺刀挑下他老婆的肥大的裤子，他目击他老婆裸露的大腿却感到一种压抑不住的激奋。王标这个一直就想打一次真正的伏击的游击队长，在那个曙光熹微的早晨却伏击了一支迎亲队伍。赵谣的出现使这个传奇故事变得复杂而诡秘。仅仅从故事构造来看，赵谣完成了三个圆圈。第一个圆圈，冯保长目击他老婆被日本兵挑下裤子的场面，而赵谣看见冯保长当时像一只老鼠逃往树林，而后那个赤裸的场面直接推到赵谣的面前：他第一次看见女人成熟的身体，那个完全被吓傻了的可怜的女人一下子扑到了赵谣的眼前，抱住了他。这是一个重要的事件，是后来故事结局的前提条件，赵谣完成了这个事件的圆圈。第二个圆圈，冯金山告诉王标鬼子掳去了他的老婆，并且得知王标要在多尚庙伏击鬼子，冯金山求赵谣救出他的老婆，并告诉赵谣王标打伏击的事，赵谣又是伏击事件的知情者。第三个圆圈，这是为弥合前面两个圆圈作出的抉择，王标伏击鬼子和冯金山的女人毫不相干，赵谣使这两件事牵扯到一起，并且使这两件事都发生根本性的变化，这个大圆圈弥合的具体经过又被格非习惯性地省略了。

如果赵谣在故事中确实是个聚焦人物，那么“风琴”就不只是一个像“青黄”那样的期待消解的动机或虚设的符码。“风琴”与整个故事的事件极其不协调，就像赵谣在冯金山和王标之间不协调一样。“风琴”是赵谣的记忆，是他的希望，是他摆脱现实的超越梦想，“连绵不断的琴声在延续……在残存的，被岁月弄得褪了色的漆皮的斑点中间，风琴的琴键像牙齿一样洁白”。然而，所有和昔日相连的感觉都被日语中“风琴”这个词糟糕的发音斩断。音乐，这个超凡入圣的声响，这个神秘而虚空的艺术殿堂，突然被战争的铁蹄践踏得乌七八糟。音乐与战争——人类最富有创造力和破坏力、最富有激情和想象力的两个事物混杂在一起，它们构成人类生存如此不协调的和谐情境：

> 风琴的声音依然在延续……所有的一切，战争、恐惧、屠杀和愤怒都在琴声中变得遥远。……他完全习惯了那种纯粹产生于演奏者和听者之间默契的喜悦，在音乐的间隙，在那些日本人假意或者真心地拍几下巴掌之后，他的意识中萦绕着一种从未有过的不协调的感觉。一方面，在日本人的刺刀下那手毫无感觉地敲击着琴键，同时，那些低沉或激昂的乐音又会在某一个瞬间突然攥住深邃的内心，像盛开在荒草中的一枝带毒的花蕾使他沉醉……

“风琴”有如故事的协奏，这段不协调的协奏当然产生对抗的张力，赵谣处在音乐与战争之间，他想逃离战争，走进音乐，然而他实际却远离了音乐。赵谣本身就是一段音乐，就是那个与战争岁月极不协调的“风琴”，他那无知善良，那虚幻的纯净，那莫名的性意识，那明媚而苍白的记忆，使他成为战争的彻头彻尾的牺牲品。

“风琴”作为与故事对立的另一种存在，为叙述的意指活动揭示了“临界情态”。这个令人沮丧而残酷的故事在“风琴”的边界发生，“风琴”使战争显得无比鲜明却又如此虚幻。叙述去追踪“风琴”的非现实性，超越的神圣性，然而却把更为残酷的现实推到故事前景。格非感兴趣的是人的动机与结果的悖反，人的存在现实与愿望的对抗，冯金山、王标、赵谣都陷入了这样不可解救的悖反中。只需要偶然出现的一个因素就可以把整个事件颠倒过来。每一个行为都带来一个意想不到的后果，它使事件经常戏剧性地变得荒唐不可思议。格非原来习惯运用的让叙述来承担的那种“双向循环”，在这里他让人物来承受相应的“悖反”结果。赵谣一直试图逃离战争，实际却更深地陷入战争的纠葛之中，他甚至成为所有事件的聚合人物，他终于承受了事件最严重的后果（不管是事件的实际结局，还是道义上的和个人的生命形式）。而当赵谣企望进入“风琴”，他却更加不可企及地远离“风琴”，“风琴”是一个诱惑，又是一个拒绝，是一个窥视，又是一个见证。

三、临界感觉与叙述情境

叙述进入了感觉，然而感觉抗拒语词的切进，在这样的时刻，时间停止了，叙述陷到进入感觉与感觉抗拒的张力之中，瞬间因此而开启，徐缓绵延。语词当然不可能彻底与感觉重合。恰恰是在切近感觉的那一时刻，存在突然间空旷起来，语词对感觉的最真切表达，或者感觉对语词的最有力的切合，恰恰是一种临界状态。

罗伯·格里耶在《嫉妒》里叙述“石柱的阴影”缓缓移动时，瞬间被延长了，语词越是进入那种感觉，遇到的阻力也就越大。

现在，柱子的阴影将露台的西南角分割成相等的两半。柱子的阴影正好投在房子的墙角上；不过阴影并没有向墙上延伸，因为太阳还很高，只照到了露台的地面。房子的木板墙仍处在屋顶遮蔽的阴影中。这样，此时此刻，房檐犄角的影子和西面墙地面形成的夹角正好重合，而且都是直角。

“石柱的阴影”在《嫉妒》里像幽灵一样徘徊游荡。罗伯·格里耶在《嫉妒》里至少有十次提到“石柱的阴影”，每道阴影的前面都有“现在”的时间副词，“阴影”获得现在进行时态向前推移，而每一个“现在”都根据“阴影”的不同变化来规划界限，叙述时间在这时不是依附于故事的时间，而是归依于那道“阴影”的变化层次，也就是由“感觉”来确定。因而整部《嫉妒》使你觉得那道“石柱的阴影”一直纠缠住叙述。“嫉妒”的原文“La Jalousie”亦可作“百叶窗”解释，客观物象向着主观化感觉生成的过程（层次）一直是罗伯·格里耶叙述关注的核心。

如果说能指与所指的断裂为临界状态揭示了发生的语言学依据，那么，可以把能指与所指的断裂状况进一步放大为叙述感觉与对象事物的临界关系。正如我们在前面分析过的萨洛特的叙述特点那样，能指追踪所指的出场游戏实际构成叙述的自发动力，“追踪”变成辨析所指的疑难过程。现在，我们再次推演出能指的感觉化与所指的物象化这样一组边际情态，来分析叙述感觉“追踪”客观物象所构成的临界状态。很显然，在罗伯·格里耶的叙述中，他所有试图还原客观物象的绝对真实状态的意向，都变成叙述感觉自我辨析的艰难行程。对于罗伯·格里耶来说，“物件”的存在是绝对的，语词尝试进入它的内心不仅是徒劳无益而且是一种虚伪的造作。物件的表面并不是隐藏着它的“心”的面具，“心”不过是一扇面，通向形而上学最可怕的“超度”。罗伯·格里耶坚持认为，在我们的周围，物件悍然不顾那些我们赋予它以灵性或摆布它的形容词，它仍然只是在那里。因为能触动我们、使我们经久不忘，能展现为基本因素而不能压缩为含混的思想观念的东西，都是动作本身，是物件，是运动，是外形，是形象无意中突然恢复了它们的现实性。正因为如此，罗伯·格里耶告诫说：“我们必须制造出一个更实体、更直观的世界，以代替现有的这种充满心理的、社会的和功能意义的世界。让物件和姿态首先以它们的存在去发生作用，让它们的存在凌驾于企图把它们归入任何体系的理论阐述之上，不管是感伤的、社会学、弗洛伊德主义，还是形而上学的体系。”①

确定物件的客观性存在，并且是绝对的真实性存在，不得不使语词进入辨析这种“真实性”的疑难境地，于是语词不可避免地被感觉化了，语词的辨析过程产生感觉的临界状态。因为感觉事实上永远无法进入物件的绝对真实性，所有感觉向真实性进发的行程，事实上都是回到感觉的循环过程。罗伯·格里耶的那种辨析绝对真实性的状态的过程，在当代中国的先锋小说里，被余华巧妙借用并向着相反的方向推进。对于余华来说，拒绝关心客观物件的真实性，“真实的”不是对象是怎样，而是感觉“是这样”。余华把主观化的沉积了复杂经验的感觉作为一个绝对的真实来对待，客观物件失去了检验的有效性，确定“真实性”的准则恰恰是个人化经验的特殊性。于是“我们”感觉涵盖了一切存在事物。

在一个邂逅的下午，余华对我说起他感觉到的“真实”：“阳台上的阳光”在他看来并不就是现在，此时此刻投射在阳台上的那片阳光，它融进了童年时代家乡潮湿的街道上遗留的一片阳光，还有某个早晨一个穿鲜红上衣的少女从阳台上鱼跃而下携带的那道阳

① ［法］罗伯·格里耶：《未来小说的道路》，见柳鸣九编选：《新小说派研究》，63页，北京，中国社会科学出版社，1986。

光……那个侃侃而谈的下午已经从容不迫地逝去了，我难以复述余华的原话，但我突然间洞察到余华的“真实”，我感觉到他的“感觉”。很显然，余华把法国新小说，尤其是萨洛特和罗伯·格里耶的那种感觉作了“超现实主义”的改造。事实上，罗伯·格里耶只要往前走一步，他的那个岿然不动的客观物件就变成纯粹的主观化感觉。而恰恰在具体的叙述操作中，罗伯·格里耶一旦进入语词辨析客观物件的存在状态的过程，“辨析”就彻底被感觉虚化了。在罗伯·格里耶叙述那些客观物件的存在时，不断滋生出一种无比虚幻的感觉，这种状态在余华的叙述语感里到处蔓延：越是叙述得具体细致，越是显得虚幻；越是要进入客观物件，物件却逃离得更加遥远。因为余华在先验观念中已经把“客观性”消解了，并且他的叙述加入了对叙述本身的“真实性”的怀疑，余华的叙述人不仅怀疑对象物件的实际存在，而且怀疑叙述的进行时态是否真实可靠，因此他的“辨析”过程就要变成感觉的自我意识保持“临界势态”的永恒静止状态。

如果说余华的“临界感觉”是由语词的自我辨析产生的，那么，苏童的“临界感觉”则是在故事敞开的瞬间透示的诗性感悟。在《一九三四年的逃亡》和《罂粟之家》里，苏童惯用的那种诗性感悟的叙述方式。余华的叙述人完全沉浸在感觉之中，而苏童的叙述人则迷醉于整个故事，只是在故事的突发性的情境中，对事件或故事的某个因素，进行诗性的描述，叙述人作为故事情态的“目击者”，使故事的客观性情态发生逆转，向着某种特殊情态变异。例如“蒋氏在分娩中像一朵野菊花一样燃烧”，“狗崽奔走在洒满月光的逃亡之路上”等。叙述突然间摆脱事物的客观性存在，向着主观的感悟（或感觉）生成，在事物的实际存在和主观性体验激发的情态之间产生了特殊韵致的“临界感觉”。苏童的这种“临界感觉”经常制造出诗性的荒诞意味，正是在“临界”的情势下，促使事物的客观情态变异，“变异”必然是反客观的和反逻辑的，事物正是变得荒诞不经的时候显示了诗性的想象力。正是“临界”的距离感，使事物的变形或扭曲成为可能。

格非的叙述方法一向注重运用故事内在的因素，而很少运用主观化感觉来改变故事的某些局面或情境。这是格非的那些“传奇”故事与苏童的故事传奇相区别的症结所在。现在，格非的《风琴》显然表现出格非叙述的新特点，格非把余华惯用的那种语言的感觉化状态和苏童的叙述人的突发性的感觉，嫁接到人物的身上。苏童作为叙述角度开掘出的感觉，在格非的《风琴》里以人物“视点”表现出来。人物在某些特殊的情境里突然萌发出一种感觉，促使人物和面前的事件或世界分裂，由于人物对当下的情境构成的体验关系隐藏了一个冲突的张力，整个局面产生二元分离：其一是按照常规经验应有的状态，其二是被人物的视点改装过的特殊情态。很显然，这样二元分离的潜在性使“特殊情态”获得“临界感觉”。例如：

……女人的大腿完全暴露在炫目的阳光下——那片耀眼的白色……在强烈的阳光照射的偏差之中，他的老婆在顷刻之间仿佛成了另一个完全陌生的女人，她身体裸露的部分使人感到了一种压抑不住的兴奋。

冯金山在那个阳光灿烂的正午看到他的老婆被日本兵挑下肥大的裤子，他竟然像个局外人一样观赏这个场面。冯金山在此情此景的感觉具有三重的“临界”意义：第一，冯金山作为小说中的人物，他观看这个场面的方式，他的那种“陌生化”的态度是临界感觉发生的前提；第二，冯金山的那种感觉显然背离常规经验，在他的感觉中对象世界发生变异，一个残酷的场面被诗意化地感觉出来；第三，冯金山的“感觉”与实际的对象事物产生异化的分裂，人物的感觉试图抓住对象的存在，把握住对象存在的状态，然而，他的那种荒诞感使事物远离而去，真实的事物存在隐蔽起来，剩下纯粹的感觉面对空旷的存在。格非剔除掉任何原始判断，他给予这种“临界感觉”以存在的特殊局面，在这里混淆了真实与虚构、荒诞与诗性、现实与可能、残酷与娱乐等等存在的常规界线。这种“临界感觉”的运用，在《风琴》里随处可见，王标开始伏击日本鬼子，却撞上一支迎亲队伍。当王标蹲在一处低缓的土坡上，重温想象中那次伏击的情形，他那一连串不可思议的感觉与他当时所处的境地造成极大的反差冲突。直到后来的那次致命的伏击（也许这是一次“真正的”伏击），格非让王标在生命的边缘再次进入临界感觉状态：

王标注视着微微战栗的树篱和远处深灰色夜幕的背影，那些转瞬即逝的感觉使他久久回味：扁圆形的紫红色嘴唇散发着幽幽的野菜的香气；那些类似于神话中的马匹富有光泽的皮囊在子弹嵌入时发出凄厉的叫声；那一对饱含奶汁的乳房，深褐色的乳头与嘴唇之间白色的水线……她的胸脯在浆得铁硬的上衣上磨蹭着，马蹄的掌心铁撞击着飞溅的碎石，血腥和硝烟的气息裹挟着黎明无法捉摸的浮尘在空气中飘浮。这是一场真正的伏击。

格非在这里极力去发掘人物处在一个严峻情境中所产生的与现实相背离的感觉。这种感觉无疑使人物陷入“异化”的状态——他进入一个反抗现实处境的幻想空间，“进入”正是通过幻想式地改变面前的现实。格非运用人物的“感觉”所达成的人物自我意识的“陌生化”意义，颠覆人物面临的现实。当然，现实（及其物件）正如罗伯·格里耶所认为的那样，它岿然不动地存在着，那么，实际上是现实拒绝人物的存在。王标所有的感觉与现实（伏击）不相协调，正好使他的那些美妙无比的感觉变得荒唐绝顶。

很显然，人物（或角色）的“临界感觉”，说到底是以叙述人的“临界感情”为前提条件的。正是因为叙述人处于“临界感情”的状态中，他才能允许人物在临界状态中产生那种陌生化的感觉，并且他才有足够的承受力去叙述那些反常规（包括反伦理、反价值）的感觉。从纯粹写作的角度看，临界感觉必然是以“冷漠的”叙述方式（态度）表达出来的。当叙述转变为语词的意指活动的时候，叙述人同样被抛到一个“临界状态”：叙述人成为整个叙述活动的局外人，他参与到文本的事实中去充当某个角色，他经常被整个事件抛弃或者遗忘。叙述人是一个没有本质的自我，是一个残缺不全的存在怪物，是勉强拼凑起来的生活碎片——这就是先锋小说（也是后现代主义时代所有实验小说）叙述人的基本形象。因此，叙述经常是冷漠而残酷的，情感判断可以非常随意而混乱，不管是对“我奶奶”，“我爸爸”或“我妈妈”，或者任何人。对罪恶、丑陋、阴谋、色情、暴力的爱好，因为保持了“临界感情”而能叙述得津津有味。叙述话语的情感机能被彻底解除，小说语言解放了，同时也被掏空了。在这样的意义上，先锋小说不仅使小说的叙述语言面临挑战，同时对当代人的心理承受力也是一种破坏性的挑战。

四、临界状态与世界的无边存在

叙述人被流放到世界上，他无家可归，他不会像奥德修斯那样历经艰辛寻找故乡。存在与存在者的分离，使叙述与它意指的世界的分裂也变得不可避免。因为意识到存在不可能进入，叙述只能面对存在的空地。这样，存在却又在叙述里获得最自由的形式，成为临界的存在。

可能孙甘露是“先锋派”小说家中唯一意识到这种“临界存在”的人。他的叙述话语，仅仅由语词的诗性碰撞引发的连锁反应组合而成，及物世界彻底消失了，语义构成的任何幻想也都被摧毁了，然而他却能把一个世界——虽然是一个空荡荡的世界——推到你的面前。这并不只是因为他热衷于“访问梦境”，不只是因为他永远不进入实在世界，而是因为他只在存在的临界状态去发掘存在的可能性。正如我在前面指出过的那样，在《信使之函》等作品里，你可以看到孙甘露最显著的特点就是把瞬间的情态加以永恒的转化，把永恒的意念加以瞬间与永恒相互转化的基本模式，他的瞬间总是处于永恒的临界状态，他的永恒却又总是被推到瞬间的边缘。

我不排除把《信使之函》这样的作品当作现代寓言来读的可能性，把孙甘露的“呓语”当作隐喻或影射符号，与把它当作语词的自律反应来处理，显然是两种截然不同的解读观点，在这里，我暂时把这些诗性化的荒诞语汇当作语词的自律运作来看，那么，语词的自动播散与世界的自动变异则是叙述人给予文本的双重自由。对孙甘露来说，他全部的自由性在于他拒绝进入实在世界，他永远保持进入的“临界状态”。现在，由于孙甘露把“进入”的主动权交付给语词的自律碰撞反应，于是，“临界”就不是叙述人的势态，而是世界存在自身的状态。在语词与世界之间，在世界与存在之间，都介入“临界”的方式，语词自行其是散乱无序播散，它把世界抛在一边，“世界”不过是语词遗留下的一片废墟，一个支离破碎的图像。这个支离破碎的世界图像，正是孙甘露梦寐以求的世界的存在状态，孙甘露用非秩序化的话语制造出一个世界的非秩序化形态：那些耳语城里疯疯癫癫的市民，那个神秘莫测的写作《我的宫廷生活》的作者，那个令人昏厥的“温柔的睡莲”，那个致意者和六指人……这些荒诞不经的想象完全来自语言的反常规运动。例如：

> 六指人是一些把玩季节的轻佻之客，他们以狱卒矜持的麻木勉励自己度过嬗替不止的懒洋洋的春天、昏昏欲睡的夏天、乱梦般的秋天、蛰伏般睡死过去的冬天。他们以静止的升华模拟殉难的绮丽造型。他们以卑琐的玩笑回溯质朴的情感。他们在葬仪开始之前的神态兼有脸谱的癫狂和面具的恐怖。

很显然，孙甘露非常任意地使用“定语”（形容词）和“谓语”（动词），前者给世界以存在情态，后者给世界以存在方式。这种“任意性”来自孙甘露反抗文化秩序的潜在愿望，语词与世界的“双向自由”，结果全部交付给世界以“临界”的存在。世界永远不会拥有它的确定形式，因为它只能占有“瞬间”，世界也永远不会终止它的变异，因为它必须向着永恒进发。

孙甘露的“临界”意识与余华的“临界感觉”存在明显的区别。余华以语词的自我辨析无限切近那个绝对的感觉，而孙甘露的语词完全是智力和想象的纵欲，世界不过是语词遗留下的一些杂碎块状结构。孙甘露有意让他的（文本的）世界随时破裂，以阻止它们整合构造，因此，孙甘露的世界永远陷进“临界存在”的悲哀之中。世界既不能完成自身的整合形态，也无法恢复为“实在”的存在。从这个意义来说，余华的“临界感觉”是对世界存在的怀疑，而孙甘露纯粹是对世界存在的（实在性的和现实性的）否定。

在《信使之函》里，那些来去匆匆支离破碎的人物完全为作品文本的“临界存在”所瓦解，人生活在一个漂流不定的、没有真实含义的虚幻世界里，人注定了没有时间（历史），也没有空间（形式）。而在《请女人猜谜》里，孙甘露把这种“临界存在”具体落实到一个特殊的角色身上，他用“士”这个变幻不定的角色来颠覆存在的实在性和现实性。士被推到存在的临界状态里，他可以在多重时空穿梭往来，他的存在敞开而变化莫测。士在最为风和日丽的一天成为医学院的见习解剖师，“当他经过一个巨大的围有水泥栅栏的花坛时，一道刺目的阳光令他晕眩了片刻。一位丰满而轻佻的女护士推着一具尸体笑盈盈地打他身旁经过。士忽然产生了在空中灿烂的阳光中自如飘移的感觉，然后，他淡淡一笑。他认识到自古以来，他就绕着这个花坛行走，他从记事起就在这儿读书”。这就是典型的孙甘露式的描写，这不只是在具体情态的处理上，孙甘露总是把多重不协调的反道德反价值的形象掺合在一起（“一位丰满而轻佻的女护士”，“推着一具尸体”，“笑盈盈地……经过”），我想揭示的更重要的是，孙甘露的秘密是那些“难以辨认的日子”。他正是利用对时间的原始程序的破坏，使人物处在一个变幻不定的超验时间流程中。孙甘露的时间之所以“难以辨认”，在于时间不仅没有实在的物理刻度参照，并且瞬间总是向着“永恒”转化。士在那个情景中（“一位丰满而轻佻的女护士推着一具尸体笑盈盈地打他身旁经过”），产生虚幻飘移的感觉是理所当然的，于是“自古以来”使这个情境获得了超验而神秘的内涵。士处在永恒与瞬间交接的临界点上，他当然是无限的。孙甘露让士成为一个守床者，成为在殖民地草坪上的捡球员。而这古董和小玩意儿的收藏家，被魔鬼踢了一脚，还答应写作一本煽情的小说……至于士和后的交往，对于孙甘露来说不存在任何障碍，更何况他同时还在写另一部小说《眺望时间消逝》呢！

孙甘露的“世界”和“人物”占据的这种“临界时空”使得存在变得无边无际，这正是孙甘露寻找的幻想空间。我只知道孙甘露曾经作为一名称职的信使匆匆奔走于城市中间，他同时扮演现代诗人的角色也很成功。我不知道“真实的”孙甘露的生存状态如何，但作为一个叙述人的孙甘露却是很诚恳地作过这样的自我表白：

> 也不知是从什么时候开始，我热切地倾向于一种含糊其辞的叙述了。我在其中生活了很久的这个城市已使我越来越感到陌生。它的曲折回旋的街道具有冷酷而令人发憷的迷宫的风格。它的雨夜的情怀和晴日的景致纷纷涌入我乱梦般的睡思。在我的同时代人的匆忙的奔波中我已由一个嗜梦者演变成了梦中人。我的世俗的情感被我的叙述谨慎地予以拒绝，我无可挽回地被我的坦率的梦想所葬送。我感到在粉红色的尘埃中，世人忘却了阳光被遮蔽后那明亮的灰色天空，人们不便拒绝一个伴梦者同时拒绝与梦有关的一切甚至梦这个孤单的汉字。

与其说孙甘露是个“梦中人”，不如说他在存在的“临界”地带眺望着生活世界，创造一个远离世俗的，并且否定生活世界常规秩序的语言幻想世界，这就是孙甘露的梦想，这也是整个先锋小说家群体的梦想，只不过孙甘露断然拒绝了一切世俗生活的规范，作为我们这个时代最孤独的语言梦游症患者，孙甘露无可救药毫无障碍地走向小说的终结。

总之，不管是深受法国新小说的影响，还是无意中的异曲同工，当代中国先锋小说家在小说叙事中已经意识到“临界感觉”的特殊功能，它为小说叙述语言的精细化，为小说叙述进入那些虚幻而深邃的情境提供了各种契机。无可否认，“临界感觉”与“叙述语言”的辨析运动为先锋小说的形式主义实验揭示了一种动机力量，它使先锋小说的形式主义探索一开始就具有改变“世界视点”的倾向。然而，我决不认为先锋小说可以在这个领域一劳永逸地生存下去，恰恰相反，这不过是一个必经之路而已，自由之路则在其生存的现实中伸越而去，数年之后，先锋小说家就会意识到，只有赤着脚在长满荆棘的现实大地上奔跑，才能走向命定的归宿。

第三章 多形的话语：先锋小说的叙事变奏

一切实验的先锋注定要与他们所破坏的世界同归于尽，尽管当代的实验小说玩弄的技法并未摆脱外来影响的阴影，并且先锋们也已手软，陷入形式更新和回望现实的困境。然而，我依然乐于认为，先锋小说在扰乱我们的习惯视野时，却也开拓了新的视界，叙述彻底开放了：因为“叙事时间”意识的确立，叙述与故事分离而获得二元对位的协奏关系；由于感觉的敞开，真实与幻觉获得双向转换的自由；双重文本的叙述变奏无疑促使文本开放，“复数文本”的观念却又使叙述进入疑难重重的领域。显然，开放的叙述视界打破了作品孤立自足的封闭状态，小说被推到无所不能、无所不包的极限境地，叙述获得了从未有过的自由，叙述因此也变得困难重重，它是智力与勇气驱使下的冒险运动。

一、开放的时间：叙述与故事的二元协奏

人类因为意识到时间而感悟到生命的存在，生命在时间里默默消逝，于是时间成为生存的根本痛苦，时间就是生命的抽象形式。

先锋小说由“叙事时间”而引发叙事方法的革命是一点都不奇怪的。“叙事时间”隐藏了小说方法论的全部内容，它是叙述技巧的开端和终点。“叙事时间”是小说叙述的最原始的层面，又是小说形式最尖端的操作规程。传统写实主义小说为追求故事的真实性和现实性，而把叙述时间全部压制到故事时间中去，压抑在最原始的层面，叙述的时间与故事的时间是完全一致的。即使是以叙述人开场白的形式讲叙故事，叙述一旦转入故事正题，叙述时间也就消失了。至于“倒叙”和“插叙”，在同一故事单位里，叙述时间与故事并行不悖，故事是自然主义地呈现的，一切都是已经发生过的事件的再次重演。

现在，“先锋”小说已经明确意识到“时间”的问题，以至于不少作者干脆把“时间”作为小说的构题。“时间”在这里不仅仅是像传统写实小说那样表明故事包含的事件内容，也不仅仅是对“时间”作某种哲学意蕴的探索，“时间”更主要是叙述的方法论活动。

先锋小说的“时间意识”可以简要归结出一道母题语式：

> 许多年以前；许多年以后。

在实验小说和经过实验改装的写实主义小说里可以看到这道语式充当纲领性转折起到的叙事作用。在苏童的《一九三四年的逃亡》里，在格非的《褐色鸟群》里，在叶兆言的《枣树的故事》里，在余华的《难逃劫数》里，在刘恒的《虚证》里，都可以读出这道语式作为叙述的动机和转折直接出现，或是经过伪装潜伏于叙事的圈套中，或者作为总体性的叙述结构的策略起到作用，或者作为阶段性的关联语境起到作用。总之，这道语式像蛰伏的幽灵，在当代小说中徘徊，它为新潮小说的叙事提示了自由的契机，也埋伏下难以抹去的阴影。

因为这道“母题语式”来自加西亚·马尔克斯的《百年孤独》的第一句话：

> 许多年之后，面对着行刑队，奥雷连诺·布恩地亚上校将会回想起他父亲带他去见识冰块的那个遥远的下午。

这道叙述语式确定叙述时间与故事时间的循环回返的圆周轨迹。叙述的时间从久远的过去跨进现在，又从现在回到过去。“许多年之后”这个时间状语超出故事的自然时间，与其说它表达一个时间长度向量，不如说它表明一种时间意识，它是一个意识到的“时间跨度”。故事在它发生的时候就被命定了结局，故事因此染上不可逃脱的宿命色彩。显然，“许多年之后”这个时间语式包含了一种世界“观”的意义，在马尔克斯、博尔赫斯、卡尔维诺等人那里，被赋予了循环轮回的历史观，毋庸置疑，这种“历史观”（时间观）是古老的经验文化的现代显灵。

先锋文学借用这道语式，消除了内在深度的文化隐涵，而作为提示叙述存在的时间标志，叙述作为独立的一种声音与故事分离，叙事不再是自然主义的延续，叙述借助这道语式促使故事转换、中断，随意结合和突然短路。叶兆言《枣树的故事》就是利用这道时间语式给叙述提供任意转折的自由，故事一环扣一环，在这道语式上绞合或者拆解，叙述时间改变了故事的自然程序，叙述变成拆解故事结果的逆反时间运动。小说的开头就推出故事的结果局面：尔勇围歼白脸的最后时刻，叙述在这里发生转折。

选择这样的洞窟作为藏匿逃避之处，尔勇多少年以后回想起来，都觉得曾经辉煌一时的白脸，实在愚不可及。

故事在这里突然中断，插入“许多年以后”，“故事”变成“叙述”。叙述现在作为独立的力量介入故事。“许多年以后”，使“现在”的局面与“未来”的局面联系起来，“现在”迅速转变为“过去”。叙述对故事的打断，只有借助“时间语式”才存在，叙述一旦从现在转入过去，立即又沉没到故事中去，但这个“过去”在叙述和解读的感应里自然地延伸，反溯到久远的过去。正如马尔克斯由此转入对马孔多过去历史的叙述一样，叶兆言追溯起岫云的历史。

如果这种叙述陷入历史的框架中而不能自拔，那么叶兆言的叙述将毫无特色和活力。叶兆言明确意识到这个“框架”成为标准现实主义倒叙模式的可悲结局，他力图打破这个“框架”的封闭状态，于是，“许多年之后”这道时间语式像咒语一样不断在故事中显灵，叙述随时在故事中突现出来。故事的线性模式被叙述插入语打断之后，故事获得立体交叉的组合结构。作为结构的纲领性的叙述语式，对于马尔克斯来说，时间本身是一种观念性的存在，“时间意识”是纯粹抽象的世界“观”；而对于叶兆言，时间的文化蕴涵虽然解除了，但是时间意识也不仅自然预示叙述在故事结构之间运动的轨迹，它同时复活了人物的自我意识，表明人物对自身处境的态度，时间语式在叙述的转折边界上——作为结构的纲领性的叙述语式——它也是故事结局的价值判断语式。例如：

多少年来，岫云一直觉得当年她和尔汉一起返回乡下，是个最大的错误。

在这里，是岫云此后发生的一系列悲剧事件的纲领性叙述，它与岫云的自我意识和态度结合在一起，它预示以后一系列悲剧发生的可能性，这个错误的开端不可避免地导致连续错误的结果。故事的结果作为纲领性叙述的判断语式，由此导致叙述成为拆解的活动。叶兆言敏锐地抓住这种纲领性的语式，由此引发故事自然而不可避免的转折，每一重转折又都是时间的逆流，在这里，故事时间的突然中断与叙述的纲领性预示达成和谐的二重组合，它使一个阶段的终结成为另一阶段的开始。在传统小说里，由关键性的事件造成故事的转折，现在为叙述造成的时间开放的契机所替代，转折也不再是按线性方式趋进的高潮，转折是叙述随时突现的功能性标志。

因此，叙述的转折标志与人物的心理意识结合在一起，有效地造成了故事局面的张力状态。原始叙述的附加成分被剔除了，故事中的那些有标志的因素自由结合，它们可以任意穿越时空，可以打破因果关联。当尔汉兄弟俩拿着新买回来的两支短枪比试的时候，岫云意识到这两支枪准会惹祸。叙述是这样转折的："因此白脸手下的人翻箱倒柜，从墙缝里搜出钱财和那两支枪时，岫云有种果真应验的感觉。正像十年以后，她看着白脸把驳壳枪往怀里一塞产生的奇异恐惧感一样，她突然觉得白脸即将大祸临头。"显然，人物的主观意识成为三重事件统合的基础，叙述追踪人物意识的瞬间变异，而把大跨度时间的局面突出到故事的转折点上。岫云的"意识"在几重时空里穿梭往来，并且把几种事件统合在一起制造紧张的冲突局面。显然，人物的主观意识是主观叙述伪装的结果，当尔汉面临死亡坐在地下，岫云再次联想到尔汉叉着腿坐在床上给她讲述他的嫖经。不管这是因为岫云麻木还是出于岫云吓懵的缘故，这种"联想"无疑是出于叙述转折的需要。在《枣树的故事》里，所有被推到故事转折关节上的人物的主观意识都是伪装的叙述转折，对于叶兆言来说，人物的"主观意识"不过是主观叙述的客观原材料而已。因此，人物的自我意识以及对局面的态度，不仅预示故事转折的动向，同时为叙述提供时间转换的契机。

相较于叶兆言在《枣树的故事》里把叙述获取的时间语式转变为人物的主观意识的那种叙述方式，苏童的《一九三四年的逃亡》的叙述恰恰是使叙述在主观化的时间意识里伸展。叶兆言的主观叙述获得了超距的客观效果，因为主观叙述的机能隐没到故事客体中，只是借助人物意识才突现出来；苏童的叙述与其说是在追踪故事，不如说是在捕获叙述中闪现的主观感悟，故事借助叙述感觉在瞬间突然敞开。正是在这个敞开的瞬间，故事悄然消失，诗性的感悟悠远绵延伸越而去。

苏童的“1934 年”不如说是个时间符码，苏童当然已意识到“1934 年”迸发出强烈的紫色光芒圈住整个故事，“1934 年”成为一个绝对的时间，成为时间的纲领。因为它的存在，故事内部的具体时间都自行消解，所有的事件在这个绝对时间的跨度里自由漂流。一段凝固的时间就是凝固的历史，一切都可以汇集其中而又销声匿迹。历史在 1934 年停滞，这是个时间的魔窟，存在的事实被注定了厄运，它归属于“1934 年”就没有选择的余地。苏童把整个故事抛给“1934 年”，而他则倾心去捕捉那些失去时间矢量的瞬间。《枣树的故事》的时间非常脆弱，人物意识或局面标志随时都可能打断时间的自然发展，《一九三四年的逃亡》的时间如同一道暗河在遥远的背景中潜然流过，而各种局面情态涌现到前景。这些局面情态只是在主观性叙述的诗性感悟里获得“瞬间性”的时间存在：

狗崽光着脚耸起肩膀在枫杨树的黄泥大道上匆匆奔走，四处萤火流曳，枯草与树叶在夜风里低空飞行，黑黝黝无限伸展的稻田回旋着神秘潜流，浮起狗崽轻盈的身子像浮起一条逃亡的小鱼。月光如水一齐漂流。狗崽回首遥望他的枫杨树村子正白惨惨地浸泡在九月之夜里。

狗崽这个愚钝的农村少年，奔走在洒满秋天醇厚月光的夜奔之路上，这无疑是极富象征的历史时刻，有如农村那颗瘦弱而稚拙的心灵，怀着惊惧，怀着仇视，怀着更新的期望，投向城市的诱惑。1934 年的夜奔之路无疑向着历史的纵深处化入，这不只是叙述上寻求的蒙太奇效果，这是存在不可摆脱的时间之流。当那遥远的往昔突然获得一个闪光的瞬间涌现在苍茫的历史荒漠，而那缓缓流动的“1934 年”也凝固了，在这个定格的瞬间，存在彻底敞开。苏童的叙述经常由这种诗性的描述来创造故事的有价值的局面——这也是苏童迄今为止最能显示他叙述才能的方式。这些局面因为获得“瞬间”的情态而在故事中扎下根。叶兆言借助时间语式促使叙述从故事中分离而突现，故事向着叙述转化；与叶兆言相反，苏童赋予主观叙述以“瞬间”的局面存在情态，叙述向着故事转化。叙述如此紧迫地追踪没有时间的历史之流，唯有在这一时刻，叙述的现实才挽留住历史，抽象的“时间之流”获得“现在”的存在——一个从过去转化而来的暂时性的“此在”。对于苏童来说，叙述向着故事的瞬间情态局面转化，不失为叙述与故事双重变奏的另一种方式。

对于余华来说，叙述彻底向着感觉还原。在他冷漠地辨析那些怪异感觉的叙述中，你可以体验到事物存在的时间停滞了，更不用说那时幻觉无所顾忌地侵袭现实，所谓生活世界的时空因此被弄得面目全非。余华的感觉过于精细，以至于叙述的语感获得特殊的时间节奏，它侵吞故事里的事件发展程序的时间。余华的叙述时间语感化了。《四月三日事件》写了一个无名无姓的少年“他”，在十八岁生日之际一天的“活动”。显然，余华把故事的事件限定在一天的时间里，然而，他在叙述中把那些瞬间的感觉（和幻觉）非常细致而缓慢地呈现出来。在感觉的呈示过程中，在从一种感觉到另一种感觉的转换之间，产生令人难挨的滞重。余华的叙述时间由于缓慢的推移而显得无比虚幻，这当然不仅仅是因为大量的幻觉参与的缘故，更主要的是由于故事的时间进入叙述语感的节奏遗留下的无法填补的空白。在《世事如烟》里，这道空白被阴谋和大量的死亡填补上，而《难逃劫数》则用一连串的犯罪和怪异之举再加填补。尽管如此，余华的叙述方式形成的语感状态与故事的当下局面构成一种奇特的感觉悖论：他的叙述总让你觉得他不是在叙述他叙述的东西。他不动声色、无动于衷，麻木而机械，然而，他又把最细致而真切的感觉呈示给你。对于余华来说，最主观的东西获得最客观的效果，而那些最客观的存在却是主题观变异的产物。因此，余华笔下的死亡才能够那样有如无声无息地突然“失踪”，那是纯粹时间的停止。

“时间”对于孙甘露永远是个令人困扰的哲学命题。孙甘露迄今为止的叙述都可以看做是为摆脱“时间之流”而做的努力，至少他找到叙述感觉的那些时刻是这样。孙甘露当年作为一名信使匆匆奔走于时间之路，这无疑为孙甘露日后成为关于时间的哲人或作家锻炼了特殊的心智。于是《信使之函》第一句话写道：“诗人在狭长的地带说道：在那里，一枚针用净水缝着时间……”孙甘露的叙述穿越永恒的时间之流，而在“瞬间”的情态偶尔驻步：“那是候鸟的天空。它们已经在信使忧郁的视野里盘旋了若干世纪了。”苏童的叙述借着敞开的瞬间向着故事还原，而孙甘露则解除了故事模式，他的叙述彻底自由，他徜徉于永恒的时间之流追捕那可人的瞬间情态来武装他的叙述语式。因此，《信使之函》的叙述语式可以归结为永恒的哲学探索与诗性感悟的瞬间情态的转换结构。孙甘露总是在寻找永恒的理喻而感发到瞬间情态，而每一瞬间情态再加以永恒的无边无际的领会。孙甘露就是热衷于捕捉那些不可捉摸、不可思议的状态，并使之变成语言。他的《请女人猜谜》无疑意识到时间向空间转化的可能性，因为时间采取了空间的形式，从而使叙述在双重文本里自由往来，这一问题要专节讨论，在此不加赘述。

总之，先锋小说意识到“时间”问题，由此引发了叙述方面的一系列变革，当然，把叙述方面的所有改革都归结为“时间意识”是过于狭隘的，但由这里出发却是别无选择的开端，这里不过浅尝辄止。

二、开放的感觉：现实与幻觉的双向转换

对于先锋小说（后新潮小说）来说，现实世界混乱不堪而又捉摸不定，唯有自我的感觉世界才开启了一片无边自由的国土。传统写实主义的艺术感觉依附于客观实际的存在事实，艺术作为第二自然，艺术感觉力图还原自然和生活的本来面目。现在，先锋小说把“现实”拱手让给写实小说和报告文学，只好孤独地蹲在生活的一隅，郁郁寡欢而沉湎于无穷无尽的幻觉世界，在这里找到暂时栖息的精神宿地。

寻找幻觉是现代艺术的普遍嗜好之一。然而，当代中国的先锋小说对幻觉的爱好，并不像现代主义那样热衷于探索人的深层心理状态，以此作为揭示生活隐秘内核的唯一通道，作为反抗生存异化的有效手段。当代的先锋小说把幻觉从内心深层结构中解放出来，幻觉跟随真实一道挤进生活的实际存在，作为减轻生活混乱的有效途径，作为消解生活信仰及其内在意义的特殊方式，先锋小说通过对幻觉的捕捉完成了对生活的极端戏弄。它试图改变人们在传统小说进行的那种低劣而肤浅的识别，给我们寻找新的替代的感觉方式，因此，幻觉的世界不再像现代主义那样成为逃避和抗议现实的隐秘的彼岸世界，幻觉表达了对生活的混乱现实进行晶化的清理和对实在真实的重新认识，它表明了对生活的“不完整性”的后现代主义方式的认同。

当然，这一切在先锋小说那里，不是作为一种明确意识到的观念来表达，而是作为叙事方法潜在地改变我们的现实。幻觉与现实的相互转换促使感觉彻底开放，存在的事实不再是确定不移的，存在值得怀疑：人的本质及其历史的确实性经不起任何推敲，存在没有动机也没有目的，世界既不是有意义的也不荒诞——先锋小说的叙述方式尽可能在敞开的感觉世界里瓦解现实存在的根基，不管是追踪幻觉还是追踪真实，先锋小说给我们叙述了一个“不存在”的存在，因为他们明确意识到小说的“虚构性”。

因此，在先锋小说的叙述中，由于“开放的时间”提示的可能性，现实与幻觉之间的传统过渡轻而易举就被解除，幻觉经常是不知不觉就侵入现实，并且无须任何交代就滑向现实，这种“模糊性叙述”消除了幻觉与真实在叙事过程中的界线，并且在解读中也经常无法辨析。在余华的《四月三日事件》里，“他”的所有感觉、体验乃至行动都在“现实”和“幻想”的中间状态漂移不定。生存的虚幻性和不可把握性令人吃惊地在一个十八岁的少年身上表现出来，它如此夸张，又如此真切。你无法辨析生活的真实和虚假，因为幻觉最大限度地侵入了现实。在阴沉的《世事如烟》里，整个生存状况沉浸在罪恶与阴谋的灰暗中，每个人当然也就经受着病变的折磨而表现出一系列不可思议的奇异怪诞之举，这当然也给余华寻找怪异感觉提供了随心所欲的便利，于是在这个没有时间标记，地域也不明确的世界里，生与死、幻觉与现实之间的距离自然也就消除了。因此，当“6来到户外时……”，余华不露声色地叙述了“6”看到两个无腿先生垂钓的奇怪情景：“那两个人手中的鱼竿没有鱼钩和鱼浮，也没有线，不过是两根长长的、类似竹竿的东西。”他们总是不一会儿就同时从江水里钓上来两条鱼，而且竟然无声无息，没有鱼的挣扎声也没有江水的破裂声。直到公鸡啼鸣时，那两人一齐跳入江中，江水四溅开来却无声响。这当然是“6”看到的幻景。但是余华在叙述“6”的幻觉时没有任何过渡的交代，并且这到底是“6”的幻觉还是“6”亲历的现实，余华的叙述不置可否，对幻觉与真实的辨析，他或者留给读者根据经验去判断，或者随着叙述的推移自然揭示。关于接生婆到城西去接生，那当然是接生婆的梦境所为。余华在叙述这个梦境的时候，剔除了任何原始的交代，故事的自然时间被叙述解除，从现实跨入梦境没有任何心理上的转折，梦境如同现实的延续，而从梦境回到现实的转折同样不露痕迹。梦境获得与现实同等的地位，最后你不得不承认“梦境可能是真实的”。

正如我前面指出过的那样，余华的叙述由于过分精细而产生虚幻感。余华总是非常耐心地注视事物的细微变化，有可能转折，从局部向整体有层次地逐步推移。余华似乎一边叙述，一边倾听叙述节奏，周围的一切都停滞了，都在期待那个事物出现。余华的叙述如此细致，以至于叙述节奏蚕食了事物存在的实际时间，时间延长而使那精细的感觉如同幻觉般蔓延。于是在解读意识里，事物的存在状态总是在真实与幻觉之间摇摆不定。《四月三日事件》一开始就进入感觉辨析的疑惑状态：“他”在早晨八点钟的时候站在窗口，他感到户外有一片黄色很热烈，“那是阳光”，他心想。从对“黄色”的感觉过渡到对“阳光”的意识，这个心理转折的层次变化，产生缓慢推移的叙述时间，这是对真实存在的意识，然而，从黄色到阳光的过渡却使人感到异常虚幻。然后他将手伸进口袋，“手上竟产生了冷漠的金属感觉”，动作与感觉的层次再次被剥离，感觉与其说是非常迟钝，不如说是循着叙述语感节奏缓慢推出。然而“当手指沿着那金属慢慢挺进时，那种奇特的感觉却没有发展，它被固定下来了”。感觉的变化更加缓慢，叙述几乎是在显微镜下观察事物变化的过程，过程被拖延了，结果始终不出现。余华热衷于在感觉的临界状态蠕动，在那种犹犹豫豫的体验里，余华最大可能地改变了真实的存在方式，从而改变了整个存在的状况。最后，余华恶作剧似的把整体显示出来：

> 那是一把钥匙，它的颜色与此刻窗外的阳光近似，它那不规则起伏的齿条，让他无端地想象出某一条凹凸艰难的路，或许他会走到这条路上去。

在余华的叙述中，行为与意识、事物的存在与感觉之间存在一个不可跨越的时间差，这个“时间差”由对事物过分细致的叙述造成，感觉与事物的联系被迟缓的“时间差”所冲淡，结果导致真实存在向幻觉转化。“那是一把钥匙”，整体的出现立即消除了过程推移的幻觉。然而，余华始终感兴趣的是幻觉的状态，“他无端地想象”并不只是对幻觉的解释，它是幻觉的自然延伸，并且预示着他此后的行动别无选择，只能走入幻觉的纵深之处。

余华如此细心地去辨析事物存在的状态，并且大胆解除真实与幻觉之间的界线，把一切的存在及其可能性都直观地罗列出来，这种叙述方式很可能是受了法国新小说的影响（特别是罗伯·格里耶和娜塔丽·萨洛特的影响）。正如我们在前面讨论时已经指出的那样，罗伯·格里耶声称要制造出一个更实体、更直观的世界，以代替现有的这种充满心理的、社会的和功能意义的世界。让物件和姿态首先以它们的存在去发生作用——罗伯·格里耶说，让它们的存在凌驾于企图把它们归入任何体系的理论阐述之上，不管是感伤的、社会的、弗洛伊德主义，还是形而上学的体系。尽管罗伯·格里耶力图让那些存在事物获得“客观的直观性”，它们在那里，坚硬、不可变，永远存在，嘲笑自己的意义；然而，罗伯·格里耶却无法阻止他的那种“客观的直观性”向着幻觉转变的最大可能性，它们并不是坚硬而不可变更的，恰恰相反，它们总是不断向幻觉转化然后才向着真实的存在还原。他的《嫉妒》是一个感觉细腻而又随时变更的阴影状态，那是因为那道“柱子的阴影”从头至尾总是似是而非地在真实存在与幻觉之间摇摆不定。

不管如何，余华还是信任他的感觉以至他的幻觉，而在格里耶那里，一切存在都变得可疑，都不值得信任。格非在《褐色鸟群》里把一切存在事实推到模棱两可的境地：到底存在，还是不存在？这是一个令人困扰的问题。当然，格非绝不是去穷究存在的终极问题，相反，存在的确实性被格非彻底戏弄了，存在的价值及其意义建立的任何可能性都因为幻觉与真实的界线无法辨认而自行消解。格非的独到之处，在于他大胆运用“重复性叙述”，在幻觉与真实之间构成相互否定的意义悖论，存在的事实总是在重新辨认的时候被颠覆，“回忆就是力量”被格非戏剧性地改为“回忆就是瓦解存在事实的力量”。

“重复性叙述”制造出一种有如怀疑主义的元素迅速蔓延，这是一种增长的怀疑力量，这种力量不是先验约定的固定品格，它是某种潜伏在叙述方式中的“能”。任何一个事实经过重复就会自行瓦解——幻觉连同真实的双重瓦解。当“我”告诉女人许多年以前见过她时，女人笑了一下，她伸手端起我面前的茶杯呷了一口茶将茶叶末轻轻吐掉：“我从十岁起就没有去过城里。”女人的否定如此轻便，然而，它不仅导致前面叙述的虚幻性，同时使女人当下的存在状态滋长起一种怀疑的品性。紧接着，女人说到那一座断桥以及她男人在一天雪夜里的经历。这与“我”的经历有些微妙的差别，恰恰是这点“差别”使前后两种“事实”的说法都值得怀疑。真实还是幻觉？存在还是不存在？叙述向前推移深入到疑难重重的领域。到结尾，时间、地点都值得怀疑。“棋”别有用心地把“水边”称为锯木厂旁边的臭水沟，“我”一度为她的话所困扰。“有一次，我沿着‘水边’枯白的茅穗绵延的水线，朝北走了整整一天，没有发现什么锯木厂。”叙述到这里，已经不是单方面对前面的事实的怀疑，叙述的当下事实就陷入自我怀疑，因为幻觉已经完全侵占了存在的现实及其一切可能性。最后，那个“棋”再次出现，完成了这个悖论的大圆圈，“棋”是一个双重否定：“棋”否定了她存在的历史，并且否定了“我”存在的全部现实。

孙甘露对幻觉的迷恋构成了他所有叙述的出发点。孙甘露凭着他诗意的笔触和游方术士般的想象把幻觉（和梦境）叙述得无比奇异美妙。幻觉在孙甘露的叙述里呈现，捉摸不定却又时时闪烁着诗性的感悟之光——正是这“光”构成了幻觉存在的真实性，这是孙甘露处理幻觉的绝招。人们感到不可思议的是孙甘露何以能在幻觉（梦境）的表象之流里穿越往来，而不至坠落于空疏浮泛之中。孙甘露通过揭示那些非理性的幻觉的情态瞬间的诗性意蕴，从而确定幻觉的真实性存在，幻觉正是在获得诗性的自我感悟时刻向着真实的存在转化，向着不可摧毁的存在时刻敞开。孙甘露的幻觉在诗性的顿悟里敞开为一片真实存在的“空的”——如海德格尔所认为的那样：诗性的存在具有至高无上的实在性，因为那是天、地、人、神四重世界的永恒存在。尽管孙甘露的“神”不过是鬼扮演的上帝，他的“人”都是一些身份不明而精神失常的无业游民，但是，孙甘露的诗性之光由幻觉的瞬间伸越而来，进入我们的存在，具有真实而不易摧毁的感悟力量。

总之，对于先锋小说来说，真实的存在与幻觉的自由置换促使整个感觉彻底开放，幻觉与现实的相互渗透把我们的存在弄得面目全非，然而却也有可能大大开拓了存在。存在恰恰不是在确定不移的认识里深化，而是在疑难重重的探索里展开。当代美国实验小说家罗纳德·苏克尼克说：“现实不再存在……时间、人物性格也不复存在。上帝是过去无所不知的作家，但他已去世，现在谁也不知道情节，因为我们现在缺乏创作者，所以作品的真实性没有保障。”那么，无保障的真实性是否为“真实”找到了一个更为辽阔的区域呢？

三、开放的文本：互为文本的多重变奏

先锋小说对传统小说观念最富有挑战意味的可能是在叙述方式上达成的“文本的开放策略”。传统写实主义小说的“作品”也概念是绝对独立完整的“这一个”，即使是现代主义的“作品”也依然隐藏着内在统一的完整秩序，包含一个期待解释的封闭性的深度模式。只是到后现代主义的实验小说才破除了内在统一构成的深度意义模式，文本是“可写”的，而不是“解释”的。文本是语言活动的场所，而不是为展示一个完整的世界。例如巴塞尔姆的叙述尽可能向语言敞开，而当代的文化糟粕毫不客气地涌进文本，尽管他试图停留在“这种糟粕现象的前列”，但是也几乎在这股浊流中沉没。

当然，中国先锋小说并不像巴塞尔姆的文本那样向着语言和亚文化形态全方位开放，它主要的是通过多重文本的叙述变奏达到文本在叙述里的开放。

始作俑者可能是马原（又是马原!）。马原关于姚亮和陆高的一系列作品，很显然，没有故事情节之间的实际关联，而姚亮和陆高变换角色自由地在多个文本里出入。尽管姚亮和陆高经常只是叙述人的“指称”，他们和叙述人称几乎没有多少区别，但是“姚亮”和“陆高”无疑侵犯了文本的独立存在，他们不仅使文本在真实与虚构中摇摆，而且使文本卷入多个文本的参考系，文本不再是完整的，文本被姚亮和陆高以多种不同的方式占有，文本相互之间证明了“虚构性”。写实主义的系列作品始终保持人物性格和情节发展的完整统一，各个单篇作品依然是独立的整体，而系列作品又是一个更大的整体，“真实性”受到现实和整体逻辑的双重检验。现在，姚亮和陆高是在完全不同的文本里活动，他们把另一个文本带进来了，这些文本是平行并列的，它们互相侵犯而互相开放。马原在《冈底斯的诱惑》、《虚构》等作品里，都提到了其他文本，这是文本中的文本。马原不过是为了在真实和虚构之间制造平衡，不管是姚亮、陆高还是“文本中的文本”，都只具有非常有限的开放意义，它们都没有获得与写作的文本平行的实际存在地位。

从理论上来说，任何文本都是以复数的形式存在的，因为构成文本的语言材料是已经写出的。按照罗兰·巴尔特的观点，构成一

则文本的原料是无数已经写出的文本的引文、回声、参照物。因为，就最基本的意指关系而言，一个单独的词是否在指涉，指涉什么，它背后已经存在着一个由词语的差异体系构成的无形的词典。同样的，一篇绝无仅有的文本是无法存在的，正如能指的播散活动必须以无数未曾在场但已经存在的更多的能指为前提，任何一则文本的背后都已经存在一片无形的文本的海洋，每一文本都从那里提取已被读过和已被写过的段落、片断、片语只字。罗兰·巴尔特的“复数文本”的概念把文本植入“方法论的领域”，文本成为一种运动、一种活动、一种生产和转换过程，文本不再是固定的实体。显然，“复数文本”仅是理论分析的结果，它揭示的是文本的语言活动本性。

然而，在写作实践中有意识地融合多个文本，这是一种开放性的叙述方法，文本不再是封闭孤立的固定实体，文本由此进入拆散、融合、分解的转换运动。叙述因此进入疑难重重的领域，叙述变得更困难，也更自由。

孙甘露的《请女人猜谜》可以认为正是企图在双重文本叙述变奏里获取叙述开放的无限可能性。孙甘露在写作名为《请女人猜谜》的小说的同时，还在写另一部小说《眺望时间消逝》，这两部小说既相互平行，又互相侵犯，你可以说写《请女人猜谜》（以下简称《猜谜》）是在写《眺望时间消逝》（以下简称《眺望》），你也可以说，《眺望》就是《猜谜》，它们的叙述时间是一致的。但是，它们确实各自又有独立的角色和事件。《猜谜》写“我”和“后”的阴郁迷醉的爱情交往；《眺望》叙述士的怪诞而恍惚的往事。不幸的是，“士”与“后”也有交往，这使故事时空发生错乱，“士”与“后”在两则文本之间穿梭往来，有如19世纪的幽灵。当然，《眺望》是对过去的回忆，《猜谜》的事情发生在《眺望》之后，孙甘露则用同一的叙述时间把它们并置排列在一起，让“过去”与“现在”融为一体，如果在单一的文本内凭借故事的时间自然延伸，过去与现在能单向延续，双重文本使叙述时间获得了立体变化的可能，所有关于时间空间变化的原始叙述都被剔除，现在与过去的交流获得极大的自由。

于是小说叙事惯用的双重时空的组合变成双重文本在叙述里的转换活动，叙述人把小说的时空构造全部交付给文本，文本的“策略”替代了叙述。现在，时空的构造已经不是本体论的叙述结构，双重文本的变奏叙述，使双方都受到侵犯，《眺望》进入《猜谜》，瓦解了《猜谜》的时间。整个《猜谜》的时间都停滞不前，它似乎就是在“眺望”《眺望》；而《猜谜》提示的前提时间，使《眺望》的“进行时”变成“过去时”。显然，孙甘露在玩弄时空侵犯而发生的转换游戏，依然是在寻找他的“真实”与“幻觉”的临界状态。孙甘露的叙述既不是单纯的梦境幻觉，也不是明确的实际真实，当然也不是二者的明确无误的混合。对于孙甘露来说，只有两者交合的临界状态才是叙述进入的时空。现在，双重文本的变奏取代了时空硬性的组合，双重变奏尽情享受“临界状态”提供的可能性。

“后”在《猜谜》里是个神经质的护士，她相信幻觉胜过相信真实，她认定她“读过”《眺望》，显然，“读过”是一个存在于叙述意念中的隐喻说法，因为“后”就是《眺望》的当事人，孙甘露巧妙地运用“读过”这一隐喻，把《眺望》中的真实投射到《猜谜》的幻觉中来。对于《猜谜》来说是幻觉的经验，在《眺望》里却成了真实的经历。当然，《眺望》可能是回忆，也可能是幻觉或梦境，对于孙甘露它们都是值得信赖的临界状态。“士”的身份难以确定，他是“守床者”、“见习解剖师”，他偷吃解剖室里的蛇而被开除；然而，他又是一个在殖民地的草坪上捡球的男仆。“士”能够毫不费力地同时扮演忠诚的爱人和偷情者两种角色。与此同时，他还是一个谕世者、一个有正义感的凡夫俗子，一个谋士和心力交瘁的臆想者，“士”的变幻不定的身份和神出鬼没的行踪，使《眺望》的回忆带上了梦幻般的虚无，“士”证明了时间消逝之不可“眺望”，并且表明了全部存在的虚幻性。正是因为对“士”的一生的“眺望”，我们生存的确实性逐渐被瓦解。《眺望》原来是《猜谜》里的一个元素，随之与《猜谜》平行发展，它的意义不断辐射到《猜谜》上，《眺望》的扩展最后侵吞了《猜谜》，结果“我”和“后”的“那些平凡的日子如今也已消逝不见了”。《猜谜》的写作结果却变成《眺望》的叙述——《眺望》就是《猜谜》的“谜底”。《眺望》原来是《猜谜》设定的一个骗局，一个战略动机，现在《眺望》扩充为作品实体，《猜谜》变成一个虚设的存在，变成《眺望》的“策略”。

与其说是幻觉的临界存在为文本的叙述变奏提供了可能性，不如说双重变奏就是在叙述进行的时间里制造一种转瞬即逝的“临界存在”。孙甘露超出以往的叙述者对幻觉的寻找方式和对存在的虚无认同所表达的意义，在于这一切不是意义表达的结果，而是文本存在“策略”开展的现身情态。正如艾略特所说：“……我们有的不过是被我们虚度的瞬间，在时间之内和时间之外的瞬间，不过是一次消失在一道阳光之中的心烦意乱……或是听得过于深切而一无所闻的音乐……”孙甘露把这种叙述意念作为文本活动策略的动机，显示于文本自我领会的此情此景的存在。在这里，《猜谜》和《眺望》可以简化为两个最基本的元素：现在和过去。孙甘露通过文本的活动方式，向我们展示了现在如何转化为过去，而过去又是如何侵吞了现在，所有的现在都注定了要消逝，唯有过去永恒，而过去是永远也不能重复把握的存在。过去就是一个无，它无处不在而又神秘无踪。《眺望》对《猜谜》的占有，是过去对现在的夺取和摧毁。现在并不是那么温文尔雅地流向过去，过去也不是老成持重地期待现在的消逝，《猜谜》就是如此真切地揭示了存在的可怕的虚无状况：我们拥有的存在不过是被我们虚度的瞬间。当然，孙甘露为了获取这种极端的状况，不惜把整个生存变成一系列毫无意义的怪癖之举，变成迷蒙而晦涩的幻觉，变成惴惴不安的想入非非。孙甘露的现实是被幻想摧毁的存在，因此他才会设想有一个幻想的文本夺取占有了一个真实的文本。

开放的文本在另一重意义上表现为文本向着语词的差异系统开放，文本卷入能指词的自由播散活动。在叙述过程中，有意识地扩大文本出场词的范围，把写作的有意识地选择出场词的作为，转变为文本无意识的语词在差异链锁中的连锁反应。不管王蒙的写作初衷如何，王蒙自《来劲》以后的不少作品，都不同程度地卷入语词的差异游戏活动，王蒙用语言的修辞策略替代了作品形象的主题所确立的文学性策略。王蒙在开放的文本里提示了叙述语言的另一种状态，它表明语词的自为活动可以构成小说叙事的活动方式。文本向着语言开放，正如巴塞尔姆所说的那样，必然也向着亚文化形态开放。王蒙把流行引喻、抽象概念、商业广告、名人逸事、专业术语等俗文化语汇大量牵扯进文本，文本在向语言开放的同时，也为亚文化侵略纯文学提供了自由通道。孙甘露不过消解了一个文本，王蒙的修辞策略却有可能消除纯文学的领地的界限。当然，王蒙并没有走得那么远，他对故事情节的浓厚兴趣，使他的小说自觉回到现实主义的故居，那是一个无奈而温馨的归宿。

毫无疑问，先锋小说的多重变奏表明当代小说叙事所达到的难度和复杂度，小说叙事也逐渐演变为莫测高深的方法论活动。实验性的“开放”面向叙事方法领域，却背向接受大众“封闭”。实验肯定要蒙受冷落的礼遇，先锋们不得不吞食寂寞的苦果。然而探索是否有意义，关键还取决于“开放的视界”会给当代文学提示希望的前景，还是会将其引向穷途末路。我们唯有期待历史的最后判决，现在先锋们只能铤而走险。

第四章　空缺与重复：先锋小说的叙事策略

“存在还是不存在?”——这个问题像幽灵一样困扰着现代写作，在 20 世纪后来的那些苍白而虚无缥缈的岁月里，它已经褪尽了蛊惑人心的神秘色彩。然而现在，这个问题却纠缠住当代中国的先锋小说，它不再像现代主义的写作那样，作为一种先验的观念植入文本的深度，而是被加以叙事策略的改造。自我及其整个存在状况没有像在海德格尔或萨特那里那样获得思考的深邃性和坚实性，而是被分解于无边的话语运作之中。

毫无疑问，格非的写作方式正是如此，他那空洞的目光已经越过生存的边缘地带，他的叙事把整个存在推入疑难重重的境地，生存的历史在回忆中猝然断裂，而生存的现实或者丧失了历史依据，或者由于与历史重复而变得根本不可靠。虽然格非对德里达的“补充”概念一无所知，他的那个“空缺”更有可能是对博尔赫斯的挪用，然而，不管格非的叙事方法是对当代的精神危机所作的特殊的反应方式，还是当代小说走到穷途末路所作的负隅顽抗——格非小说中的“空缺”不仅表示了先锋小说对传统小说的巧妙而有力的损毁，而且从中可以透视到当代小说对生活现实的隐喻式的理解。很显然，用形式主义策略来抵御精神危机，来表达那些无法形成明确主题的历史无意识内容，这是当代中国先锋小说所具有的特殊的后现代主义形式。

一、不在之在：故事中的空缺

传统的小说叙事赋予故事以自觉的历史起源，故事变成历史，成为一个完整的生活世界，在这里，话语秩序被因果必然性决定，不管作为一段历史过程还是作为一个解释的世界，它都是完整无缺的，至少它在自身存在的理念上是如此。传统小说把简单过去时改变为现在进行时，把叙述人“我”改变为第三人称“他”，正是为了获得一种历史的完整性。正如巴尔特所说的那样：“小说是一种死亡，它把生命变成一种命运，把记忆变成一种有用的行为，把延续变成一种有方向的和有意义的时间。”① 现在，小说叙事力图消除历史的起源性或历史的连续统一性。格非的叙事作为一种历史故事，其历史起源性已经无可摆脱，他面临的艰难任务就是去打破故事的连续统一性。因此格非经常使用的方法就是造成历史过程的某种空缺，来给故事的历史性重新编目，故事为寻找自己的历史而进入逻辑的迷宫。

格非在《迷舟》里写了一个由战争和情爱两条平行线索构成的历史故事，这两个传统主题被格非绞合在一起，它们的主题意义随着叙事策略的展开而增长。这个故事从任何一个角度来看都是不完整的，它总是在关键性的部位留下一个“空缺”。“萧去榆关”不管是在战争线索还是在情爱线索上都占据“高潮”的位置，然而它被省略了，因为省略两条线索既被错开又被绞合在一起。“错开”是因为被误读，“绞合”则是因为填补这一空缺，空缺变成一个解释和补充的陷阱。三顺和警卫员都是先验读者，他们各自都被自己的阅读的“前理解”所控制，在三顺看来，萧去榆关是去看杏，而警卫员则认为萧是去传递情报。警卫员根本不顾及这一行为可能有的潜在意义，他武断地填补了这一空缺，他自认为用六发子弹打死萧而使这个故事变得完整，然而正是他使这个空缺永远无法弥合，萧的死亡使那个“空缺”变成根本性的缺乏。

在这里，写作变成一次阉割行为（三顺的阉割不过是写作的一个隐喻，一个示范动作，正是三顺的阉割行为使写作的阉割得以进行），关键性的部位失踪了，它被一个“空白”所替代，空白不是无，而是无限。因此，“空缺”——这个文本最后剩余的结果——却变成对整个故事解释的前提，然而警卫员的误读表明“补充”的不可靠，补充很可能是一次更致命的损毁。

战争/情爱在这里构成一个根本对立的等级，对立的双方在叙事话语中互相渗透，却又隐含着不可调和的冲突张力。情爱这条线索被叙述得非常细致，萧是个怀旧主义者，他总是滞留于往事的氛围中而难以自拔，萧无力区别战争与情爱的根本对立，始终生活在战

① ［法］罗兰·巴尔特：《符号学原理》，李幼蒸译，84页，北京，三联书店，1988。

争/情爱对立的临界状态。萧试图用情爱来补充战争造成的生活空缺，这注定了他将成为战争的牺牲品。正是战争对生活的武断干涉，造成这个无法弥补的空缺，战争对情爱的否定如此绝对而不容置疑，真理随同死亡永远“不在”了。然而文本却遗留了一个长长的“补充”链，故事本源性的缺乏不过是生活本源性缺乏的隐喻方式，不管是萧用情爱来填补战争反倒造成生活的空缺，还是警卫员用六发子弹填补故事的空缺，都使生活的历史起源和故事的历史生成变得更加不完整。

在这里，叙述作用表明，“不在”（absence）的话语反倒显得更加突出，它使“在场”（presence）的话语丧失解释的权威性，不在的空缺在期待补充而变得诡秘，它使现存秩序陷入疑难境地，因为空缺引发了一系列派生的关系（或等级对立），它的意指作用证实在场话语的不充分性，不在的话语随时从那些裂缝涌现出来。话语的运作，其实质是对不在的掩盖，在这样的意义上，在场的话语如同写作的纲领要目，它可以在阅读中被重写和改写。如果说可读性文本依靠在场的话语来确定文本的统一性秩序，它在解读中重新认同自己，并且与实在世界达到重合，那么可写性文本仅仅预示了存在的可能性，它总是在“重读”中不断被改写，不在的话语不断从在场的话语的边缘侵入文本，它宣告文本的不完整性和不充分性，写作和阅读在这里成为不断激发各种可能性的无限替代的过程。

作为一种“反历史”的写作，叙事话语不仅造成故事的历史过程的空缺，它进一步的行动则是去造成文本的（或故事的）历史构成的本源性“缺乏”，它使写作变成一次对不在的追踪，而在场的话语反倒是从对不在的追踪过程中不断遗留下来的产物。显然，这种遗留是一个不断替代的意指过程：对不在的追踪产生在场的话语，而在场的话语却又预示着不在——它表明了不在这个无所不在的危险因素，构成了话语、文本和历史的真正根基。例如，格非的《青黄》是一个关于追踪“不在”的故事，“青黄”作为叙事的起源，随着叙事的进展变得越来越模糊，“青黄”不断为各种对它的解释和有关的事件所遮盖，它成为疑问的聚集地——一个能指的“非在”。叙事的意指活动在这里面临双重悖论：叙事越是谈论“青黄”，越是远离“青黄”；叙事远离“青黄”，却在切进“青黄”。因此，叙述人追踪“青黄”（破译青黄的意义）变成与“青黄”无关的历史故事。由于“青黄”起源性的空缺，因而叙事进行中出现的空缺与空缺之间形成相互补充的关系网络，空缺对空缺的补充有可能使故事重新组合，也有可能使故事陷入迷宫。为填补空缺而引发的多重诠释，在每一空缺的边界地带组成一道解释的差异链，很显然，这些空缺不可能被全部填补，也不可能互相补充。

在这里，格非的叙事方式触及历史的起源性根本缺乏的问题，“青黄”作为叙事的起因，它在叙事的发展中不断异化而产生一种派生的关系——对“青黄”名称的消解却引发了一部“青黄”的历史——叙述作用产生了消解与重建的双重运动。起源性的标志消解之后派生的历史依靠转喻的力量获得不断被构成的存在，“青黄”真实的历史在“青黄”作为历史的名称消解的话语中浮现出来。叙事方式在这里不过是对人类历史性存在方式的一种模拟，也就是历史的字面存在与历史的实际存在之间的背离。历史话语因为那些关键性的缺席，它是不可靠的，历史话语的存在从来都无法排除空缺，并且总是在症结处发生空缺，历史话语总是通过隐瞒，通过不完整的表述来建立历史事件的全过程。那些空缺、那些不在的话语，即历史叙述有意遗漏、压制的部分，有可能颠覆叙述的“整体”的历史，不在使在场变得不可靠，不在有可能是历史的实际存在。

尽管格非有意用叙述方式来排挤、压制、分离意义的统一构成，但是叙述方式在这里产生变体——叙事话语的空缺与生存论意义上的空缺构成转喻的结构投射关系。当然文本中存在大量的关于“历史”、“生活”空缺的象征代码，例如，有关九姓渔户的生活编年史残破一页的描写，或者关于外乡人上岸烧毁了他的那只船的描写，它们表述了历史的某种本源性缺乏或有意割断历史的决心。然而这里的“转喻”意义更主要地在于它意指生活本源性的残破和空缺。外乡人的突然“死亡”或“失踪”，他需要逃避的不仅仅是受到当地人排挤而感受到的“孤独”（他当然也不会意识到“与生俱来”的孤独），他逃避的可能是一种隐秘的原始罪恶和难以弥补的生活空缺。叙事中的这一重要的“行动代码”发生的原因被省略，不管是对这一“行动代码”的原因空缺加以补充，还是对九姓渔户和外乡人的生活编年史的残缺的补充，或是更为本源性的补充——对“青黄”的本源性的缺乏的补充，可能可以修复一段完整的故事，然而“补充”在这里促使故事的历史性得以完整构成的同时，却更深刻更彻底地证实了生活的破碎。在这里，在叙述作用层面上的“补充”与主题模式意义层面上的“补充”构成转喻式的解构，它们不可能被同时“补充”，在任何一个层面和方位上的“补充”，都将导致邻近的或对位结构上的空缺更加不完整，一种解构式的破裂。

尽管当代先锋小说群体未必有意识去揭示形而上的生存论意义（格非只是专注于设置他的那些博尔赫斯式的空缺）——但是，这些“空缺”作为某种反历史的书写方式，作为抗拒文本的统一的和深度的意义构成的装置，它产生的结果却颠覆了产生它的动机。在这里，由叙述作用产生的“空缺”——一种非符号化的意指作用，却转化为含义复杂的“象征代码”，它具有了多重的意指作用，它不是一个空洞的“无”，而是无限。这个纯粹的记号，它以诡秘的光圈去照射那些不确定的然而可能存在的无数关系；作为补充和替代的意指链，它使意指作用相互连接的固定关系解除；它从文本或故事中的任何一个脆弱部位突现出来，它使存在如此含混而虚幻，话语、历史、存在不再为一种社会化话语的总体意图所引导；它依靠“不在”的力量，依靠文本的无限开放性任意漂流。

二、在空缺的边界：作为补充的描写情境

在当代先锋小说的叙事中，“我”经常作为叙述人直接在场，其实是被用来充当文本中“我”的本源性缺乏的补充形式。叙述人在把故事中人物的“自我”阉割掉之后，促使人物与自我的当下情境分离，“我”被分裂为双重的“他者”。写作者当然意识到这个空缺，企图用叙述人“我”来补充这个本源性的缺席。然而这个“我”先验性地不在了，“我”以叙述人的方式填补不过更加有力证实了文本中“我”的丧失。因此，这个“我”引出了两种对立的伦理姿态：作为一个肯定性的因素，“我”企图证实（补充）我的在场，而证实不过表明实际的空缺；作为一个否定性的因素，“我”不断地破坏叙事规约和“我”的当下话语情境（也就是促使叙事中的线索经常短路、变异、分离）。“我”的双重性产生一种解构式的力量，在叙述中不可遏制的是否定性的意向，否定性被当作“我”的肯定性的在场来运用，结果它却把“我”流放到话语的破裂、分离情境中，“我”在话语的边缘迷失了。在这里，写作作为说话的补充形式实际给说话提供了一个在场的情境，然而“说话”（叙述）的情境并没有使“我”在场，而是证实“我”本源性地丧失存在。正如罗兰·巴

尔特所说的那样，在小说中这种写作手段既是破坏性的又是恢复性的，这是一切现代工艺学都具有的特点。要破坏掉的是延续性，即存在物之间的不可言传的联系性。不管是诗的连续体或小说记号中的秩序，还是恐怖事物或似真性中的秩序，它们都是意图的杀手。因为不可能在时间中发展一种否定作用而不提出一种肯定的艺术，一种要重新加以破坏的秩序，因此写作依然难以摆脱连续性的诱惑。① 即使恢复"连续性"，话语的秩序也不可能重新建立，不管叙述现在是作为作者还是叙述人的在场的替代方式，都无法修复文本所存在的本源性的空缺。例如，余华的叙事就很少使用第一人称，而苏童后来的作品（《罂粟之家》、《妻妾成群》等）也不再使用"我"来叙述，但是故事并没有重新获得历史的起源性，故事中的"他"，或者被叙述的感觉化压制到变形，或者被超距的历史对话所分离。在这里，"连续性"试图充当叙事话语历史起源性的"补充"，而事实上它都无法恢复故事的历史性的和现实性的存在，它不过再次证实了文本所隐瞒的不在的东西。当生活无可挽回地失去了它的完整性，当历史变成非连续性的暂时集合体，当生活的最后希望也破灭了的时候，生活的枷锁也随之破裂，它和破碎的生活一样变得无比轻松而微不足道。加缪当年站在生活破败的边界看到西西弗斯推动那个巨大的石头，永无止境走向生存的终结而显得无比悲壮，生存的重负使生命焕发出无穷的力量；当代的写作者已经丧失了永恒的超越性信念，生活世界里的破败风景乃是生存的本源性现实，它既不丑陋也不美丽，然而它却自有激动人心之处。因此，在生活"空缺"的边界地带，配置一个"补充"情境（某种由自然的和诗性的感悟构成的附加的抒情成分）——它是这个"空缺"的花边，它散发着一种纯净明朗的感伤忧郁之气，它在使这个"空缺"更加醒目、更加不可弥补的同时，表达了一种"后悲剧时代"的感觉。对生活本源性破碎的认同获得转喻式的诗性情境，它们被卷入话语的欲望满足和语词的游戏快乐之中。

正是因为生活（和历史）的本源性的缺乏，先锋小说叙事才心安理得地在破败的生活边界寻找那些感觉和感悟，那些苦难的悲剧性的场景被写得异常生动，给生存的苦难镀上一层诗意而耐人寻味的色彩。当代小说的叙事越来越注意在那些无关紧要的细节上停留，

① 参见［法］罗兰·巴尔特：《符号学原理》，李幼蒸译，80页，北京，三联书店，1988。

去捕捉那些与习惯感觉方式很不相同的一种表达情愫，有意促使叙述人或故事中的当事人的感觉发生强制性错位，那些苦难或不幸的因素转化为“审美”情境。这不管是格非的《迷舟》里萧登上棋山的山头时，连日梅雨的间隙出现了灿烂的阳光，萧回忆起往事和炮火下的废墟，涌起了一股强烈的写诗的欲望……或是萧与杏躺在野地里时，萧在墨绿茶垄的阴凉的缝隙中闻到了泥土的气息，一阵和煦的风吹过，他默默地记起了一支古老的民谣……或是苏童在《一九三四年的逃亡》中，狗崽耸着肩在九月纯净的月光下奔走于逃亡之路上……或者在《罂粟之家》中，沉草朝陈茂打了两枪，在这个过程中，“他闻见原野上永恒飘浮的罂粟气味倏而浓郁倏而消失殆尽了……”这些并不是单纯的景致描写，这种氛围在这里透示着一种悲剧的情感思流。与传统的写实类的景物描写相比较，这些景致都是人物的感觉状态和特殊的感觉方式，这些感觉方式被加以微妙的反常改变，促使人物与自身的情境发生某种变异，这些感觉的错位配置，突出了那个话语情境的多形特征，情境自在而自然地陷入一种不可思议的状态。

当叙述的描写性组织把那些“苦难”、“不幸”的往事加以抒情风格的改造时，描写情境分裂为两个方面：情境本身和对情境的“窥视”。这不仅仅在于叙述人以一种抒情的和感觉状态刻画的方式来表现该情境，而且人物对自身情境的意识也陷入一种错位的感觉方式。如果不是对“历史”和描写情境的超距对话的方式，不是那种对生活本源性破裂的认同意识，先锋小说绝大部分看上去确实充满古典时代的浓郁的抒情风格。然而在这里，叙述人把任何事件都作了特殊的时空处理，任何事件都发生在一种情境中，因此叙述作用制作出双重结构：客体事物的情态结构与叙述人的主观语感的情调结构。叙述不仅描写一种客体事物存在的情态，同时产生一种叙述语感，客体的存在情态明显被叙述人的主观化的感觉方式所渗透，叙事中人物所具有的感觉被叙述人的感觉方式所配置，以至于灾难即将降临的时刻，人物却获得一种当下情境的分离感觉。他作为一个局外人审视自己的处境，比喻结构在叙事中产生的虚幻感，减轻了客观事物存在的压力，不管是叙述人还是被叙述人或是读者都产生了一种“失真”感。“失真”并不是“虚假”，而是主体处于特殊的情境中，他对真实的存在产生一种分离的体验，在从主体感觉返回到客观事物的途中产生某种感觉距离和感觉偏差。例如，格非在

《风琴》里写到冯保长（冯金山）亲眼目睹日本兵抽出雪亮的刺刀把他老婆肥大的裤子挑落在地——像风刮断了桅杆上的绳索，船帆轰然滑下，在炫目的阳光下：

> 那片耀眼的白色，在深秋的午后，在闪闪发光的马鬃、肌肉中间，在河流的边缘，在一切记忆和想象中的物体——澡盆、潮湿的棉絮中间，在那些起伏山坡上粉红色的花瓣中蔓延开来，渐渐地模糊了他的视线……

在强烈的阳光照射的偏差之中，他的老婆顷刻之间仿佛成了另一个完全陌生的女人，“他感到一种压抑不住的激奋”。冯金山从自己的处境中分离出来，他成为一个“窥视者”观看另一个自我的情境。这显然不是心理的偏差，而是存在状况发生变异，作为一个“窥视者”，自我彻底丧失了主体地位，“我”分离为一个窥视的“他者”和被窥视的客体，生活在这时是彻底破碎了，一切都还原为生活世界里本源性的荒诞。对于冯金山——这个在平淡无奇的日子里只是一个迟钝的酒鬼，而灾难一旦降临他的所有感觉都会变得异常锐利的伪保长，他在此刻发生的自我分离不过是他在日常生活世界里扮演的双重角色在此地发生转喻式的移位而已。在这样的“紧急时刻”，他扮演完窥视者的角色之后，佝偻着身子从一个低矮的土墙下像一只老鼠逃往树林，他那荒唐而夸张的身影仿佛成了被日本兵占领后的村庄的某种永久象征。

抒情性的描写情境在这里成为破败生活重新修补的凝合剂，它是在生活废墟上缓缓升起的一段悠扬的旋律。在这里，“行动代码”被大量的抒情性描写组织掩盖了，破碎的生活被压制到最简陋的状态（它无须更多的描写），在破败生活的边界上，超历史的对话演变为超历史的体验，一种回到历史深处去的企图。不是通过历史过程的多面展示，而是历史情境的“现时”修复，叙述的感觉从历史的裂痕中涌溢而出，生活的破碎被突然忘却（“忘却”不过是对生活的本来空缺的意识而已），只有在这时人才能和真实的生活融为一体，与自然融为一体——回到“生活之中”去的渴望恰恰是在破碎的生活边界上奏起的无望的挽歌，王标渴望一次真正的伏击却伏击了一个迎亲的队伍，他能干什么呢？他只好请新娘唱支歌，虽然歌声被王标的遐想掩盖了，然而正是歌声激起王标的遐想，正是歌声掠过早春的原野经久不息地飘荡——还有什么比这种情境更让人悲哀，更为感人至深的呢？这不过是某种细微的偏差（叙事造成的“误置"）生活中一个小小的不幸插曲，然而那段歌声却是生活破碎之后残留的永久纪念。

三、重复：存在的迷失

在人类生存活动的历史进程中，"重复"总是为历史进步的外衣所包裹，已死的历史借助"重复"再度复活过来，成为现实的依据，成为活的现实。人类对传统的珍爱心理经常为改写历史的阴谋家所利用，正是在传统的阴影底下演出了一场又一场的现实话剧。现实的"进步"有时成为对过去历史的不折不扣的模仿，历史的重复运动竟然成为历史进步的有效方式，而事实上，"重复"不过是历史的漫画化的退化而已。

如果说"补充"是对"不在"的填补，那么"重复"恰好相反，它使存在变成"不在"。补充揭示了存在的本源性缺乏，重复则使存在失去历史的依据和现实的形式；它们殊途同归，本质上都是对存在的消解。"重复"是解构策略颠倒等级方法的变形或扩大运用，在某种意义上，解构理论是由重复、差异和损毁创造出来的，德里达和德曼正是凭借重复的力量——模拟、引述、歪曲、讽刺性模仿来推行他们的解构策略。"重复"不是作为一组单义的训诫而继续存在，而是作为一系列可以在各种轴线上描绘出来的各种差异，例如被分析的作品可以被作为一个单元的程度，给予文本以前阅读的地位，研究各种能指之间的关系的兴趣，在分析中所使用元语言范畴的本源等等。正如乔纳森·卡勒所说的那样："任何理论活动的生命力在很大程度上取决于能够产生争论的各种差异性和防止在这种活动的内部与外部之间作任何明确的区分。"

解构理论通过"重复"来使文本的元语言范畴发生差异性的分解，文本原有的统一策略肯定隐瞒压制了内在的差异性因素，那些"不在"的话语通过"重复"获得相应的地位，"重复"有效地扰乱了文本原来的秩序。解构理论运用"重复"的目的是要建立等级对立的局面，它使统一体倾向于瓦解。解构理论把被重复的东西看成是盲目的或过渡性的，它不是任何原因之结果，而是重复本身的一种古怪显现，对这种重复寻根究底的追索无疑要破坏话语的元语言范畴。而根本性的怀疑或不稳定性可能会产生一种在批评的方法论领域表现出来的忧虑，解构批评尽管在一系列的希望——独创性的希望——与恐惧、挪用（或模仿）与被挪用（或被模仿）之间摇摆，它都要以不管多么草率和混乱的形式把与重复相连的更加不明确的感觉加以解构，使之更加易于驾驭，并给它以印记或标志。或者像赫兹所认为的那样，赋予重复力量以“可见性”，与此同时将这些力量的活动在主体本人面前伪装起来。赫兹写道：“我们被放在一种介于‘感情认真性’和文学快感之间的一种状态，意识在文学与‘非虚构性’之间来回摆动，我们对在起作用的重复的感情也掺杂了侵略、疯狂、暴力和死亡的可怕阴影。”

在先锋小说的叙事策略运作中，“重复”被注入“存在还是不存在”的思维意向。由于“重复”，存在与不存在的界线被拆除了，每一次的重复都成为对历史确实性的根本怀疑，重复成为历史在自我意识之中的自我解构。例如格非在《褐色鸟群》里，有意识运用“重复”来瓦解存在的历史依据，重复使“过去”和“现在”一起陷入不真实的境地。这个故事由“重复”构成类似于埃舍尔怪圈的系列圆圈：第一个圆圈，许多年前“我”蛰居在一个叫“水边”的地方，一个“我”从未见过的叫“棋”的少女来到“我”的公寓，她说与“我”认识多年，“我”向她讲一段“我”与一个女人的往事；许多年之后，“我”看到棋又来到“我”的公寓，但是她说她从来没有见过“我”。第二个圆圈，许多年前“我”追踪女人来到郊外，许多年之后“我”又遇见那个女人，她说她从十岁起就没有进过城。第三个圆圈，“我”在追踪女人的路上遇到的事与女人向“我”讲她丈夫遇到的事之间构成的差异关系。在这三个圆圈之间存在相互否定与肯定的悖论关系，“重复”是以差异的方式出现的，因此，它不是简单的肯定或否定，而是一种存在的差异链。从第一个圆圈的否定性环节流到第三个圆圈的肯定性环节，又转回到第二个圆圈的开头（尽管女人否定了她去过城里，但是她又提示了一件往事，这件往事与她否定去城里的经历的某些环节相吻合），在这里，存在还是不存在？一切都难以确定。存在是如此脆弱，“历史”在顷刻之间瓦解，当“我”坐在客厅里告诉女人说，许多年前在城里见到过她时，女人笑了一下，她伸手端起“我”面前的茶杯呷了一口茶，将茶叶末轻轻吐掉：“我从十岁起就没有去过城里。”

如此轻易的否定，不仅使历史突然崩溃，使记忆发生故障，而且使现实也变得虚幻，历史与现实之间的连续性被损坏之后，存在变成一片空地。

重复是时间的“伪形”，它通过“回忆”的中介把过去移植到现在，过去与现在由此构成历史。“回忆就是力量”恰恰揭示了历史存在的根本缺陷，它不仅表明存在、历史、现实都可以用“回忆”（虚构的另一种形式）来创造，它还表明历史的实际死亡，历史只能在回忆中复活。任何伟大的历史事件都要随同它存在的那个时间一道死去，回忆使时间重复出现，通过“叙述”，历史（往事）再度呈现在人们面前。但是回忆并不一定就有力量，回忆其实不过是重新书写历史的一种方法，回忆企图唤醒逝去的时间，但是回忆并不可靠，故障并不在于回忆作为复活历史的唯一方式不可靠，而在于历史存在本身不可靠。“我”这个20世纪最后一个孤独者一直在为时间流逝所困扰：“我总担心那些褐色的鸟群有一天会不再出现，我想，这些鸟群的消失会把时间一同带走。”叙述人已经意识到历史的不可挽回，他试图通过回忆来使历史重复出现，然而“重复”不是一次肯定而是否定，并且是对历史与现实的双重否定。“棋”与“镜子”是格非对博尔赫斯的习惯挪用，如果考虑到博尔赫斯对棋与镜子的偏好，就不难理解格非赋予棋与镜子的隐喻功能。在博尔赫斯那里，棋是作为谜和无限可能性的象征来使用，它表示了一种规则与变化的游戏；而镜子是对实在的反映之物，博尔赫斯在存在的虚幻之中融入一种时间的自在之流，镜子表明重复出现的不可洞见的神秘——一种没有实在本质的虚幻存在，它没有时间的流向却可以随时重现。“棋”开始夹着一个画夹，后来却拿着一面镜子，画与镜子一样不真实，并且是人的制作物。画的出现具有某种隐喻的功能，它喻示着叙述的开始和叙事话语的非实在性，“画”作为一种艺术仍然不失其观看的实在性。它是对实在世界的一次亲切回忆。然而以“画”开头，以镜子结尾，回忆或叙述的结果却是使历史和现实一道坠入虚幻的境界。“棋”在文本中与其说是作为人物，不如说是作为象征代码来起作用，“棋”喻示着一个虚构的规则，一个时间的迷宫，一种不存在的“在场”。“棋”的出现替代了对时间的抽象思考，“棋”作为时间的某种标志而使叙事得以发生、进行，然后中断，是“棋”触发了这次回忆，而后“棋”断然否定了它。“棋”作为历史的起源和历史的见证，她表明整个存在的不确定性。因而，“重复”不是在现实与幻觉之间作出解释，而是集中对根本“不在”的探究。

生存在这里陷入重复循环的悖论，每一次的重复都是对它的历史依据的否定，重复是对自我历史的瓦解和损毁，它是“永劫回归”的差异链锁。在米兰·昆德拉的《生命中不能承受之轻》里，重复是生存轮回由沉重向轻变异的转化方式，萨宾娜的那顶黑呢帽作为主题动机不断展开而一再在萨宾娜的生活中重复出现，帽子获得多重意义：第一，这是一个模糊的记忆，通向那位被遗忘的小市长祖父；第二，这是她父亲留给她的遗产纪念物；第三，这是她与托马斯多次性爱游戏中的一个道具；第四，这是她有意精心培养的独创精神的一个标志；第五，这顶帽子现在成了她侨居国外的一件伤感物。恰恰是这顶帽子把萨宾娜所有的生活都否定了，当她戴着这顶帽子在苏黎世与托马斯相会，这顶帽子不再新鲜有趣和刺激情欲，仅仅变成一座往昔时光的纪念碑，这次会见是一种时间的回复，是他们共同历史的赞歌，是那远远一去不可回归的没有伤感的过去的伤感总结。生活在那回复的瞬间留住了消逝的往事，往事之轻享有生存的温馨芬芳，然而唯有这顶帽子承受了以往全部的生活，并且这顶帽子就能够承受全部的过去。当生活所有的荣耀和快乐都（仅仅）凝结在这顶帽子上时，生存是怎样的悲哀而令人感动啊！这使得萨宾娜与托马斯的性爱游戏变得无比庄重，显得像一场生活的祭祀仪式。

在尼采和一些现代哲学家的头脑里，一直纠缠着“永劫回归”的神秘观念。生存在轮回里变得沉重，变得无可摆脱，因而生存的意义也就无足轻重了，当生命只能享有瞬间，一切都转瞬即逝，一切又都不会重复，生活又变得多么轻多么单薄，多么空虚啊！米兰·昆德拉对此大为感叹地说：“……让我们承认吧，这种永劫回归观念隐含一种视角，它使我们所知的事物看起来是另一回事，看起来失去了事物瞬时性所带来的缓解环境，而这种缓解环境能使我们难于定论。我们怎么能去谴责那些转瞬即逝的事物呢？昭示洞察它们的太阳沉落了，人们只能凭借回忆的依稀微光束辨析一切，包括断头台。”——可是“如果我们生命的每秒钟都有无数次的重复，我们就会像耶稣被钉于十字架，被钉死在永恒上。这个前景是可怕的。在那永劫回归的世界里，无法承受的责任重荷，沉沉压着我们的每一个行动，这就是尼采说的永劫回归观是最沉重的负担的原因吧”①。

生存的轮回重复使生活沉重而成为负担，然而也使生活仿佛切进真实和实在；而生活转瞬即逝、轻松自由，可是生活离地而起没

① ［捷］米兰·昆德拉：《生命中不能承受之轻》，韩少功、韩刚译，北京，作家出版社，1987。

有着落，没有归宿，人能够选择什么呢？沉重还是轻松？不管对于米兰·昆德拉还是对于格非来说，生存陷入无可摆脱的重复轮回之中，所有的生存因为重复而丧失了它原有的实在和重负，不仅是人，存在本身也被抛入“轮回”，生活一旦反复轮回也就变得没有重量，重复一次就减轻一个单位。历史之作为历史是不可重复的，任何重复都是历史的自我否定，自我嘲弄；然而重复又是生存的历史在时间里不可解救的怪圈，历史之作为历史注定要以“重复”的方式消磨自己。生存因此陷入无意义之轻的状态——重复轮回不再具有尼采式的沉重，而是被抛入无处皈依的虚无。

四、空缺的哲学与文化阐释

在哲学的习惯思维中这种观念是根深蒂固的：“在场”（presence）因为拥有实在的起源性而具有绝对的存在。德里达要彻底动摇哲学的思维根基，因而他对形而上学的“在场”观念的批评必然是（也不得不是）对“在场”的历史性起源的批判。德里达的“补充”（supplement）概念正是在这一意义上给予逻各斯中心主义以致命的一击。在德里达看来，“在场”实际上是对“不在”（absence）的补充方式，而补充并不是因为习惯所认为的暂时的空缺，而是因为本源性的匮乏才引起补充的需要，正是对根本性的“不在”的补充才使在场成为可能，而在场因此被当成是本源性的存在。利用在场来掩盖隐瞒不在的本源性空缺，这是哲学达到实在真理的关键性策略。因此，对存在的本源性（或起源性）的追踪，揭示出存在的根源不过是“补充”的结果这一事实，无疑对存在的本来面目（它的历史性生成）有着重新的认识。“补充”的思想从根源上动摇了既定的象征秩序的在场权力——它的永恒性权威。显然，格非的叙事策略在叙事中设置的起源性的空缺或故事的历史性构成中的关键性缺乏，引起对存在状况的重新审视；先锋小说以其叙事的方法论活动表达了对生存现实的特殊感悟。在这里，理论思考与小说叙事虽异曲而同工，它们共同显示了我们这个时代特定的话语情境。

在德里达看来，最古老的形而上学基地正是我们自我反省的最后领地，因为这个领地与语言、语法、范畴结合在一起，在这个意义上它是必不可少的：似乎我们拒绝这种形而上学我们就要停止思考，哲学家准备从这个偏僻体系解脱出来却遭到最大的困难，因为这个信仰体系的基本概念和理论范畴本能属于形而上学的基础性的思维领域，信奉理性是形而上学世界本身的一个片断，这个逆行的信念作为整体——权力的倒退运作总是一再在哲学著作中显灵。海德格尔在《关于人道主义的信》中意识到这样的问题：在西方的逻辑和语法的形式中，形而上学早就占有了对语言的解释，今天我们也只能推测隐藏于这个过程的东西，语言从语法中解脱出来的自由，并且将这种自由放置到更为根源性的实质的结构中的方法，也就是将思想与诗加以颠倒。海德格尔发挥了他在《存在与时间》中尚未完成的思想，他意识到在这个问题上发生的总体事物的颠倒，问题的选择总是被压制，因为思考无法发现语言适合这种颠倒，并且不能顺利通过形而上学的语言的目的地。

德里达的“补充”概念表明实在的本源性缺乏——一个根本的最初没有出现的东西为形而上学的策略性设计所替代，依赖可能的补偿，补充的方法弥补了最初的非在，符号被授予它自己的根源性，因而成为符号的符号。逻各斯中心主义依靠补充来确定“在场”，作为实在真理的直接显示。因此“在场”本身就表明“不在”，一种本源性的缺乏，凡是“在场”的其实都是不在的替代品，在场的权威性因此被流放到不在的无限性的空间。因此补充并不表明原有的空缺被“在场”填补上了，“在场”同时意味着“不在”，“在场”不过预示着“不在”的踪迹而已。

尽管不在永远不是在场的事物，但是它正是在在场的事物中宣告自身的存在。在我们保留的话语限度内，在场意味着本源性根本没有消失，也意味着它从未被确定，在场实际上只是由非根源性的踪迹所构成的，不在反倒是根源的根源，当然，德里达不敢相信某种纯粹“不在”的事物，因为不在隐含了其反面——“在场”的存在。因此，德里达坚持认为在场/不在永远无法确定，他小心翼翼地使用“踪迹”这个概念来描述这种状况：踪迹永远介于在场/不在之间，它只是在一个没有对等替代物的链条中显现自身，延搁自身。正如福斯特所说的那样，踪迹不是一个允诺而是一个吁求，它永远延搁意义。因而写作变成踪迹在差异链中的无限替代运动，它永远无法切进那个终极意义，因为那个终极，那个客观真理本源性地缺席。在场的这种补充性质注定了它要为不在的“不在”（踪迹）所替代，因此人们认定的那些“起源”、“真理”，那些权威，那些等级，都是因对不在的压制和隐瞒而建立的，它们也注定了要被“在”所瓦解。

如果说补充是对本源性缺乏的填补，是对不可替代之物的替代，那么这种补充引发的替代将是一个无止境的差异的过程。因此，“补充”概念并不仅仅表明对“在场”的起源性消解，而且预示了在话语实践中的策略性运用所起到的解构效果。例如，把写作忽视为补充是整个形而上学贯穿始终的话语活动，甚至在形而上学的“组织方式”中是一个关键性的活动。然而形而上学把写作视为“补充”正是表明写作的本源性缺乏，在这里发生悖论：它试图通过贬抑写作来肯定说话的在场的优先权力，但是写作是以说话的缺席为先决条件的，现在写作填补上了这个空缺，它恰好说明写作的那个所指物的根本缺乏，写作被视为替代它又如何能表达实在世界的客观真理呢？

这种悖论非常突出地表现在第一人称的写作实践中。作为“我”的充分的在场，写作只是说话的技术性的添加物，它外在于语言本性，但是补充的其他感觉总是在这里发生作用，写作能够填补说话当然是因为说话有缺陷，说话不能使“我”充分化，它并不具有自然的充足性。当“我”作为叙述人在文本的话语情境中实现充分的“在场”时，“我”正是借助写作的补充形式来获得在场的可能，叙述人作为改装的或虚构的“我”因此拓展了说话的自由性和充分性。在这里，写作不仅起到保存说话的在场避免消失的作用，它实际上是“我”真实在场的前提条件。

很显然，仅仅因为说话为写作的限制所表明它的不在，写作能作为说话的补充。事实上，危险性的补充在话语所描述的结构中具有多重的控制权，多种的外在补充被明确称为补充，因为在补充的事物中总是有缺乏，而且是起源性的缺乏。

因此，这种替代将继续延续下去，从这种补充顺序中出现了一个法则，一个无休止的连环系列，“它不可避免地增加补充中介，正是这些补充中介产生对它们所延迟的事物的意识，即对事物本身、对眼前存在或本源性感觉的印象。直接性是派生出来的，一切都由中介项开始”。事实上，在话语的运作中在场总是分延的结果，补充的可能性仅仅是因为本源性的缺乏。在文本的模式中、在补充的模式中，我们称之为生活的那种东西为意指的过程所重新确立。写作保持的并不是外在于经验论的文本的、外在于写作或文化的某种东西，而只能是来自外部的更多的补充——一种补充之链。依据现有的生存条件，依据个人化的经验和写作行为，我们称之为真实生活的发源地将被补充的逻辑所证实。对此，德里达告诫人们说，在追寻"危险的补充"的连接线索时，我们所要证实的是在这些真实的生活中，在越出和隐藏于我们说明能力的事物中，有的仅仅是写作，仅仅是补充和替代性的意指作用，而这只有在区分性参照链中才能产生。"真实"的东西只是在将意义的补充的迹象与援引中抽象出来时，才继之发生或添加进去的，如此循环往复以至无穷。因此我们在文本中总是读到绝对的存在，那些被先验观念所命名的东西，它们逃脱了写作就从未存在过。①

总而言之，德里达的"补充"概念表明存在（在场）是对不在补充的结果，但是，补充也并不意味着在场与不在是毫无差别的，这种差别在我们生活经验中显然扮演着强有力的角色，在场所具有的实际作用使补充成为可能。"我"的在场是不在的确定形式；一个真实的历史事件，一个虚构的特定形式，在场不是起源性的，然而它是重新构成的。

毫无疑问，不管是"空缺"还是"重复"，作为一种导向对"存在"本源性怀疑的叙事策略，对于当代中国先锋小说来说，与其说是某种哲学的形而上思考感悟，不如说是对拉美（马尔克斯、博尔赫斯）的叙事方法的直接挪用——然而，这是一次"误读"或"误置"的结果，这里产生变体，也隐含危险。

存在/不在之间的混淆，在拉美魔幻现实主义作家那里是对现实本源性存在的表现，他们的生存现实就是如此。作者的根本目的是试图借助魔幻来表现现实，因为"现实"本身就是以魔幻的形态存在的。正如安徒生·茵贝特所说的那样："……在现实消失（即魔幻）和表现现实（即现实主义）之间，魔幻现实主义所产生的效果就像观赏一出新式的剧目一样令人赞叹，也像在一个新的早晨的阳光下用新的眼光观察世界；这次世界的景象即使不是神奇的，至少也是光怪陆离的。在这种小说中，事件即使是真实的也会使人产生虚幻感。作者的意思是要制造一种既超自然而又不离开自然的气氛。其手法则是把现实改变成像神经病患者产生的那种幻境。"② 因此在

① 参见［法］德里达：《哲学的边缘》，英文版，158～159页，1979。

② ［阿根廷］安徒生·茵贝特：《魔幻现实主义及其他论文》，加拉斯加出版社，1976。

马尔克斯、博尔赫斯或卡彭铁尔的叙事中出现的根源性（起因）的空缺、突然的短路（出现或消失）、关键性的空白、重复与轮回、与鬼魂对话等等魔幻因素，它们并不是与现实对立的或否定性的存在，而是现实存在本身的可能性。与其说它们是因为可以理解而被接受，不如说是因为无须理解而被认同。因此在它们的叙事中，魔幻情境并不具有实际的叙事方法的意义。准确地说，它们属于文化观念或生存的世界“观”问题。在他们的世界“观”视野里，神奇的事物混同着现实和细节自然地流露出来，信仰产生了奇迹，卡彭铁尔在《阴森可怕的差事》的序言里说道：“这里到处是‘神奇’的现实。我想，这种现实并非海地所独有，而是整个美洲的特性。”他的《阴森可怕的差事》以卡博城作为神奇的焦点，戏剧性的离奇事件与富有幻想色彩的人物彼此交织，使一切真实充满了一种现代文明不能容纳的神奇。连卡彭铁尔自己也禁不住慨叹：它是那么流畅自然，较之用来作教科书的名家经典也毫不逊色。然而全部美洲的历史难道不就是神奇现实的记录吗？

不管是玛雅文化、阿兹特克文化还是印加文化，它们发展到今天都已经名存实亡，然而残留的文化之根却深埋在现代的泥土里，原始信仰与后来的岁月里大量传入的种种外来文化奇妙地融合，因而幻想和狂想的成分特别发达。当马尔克斯们觉得有必要创造出一套新的语言来适应“我们生活的这个现实世界”时，神奇的魔幻现实也就以文学话语的形态理所当然地应运而生——那就是他们生存的现实。

如果说在拉美小说中“空缺”、“重复”植根于文化观念，它们被看成是生存现实的原生态，那么它们被移植到中国当代的先锋小说中就转变为叙事方法和形而上的生存论观念探索。由于中国主流文化中的“幻想”和“狂想”的成分并不发达（《论语》的“子不语怪力乱神”奠定了后世文化的基调；屈骚传统在汉以后只是在野史笔记里发扬光大。现代以来的文学推崇写实主义范本，当然拒绝那些“超现实”的和“非理性”的因素），这种叙事方法显然难以在中国文化中扎根。因此它只能作为一种纯叙事策略和哲学意味的探索而存在于主流文化的边缘地带，它所具有的“先锋性”的持续力无疑要受到限制。格非的“空缺”已经失去了神秘和诱人的功能，格非自己也已手软。而至于“重复”，它的被重复运用则不仅要丧失原有的哲学的和叙事策略的探索性意义，而且使叙事变成现代主义式的结构性实验。余华在 1989 年写的《此文献给少女杨柳》中运用“重复”的叙事方法，结果“重复”变成文本内的结构性硬件，“重复”压制了叙事原有的感觉，它所构成的对存在本源性的怀疑也难以激起观念性的爆破力。

确实的，当代文化因为经受了过多的刺激而变得疲惫不堪，它在热情锐减之后难以保留持续的趣味，这使当代的“先锋性”探索总是迅速枯萎而朝不保夕，文学在形式方面作的探索无法在文化中扎根，也就永远不会从观念的领域转化为现实的存在形态。文化的深邃性与挑战性已经沉入历史的长河，当代的先锋文学去哪里找寻创制新调的原动力？文学的进步（它在叙事方面的发展）从来没有退路，“存在还是不存在?”——这块最后的观念领地已经被拆穿了，当代小说叙事还能在哪里找到立足之地呢?

第五章　过剩与匮乏：先锋小说的抒情风格

有时候，一种风格，一种态度，象征着一个时代的绝对存在。1969年，米兰·昆德拉完成了他精彩绝伦的作品《生活在别处》，这本书的原名却是《抒情时代》，仅仅因为出版商脸上流露出不安的神情，作者在最后一刻改换了书名。1973年该书在法国出版，嗣后获法国梅迪西斯奖。“生活在别处”当然也是一句精彩绝伦的名言，这句出自兰波的诗句被布勒东在他的《超现实主义宣言》的结论中引用。1968年5月，巴黎学生把这句话作为口号刷写在巴黎大学的墙上，“生活在别处”：这是真正具有抒情意味的革命风格，也是真正闪烁着革命精神的抒情态度，只有法国人才能把革命与抒情如此巧妙而美妙地融为一体。昆德拉用以描述一个诗人为艺术、革命、性爱纠缠不清的短暂的一生，再贴切不过了。

抒情风格或抒情态度，乃是潜伏于人类生活中最不安分的精灵，那些革命岁月或是失败年代，总是洋溢着不绝如缕的抒情。这是艺术的一种绝对形式，它的通俗说法就是诗意。而在那些非诗歌的艺术形式中，这种诗意显得尤为动人。革命、性爱、抒情三位一体构成了艺术作品中激动人心的景观。某种意义上，它的含义远不止于此，它是生活的绝对形式。这就是米兰·昆德拉成功的秘诀，米兰·昆德拉因此抓住东欧革命时代的内在精神。

我无意于做这种比拟或比较，充其量不过是浅尝辄止的联想。在20世纪80年代后期那些令人沮丧的日子里，先锋小说的叙事何以具有浓重的抒情意味，这一直是件令人奇怪的事，在那些似是而非的抒情背后，可能隐藏着颇为复杂的历史意蕴。那些看上去自以为是的过分乃至过剩的语言表达，似乎掩盖着某种严重的匮乏。特别是在讲述生活陷入无法挽救的破败境地的故事时，那些优美的抒情总是应运而生，这使得“抒情”不再单纯是一种修辞手段或语言的风格特征，它表明了处理生活的一种态度和方式，因此，这种抒情风格仿造古典主义而远离古典精神，作为抵御生活危机的手段，它更切近后现代主义。

当然，作为一种艺术特征，“抒情风格”古已有之，特别是在20世纪动荡不安的年月，“抒情风格”却始终像一段明媚而忧郁的旋律缠绕于历史的废墟之上，它或被张扬，或遭贬抑，它本身就是现代精神学的艺术象喻。把这种源远流长的艺术风格称为“后现代主义”，可能要招致怀疑，因为人们很容易联想到20世纪初期的“五四”新文学传统。不能说当代小说的艺术手法与这一伟大的传统毫无关系，但是也不宜将之看成是一脉相承的。在很大程度上，当代年轻一辈的作家与“五四”新文学传统存在隔膜，这种文化断裂乃是不言而喻的，年轻一辈的作家在20世纪后期更多地接受“现代主义”或“后现代主义”的洗礼，而他们处理生活的方式显然不能脱离他们所置身的现实，正因为如此，有时把这种历史变迁的图像勾画出来，更能看清令人惊异的现实情境。20世纪初期和后期，某种艺术风格的细微差别，却足以给人以历史沧桑之感。当然，本章的目的不在于比较两个时代的风格差异，更主要的兴趣在于突出20世纪后期某种艺术特征所预示的艺术革命的意义和蕴藏的集体无意识心理。

一、抒情风格的两种规定：历史意识与话语意识

把“抒情风格”这种古已有之的艺术特征或修辞手法，称为“后现代主义”，似乎有点骇人听闻，事实上，“抒情风格”在不同的历史时代具有非常不同的形式及其美学规定。在传统现实主义或浪漫主义的艺术规范之内，“抒情风格”确实只具有艺术手法或特征的意义，它被视为“内容”或所讲述的故事的派生物；而在另一种艺术范式内——姑且称之为“后现代主义”范式内，抒情风格乃是从具有本体意义的叙事话语中呈现出的总体性的美学特征，这是一种话语的构成物，它矗立在故事死亡的边界。

早在“五四”时期，“抒情小说”就十分流行，“创造社”标榜浪漫主义，注重抒情风格，一时与“文学研究会”为人生、重写实的艺术原则相映成趣而平分秋色。郭沫若、郁达夫、张资平、陶晶孙、周全平等人，都是抒情或写情的高手。尽管“创造社”标榜抒情风格在很大程度上是强调一种美学趣味，崇尚欧洲浪漫派，如歌

德、卢梭、拜伦、雪莱、济慈、王尔德以及美国的惠特曼，钦羡日本的“私小说”，如郁达夫之于葛西善藏、佐藤春夫等，“创造社”的抒情风格也确实别具格调，或清俊流丽，或沉郁悲怆，或哀婉凄迷，或重彩铺陈，或淡漠空灵……总之各具特色。然而，这种艺术手法或艺术风格呈现的美学特征，总是从时代精神的意义来确认其价值。郁达夫的那种抒情风格完全消失于他对半殖民地时代“弱国小民”的敏感心理的特殊表达中，浪漫情调或抒情风格都是一种时代心理的表露。郁达夫 1923 年 5 月在《创造周报》上著文（《文学上的阶级斗争》）说道：“……于是一群新进的青年，取消极的反抗态度的，就成了所谓颓废派和象征派的运动，取积极的反抗态度的，便成了今日的理想主义及新英雄主义的运动。”“所以表面上似与人生直接最没关系的新旧浪漫派的艺术家，实际上对人世的疾愤反而更深。”这种解释其实也是在说，浪漫派小说乃是在更深地抒写时代的愁苦与疾愤，艺术风格实则是时代精神的象喻。甚至对于张资平那种恋爱小说，在当时的左派批评家看来：“他的创作确实是时代的产儿。我们只要了然于‘五四’运动以后的情况，我们就可以不假思索指将出来，张资平先生的恋爱小说完全是‘五四’期间女子解放运动以后必然的要产生出来的创作。”① 虽然这里是就整体创作而言，但艺术方面的特征也包括其内，他的那种煽情的笔法，因为与“女子解放运动”相应而得到肯定，由此也就不难理解，1932 年“腰斩张资平”事件，固然有非常具体的背景，但也可以看到时代潮流使然。

不管是张扬浪漫派，还是追寻抒情风格，都是在时代精神的意义上来确认其价值标向，也是因为契合了那个时期的标榜个性、强调自我、妇女解放运动等时兴风气，“创造社”的浪漫抒情小说才不胫而走。在中国现代这段独特的历史时期，“抒情风格”投射过多的历史阴影，它所强调的美学趣味，仅仅在于凝聚了一种时代情绪才得以确认，而且作家本人和批评家也同样持这种眼光。处于半殖民地社会中的知识分子，当然是自觉地投身于革命潮流，在“五四”以来的中国文学流向中，“革命”的主题，不断压倒“艺术”的主题，所谓的“抒情风格”一旦无力抒写“革命之情”，它必然遭到排斥和贬抑，或沦落为历史潮流边缘地带的浅吟低唱。像张资平这种

① 钱杏邨：《张资平的恋爱小说》，见《现代中国文学作家》，第 2 卷，上海，泰东书局，1930。

沉湎于描写“三角恋爱”的职业写手，一直为“革命文艺家”所不齿。郭沫若投身革命，郁达夫渐近民情。艺术风格只能是时代潮流的派生物——按照弗雷德里克·杰姆逊的第三世界理论：“第三世界的文本，甚至那些看起来好像是关于个人和利比多趋力的文本，总是以民族寓言的形式来投射一种政治：关于个人命运和故事包含着第三世界的大众文化和社会受到冲击的寓言。”① 因此，一种艺术风格总是投射着一种价值标向，它必然在民族寓言的历史序列中被解读，被确认，被肯定或否定，直到枯竭。这就是一种文化（或文学）被注定了的历史命运。

总而言之，现代以来，小说叙事的“抒情风格”从来就没有被当作一种纯粹的美学形式加以运用，它总是凝聚着过多的历史情愫和思想价值取向，因而它在20世纪的文学流向中总是遭遇贬抑，终至于枯竭是不足为奇的。随着新中国成立，“革命文艺”取得正宗权威地位，小说必须反映人民群众火热的现实生活，反映社会主义时期的本质规律，“抒情风格”当然没有藏身之地。至于“革命的浪漫主义”只限于一些“颂歌”、“民歌”和“山歌”，主要是意识形态的夸张热情，而且必须和“革命的现实主义”相结合。在“十七年”以及“文革”期间，现实主义艺术规范占绝对统治地位，小说叙事强调“客观地”、“真实地”再现生活的“本质规律”，小说的抒情笔调除了在一些风景描写和偶然的议论感想略见一斑外，几乎不见踪迹，它当然不可能成为一个时期或某个群落的风格追寻。

“文革后”的文学被称为“新时期文学”，它显然带着强烈的创造历史的愿望。然而，这个时期的文学首先忙于“历史反省”，讲述“文革”期间的精神磨难和心灵创伤，小说遵循现实主义艺术规范，热衷于“真实地”再现一代知识分子的精神伤痕。事实上，“新时期”前期的文学始终是在权威意识形态的框架内，它即使触犯禁忌，也未能背离意识形态主流，作为思想解放运动的伴生物或同行者，新时期文学构成了这个时期的意识形态的一部分。在20世纪80年代中期，张承志骑着“黑骏马”驰骋文坛，他的《北方的河》无疑是“新时期”首屈一指的具有“抒情风格”的小说。然而，张承志的“抒情”依赖于他的理想主义和英雄主义，也就是依赖于时代的意识形态讲述的“人的神话”所放大的现实热情。这种抒情风格，

---

① ［美］弗雷德里克·杰姆逊：《处于跨国资本主义时代中的第三世界文学》，张京媛译，载《当代电影》，1989（6）。

不是在美学的水准上来确认其艺术含义，而纯粹是创造一种意识形态的想象关系（神话），它直接给一代青年提供了关于“自我”、“个性”、“人的价值”等等的热情的和想象的文化母本。

就“现代派”小说而言，它主要是在观念的意义上表达对“现代精神”的渴望，刘索拉的《你别无选择》，写出了那个时期的躁动不安的情绪和心理状态，徐星的《无主题变奏》也描述了一种似是而非的感觉和人生态度，但是，他们的叙事注重故事、人物。那个时期称之为具有挑战性的“现代派”小说显然是夸大其辞的说法。小说表达的“观念”是否真正具有现代性尚值得商榷，至于其叙事，离传统现实主义小说并不遥远，叙述并没有刻意强调主观化感觉，其“抒情性”并不浓重，某些论者称之为“情绪化小说”也未见妥当。至于刘索拉后来的《蓝天绿海》、《寻找歌王》之类，虽然抒情性极强，但这种抒情性像是无病呻吟的议论，在时代精神的水平上，它在讲述空洞的愿望，在叙事话语的水平上，它不具有真实的美学价值。

当然，新时期前期的小说，还是存在真实的抒情流向：其一是“意识流”小说；其二是知青小说。前者注重刻画人物心理及其在瞬间的感受，例如王蒙的《春之声》、《蝴蝶》等作品，那些抒情描写在讲述故事的时代背景意义上，有真实的历史蕴涵，在故事的叙述中抒情性描写同时构造为“情境”，而不是空泛的议论感想。“意识流”小说主要是刻画人物的心理意识，其抒情性仅仅具有修辞意义，而不具有话语本体的意义。“知青小说”以其特殊的历史感伤、集体的彷徨，而宣泄着特定时期特定人群的情感，它的那种抒情笔调在历史、现实的交合点上给出一代人无可排遣的愁恨。像梁晓声的《这是一片神奇的土地》、张承志的《黑骏马》、史铁生的《我的遥远的清平湾》、张辛欣的《我们这个年纪的梦》等，讲述“我们的”或“我的”故事时，很容易表露抒情的风格。当然，这种“抒情”仅仅是故事中流露出的情调，它一方面隶属于知青集体的时代记忆，另一方面在美学意义上没有脱离传统现实主义（或浪漫主义）的艺术规范。它不是作为一种独特的美学价值被确认，同现代以来的“抒情风格”一样，那种情致总是被赋予了（或者说异化为）意识形态的意义。

显然，“抒情风格”作为叙事话语而确认其独立的美学价值，其前提必须是：叙事话语本身必须摆脱意识形态的直接支配，也就是说，叙事话语首先是在美学意义上来解读，而不是在意识形态的水平上来确认其意义和价值。20 世纪 80 年代后期，适应思想解放运动的知识分子的意识形态严重失落，“人的神话”趋于解体，当代小说无法在意识形态热点上讲述故事，马原应运而生，及时填补了意识形态“真空”。马原讲述一些故弄玄虚的“好玩”的故事，他的讲述本身构成故事的内在动力，并且具有起支配作用的美学效果。马原的叙述强调了“我”在叙述这一事实，尽管马原的小说谈不上抒情味，但他对叙述和叙述人的强调，把小说的本体价值确定在叙事话语的层面上，马原无疑打开了一个新的美学向度。这一美学向度与 20 世纪 80 年代初期崛起的“新的美学原则”相去甚远，它意味着当代小说向远离意识形态中心的边缘方向逃亡。于是，在这一历史边界迅速浮现出残雪的梦幻世界也不足为奇。残雪笔下的女性因为过分敏感反抗男性世界而陷入无法自拔的内心生活，她的叙事乃是幻觉、狂想、心理偏执、破碎的欲望、表达的障碍等等混合而成的话语世界。因而，那些乖戾的内心独白看上去就像奇特的抒情一样，它们优美而荒诞，躁动而沉着，敏捷而麻木，消沉而奋发……混乱不堪的欲望和情愫组合成富有张力的叙事，使得残雪的小说具有一种令人惊异的多元性的抒情意味。在 80 年代中后期，残雪确立了一种新的美学法则，这个法则的基本内容就是：那种由“内心独白”组成的抒情性很强的叙事话语可以构成小说的本体存在。

20 世纪 80 年代后期，当代小说已经无力在意识形态约定的意义框架内讲述故事，它不得不走上形式革命和语言实验的历史栈道。如果说马原的叙事强调了叙述的作用，但是在很大程度上还是靠稀奇古怪的故事来填补他的叙述圈套，而残雪则以她怪异的“女性独白”而别具一格，那么随后出现的这些“先锋派”，则主要在叙事策略和语言句式上下功夫。显然，他们区别于传统现实主义（或浪漫主义）小说的显著特征，就在于叙事话语本身具有本体性的意义——小说叙事未必要依靠所讲述的故事，或所表达的意识形态的想象关系来确认其美学价值，叙事话语恰恰在讲述一些并不特别惊人的故事，却能产生意想不到的美学效果。正是在这样一种美学前提下，先锋小说在叙事中表露出来的“抒情风格”才具有异乎寻常的重要性。它与那些叙述方法、语言经验、叙事策略一样，构成当代先锋小说的本质特征，抒情风格流宕于其中，它是那些经验与技法的概括凝聚，也是它们的美学特征在总体性上的标志。

二、语言的过剩：抒情性句式

叙事话语一旦获得本体意义，叙述重心首先落在遣词造句上。事实上，1987 年以后崛起的“先锋派”正是以其语言句法而引人注目，流行的说法是：“旧式小说读故事，新潮小说读句式。”无法面对现实讲述“真实的”故事，那些无法遏制的表达欲望，或勉为其难的写作姿态，转化为语言崇拜，在虚构的文本空间自在自为地纷呈显现；那些错落有致而明显过剩的语言句式，却又因为对语言本体的崇拜表现出的虔敬或亵渎的诗意祈祷而情韵绵延。从叙述发生学的角度来看，“抒情风格”不过是这种语言句式必然透示出的美学效果。虽然本书多处已经分析过先锋小说的语言经验，但是，去分析这些小说的语言句式的构成，分析它如何产生奇特的抒情意味，并且由此透示出一种后现代性的意境，则是别有意义的。

（1）“我”的视点：纯粹的表达欲望。“马原后”的先锋派在1987 年全面步入文坛，在此之前，他们中的大多数人已经操练小说多年，既没有特别精彩的故事，也找不到自己的叙事话语。1987 年，他们似乎在一夜之间共同找到自我表白的话语，在强调叙述人“我”的句式中，实现了压抑已久的欲望。马原的那个句式：“我就是那个叫做马原的汉人”，马原的那个“我”在故事中神出鬼没，然而，步马原的后尘有可能画虎不成反类犬，越过马原则不得不更进一步，这个“我”贯穿于每个叙述句式中。

1987 年，苏童在《一九三四年的逃亡》中写道：“我不叫苏童”，仅仅如此简单的断然否定是无济于事的，何况“祖母”、“祖父”背后还拖曳着莫言那条肥硕的尾巴。然而，苏童毕竟出手不凡，这些外在的显而易见的模仿痕迹，没有掩藏住其内在的革命。那个叙述人“我”以其强烈的表达欲望贯穿于每一个叙述句式中，“我”的视点使每一个叙述语句成为语言自由堆砌的场所，世界在“我”的注视下（或在我的讲述中）给出了特殊的情态。《一九三四年的逃亡》带着过分激越的情感和表达欲望，现在看来似乎是“过犹不及”，不如苏童后来的沉静有韵味。但是，历史的压抑是如何冲破的？初露头角的先锋派正是以其对自我的叙述视点和叙述感觉的过分强调而确立一代人的叙述语法。

作为当代小说写作最极端的挑战者，孙甘露在 1987 年左右写下的被称为小说的那种作品，无疑是叙述人“我”寻找语言快感的纯粹抒情文体。《我是少年酒坛子》，通篇是“我”任意构造的奇思怪想，这里没有任何故事性可言，那些优美流畅的句子，完全依凭“我”的意识流或莫明其妙的感觉随意漂流：

> 我为何至今依然漂泊无定，我要告诉你的就是这段往事。今夜我诗情洋溢，这不好。这我知道。毫无办法，诗情洋溢。

这个漂泊无定的“我”为“诗情”所怂恿，所谓的“诗情”不过就是内心压抑不住的表达欲望，这个“我”在生活中漂泊无定，一如“我”在语言世界中随遇而安。1987 年，孙甘露还是一个喝足了语言迷魂汤的行吟诗人，他的那些随口而出的胡言乱语，优美华丽而放荡不羁，精彩绝伦而混乱不堪，传统的小说规范和语言规范在这里受到严重的损坏。那个无所顾忌的“我”完全不在意传统理性力量的制约，穿越过漫长的思想隧道，在语言的无边天地里自由行走，任性的讲述、随意的表达却又有一种挥洒自如的快感。“我”始终处在兴致勃勃的叙述状态，“这让人既难过又高兴。仿佛有一种遗世而立的美感”（《我是少年酒坛子》）。带有语言偏执狂的“我”的叙述视点、奇怪的表达欲望，使得那些悠长的句式在荒诞无稽的热烈中透示出如歌如梦的抒情意味。

（2）描写性组织：多元复合的语言情态。由于强调“我”的视点，世界以“我”为中心任意构造，描写这个世界的存在情况，却无须刻意遵循习以为常的逻辑规则，而纯粹是“我”的语言快感。为了满足表达欲望，先锋小说的描写性组织都异常发达，在那些错落有致或随意拼合的语言句式中，给出了生活的特殊情状。那些纷呈的语言意象，不仅描述出世界（或生活）的生动状态，同时表达出鲜明的情调。

当然，传统写实小说不乏注重描写的精彩之作，但是，“描写”以及语言的意象铺陈，主要是为叙述的故事制造某种环境气势，起到烘托陪衬的作用。浪漫派小说在这方面不过偶尔沉迷于语言的美感而已，其叙述重心落在营造情感气氛，赋予“自我”及其故事以特殊的“浪漫情调”。而先锋小说经常是为描写而描写，热衷于捕捉纯粹的语言感觉，那些在传统小说规范式中几乎是毫无意义的描写（或表达）随时在故事的破裂处涌溢而出，在人物似是而非的体验中泛滥成灾。过多的定语、状语、补语结构，仅仅是为了满足语言的快感，它与叙述的故事并无多大关系，却推进、放大、强调了故事的叙述，例如：

曲尺形的柜台光可鉴人，那位长相如同鸵鸟的掌柜生就一副骇人的容貌，那神情介于哲人与鳏夫之间，既有沉溺于思辨的惬意的孤寂，又有因谙熟于逝去了的男欢女爱而特有的敌意的超然。

——（《我是少年酒坛子》）

这种描写几乎是在“玩弄”辞藻，“哲人”与“鳏夫”、“思辨的惬意的孤寂”、“敌意的超然”等，这些莫名其妙、打破了常规意义结构的语词被强制性叠加在一起，却相互碰撞出一种奇妙的感觉，它们给抒情意味提供了一种奇特的情态背景。

当然，那些描写性组织经常也直接是抒情性的句式，它们在叙事中随意出现，给出情境气氛和强调抒情风格。孙甘露的叙事在很大程度上就是纯粹的抒情，他的那些故事情节或细节反倒变得无关紧要，其作用也仅仅是引导那些描写组织或抒情句式，例如：

“你到南方是来参加季节典礼吗？”

“不，我是来参加嘲讽仪式的。”

在我们谈话的时候，时间因讽拟而为感觉所羁留。鸵鸟钱庄之外是被称作街景的不太古老但足够陈旧的房屋。是紧闭或打开的窗，是静止不动或飘拂的窗帘。是行走或停立的人群。

——（《我是少年酒坛子》）

在这里，情节或细节被化约为简单的颠三倒四的对话，《我是少年酒坛子》就是由这些夸夸其谈的自我表白、毫无节制的情景描写构成叙事主体。过多的（过剩的）近义词、同义词或反义词的随意叠加，使叙述得以延长，并且在这个瞬间获得具体情态，悠长的叙述句式跨越错乱的语言空间而倔强地向前伸展，自然产生一种深长的韵律。事实上，先锋小说的“抒情意味”在很大程度上并不是小说叙事整体性的美学效果，它恰恰是建立在那些局部的、片断的叙事环节上，建立在语词自由碰撞的叙述语感上，建立在枝节蔓延的语言情态上，先锋小说的“抒情意味”像飘忽不定却又无所不在的幽灵，在小说叙事中徘徊游荡。

（3）补充的情调：“像……”的比喻结构。过剩的语言表达，不仅体现在那些强烈的自我表白的话语中，也不仅体现于那些过分发达的描写性组织中。先锋小说特别显著的叙述句式——“像……”构成的比喻结构的大量使用，再度使叙事沉迷于语言的游戏。“像……”不仅给予人物、事件或细节行动以特殊情状，而且产生了一种补充的情调。正像那些意象纷呈叠加的长句式一样，这个补充的句式在叙述感觉中生成附加的节奏冲力，它那伸展的力度和突然开启的空间，具有伸越而去的情致。

虽然“像……”的比喻结构从表现形式上看乃是语言过剩的产物，但在具体的叙事中，它所具有的独特的修辞效果和美学意味却是不容忽视的。传统写实主义小说强调“白描”之类的再现客观真实的手法，它把叙述人（主体）对客观世界的理解及其感觉方式压制到最低限度。现在，强调主观视点，并且强化自我表白的叙事，它当然要给出“我”的视野之内的世界情景，因而，“像……”这个从语法上讲纯粹多余的补充结构，其实对于“自我表白”的叙事话语来说却是至关重要的句式。苏童的《一九三四年的逃亡》写到祖母蒋氏分娩的情景，在陈文治的望远镜的视野中：

> 蒋氏干瘦发黑的胴体在诞生生命的前后变得丰硕美丽，像一株被日光放大的野菊花尽情燃烧。

比喻结构给出一幅奇特的情景，它使一个苦难的生存处境变得美丽而怪诞。

这个比喻完全依照“我”的感觉方式“补充”进某个正在描写的事件，它引进了一种反常规的经验或不相协调的荒诞情景，与传统写实小说（或浪漫派小说）的笔法不同，这种比喻结构不是使事物的形象变得生动、鲜明，易于理解，恰恰相反，它经常使事物变得诡秘、神奇、怪异、不可思议。苏童在《罂粟之家》中写到沉草举枪朝陈茂打去时：

在这个过程中沉草的嗅觉始终警醒，他闻见原野上永恒飘浮的罂粟气味倏而浓郁倏而消失殆尽了。沉草吐出一口浊气，心里有一种蓝天般透明的感觉。他看见陈茂的身体也像一棵老罂粟一样倾倒在地。他想我现在终于把那股霉烂的气味吐出来了，现在我也像姐姐一样轻松自如了。

神秘的血缘论与阶级斗争的无形网络混淆纠缠，无法表述的生存意蕴只有用这种诡异的感觉和多样性的比喻结构来描述。

先锋派运用的“像……”引导的比喻结构，相比较而言，苏童整个说来还倾向于优雅俊逸，格非则清新明净，孙甘露雍容华丽，北村怪诞冷峻，余华诡秘奇异……当然，这种比喻结构作为描写的附加的或补充的成分，它与整体的语言风格相适应。就整体倾向而言，先锋小说大量运用“像……”的结构也可见与传统小说追求“精确”、“准确”、“传神”、“逼真”等效果大异其趣，先锋派更乐于追求叙述的快感和语言的神奇怪异效果，给出这个世界令人惊异的存在情态。在这方面，余华的《难逃劫数》（1988）不过是一个登峰造极的例子。这篇小说的开头部分描写东山告诉露珠他决定要与她结婚的场景，这一场景却又不采取直接正面的描写，而是由东山告诉沙子，沙子由想象重现情景，这种迂回描写，不仅仅在叙事上避免平铺直叙，更重要的在于制造一连串的幻觉——那种似是而非的“心理真实”。因此大量的“像……”的结构被运用显然是必要的，从阅读的角度来看，也许是这种“像……”的句式制造出奇特的“心理真实”：“四周滴滴答答的声音，始终使他恍若置身于一家钟表店的柜台前。”“在一个像口腔一样敞开的窗口，东山看到了一条肥大的内裤。内裤由一根纤细的竹竿挑出，在风雨里飘扬着百年风骚。展现在东山视野中的这条内裤，有着龙飞凤舞的线条和深入浅出的红色。”“沙子也想象出了露珠在那一刻里的神态。他知道这个肥大的女人一定是像一只跳蚤一样惊慌失措了。”那些繁杂而乖戾的定语（或形容词）也是“像……”结构的一种变体，它们全部侵蚀了叙事中的描写组织，因而，人物、行为、事件，全部被打上了心理感觉的烙印。通过幻觉投射，余华彻底改变或者说扭曲了世界的客观性存在，在给予世界以变形的存在情态时，余华的叙述洋溢着一种冷酷欢乐的情调。因而，不难理解，余华总是怀着热情、怀着虐待的快感去刻画那些精致的暴力场面，对于余华来说，残酷的抒情正是写作的快乐。

总之，不管是强调“我”的视点，还是大量堆砌描写性成分，或是刻意补充比喻结构，都不过表明先锋小说试图运用特殊的叙述句式来表达他们的语言本体崇拜。然而这种“自我表白”的话语不得不打上鲜明的个人化的语言经验烙印，表达个人对世界、生活和历史的特殊感觉方式，某种意义上，生活体验转化为特殊的语式或语法，过剩的语言句式其实隐含了不可表达的情感，因而，那些主观性浓重的叙述句式总是自然而然地滋长莫名其妙的抒情意味。

三、错位的情境：无望的抒情或反讽意味

从那“过剩的”语言表达中，从那自我表白的话语中透示出的抒情风格，当然不是（至少不单纯是）古典味十足的情调。那些过分的、任性堆砌的描写性组织往往把那些反常规的经验拼合在一起，那些限定的、补充的或附加的成分经常构造错位的情境，那些自然浑成或有意为之的抒情，却给人以无望的感觉或产生强烈的反讽意味，正是在这一意义上，先锋小说的“抒情风格”切近后现代性。

尽管格非的叙事在很大程度上强调了方法的作用，但他的那个“空缺”总是在故事的构成中起到决定性的作用。事实上，格非的“空缺”不仅在形式的意义上构造故事，同时在内容隐喻的意义上构成故事。正是那个“空缺”使格非讲述的故事变得更加不幸，它是生活破败的见证。也正是因为这个“空缺”，因为生活破败所投射出的悲剧意义，与格非的抒情性叙事构成强烈的反差，那些优美的叙事却像是从生活绝望的深处回旋着的无尽挽歌。例如本书多次分析过的《迷舟》、《褐色鸟群》、《风琴》等，那些纯净优美的抒情性叙事掩饰下的恰恰是无可挽救的生活悲剧。与传统小说不同，对悲剧的抒写不再是寻找崇高、悲壮之类情感升华的契机，而是着力于刻画“超然物外”、“无我之境”的超然态度。当然，这和这些故事本身包含的悲剧意义及其发生机制有关，这些悲剧不是在崇高性的意义上加以发掘，而仅仅是一些偶然的、莫名其妙的，甚至是一些愚蠢的错误造成无可挽回的悲剧，这里毫无大起大落的悲壮可言，只有欲哭无泪的自作自受。也正因为此，格非的那些人物从来没有面对悲剧的“悲剧意识”，那些悲剧早在预感之中而又总是突如其来，

人们期待灾难降临就像履行一项生活诺言一样，生活总是因为一些细微的差别而在顷刻之间破碎不堪，生活是如此之脆弱，而个人却是如此无能为力，这才是活生生的生活，这才是真正的悲剧。面对着这样的悲剧，人们还有什么话可说？像《风琴》中的王标那样，一直渴望一次真正的伏击，却伏击了一个迎亲的队伍，面对着新娘娇艳如花的青春面容，他还能说些什么呢？还有什么要求呢？他只能让新娘唱支歌——而“歌声在早春的原野上经久不息地飘荡……”。因此，令人绝望的悲剧与优美的抒情融为一体，产生一种令人惊奇的美学情境——后悲剧风格。

如果说格非的那种抒情风格多少还和他的叙事方法有关，通过那些细微的错位导致生活解构，从而散发出一种无尽的感伤情调，那么，苏童的抒情风格则主要来自他的优雅的笔调，这种笔调穿越过（或者说缝合了）那些错位的生活情境而几乎不留痕迹。格非把生活破碎状态抒写得异常优美，而苏童则把生活的绝望感抒写得非常优雅。当然，苏童的“风格”有过起伏和变化，一以贯之的那种风格标志既令苏童欣慰，也使苏童忧虑。直到 1991 年，苏童在《妇女乐园》的序里才直接表达了他的忧虑：“风格是什么？风格是个体化的语态、结构、故事、人物的和谐统一。从这个意义上说，风格也是作家们苦心营造的主观产物。但问题似乎就在这里，当我渴望着创造风格并逐渐接受它的时候，又时常对其艺术价值产生怀疑，这种怀疑导致了我在创作上的犹豫和矛盾。我总是变幻着笔下的世界，希望我的风格会流动，会摇曳，会消隐，也会再现。一些朋友提醒我，不要陷在自己的陷阱里，不要重复你自己，不要让读者厌烦你。”

担心重复自己，担心读者厌烦，这表明作者的创造始终处于高度自觉状态。在“先锋派”小说群落中，苏童的风格确实“会流动，会摇曳，会消隐，也会再现”，事实上，变动的不过是风格的外在因素，例如故事题材、生活背景等等，而那种“优雅的笔调”依然是一以贯之的纹章。苏童早些时候讲述的那些童年少年生活的故事，例如《桑园留念》、《伤心的舞蹈》、《舒农》或者《南方的堕落》（虽然后两篇写于 1988 年和 1989 年，但它们属于“南方生活”系列，有可能是早些时候写下而后来修改发表的，待考证）。散文笔法的叙事流露出浓郁的感伤情调，那些南方的生活纯净如水，缓缓流过。尽管每个故事里几乎都有死亡一类的事件发生，然而，自马原之后，

“死亡”不再是一个悲剧性的灾难，它类似于“失踪”或“离开”，苏童讲述的故事中出现的那些“死亡”，不过是些一念之差酿成的错误，它们令人遗憾或令人悲哀。回忆这些不幸的往事，更重要的是体味那种南方的生活情调，体验那种令人伤心的美感。

“枫杨树故乡”系列在苏童的所有作品中显得有些奇崛突兀，这当然不是就其艺术水准而言，而是就其叙述情感或风格而言，过于激越的情感在《一九三四年的逃亡》那里登峰造极，这篇“回忆和构思了近一年时间的作品”，其写作过程令作者“痛苦不堪”，“呕心沥血”的结果，却是使这篇小说抒情性十足。这种抒情性主要表现在对叙述句式以及对叙述人的感受的强调上，直到《罂粟之家》，苏童找到他从容优雅、纯净如水的叙事感觉，那种抒情性不再是从叙述作用中发散出来的，而是从描写性情境，更具体地说是从颓败的历史情境深处流露出来的，在这个序列下，有《妻妾成群》、《妇女生活》、《红粉》等。《妇女生活》讲述了“历史的”故事和“现在的”故事。显然，历史的故事，也就是娴的故事讲述得最为凄楚动人，个人的命运被投放在无以挽救的历史境遇中，绝望的历史借一个女子绝望的命运重现了它最后的劫难。当然，这只是就小说透示的深远背景而言。就个人的故事而言，娴的故事充分显示了苏童的那种叙述感觉，对女性心理特别是她们被注定的命运的刻画。从娴可以看到苏童刻画的那些最生动的女性形象的鲜明特征，那些不同女性，仿佛是她们在不同的时间里改名换姓过的另一种生活。颂莲（《妻妾成群》）、秋仪（《红粉》）、涵贞（《舒农》或者《南方的堕落》）、绮云（《米》）这些女性虽各有遭遇，但性格气质相去未远——懒散而多情，任性而凄楚，她们殊途同归，终究都逃不脱“红颜薄命”的命运。

苏童的这类小说，已经偏离先锋派的实验性倾向，那种抒情风格不再是实验性技巧或狂乱的语法句式表达的结果，它是故事中呈现的情境，仅仅是在“话语意识”的意义上，这种“抒情性”还可能划归到“先锋派”名下。确实，苏童的笔法圆熟高妙之处，在于人物的性格命运与叙事话语完美和谐交融一体。那些女性天生丽质而柔情似水，佳期如梦却魂断蓝桥；而苏童的叙事始终徐缓从容如行云流水，清词丽句，如歌如诉，幽怨婉转而气韵跌宕。这正是故事与叙事的和谐统一，那种无望的抒情则是浑然天成，不留痕迹。也许苏童确实一直在追寻风格的变化，也许苏童经受不住所谓“脂粉气”的指责，苏童越来越向往“凶猛”一路，《米》（1991）不过是又一次“流动”的开始，那种纯净如水的感觉依然如故，而“凶猛”之类的笔调则显得生硬有余。

如果说格非、苏童的抒情性叙事在很大程度上依靠故事来支撑，那么，对于孙甘露那些根本没有故事性可言的小说来说，那些“抒情风格”其实不过是语词放任自流相互碰撞产生的反讽意味。格非和苏童的“抒情”多少还保留有传统浪漫主义的流风余韵（而且具有向传统复归的倾向），因为那些错位的故事情境或是生活破败的历史宿命感，促使那种优美或优雅的抒情呈现出一种特殊的“后悲剧”意味；而孙甘露那些无所顾忌的诗性祈祷，则是语言全面错位的堆砌，既是对传统语法（经典表达）的恶意模仿，也是对人们的常规想象关系的善意破坏。错位的语词当然也构造了那些瞬间错位的情境，它嘲讽了既定的文化秩序和经验规范。

> 耳语城的人民生活在甜美的时光的片断里。在时光的大街上，男女老幼摇摇晃晃地行走如蚁，他们热切的嘴唇以一种充满期待的姿态微张着，那迷惘的神态似乎是一种劝喻，又像是在暗示他们正穿行在自我迷恋的梦幻中……
>
> ——（《信使之函》）

《信使之函》通篇都是这种喋喋不休的描写、夸夸其谈的言论、似是而非的抒情。诗意与戏谑混为一谈，抒情与反讽如出一辙。这些看上去十分优美典雅，甚至有些像六朝骈文的语句，却在描述生活的全部荒诞性。语词游戏与生活的游戏完全重合，抒情性的叙事仅仅是满足戏谑的快感。尽管在《请女人猜谜》中，已经有依稀可辨的人物和故事，但是把那种戏谑性（反讽）的描写植入抒情性叙事中，依然是孙甘露的基本美学法则。

> 在士的一生中，这是最为风和日丽的一天。正是在这个如今已难以辨认的日子里，士成了医学院的一名见习解剖师。他依然十分清晰地记得从杂乱无章的寝室去冷漠而又布满异味的解剖室时的情景。当他经过一个巨大的围有水泥栅栏的花坛时，一道刺目的阳光令他晕眩了片刻。一位丰满而轻佻的女护士推着一具尸体笑盈盈地打他身旁经过。士忽然产生了在空中灿烂

的阳光中自如飘移的感觉，然后，他淡淡一笑……

——（《请女人猜谜》）

正是这种戏谑性的描写和反讽意味挽救了孙甘露，否则他仅仅是一个玩弄辞藻的职业高手。孙甘露写作的极端之处在于他把小说叙事的动机全部交付给语词，他那断然拒绝经典权威话语的态度和他逃离意识形态主体中心化的姿态，全部转化为语词相互碰撞的诗性冲力。

也许人们会表示怀疑说，孙甘露的这种做法不过是对汉赋或六朝骈文的现代模仿，他的才能仅仅表现在狂妄和大胆上。事实上，模仿古典主义一直是西方后现代主义的重要手法之一，例如后现代主义代表作家约翰·巴斯的《烟草经纪人》被称为“滑稽模仿的史诗”，对流浪汉小说极尽戏拟之能事，他的《羊童贾尔斯》甚至是对《圣经》的滑稽模仿，而且专门有一章滑稽地模仿《俄狄浦斯王》全文；品钦在《叫卖第 49 组》中则详尽模仿詹姆士一世时期的悲剧；冯尼戈特的《泰坦族的海妖》对某些历史性文本进行滑稽模仿。总之，滑稽模仿是对传统，尤其是对经典权威文体确认的文化秩序（和语言秩序）进行别具一格的重构，尽管这种自以为是的“重构”未必是卓有成效的，然而，在“后工业化”的威权时代，却也不失为一种反抗的方式。对于孙甘露来说，不仅他无意中成为当代中国小说写作最极端的挑战者，而且令人信服地拆除了小说写作的各种戒律和规范，在孙甘露之后，当代小说还有什么障碍不可能逾越？他的那些虚张声势的语词游戏，他的那种温文尔雅的抒情风格，其实是瓦解经典文本和权威话语的锐利武器。不管人们承认还是否认，在孙甘露之后，当代小说写作已经没有什么障碍、界线不可能逾越。孙甘露给当代小说开拓了一个“无边”的前景——没有规范，没有禁忌，人们置身在无边的旷野之中，哪里是道路？哪里是目的地？一切因此变得虚无缥缈，孙甘露也因此断送了自己，拆除了必要的界线之后，他还有必要往前走吗？孙甘露自食其果，许多年之后，孙甘露才会意识到自己是最大的输家，除非他另辟蹊径，回归于传统名下，如果这样，孙甘露那些最激进的革命行为仅仅是，并且永远是暂时的炫耀。

四、匮乏与补充：语言的乌托邦

当然，这样一批所谓的“先锋派”均出自南方，也许可以把他们的抒情风格解释为“南方情调”——一种地域性文化的产物。南方人的敏感、沉于幻想、对语言的特殊感觉力，以及由阳光与绵绵细雨交织成的南方风景等，造就了这种抒情格调。当然，这种解释未尝不可。甚至有些人对“南方格调”很不以为然，讥之为柔弱有余的“女性风格”。一旦陷入地域性文化和风格类型的优劣争辩，必然走进死胡同。也许从文学史的发展变迁，从文明的现实情境来看，多少还能得到令人满意的理解。

每一代人都承受着创新的压力，因而每一代人都有他们面对着的既定的历史材料，他们必须对此做出必要的反应，才能找到自己的出路。正如我在前面分析过的那样，马原后的先锋派群体，面对主流意识形态，乃至整个社会的“卡理斯玛”（charisma）[①] 解体，文学无法在建构或认同主流意识形态的水准上产生强烈的社会效应。文学实际上为社会所冷落，它不得不逃回荒芜已久的“象牙塔”，因此所谓叙事话语具有本体意义，与其说是自觉采用的美学原则，不如说是迫不得已接受的现实苦果。一代青年作家面对现实，突然间意识到自己患了“失语症”——无法与现实对话，无法讲述现实的故事（事实上，先锋派小说几乎没有明确可辨认的现实故事）。相对于“新时期”文学的主力军“知青群体”来说，他们没有历史，他们个人的经历与历史业已确定的神话谱系脱节，他们一开始（步入文坛）就与“新时期”的神话无关，或者说他们是作为这一神话谱系的反抗者而与之对话。他们怀着被压抑的苦恼，无法进入的焦灼，怀着对历史的茫然无知或天然敌视匆匆步入文坛。他们既是“新时期”神话解体的直接承受者，也是损毁这一神话谱系的间接参与者。

年轻一辈的作者偏居于“象牙塔”一隅，去讲述远离现实的故事——这不过是他们远离现实的象喻。那些故事并不重要，重要的是讲述。只有讲述能重新肯定自己，确立自己在文学史上的一席之地，才能填补自己匮乏的历史与现实。因而，强烈的表达欲望，过

---

① “卡理斯玛”这个词被广泛用于思想史的分析。其基本的含义，可以理解为统治社会的信仰和价值体系的中心。参见导言部分相关论述。

剩的语言表达，故弄玄虚的抒情，不过是填补（历史或现实）匮乏的艺术伎俩。正如克里斯蒂娃所说的那样："写作将是冲动（其中最具特征的是死亡冲动）的移位、推进、释放、性能的辩证法在象征秩序中的记录，它作用着并构成着能指，但也超过能指；它将通过运用意指过程（移位、压缩、重复、逆反）的最基本法则使自己并入语言的直线性秩序中去，它将支配其他辅助网络并产生一种超意义。"① 这样一种语言热情乃是为了摆脱因远离现实文明而生发的无处着落的恐慌心理。写作主体宁可把自己交付给无边无际的语言乌托邦。在这方面，写作主体始终置身于一种双重境地：语言过剩/现实匮乏；写作的快感/无处皈依的恐慌；书写、释放并理解着生命体验/游戏、嘲弄和戏谑一切相关价值；古典主义诗性/后现代的荒诞性……总之，置放在当代文明的现实情境中，先锋派的写作实践及其文本具有这种二重性，这正是它所具有的特殊的后现代性。

随着某种历史变革，随着先锋派在文坛初步站稳脚跟，那种激越的表达欲望日渐收敛，故事再次冲破语词狂乱的迷雾呈现于文本之内，那种"抒情性的叙事"，不再是掩饰不住的纯粹的话语风格，而是从故事的情境中自然流露出的美学气质。1989 年底，苏童发表《妻妾成群》，已经预示了话语与故事调和的倾向，那种抒情性风格从历史颓败的深入绵延而至，它是历史的自在呈现，也是叙事恰到好处的本真状态，尽管在 1989 年孙甘露还写下《岛屿》这样"元虚构"的作品，余华的《往事与刑罚》也把那些乖戾的感觉和主题推到极端，然而，这些作品大都写于 1988 年底。1989 年之后，先锋派几乎徒有虚名，苏童一只脚踩在"新写实"上，另一只脚跨入"凶猛"、"传奇"一路；格非的《敌人》多半是观念性的产物，虽然"抒情风格"犹存，却也潜伏于谋杀、复仇一类的故事之间。当然，北村始终向语言的极地冲刺，对于北村的写作来说，某些玄奥的观念和对故事细节状态的绝对刻画，乃是乐此不疲的兴味所在。北村写过一篇颇富抒情性的小说《诗人慕容》，那种抒情性在关于生存极致的奇怪思绪中迂回流宕，却也令人称奇。1991 年底，余华发表《在细雨中呼喊》，这无疑是余华也是整个先锋派的语言经验和内心生活登峰造极之作。那种叙事语法不再是单纯实现话语风格，而是

① ［法］克里斯蒂娃：《人怎样对文学说话》，见英文版《语言中的欲望》，纽约，哥伦比亚大学出版社，1980。中文版参见［法］罗兰·巴尔特：《符号学原理》，李幼蒸译，218 页，北京，三联书店，1988。

着力于表达真实的生活经历，尽管这个“经历”限于内心感受的范围。

不难理解，抒情风格不再是话语呈现出的主要的美学价值，“先锋派”有意无意努力摆脱这一特殊的历史印记。尽管它可以不再那么重要，也不那么引人注目，然而，这是历史给定的特殊的纹章，是一代人别无选择的价值标向。苏童尤为刻意摆脱也未必能如愿以偿。《米》、《红粉》、《妇女生活》依然是因为这种叙事风格才技高一筹。种种迹象表明，“抒情风格”作为当代小说强调叙事、强调语言感觉的必然结果，作为当代小说经历的这场叙事革命的当然馈赠，作为当代小说与开放的历史进程、与现实的文明情境对话的一种方式，它不可能立即枯竭。事实上，先锋派或实验小说的流风余韵，依然是以这种风格特征遗世独立。1991 年，吕新的《葵花》就以精致虚幻的叙事令人称奇，那种“山区的浪漫主义”具有一种特殊的感人至深的意味。甚至又有后起之秀，如罗望子，1991 年发表《白鼻子黑管的风车》，也以其浓郁的抒情风格填补城市与乡村情感错位的情境。先锋派在文化上总是激进主义与复古主义的奇怪混合，他们经常保留有恢复古典时代的残败文化记忆的奇怪梦想，因此，毫不奇怪，当代先锋派就其美学特征而言，可以称为“后浪漫主义”，它像是一段美妙而古怪的旋律，环绕着文化溃败的时代，它伴随先锋派应运而生，却未必会随同先锋派销声匿迹。

值得注意的是，王安忆近年的作品（例如《叔叔的故事》、《歌星日本来》、《乌托邦诗篇》等）开拓了一种新的抒情风格。王安忆没有停留在话语层面上，也不逃往历史的偏僻角落。作为 20 世纪 80 年代神话谱系中真实的成员，王安忆不仅带有“知青群体”的真实记忆，而且曾经怀着 80 年代精英知识分子的那种理想精神，因而，她具有“真实的历史感”。充满感伤和忧郁气息的个人心理自传穿行于这个时代的神话谱系之内，在历史与现实的交汇点上，与变动的现代文明对话。因而，王安忆的悠长的抒情意味拖曳着一代人漫长的历史记忆，拖曳着早已淡忘的理想主义，拖曳着一代人的光荣与梦想、沮丧与忏悔，穿越过 20 世纪末期文化溃败的历史场合，确实写出了一代人的历史境遇，写出了一种文化的历史境遇，而具有非同凡响的震撼力。

这确实是一个无法表达的时代，20 世纪初期的浪漫主义，即使在表达那种“弱国子民”的心境时，还可以一个时代或一个民族的文化代言人的身份充当叙述主体；20世纪末期的“后浪漫主义”（或者说“后现代主义”）却仅仅是一些个别的写作者，其历史意识已经丧失了现实的真实性。也许这种“后个人主义”的文化真正面临“艰难的叙述”：在写作/政治、个人/社会、历史/现代、语词/存在、诗性/荒诞等对立之间，“我”的故事真正陷入困境。也许“抒情风格”本身就是这种文化境遇的艺术复现——它以特殊的感觉方式和美学气质表达了一种文化的命运。米兰·昆德拉在《生活在别处》中写道：“你说，那是一个蹩脚的抒情时代吗？不完全是！带着信奉者的盲目眼光描写那个时代的小说家，制造出虚假的、不成功的作品，但同样盲目地与那个时代结合在一起的诗人，却常常留下美好的诗歌。……通过诗歌的魔力，一切陈述都变成了真理，只要这些陈述是依靠激情的力量，诗人们显然深深地感到他们的激情郁积着，燃烧着。他们火热感情的蒸汽在天上蔓延开来，像一道彩虹，一道横跨监狱高墙的美丽彩虹……”① 我们时代的先锋派因为选择了“抒情态度”，依靠语言的力量，依靠抒情的力量，他们跨越了生活现实的虚假栅栏，当然，他们超度向语言乌托邦的“彩虹”也同样虚幻，在这个没有实际革命内容的革命时代，“抒情”必然变得虚幻，也许“虚幻”比“虚假”更真实，在这一意义上，这道“彩虹”是他们真诚画下的生命曲线，它那转瞬即逝的姿态不过喻示着我们这个时代将没有革命，没有抒情，也没有爱欲，“彩虹”的消失完成了这个时代的精神死结。

尽管所谓的“抒情风格”依然会因袭承传，在文学史混乱不堪或井然有序的发展变迁中时隐时现，然而，作为一个时期的叙事革命的显著标志，作为一次特殊的写作实践，这个“抒情时代”无疑要随同先锋派一道死去，无疑要随同先锋派的语言乌托邦的破灭而凋零，在此之后的流风余韵，不过是对这段文化溃败时代保留的片断记忆而已。

---

① ［捷克］米兰·昆德拉：《生活在别处》，258页，北京，作家出版社，1991。

中　篇

精神变异：寓言与逃逸

是否在这种作品中主体在多重意义的外表下并不是“空的”，而是一种“主体的剩余”……

——朱丽叶·克里斯蒂娃

只是当光芒不再发自中天……我们就走出了这一历史。

它应该提示一个完全为历史打满烙印的身体和摧毁了身体的历史。

——福柯《尼采·谱系学·历史学》

第六章　破裂与见证：新情感的变迁或危机

没有人会怀疑20世纪80年代中国社会发生巨大的变化，同样也没有人会怀疑，这种变化的最深刻方面表现在人们的价值标准和情感态度方面。在这一意义上，中国“先锋派”文学并不仅仅是形式主义实验的产品，恰恰相反，它们更有可能是对当代情感变动做出最尖锐反应的文化形式。不仅艺术形式本身凝聚着精神危机的象征意义，而且它所处理的那些主题和所描写的生活显然直接包含了当代思想意识中的种种痛楚、混乱和探索。

伴随着“思想解放”运动，一种“新情感”在20世纪80年代迅速兴起，文学毫无疑问是这种“新情感”的最主要建构者，也正因为如此，80年代上半期的文学会有如此广泛而热烈的社会反响，这种“新情感”作为“文学是人学”这一“新时期”文学总体纲领的具体显现，它以人道主义信念为核心，以“人性论”为理论保护带，以爱情主题为伸展网络，表达一系列关于人的精神磨难、命运遭际、心理愿望、情感寄托、性格气质、价值取向等等。总之这种“新情感”最大限度表达了“文革后”步入现代化的中国社会的内在性的精神生活。作为“思想解放”的补充或者说意想不到的后果，“新情感”其实讲述了关于“人性”解放的神话，某种意义上，正如王晓明在评论张贤亮时使用的文章标题所描述的那样：这是在打开“所罗门的瓶子”。事实上，并不仅仅对于张贤亮来说是如此，对整个当代中国文学和文化来说也是如此。“新情感”那一缕清新芬芳的气息一经从魔瓶里放将出来，它就变成无法控制的令人恐惧的妖孽。一切都变得无法克制，无法规范，更无法收拾。“人性解放”的限度在哪里，由谁来制约呢？如果说在80年代初期它还不过是“思想解放”运动的伴生现象，还充溢着观念性的和思想性的革命品格，它那蛊惑人心的力量还经常令人怀疑，那么，现在，这个健硕的妖孽却依附在改革开放的生活成果的每一个侧面，依附在每一个花样翻新的日常行为的背后。无望的人们已经灵魂附体，他们流连于街头巷尾的小书摊边；他们在歌厅舞厅纵情欢乐；他们在迷你短裙下，在比基尼的空白处，在美其名曰“观念更新”的裸体画展上，在电线杆上的招贴画和暧昧的字句之间，甚至在优美动人的广告画面中，找到“最新的”感觉。并且在南方沿海那些突然冒出的现代城市里，偷吃禁果，饱尝人间情趣……这个妖孽已经变得无法拒绝，已经成为人们自然而然流露的日常愿望。

历史的变迁令人称奇，如果把视线放大到整个20世纪的话，某些细节的更改也足以意味着历史巨变的景观。事实上，“五四”时期中国社会就曾经历过一次“新情感”的冲击，它同样是以知识分子为主体的“思想启蒙”运动的具体环节。应当承认，“新情感”所具有的“新启蒙”（例如反封建）的意义引发了中国现代社会的思想意识的深刻变化。“新情感”不仅给予了一代知识分子以非同凡响的精神气质，而且在某种程度上唤醒了一代民众认同知识分子的价值观念。当这种“新启蒙”终至被改造成一种具体的革命理想时，“新情感”也就发生相应的变更，这种变更的后果令几代中国人激动不已也疲惫不堪。显然，历史期待另一次变动。20世纪最后20年兴起的“新情感”在多大程度上与前20年相近（或重合）不是几句话可以说清的问题，但是，历史的形式如此相像而结果如此相异却是令人吃惊的。“五四”时期的“新情感”（新启蒙）终至于变成“革命感情”（革命理想），而20世纪80年代的“新情感”仅仅变成“泛性论”。并且在民众自发而强大的创造性模仿中，这种“新情感”变成对知识分子“精英价值”的最大嘲弄。从这样两个历史图像的对比中，我们应该惊异于20世纪的思想巨变，还是为历史恰如其分的报应感到沮丧？

在20世纪80年代后期，大众文化如此坚决地歪曲“新情感”，坚决拒绝“精英文化”，这对于中国这样一个文化传统深厚，同时又正在步入现代化的国家来说，始终是一个令人迷惑不解的现象。然而，作为我们时代的知识分子文化最后负隅顽抗的部分——“先锋派”，何以也如此坚决地背叛了“新情感”，并且以此来维护所谓知识分子最后的“文化自觉”——这一行为毫无疑问更加令人困惑不安。很显然，80年代后期，“纯文学”特别是先锋文学中，已经少有纯洁神圣的“爱情”故事，用“性爱”故事替代“爱情”主题，不仅表示80年代后期文学所面临的尖锐矛盾，同时也预示着步入现代化的中国社会所面临的精神困扰。先锋派文学（或称“后新潮”文学）对这一主题的挑战性运用，不过是这次困扰的更加深刻的表征。也正因为越过“性”这一障碍，也正因为完成这样一次令人困扰的“非成人”的精神自虐，先锋派文学才有那种与生俱来的孤独感和绵延而至的温情，也才有对幻觉、暴力和逃亡的不可思议的书写，也才有似是而非的“自我救赎”的愿望……所有这一切，都使中国先锋文学不得不打上“后现代主义”的奇怪烙印。

一、新情感的蔓延：一个伸展的主题

“新时期”文学曾经怀抱人道主义信念去寻找人的感情。对于“朦胧诗”群体来说，寻觅“个人情感”一直就隐含着启蒙主义的时代意义，它那潜在的叛逆精神在20世纪80年代初期与“改革开放”的时代精神相渗透，把大写的人推到时代的旋涡中心。“爱情”主题一开始就不过是“大写的人”的一个子命题。诗人写道：“在没有英雄的年代里/我只想做一个人。”显然，这个“人”是与“英雄”原则同格的，“爱情”不过是这个“大写的人”的具体展开环节，是它的生动性、丰富性和完整性的必要内容而已。

1979年张洁发表《爱，是不能忘记的》，她把“情爱”第一次推到社会的中心，她赋予情爱的那种“神圣性”被现实戏剧化地转变为对现行道德伦理的观念性叛逆，由此推导出“人的价值”（或尊严）的命题是不奇怪的。随后，张抗抗的《夏》推动这个命题向着“自我”和“个性”方向延伸。“爱情”更加切合了时代思想解放的启蒙理想，它受制于现实，而不是“爱情”本身植根的那种人类的永恒性。当张洁关于爱情的思想被现实普遍化之后，当代文学对爱情主题的开掘就被注定了要向着历史的和感性的方向发展。

张贤亮在把爱情主题向“性”推进的时候，同时掺进对“性”的历史反思，“性”在张贤亮那里成为“文革”给人留下精神和肉体创伤的原始见证。当然，张贤亮的“情爱”主题同样有一个伸展变迁的过程。张贤亮开始采用的心灵自传的方式，主要是表达个人经历残留下的“忏悔意识”。张贤亮试图通过对过去的眷恋来填补因“愧疚”遗留下的心理空白，于是张贤亮用充满热情的笔触写下众多的温柔多情的女性形象：乔安萍、李秀芝、韩玉梅、马缨花、黄香久……张贤亮的这种心理动机和他夸大的悔过之情，结果使那些女人都成为男人在政治压制下的存在价值的唯一证明。张贤亮的“证明”方式使他的“性”意识不可逆转地产生另一种“权力”统治。张贤亮的“性”反抗政治强权，然而，他却把女性作为反抗力量的依据，作为反抗的代价，反抗成为寻找女性情感和肉体安慰的补偿方式。张贤亮的“忏悔”动机和“男权文化”眼光，使这种异化状况成为不可避免的后遗症。张贤亮带着遗憾而更多的是骄傲的口吻写道：“啊！世界上最可爱的是女人！但是还有比女人更重要的！女人永远得不到她们所创造的男人！”确实，那个有“一个美丽的梦”的马缨花，“她把有一个男人在她旁边正正经经地念书，当作由童年时印象形成的一个憧憬……”。马缨花的梦想被注定了不能实现，这倒不只是因为章永璘特别负心，更因为这是男人和女人两个对立世界造成的永恒错位。至于那个黄香久，在被遗弃的最后时刻，还让章永璘“玩个痛快”，这不仅表明中国女人特别善良宽容，更重要的是这个行为再次表达了张贤亮用“男权文化”的眼光，对女性的玩味。

很显然，在张贤亮那里，历史反思动机和心理忏悔动机，实际发生分裂，并且心理忏悔动机逐渐压垮了历史反思动机。《男人的一半是女人》这样着力于“历史反思”的作品，结果却变成一个单纯的性爱故事。如果不过分追究接受公众的趣味的话，那么张贤亮也有不可推卸的责任。《男人的一半是女人》毕竟是当代文学中最直接、具体、细致描写“性”的小说，从性饥渴心理到肉体的赤裸裸展示，从阳痿到性功能的突然恢复，从通奸到放纵的造爱，这一切，足以使《男人的一半是女人》像劳伦斯的《查特莱夫人的情人》一样，受到公众的误解。《男人的一半是女人》竟然成了20世纪80年代中国青年男女的性知识启蒙读物，至于张贤亮试图揭示政治压抑与生理压抑的同构共生现象，在政治异化和人性异化的关系中进行的哲学的和历史的思索，没有人理睬。而大多数批评家热衷于“道德观”方面的争论，无疑助长了人们对“不道德”禁区的兴趣，而《男人的一半是女人》看上去就更像一本性知识导读手册。是张贤亮煽动了读者大众的情欲，还是说《男人的一半是女人》不过是饱受压抑的中国人期待已久的产品？这可能是双向的。张贤亮的这部小说就成为冲破禁区的、具有颠覆性意义的作品，他在思想观念上的思辨色彩和在精神心理方面的虚假和夸张竟然丝毫也没有影响这部作品成为当代小说关于“性”主题的开创之作，这与其归咎于可怜巴巴的读者，不如归咎于冷冰冰的文明规矩。

文化心态的改变既是非常艰难的，又非常突然。禁忌一旦受到冲击立即就变成一种巨大的诱惑和怂恿，因此，禁忌的解除才显得那样不可抗拒。我难以具体描述《男人的一半是女人》风行时期的文化伴生现象，至少在文学作品里，爱情主题的“性”色彩变得越来越强烈。但是紧张之后的松弛，往往更加痛快。1984 年以后，文学作品中一直有一股“回归大自然”的潮流，对自然蛮力的崇拜，是对文明异化和性力萎缩的反抗，这与当时中国女性呼唤的强壮粗鲁的“男子汉”形象具有异曲同工之妙。值得庆幸的是，大自然构成一个隐喻的环境，自然的人化与人化的自然，经常使性爱主题转喻为“回归自然”的主题，“泛神主义”战胜了“泛性主义”。而“寻根派”更关注人性隐含的历史文化意义，把人与自然相统一的命题，推向历史的纵深处。“自然”转变成“文化”，甚至是地域性的文化特色和传统文化的精神价值，自然蛮力隐含的“性”含义被掏空了。

但是，即使是“寻根派”执着于文化隐涵，依然无法压制为“自然崇拜”所唤起的那种生命意味。“寻根”顺接了“寻找大自然”的主题这样的历史程序，必然使其后的对文化的那种精细玩味让人不堪忍受。莫言作为晚出的“寻根派”，之所以成为“寻根派”的终结恰恰是因为他返回到“寻根”初期与自然衔接的那种感性生命的激情中去。莫言摆脱了“寻根”的精神文化的深度，他在《红高粱家族》里把“寻根”直接改造为寻找生命之根，红高粱流动着一股生命的野性之气，莫言要在先辈的杀人越货的勾当中，看到生命的原始热力。生命摆脱了文化，在北方广阔的原野上纵横驰骋，在血红如海的高粱地里燃烧。很显然，莫言对现代文明压抑人性颇为不满。在他看来，现代人精神也已疲软，生殖力也已萎缩，要再次唤醒人类的生命记忆。《红高粱家族》张扬生命崇拜图腾的文学表达，而余占鳌在高粱地里摁住“我奶奶”，则是向柔弱的当代文明递交的一份强硬的抗议书。“性”必须通过强力乃至暴力来表达，莫言把“性”从温情绵绵的男欢女爱中拯救出来，“性”就是一种强有力的征服、无所顾忌的占有、毫不犹豫的夺取。女权主义者无疑会苛责莫言的“男权主义”，男性的性强权永远要以女性的“被征服”为代价。莫言的“性意识”退去了沉甸甸的感情和文化的意义，“性”是生命的纯粹形式，是生命强有力的存在证明。莫言不仅赋予“性”

以自然的背景，更主要的是莫言给“性”揭示了强力的品格（而“强力”与“暴力”只有一步之遥），“性”所具有的那种对道德和伦理等文化意识形态的冲击力，切合了文明压抑下的逆反心理。

与莫言那种放纵而明朗的“性宣泄”相反，残雪返回到压抑而阴郁的性意识深处。不可克服的性压抑，是生活异化的根源。残雪把变态心理投射到外部世界的错位和变形上，人所处的位置发生倾斜，人与人的关系被彻底扭曲。残雪的个人由于自我压抑而极度孤独，由于孤独而封闭，自我才是绝对的存在，亲属关系变成敌对仇视的依据，对于封闭而压抑的自我来说，最靠近的“他者”当然是生存最真实的威胁。《山上的小屋》中的“我”，难以忍受现实的压迫而耽于幻想，幻想不过是替代性的转移满足，母女关系被扭曲为相互监视的敌对关系。《公牛》则把夫妻之间的贫穷枯燥推到极端，显然，男人和女人的对立是“性”的对立，“我”对公牛和紫光的渴望，是摆脱压抑的幻想。至于《苍老的浮云》，性压抑采取了直接迫害的方式，压抑产生的变态已经不只是感觉和幻想的变异，而是生活行动和空间的错乱。确实的，残雪没有直接写到“性”，也没有展示暴力，但是，残雪的“性”弥漫为整个变态的心理和变形错位的存在空间。她描写的那些仇视的目光，那种敌对的“窥视”，是潜在的暴力形式，那是一种最内在而可怕的性别迫害。残雪彻底打破了这个时代关于“爱情”的梦想，连“性爱”在残雪这里都不存在，“性”变成生活破裂的、无法弥合的存在，“性”作为生存绝望的根源，残雪否定了生活修复的可能性。“性”成为生存的异化状况，成为进入生活的绝对障碍，残雪无疑夸大了这种状况，残雪把“爱情主题”和生活温情脉脉的面纱彻底撕碎之后，生活还残留下什么呢？残雪只好逃遁到她那个根本不存在的“山上的小屋”里去。不用说，那是个毫无希望的去处。

爱情主题向着“性”主题的伸延，这是一个令人困窘的变迁，人们很容易把这种改变看成是文学堕落的标志。与此相反，我宁可把这种伸延看成是整个“新时期”的“新感情”的变迁乃至危机的征兆。不可否认，这种变迁植根于现实的变动和作家体验的交合。新时期初期对“文革”历史非人道特质的反思而触发对人性的寻求，爱情一开始是作为人存在的价值、意义和尊严的证明来运用的。正是对历史反思的深化和彻底化，促使张贤亮把政治异化对人的精神摧残推及对人的生理的压迫，并试图做出哲学的概括。如果考虑到张洁后来写《方舟》，已经抛弃了对爱情的神奇反思，而直接进入存在的方式，爱情的温馨退去之后，“性”的意识显露出来。尽管莫言的寻找生命像是发泄式的行动，那完全是基于对民族的精神性阳痿的切肤之痛，它虽然不是“寻根”的深化，但却无疑是“寻根”的醒悟。至于残雪把“性”作为抵御痛苦和精神危机的主题，在这一意义上，她预示了后来的先锋文学的生存态度和艺术方式。

二、浮出海面：生活破裂的见证

马原之后的先锋派表示了与前期新潮群体不同的生存态度，他们不再怀抱人道主义信念，或者执着于文化价值观念，文明解体的情境为他们提示一个无所顾忌的空间，超越是无望的，彼岸世界的希望之光也已熄灭，那么，在崩溃的生活碎片里，重新认识生活的本来面目，也许能返回到真实的状态。我丝毫没有夸大当代先锋派（“后新潮”群体）的生存“觉悟”，然而，在他们面对生活破裂的时刻，我看到他们的承受能力和抵抗能力。“爱情”赖以存在的人道主义信念和人类生存的价值失落之后，“性”变成赤裸裸的事实浮出生活的海面，它粗砺而冷漠，它是生活破裂的见证。我当然不能贸然说，后新潮的先锋小说就是以严肃而诚恳的态度来描写性，他们的“性意识”更有可能归属于他们采取的叙事方式，恰恰是对“性”的无意识，性仅仅成为叙述方式的原材料，在这里以这种方式表明了他们的性描写所具有的特殊功能。

马原的“叙事圈套”对于“爱情”无异于一道枷锁，马原对那些情意绵绵的酸劲嗤之以鼻。马原既然是在干着消解既定价值和生存终极意义的勾当，他当然会把“性”作为一个生活的随机行为，作为叙事的原材料来使用。马原的《冈底斯的诱惑》，发表于1985年，但在1986年才为文坛所注意。《冈底斯的诱惑》写到地委机关的那个美丽的姑娘，马原戏弄了读者的期待，一个就要呈现的爱情主题，突然变形，一切还没开始就结束了。在马原的故事中，爱情不会发生，但是死亡却是经常发生的，马原恶作剧般地把一个爱情故事突然变成一个死亡的故事。马原蔑视编织爱情的陈规俗套，他宁可把爱情改变为赤裸的“性”。因为“死亡”的故事和猎熊的故事，都颇为切近暴力，它们不过是一些经过淡化处理的暴力事件而已。因此，性在马原那里，理所当然具有叛逆性和破坏性。于是顿珠与尼姆的“爱情”立即被马原转变为平淡的性关系，顿珠后来与尼姆合居对于藏民来说可能不足为奇，但马原编织这个故事无疑是有潜在的犯忌意识的。当然，在苦难穷困的荒原上，尼姆走进顿珠的帐篷，无疑具有感人至深的悲怆之情，而在马原这里，一半出于他对原始蒙昧的生命蛮力的爱好，另一部分出于他的叙事对那些奇怪禁忌事物的特殊需要。

马原的《虚构》本身就是一个离奇怪异的故事，马原把神秘的人物和不可捉摸的命运，把异域风情和令人毛骨悚然的麻风病，把冒险和寻求刺激的心理一起装入他那诡秘的叙事圈套。很显然，性在这里是个不可或缺的诱惑，是一个可以带动其他所有因素进入神秘隧道的原动力。马原当然非常恰当地运用了这一原动力。那个温馨的玛曲村之夜，竟有微弱的月光从窗子照进来，“我”看到她裹了一件翻皮毛的藏袍，“她的一条光腿从袍襟伸出来，圆滚滚地泛着浅浅的光泽”。结果“我”做了一次疯狂的奉献。马原的描写恰如其分，甚至十分优美，然而，这是搁在一个患有麻风病的女人身上，这里的“优美”就略显得有些残酷和可怕。马原不会轻易放过这次奇特的经验：“我永远也忘不了她做爱时的激情。我知道这种激情的后果也许将使我的余生留下阴影，但我绝不会为此懊悔。我当时并不清醒，我的理智早被她的热情烧成灰烬。不过如果有机会让我重新选择的话，我还是不要那该死的理智。我做了一次疯狂的奉献。后来我们睡了，在梦里我们仍然紧抱在一起，羊毛被使我们浑身汗津津的。我们睡得真沉。我真心希望就这样一直睡到来世。”

与其说这是一次性经验，不如说是一次神秘的存在体验，一个面临死亡的女人，一个被麻风病毒吞噬的女人却依然满怀激情地做爱，这无论如何也是一件不可思议的事。马原让“我”体验了这样不可能的存在，轻而易举把“性”推到破裂的生活的中心，“性”试图去弥合生活的空白，然而，“性”却更加强烈而鲜明地照亮了那个空白。马原不过是设想把“性”作为神秘的存在来经历，然而，马原忽略了“我”的对立面——那个女人，她实际所处的地位。“性”作为生存残留的欲望，它使生活更加残缺，性行为使生活的裂痕增大，并且否定了修复的可能性。“我”的那些神秘经验与女人的实际处境构成反差，那些奇思异想在破裂的生活事实面前毫无意义，性既不神秘也不优美，它的突现使生活的破裂状态更加强烈罢了。后来在《阅读大师》里，马原再次运用“性”来编织他的叙事圈套，同样的，由性行为引发的奇特事件不只是构成叙事转折变化的依据。与“大师”的性行为、一个“乱伦”行为的被发现产生的那种破裂感，到“那是我男人”的悲剧感，生活的破碎状态已经不可收拾了，独眼女人杀了“大师”那是一种解脱？是破裂的弥合？不管如何，“性”已经把生活击得粉碎。当然，马原在叙述意念上并没有要把生活弄得破败不堪，马原关注的是“如何叙述”，而不是“生活如何”，恰恰是马原的这种方式和态度先验地促使生活瓦解。

《虚构》这篇小说如果说有什么可深化的思想性的话，那也是在生存与性的揭示方面给出了一种极端经验，并且揭示了一种深刻性。如果要归结的话，那就是性如何构成生存的极限，性如何变成生存不可逾越的障碍。这里的性发生在麻风病村，发生在看不到生存希望的地方，而性在这里如何成为生的最后一点证明，成为绝望中的人们敞开的那种存在。麻风女、小个子男人、哑巴都是如此。哑巴也许是最后的生存秘密。马原把宏大历史叙事隐藏成一个秘密，在他的国民党党徽这个秘密之内，还有性这个更深的秘密，这个他不能超过的秘密，他超过了那个党徽，他把它隐藏得很好，它甚至很平静地随他度过几十年岁月，但他不能超过性。他最后一枪打死了那条毛发水亮的母狗。在这些麻风病人里面，小个子依然有对生命的热爱，这个热爱就在于他还不能放弃“性”。这个麻风病人和那个叫做马原的汉人在那样一个时刻他们不能越过的还是“性”。那是一种生命的倔强性，是生命的存在和延续的证明。这是生命向来世展开的、像疾病一样的自生自灭的宿命。在这里马原试图找到的是用“性”来解读人类生命的极限。

洪峰具有对生与死进行形而上思考的特殊嗜好，这使洪峰很容易就抓住“性”来做文章。马原的“性”其实没有真实的含义，性是作为叙述圈套的原材料才偶然被体验，而洪峰的性则是渗透在生存中的生命之流，洪峰试图通过性来挖掘生存的隐秘意义。然而，他对马原的叙述风格的偏好，以及他所追求的反讽意味，使洪峰对性的生存论的思考，变成生存的自我颠倒或歪曲，也就是说，洪峰的性成为否定生命存在的神圣性的重要力量。洪峰的《奔丧》主要得益于加缪《局外人》的启迪，很难说有多少对生存的特殊理解。但是洪峰在这里却富有挑战性地运用“性”来反抗生活的外部压力。“奔丧”事件具有的伦理权威意义，洪峰反复用“性”来抵抗，找到返回到内心的原始的自我中去的途径。在最“痛苦”的时候，却依然在寻找、接受、回忆种种性的经验，并且这里的性经验直接冒犯传统的血缘伦理关系，洪峰的“性”具有亵渎神圣性和保持内在自我的双重功能。而他在《瀚海》里，把性作为生存论的原始动力来理解，性构成生活最本质的内容，成为连接人与自然、人与人冲突的基本纽带。洪峰试图揭示生命的不可摧毁性，它的绝对自由的本源。然而，洪峰把“性”的行为作为生命最光辉的举动，原始蒙昧的生存状态使现代文明相形见绌，洪峰的“性”因此具有亵渎生命的快慰。

苏童把性的神秘意味引申为生活破裂的潜在根源，这个根源蔓延为一张无形的生存网络。陈宝年与蒋氏的婚姻破裂，是故事发展的基本前提，对于陈宝年来说，与其说蒋氏是一个“灾星”，不如说他预感到“性”是灾难之源，陈宝年逃避“性”的威胁而奔向城市，在那里，他落入环子的性诱惑，然而他死于非命却是从妓院出来遭人暗算。蒋氏这个毫无“性意识”的劳动妇女，却毫无保留地充当性的牺牲品。她不过是陈宝年抛弃在家乡的一个简单的生育机器，她受尽生活的折磨，一大半是来自生殖的苦役。她生了八个孩子，有五个在 1934 年的瘟疫中暴死。而陈文治这个老妖精则是枫杨树乡所有性罪恶的根源，他那个祖传的白玉瓷罐，不过是人类永远无法摆脱的性的幽灵的重现而已。灾难来自“性”这个原始恐惧，使陈文治像个部落长老那样罪恶累累。他对蒋氏的特殊兴趣，他用望远镜窥视蒋氏分娩，除了表明他的性变态心理外，还因苏童把人的苦难和生存的壮丽，把丑恶和生命的原始情态混为一体，铸造成他的诗性感发和神秘的生存体验。当蒋氏坐着那顶红轿子进入陈文治的黑砖楼时，这个灾难的圆圈弥合了——“性”的运行就画下了这个圆圈，生存不可思议，更不可解释，它不过是一张撒出去的性的网络而已。在《一九三四年的逃亡》里，没有人可以逃脱这张网络，狗崽是受到陈文治的性伤害而逃离枫杨树乡的。然而，他在环子的性诱惑中死去。而环子呢？她难道不是性的牺牲品吗？1934 年的逃亡没有出路，因为逃离了灾难的性又要落入性的灾难之中。我无意于把苏童的这篇洋溢着历史和生命激情、散发着诗性智慧之光的小说，当作“性主题”来解读，我不过试图证明：这篇精彩的小说潜藏着一张精致的性网络。后来在《罂粟之家》中，苏童再次把这张网像罂粟之气一样抛撒出去，毫无疑问，陈茂、刘老侠、沉草、花花、刘素子都如愿以偿落入这张网里，这又是一次成功的一网打尽！

与其说格非的“生存”被“性”困扰，不如说“性”被“生存”遮蔽，因而它们经常相互重合或者颠倒是不足为奇的，格非的《褐色鸟群》的叙述方式主要是利用重复来消解意义从而摆脱进入存在的困扰，格非有意或无意引入一个“性意识”的怪圈。很显然，重复性叙述追踪性意识而向前推演：（1）叙述是对性的拒绝。那个离群蛰居的孤独者，虽然无法补足他的此前的心理经验，我们基本可以推断他是一个性抑郁者，那个自称“棋”的女人，穿着橙红（或棕红色）衣服，她非常自然地对“我”施加了性诱惑：“她在给我看这些画时，两个暖暖的袋子就耷拉在我的手背上”，在这样一个静僻的夜晚，“我”对棋叙说一个故事。这个行为当然可以做多种解释，我把它设想为这是出于抵御“性”而采取的迂回战术，这大约是性经验不足的男子力图寻找自己的性感觉的“借口”。（2）叙述进入性的诱惑。“我”想回避性，却叙述起一个关于性诱惑的经验。这既表明“我”对性的现实性无能，却力图找到经验的依据；又表明我要摆脱性的现实经验，却重新落入性的诱惑之中。这是第一个圆圈，从回避“性”到自觉进入“性”，从性的现实诱惑进入性诱惑的回忆或心理体验。（3）性是一个无法逃避的灾难。这并不仅仅是从第一个圆圈得出的结论，而是第二个叙述行为进入的生存状态的抽象意义。“我”追踪性的诱惑所经历的所有事情，都是性引发的灾难，这不仅是“我”看到的女人和男人的关系，还是随后女人和“我”的关系。女人在结婚的那天也就是她30岁生日的那天突然死去，虽然毫无道理，但却是无可摆脱的劫数。（4）性是一个不存在的恐惧，一个缺席的本我。最后“棋”的存在的真实性遭到怀疑，任何一次重复都是对过去的颠覆。尽管在叙述中故事有可能被颠覆，但是这恰恰揭示了性的恐惧或危险可能“不存在”这种思想，性的威胁反倒变得无处不在，“性”变成存在的深渊。那个缺席的“本我”才是生存危机和破裂的最真实的因而也是无法拒绝的来源。相比较而言，余华的“性”简明扼要，“性”就是生活中一个无处不在的因素，一种原动力。苏童和格非的“性”都沾染上“形而上”的意义，而余华的“性”作为生活原生态的行为，它与暴力结下不解之缘。余华这样看待（或运用）性，当然是在《世事如烟》以后的作品中。《世事如烟》里的每一个人几乎都被“性”折磨得死去活来。不管是那个卧病在床的7，还是那个六十多岁的祖母和孙子的乱伦，抑或是瞎子和4。当然，算命先生是所有罪恶的来源，而性则是他犯罪的根源，他的采阴补阳术无疑是最丑恶的性犯罪（或性暴力）。他的几个儿女因为目击那个罪恶的场面而相继死去，性罪恶竟然是他长寿的奥秘，是支持他一系列阴谋的生命来源。性与暴力成为余华寻找叙述感觉和极端的个人化经验的原材料，同时作为余华揭露生活灾难和阴谋的根本手段。在《难逃劫数》里，余华把性、暴力和阴谋结合在一起来考虑，并且全部渗透进生活。东山与露珠的结合，是纯粹的性诱惑，并且不可避免地伴生阴谋和暴力。广佛和彩珠的性关系以一个孩子的死亡作为陪衬，而广佛杀人就像玩电子游戏机那样潇洒自如。至于沙子和森林玩弄剪刀和小刀的那种性变态式的小小暴力行为，则被余华叙述得无比轻巧。露珠向东山的脸上泼洒硝酸，以及东山后来结果露珠的性命，都是非常妥帖的随机行动，只有那个老中医像《世事如烟》里的算命先生一样诡计多端。余华对残忍性的特殊爱好，他理所当然地把性、暴力和阴谋以及死亡当作生活的全部自然内容来对待。《河边的错误》那个孤寡老太婆死于疯子的柴刀之下，余华再次玩味了性、暴力、阴谋和死亡的叙述游戏。余华近期的小说《往事与刑罚》，虽然是探索叙述时间的作品，但余华依然没有放弃通过暴力（刑罚）行为去寻找他那奇妙的叙述感觉。余华把“性”和暴力推演为生活的基本内容，他消除掉所有附加在“性”上面的心理的和社会的意义，性是人的麻木而机械的日常行为。余华把性作为生活的原材料而引入叙述，性的异化状况，在余华那里最大可能地丧失了它的生命的和神秘性的隐涵。

与先锋小说把“性”的人文的和社会的意义压制到最低限度的做法相反，“先锋”小说的另一分支——具有写实主义倾向（或称之为“新写实主义”）的小说，依然保留了“性”的人文意义，并且更加深刻地挖掘了“性”所蕴含的民族的和文化的内容。刘恒的《伏羲伏羲》堪推为这方面的代表作。杨天青从十六岁起就爱上他的年轻貌美的婶子，这种“爱”把他的性成熟推到走火入魔的境地，他为婶子心醉神迷，把视线抛到婶子的腰上腿上和别的生动处，“深深浅浅上上下下地反复纠缠”。总之，年轻的杨天青被婶子搞得神魂颠倒。而杨金山，这个老废物，拿二十亩山地换来年轻俊俏的女人，目的当然是要王菊豆为他传宗接代，女人就是他的牲口、土地，任他耕耘蹂躏。他全然没有一点对自己生殖能力的怀疑，在这一点上，杨金山无比彻底而坚决地体现了中国农民的那种愚昧、自私和固执，他在把性命豁出去用于传宗接代的同时，残酷虐待王菊豆。婶侄二人早就情投意合，不过还没有捅破而已。在一个火热的晌午，婶侄两人在灿烂的阳光下做下了如火如荼的勾当。“我那亲亲的小母鸽子哎！”——这是杨天青的痛苦而痛快的灵魂呼唤，也是以后的年月里，在充满幸福与罪恶的阴谋中，杨天青无数次重申的宣言，毫无疑问，女人终生衷心为之受苦受难并且为之陶醉。

刘恒为这个“乱伦”主题注入了特殊的文化意义，刘恒审视了作为生殖的性与作为精神的性的分裂状况，由此揭示了男性文化的萎缩。王菊豆这个备受折磨的女人，显示出无比强健的生命力，杨金山的虐待没有使她屈服，对杨天青她大胆而积极地采取主动攻势。女人的性意识和性能力比男性更为健全，更为积极，更有承受力（这也是刘恒在其他作品里流露的观点）。杨金山的生殖力丧失却没命地虐待女人，那种性迫害，几乎可以看做是中国传统的男性文化的衰朽、虚弱的本质表现。而杨天青，对婶子想入非非、漫游于意淫的境界却不敢采取任何主动行动，他除了手淫再就是在山墙上凿个窟窿偷看婶子的私处。直到婶子在落马岭野地里把红红的笑脸转给他，隐了许多意味，他却惴惴不安。当然，杨天青的怯懦可以解释为缺乏性经验第一次行动的紧张和笨拙，但是，杨天青在整个偷情过程中，他那强健过人的肌体和硕大的器具，除了使他的生理功能勃发外，在精神上他从来都处于虚弱不安之中。在杨金山瘫痪之后，婶侄的乱伦变得更为艰难，往日的那种冒险气息也已消散，取而代之的是纯粹的担惊受怕，疲乏的杨天青不足30岁便苍老了。杨天青最后投缸自尽，这是绝望中唯一的解脱。也许人性总是陷入这样不合理的悖论：本性善良却要承受过多的道德的和文化的压力，因而怯懦；本性凶恶，可以不顾及礼仪规范，无所畏惧，因而勇猛。人性的力量乃至自我肯定，是一个破坏的成果而不是认同的产品。杨天青承受的性压力过于强大，他无力反抗他的环境，这不仅在于他无力抵御性的诱惑，而且在于他无法更改自己的命运。他和王菊豆的性爱一开始就打上了悲剧的烙印。这是一个偷来的叛逆行为，它不具有真正的反抗意义。杨天青只能扮演一个偷情者的角色，这是杨天青的本性和男性文化以及整个社会的道德规范所能最大限度容忍的角色。

当然，刘恒的《伏羲伏羲》不过揭示了压抑文明下的一种性角色而已，这种“揭示”行为是一种反抗形式。另一种反抗形式则是寻找性的原始野性状态，以证明人的生命之不可遏止的伸越力量。莫言在《红高粱家族》中寻找的感性生命，在1987年以后的小说中像一道不息的川流滚滚而去，它构成当代文学中一股强悍的生命意识。洪峰的《瀚海》无疑表达了人与自然冲突的生命强力，而“性”则是生命存在的全部内驱力。洪峰对性的伦理规范的蔑视，使得洪峰作品的“性意识”具有强烈的反文明的原始倾向。这种倾向可以在赵伯俦的“生命小说系列”里看到，可以在邓九刚的《驼道》里看到；在高建群的《遥远的白房子》里与更为昂扬的生命品格混合在一起……毫无疑问，还可以在更多的二流、三流甚至末流小说中看到，不过那已经是粗劣的性泛滥。这种生命的原始主义，把“性”作为生存的本真状态来看待，当生存被还原到初始的起点上，生命变成赤裸裸的性，生命更加纯粹，更加强健，它不仅可以摧毁文明和文化的一切羁绊，而且有能力毁灭自己。试图通过性来证明生命的存在，不过是处于文明中的柔弱的现代人的奢望——拯救文明退化的想象性满足而已。

三、“非升华”：“幸福承诺”的破灭

不管当代文明是走向堕落还是走向更新，“性”无疑从情感笼罩的传统生活状态中浮现出来，它是如此刺目而富有挑衅性。不管是把“性”作为原始野性生命的显灵，以求给柔弱的现代文明注入雄性激素，给中华文明的重建奠定生命本体的基础，还是把“性”作为一个麻木的随机的行为，作为生活破裂的原始见证，来揭露生活的虚假性和生存不可弥合的彻底的虚无本性。——“性”在我们的时代，获得了“升华”和“非升华”两种意义。

当代文学中的那股野性生命潜流，毫无疑问具有强大的情绪冲击力，它把传统情感小说中的那种缠绵复杂的情绪思流，转变成赤裸裸而粗糙的生命原生形态。但是，就其功能意义来看，它与传统小说的那种情感态度并无二致，它们都力图使感情或性获得“升华”的功能，只不过前者维系了当下的伦理道德，而后者推进了当下的生存观念。寻找原始野性的前提，依然是重建时代的文明，“性”显露的生命热力，对当下的生存状态具有“正价值”，它唤起生命的原

始意识，以阻止文明退化倾向。正如传统小说的爱情主题所具有的“情感升华”功能一样，原始野性具有“性欲升华”的力量，它使新时期的“新情感”携带着人性解放的生命冲力振作，怀着热情奔腾向前。不管“性欲升华”的实际功用如何，这确实是隐藏在新时期也是隐藏在现代文明的柔弱机体里的奢望和期待。

早在20世纪初，劳伦斯就预感到我们正处于一个科学与机器的世界，“人类正经历缓慢而漫长的死亡”时期。劳伦斯把性经历作为他的“教义”的一部分——是自我在寻找生命奥秘时的一个重要表现。对于劳伦斯来说，“性”是一个人个性的最终表现，一个人本来的自我，具有生命的火花本身只有通过个性撞击才能使之闪耀不灭，而不通过服从来达到这一点。劳伦斯像反对性放荡一样反对性抑制：它们是同一枚硬币的两个面。劳伦斯说，不论男人还是女人，其个性的充分表达都包括一个真正的性关系，而“性压抑反常者”最痛恨的就是真正有生气、有意义的生活。他们过分拘谨威胁着“我们正在成长和扩展着的意识”。《查特莱夫人的情人》代表着向文明压抑的抗议，很显然，查特莱夫人反抗的并不是文明的具体限制形式，而是文明业已形成的生活退化样态。那个林场看守人梅勒斯正是在拒绝工业社会的时候，为查特莱夫人把性理解为一种生存的生气和热力递上一把钥匙，他一直在反抗现代工业主义的压抑力量，查特莱夫人命定要从他这里找到生活的激情和神秘之源的。面对英国民族“濒临死亡”，劳伦斯毫不犹豫地把“阳物意识再生”作为个人与社会的唯一再生的方式。正如梅勒斯在小说结尾处代表劳伦斯预言的那样：“我们整套的表演就要完蛋了；我们的文明也要堕落了。文明将会堕落到无底的深渊，沉入大峡谷。相信我，大峡谷上唯一的桥梁就是阳物。”劳伦斯的《查特莱夫人的情人》直到20世纪50年代才得以公开出版，到了60年代，伴随着左派学说和激进主义运动，性解放浪潮席卷欧美大陆，到70年代达到高潮。与社会的实际行为相比，或者与左派思想家从《花花公子》杂志中寻找社会解放的证据的做法相比，劳伦斯的观点大有隔世之感。即使如此，文明没落和生命退化的危机感始终困扰着西方社会。宣泄的70年代过去之后，艾滋病的威胁使舒懒的80年代惶恐不安，人类的生命力有必要再度戴上文明的枷锁，人类因此会变得更加健全还是更加萎靡不振？

事实上，“性”的升华功能基于文明对“幸福”的承诺而达到观念性的转化。与其说“性”拯救文明的退化，不如说“性”就是拯救“人”。文明的“幸福承诺”是以个人为目的，劳伦斯式的个人或自我通过“性”的恢复，使文明与个人达到某种和谐统一。尽管劳伦斯与弗洛伊德关于“性”的理解相去甚远，但在性欲升华的结果意义上是相通的。弗洛伊德确认通过艺术的作用，个人的本能冲动能够达到升华（弗洛伊德的“升华”是纯粹个人的性欲转化，劳伦斯的“升华”是集体无意识的沟通）——艺术成为现代社会的“幸福承诺”兑现的唯一途径——当然是想象性的兑现。对于中华民族来说，它早已耗尽内在的精血和生存想象力，文明既然不会回到久远的过去重新开始，那么也就不可能唤醒现实社会沉睡的“生命意识”，那种野性的生存形态，是当代人摆脱生存窘境的替代性的满足。“幸福承诺”不可能以社会化的方式来实现，那就以非常个人化的生活体验——主要是艺术体验来实现，那种体验或许是原型意识的偶然觉醒，或许是生命形式的突然感悟。尽管是瞬间的体验，但它构成我们时代唯一可能的生命升华形式。它不仅在想象中解除了文明对个体的压抑，而且通过个体生命的觉悟达到社会化的和潜意识的满足，文明因此有可能抵御退化。这种想象还可以进一步扩大：文明变得生机勃勃而又具有合乎“人道”的温文尔雅，文明与人携手共同驾驭“性欲”（或生命强力）的马车奔驰而去。

然而，不管这种“升华”的积极意义如何——我丝毫也不怀疑先锋文学表达生命野性强力所依据的历史动机的真诚性，但是，其可行性是值得怀疑的。弗洛伊德看到文明的强大压抑作用，艺术不过是他最后的希望领地，他把艺术的精神治疗作用给予理想化的夸大，这是无可奈何的奢望。我宁可认为，艺术真实的功用，可能在于打破生活的幻觉，打破虚假的期待，从而让人能够更加真实地对待自己的处境——当然是人类处境。在这样的意义上，我认为先锋小说的“性”具有“非升华”的特点。先锋小说打破了“性”的超越的意向，“性”以最大可能揭露了文明虚假的“幸福承诺”。人类的生命力已经枯竭，而文明的压抑机能在增强，这是生存绝望的恶性循环。关于人性复归的设想，关于“人道”的信念，是对生活的真实的还是虚假的期待呢？这当然是一个生存的“意愿”问题。现实已经过分使人失望，“意愿”早已消耗殆尽，“期待”彻底向“虚伪”那一边倾斜。

确实，先锋小说过分夸大了生活的绝望和虚无性，然而，人道主义信念在“新时期”后期的失落是无法挽救的现实。“幸福承诺”作为超越的梦想，已经被初具规模的现代化生活击得粉碎，因此抗拒文明的虚假承诺无疑是更为重要的生存前提。先锋小说更多地意识到个人与社会的冲突，以及文明压抑的不可抵御性，因为文明以更为具体的“意识形态”面目出现，逃避可能是唯一的抗拒方式。先锋小说确实是对现实的逃避；“逃避”不等于回避，它毫无保留地撕碎了生活的虚假期待，它把“性”所具有的唯一升华的可能性也粉碎了。“性”不再是人性复归的依据，不再是目的，也不再是个人存在整体的立足地，“性”已经破裂，分解到生活的碎块——那些暂时的结构中去。正如我所分析的那样，在格非那里，“性”没有来自肉体和灵魂的激动，“性”是一种无可逃避的而又“不存在”的诱惑。余华的“性”从来没有使一个男人变成男人，或者使女人变成女人，“性”总是使人变成“非人”。“性”不过是随机而盲目的冲动，是纯粹的攻击的人性，是原罪的渴望，是生活最拙劣的转化形式。《世事如烟》的算命先生通过“性”来延续丑陋不堪的生命，《难逃劫数》的“性”则是一连串阴谋的原动力。与其说先锋小说（以及整个“后新潮”小说）的“性”是性的异化形式，不如说是为现代观念所怂恿的“新情感”的极端异化形式，它是步入现代化的中国人对生存状态及其自我生命形式极度困扰的极端表达方式。

先锋文学意识到文明压抑之不可超越，它宁可正视破裂的生活。先锋文学并没有直接表现文明压抑的具体情境，也没有创造一种反抗意识形态的正面力量，但是，它展示了压抑的结果，它把生活推到极端异化的情境中，审视生活被征服的状态。无论如何，生活不可能恢复，打破超越的任何幻想，这是抗拒意识形态主体中心化的有效方式。正如约瑟芬·韩丁所说的那样：美国战后小说实验的多样化在于用来减轻暴力，减少羞辱和脆弱性情感的分式的多样化。反对将自身看做牺牲品的最初办法是不要将片断的生活拼在一起，不要割裂情感与行动、现实与感觉，以至于没法完整地看待任何事物。现代主义作家把不完整看做是背弃传统与秩序的堕落的标志，而战后小说家则把这种不完整当作切断痛苦的开端来使用，对生活的“不完整性”的认可，或者说对生活破裂状态的认同，无疑是一种更大的生存勇气。没有理由认为“希望生活得更好”这种设想不合理，同样，也没有理由排斥“生活只能如此”的看法有什么不对。“性”所呈现的“非升华”的特质，事实上使人更清晰地看到生存的实际状态，它不是制造超越的幻想，而是鼓起人面对现实的勇气。在这一意义上，先锋文学表达了与知识界倡导的价值观念和文化立场很不相同的态度。也正因为如此，20世纪80年代后期，与新时期契合的“新情感”发生变异，本身是对“启蒙”的僭越，而先锋派却抓住了这种变异的最尖锐部分。也许人们可以把这一变异归结为弗洛伊德主义和存在主义的深刻影响，然而，我更强调的是，政治/经济/文化的整合作用。也许像某些后现代主义者表述的那样：性与政治乃是一枚硬币的两面，性意识在某种意义上起到了政治减压的功效。20世纪最后20年，中华民族既背负着传统，又承受着现实的压力，特别是经受着初具规模的现代化的怂恿，因而，“多元整合”的结果必然导致“多元分裂”。先锋文学提供的经验，至少使人在生活破裂的时刻具有应变的经验准备。那种极端化的个人经验和极端化的异化状况，作为我们时代的一种警觉，它起到减压的作用；作为我们时代迷惘生活的见证，它在精神、心理和感觉方式方面表现了巨大的承受力。

文明在很大程度上依赖理性的权威，瓦解理性的“规训”方式是本能压抑的解放形式，当然，这是极为短暂的方式。马尔库塞在20世纪70年代寄望于性欲转化为爱欲，由此达到压抑本能的解放，解除社会的操作原则为维持这个特定社会的生存而对爱欲所作的额外限制，一种没有压抑的文明就可能诞生出来。马尔库塞还寄望于发达的工业社会通过艺术的和美学的革命来完成文明的合乎人道的转变。对于现代社会来说，这种期待只能是遥遥无期的妄想，我们急切需要的是那种抗拒文明压抑的承受力，然而，先锋文学在当今这个饱受精神磨难的时代，能为我们提供抵御的盾牌，还是反抗的长矛？迄今为止，这还是一个令人怀疑并且令人忧虑的问题。

第七章　超越与认同：后现代主义意识

当“新情感”在其历史蔓延中变为“泛性主义”时，思想解放运动引发的观念革命同样产生了一系列意想不到的后果。更年轻一辈的作家，在20世纪80年代中期历经外来文化的洗礼，他们的思想意识和心理素质远离上一辈的思想前驱（“新时期”神话的主要讲述者），甚至与“知青群体”也大相径庭。那些纯粹属于形式主义的叙事革命，其实标志着思想意识的全方位变动，这些变动预示着年轻一代的作家向着“后现代主义”意识仓促却意气风发地进发。如果我们承认当代中国文学的“发展”动向受西方20世纪文学的影响，那么，那些先锋性的“新思想”、“新观念”无疑与“外来影响”有千丝万缕的联系。研究当代的“新思想”并考察这些“舶来品”在本土发生的变异，乃是正确认识我们的历史位置的必要方式。在考察当代的“思想状况”发生变异的内在原因时，有必要认识到一个基本事实，那就是西方整整一个世纪的思想文化成果在短短几年内被当代文化的思想先锋浏览了一遍，尽管任何一种学说都没有留下特别深刻的影响，但对于急切渴求思想现代化的当代文学来说，充当思想的启示录却是绰绰有余的。正因为如此，西方的历史进程几乎被简化为一个思想平面图镶嵌在当代中国文明的古旧背景上，虽然很不协调但仍不失为“思想进步”的有效证明。

正如艾略特和赫伯特·里德等人坚持认为的那样：现代主义是为宗教衰落以后的西方文明寻找一个替代的超越性的精神信仰的文化运动。作为未来文明的基础，现代主义的意识形态把精神苦难看成生存的内在意义，把荒诞看成是生存的根本方式；孤独的个人通过反抗现实而获取自我本质；生存的终极价值的神秘的存在向永恒伸越——这种精神意向曾经一度激励过当代文学的先锋观念。现在这种精神意向已经失落，取而代之的是信念彻底崩溃以后的思想贫乏和意识疲惫。虽然整个社会的思想意识处于歇息状态，而先锋的异常孤寂的脚步在精神的荒漠已经越走越远。解除了绝对信仰和终极价值的先锋文学只能陷入精神的双向悖论：彻底抛弃现实却又以嘲弄的方式认同现实；彻底抛弃自我却又逃遁到空洞的自我中去隐蔽起来。现代主义的那种寻找的和反抗的方式没有了，代之而起的是后现代主义的那种对“不完整性”的认同方式。这种“变迁”既来自外来文化的影响也来自本土文化变异的推导，不妨说，先锋文学对现代主义意识的超越性改造乃是当代政治/经济/文化多元作用的结果。当然，“超越”不过表明逃离现实的实验性行为，“超越性”的思想意识虽然不能表示当代中国文学（文化）的普泛意识，但揭示了当代文化中可能增长的极端状态。

一、冷漠的叙述：苦难意识的残酷化

现代主义艺术家普遍意识到人类生存的“苦难”问题。“苦难意识”不仅是作为艺术家对生存内省意识的理论概括，作为进入生活内部的思想导引；而且作为历史的自我意识，那是人类生存不屈的自觉表达。人类的生存忍辱负重而历经千辛，正是通过苦难“人类才意识到自己的存在”，苦难“是生存深化的确证”，因而也是生存不可超越的真实根底。生存的超越恰恰是对在“苦难”的意识里所达到的永恒的伸越。

现代艺术家意识到整个文明的危机：人类从哪里来？要干什么？到哪里去？这是现代文化的思想母题。高更用他疯狂的热情，用他无法填补的绝望，在他生命的最后时刻彻底探索了这些母题而后付之一炬。高更不过表达了现代艺术的一个具体行动而已，整个20世纪初期的艺术家都为这个母题所困扰。人类无法拯救自己，因为人类的苦难由来已久，并且罪孽深重。因而现代艺术家又无不陷入悲观的绝境而不能自拔，在悲观与苦难之间构成了一个双向循环的圆圈。因为苦难而绝望，因为意识到绝望而更深地陷入苦难。绝望成为20世纪的普遍情绪，因为绝望来自对苦难的意识，绝望植根于深重的苦难之中。因而现代主义的“绝望”流淌着生存渴望的永久不息的力量，“绝望”成为向希望之乡进发的始源。

正是对人类苦难的意识凝结成《荒原》的精神深度，艾略特把基督教衰落以后的西方文明看成一片精神荒原，而人类的原始罪恶无疑是造成文明衰败的根源。艾略特揭示了人类的苦难处境，在绝望中寻找人类皈依基督教的道路。卡夫卡可能是所有现代艺术家中对生存苦难体验最深并且以最个人化的形式表达的小说家。卡夫卡由于他特殊的个人生活始终经受着最痛苦的孤独，这种个人生存的痛苦体验造就了他对人类生存的最深邃的苦难意识。卡夫卡使我们认识到一种总的世界观，一种在这个世界上生存而又不融于其中的方式。他的“存在”就是无，是空虚，是一种无法扎根的真实痛苦。作为存在主义的伟大作家，萨特和加缪揭示了人存在的苦难根底和逃避它的途径。萨特的“存在先于本质”这一命题，把人抛入无止境的生存苦难历程，选择人的自由本质不过是往那个空洞的存在塞进苦难历史的无偿劳作而已。加缪在他的《局外人》等作品里把“痛苦的麻木”作为最致命的生存方式来审视；而他在《西西弗斯的神话》里把意识到的“痛苦”当成抗拒生存悲剧的力量来源。当西西弗斯深思他的痛苦时，他使一切偶像哑然失声，他是自己生活的主人，巨石仍在滚动，而西西弗斯永远前进。

苦难意识是人性的意识，是对生存的历史性的和深度性的洞察。当“人”在中国的黄土地上步履艰难蹒跚而行，当代中国文学迫于自身的思想水准和各种现实压力还难以确立“苦难意识”。但是，“寻根派”文学却多少触及民族生存的苦难历史和苦难现实。尽管这点“苦难”还经常被“文化玩味”和“审美观照”冲淡。韩少功的《爸爸爸》被公推为“寻根”的代表作，在这里，韩少功审视了处于愚昧社会中的人的生活状态。人们在封闭狭隘的村落里互相仇视、械斗、愚弄人并且被人愚弄。与迷信混杂一体的文化风俗强有力地支配着人们的生活习性。人们无可逃脱，自觉走向死亡。丙崽无疑是一个内涵无比丰富的文化象征符号，韩少功投注在丙崽身上的，是文明与愚昧的冲突、个人与社团的冲突、人与文化的冲突。这种冲突很真实地揭示了处于粗陋生活状态中的人们的苦难，显然韩少功的目光更多地为“文化性状”吸引而去。郑义在《远村》里写了一个“拉边套”的故事，这种奇特习俗为郑义观察文化提供恰当的视角，同时也显示了中国农民特有的对苦难的忍耐力。生活在默默忍受中流逝，而凝聚下来的是坚韧的生存意志。而在《老井》里，郑义给中国农民忍耐痛苦的悲剧底蕴注入大量的壮烈情愫，孙旺泉比杨万牛更高大，但是那种“痛苦”却更空洞。《老井》重复了《远村》的苦难，透示的希望却减轻了苦难的重量。当时不少作家都表示了对原始蒙昧生活状态的浓厚兴趣，他们无不认为那里面显示的原始生命强力正是反抗现代文明异化（或退化）的法宝。于是，生命强健的光辉掩盖了生存的真实苦难，虽然某种先验的审美理念，取代了对历史和现实、对人类真实处境及其不可超越的绝望的理解。人类的生存苦难及其内在隐含的伸越力量只能是合乎历史实际的理解的结果，而不是理想夸大的产物。至于阿城，他一度被人们推认为得老庄的真传，事过境迁，我们当然不能说他的作品留下文化矫饰的明显痕迹，但是阿城从人们的那些“质朴”、“淡薄”的生活状态中攫取出老庄文化的“精髓”时，他也掏空了生活的苦难内涵，生活在无欲无求的宁静自足里显得无比虚幻而虚弱。莫言对民族忍辱负重的历史嗤之以鼻，他设想的先辈们洋溢着生命强力的历史确实一度给当代人疲软的身体注入一剂壮阳药，但是理想幻景消失之后，面对屈辱的现实，人们只能堕入更深的沮丧。

“先锋”文学发生的意识转变当然不是由文学共同体的思想范式转换直接确定的，也不是由文学作品文本的内在意义统一构成来表达的，它主要是叙事方法变革的产品。这种变革的标志应该追溯到马原的“叙事圈套”。马原引发的文学经验的改变竟然潜移默化隐藏了很长一段时间然后突然让批评家意识到，那时已为时过晚，马原的经验迅速演变为经验模式、叙事模式，乃至思想范式。马原在1984年发表《拉萨河的女神》确定了他的叙事方式，1985年马原的《冈底斯的诱惑》表明他的叙事圈套已经圆熟，那时正是“寻根”酝酿迷醉高潮的时候。直到马原连续抛出《虚构》、《错误》、《叠纸鹞的三种方法》、《阅读大师》等作品，人们才不约而同在1987年疲乏的岁月里抓住马原抛出的阿里阿德涅线头，这根线把人们从“寻根”的精神深度中引导出来，但是，不幸的是又把人们引进了另一个迷宫——叙事的方法论迷宫。当然，马原作为一个契机，作为一个转折标志，他不过是及时切合了历史的需要，更何况这种“切合”是在几年以后才充分为人们所意识到的呢？历史选中马原，这是马原的侥幸，却未必是历史的幸运。

正如1976年标志中国的“伟大”转折一样，1987年在文化上预示了另一种转折。在政治、经济和日常生活中的改变难以详述，但是在精神方面的变化却是简明扼要的，人们已经不需要任何精神上的超越性信念，精神的深度已经在当代文学中彻底被抛弃。现在，精神世界成为一片不毛之地，莫言笔下的“红高粱”被张艺谋的“情欲”重新燃烧一遍之后，所谓自然生命的底气也耗尽了。然而，对于马原，这是一块理想的地盘，他可以无所顾忌地玩“叙事圈套”的游戏。

马原一方面专注于他的“叙事圈套”，另一方面用大量的稀奇古怪的经验来填充他的圈套。这样，在马原的叙述与他的“经验”之间存在一个无法跨越的沟壑。传统小说的叙述力图全身心投入到那个“经验”中去，而马原的叙述则解除了任何对叙述的“人生经验”的情感态度，在“叙述”与“生存状态”之间存在冷漠的隔阂。当马原叙述起那些类似死亡的惨痛人生时，他那种专注于叙述圈套的态度与拒绝投入生存状态的姿态形成尖锐的对比，这种对比在马原津津有味地叙述那些惨死、天葬、麻风病、乱伦的具体场面时，必须演变为“残酷”。“演变”有如“埃舍尔怪圈”似的递增：马原愈是专注于他的叙述方式，他叙述的“生存状态”也更加细致，“更加细致”的生存状态却使叙述态度更加冷漠，回到叙述方式的叙事变成对人类生存的残酷玩味，这就是——创作主体的苦难意识的“残酷化”。

不管洪峰是否是马原的追随者，在这一意义上洪峰紧步马原的后尘。洪峰的《奔丧》很容易被人当作加缪《局外人》的翻版，事实上，它们表达了很不相同的意义。加缪力图表达的是人与他的生存世界的彻底异化，莫尔索对母亲死去和自己面临死亡的淡漠，表明了现代人与他人、人与自我所产生的严重的分离，人被抛到这个世界上，无依无靠，一个绝对孤立的自我成为生存可怕、虚无的牺牲品。加缪在这里表达了对现代异化社会的抗议。如果把《奔丧》看成《局外人》的中国写本的话，洪峰也只是扮演了一个嘲弄生活世界的“神圣性”的局外人。洪峰勇敢地亵渎“敬祖”、“宗孝”的传统价值观念，非常细致因此也就非常冷漠地叙述了“我爹”丧事的场面，洪峰能够把那些丑陋的细节冷静地叙述出来，足以表明叙述意识里的残酷本性。人生的那些苦难悲恸变得毫无意义，因为生存本身毫无价值可言，所谓“不幸”完全是人的意识自以为是的东西，“苦难”被击碎之后，变成一连串滑稽可笑的怪诞之举。洪峰后来在《瀚海》里像莫言那样“寻根”，他把莫言的那种对生命的自然崇拜转变为弗洛伊德的“泛性主义”，因此，毫不奇怪，那些粗野而苦难的生活被充当富有生命强力的证明而得到赞赏。“我”姥爷扑上去摁住“我”姥姥在柴火堆上就成了事，“我”爷爷误入窑子却拐走“我”奶奶。对性意识的发掘褪尽了生存的苦难色彩，洪峰平心静气、超然物外地观赏一代一代繁衍生息的“进化”故事。至于那个花痴大哥，叙述人竟然玩味了他的一生，那极其丑恶而痛苦的一生却再次证明了洪峰作为一个叙述人的坚强沉着。尽管叙述人声称，“这是真实的，是十分龌龊的甚至令人痛苦的真实”，把生存的痛苦加以龌龊的审视那就更加残忍了。

与洪峰那种亵渎性的“残忍”不同，苏童的“残酷”从他那抒发的诗性想象里透示出来。苏童的《一九三四年的逃亡》写了“我”祖上传奇般的历史，不管是陈宝年和蒋氏，还是狗崽和环子，他们的命运都出奇地悲惨。苏童对那些苦难悲惨的人生历史给予极为出色的描述，这多半来自他在叙述中时时捕捉住的那些诗性感悟。确实，你在钦佩苏童精彩绝伦的想象的时候，你也不得不为他面对那样“苦难”的生存而能获取如此奇妙的感觉而吃惊。此时的苏童对所谓人类真实的处境没有兴趣，他关注的只是那些处于困境中的人的生存关闭状态突然敞开迸发出的诗意火花，这些火花竟然使得所有的生存苦难变得异常美丽。苏童观照苦难就像陈文治目睹女人的分娩一样：“蒋氏干瘦发黑的胴体在诞生生命的前后变得丰硕美丽，像一株被日光放大的野菊花尽情燃烧。”

所有这些“残酷”都是从叙事方法转换而间接产生的：马原的“残酷”是他叙事圈套的副产品，洪峰的“残酷”是他亵渎的副产品，而苏童的“残酷”则是他的诗性的副产品，只有余华的“残酷”是直接从他那特有的冷漠叙述里赤裸裸显示出来的。余华残酷地抓到那些残酷的事实，然后不动声色，冷漠而细致地叙述。他使你觉得他的叙述与他抓住的事实之间散发着一股股发霉的死亡气息，而他那超距的客观叙述使你分明感觉到余华在一旁嘶哑着嗓子冷森森惨笑。他的《世事如烟》有如一座地狱，鬼气逼人，每个人一只脚都踩在死亡线上然后突然“消失”；他的《难逃劫数》是阴谋、情欲、凶杀混为一体的杰出的大杂烩；他在《河边的错误》再次大开杀戒，而且用一把粗陋不堪的柴刀。……余华对这些事件的过程叙述得非常细致，并且沉着冷静地把那些微妙的转折程序都叙述出来，那些可怖的耸人听闻的事件竟然不可思议地与余华那超然物外的“叙述语感”水乳交融结成和谐的统一体，这是迄今为止当代作家没有能与之媲美的地方。余华对“死亡”的特殊爱好，为他的“残酷”提供了充足的来源，并且成为他的“残酷”的不可磨灭的证明。

“苦难意识”是一种奢侈品，那是现代主义面对历史、面对整个文明、面对人类的生存才拥有的生存态度，才领会到的存在深度。现在，对于中国当代的先锋派来说，在他们的面前文明已经崩溃，在他们的背后“人类”也已萎缩，他们不是“创作主体”——“主体”这一观念已经随同往日的信念和价值一道死去，他们只是孤零零的写作者。他们不想也不必要去追随文明的或人类的精神灾难，相反，他们更乐于玩味这个世界。加缪是作为整个人类的代言人，作为文明的抗议者——一个潜在的超越的局外主体写了“局外人”；而先锋派则是作为文明的“承受者”来写人类蒙受的灾难、文明陷入的种种危机。他们就生活在这个世界之中，超越是不可能的，生活世界的“不完整性”就是生活的本来状态，就是生活只能如此的现在时态。因此，他们可以随意掬起一把生活的碎片，在正午的阳光下玩赏那一圈圈的紫色光芒。他们那种冷漠的超距叙述，一方面当然来自他们游戏人生的实验态度，另一方面也要归结于现实的生活失却了苦难的悲剧素质。人类的苦难历程随同文学的、永恒的深度精神的终结而完结，人生不再悲壮也不特别有意义，文学不再关心生活世界的价值，也不关心自身的意义，它把生活击碎然后把玩碎片，它不“残酷”才奇怪呢。

二、错位的游戏：孤独感的娱乐化

“孤独感”是现代主义的基本生存态度，是“苦难意识”采取的个人化形式。现代主义把19世纪“浪漫派”崇尚自我的精神追求推到极端状态，把个人放置到整个社会和历史的对立位置上，因此，“孤独的个人”是个体向社会夺回完整性存在的体验方式，也是获取存在内化深度的必要途径。

卡夫卡作为现代最痛苦从而也是最孤独的艺术家，他清醒地意识到他自己只是过去时代的幽灵。他面临的主要难题是发现特殊在一般之中、个人在整体之中的插入点，揭示每个人的唯一使命和他在社团里的真正位置。然而卡夫卡内心始终经历着孤立无援的绝望时刻：“在世界的茫茫空虚之中向谁呼吁?”卡夫夫卡唯一信任的就是最彻底个性化的内心体验：“一旦最抑制不了的信仰的个性化成为可能——任何人都不再消灭、都不再允许消灭这种可能性，也就是坟墓打开的时候——弥赛亚便会到来。”这也许就是卡夫卡坚信的基督教的全部学说，无论是现在对应该被仿效的榜样、一种个性化的榜样的论证，还是对在个人内心复活中介的论证都是如此。

对于整个西方世界来说，基督教为人类提供了一种全体沟通内心里程的信仰方式，人与上帝对话也就是与最深刻的自我、与他人、与全体人类对话。现在上帝死了，人的内心变得无比空虚，世界不再是心灵畅通无阻的空间、人与人推动沟通的途径。人现在生活在一种持久的紧张状态里，生活在焦虑和恐惧之中；人现在唯有期待经历着孤独和无依无靠的时刻，从而通过人类中不可摧毁的东西来团结人类的真正的一致。然而达到这种联系的道路漫无尽头，而且在长时间里人是孤苦伶仃的。因此，现代艺术家如同卡夫卡一样，坚信艺术的使命是把孤独的和必死的一切引向无限的生活，在最个人化的内心体验里，揭示隐蔽的梦想、哲学或宗教的观念，以及超越它们的愿望。

这种"孤独感"曾经一度是当代中国的"现代派"寻找的主题。如果说舒婷和顾城慨叹的个人情感的忧伤还只限于重温古典浪漫情调的话，那么北岛则是第一个持有进入个体存在的孤独感寻找超越性的信念的人，他期待"通向那最孤独的去处"。但是北岛的感情过于激越而抽象，他太注重对世界的怀疑和批判，尽管他声称："在没有英雄的年代，我只想做一个普通人"。北岛的"个人"怀抱坚定而空洞的信念，这使他的"孤独"仅仅是理论的期待，并没有在个人的内心生活体验中扎下根。在新时期的小说里，慨叹"孤独"成为一种对"现代意识"追求的时髦证明。张辛欣大多数的作品描写人与人之间难以理解的状况，从而镀上一层孤独感的忧郁色彩。而她的《在同一地平线上》却试图在人与人、人与社会的对抗中寻找现代意识的精神内涵。张辛欣把那个"孟加拉虎"塑造成一个开拓型的人物，人要实现自我，首先就要变得孤独，孤独是残忍本性的必要框架，张辛欣赋予"孤独"以一种攻击的人性，"孤独"反倒是生存有力量的证明。很显然，这是 20 世纪 80 年代初期人们对个性和自我所能得到的想象性满足。张承志作为一个作家可能是一个很真实的孤独者，他也总是设法把他的孤独情绪投射到作品的主角身上去。但是，由于这种"投射"携带了过于充沛的热情，并且夹杂了明显的英雄主义理念，这使得他作品中的那个"孤独者"即使在经历内心最寂寞的时刻，也依然无比充实和自信。因此，在张承志的《北方的河》里，个人奋斗的历程与大自然的生命韵律，与民族历史的底蕴达到和谐的统一；即使像《黄泥小屋》里的苏尕三，经过生活的磨难，最后也领着自己心爱的女人自由自在地步向苍莽的大山；他的《黑骏马》似乎在寻找丢失的过去，但是张承志总是让他的人物在内心深化的时刻，突然转向不可摧毁的信仰。张承志最后在《金牧场》里用他那企望沟通历史、沟通民族、沟通人类的情感，证明了他确实是当代理想阵地中唯一幸存的“孤独者”。

刘索拉和徐星在叙事方法方面模仿海勒、贝娄、塞林格，但是，他们表达的“现代主义意识”却更值得怀疑。刘索拉的《你别无选择》、徐星的《无主题变奏》里的人物，自我感觉都过分良好，每个人性格饱满而有特色，与其说他们与生活格格不入，不如说他们是生活强有力的角逐者。不用说刘索拉的那一群大学才子，就是徐星的那个没有出息的“我”，其实都处处显得超凡脱俗，出类拔萃。“我”恰恰是在维护孤独的自我时才与社会、与他人产生冲突，“孤独”竟然是一连串积极夺取自我本质的行动的最后成果，这绝对不是什么“多余人”或“局外人”，这是 1985 年人们对寻找自我和个性所寄予的最高期望和最极端的方式。刘索拉后来在《蓝天绿海》和《寻找歌王》里再三慨叹她的“孤独”，听起来像是在炫耀什么贵重的首饰一样。她的“孤独”令人不可企及，具有准贵族的“无聊”和故作姿态的虚假。刘索拉像流星一样消失，文坛关于“现代派”的梦想迅速破灭。

现代主义对于当代中国在很大程度上仅仅只是理论的梦想，现代主义作为历史地形成的文明的或文化的成果，它不可能以技术转让的方式在另一个地域生长。像“孤独感”这样的生存意识，它是非常个人化的内心经验，但又是以社会文化提供的广博丰沃的土地为扎根条件的。我们对现代主义意识的设想过分注重现在的理论范畴和容易识别的表现形式，而没有抓住更为实质的生存态度和状况。正因为此，残雪的那种更为深邃的内心“孤独”，并未刺激批评家们的“现代意识”，也没有引起广泛的社会反响。也许残雪是当代唯一真实的“现代派”作家，因为她不是从理论上或观念上来搜取“现代意识”，她从尽可能真实的生存中去体验。残雪的内心世界过于阴郁，近乎卡夫卡式的眼光看透了生活赤裸裸的丑恶。残雪是一个孤独的“窥视者”。她只窥视自己的内心世界，她把那些精神分裂的碎片反复审视，她发现那里面只包含一个“无”，一个可怕的虚无。残雪笔下的人是真正隔膜开来的“孤独者”，尽管他们总是互相“窥视”。越“窥视”就越“孤独”,“窥视”是仇恨的发泄又是仇恨的发现，这是永无止境的病态循环的怪圈。残雪沉迷于病态的“孤独”里难以自拔，这使她的内心世界向外界彻底封闭，这对于批评家无疑是个黑色的诱惑，当然人们宁可浅尝辄止。残雪对于这个时代、对于这种文化，注定是个“孤独者”。张承志是因为过分热情拥抱世界，而世界逃避了他；残雪则冷冷地看着这个世界，她逃离了世界。作为我们时代唯一真实的“孤独者”，残雪如愿以偿。

新时期前期的那种“孤独感”，准确地说来，是对现代主义观念的朦胧追寻与时代对个性和自我的需求心理混合的产物。因此，它既带有启蒙主义的理性力量，也抹不去浪漫主义的感伤情调，而其中的“现代意识”不过是对当代生活的某种敏感性领悟而已。时代对自我和个性的要求，本身就表明“自我意识”的匮乏。当然，自我对“孤独感”的心理体验也不可能找到扎根的基础。因此，单向性的（观念性的）“孤独意识”随同时代信念失落而迅速演变为自我的“寂灭”是理所当然的。“新时期”创立的“主体性”思想不只是作为一个理论范畴表达时代对自我和个性的人道主义信念追求所能达到的高度，同时表明当代思想的自觉意识所能达到的最后限度。“主体性”不能只是思想进行的理论祈求，它必然要变成生活的活生生状态的实际索取。理论从来不是被“理论”驳倒的，但它肯定是被现实摧毁的。现在，更年轻的思想敏感者已经意识到个人及其自我在时代生活中的实际消解，自我不再是拯救群体的前提条件，自我就是一个无足轻重的角色，既无力与大众（社会）对抗，也不能与群体沟通起来。自我（个人）既然“不是什么”，那么，自我也就真正丧失了，自我的“寂灭”是时代信念失落的直接结果还是直接原因，这是难以区别的。总之，自我成为一个精神的漂流物，它只能沉浮于没有信仰和价值取向的文明的表层。因此，先锋派小说家和诗人都大胆地把神圣的“孤独感”推到“娱乐化”的局面中去，把自我连同“孤独”彻底捣成娱乐性的生活碎片。这倒是非常接近后现代主义的生活态度和艺术方式的。美国战后的实验小说常常把人物性格的破碎和叙述的破碎当作减少焦虑的手段，巴塞尔姆关于“只信任片断”的说法和品钦关于“强制性的自我错位”的倡议，其目的在于利用分裂和异化来抵御对抗的痛苦。约翰·巴斯则把对“自我本质”的关心，把现代主义关于“我们是谁、是干什么的”的探索变成纯粹的娱乐。巴斯故意把个性讽刺地描述为一系列可移动的木块及暂时的结构。——按照约瑟芬·韩丁的看法，出现在许多小说中的能随意变换角色的人物，并不是那种不按传统主角品格塑造的反英雄，而是一个歪斜的"完人"，一个抗震的人。

先锋派小说虽然并未在明确的生存论观念方面反抗现代主义关于"人能创造自身"和"人是自己各种选择的总和"的设想，但是，选择的叙事方式实际上摧毁了新时期关于"人是主体"以及"人具有确定的本质和价值"的现代神话。先锋小说把"孤独感"的心理体验方式推演为自我连续分裂的碎片、相互角逐的拼贴游戏，人物性格可以在他的那部分中找到逃避整体的地方。

格非的《褐色鸟群》是一部怀疑主义的作品，他把每个人的生存状况都推到可疑的境地，他把"回忆"这种生存方式加以不确定的重复性叙述方法的伪装，所有的存在都被弄得似是而非。"我"这个与世隔绝的蛰居者，这个没有空间和时间的隐形人，当然是一个彻头彻尾的"孤独者"。"我"期待候鸟出现，又担忧这些褐色的鸟群会把时间带来。显然，"时间"成为"我"这个孤独者唯一存在的证明。但是，格非无意于让蛰居者陷入那种孤立无援的绝望体验，这个忧心忡忡的"时间"看客陷入"回忆"之中：他向那个似是而非的"棋"叙述他和"女人"的似是而非的故事。格非解除了真实与幻觉、可能与现实之间的界线，存在的确实性受到严重怀疑。一切存在被推入时间的川流就成为消逝的过去，存在因为时间而变得难以确定。因此"自我"的由来及其处境也变得不可辨认。这个蛰居者通过"回忆"，结果推翻了他的历史。那个"女人"，那个"棋"，存在还是不存在，她们都是"我"的本质展开的结构，都是"我"的存在肢解开来的碎片，现在，这一切竟然统一不起来，萨特所期待的"总和"无法实现。格非把一个孤独的蛰居者当作无比空洞的"自我"来处理，他把存在的孤独分解为一系列根本不存在的"事实"，对"孤独感"的体验不过是一段奇思怪想的品味观赏，是一次假想的浪漫奇遇，甚至是一次卖弄智力或技巧的叙述游戏。

潘军的《南方的情绪》（1988）当然不是关于"孤独"主题的故事，但是潘军又确实写了一个孤零零的"我"，生活在危机四伏的阴谋之中。去蓝堡的冒险旅行很像一次侦探行动，充满神秘的诱惑。潘军把侦探小说的习惯情节模式挪用过来，但是他把主角彻底改造为一个没有任何自卫能力的多疑症患者，这使他的探险活动变成一次对自我和周围存在世界的怀疑分析。"孤独"和"自我"仅仅作为一个前提，作为潜台词起到动机的作用，叙事过程则是“我”对周围世界充满敌意的猜测。加缪的那个“局外人”现在转变成对世界的病态的过分关注；“我”如惊弓之鸟一般生活于妄想之中，到处都潜伏着迫害“我”的阴谋。卡夫卡的那个异化的“孤独者”不再怀着恐惧窥视对立面的世界，“我”勇敢地踩进这个敌对的危险世界。潘军把幻想的自我拆解为一系列虚构的冒险行为，“虚构”对于“我”而言当然是妄想的行为，但对于“自我意识”来说，却无疑是一场毫无必要的愚弄游戏。不管潘军有意还是无意，这个孤独无援的自我，这个时刻感受着生存危机压迫的自我，却经历了生活中许多奇妙而精彩的场面，潘军把对生存的玄想变成幻觉与推理、阴谋与冒险、自虐与欺诈混为一体的行动乐趣，这个揭露生活阴谋的侦探角色，实际却是一个忙于逃难的妄想狂，这是对自我以及自我对生活的双重嘲弄。

苏童的《平静如水》（1988）看上去写了一个孤独者的生活漫游，雷鸟这个在物质上无依无靠、在精神上没有着落的流浪汉，他拥有堕落文人的所有拙劣品格。显然，叙述人“我”对他所有的作为给予平静的宽容，这种宽容既不是出于理解，也不是出于同情，这是一种对生活的“不完整性”认同式的宽恕。苏童用破碎的拼贴叙述完成了一次生活破碎的重新组装，人与人之间的对立隔膜乃至互相欺骗愚弄都不再是可怕的和不可克服的，苏童把生活变成一些残缺的“叙述碎片”，生活本身就是捣毁自我的游戏，或者说是自我瓦解生活的游戏，但是“叙述”却又是对这场游戏的复制游戏。

很显然，不管是先锋小说还是“新生代”诗歌，在对现实或对他人进行嘲弄的同时，也彻底嘲弄了自己，自我与生活抗争的虚假性获得喜剧性的解决。嘲弄表达人与外界的冲突，并且重新编排了这种冲突，对抗的冲击力被压抑到感情的水平线以下，矛盾仅仅成为观念性颠覆的一部分。个人与外部世界的对抗，即使在现代主义那里，依然背靠着人类的阴影，现在个体真正还原为个人，双方获得了同等重量。强与弱、善与恶、真与伪、受害者与迫害者之间的识别界线被消解之后，个人遭遇的挫败的最后价值判断也无从判定。生存的方式与其说可以轻易改变，不如说生存的状态从来就没有稳定过。个人唯有认同现实才是保持住当下存在的暂时确实性的唯一方式，在这样的意义上，孤独感的娱乐化，可能是消除生活的虚假性的先验设想的真实手段。

三、反抗与认同：荒诞感的诗性化

人类苦难的蔓延终至于把个人推到世界存在的极端领地，人陷入孤立无援中才真正意识到世界是如此陌生，一切都变得不可思议的荒诞。现代主义对人类生存的苦难处境的追踪，在极端化的处境里彻底展开存在的荒诞性，这是现代主义“反抗”主题的另一种形式的延伸。加缪作为“荒诞”思想最权威的解释者，他归结出“荒诞”的四种含义：

（1）许多人生活的机械性可能引起他们怀疑自己存在的价值和目的，这暗示了荒诞。

（2）强烈的时间流逝感，或承认时间是一种毁灭力量。

（3）一种被遗留在异域世界的感觉。

（4）与他人的隔离感。

加缪在《西西弗斯的神话》里解释说，荒诞感是从对一种行为状态和某种现实、一个行动和超越这个行动的世界所进行的比较中爆发出来的。荒诞从根本上讲是一种离异。它不栖身于被比较的诸成分中的任何一个之中，它只产生与被比较成分之间的较量。总之，荒诞在加缪那里，是人对世界关系的意识，是人对自我处境的意识，而意识的标志是“反抗”，在反抗荒诞的行动里加缪试图看到生存的永恒性和不可摧毁的伟大。

新时期的“现代派”文学对“荒诞”的意识，来自对西方现代主义的观念性模拟。荒诞主题被处理为对生活异化的直接反抗，并且向着绝望或痛苦无可逆转地推进。很显然，那种“痛苦”或“绝望”并不是生存的终极性体验，荒诞也就不可能是生活敞开时刻的感悟。刘索拉在《蓝天绿海》和《寻找歌王》中，试图表达对荒诞感的体味。但是刘索拉并没有捕捉到生活自发的变形，而是热衷于显示那种人为的扭曲形式，“荒诞感”作为一种信手拈来的观念粘贴在孤独和空虚的生活表层。徐星在《无主题变奏》里，“黑色幽默”的伪造与自我本质确定形成的证明产生矛盾，荒诞感不是扎根于生存本身，而只是发生在对生活反抗的意识之中。由于“反抗”的虚假性，荒诞也并不实际存在。荒诞是一种进入生存的实在的感情方式，而不是观念夺取的产品。刘索拉和徐星对荒诞主题的触及虽然是初步的观念模拟，但开启了“荒诞意识”作为一个现代主义的主题进入当代文学的通道。

残雪把荒诞的存在作为生活的原生态加以把握表现，她的世界被先验地规定为荒诞的世界。荒诞在残雪那里被当作梦幻的形式来体验，因此，生活的原生态对于残雪来说实际是被体验过的梦幻境界。《山上的小屋》展示的世界都被不可思议地扭曲了，你难以判断叙述与生活的分界标准，残雪混同了梦境与现实的标志，她从现实直接走入梦境，而梦境可以随意向现实转化。连接的根本纽带在于先验的荒诞性。《山上的小屋》把个人寂寞的内心世界与人、人与外部世界的关系绝对对立起来，于是残雪选择“窥视”这一方式。这个怪异的人与人之间迫害虐待的生活世界都转化为“窥视者”的视听幻觉，存在的荒诞形式与心理体验方式契合一致，“荒诞”变得无比自由而任意。《苍老的浮云》里，虚汝华置身于一个危险的荒诞世界。世界荒诞根源于人性的荒诞，残雪由此触及“荒诞”作为存在的不可克服的本质的根源。这里面的人物全都变态，人性被扭曲为病态的类型，人与人的生存关系陷入攻击与逃避、报复与压抑、扩张与屈服等敌对网络。生存是如此之残酷，它就是一系列迫害与被迫害的惯性连锁式反应。残雪把生存的残酷性和敌对性推到极端，生活一旦投入到“他者”中去，立即就产生荒诞的变形。《公牛》把日常生活琐事加以病态的夸张，人的行为呈神经质的块状分裂，“我”为公牛的那道虚幻的紫光所诱惑，老关则为龋牙所困扰。残雪的人物总是为性的压抑产生的超越性升华而进入更加荒诞的世界，超越的不可能性是荒诞的不可抗拒的来源。因此，残雪的“荒诞”主题是生活不可抗拒的异化主题的延伸。日常生活在残雪那里意味着性压抑的所有异化转化形式，残雪的异化是不可复归的，它从人性一直深入到性，再从性转移到整个文明的压抑形式中去。总之，残雪把荒诞主题加以弗洛伊德的泛性主义的潜在改造，解释了荒诞的根源，这个根源是如此“根深蒂固”，以至于残雪把人对“荒诞”的反抗处理为更加绝望的逃避，“苍老的浮云”无处着落，“山上的小屋”则是一个根本不存在的归宿。

北村的《谐振》把荒诞的存在还原到生活世界的具体情态中去，残雪的荒诞感向着虚幻的世界极端推进，北村的荒诞感却是在生活的具体情境里爆发，在真实与虚构之间摇摆。显然，北村的叙述有意造成真实与虚构之间的错位：“这绝对不是一个故事，至少不可信。”这个推论语式有意破坏逻辑前提，把存在的真实性法则交付给主观判断的“可信”与“不可信”，这样，存在的情态可以自由变更。北村感兴趣的显然在于叙述时的具体情态发生变异的主观反应或者角色主体的感应：“沉重的行李令他产生一种向前俯冲的力量”，北村在这里开始预示荒诞的存在由悲剧的主题向着喜剧风格转变的后现代主义趋势。

北村揭示了制度化的生活对人的压迫。制度是生活的异化形式。在这个秩序井然的地震局里，每个人事实上都具有神经质的乖戾。北村的叙述着力去捕捉住荒诞中的反讽意味，他把那些荒诞的行为当作日常平实的“本来”生活来陈述，恰恰在人们非常严肃认真地对待荒诞事态时，那种嘲弄的反讽效果就从这种不协调的情感冲突里产生，当“他”对主任说守门的老头像盘问小偷一样盘问他时：

> 主任的脸上立即布满乌云：“你怎么能够这样说一个老同志呢？啊？怎么能够这样呢？人家是精神病患者，你又不是精神病，怎么能这样呢？不好。”

主任行为意愿与方式产生矛盾，动机与结果的反差使主任宽仁为怀的教训变成滑稽可笑的表演。北村的反讽促使人物自以为是的行动成为进入特定表演情境的活动，人物对自身处境的意识被剥夺了，人物在扮演一种角色而全然不知，自我意识与实际效果截然对立。叙述人认可主任自以为是慈祥的长者和宽仁的领导，而主任行动的结果恰恰表明他的狭隘、自私和愚昧。叙述人的观点有意与人物的实际行动产生的严重反差，促使人物的行为成为进入荒诞情境的表演性活动。当然，北村的《谐振》包含瓦解意识形态的主题思想，但我认为北村发掘荒诞性的存在状况中的喜剧特质的叙述方式，同样包含一种新的世界观。“荒诞”不是作为人类蒙受的不可解救的苦难和异化主题来处理，荒诞本身具有的喜剧特质使之获得诗性的转化。既然荒诞是不可克服的，苦难是无穷无尽的，那么便把荒诞还原为生活的本来存在因此显示存在的“生动性”。很显然，“生动性”正表明生活的无意义和无价值，生活的神圣性被摧毁了，生活正是在荒诞的瞬间变成一次纯粹的娱乐。荒诞的“诗性化”是瓦解生活的一种方式，这是终极价值和绝对意义丧失之后，人们对待生活的“不完整性”的认同态度。

当然，对于北村来说，在他的叙述观念里并没有明确排除反抗荒诞的设想，他把瓦解意识形态的方式依然当作观念的命题来对待。因此，在《谐振》里，他不能始终保持那种“荒诞”的反讽化，在荒诞向着反抗的主题进化的路途中，诗性的趣味也随之递减。大楼崩塌构成的深度象征隐义与反讽的叙述方式并不协调，那种深度意义模式反倒把喜剧风格压垮了。但是，不管如何，北村毕竟触及了这样一种叙述方式以及由此预示的后现代主义的生存态度。这种叙述方式表明“先锋派”文学反抗意识形态主体中心化的一种消解策略，反抗的思想意向被叙述方式的操作规程替代。荒诞感的诗性化把荒诞的苦难意识冲淡，而去发掘荒诞的存在情态中的有意味的因素，加以诗性的描述。非常典型的是吕新后来在《葵花》中所作的那些诗性阐发。吕新的感悟都是把那些具体的生活情境加以荒诞化的夸张。那种诗性的描述与这种事件本身的常规性质构成荒诞性的反差对比。吕新的叙述因此经常在瞬间突然敞开，获得某种空旷而虚无的意味。北村的“荒诞”被加以反讽的利用，那是由叙述意念与人物的行为之间的种类造成的；而吕新则是把人物的行为加以叙述意念的改造，叙述人进入人物的具体情境加以夸大的催化，那些不可思议的荒诞情境却获得诗性化的存在。

“荒诞性存在”在孙甘露那里成为语言诗性碰撞的不尽来源。荒诞感触发的乖戾奇妙的想象为能指词的连锁反应提示自由播散的广阔空间，孙甘露的特点在于把荒诞感转变为诗性化语言的自律反应。在残雪那里，荒诞感作为生活世界的原生态，它是不可克服与战胜的存在；而在孙甘露这里，荒诞感作为语言的原生态，它既没有动机，也没有目的，它处于语言自律运动的失控状态。残雪的荒诞是隐含在叙述动机里的先验观念；孙甘露的荒诞感反倒是语言自律碰撞的副产品，它是语言被迫采取的异化存在形式。孙甘露在《我是少年酒坛子》里，叙述了一段荒诞而有诗意的随想。孙甘露的人物因为要成为语言的原材料而变得神经兮兮，他的那些事件要受语言的荒诞性驱使而播散，当然荒诞不经。不管是那位表情忧郁体力充沛写哀怨故事的来自北方的诗人，还是那些生就一副骇人的容貌长相如同鸵鸟的掌柜，都被叙述驱赶入荒诞的状况。当然，孙甘露在这篇小说里还关注存在状态的自为荒诞性，人物的行为及其所有相互关联的活动，都具有客观形态的荒诞性，细节的场面都可以向客观存在还原。

在《信使之函》中，荒诞完全完成语言自发反应的语式结构，孙甘露完全不注意语词的所指可能指称什么样的世界，他只是在能指与所指之间的平面联系网络里追踪语词相关联的荒诞性。“信是……”的判断语式最大限度利用了语义的模糊值，消解事物可以被语言确定“意义”的任何幻想，因此，《信使之函》无所顾忌地把语言的原生态推到极端。这个对于上帝来说根本不存在的“耳语城”，恰好满足了孙甘露醉心的荒诞不经的想象，耳语城不过是信的隐含、信的象征空间，是信展开的语言平面。耳语城的人生活在甜美的时光片断里，孙甘露乐于把荒诞的存在状况当作诗意来刻画：

> 他们热切的嘴唇以一个充满期待的姿态微张着，那迷惘的神态似乎是一种劝喻，又像是在暗示他们正穿行在自我迷恋的梦幻中。他们的恒定历史以轮廓般的简练扫过他们火焰般抑或茅草般的头发，轻易地洞穿他们的躯壳，时时骚扰他们的灵魂。他们凄惘的目光在黯然无语中凝视信使梦游般的浮想。

很显然，这里产生的荒诞感来自语词自由组合对常规语义逻辑的破坏，语词被重新编码之后失去了还原的客观有效性，语词在操作过程中解除及物世界。孙甘露专注于能指词的不规则操作，语词相互连接造成不协调的冲突，这种冲突使语义值荒诞，却又总是散发一种不可言喻的诗性魅力，“诗性的荒诞”作为驱动语词自律运作的原动力而获得绝对的存在。

王蒙的小说虽然难以归为实验性的作品，但是他把“荒诞感”作为修辞策略来运用，无疑是叙述方式的革新。王蒙之所以能在语义、语法、语式方面胆大妄为，解放思想，根源在于王蒙把语词推向荒诞的境地，沉溺于语词的自我辨析、比较、重叠、冲突、悖反的追踪游戏，每个语词因此拥有不可动摇的超然，却又面临被摧毁的危险。王蒙的小说，例如《来劲》、《球星奇遇记》、《十字架上》、《一嚏千娇》、《要字 8679 号》，那种荒诞感与其说是语言修辞策略的产物，不如说是语词舞蹈的一个自由空间。王蒙经常不顾及所指与实际指称对象的联系，而迈入语言的迷宫左冲右撞，恰恰是在那些语词进入一片混乱的境地时，王蒙的修辞策略迈入荒诞的领地，因此也最大限度地揭示人物或事件的荒诞性。王蒙的幽默、嘲弄和洒脱应该归功于荒诞的修辞策略改造，王蒙有意为之的油滑、饶舌和累赘不过是荒诞感过分向着语言的实验方向倾斜。孙甘露的荒诞感超然于语词而获得形而上的存在方式，王蒙的语词因为经常返回到及物世界而更多日常性的欢乐，这与其说是王蒙的修辞策略的成功，不如说是王蒙智商高妙左右逢源而意外得到的副产品。

事实上，“新生代”诗歌对荒诞感的玩味比小说要更普遍，当然诗性特征也更明显。“新生代”的诗人角色完全还原为平民化的个人。他们对现实的种种不满和失意都转化为无可奈何的自我嘲弄。作为批判现实和寻求历史信念的一代宏伟诗人已经夭折，他们更乐于寻求当下的快感。当诗歌真正个人化的时候，当诗歌反观着个人自我的种种挫败而并不心灰意冷时，当自我真正被瓦解成生活破碎的块状结构自由移动时，个人获取了无所期待的自由，荒诞向着诗性转化，为新生代诗人提供了保存自我的最后一块领地。

总之，绝对信念和终极价值一旦失落，反抗的主题失去任何依托的基地，“荒诞感”当然也就无法构成抗议人性异化和历史异化的生存化观念。现实的“不完整性”被人们认同之后，“荒诞感”恰当地为语词自律运作提供了娱乐的场所。当然，对于“先锋派”来说，认同“不完整性”更有可能造成对历史深度的厌倦和对“对抗”的怯懦，即使如此，“先锋派”以这样一种语言的操作行动为我们这个无可奈何的时代提供了替代性的感觉方式，这是值得庆幸的。

四、虚假的深度：神秘感的轻化

现代主义追求超越此在的存在，而“超越性”经常变成对不可知的“彼岸世界”的期待，永恒性的“超越”因此获得不可测定的深度性——神秘的伸越进向。“神秘”在现代主义那里成为替代宗教意识的某种观念性意向，这是基督教失落以后，寻找精神归宿的现代艺术最后残留的永远不可企及的希望之乡。叶芝在《驶向拜占庭》里，把异教思想与世俗永恒的苦难混杂在一起，神话经过来世学说的改造变成类似信仰的超越性观念，叶芝在寻找瞬间向永恒转化的神秘的存在意向。瓦雷里的《海滨墓园》是关于时间的永恒性的诗性思考，生与死被推到时间的神秘变化的边界，瓦雷里关于“转化”的思想无疑是一种神秘主义的设想。当然，象征主义、表现主义、超现实主义等流派都染上了神秘主义的暗疾，神秘主义在他们那里不过经常充当不可知的精神归宿而已。但是，在梅特林克那里，神秘主义是他期待的真正归宿。梅特林克的“寂静”是全部存在的场域，是生命潜流的源泉。只有寻找颤抖的手指去叩开“寂静”的深渊之门，才能倾听到上帝的神秘圣歌、灵魂和上帝的不祥沉默，永恒存在于天边的低语。总之，对于梅特林克来说，存在只有在神秘的“寂静”中才真正敞开。

前期“新时期”文学试图寻找历史和文化的隐涵，曾经以不同的方式切进神秘的深度——对历史和文化的发生论的不可知性的探索。这在张炜的《古船》的象征意味的神秘性可以看到；在宋渠、宋玮的《大佛》所作的关于时间永恒伸越的思索，以及对人类生存的终极价值的询问，那种宿命论无疑带有神秘的倾向。至于杨炼“夺取历史空间”的动机，最后变成进入历史深度空间而受到神秘的诱惑是一点都不奇怪的。从前期新潮文学的总体来看，因为没有真正进入无穷性的深度，因而没有植根于生存论的真正的神秘，神秘并没有和生存的终极归宿达到统一，神秘仅只是对历史和文化的探究最后遗留的一些不可知的观念或意识。

可以说前期新时期文学对“深度”的寻找还是出于对历史和文化隐涵探究的真实信念，只不过他们无法达到内在深度，那种神秘感因而缺乏生存论的根基。而对于“后新时期”来说，生存信念和终极价值已经不存在，并不是说作为写作个体的作家不真诚或不真实，而是说文明的信念和终极价值失去后，“深度”仅只能是一个虚假的幻觉。当然，从作品文本的审美构成来说，深度的“虚假”来自小说叙事的消解功能手段。也就是说，叙述意念假定某种深度意识，但是叙述方式却是在瓦解这个深度，观念在方法论的展开活动中被消解。因此，那种深度的“神秘”被瓦解为方法论的语言碎片；神秘随着深度的瓦解而漂浮于叙述之中——神秘被“轻化”了。

尽管马原的叙述圈套的发生意义是对当代“寻找”的神话的反动，马原的故事确实拒绝任何肯定的思想和观念。但是，马原却又试图用他的叙述圈套制造一种形而上的氛围。马原的叙述意念与叙述方式总是构成这样的悖论：叙述意念解除经验的因果联系以及经验背后的隐涵，但是叙述方式却要制造一种超然于经验之上的不可企及的“能”。马原一方面在叙述意念中确定“不可知论”，另一方面他运用叙述方式尝试冲进“不可知”的经验重围。马原的叙述方式缠绕着一层神秘的光圈，很显然，马原的神秘感不是来自对生存的深度本质的体验，恰恰是来自对这个不可企及的深度的反抗，马原的神秘感当然不是发生在“进入”存在的伸越进向里，而是产生于“回避或逃遁”中。因此，马原的叙述人总让人觉得在装神弄鬼。马原在《冈底斯的诱惑》（1985）里叙述了三个不相干的故事，但是在叙述过程中马原极力制造这三个故事是有内在相互联系的某种假象，显然，这种“联系”使人觉得其中隐含着某种不可知的秘密。马原的叙述过程总是制造错觉，他在描写“天葬”的时候先写到“死亡”，然后绕了一个圈子，使你觉得“天葬”是多么神秘。而事实上，马原并不直接进入叙述对象的“神秘”。他甚至对“对象”的具体存在都未必感兴趣，他只关注如何把对象叙述出来，结果“对象”已经被叙述方式消耗得差不多了。再如在《虚构》里马原在寻找一种进入不可知经验的方式，于是马原诡秘地来到“玛曲村”这个神秘的地方。显然，马原并不直接进入“玛曲村”的神秘，而是利用他在那些特定瞬间的独特经验，来制造不可知的神秘氛围。马原先叙述在山上与哑巴老人的奇遇，然后叙述和女人的交往。在这些叙述中马原捕捉那些“不可言喻”的经验时刻，它们不是存在本身，而是进入存在的方式。“玛曲村”是一个神秘的存在，但是关于这个地域的实际存在马原并不想进入，马原叙述了他进入的方式（而不是过程），他的叙述方式使“玛曲村”变得神秘，而不是玛曲村的实际存在特质的揭示才显示神秘。因此，马原的“神秘”最终总是随同故事的终结、随同解读的完结而结束。马原最后不过证明神秘并不存在，但是进入存在的方式可能神秘。

洪峰对形而上的思索有特殊爱好，马原的叙述意念拒绝“深度”，洪峰恰好相反，他在叙述意念里追踪形而上的深度。洪峰作为马原的追随者也是马原的反抗者，洪峰对马原的叙述方式既向往又不满，洪峰当然参透了马原叙述圈套玩弄的“神秘勾当”。洪峰面对的是马原，而马原曾经面对的是“寻找”的当代神话。因此，马原在叙述观念上拒绝“深度意识”，而洪峰在叙述意念上要确定某种形而上的思想意念。然而，但洪峰的叙述方式剔除了马原的那道神秘色彩，洪峰虽然也像马原那样绕来绕去，东拉西扯，但洪峰的叙述方式显得更为单纯，因为洪峰把马原在叙述圈套里辐射出的形而上意向移植到叙述意念里去。洪峰不管是在小说的题词，还是在叙述中的阐释，或者是谈论“创作经验”，总是力图表明他对形而上思想的追踪。恰恰因为洪峰把形而上的观念移植到叙述意念中“悬搁”起来——对于洪峰来说那是命定的（或先验的）观念，于是叙述方式则完全自由轻松，它不负载任何东西，它甚至是不顾及动机和目的的叙述操作，洪峰的叙述方式与叙述意念分离之后，凭借自发的机能运作，它在实际的过程中“消解”了叙述意念。

洪峰在《奔丧》里揭示出人的存在的陌生化状态。在加缪那里，人的精神漂流状态导向对社会和历史异化的抗议，对“局外”状态的反抗才是自我的觉醒。而洪峰显然拒绝人的自我意识重新建立，洪峰更乐于让个人为孤零零的自我，在彻底的“陌生化”中获得自由的超越。洪峰的叙述热衷于捕捉那些瞬间的经验，形成一种内在的反差冲突，他把“我”的那些陌生化的感觉和心态推到极端，叙述成为那些陌生化感觉的推演。“我”无法抗拒“陌生化”的存在力量，类似机器人的那种麻木实则把“我”推入无可解救的境地。这实在是一个无法解决的悖论：个人企望抗拒陌生化而获得自由的可能，这是一种生存的幻想，但是一个人试图在陌生化的状态中找到永久的归宿，个人的存在及其自由何从判断呢？不管如何，《奔丧》本身提示的悖论，洪峰的叙述意念恰当地销蚀于叙述方式的展开过程，因此，叙述意念几乎完全被叙述方式替代，意念与方式的冲突并不明显。

洪峰在《瀚海》（1987）里试图找到生命存在的隐秘根源，在荒原瀚海里生命与自然蛮力相混合，粗野而痛快。尽管洪峰对思想或理论之类的东西颇不以为然，但洪峰骨子里却对人类的“生”与“死”的探究无比迷恋，我相信洪峰在《瀚海》里不仅像莫言那样寻根，并且他要找到超越莫言的感性生命直观形式的神秘意义。只不过洪峰的叙述被弗洛伊德的泛性主义牵着走，他在试图阐释生命的内驱力的时候，顺便运用了弗氏的现成答案。也许生命的根源并不神秘，但是对于洪峰来说，神秘的不是生命“是怎样”，而是生命“是这样”。洪峰的“神秘”不如说是对“这样”的先验性怀疑，洪峰的“神秘”是一个预期的深度。而洪峰的叙述并不顾及他的那个“预期”的意指，《瀚海》在一系列生命偶发冲动的行为里，摧毁了关于生命根源的任何设想，洪峰叙述循着生命“就是这样”推进，它不会进入任何神秘的幽暗隧道。在《极地之侧》里，洪峰在叙述意念与叙述方式之间的矛盾制造得更为明显也更为直接。洪峰再次像个哲人一样引述了哲人的有关语录作为题记，我再次相信洪峰意欲探索生与死到宗教的或道德的形而上的期待。但是洪峰像马原那样玩弄叙述方式的时候，那种形而上的观念期待就自行消解了。《极地之侧》的叙述方式有意经常制造突然的中断，打破完整性和逻辑性，叙述在偶然的“短路”时刻随意生发，满洪峰乐于抓住一些细枝末节夸大其词，让那些毫不相干的事件侵入故事，故事如同一张破败的网，串通生活破裂的碎块。显然，洪峰的叙述方式本无可非议，但是，这种叙述方式表达了对生活“不完整”的认同，拒绝生活任何统一的可能性，它理所当然解除关于存在的“神秘”深度隐含的设想。

确实的，对于马原来说，他抛弃生存内在结构的理论设计，但是，马原进入叙述圈套又不由自主去探究生存到底“是怎样”，管马原是否愿意，他的叙述方式却要这样地操作，因此，“是怎样”不是一个先验的高度，但却是叙述方式的必然结果。洪峰总是试图先验地设定某种生存的隐秘意义，但是他的叙述方式却明白无误地敞开，生存就是“这样”。这使得洪峰设想的某种形而上隐涵成为一个没有结果的动机，生存的神秘感被瓦解为生活的偶发行动或者无法聚集的生活碎块状的暂时结构。事实上，对于“后新时期”众多的小说家来说，由于终极价值和绝对意义失落，生存的真实深度无法确立；因此，他们对生活内在的意义和永恒归宿并不真正关心，所有关于生存的形而上观念的设定都是一种先验的虚设。他们关于生存的“神秘感”只是叙述方式开展活动的借口，或者是叙述方式的某种阶级性的副产品。生存的“神秘”素质随着对生存终极性的怀疑和对生活现实状态的嘲弄和愚弄而消散。“神秘”不再是生存隐含的不可测定的内在深度，也不是生命期待无限切近而不可企及的永恒归宿，“神秘”如同叙述人的一副面具，或是叙述过程中散发出的诡秘气息——它是生存可以承受之轻。

无须再加解释，以上几方面互相联系，互相感应，相互转化，可能根源在于时代统一的终极信念失落之后，人们的精神隐入无处着落的危机。既然苦难不可怕，孤独也就成为自我嘲弄的娱乐，而生存在荒诞的世界里无比脆弱，存在关闭它残留的深度，散发出几缕神秘气息在废墟上飘摇——这既不是当代最美妙的图景，也不是最邪恶的面目，它是我们时代无法拒绝的极端存在。我无意于夸大当代小说（特别是“先锋小说”）所达到的历史高度，宁可认为这是在穷山恶水中的铤而走险的抉择。不管先锋们的实验与现实和整个文明多么不协调，甚至很有些虚假的乖戾和夸张，我依然不得不承认它们为我们这个饱受磨难的时代起到精神减压的作用。当代历史在很长一段时间内要在这样的幻觉中寻找“进步”的敏感性。没有动机，也没有归宿，这就是我们的现实。

第八章　暴力与游戏：无主体的话语

在走向生命的完满与终极的进程中，人类一直在设想某种“人类性”的东西，从而建构人类共同体——而上帝、真理、人性、语言等等就被赋予无限性的力量——它们不是人类造就的东西，而是造就人类的那种东西。很久以来，没有人怀疑过，那种“人类性”的东西的人为性。所谓“人类一致的声音”，话语的陈述主体在古代是神，在中世纪是上帝，只有在神或上帝的光辉照耀下，真理才会从语言中显露出它的本来面目。因此，毫不奇怪，在使人类成为人类的那种集合体中，上帝、语言、真理结合在一起，而“人类”从来都被抛到一边。

当文艺复兴时期的热情驱散了教会的阴影，近代的理性之光照彻了“人”这个大写的字母，近代以来的哲学成为关于“人”的学说。“人”不仅被看成是历史活动的主体，而且被看成是哲学思维的主体，哲学明确了它在理论上的出发点和最后目的。近代理性从笛卡尔的“我思”开始，经过一段历史行程的逻辑推演，到了海德格尔（和萨特）终于确定“我在”。语言、真理与人的重合，也就弥合了形而上学对“在场”的梦想的圆圈。一方面，以自由、平等、博爱构成的启蒙主义理想贯穿了近代以来的历史实践活动；另一方面，以自我意识为哲学思考的出发点构成现代哲学的基本范畴，它们共同确定了“人”在资产阶级幻想的现实革命和思想革命中的主体地位。“人”作为历史和理论的无可争议的主体，它既是各种话语的起源地，又是其永恒的目的——“人”构成了资产阶级现代性全部神话学说（意识形态）的出发点。

然而历史到后来不得不揭示这个事实：资产阶级对“人”的推崇不过是现代性意识形态的策略设计，对人的自由和自由人的需要无疑在客观上切合了现代资产阶级兴起时的生产方式，然而，正如过去不曾存在某种“人类性”的上帝一样，资产阶级的历史实践中也不存在某个“大写的人”。过去是上帝充当人类话语的陈述主体，现在不过是被抽象的人——这一意识形态的功能——充当话语的主体。因此，揭示出“人”在话语中的陈述位置与功能，是揭示这一时代话语特征的有效方式，当然也是揭示这一时代精神生产的有效方式。事实上，西方自第二次世界大战以后，文学上的后现代主义就一直在尝试一种无主体的话语表达方式；而哲学上的后结构主义（尤其是解构主义）则力图去揭示一种无主体的话语陈述方式。在某种意义上，这种理论上的反人道主义思潮是在为打破资产阶级关于人的神话，警戒问题的虚假性解决而做的努力。值得注意的是，当代中国的先锋小说也在尝试一种无主体的话语表达方式，而孙甘露以他极端的写作方式沉迷于符号界的语词游戏，这是写作上的放任自流，还是对当代生活的重新认同？先锋小说的这种写作方式——以它根本不同于西方后现代主义文化的意义——对那种关于“人”的夸大其辞的幻想至少是一种拒绝；然而因为其叙事上的极端方式，却又不得不被看成是一次误入歧途的实验。尽管如此，当代小说叙事的这种极端动向在提示文学写作的无限可能性的同时，预示了抵御当代精神危机的一种过渡性的替代方式。

本章并不打算全面讨论孙甘露的创作道路，而是把重点放在通过对孙甘露的叙事方法的分析上，透示出当代中国的先锋小说在叙事方法方面所达到的复杂程度，并且通过横向比较揭示后现代主义文本的话语特征和实验小说的困境。

一、语言的暴力：叙事的能指化

在当代中国的小说实验群体中，孙甘露的叙事拒绝追踪话语的历史性构成，他的故事既没有起源，也没有发展，当然也没有结果，叙事不过是一次语词放任自流的自律反应系列而已。作为语言暴力的同谋，孙甘露的叙事话语彻底能指化了。

如果说孙甘露在《访问梦境》中还借助“梦境”来作为叙事话语自律运动的空间，那么，在《信使之函》里，孙甘露抛弃了一切可能束缚话语自由运作的规范框架，他彻底摆脱了在象征秩序中承担的监视话语的责任，作为叙述人，“孙甘露”不过是徒有其名的作者，叙述动机和目的，预期的同一性意义，都完全脱离文化的整合背景，他在话语的运作中起到非规范化的自由转换功能。很显然，

“作者”转化为叙述人，仅仅具有转换视角的作用，而叙述人的实际作用不是构造一个以自我为中心的话语秩序，而是打破话语的习惯中心，扰乱话语可能构成的秩序。因此，孙甘露把叙述人起到的转换作用与话语的语言特性可能触发的转换作用结合到一起，也就是说，叙述视角的转换植入话语的语法或修辞的特性之中。

孙甘露叙事的开始先设定一个看上去毫无意义的“上帝”，这个上帝与“耳语城”和汉语绞合在一起，它不过是一个无神论者假想的绝对而已。因为上帝的听力有点问题，“耳语城”对它来说只能是虚构的存在。叙事通过隐喻的转换把叙事的历史起源推到虚构的边界，不存在的并非就是存在本身不存在，更有可能的是存在的某些先决条件的某些缺乏，使存在的确实性难以辨认。例如，上帝因为听力有问题，“耳语城”对它来说可能不存在，但是并不等于根本不存在。不管是作为神的上帝还是作为听力有点毛病的世俗感觉，叙述人从存在的最高神性与最基本的确实性戏弄了存在。既然上帝的听力有点毛病，那么如说什么和怎样说都无关紧要，因为没有意义。但是上帝是什么东西？（他在上小学的时候调皮捣蛋，被一个教汉语的老处女一巴掌扇成了半残废）汉语对于上帝来说，不仅不存在，而且还可能是上帝所厌恶和憎恨的语言。以老处女为代表的汉语，以它毫不犹豫的暴力拒绝了上帝。因此，叙述人设定的前提至少有三重含义：第一，“耳语城”对上帝根本不存在；第二，说什么和怎么说无关紧要；第三，汉语本身就携带着暴力，它是一种拒绝上帝的语言。不管叙述设定的前提多么武断或毫无根据，但是这个前提却有效作为叙事话语反对存在的绝对性和以上帝为中心的话语秩序的一个暂时的起点。

然而这个叙事前提与“耳语城”的本质规定是根本对立的。“耳语城”意味着话语的匮乏，“耳语”既表明话语传播的困难，又表明话语存在的神秘。但是“耳语城”不过是信的象征而已，信作为说话者缺席的书写物，它在接受者那里的默诵如同耳语，信作为生存中的由缺乏引起的补充，它永远象征着人类生存的一个必要的补偿空间。作为叙事被表现之物的“耳语城”与叙事本身构成尖锐的矛盾，“耳语城”在叙事起源意义上的语言匮乏，现在为叙事话语的恶性增殖所淹没。然而叙事话语从来不可能达到自我占有的充分和完满，话语的在场总是以“不在”为基础，叙事话语越是企图任意播散，它造成的空缺就越多。事实上，《信使之函》的叙事恰恰是话语的自为的充分性与自在的缺乏性相互生产的奇怪的双重运动。话语的欲望总是由匮乏引起，而对匮乏的补充必然引起另一个空缺的出现。在这里，话语欲望的充分实现总是以随意的跨越、中断、遗嘱为副产品，在话语/欲望之间产生无法遏制的恶性循环，欲望引发了话语，然而话语再创造了欲望。因此，叙述不得不把叙事话语用“信是……”的句式来加以限定，但是这个偶然的终止在划定叙事话语的一个基本单位时，把这一单位话语改变为一个能指系列，因为“信是……”充当了前面任意增殖的话语的“所指”。

在这里，叙事话语的增殖起源于话语制造的欲望，因此，“信是……”句式与其说指明语句的基本意义（所指），不如说是给予话语欲望以暂时的遏制。很显然，所指既无法确定能指系列的意蕴也无法抑制话语的欲望，因而能指绝对大于所指成为叙事话语存在的基本方式，也是叙事话语得以任意增殖的依据。于是话语/欲望之间的对立变成能指与所指之间的相互角逐的游戏，叙事话语是由所指的逃避和能指对其追踪的双重运动。这样，话语在能指的平面滑动不断增殖，因为所指脱节了，所指延搁出场，直到“信是……”句式出现——它终止了叙事话语的增殖并使之规范化。然而“信是……”这个直陈判断句式显然不能完全归纳能指系列的意蕴，作为一个外来的入侵者，作为肯定的也就是另一种话语秩序，“信是……”句式是话语的暂时的有限形式，它不过是一个替代的所指，因为“真正的”所指永远是缺席的。

正因为此，“信是……”句式只是作为叙事话语的欲望抑制方式时，也就是作为能指群的补充形式时，它才具有所指的意义；而作为集合体，“信是……”句式组合成一个能指集合群。“信是……”在语法上的肯定意义结果都转变成修辞上的否定功能。“信是……”可以被无限制运用，表明它没有任何明确限定的范围，“信”变成无所不是，它愈到后来愈像一道咒语，它为自己无止境的“定义”所推翻。“信是……”无限制的重复，不仅表明存在物的不可限定，而且揭示了存在总是在追寻中迷失。“信”被定义的无限可能性充分证明“信”的定义根本不存在，因而“信是……”的背后都留下“信不是……”的空缺。信是作者的缺席，信是话语的虚假在场，信是历史死亡的补充与替代。因此，孙甘露对信的第一个定义（A）和最后一个定义（B）分别是：

（A）信是纯朴情怀的伤感的流亡。

（B）信起源于一次意外的书写。

在这里试图捕捉叙事话语在构思上的某种意图是徒劳的，孙甘露已经把叙事动机变成话语的欲望植入语词的自律构成中去。但是在偶然随意制作的话语中却意外产生一种修辞意味，这两句话实际隐含着多重对立——这种解构式的对立在使话语超越于逻辑构造之上的同时，把意义引入迷宫。不管是作为情感流失的补充，还是意外的书写，信都是由匮乏产生，它从“不在”中生发出来，成为对不在的虚拟的补充。因此可以从中归结出如下的对立：其一，起源/结果：信在起源上不过是一次意外的书写，它的起源是偶然性的；但是信又被看作是追忆情感的结果。于是，其二，历史/现实：信作为结果是历史性的产物，它是生活延续的证明，是对情感历史缺席的补充；但是在起源上它是“意外”的书写，它的起源是无历史的，它是现实的一次意外行动。其三，真实/虚假：作为情感历史的追忆信是确实的，作为一次意外的书写信是虚假的；但是作为对情感流亡的补充信是虚假的，作为一次书写的产品，信又是真实的。其四、内容/形式：信在其内容构成上是情感的“流亡”，而其形式不过是纯粹的书写；书写话语在其起源形式上是一次意外的对“不在”的（历史、情感、真实、永久）在场的补充。

书写不过是能指的差异链锁的无尽延伸，“信”的所指被彻底流放，因此，在《信使之函》中，话语的主体如同在拉康的语言学的精神分析学中的主体一样，它只是一个空虚的、一无所有的顶，不管是实在世界、还是幻想界、或是符号界都只是主体滑过的不同的心理时空。孙甘露的话语主体（叙述人）不过是一个幻想的主体，它先验性地脱离实在世界，它既没有动机也没有目的，而是不由自主地被卷入“符号秩序”——即通过一种异化或分裂被符号秩序接纳进差异性的网络，正是通过话语，幻想主体才获得一个位置。但是《信使之函》的“符号秩序”并非代表一种现实秩序，因此它为主体提供的位置也不在于它使幻想获得它的外界对象或象征，而在于它把主体内部的幻想关系引向一个外在的差异体系。

由于“信”卷入能指集合群，因而“信是……”句式企图作为叙事话语的所指招致失败。但是，在“信是……”的话语集合模式与“信使”在“耳语城”的活动的描述性话语之间存在一种转喻式的结构，也就是说“信是……”力图把“信使”的活动方式及其体验感悟用话语模式确定下来，“信是……”是对信使在“耳语城”的活动的再度书写。因为关于信使在“耳语城”里的活动的叙事话语已经处于失控状态，叙事主体变成一个纯粹幻想的主体，它完全不指向现实世界。它与我们习惯的现实逻辑，存在方式发生背离，叙事变成能指的自由播散。然而“信是……”的再度书写表明话语的对象世界依然不可进入，而且逃离得更加遥远。因此，符号对所指的追踪变成在能指链上的任意滑动，对象世界永远处于话语欲望的彼岸。正如拉康所认为的那样，欲望能据为己有的不过是符号秩序中的一系列空洞的位置，在欲望与满足之间，不存在一个起点与终点，而是一次永无归期的流放。话语的欲望本身转变成一个能指，而它指涉的对象也依然是一个能指，在欲望与目的之间并无通道，只有错位与误置，这样，话语主体永久性地迷失于差异链环的不明之处。

当然，从理论上来看话语主体被卷入语言的差异本性而失踪，然而，在具体的叙事活动中话语主体并不总是如此，拉康的分析事例主要是“非常规”话语，因此在文学话语中这种情形也只能局限于实验性话语，并且，实验性写作显然是通过一系列的方法论活动对话语主体（或幻想主体）实行强制性的易位，促使其陷入差异性的领域。例如，在孙甘露的叙事中，话语主体被置入时间与空间的转换模式，这个转换在具体叙事中又以时间与空间的各自分离转化为基础。在《信使之函》里，话语主体携带着永恒性的时间观念跨入幻想世界，而且这种“永恒性”被叙述人改装成非历史的瞬间：“诗人在狭长的地带说道：在那里，一枚针用净水缝着时间……”时间的终止获得了永恒性的定在——非历史的瞬间，这是叙事话语给予幻想主体提示的基本位置，“信使”之所以在时间与空间里穿梭往返，正在于他占据了一个非历史的瞬间，不管是“信使”的随意通想，还是信使在“耳语城”里与“致意者”、“僧侣”、“女僧侣”、“六指人”的相遇。在这里，叙事话语总是以某个具体情境中的瞬间情态为立足点，然后向外映射。由于“瞬间”的非历史连续性，瞬间总是立即就为永恒性所侵犯，幻想主体从未在瞬间停留，它更乐于在永恒的时空中行走；信使所寻找的并不是一个确定的收信者，而是在话语的运作中寻找永远无法确定的（空缺的）位置。

由于对象世界不可知，幻想主体即使触及具体的瞬间情态也依然不能进入世界内部，因此，叙事话语运作的结果仍然是幻想主体在先验的永恒时空里徘徊。在这里，如此纷乱繁杂的叙事话语却永远无法陈述话语的对象世界，与其说这是语言的遮蔽性，不如说世界在话语的暴力面前退避。虽然那个幻想主体具有“信使”和“我”的双重身份，但是无法找到话语欲望实现的最后归宿，对于“信使”来说，世界已经没有差异性：“无纪元的夜晚就是亘古如初的白日，遭逢离奇的偶遇就是万劫不复的结局。”因而对于幻想主体来说，只有话语自身的差异性——自我辨析、自我追踪的差异系统，而幻想主体被误置的各个位置，不过是叙事能指化运行的轨迹而已。

二、多重文本：追寻话语之流

当叙述功能全部转化为话语的客体构造功能，叙事的能指化产生不可遏制的力量，话语的欲望必然要越过单篇文本的界线，文本不再是一个封闭的表现世界或象征世界，文本成为话语的活动领域。因此叙事有可能运用双重文本来给话语活动提示更为自由的空间，拆除单个文本的界线，双重写作相互侵犯、展开、激发和对抗。例如孙甘露的《请女人猜谜》，运用叙事中的某个名称或元素，促使它与主题并行发展，它的意义不断辐射到虚设的主题上，扩展以致最后侵吞原有的文本。写作因此变为单纯的叙事，标题不过是一个虚拟的主题，一个策略性的动机，文本由一个非历史起源的因素（名称）扩充为实际的话语世界。

双重文本的叙事策略在把叙述人转变为文本中心的一个角色的同时，把叙述人虚构化了，叙述人不再是文本话语的陈述主体，他成为被叙述人，他在双重文本里出入的行为取消了他的确定不移的叙述视角。在这里，叙述人与其说是在叙事不如说是在追寻变幻不定的话语之流，叙述与话语之间构成的悖论关系正是话语任意运转的内在动力。

《请女人猜谜》一开始就声称“我”在叙述一个真实的故事，然而叙事却大量制造明显的虚构性，这并不仅仅在于故事中随意出现的中断、短路以及离奇的关节；更主要的在于叙事话语本身的存在方式被虚构。叙述无视话语与实在世界的天然的透明性联系（它显然要瓦解这种联系），话语的欲望在这里随时溢出文本的习惯边界。大量的比喻结构的使用、有意在细枝末节夸夸其谈、毫无必要的引述或交代，而大量的跳跃、省略和隐瞒使话语的随意性和任意性更加突出。因此在叙述感觉中所有“我”的真实体验、感情、感悟、推论的话语都被叙述虚构化了。

不管叙述从回忆、描述开始，或者从感觉体验开始，话语在其起源性上被设定了现实性，也就是说话语力图造成一种认同外部世界秩序的现实性或者是构成文本中的现实性。传统小说的叙述与话语统合了文本的现实性与实在的现实性；而虚构小说也力图造成文本中的现实性，进入文本叙事话语也有可能向实在还原（例如马原和洪峰的小说）。在《请女人猜谜》里，叙述与话语的背离造成现实与幻觉的对立，话语在其起源意义上被假定的现实性与叙述的虚构性产生冲突：叙述努力寻找“我”的真实体验、理解和感悟；然而叙述给话语制造诗性气氛而瓦解话语向实在还原的可能性，话语因此透示出一种梦幻般的感觉。这并不是说由于叙述在多处使用了“梦”这个词，而是叙述力图把话语推到梦幻般的感觉状态里，叙述通过解除自身的强制性的和理性的秩序，而给予话语的诗性碰撞以任意伸展的机会。

因此叙述的幻觉瓦解了话语的实在性，话语与叙述之间的对立消失了，遗留下话语追踪叙述提示的虚构轨迹。孙甘露的叙述话语总是堆砌大量形容词的长句式（它表达了一种难以实现也难以遏制的话语欲望），话语的语法功能获得了修辞的意味，也就是说，话语不再依照语法功能确定明晰的词义，而是在修辞这一维度上重新构造意义，修辞功能限制能指词与所指结合，从而阻止语词向实在世界进发。在这里，形容词构成的定语和状语结构总是被加以抽象或奇怪的运用，它使存在情境变得不可思议，因为失去了语言与实在世界的规范的（约定的）联系，能指与所指的脱节变得无法弥补，因此叙述对话语的支配，变成话语摆脱、反抗叙述的“想入非非”的运动。所谓幻觉不过是那些无法确认的所指交叉、重合、对抗和错位造成的迷乱的表象，不过是话语欲望无法实现遗留下的一片空白。

从文本的存在情态来看，叙述与话语在时间与空间两个维度里展开活动，但是孙甘露的叙述力图颠倒这种关系，它把叙述的线性时间全部打乱，叙述不断从故事破裂层重新开始，叙述原有的起源被消解，故事总是在错位的时间关节转换。叙述的能动性为话语的自主性（无目的性的自律运动）所替代，话语的横向组合因为抛弃了语义的同一性而专注于能指词系列的编码，长句式似乎是穿越悠长的时间隧道跨入文本，这些能指词根本蔑视所指的匮乏而贪婪享用时间感。因而话语在这里已经不是着力从空间形态上去构造表象世界（或世界的表象），话语之流也就是话语获得时间之流的形式，在这里叙述有意制造的断裂、短路、误置为话语之流所掩盖。当然，话语完全改变为能指系列延伸的时间流向，那未免陷入单调和贫乏，然而孙甘露运用双重文本的叙述方式促使话语的时间伸展形式再度获得一个空间背景，双重时空足以使话语的时间感具有多向的自由度。在这里单个句式或语段的时间流向被植入双重文本的叙述转换活动，尽管话语自身不再展开为空间的完整表象，但是话语的伸展获得一个空旷的背景。在《请女人猜谜》里，叙述力图转变为《眺望时间消逝》（角色声称在写作的一部小说）的话语，叙述成为对文本的背叛；而《眺望时间消逝》的话语一旦产生却又填补了《请女人猜谜》的叙述遗留下的话语空缺。结果，对《请女人猜谜》的写作变成对《眺望时间消逝》的叙述，而《眺望时间消逝》实际就是《请女人猜谜》的文本。

值得注意的是，叙述再度给话语提示的这样一个空间背景，使话语的时间意识在过去/现在的变异中转化。叙述失去时间矢量，正在于它把时间的变化规则隐藏于话语的编码方式中。在《信使之函》里，语式在永恒/瞬间的变异模式里构造；在《请女人猜谜》中语式被注入过去/现在的意蕴。《请女人猜谜》的叙事话语被先验性注定是对《眺望时间消逝》的“眺望”，这使“后”与“士”的活动融入时间的逆流，尽管语词没有明确的时态变化，但是在《请女人猜谜》的写作转化为《眺望时间消逝》的叙述的同时，《请女人猜谜》的叙事话语具有回到“过去”的总体意向。“我”不过是现在的一个暂时视点，“我”的现在不是向未来进发，而是向“过去”退化，现在总是不断消逝为过去。“现在”的话语成为过去的永劫回归的运动。

因此，叙事话语的游戏正是在场的破裂，叙述不再去追踪同一的中心和实在世界的绝对真理，叙事话语追踪的存在的可能意蕴放置到话语游戏的可能性基础上。事实上，在这样的叙述中，不仅仅是话语中的语词进入在场/不在的游戏，而且角色像符号一样分裂了，在双重文本的活动中，人物完全可以看成是符号的能指与所指的分离产生的二元存在，是在场与不在的追踪与逃避的双重游戏，互为文本的变幻也正是能指与所指在时间上延搁出场的空间变异。因此，毫不奇怪，实验小说中的角色总是神经质地相信幻觉胜过相信真实。例如“后”认定她读过《眺望时间消逝》，“读过”不过是个比喻说法，“后”就是《眺望时间消逝》中的角色，“读过”喻示“后”在《请女人猜谜》中的能指形式的所指寄寓在《眺望时间消逝》中，“后”只有进入《眺望时间消逝》才获得作为一个人物的存在。显然，叙述人一直使“后”处于分裂状态，在这个能指与所指脱节的地带被“我”入侵了，“我”无力“读出”这个能指的意蕴：在“我”的思绪即将接近“我”那部遗失的手稿时，“我”的内心突然地澄澈起来，在“我”的故事的上空光明朗照，“后”和她的经历的喻义烟消云散，而“我”置身于其中的房间也已进入了真正的晚霞。“我”的“后”已从臆想中逃逸，而“我”深爱着的仅仅是有关“后”的幻觉……“后”在《请女人猜谜》中的失踪，不过是找不到所指的能指在差异性系列中的自由滑落，“后”的所指（喻义）最终缺席，“我”所能读到的只能是支离破碎的能指痕迹。

如果说“后”在《请女人猜谜》中作为能指符号，其所指被割裂置放在《眺望时间消逝》里，那么，在“士”的分离中正好相反，《请女人猜谜》预先设定了《眺望时间消逝》的似是而非的结局，“士”在《请女人猜谜》里不过是先验性地给出的所指：他曾经是一个惊天动地的人物，而现在仅仅是一个瞎子。在《眺望时间消逝》中“士”的身份难以辨认，他是守床者，是见习解剖师，他因偷吃解剖室里的蛇而被开除；然而他又是一个谕世者，一个男仆，一个有正义感的凡夫俗子，一个谋士和心力交瘁的臆想者。“士”能够毫不费力地同时扮演忠诚的爱人和偷情者两种角色，“士”的变化不定的身份和神出鬼没的行踪，恰好是一个能指在《眺望时间消逝》的梦幻般的空间毫无目的地漂浮。所指的预先被设定不仅仅具有宿命论的色彩，它表明“士”永远无法完成一个同一的自我，“士”作为一个能指被话语分裂，他陷入无本质的空洞存在。话语的分解状况表明全部存在的虚幻性，生存的确定性像所指一样被彻底放逐，个人不过是个无处皈依的幽灵。

在这里，既然叙述把“主体”分裂为多重行为者，分裂为“话语”和“故事”内意义保持和丧失的诸多可能性的位置，那么叙述就不是依照起源性的准则，而是依据自我异化的准则。它们可以从不确定的叙述人称，任意添加形容词和各种补充结构的动因开始，各自以不同的方式陈述自己。其法则是非法的、自我悖谬的、同形异义的，它总是破坏同一性和原初性。——正如克里斯蒂娃所说的那样："显然人们可以在写作中看到一种运动，它似乎使人想起压缩现象的概念辩证法和颠倒的无限性，但是书写的逻辑特别使其在一个被分裂的空间内产生，这个空间颠倒了唯心主义的模式。写作向阅读行为提供一种非象征的'现象'，后者是无名称的，因为它是'实在的'，而且其新颖性是由于从象征的、统一化的事例中产生的无限性。一种命名过程被这种使现实象征化的不可能性取代，然而其转换作用和未来使它们能被书写。"①

当叙述不再具有统一性的功能，叙事话语也就拒绝与外部世界的统一秩序认同，话语自身产生各种构成机能，话语的方法论活动替代了叙述意图设定的总体形式——正如巴尔特认为的那样，文本成为"能指的天地"。能指与所指的分裂使符号内部失去任何统一的可能性，能指只能在自我生成的层面漂移，每一能指的意指活动都变成能指群的增殖或播散，在能指词的背后是一片不断扩展的能指海洋。因此话语中的那些像词语一样的最小单位就不再是一个明确固定的意义实体，而是一片"闪烁的能指星群"。文本作为一个话语的方法论活动领域（以纯粹理论的意义而言），它的构成既没有目的，也没有终结，它是一个无限制的开放性的意指过程，因而文本的"能指天地"已经把单个文本推向"复数文本"的境地。对于巴尔特来说，任何文本都不是什么前所未有的东西，相反，文本中的一切成分都是无数已经写出的文本的引文、回声、参照物。正是因为同时存在无数其他词汇，一个单独的词才能作为词而存在，才能确认它指涉什么——这也正和德里达所认为的符号的差异性一样，因为有无数不在的，但已在字典里和其他文本中存在的更多的能指，文本的音乐总谱式的播散活动才得以进行。

三、主体的失落：后现代的话语特征

实际上，实验小说仍然不可避免地透示出生存世界里的微弱气息，只不过在这里，实在世界不是在话语的透明性中在场（用习惯的术语来说，文本不是实在世界的反映），而是说文本的话语与生存世界达到感悟性的重合。无主体的话语正是"人"的缺席的现实存

① ［法］克里斯蒂娃：《语言中的欲望》，哥伦比亚大学出版社，1980。

在的符号形式，人物或角色被瓦解到话语的碎片中，作为缺乏所指的能指词，作为话语的偶然要素和语词的某个单位与全部符号一起游戏，而游戏的规则——在场/不在的无限替代，正是生存世界的“主体”对不在的空缺位置的填补。

在19世纪后期，文学艺术普遍感染上世纪末的忧郁情调，浪漫主义的那个自我被推到世界（社会）的边缘地带，“我”不再怀着明朗的热情与自然融为一体，而是在与社会的隔膜中去体验孤独和焦虑。浪漫主义当年对现代文明投去的不屑目光，现在转变为对工业主义日益增长的恐惧心理，然而，这并不意味着浪漫主义的那个“自我”（那个大写的“人”）完全萎缩了；相反，它不过是被迫退到边缘地带，怀着拒绝的冷漠，怀着绝望的焦灼——不管是加缪的“局外人”，还是萨特的那个“感到恶心”的自我，抑或是卡夫卡的那种异化感——在现代主义那里恰恰是关于人如何超越现实世界的主题，超越性的自我是现代主义对“人”重新书写的另一种形式。

第二次世界大战对人类无疑是一次炼狱般的考验，不管如何，以战后的实验文学为代表的“后现代主义”文化，是对战后生活的重新适应，寻找一种新的过渡时期的感觉方式，乃是文学艺术面临的新课题。确实的，战后西方的实验小说把现代文学中的习惯主题——孤独、焦虑、暴力、分裂、冷酷、无意义等等推向极端，然而，在现代主义的观念中，这些主题是对生活本源性缺乏的抗议，是寻求超越性的自我的起点。与现代主义当年的实验倾向根本不同——正如约瑟芬·韩丁所说的那样：“战后的实验小说并不把不完整的经历当作西方文明衰败的迹象来加以悲叹。相反，战后的实验小说使人们把混乱作为生活的主要部分接受下来，并且可能使人们希望传统理想的更替会允许用新的方式来应付人类面临的形势。”①这种对生活的不完整性（本源性缺乏）认同的直接标志，就是不再把个人及其生存的完整性和完满性当作生活的最高目标和理想，不再寻求一种反抗社会与现实的超越性的自我，而是把个人置放到生活本源性破碎的情境中去，在生活与现实处于同一平面上的随机活动中来重新观察人的生存状况。后现代主义的小说通过夸大疑难问题并使之戏剧化对它进行探索：“让我们看到了受压迫的

① ［美］约瑟芬·韩丁：《美国当代文学》，哈佛大学出版社，1979。

人，因绝望而不择手段的人，有时采取可怕的解决办法的人，以及抱有必要企图的人。”① 事实上，这种攻击性的或防御性的人物是批评家进一步研读之后拼贴的形象，实验小说确实关注个人心灵与生活结构的关系，但是为了寻求一种不同的适应性、一种观察角度、一种能改变主角状况的感情方式或行为方式，实验小说把人物符号化了。

因此，“人”在后现代主义的作品中，就不再是真实生活的主体，他也不是话语的主体，人物仅仅成为“角色”（而不是主角），他随时处于生活破碎的边缘。例如，约翰·巴斯把现代主义者习惯尊崇的“自我本质”改变成一副毫无意义的生活面具，对于巴斯来说，不存在自我，不存在我，自我的背后没有隐藏任何东西，生活不过是支离破碎的插曲，生活中并不存在任何激动人心的前后一致的感情。在一系列无动机、无目的的个人活动中，巴斯完成了对整个逻辑过程的极端戏弄，完成了对组合生活、排列生活、给生活编目使之有意义的那种心灵力量的极端戏弄。在巴斯看来，现代世界是一种在碎片中保持得更好的游戏。②

权力与暴力的主题在后现代主义小说中占据核心位置，不得不使个人在其生存现实中退回到微不足道的经常受伤害的角落中去。当诺曼·梅勒把大规模的暴力个人化，并且把暴力置放到反常的人类欲望的背景中时，他看到人所处的两极现实：“当我们呱呱坠地时，我们是上帝，我们的感官的极限是宇宙。而当我们长大以后，发现宇宙并不是我们的，这便是我们生存的最深刻创伤。”一方面是要成为上帝的强者欲望，另一方面是无能为力的脆弱性，个人不是被暴力的欲望夸大，就是为暴力所吞没。梅勒后来致力于写作非虚构小说，目的并不仅仅在于展示超过生活现实的远为激动人心的所谓“现实”，而是意识到当代人已经变为自身处境的电影观众或者变为权力与脆弱性的政治戏剧的观众。③ 当个人对自身所处的现实无能为力时，他充当一个异己的观众可能是缓解现实（权力和暴力）的压力的最好的办法。

---

① ［美］约瑟芬·韩丁：《美国当代文学》，哈佛大学出版社，1979。

② 参见上书。

③ 参见上书。准确地说，诺曼·梅勒的那些非虚构小说不属于实验小说，但是由于他所处理的主题与实验小说完全相同，并且非虚构小说作为一种新的形式，梅勒借助它表达了一种前所未有的思想冲击力，因此，约瑟芬·韩丁在讨论美国当代实验小说时也把梅勒放进去了。

因此，作为美国20世纪六七十年代最激进的实验小说家，巴塞尔姆干脆致力于探索逃脱世界的主题。巴塞尔姆的个人完全为“逃脱”的努力所消耗，与其说他的那些人物因为追求那些无法达到的目标而灰心丧气，不如说他们因没有动机和目的而无所适从。“为什么目的?”和“什么是力量的源泉?”正是巴塞尔姆始终拒绝提出的问题。因而实验小说中的男性角色不得不朝着女性化的方向无可挽回地坠落（这种可怕的倾向甚至超过女权主义的作品），在自恋欲和在对他们所无法承受的东西的压制的专注方向，个人表现出全部的脆弱性。这不管是冯尼戈特的“悲观主义”，还是像梅勒那样的“传统的男子气概”都是如此。

当然，60年代的实验小说沾染上左派运动的狂热，它们对现实世界的感觉方式在多大程度上具有可靠性是值得怀疑的，它们多半是夸大的产物。60年代的激进主义在实验小说中留下的痕迹显得暧昧不清，50年代的保守主义在60年代的激进主义狂热的映衬下显示出生活无意义的卑琐性，生活的愿望与目的变得十分可笑；而60年代的激进姿态更像是一种文化疟疾，它那种青春期的阵发性狂热如同一种文化宣泄。60年代的写作不得不具有革命的姿态，而政治嘲讽、语义游戏、道德亵渎不幸成为它铤而走险的唯一有效的策略，因此“个人”（自我）的形象被加以漫画化的处理乃是别无选择的良策。由此产生的结果，与其说实验小说是在观念意义上自觉拒绝人充当主角，不如说是写作的“革命”姿态被迫排斥、压制、分解“人”——因而写作变成对作者和角色的双重谋杀。60年代的写作以其夸大的麻木性风格表达那个时代夸张的激进姿态，写作的虚假性正好是那个时代的虚假性的象征（任何先锋性的、实验性的或革命性的写作都不得不在一定程度上是夸大的和虚假的——这当然是事过境迁之后的看法），在这一意义上，实验小说所描述的那些破碎、被动、顺从、无能为力等等一系列主题，不过是对那个时代的激进姿态的寓言式书写而已。

尽管文学话语和理论话语有着根本不同的传统依据，但是它们不能回避时代共同的经验——因为它们共同创造了这个时代的经验。因此，在“人”的地位及其被构造的方式从现代主义向后现代主义转变的同时，理论话语同样也经历了这样的变迁：在从存在主义向着结构主义和后结构主义转变的进程中，“人”这个大写的字母无可挽回地破碎了。

结构主义对存在主义的取代，在某种意义上可以看成是结构对“人”的取消。列维-斯特劳斯的结构主义人类学就明确标榜它的反主体反历史的理论倾向，他坚持认为，人文科学的最终目的不是去构成“人”，而是去分解“人”，它应该勇于承担把人类的事务分解为非人类的事务的活动。列维-斯特劳斯反对把“我思”作为思考的起点，他理所当然拒绝把“主体”看成在结构整体化中起作用的实体，结构完全超乎个人，超乎人类主体的那些常规运作的整合化过程，作为一项无意识的人类集体活动，人类的主体意识在这里并不起实际功能的作用。①

如果说结构主义还仅仅是在方法论意义上自发地排斥人（主体）的话，那么，作为后结构主义者的福柯则是自觉地从他的整个“知识构型”出发消解话语的主体（人）。福柯的知识考古学必须拒绝主体性，作者、著作和语言都被看成是独立于语法、词汇、综合形式而寻求一种逻辑的客体。按照福柯的思考，人变成他自己的话语的主体，既是知识的客体，又是认知的主体。伊·库兹韦尔在《结构主义时代》一书中分析说，在《知识考古学》里，福柯明确表示他想要脱离文化的总体性，使他能够把结构分析形式用在历史本身，在还不稳定的话语中慢慢形成的空白空间中，或者在为话语的邻近成分的外在关系所规定的一个特殊场合中，建构一种摆脱了人类学的历史分析方法。福柯拒绝以历史的连续性为主题，也拒绝以历史决裂的结构的间断性为主题，他要找到一种发现“纯粹的”语言的没有结构或历史的方法论。不管是话语权力理论，还是关于疯狂的历史，或是他的知识考古学，特别是他后来的知识系谱学，都涉及过去的事物，无活动性的踪迹，没有自身内部联系的客体，所以人的良心的进步和思想的发展趋于相同和趋于完满的论题变得失败了。福柯明确表示，他的历史是以反人类学、反人道主义和反结构主义的前提概括出来的，当伴随着系列、断裂、限制、编年的特征和各种关系形式的“一般历史”出现时，“地球史”也就消失了。②

---

① 参见［法］列维-施特劳斯：《野性的思维》，288页，北京，商务印书馆，1987。列维-施特劳斯写道：“这个主体是说话的主体，因为向它揭示语言性质的同一明确也向它揭示：当它以前还不了解语言时，语言就如是存在着，因为语言已经使自己被人们理解了；而且语言以后将仍然如是存在而无需为他所知，因为他的话语从来不是，也将永远不会是语言法则有意识的整合化作用的结果。但是如果作为说话主体的人能够在一种其他的整合化活动中发现他的确切的经验，那么作为生存着的主体，他不能在其他的、虽然不一定是人类的却是生物的存在中获得同样的经验，就不再是有道理的了。”

② 参见［美］伊·库兹韦尔：《结构主义时代》，尹大贻译，212页，上海，上海译文出版社，1988。

尽管福柯的思想方法拒绝主体或历史，然而在福柯的实际研究中，他正是那种把思想引入历史档案馆的人，他在历史的那些疏漏缝隙之间发掘出闪闪发光的东西。也许福柯成功地拒绝了主体，但是他重新构造了一种历史图景——一种非连续性的总体的全景式的历史图景。相比较而言，德里达再三声称他的"差异性"概念与"历史性"并行不悖，而实际上，历史及其主体从未在德里达的构想中真正出现过。形而上学的历史被德里达解释为是隐喻和转喻的历史，其起源和中心都不过是被设计的"在场"。德里达既然开始去设想一种无中心的结构——一种起源性缺乏的存在形式——在这里任何东西都成为话语，也许是说存在（在场）为一系列差异性的替代所消解。在德里达看来，列维-斯特劳斯根本没有真正消除人（主体）和历史，在他的著作中可以看到一系列"在场"的伦理学，一个寻找起源的怀旧的伦理学，一个原初的和自然天真的伦理学，一个在话语中的自我呈现和纯粹在场的伦理学。① 如果历史总是完成的统合体，则它作为真理的传统或作为科学和知识的发展的连续性，而实际上它不过是在自我在场中对真理的挪用（appropriation）。德里达因此断然宣称：历史作为两个现在之间的迂回总是被设想为历史的赎罪活动。②

当德里达宣称一切东西都成为"话语"时，也许是话语被植入差异性的领域，在这里，历史性连同话语的陈述主体一道被消解。德里达力图使人相信存在一种"差异性"的历史③，他实际是把历史彻底差异化了，很显然，在德里达的视野中，"我思"的历史起源性被解除了，"我在"的现时在场被推入差异性的无限制替代过程中。话语从来就没有一个真实的陈述主体，在形而上学的历史中只存在隐喻和转喻的替代历史；德里达在解构形而上学梦想说话的在场优先权的同时，就揭示了写作不仅仅是以话语主体的缺席为前提条件的，而且它的完成就是对主体的背叛。符号的同一性破裂，以及语词的无限差异性游戏正是充分表明无主体（及其无历史）的话语才真正构成解构活动的广阔基地。——正如前面讨论过的那样，在这

①② 参见［法］德里达：《书写与差异》，英文版，290、292页，劳特里奇出版公司，1978。

③ 参见［法］德里达：《哲学的边缘》，12页，芝加哥大学出版社，1982。德里达写道："如果历史这个词并不带有对差异性进行最后抑制的主题，我们还可以说只有差异可能从头开始并彻头彻尾地是'历史的'。"

里没有纯粹的自我意识，符号只是指涉的结构，只有差异显示自身。话语的运作不过是话语内部各种差异性力量反对自身的活动，因而，在这里话语扩展“自身”，就是扩展它越过主体及其历史性限制的任何边界。

正是基于这样一种立场和观点，因此把小说“叙述”看成一种功能性的标志。[①] 在这里，并不仅仅表示对文本话语的一种独特的理解方式，更重要的是，这与后结构主义对主体（人）和历史的拒绝是根本一致的，乃至与后现代主义文化中的“人的亡故”的思想流向相沟通。因而，在这里“人的亡故”才真正具有与“上帝死了”同等重要的意义。

尽管在形式主义、新批评和结构主义那里，作者就已经死了，但那不过是一次未遂的谋杀事件，事实上，不论是形式主义，还是新批评派，或是结构主义，都没有真正拒绝作为写作（话语）的主体的作者。作者只是被批评的理论观念象征性地排除在文本之外，在批评的解读实践中，文本的话语总是被看成是作者的话语，看成是具有个别作者的独特性的风格化标志（例如，布鲁克斯在《精致的瓮》中对叶芝的诗的解读）。实际上，新批评确定作品存在的自主权，不过是找到一个逃避现实的想象空间，找到自由知识分子的精神避难所。作品成为实现个人自由的一方宝地——这是那个时代知识分子用理论形式伪装的情感意愿，它的背景是对个人的自由或价值的重新肯定。因此，批评的结果总是作者的复活和批评家的再生的双重自由的实现。

当福柯把话语看作权力的运作时，就意味着陈述主体的缺席（absence）；权力作为一定社会范围中的战略形势的名称，它才真正构成作品的生产力。因此对作者的拒绝就不是简单地宣布作者“失踪”，或否认作者作为一个具有某种特殊的社会地位的陈述主体，充当一部作品的独立创造者。福柯把作者看作对话语的增殖和移植起

① 在这里，“叙述功能”这一概念来自对福柯的“作者功能”概念的改造。福柯在《何为作者》一文中，研究了作者功能的多个特征，笔者认为，“作者功能”意在把作者彻底消解也似乎绝对化，同时福柯又时常给作者以一席之地，因此，用“叙述功能”来代替这一概念表明在话语发生和构成这一维度上作者的消亡。至于有些批评保留对作者进行自传性的和精神分析性的研究，与“叙述功能”这一概念也并行不悖（尽管这种批评方法本身也为历史实践所“功能化”）。福柯对“作者功能”的有关论述，可参见福柯论文集《语言、反记忆与实践》（*Language*，*Counter-Memory*，*Practice*）（英文版），康奈尔大学出版社，1979。

功能作用的模式，作者是话语权力运作的某种界线，一种敏感性的预防尺度，它的控制作用对虚构作品中可能产生多种意义的话语加以监制，而不至于无限制地干扰世界的秩序。作者的功能化也就是“叙述作用”的功能化，作者不再作为话语的陈述主体单独起作用，“叙述”实际是作为一种（权力）的综合性功能来构造话语。

写作摆脱了表达的维度之后，它成为符号依据能指的特质而自发产生的相互作用，因此写作不过是一场不守规则的游戏，写作行为并不把某个主体确定在文本中，而是制作一个写作主体永远隐匿其中的空间。写作不再是创作者永远在场的不朽行为，而是一次名副其实的谋杀。作者的意愿，作者对生活的真实看法，对现实的态度，他的政治倾向和道德选择都隐匿于文本的符号游戏之中。作者的真实面目不见了，作者在写作之后永远缺席，文本正好是确证作者亡故的一块墓地。正如巴尔特所认为的那样，语言的解体能导致一种“写作的沉默”，于是作者的一些技术性反省的字词“脱离了习惯性套语的粗糙外表，绝不再对一切可能的语境负责；它接近一种简单独一的行为，其沉浊性表明了一种孤独性，因而也就是一种纯洁性。这种艺术具有同自杀相同的结构，在这里沉默是这样一种齐一性的诗意时间，它嵌在两个层次之间，它使那些与其说像一束密码不如说像一束光、一块空白、一种谋杀、一种自由的字词迸发”①。

因此仅仅指出作者死亡或隐匿是不够的，更重要的是要揭示出作者是如何隐匿于文本中，也就是说，这个死亡事件是如何印在文本话语构成方式上的，在话语的运作中起作用的叙述功能才是理解“死亡”事件的凭证。像福柯在《何为作者》中所作的那样，通过对作者姓名的考察可以发现，它并不是从话语内部到实际的也就是生产它的外部个体的运行过程中产生的，相反的，作者的名字总是在场，抹去文本的边界，或者至少是展示话语存在特征的模式，标明在特定社会和文化中的地位，它既没有法律地位，也不存在于作品的虚构之中，它处于特定话语的断裂底层和这类话语存在的特殊形式之中。②

因此，话语被作者叙述出来这一事实，恰恰不是证明作者是话语的陈述主体，叙述行为的功能化结果颠覆了作者的主体地位。按

---

① ［法］罗兰·巴尔特：《写作的零度》，见罗兰·巴尔特：《符号学原理》，李幼蒸译，102页，北京，三联书店，1988。

② 参见［美］约瑟夫·哈莱编：《文本的策略》，147～148页，梅纽因，1979。

照福柯的看法，话语是一种挪用（appropriation）。产生话语的所有制形式是非常特殊的，在当代文化中，话语总是表现为一种行为，这种行为发生在政治与艺术、集团与个人、认同与反抗两极之间的领域。概括地说，叙述功能包括福柯所说的那种决定表达话语普遍性的制度体系，并且与社会机构体系紧密相连。当然，叙述功能并不是在一切时代，在任何文明类型中都以相同的方式作用于一切话语，话语的多形特征恰恰表明了各个时期精神（意识形态）生产的特殊方式。

因此叙述功能不是由话语与其创作连接的自然属性来确定的，它更根本的动力来自一系列特定的构造理性存在的复杂运动。从叙述功能的角度来看待话语的发生及其构成方式，就不单纯在于话语指涉的某一实际个体，因为叙述功能可能同时产生多个自我、多个主体——能够被不同类别的个体替代的位置。因而，叙述功能并不是对文本提供的现成材料做的二度重构，而是在文本话语显示的多重自我的转换组合中得到实现。——正如福柯所分析的那样，文本总是包含某些指涉作者个人的符号，这些符号在语法方面表现为人称代词、时间、地点到调和动词变化形式等等，这些因素在具有叙述功能的话语和没有叙述功能的话语中起的作用并不相同。[①]

把叙述视为某种功能性的标志，也就是把它看成“意识形态”的产物。当代世界一直为话语及其意指过剩的恐惧所困扰，因此人们寄希望于作者来限制这种危险的意指可能发生的恶性膨胀，正如福柯所认为的那样，作者不过是人们用来监视话语构成的某种装置，或者说是进行限定、排除和选择的特定的有效原则。这个原则不仅阻止话语的制造者对虚构作品进行任意的支配和处理，而且阻止话语的接受者无节制地构造、拆散和重造“作者”创造的虚构作品。由于我们可以把作者表现为他的历史性的实际功能的对立面（当一个历史性地提供的功能被表现为颠倒它的形象，那么，这种功能就是意识形态的产物），因而作者的意识形态形象不过是标志了我们对

① 福柯对此写道：“在没有作者功能的话语中，这种转换（shifter）指涉实际的说话人和他说的话语的时空坐标（例如在第一人称叙述的话语的构成中可能发生某些变化），而在具有作者功能的话语中，转换的作用就复杂多变。在以第一人称叙述的小说里，不论是第一人称代词还是现在时陈述，都既不指称作者，也不指涉作者写作的时刻，而是指代一个变异的自我，它与作者的变动不定的关系经常在作品的构成过程中产生……作者功能正是在这些转换的裂缝分离和距离中实现。”（哈莱编：《文本的策略》，152页，梅纽因，1979。关于“作者功能”的特征的分析，参见该书148～153页。）

意义无限扩展的恐惧而已。[1] 虚构作品以及多种复合性文本会以功能化的方式发挥作用。尽管这种方式仍然带有制约的系统——但不再是作者，叙述以功能化的方式把话语植入意识形态的再生产的历史实践中，话语主体在这个过程中自然消失，无主体的话语不过是权力运作的直接后果。

实际上，叙述功能化之后，对语言和意义的恶性膨胀的恐惧也有可能随之消失，因为作者不再起监视作用，原有的那种担忧现在变成多余的。福柯所设想的因果关系（因为对意义增殖的恐惧才设想出作者的监视系统），完全可以倒置，作者的权力与人们对意义的恐惧正好合谋筹划，或者说它们是共生的。因为对作者权力的维护，因为作者对自我权力的维护，才产生对意义的恐惧。因此当作者失踪之后（叙述功能化），恐惧也就没有必要存在。在人类的文化中，对权力的恐惧正是权力作用的结果，权力本身产生于屈从，话语的权力只不过寄寓了人们对意义的终极追寻时，只是当话语的“在场”被设想为是真理的存在时，话语的权力才是不可动摇的，同样，只是因为作者的在场被设想为能保证确定人们期待的话语模式，并且更直接切近绝对真理时，作者的权力也就产生了。然而权力总是具有压制性的，权力一旦产生，人们不是被迫而是乐于屈从于它，文明现有的成就表明，权力是秩序的保障，作者的权力原来产生于对意义的真理性需求，它一旦确定就变成对意义秩序的监护，它的存在明确表明：如果它不存在，意义的秩序就要崩溃。

然而，作者并不仅仅是保守的消极的力量，作者毕竟是叙述功能最直接的也就是最有意识的执行者，在文学话语内部起革命性作用的当然是具体的作者。当代作者“失踪”一方面是文化整合作用的结果，另一方面乃是文化中的先锋（实验）群体对既定的话语的象征秩序所作的反抗和挑战。现代以来在话语世界里发生的秩序崩溃，是现代性体系中的反抗的艺术家大胆叛逆的直接后果。正如毕加索所说的那样：“我的每一幅画都是一次破坏的结果。”现代以来的先锋艺术家充当了资产阶级文化（意识形态）中的颠覆力量，在一部分人看来，这是世纪末秩序瓦解的象征，在另一部分人看来，正是这些反抗的艺术家构成了我们时代的新的文化特征，创造了人们期待已久的解放形式。因此这种“实验性”的破坏，不

① 参见［美］约瑟夫·哈莱编：《文本的策略》，159页，梅纽因，1979。

仅解除了整个话语的监视装置，同时解除了人们对话语世界里的意义增殖的恐惧。禁忌解除之后，人们所设想的话语规范也就不存在了，因此话语的所谓“恶性膨胀”反倒变成话语的自在运动。话语（主要是文学叙事话语）现在摆脱规范秩序，变得无比轻松自由，作者功能不再是一个外在于话语的监视装置，或是起控制作用的文化整合机制——因为话语已经失去了整合的机能，作者功能现在内在化地转化为话语内部的构成机能。叙述功能给予话语的自律运动以最大的自由，话语的自为活动取代了外在的一切控制力量。

因此，在当代实验性话语中，叙事不再指向某个预定的历史空间，也不指向叙述人的世界；叙事成为话语不断脱序的自然运动，在既定的象征秩序的边缘、缝隙或附层，话语不断涌现出来，叙事的所指随同作者一道被流放。过去，“作者”是一个压制性的标志，哪里有秩序规范，那里就有作者的踪迹；而现在，仅仅在那些越轨的话语行为中可以辨认出作者隐匿的轨迹，作者逃遁留下印迹的地方正是损毁禁忌的罪证（这些标志正是文化整合或意识形态失控的裂缝）。当作者从话语的整合功能中分离出来，成为一个“脱序人”时，他专注于叙事话语的构造，这时他在话语的构成方式中面临一个无可摆脱的悖论：他越是专注于话语的构造，他的存在权力就越是微弱，因为在这里创造力不是自我确证，而是给予话语以否定作者存在的最大可能性，话语获得自律运作的机能——叙事能指化。

实际上，实验小说仍然不可避免透示出生存世界里的微弱气息，只不过在这里，实在世界不是在话语的透明性中在场（用习惯的术语来说，文本不是实在世界的反映），而是说文本的话语与生存世界达到感悟性的重合。无主体的话语正是“人”的缺席的现实存在的符号形式，人物或角色被瓦解到话语的碎片中，作为缺乏所指的能指词，作为话语的偶然要素和语词的某个单位与全部符号一起游戏，而游戏的规则——在场/不在的无限替代，正是生存世界的“主体”对不在的空缺位置的填补。

尽管巴尔特和德里达揭示符号的统一性破裂之后，语言陷入游戏的境地，他们确实打破了把文本作为实在世界的秩序的象征体系的幻想，从根本上动摇了关于文本内在同一性及其终极意义的梦想，他们无疑给文本提示了另一片沃地，而当代的实验小说也确实在一定程度上和方法上证实了解构理论及其批评策略的可能性和可行性。但是，不管是巴尔特还是德里达，都仅仅是揭示了文本或符号的另一种可能性，当他们极端偏激的观点移到小说叙事策略中来理解时，也只具有部分的适应性。巴尔特关于能指天地的设想和德里达关于“无底的棋盘”上的游戏的推论，可能只适合理解某些实验性话语。巴尔特后来退到语义学的游戏领域（德里达近年来也专注于“文本间性”式的写作），对符号所做的极端的推论，思考在语言的边界上增加新词汇——这种观点只适合于理解他所认定的“作者性文本”（显然巴尔特的“作者性文本”概念是模糊的，他设想的“作者”更像是谋杀作者的纯粹的文本方法论活动）。巴尔特后来的写作实践设想文本的第三维度：

> （它）将是可以理解但不可阅读的东西，只在一切或然性以外产生火烈烈的文本，它的功能——看得出是其作者所设想出来的……它像一团火，一副药剂，一种谜一样的乱糟糟的东西那样到别人手中。①

巴尔特关于“文本”的概念和“文学”的概念重合的论断显然是理论上的浪漫主义夸张，不错，文学代表了一个完成的世界，而文本所设想的是语言的无限性。但是，在对待具体的文学文本时，这是一种双重理解，还是一种双重标准？

巴尔特的文本概念有必要依靠批评的自行其是和理论上的强词夺理才能建立，文本不可能永远停留在符号或话语这一层面，既定的象征秩序被扰乱之后，并不意味着文学话语可以一劳永逸地停留在语言游戏的领域。事实上，当代中国的实验小说依然在寻找新的象征秩序，给叙述主体找到某种确定的位置。即使像孙甘露这样的极端的实验者也难以摆脱语言重新规范的本能力量（这种本能力量是意识形态的压制性与文学自觉的规范性统合的双重力量）。对于孙甘露来说，他试图运用永恒/瞬间、哲学/文学、隐喻/转喻的多重转换来获取双重姿态：一方面，他制作了话语任意播散的空间——这是通过运用语言暴力表达的叛逆者的姿态；另一方面，他给这个杂乱的话语空间植入了幻想主体的自我意识——这是思想

① ［法］巴尔特：《巴尔特论巴尔特》，118页，麦克米兰出版公司，1977。

自恋者的姿态。很显然，在孙甘露的叙事话语中，那些对立项依照主体的情感深化和形而上的存在体验转变成语式的构造，对存在的永恒性与瞬间性的哲学思考，以文学语式的方式被书写。也许更难避免的是，它们在大多数的阅读语境中，被系统化和现实化地理解阐释。

孙甘露的叙事总是首先确定一个具体情态进行描写，而后加以抽象意蕴的探究，在从具体向抽象转化的同时，也就是瞬间向永恒的伸越，然而叙述的描写性组织又将某种抽象的永恒思考再次注入一个具体情态。叙事话语得以不断运转的奥秘就在于引入了一个补充作用的比喻结构，它或者向着永恒性的抽象伸展，或者向着具体的情态回归，这个补充的转化结构是孙甘露的叙事话语层出不穷变幻不定的源泉。尽管孙甘露的叙事随时嘲弄各种观念或价值，他的幻想主体也从未打算越过符号界达到实在世界的深处，但是由于孙甘露过分热心于他的叙述语式的组合方式，他的幻想主体在话语的语式组合游戏中任意漂浮的同时，使话语在不断的语式重复中重新获得秩序，当这种秩序与某种形而上的哲理思考的晶化力量结为一体时，话语的主体与文本的总体性复活的可能性也就产生了。

因此，孙甘露的叙事话语中的对立项不是走向彻底的解构，而是通过多重的转换走向隐秘的统一。这种叙事话语内部的双重性分离，不过是实验性写作面临的现实两难推理模仿而已，扰乱既定的象征秩序可能是获得一种非主体化而又重新确认自我的方式，由于难以承受彻底的“非主体化”，因而语言重新秩序化的可能作为隐秘的心理同时隐含在话语的潜流中，实验性话语的这种双重性表明它既不能彻底进行又无法摆脱的困境。

不管如何，“无主体的话语”虽然是一个夸大其辞的比喻说法，但它表明了对一种可能性和极端性动向的警戒；当代实验性话语试图摆脱既定象征秩序的主体中心化，而把它（话语主体的）本质瓦解为一个被划分的，或者说是多元化的主体，它不再占有一个陈述作用的位置，而是占有可转换的、多重的和可变动的位置。因此，它在话语的空间内把现象引入象征秩序的方式和由这些语音的、语义的和句法的破坏构成的否定力量结合起来。这种由主体瓦解产生的补充否定离开同一性的意义空间，它离开原有的符号编码系统，不说它的活动正在扰乱业已建立的话语的制度化存在，强制性促使符号（话语）超越主体意识形态基础，移向不能被规范也不能被完全象征化的他在。

德里达告诫说：“转向失落的或不可能的缺席起源的在场……一方面是尼采式的主张（affirmation），这就是世界游戏、生成之天真的欢乐主张，是对没有谬误、没有真理、没有始源的符号世界的主张，由此被给予了一个富于活力的解释。这个主张而后决定了无中心因而也是作为中心失落的主张，这个主张的游戏没有安全性。”[①] 德里达的主张如同他设想的游戏一样，它不可能具有安全性，也不可能有终点，因为这是一个纯粹的游戏，它限制给予和存在，在场的替代在绝对的机遇中放弃始源的确定性，放弃踪迹的起源和结束的任何可能。因而，德里达——我们时代的这个思想妄想家，在这场上帝与魔鬼的打赌中，他不得不扮演一个绝望的浮士德的角色，因为他不能在生命的最后时刻（在语言的差异性的无限替代过程的任何一个点上）挽留住任何存在，在这里，既没有起源也没有结束，一切都是话语，一切都是差异的差异。然而，不幸的却是当代中国的实验小说——它当然不是被堕落的贵族或思想冒险家引入歧途的格丽卿——它更像是高飞的埃乌波里昂[②]，它表明在对抗性历史条件的时代，文学实验只能是一个理想化的概念，作为一个时期文学实验梦想的短暂实现，不管是何种结局，它都是引以为傲的结果。

---

① ［法］德里达：《书写与差异》，英文版，292页，劳特里奇出版公司，1978。在这里我把英文“affirmation”译成“主张”，我想这比较适合于理解上下文，以及德里达要阐明的尼采的思想。本文写作于1989年底，10多年后，我在重新审读此文时，由张宁博士译的德里达的《书写与差异》（三联书店，2001）已经出版，我对比张宁的译文，确实有可吸取之处，不过，我没有做多少改动，我还是把关键词“affirmation”译成“主张”。张宁把这个词译成“肯定”，我担心“肯定”这个词不一定适合于德里达理解的尼采。另外，这段引文中有一句比较难理解的话：“And it plays without security.”关键就是这个“security”，何以讲这个游戏没有“安全性”？因为绝对的游戏就是限制游戏，这本身是违反游戏原则的，特别违反符号游戏的原则——游戏就是反游戏，因为总有东西是溢出游戏的，因而，符号的游戏是没有安全性的。这是我的理解，可能并不准确。这就是德里达的奥秘所在。他的话永远没有确定的解释，他只是启示、给你以无限的思想空间，这又是他的魅力所在。

② 格丽卿：《浮士德》中的人物，是被浮士德引诱的平民女子。埃乌波里昂：《浮士德》中浮士德与象征美的海伦结合所生的儿子，他在高飞时跌死。这是歌德对古希腊传说所作的“现代性”改造——它表明一种与现实失去联系的艺术必然要坠入死亡。埃乌波里昂的命运使人们痛苦地看到，“美妙的结合”在歌德的时代，在对抗性历史条件面前必然只能是一个梦，一个理想化的概念。孙甘露后来写的《岛》，格非写的《敌人》不过寓言式地表达了它在有限的领地所作的花样翻新而徒劳无益的搏斗。

第九章　穿过时间的迷津：在历史之外叙述

时间是存在的容器，也是所有哲学思考的起点，随后的各种形而上学，不过都是对时间的变形思考而攫取不同的意义而已。结构主义声称通过对时间的压抑获得了空间的形式，把历时性加以共时性的处理就使结构主义开启了一个方法论的新时代。当然，也有人并不同意结构主义的自以为是。德里达质疑说，结构式阅读总是预设，总是在其适当时刻呼唤书的这种神学的同时性，而且当这种同时性无法企及时它便会认为被剥夺了本质。同时性是“被提升到调节理想位子的某种整体阅读或整体描写的神话”[①]。共时性显然也是人为的结果，并不是找到事物本源的存在形式。后结构主义当然打破了时间的线性结构而进入更加自由的历史档案馆。福柯的《知识考古学》把时间性的历史范畴当作一个粗略的脚手架。它可以随意穿梭于历史的那些非整体的角落。福柯声称：“断裂作为对象向历史学家提供历史——亦即它自身的历史——如果不以这种断裂为起点，历史学家还能从什么地方开始呢?”[②] 无可否认，这种不连续的移位无疑是新历史的最基本的特征之一。对于哲学来说，能够打破时间的束缚和僵局，思想就能够任意涌溢而出。在德里达的解构策略中，“在场/不在”，这个是重要的解构范畴，实际上是符号的空间形式对时间意义的巧妙置换。在场/不在确实描述了空间的情态，但在场/不在都是依赖时间的确定才能成立，差异性正是符号意义在无可摆脱的时间困境中迷失遗留的痕迹。哲学与文学写作的虚妄性就在于反抗时间的徒劳，而这正是全部哲学和文学写作永不妥协的根本动力。现代以来的文学先锋派，说到底就是集中体现在对叙述时间的重新处理方面，由此才可能开创新的方法论活动。当然，我们所理解的文学的后现代性，无疑是一个广泛而多样的现象。确实，除了美国 60 年代的实验小说注重形式主义策略，后现代小说更重要

---

① ［法］德里达：《书写与差异》，张宁译，41 页，北京，三联书店，2001。

② ［法］福柯：《知识考古学》，谢强、马月译，10 页，北京，三联书店，1998。

的是表达一种对现实和历史的态度。这在很大程度上也就是反对在历史的总体性纲领下确定的那些时间性，那些终极性和绝对的真理性。

20世纪八九十年代之交的中国先锋小说，其艺术革命更准确的含义就是技术革新，在那样的历史条件下，不可能有系统而明确的文学观念和价值信念方面的变革，所有属于思想观念方面表达的新的意义，实际上不过是形式主义策略的副产品。当然，历史的意义就是历史性地给予的，这与主观动机并没有直接关系。在文学累积起来的艺术突破的需求异常强烈，而且有其他途径可以宣泄时，形式主义的探索就以更加纯粹和彻底的方式展开。

对于20世纪80年代后期的先锋文学写作来说，特别是小说叙事来说，没有什么比克服时间性的障碍更具有文学的纯粹性，也没有什么思想比突破时间性的历史困厄更切近对生存论意义的纯粹关注。我这里说的是时间性的历史——它是超越单纯的意识形态历史的那种生存宿命的理解。也许在这一点上，可以去发掘中国先锋小说曾经企及的深度和难度。在先锋小说沉寂多年后我再提这个问题，显得不合时宜，连先锋派自己都改弦易辙或嗤之以鼻。但我以为，先锋派这个话题并没有过时，它不是因为在当代文学写作中毫无意义而被丢弃，而是因为当代文学写作缺乏创新的意志和能力而被遗忘。当代的功利主义把无能和遗忘当作成功的超越，这并不能遮蔽历史变异的内在踪迹。毋庸置疑，先锋派的形式主义策略在90年代已经逐步缩减，但还有一些线索存留下来，它结合了当下的经验，使文学写作的创新变异显示出历史的韧性。

在这里，我想就北村的作品进行分析。去看看他们在处理小说叙述的时间和历史关系时所表现出的不同特征。由于这种描述牵涉到不同的阶段，由此也可以看出当代先锋派的形式主义策略到后来发生的转化。[①] 当形式实验常规化了之后，文学写作在艺术创新方面并不是无路可走，创建个人的艺术特质和风格的支撑点，依然是在语言、叙述形式方面，特别是在对时间和历史的处置上。

① 本部分是我根据1992年发表的一篇论北村的文章《语言的迷津》[载《当代作家评论》，1992（1）] 做的改写稿。主体部分保持了原来的观点，在立论方面加入了一些现在的思考。为了力求保持本书风格，以及对先锋派的历史态度，我没有做过多的删改。

一、历史之外的迷津：叙述时间的绝对性

1990年暮秋时节，在金陵古城一个颇有江南情调的酒馆里，我和苏童、王干、费振钟有过一次愉快的聚会，酒兴酣畅，难免谈些先锋派文学，记得苏童说过一句意味深长的话："北村是真正的先锋派。"这可能是很中肯的评价。也许苏童无意成为"先锋派"——这并不奇怪，"先锋派"经常是历史误解的结果，每个时代都需要自己的先锋派。然而，北村却是明确、自觉、执着地进行"先锋性"的探索——这就是"真正的"真实含义。我不知道，这是北村的幸运，还是不幸。

北村刚过16岁就匆忙结束了他的稚气未脱的少年时代，从闽东茂密的丛林地带来到东南沿海一所美丽的大学，开始他的人生之旅。大学校园的背后就是蓝湛湛的大海和黄澄澄的柔软沙滩，这里是被爱情牢记的角落，青年人小试身手的理想战场。翩翩的海鸥消失于海天融合的蔚蓝色空间，这里充满青春和快乐，这里没有烦恼，没有记忆，也没有历史。可是，北村那稚气未脱的脸庞上已经长出些许的络腮胡子——你完全可以想象出他那早熟的面容上布满若有所思的表情——我们年轻的主角是唯一有记忆的人，家乡那茂密的丛林和山间的小路永远无法和这蓝色透明的海湾构成和谐的意境。在北村的小说里，几乎没有大海的波浪拍打海滩的情景。是的，故乡的丛林、山路，人生第一驿站的海滩……这些构成北村的个人记忆，还是作品的精神底蕴？我说过这种推测是徒劳的。

1987年初，北村发表《谐振》，非常有力地揭示了秩序井然的生活是如何推动人向着乖戾荒诞的方面不可逆转地进发。在特殊情境中的感觉和体验被写得相当生动有趣："沉重的行李令他产生一种向前俯冲的力量。"这种描写当时令我十分惊奇，我推断北村很快要向文坛的中心地带"俯冲"，然而，几年来，北村却遁入语言的迷津，除了少数批评家和文学酷爱者还能看到他孤独而倔强的背影，少有人冒险涉足那片奇怪诡秘的区域。尽管如此，我依然坚持认为，北村的迷津是另一个生动的世界，作为我们时代一个"真正的"先锋派，北村的作品不应该被忽视，他的探索表明了当代小说所达到的可能性、复杂性和危险性。北村不仅给我们制造了一个迷津，他同

时给自己构造了一个迷津——那个历史与时间死亡于其中的空间。那个语言放纵的极乐世界，是北村神游已久的太虚幻境。

“迷津”在词典里意思是指令人迷惑的错误道路。北村的叙述不断调整视点和距离，有意制造转折、重复和类似的细节情境，因而他的故事永远处于分解和延搁的过程。叙述的视角不是落在以人物为主体的事件上，相反，事件的整体性被割裂了，叙述不断地误入描写的歧途，那些偶然的瞬间动作、感觉和存在情态成为叙述追踪的对象。北村的故事没有主线，这是一片漫无头绪的迷津地带，那些任意的遐想和奇怪的行动构成迷津里的交叉小径。试图勾画一张迷津的地形图是困难的，它不是一块棋盘，而是正在对弈的棋局。

《归乡者说》（1989）讲述一个逃犯重归家乡的故事，这个情节颇有传奇色彩，也是通俗小说惯用的情节，在这里没有出现任何惊心动魄的场面，叙述视角完全与逃犯刘义的感觉吻合，这些杂乱的、乖戾的乃至变形的感觉构成叙述自由流动的内在动力。逃跑与幻觉形成双向悖反的运动，不是恐惧、危险成为逃亡的压力，而是“幻觉”在不断侵蚀逃亡，幻觉是逃亡的真正障碍。

这个迷津的奥秘就在于叙述视角混同于人物视角，而人物始终处于感觉辨析状态，“辨析”总是在不确定性中过渡到另一种状态，人物的幻觉视角如同梦游一样缓慢而匆忙向前任意推移、转折、断裂、重叠，连接的梦游结构就是迷津的实质。是叙述人在梦游，还是角色在梦游？这二者完全在幻觉状态中被混淆了。在叙述人与角色之间，在“自我”与“他者”之间，既没有明确的界线，也无法重合，它始终处于“临界状态”，这正如做梦的“我”与梦中的“我”一样，只是一个临界的“它”。叙述视角的这种不确定、重合和变换，使故事的推进显得疑难重重、似是而非。

显然，“梦游”不过是对“意识流”的一种超越形式，原来是主角的单纯梦游和叙述人对角色的心理分析，现在改变为叙述人的梦游，或者说叙述人同时变换为角色梦游。在现代主义的小说中，“意识流”经常只是一个片断，人物的内心独白或对往事的回忆，其功能是心理刻画。而在北村的叙述中，“梦游”变成叙述视点的自由移动，变成小说的内在结构，甚至变成一种世界观。“意识流”表达了小说对人的一种态度，而“梦游”则表达了人对小说的方式。当然，也是“我”对世界的一种方式，对于北村来说，在“我”与世界之间，横亘着一个永远无法跨越而只能进入其中的语言世界——或者说，语言的迷津。

不难理解，反常的经验、乖戾的感觉与重复的情境是这个迷津勉强可以识别的路标，这是一次绝望的梦游，当然走向迷途忘返而无处皈依。“逃亡者”、“归乡者”、“劫持者”、“披甲者”……他们其实都是同一个人，一个绝望的梦游者。他们的经验和感觉如此反常和乖戾是一点都不奇怪的，这是进入迷津的必要素质。而从叙述方面来看，怪异的感觉通道正是迷津的地形图。

当然，最具有混淆功能的是“重复”。有意使用“重复”打断叙述时间的自然流程，并且把整个存在推到似是而非的境地。北村的每一篇小说几乎都在运用“重复”作为叙述的结构性动机，那些关键性的细节，在重复中稍加变异，整个事件就变得难以辨认。解构主义式的叙述就是借助时间和空间的细微差别，使事物的存在失去确实性，它们进入一个差异性的在场/不在的游戏情境。哪里是实在、真实、幻觉、回忆？一切都变得无比虚幻，连同虚幻本身。《陈守存冗长的一天》无疑是当代小说关于“重复”的极端实验，同时期的作品涉及“重复”的还有格非的《褐色鸟群》、余华的《此文献给少女杨柳》等等。显然，北村是刻意运用“重复”来消解时间流逝，“重复”使时间永远停滞在“一声枪响”那个原点上。叙述是如此倔强回到这个原点，它逆流而上，似乎从来没有开始也没有结束。这冗长的一天完成了人类生存“永劫回归”的圆圈，然而，北村同时把生存弄得面目全非，弄得无比虚幻和虚弱。基干民兵陈守存，这个倒霉的枪手，也许是个拙劣的白日梦患者。一声枪响，掉进池里，偷情……这些反复出现的细节把整个事件搞得混乱不堪。实在、真实因为重复而变得虚幻，这里没有真实的权威摹本，重现使实在虚无。这冗长的一天，其实不过是关于枪击的幻想瞬间，这个瞬间在梦游般的叙述中被无限延搁，它不得不在“重复”中不断虚构自己，摧毁自己。“水池”的隐喻使基干民兵陈守存看上去有点像古希腊的那个患着自恋情结的纳克索斯，当然“水池”在这里的基本意义可能更倾向于虚幻性。总之，由于运用“重复”，北村的迷津就不仅仅是在“叙述学”（或文体学）的意义上错综复杂，而且在生存论（或本体论）的意义上，陷入实在与幻觉、真实与虚构、存在与不在的哲学辨析。

说到底，迷津终究是语言的产物，是语言的迷津。文体学（或叙述学）的革命最终要落实到语言上。话语当然不仅仅体现特定的叙述视点和价值标向，它同时包括语体、句法、语式和风格，正是确立一种新的话语意识，使北村及其同道（苏童、格非、余华、孙甘露等人）区别于马原而超越马原。

在新一代的写作者的意识中，语言与现实（实在）不再是直接同一的，语言的实在本质丧失之后，语言既是一个自足的世界，也是一个空洞无物的躯壳，它把文学（文本）推向历史之外，那就是一个游戏的好场所。而“游戏”，是“我”与世界相遇的最自然的方式，是“我”向神、向死去的上帝祈祷的唯一形式，是我们在历史之外又在历史之中可能完成的自我救赎的最后仪式。显然，新一代的写作者乐于在这方面铤而走险，而北村则无疑是走极端者之一。北村的写作因此是关于语言的写作，是关于写作的写作。

北村的叙述显然不是去构造一个故事，故事已经被语言谋杀，叙述变成语词对物象的蚕食，变成语词对语词、句子对句子的诠释、辨析、扩充和抹杀——这就是北村说的“瞬间意味”。1988 年 11 月 15 日，北村在致格非的一封信中写道：“……我只相信瞬间是唯一真实的，我全部使用现在进行时态，因为作者、叙述者、叙述对象和读者在文本中具有一种时间，也就是说他们都只能经历这种时间，而不会大于这种时间。”① 北村的叙述只关注瞬间情态，在这个瞬间堆砌了各式各样的描写、比喻、隐喻和象征，它们以反常规经验为基础组合成一道怪异感觉的反应链。

事实上，要越过如此纷繁复杂的语言迷津根本不可能，所谓“进行时态”只能在瞬间进行，在原地打转。因此，“瞬间意味”意味着时间的死亡，一种没有时间矢量的、无时间的叙述，它是语词、句式自在自为的律动和呈现。北村期待人们能从“牛顿时间”中读出“爱因斯坦时间”，事实上，这个“爱因斯坦时间”不过是没有时间秩序的空间，一个时间死亡的终极空间而已。北村就曾经表示过，实验的最终目的在于改变空间，只有空间是最终极的，他奉为创作圭臬的是：改变时间的目的在于获取新的空间观念，这个空间就是终极信念的光芒所彻照的一个神性空间。也许北村的理论表述有些玄虚，但是北村的叙述产生的“瞬间意味”确实生成一个景象空间。

① 北村：《小说：故事的贫困》，载《厦门文学》，1990（10）。

当然，在我们的经验世界里，不能想象没有时间的空间，所谓弯曲、扭曲、变形的时间不过是一种比喻性的说法。在北村的叙述中，“时间”是因为混乱、重叠、重复而死亡，因为瞬间的自我呈现和相互连接、折叠而抹去时间的自然痕迹。时间“死亡”之后，只有物象在虚幻的空间中呈现、移动、犹疑和徘徊。在这里，语词是如此急切而困难地切近物象：

> 除了从后面射来的月光照亮了已经越过他的路上的车辙，那里是些晒干了的山羊粪蛋和马齿草，再没有别的什么。刘义从那片梅林里钻出来的时候，一眼就看穿了这条路的辙印下是一条失修的路基，曾经在路上奔跑的这辆马车异常沉重，它载着丰收的稻谷，车轮在土路上留下痕迹，使道路再一次毁坏。刘义浑身流着水从墨河上岸，他一眼就看穿了梅林外面的一条路，沿着这条黄土路能到什么地方呢？
>
> ——《归乡者说》

很显然，在传统小说里根本不可能花费笔墨去描写的那些无关紧要的景致和感觉，在这里却被不厌其烦地精雕细刻。瞬间呈现的物象完全消磨了叙述进行的线性时间；而“重复”和时间的逆向运动，则使叙述自然折叠，回到故事的原点。在这个语段里，刘义从那片梅林钻出来之后，却又“浑身流着水从墨河上岸”，他竟然再一次“一眼就看穿了”那条公路。当然，倒叙和插叙在传统小说中也属常见，但是它们有明确的过渡和标志可以识别，其时间顺序很容易还原。在北村的叙述中，倒叙和插叙的过渡标志被彻底抹去，一些瞬间片断被拼贴在一起，它们经常是依据类同性的重复原则来组合（例如，“钻出梅林”与“从墨河上岸”，“一眼看穿”那条公路等等）。

北村的叙述不仅停滞于物象纷呈的瞬间，而且它在那些瞬间拼合的关节点上短路迷失。“时间逆流”是潜伏于北村叙述中的最可怕、最具有破坏性的力量，它损毁了故事的自然生成，截断了叙述时间的自然流向。在这一意义上，北村的小说可以看成是典型的后现代性实验小说，它如此倔强地否定了起源、中心和整体性，它如同一条狡黠的蛇在叙事中游动，“时间逆流”是迷津里的真正路径。对于阅读经验而言，“时间逆流”是故事时间的自然死亡，只有物象的时间/空间的景象呈现于前，仅就此而言，北村总算如愿以偿。

超越故事、超越景象的努力实际耗费了北村大部分的想象力，这个瞬间组合而成的空间，这个万念俱灰的空间，其实只有语词在追逐“物象”，那些卑琐的目光贪婪地注视枯枝败叶、羊粪牛屎、荒漠的土地和残破的道路，而那些拙劣的行径和神经质的动作被绝望地放大。这个虚幻的空间却是如此强烈地昭示着我们生存的全部虚幻性：哪里是起源？哪里是结果和归宿？哪里才能找到我们坚实的存在根基？我分明看到北村，我们的主角——这个自我放逐者，流离于荒野之郊，面对久已失修的路基发憷：向哪里逃亡？

二、对家园的逃亡：没有终结的生存论游戏

“现在，站在哪一块石头上，能望见故乡呢？”这是《归乡者说》的第一句话。对于逃亡者来说，他永远望不见故乡，不管他站在哪里，哪怕站在故乡的土地上，因为逃亡者根本就没有故乡。北村是个逃亡者，处在这样的历史情境中的先锋派写作就是一次精神逃亡。“逃亡”并不是碰巧成为北村写作的主题，实在想不出还有什么主题可供北村这样纯粹关注叙述时间的人去面对。北村的逃亡是抽象意义上的逃亡、纯粹哲学思辨论的逃亡。他的小说叙述就是在时间迷津里逃亡，他去思考纯粹的逃亡，这仅仅是对他的小说叙述提示一个软着陆的路线。当然，如果认为北村仅仅是一个对语词、物象和空间着了魔的语言工匠，那就错了；同样，如果认为北村的作品仅仅是形式实验的标本，那显然是亵渎北村孜孜以求的理想。那些叙述过程本身就是语词追逐物象的艰难过程，也是一次逃亡与诱捕的游戏。在北村这里，母题或主题不是某种可供归纳概括的整合意义潜伏于讲述的过程，它已经身不由己地卷入了方法论的开展活动。这些逃亡者、劫持者、归乡者……才有这种反常的经验，怪异的感觉和体验，才会为北村的叙述提供不尽的语言和物象的质料，提供一个令人绝望的虚幻空间。主题与方法完全混为一体，甚至几乎要为方法所吞没，尽管如此，我却不得不披荆斩棘、浪里淘沙、水底捞月，去发掘几乎被淹没的主题。

纵观北村的小说，“逃亡”主题贯穿于其中，与其构成对位关系

的是“诱捕”，北村的角色几乎无一例外都陷入“逃亡”与“诱捕”的双向循环运动，尽管其中有某些变体，例如“逃避”/“失踪”、“劫持”/“谋杀”、“自杀”/“死亡”等等，它们本质上都是“逃亡”，从生活中，从自我中，从他者的视野中，从仇恨与恐惧中，从这个世界上“逃亡”。对于北村来说，“逃亡”与“诱捕”不过是一枚硬币的两面，“逃亡”总是落入“诱捕”的圈套；然而，“诱捕”决不意味着“逃亡”的终结，它不过表明“逃亡”是一次永无归期的流放，“诱捕”不仅仅证明“逃亡”的不可能性，而且证实“逃亡”之绝对性：除了“逃亡”，还是别无选择的逃亡。

《逃亡者说》显然预示了北村一组系列小说的基本母题。这篇年代背景极模糊的小说，也抹去了“逃亡”的现实原因。“逃亡”是没有缘由的，因为它是生存的本质，这是对生存、对自我、对他者监视的逃亡。北村乐于看到的是，一个潜逃的家庭走上逃亡之路面临的危险，真正的危险来自内部——内乱才是致命的。这是对逃亡的一次绝望的揭露：家，这个最后的安全处所都潜伏着危机，而且是在“逃亡”的路途中。逃亡是一个自我吞噬的圆圈：逃亡越是不可能，越显出逃亡之绝对必要。值得强调的是，北村并没有把“逃亡”当做一个悲剧性的主题来处理，恰恰相反，这个绝望的主题始终是在幻想的意义上来书写。北村的主题因为故事的迷失而为叙述方法所阉割——一次对“逃亡”的阉割式的讲述。北村对“瞬间意味”的追求，对角色的反常经验和幻觉的不厌其烦的描写，使“逃亡”完全变成一次幻觉经验——用北村自己的话来说：几乎类似于一次闲暇中的出游。那些暴力、斗殴、抢劫、杀戮，因为叙述的幻觉特征而显得十分虚假，它类似于电影的蒙太奇，看上去更像是角色的一次纯粹的梦游。《陈守存冗长的一天》中，陈的枪击不过是逃避自我（怯懦）的方式，这是一次假想的出击，一次模仿的自我放纵，一次快乐的梦遗……毫无疑问，这是一次拙劣的逃亡。

北村企图用幻觉的形式来减轻“逃亡”主题的重大意义，他力图表明，这些严重的行径其实毫无意义。然而，北村却无意中揭示了人类生存境遇中另一个严酷的事实：人是如此渴望逃亡，然而，人们丧失了行动的能力，他只能用幻想的形式来满足实际愿望。

当然，在大多数情况下，北村的作品总是存在双重立场，或者说双重价值标准。一方面他用幻觉的形式来消解一切意义，力图表明逃亡的虚假性；另一方面，幻觉并不能完全摧毁逃亡主题的意义，“逃亡”可以在现实性上得到辨认，也就是说，逃亡主题具有难以否认的现实意义。这样，北村讲述的“逃亡”故事，依然具有肯定的意义。而幻觉经验通常仅仅是消解了逃亡主题的悲剧意义，它使所讲述的一切显得似是而非、陌生化而割裂了感情共鸣。

《归乡者说》讲述的“逃亡”经历像是一系列的隐喻，这篇小说当然又是一次幻想的逃亡，是死刑犯刘义临刑前想象的越狱归乡的逃亡经历。除了开头与结尾以简洁的文字暗示行刑之外，想象完全可以当做一个实际的故事来阅读，在这次想象的或实际的“逃亡”中，寻找、回归家园变成家园的丧失。对家园的祈祷，实际是对家园的控诉。家乡不过是一座空心的城堡，一片摆满稻草人的荒芜田野，这里充塞着一切虚假的东西：虚假的声音、虚假的货物、虚假的情欲……家乡已在虚假的文化垃圾中死去，“算盘”这个家乡文化的象征之物也已经散架，没有人制作算盘而是制作麻将。归乡的路毫无生气地向前伸展，家园的景象如同皮影戏一样迟缓笨拙：

> ……他们毫无生气地吹着单调、重复的唢呐，擎着纸人，队伍前头的小童捧着本地画师绘制的拙劣的妇人像，由两个人扶持的死者儿子拖着冗长的鼻涕。刺耳的唢呐声折磨着他的耳鼓，他向一个散布冥纸的男人问起了父亲的消息。
>
> 那人突然叫起来：我的孝杖呢？我的孝杖呢？他的话猛地侵入喉咙，阳光在地上投下了他的影子，他看着送葬队伍停在一棵榕树下，他们继续哭了一阵在棺材边散满纸钱，举着纸人绕另一条路回家。
>
> ——《归乡者说》

这一段对“家园”的虚假性的描写入木三分，那些单调重复的声音，那些纸人和拙劣的画像，尤其是“孝杖”的丢失极尽反讽之能事，确实是黑色幽默的神来之笔。刘义，这个想象的逃犯，走在家乡的路上却看不到“家园”的屋顶，看不到父母。家乡已经失去了它全部的真实性，连送葬也不过是一次虚假的出游，悲痛也没有任何真实性——神性的丧失，家园不过是由纸张构成的虚假之物。

虚假的家园，或家园的丧失，并不是在因果关系上解释逃犯刘义犯罪的原因，北村当然不会如此简单低劣。“死刑犯”或“逃犯”不过是一种隐喻的说法，犯罪、犯法在北村的意识中仅仅意味着“犯规”，那些卑劣的暴力行径不过是偶然的失手，它们就像游戏中的犯规一样。每个人都被抛入游戏中，而上帝在掷骰子，犯规如同规则一样，事先已被决定。更何况我们是与生俱来的罪犯——在尼采看来，我们是谋害上帝的刽子手；而在弗洛伊德看来，我们都是“弑父”的凶手，这种“原罪”观点未免令人惶恐。在我看来，我们，或者刘义（他的犯罪事实一直模糊不清）之所以成为“罪犯”，并不在于犯下了什么罪，而仅仅在于“被囚禁”这个事实。因而逃亡是必要的，刘义，这个被剥夺了家园的人，他渴望回归故里，然而，归乡之路在虚假中延伸，最后等待游子的是父母临摹的一封信：一封诱捕的信。这是一次家园对囚禁者的成功诱捕，逃亡是家园的彻底丧失，“诱捕”完成了对“逃亡”的阉割——“怀乡病”的丧失——这种人类最深切、最内在、最真挚的情感，它不仅仅为虚假所淹没，也为虚假所阉割。不管这是对家园的想象的回归，还是实际的逃亡，罪犯刘义别无选择，其结果只能是死亡。

虚假性是逃亡的伴生主题，逃亡是个人的生存本质，而“虚假”是世界的存在方式。对虚假性的逃亡与逃亡永远落入虚假性之中构成的悖论，如同一条生锈的锁链勒死了北村的人物，也彻底勒死了北村小说叙述的生存希望。北村的逃亡主题总是在对家园的想象中展开，然而，家园总是虚假，总是诱捕的同谋，对家园的逃亡奇怪地成为北村逃亡的动机和目的，然而，逃亡总是更深地陷入对家园的眷恋中。对虚假家园的逃亡也是对真正家园的回归。但是，在北村中的作品中，在他对逃亡的一系列反复书写中，永远没有真正的家园。在他后来的回归写实的关于精神皈依的想象中，也没有真正的家园。如果说北村的小说有什么思想性的话，它只是叙述时间的副产品。因为叙述时间被处理到如此精细的地步，一个相对论式的空间发生了严重的变形。存在世界被开启了，它们涌溢出各种奇形怪状的思想观念。除了在后现代性的宽泛意义上来理解这些思想外，无法在既定的思想逻辑体系内加以解释。

《归乡者说》里，家园完全为虚假的表象所遮蔽，最后掩盖的不过是一纸诱捕的家信。构成《陈守存冗长的一天》的关键性事件，不过是虚假的一次枪击，在“虚假”中完成自我本质的创造。而《劫持者说》则彻底戏弄了“逃亡”与“追捕”的关系，警察追捕罪犯，然而，在其中他们之间的关系被颠倒，实际上逃走的罪犯也在追捕警察（而且警察也犯了罪）。北村运用叙述学的视角嘲弄了逃亡与追捕的虚假性：他们各自消失在对方的视野（监视）中，迷失在叙述圈套里，人被劫持的真相，迷失在被转述的故事中，人不过是故事中的角色，而不是自己，他丧失了内在的整体性。北村不仅讲述那些虚假的事实，而且更重要的在于，他运用叙述的作用，促使那些事实变得虚假。

尽管北村的这种叙述方法具有值得称道的开创性，但过于复杂的方法论活动掩盖了事实真相的显露而难于被正常理解。对“虚假性”更为成功的揭示在于直奔事实的那种讲述方式。当然，对于北村来说，所谓“直奔事实”不过是叙述方法不那么繁复，视角和距离的变化不至于捉摸不定，你不能要求猫头鹰在白天捉老鼠。我想《诗人慕容》在北村近两年的作品中，已经是最节制、最靠近传统故事的一篇小说。这是一次对由来已久的两性之间的虚假战争的揭露，不是那种揭示爱情的伪善性的习惯手法，而是在超越性的乌托邦的意义上对虚假性的揭示——这是北村理解生活的切入点。

思安，这个类似画中人的女人，在一个梅雨天遇上慕容，那时慕容看到她的裙扣松了，当然也看到她通常秘而不露的一块肌肤，这一切都是在梦幻般的情境中进行的，就像水流过河床，一切都非常顺利地进行：他们之间发生了爱情。然而，爱情已经被时代阉割了所有的内容。在叙述人的男性目光中，思安精神恍惚，虚无缥缈，她似乎没有真实的形体，她不过是个观念的女性，她只有从男人那里，从爱情那里掠夺来自己的本质。而在思安的女性目光中，慕容是一个舞者，一个在水面上行走的人，一个纸鸢，一个空心的稻草人。令思安吃惊的是：那些有关爱情的陈词滥调从两片嘴唇里说出来，一点也不费事。慕容，看上去似乎是我们时代唯一的怀乡病患者，渴望爱情，乐于体验终极痛苦，他确实成功地完成了对思安的爱情，然而这不过是一次精神上的诱捕，他完成的不过是爱情观念或观念的爱情。他们之间没有真实的情欲，因为他们根本就没有真实的形体。思安从慕容那里得到的不过是一个纸草，一个影子一样的男人。

这是一次虚假的爱情，其虚假性不在于他们没有真情实感——他们并不伪善，他们都真诚地渴望爱情，问题在于“他们”根本就缺乏——不是“没有”，“没有”是主观性的，而“缺乏”（absence）

是本体论的。这是一个奇怪的现象，那种真挚的怀乡病（或爱情），那种终极痛苦，却存在于慕容这个类似于纸鸢的男人的心里。而思安心里珍藏的乔，经受了岁月的磨炼，却经不住现实的检验。最后，他们双双殉情：慕容这个自恋患者是为自己，为他的所谓终极痛苦而死；而思安却是为慕容而死。连死亡也不具有实际的意义，其理由不过是这场虚假的战争游戏没有必要进行下去。

这篇小说处理的“爱情在我们的时代已经丧失”的主题并不新鲜，然而，北村没有像其他人那样停留在所谓“孤独”、“空虚”、“焦虑”等等现代主义的陈词滥调的重复中，而是在一个精神乌托邦的世界里来反观世俗生活，对超越性的精神价值的绝望寻求是北村始终不懈地追求的主题。因而，他对虚假性的揭露，对怀乡病的丧失，对终极痛苦的迷失，才会如此痛心疾首。对于北村来说，这种虚假性的根源依然在于家园的丧失。慕容，这个在水面上行走的人，这个绝望的舞者，同时是最后的流氓——在北村看来从词根上说，流氓是指一些没有家的人，从根本上说，他们（慕容、思安、乔、张丽等等）都是逃亡者。

虚假性作为生活世界的本质，使北村已经洞悉到生活的真相。这个世界上没有什么东西经得起绝对推敲，北村并不满足于把纸糊的生活撕碎给人看，我想他肯定是着了魔了；寻根究底，追求终极，这是北村的本性。《聒噪者说》（1991）却去追问：“是什么遮盖了我们洞悉终极真相?”语言、文化质问，只能引入迷津。最初的概括在哪里？如何提供意义？北村的叙述是一次对“最初概括”的模仿，当然又是一次结构性迷津的构造——极其简洁的空间和时间线条：聋哑学校、宗教所、河流、树木、小路和山那边，然而，却令人摸不着头脑。隐喻语体似乎表明，这不是在讲述一个警察调查一桩死亡案件的故事，而是在探究命名（语言概括）与事实真相之间的错位，或者说“人进入典籍”的困境。

聋哑学校，这个看上去拒绝语言的地方，其实在使用最初的语言——哑语。然而在聋哑学校的一间屋子里堆满了“印错的”《哑语手册》，那么，什么才是“正确的”《哑语手册》呢？也许最初的命名就存在谬误，而随后的命名不过是在谬误的迷津里试图突围的持续行为而已，事实的真相一开始就被语言（命名）所掩盖。那么，绝对呢，还有神呢？我们怎么到达彼岸？中间横隔着一条“深水河”。神学教授企图通过写作到达神，他的写作姿势与描红没有多大的区别，如同他在深水河畔的徘徊与沉思冥想。聋哑学校连遭两次大火，最初的概括毁之一炬；而“上帝说要有光，于是就有了光”，神性销毁了人类到达它那里的最初的道路，残留下来的唯一事实真相就是“死亡”，只有“死亡”是绝对的。

企图解释清楚这篇谜一样的小说过于困难，这不仅仅在于它的叙述方法有意造成的障碍，而且在于它涉及“原初”与“终极”这类永远悬置的哲学命题，它们本身就是一个思想的迷津，而北村企图用叙述迷津来追踪这个思想迷津，结果当然是使一切变得更加混乱，它除了用“死亡”这个绝对而简单的事实来澄清最后的也是最初的概括之外，别无他法。尽管如此，这篇小说显示了它作为实验性作品所达到的难度。

逃亡、虚假、命名的困难等等，这一切的根源都在于神性的丧失，而迷津不过意味着到达神性之路已经错乱。北村的自相矛盾之处正在于此：他意识到神性在我们时代业已丧失，然而他却依然怀抱着最后的希望去寻找神性。他的“神性”到底是什么呢？终极信念、超越性的精神、绝对真理、永恒的价值、诗性的乌托邦等等，“神性”到底是什么呢？没有人能说得清，北村更是一片迷茫，然而他却异常执拗地去寻找。像他的《披甲者说》中的吴总兵一样，这个末路英雄，这个笃信者，他那广阔无边的孤独正是通往神性的路途。而副总兵，这个永远与神性无缘的家伙，他不过是总兵空洞的投影，一个失之毫厘则谬以千里的模仿品。神性被北村用来作为衡量人物生存价值的根本标准，他的那些角色无一例外都是因为丧失神性而逃亡（也就是寻找神性），他们结果无一例外是为“神性”殉难而死去。北村的写作既是一次欺骗，也是一次谋杀；倒霉的是那些猝然死去的角色，他们毫无革命者的殉难气节，他们相继死去如同流离失所的匆匆过客，露宿历史街头而长眠不醒。尽管如此，没有人像北村这样醉心于刻画这幅令人心碎的末世学图景，他的写作因而又是一次绝望的诗意祈祷，一次写作的自我谋杀（他的作品自绝于读者），而作品不过是一纸遗言，一份对写作的无所作为的控诉书。

多少年之后，北村以他的现实行为演绎了他的小说叙事，他对绝对神性的寻求，他的那些关于迷津的构想，关于逃亡主题的沉思，关于家园遗失的悲悯，没有人像他那样有切肤之痛，也没有人像他那样始终怀着形而上的超脱。然而，时间依然具有现实效力，谁会料到北村在20世纪90年代迅速回到故事？虽然还保持着对现实的形而上理念，甚至过分偏执的宗教态度，但时间无疑使他现实化。①他的小说叙事现实化了，他的文学态度和功能现实化了。语言的迷津只是一次例外，一次闲暇中的出游。这对于80年代后期的整个先锋派小说来说都是一次意外的出游——一次历史之外的出游。时间并没有在文本中完结，历史之外并没有文学永久性的立足之地。但是，这代写作者却是借助自己设定的叙述时间，从而能在历史之外开拓一片天地，他们是历史之外的自我放逐者，回到历史之中，他们也就失去了自己的独特性。

三、假想的皈依：回到现实之中的精神祈祷

北村在20世纪90年代已经放弃了迷津般的语言实验，也不再沉迷于那些玄虚的形而上观念，而是转向关注当代的现实生活。看得出来，他的叙事已经十分平实、流畅，注重故事性和人物本身的存在方式。当然，北村依然是北村，他对生活的偏执理解，依然以另一种方式贯穿于故事的各个角落。

1993年，北村发表《施洗的河》，小说讲述一个堕落至极的灵魂得救的故事。刘浪是父亲与伯农之女野合的产物，这个人一步步走上凶狠之路，8岁那年居然试着对父亲放黑枪，医学院的教育却使这

---

① 在20世纪90年代初写作的关于北村的文字中，我再三强调北村应该走出迷津。那时，我对北村过分沉迷于时间的迷津不无担忧，我尤其希望看到先锋派以其形式主义策略穿透现实展开新的探索。我写道："尽管我充分肯定并且高度评价北村的实验性探索——它证明了当代小说在观念和形式方面的极大可能性，尽管我深知北村的探索异常认真也异常艰难——少有人能像北村那样不为名利所动而忍受远行者的孤独，然而，我还是期待北村能走出迷津。我当然不是怂恿北村去写作那些媚俗的作品取悦读者，而后以被成功醉红的面孔呈现于领奖台。胜利者的姿态对于创作永远是危险的。我知道北村是面对文学史和思想史而写作的，但是文学史在当代的延伸却是由多元力量决定的，必须和活的文学史对话，这就要敏锐把握文学史的当代性情境。应该承认，北村及整个先锋群体近几年的形式实验取得令人瞩目的成果，他们的探索已经构成文学史在当代延伸的一个环节，表明了当代小说所达到的艺术高度、难度和复杂度，并且以实验的形式找到进入当代意识形态社会化实践的特殊途径，先锋文学已经是一个无法拒绝，也无法抹杀的历史现象。"然而，实际上，我的忧虑是多余的，90年代先锋派文学迅速放弃了形式主义策略，北村坚持了一阵子之后，也迅速回到了故事——他不再为叙述的时间所困扰，也不再偏执于思考历史。他要直接而且干脆地面对现实。北村的转向在某种程度上获得了现实的成功，但我并不认为这些转变值得称许。

个浪子变得更加不可救药。他干着杀人越货的勾当，充当帮主，杀死无辜的女人，放荡纵欲，无恶不作。然而，他逃不脱命运的惩罚。他的眼睛几乎瞎了，他的女人居然也被他的儿子弄瞎了一只眼睛。他的儿子凶蛮而短命，他遭遇一系列的报应。于是这个作恶多端的男人开始悔过自新，他从神、从主那里吸取了新的生命源泉。刘浪和马大也重归于好，他们在上帝那里成为兄弟，于是“万物都在阳光中显出它们本来的面貌”。如果不过分追究这部小说直露的宗教情结的话，应该承认北村的叙事还是极见功夫的。他对一个人的性格心态的极致状态的刻画，对那些凶狠场景的描写，特别是那种切入到事物本性中去的语句，都给人以极为强烈的印象。从另一方面来说，北村的写作也提出了一个被忽略已久的信仰问题，北村如此硬性地植入宗教的内容，在证明北村尤为虔诚的同时，也表明文学对此已经无计可施。

也是在这一时期，北村接连发表数篇中篇小说，如《伤逝》、《孔成的生活》、《玛卓的爱情》、《孙权的故事》等。其主题都是关于现实中的人们精神信念发生危机陷入利欲困境而终至于绝望的。除了《孔成的生活》还在叙述时间上进行探索外，其余的几篇小说在叙述方法方面都靠近现实主义风格。形而上的意念已经为现实的生活困境所取代，北村身处南方改革开放前沿地带，那里的生活变动，人们的价值观念变化迅速且混乱，北村个人面对20世纪90年代的生活现实无疑会有相当深切的感受。80年代末期，这代文学写作者无法写作现实，他们不可能在原有的历史神话框架内来建构现实神话，而且作为纯粹的文学青年，他们的个人生活也可以与现实保持距离。90年代，现实生活给个人的冲击顺理成章就可以转化为文学话语，只是他们创建的文学表意方式与直接经验发生错位，回到现实就意味着放弃形而上的理念，包括纯粹的形式主义策略。北村的转变是突然而直接的，他不再为形式作茧自缚，他要赤裸裸地以现实说话。在他看来，经济实利主义成为当代现实的生活信念，由此引发了道德崩溃，这就是当代现实的根本问题所在。

《伤逝》几乎是以同名的方式重述了鲁迅当年关于子君与涓生的故事。只是当代现实变得更加拙劣。如果说在现代性中国早期，精神信念面对现实经济困境，还只是不得不做出退让，那么，当代现实则是完全为经济实利主义所击垮。超尘（这个名字本身就被赋予了确定象征意义）始终保留的精神信仰，再也无法在现实中找到存在的依据。李东烟这个当年吟咏诗歌的人，已经为金钱欲望所全部支配，而张九摸这些男人，几乎全部是物欲横流的不可救药之徒。这篇小说不留余地地呈现了一幅信念崩溃的末世学图景。对现实的认识早就被给定了，北村的叙述只是毫不留情地把人物的命运推向必然的结果。对于北村来说，生活已经没有其他可能性，也没有任何可选择的相对性，信仰危机、道德沦丧，生活处于绝望的边缘。这就是面对现实后的北村所下的断语。他不再把小说叙述看成是一个文学的问题，而把文学的问题全部转向了现实的精神、道德和信仰皈依的问题。

在那篇题为《玛卓的爱情》的小说中，北村描述的现实再次遵循悲观主义的原则，是一个理想的爱情，具体化到现实生活而彻底破灭的故事。观念的爱是如此纯粹，刘仁居然每天写一封信给玛卓，整整三年，每天夜里他借着手电筒的微弱光芒，伏在床上写着他的热情洋溢的情书。手电筒发出的那束微光，乃是在现实的黑夜里来自天国的光芒，在这束光的照射下，才有纯粹的人性，才有对真理和人的真实情感的追求。而玛卓这个漂亮的姑娘，一个能歌善舞的女大学生，却感到生活的虚假和外在化的表演，她感到孤独。如期而至的刘仁，以他鼓鼓囊囊的挎包引起玛卓的兴趣，而那整整一千封信则使他们在那个干涸的泥塘里共沐爱河。这一切都显得有些怪诞，这是游弋于形而上领域，独自借用天国之光的人们特有的存在方式。

然而，天国之恋经不住俗世的具体化展开，新婚之夜，刘仁这个幻想之恋的英雄就束手无策，而玛卓这个美丽性感的女人居然也冷漠如冰。所有的俗世生活是如此的乏味、琐碎、无聊，过着日常生活的人又是如此狭隘、乖戾。一顿晚餐，一些酱油，就足以毁坏生活的诗意感觉。显然，对于北村来说，作为一个俗世的人无疑是艰苦、可怜、渺小而卑琐的。为了吃饭，为了养育孩子，为了一件生日礼物，“爱人们”迅速落入困境。金钱是俗世生活的万能上帝。这当然又是万恶之源，这个为金钱所主宰的俗世生活，不再有任何的诗意可言，刘仁摆脱生活困境的唯一办法，就是抛妻别子出国打工。那段理想化的爱情，被俗世生活、被金钱撕得粉碎。

北村的叙事在两极展开，从理想与现实的两极来表现人类情感生活在现时代面临的巨大危机。对理想化的幻想之恋的描写，可以看到那种纯粹的情感生活，在这一层面北村的叙述隐约可见渗透着一些宗教圣典。例如，那束光芒，爬满蛇的泥洼，倾心相恋的人们手牵手，走来走去都是荆棘等等，这些场景都与某些著名的宗教典籍的一些片断相似。北村过去对形而上学的追思，现在变成对天国之美的祈祷。当然，在现实的层面上，可以看出北村还是触及了我们生活现实的严峻性。日常生活的不可超越性，金钱对文化的绝对压迫，一个走投无路的为婚姻所困的男人，他只能到异国他乡才能使生活出现转机等等。我们的生活到底在哪里出了毛病？北村的回答却差强人意，在他看来，问题并不是出在客观现实，而是出在主体自身。没有超越性的信念的人，只能为现实俗世生活所困，为金钱所困。正如北村所说，那个一直拿着手电筒的刘仁可能是一个幸福的人。

北村的讲述显然表征着一种当代思潮，这就是强调超越性信仰对生活的引导和支配作用。为了使这种强调显得必要而迫切，持这种立场的人们乐于对现实进行道德化的悲观谴责。在他那里，宗教是君临其上的最后的精神支柱，道德超越了情感，而宗教超越了道德。北村的表述无疑触及当代现实的一些问题，但是也夸大了这种现实。他的追问是必要的，但是他的解救法则却值得商榷。“看来靠我们自己是无法上岸了，一切都是徒劳。”那么靠谁呢？在北村那里当然是等待上帝。这个等待是如此抽象无力，它当然不会是有效的济世良方。

《公民凯恩》的故事再度演绎了经济实利主义时代的悲剧。陈凯恩这个自以为是的“艺术家”，其实是一个迷失了生活方向的毫无作为的设计师。这个时代把他推到追逐金钱的潮流中，什么都要钱，他什么都想要，他甚至赶时髦养情人。结果他遭遇敲诈勒索，一连串的打击使他的生活濒临崩溃。小说把所有的灾难都加到一个人的身上，一个人就因为欲望——金钱的和身体的欲望，而使自己陷入困境。北村的叙事似乎一直在重复一个简单浅显的道理：如果热衷于金钱并为欲望所驱动，那只有走向生活绝境。唯一的选择就是超越于这个现实的功利之外。北村不只是对一个人的生活作出这样的描述，他是对这个时代的困境作出判决。北村的叙事不能说没有力量，他对一个人的心境，对生活一连串的变动的那种环节的把握，都显示出他的叙述功夫。但北村对生活、对这个时代的判定之简单与绝对不能不令人惊异。他本身的写作方向也值得推敲。从时间的迷宫突然走向现实的北村，却进入一个道德化的一马平川，在这里，一切都那么明白无误，他像是站在荒芜时代的笛卡尔，只有他一个人在振臂高呼。一个人陷入困境是如此彻底，一个时代的危机是如此简单扼要，而解决的方案则更是直接明了。公民陈凯恩后来到了山里，寻觅逃离世俗多年的同学，这个三十几岁的人已经有了五十多岁的模样，但却是仙风道骨的气质。陈凯恩帮他剥了一下豌豆，他就领悟到真谛，他就与神沟通在一起了。

被多方称道的《周渔的火车》（以下简称《周渔》），几乎也被北村的观念破坏了。《周渔》讲述一个女人深恋死去的丈夫不能自拔，而丈夫最令她感动的是，每周两次乘火车往返于两个城市去看她。但是，她最后得知丈夫居然有外遇，这使她陷入极度的痛苦与困惑中。北村的叙事有力地呈现出女性的那种深刻迷离的痛苦，那种不可知的、不可理喻的心理和精神状态，恰恰是这种带有形而上意味的叙事，显示出北村小说特有的那种诗意。但是，小说叙事的推进却逐渐露出它的窘困。北村既试图解构陈清的纯粹之爱，同时也给周渔的性格和现实状态做出因果解释。小说为了给周渔的幽闭心理以及她对陈清的选择找到现实依据，不惜让周渔讲述了她14岁时被父亲强奸的经历。而陈清的纯情也没有保持住，他在他住的那个城市，与另一个叫李华的女人偷情。这种以寻求现实的因果关系来进行的理性化解释，使得小说原有的那种氛围和形而上的诗性迅速瓦解。而陈清的所作所为，显然又是北村刻意批判现实道德丧失的佐证。这个时代已经没有真实的东西，像陈清这样的纯粹的恋人都靠不住，那还有什么是纯粹的精神价值呢？小说到最后也不得不对这种过分现实化的叙事进行再度解构。周渔终于嫁到发达资本主义国家去了，而自杀者却是那个放浪形骸的李华。也许陈清不是死于意外，他是因为无法面对两个女人而有意走向死亡，最后李华也用她的死来证明了，她可能是这个时代真正找到爱之真谛的人。重新扰乱实在的逻辑和理性的阐释之后，这篇小说再度出现了北村式的意义迷宫，诗性才又若隐若现地折射出某种光芒。但总体上来说，北村并没有解决好形而上诗性与实在现实连接的恰当方式问题，北村一直在历史之外叙述，他回到历史之内时，却只找到生硬对抗的一种形式。过于现实实在化，过分的道德化批判，以及解决方案的简单化，都使北村的小说原有的那种诗性折损过多。

不管怎么说，北村对语言迷津的探索无疑把当代小说推到一个少有的难度和高度，这个高度即使不被理解为艺术水准，至少有必要理解为小说企及的形而上高度。现代以来的中国小说并不关注形而上的理念，现实的迫切要求总是压倒了任何文学的自身的艺术要求。20世纪80年代后期的先锋派小说是一次例外，我说过，如同一次偶然的出游，它又迅速回归。正如北村所走的回归之路：他一度在文学的逃亡之路上奔走，走进语言的或时间的迷津，那是当代小说从未进入的异地他乡。北村也回到常规小说的写实之路。这种回归并不需要恰当的过渡，而是突然地空降。在这种转变中，艺术表现方法与形而上理念密切结合的那种小说叙述已经失踪，时间的困境不见了，小说叙事如履平地，在明晰舒畅的小说时间里，人们可读到想当然的故事。在面对现实和面对小说的表现形式方面，北村像其他的先锋派一样，非常自然地就面对90年代的现实。①

这一代作家当然不是不愿意写作现实，而是在那样的历史情境中，他们找不到恰当的表现方式，也把握不住那种现实。他们借助形式、借助自己设定的叙述时间来割裂与现实的关系。当代现实的某些条件发生变化，那些形式设定的栅栏就迅速被破除。这一切都不难理解。但是，在这种转向过程中，80年代的艺术实验并没有留下多少痕迹，这还是有些令人吃惊的。当然没有理由要求艺术的发展一成不变，也没有理由要求作家的叙事风格不能做出改变。但那种表现形式、那种语言和风格，以及那种形而上的思绪几乎是突然间消失得如此干净，这也令人惊异。就北村来说，他转向批判现实的小说，一再借助神性、宗教信念来作为作品主题思想最终的指向，这本身就表明他对作品的内在性缺乏信心。这些批判性的思想是从哪里来的？它们过分依赖简单的道德诉求，而不是与小说叙述结合一体的那种文本意蕴。我曾经说过，北村（以及其他先锋性小说）的思想，不过是艺术表现形式的副产品，这并不是一种贬义的说法。正因为如此，先锋派小说的那些形而上意念才显示出纯粹性，才是文本在语言层面上就能体现出的思想意蕴。

说到底，就小说艺术表现的最基本意义来说，小说叙述时间的处理始终是小说艺术性含量的一个指标，也是小说叙事与现实构筑基本关系的隔离带。强调小说叙述时间，小说由此获得一个自主性

① 这一时期苏童发表了一系列小说，长篇小说《城北地带》，完全采用现实性的叙事方法。余华这一时期出版的两部作品《活着》和《许三观卖血记》，余华自己的评价相当不错，这两部作品也被广泛认为是出色的小说。先锋派只要放低了形式主义策略，就会获得喝彩。但先锋小说放弃得太彻底，这不能不说是一个问题。

的形而上存在空间；消除减弱叙述时间，小说本身的时间就占了上风，小说就具有与现实关联的透明性，小说就具有反映现实的功能。从时间的迷津到线性时间并不只有一步之遥，这还有一片广大的中间区域。但是，先锋派几乎一夜之间就跨越了这片区域，就空降到现实领地，当代小说迅速就忘却了80年代后期曾经有过的迷津历险经历。也许对于大部分人来说，那段经历不过是一个跳板，甚至还是一场假面舞会。但处在如此平庸世俗的氛围里的文学，也许正在经历另一场假面舞会——那就是被现实全部同化的那种狂欢庆典。

不管怎么说，北村在90年代初曾经以叙述时间的迷津建构了一个语言的形而上迷津，这是汉语小说难能可贵的经历。它只是被遗忘，却并没有被超越。时间的迷津是不可能被超越的，它就倔强地存在（悬置）于那个历史空档（之外），它遮蔽了某种历史，但历史却无法遮蔽它。

第十章　幻想与逃亡：永无归期的自我流放

“自我”在文学作品中被强调的程度、方式以及结果，毫无疑问体现了一个时期文学的精神风范。在整个20世纪的文学流向（乃至精神流向）中，“自我”沉浮的历史鲜明勾勒了文学史变迁的最本质方面的内容。有时候，历史的对比令人触目惊心，20世纪初期那种火山爆发式的时代激情，凝聚成时代抒情主人公的形象，凝聚成穿透半殖民地半封建时代历史感伤的“自我意识”——这个觉醒的“自我意识”，迅速投身于革命洪流，因而也迅速淹没于“大众”形象之中，挣扎于政治旋涡之内。尽管如此，“自我”的沉浮史始终散发着浓重的革命理想主义和革命英雄主义气质，某种意义上，它经常构成了意识形态体制内惊心动魄的斗争场面。许多年来，作家与“自我”的关系，足以折射出他一生的命运。

直到20世纪80年代，“自我”从意识形态的禁区里爬出来，站立于新时期的历史分界线上。如果说“大写的人”构成了新时期文学的规范式的话，那么，“自我意识”则描述这个规范式向前推移的历史曲线。80年代面临的历史任务，特别是思想的和文化的课题，与“五四”时期相去未远，因而这一时期某些思想范畴的戏剧性的推论实践，却也经常与“五四”时期如出一辙，只不过结果大相径庭而令人称奇。80年代初期表达得如此热烈的关于“自我”的想象关系，在对现代主义的追逐中达到高潮；然而，在80年代后期，“自我”突然退居到社会的边缘，咀嚼一些无聊的快慰或是沉湎于莫名其妙的幻想。年轻一辈的作家热衷于描写暴力、失踪与逃亡之类的主题，因为在这种主题中，他们找到了“自我”的镜像，正是对“自我”永无归期的流放，我们时代的先锋派表达了反“新时期”的历史意向。他们不仅远离现实主义，也脱离了现代主义而切近“后现代主义”，他们那种“自虐”的行径，既是一种无奈的拒绝，也是一种尖锐的挑战。

一、新时期的想象关系：自我的确认与放大

20世纪70年代末期，思想解放运动带着强大的历史惯性跨入历史，“新时期”文学作为思想解放运动这架战车的马前卒，它理所当然自觉去寻找新的情感源泉和新的感觉方式。显然，正是以强调人的价值、肯定人的内心生活、尊崇人的精神自由为核心，形成这个时期的新的情感。“新情感”的蔓延并且强有力地构造时代的新型想象关系（意识形态的基本表象体系），也就是人的“自我意识”的不断放大和推论过程。

这是一个需要“人”并且产生“人”的时代，经历十七年极左路线的压迫和十年“文革”动荡的中国知识分子，当务之急是要重新确立“人”（自我）的生存权利和价值。“人”的命题从对极左路线的批判中自然引发，并且发展了历史转型时期的“解放”感觉，只有“人”的真正解放，才有思想的彻底解放。因此，关于“人”的设想，表达了那个历史时期全部的现实愿望。说到底，所谓历史批判反省，不过是现实期待的隐喻形式。著名的三个“崛起”[①] 并不仅仅表达了那个时期的“新的美学原则”，更重要的是，它强调了作为一个完整的个人的生存权利，作为一个自由人讲述自我内心世界的自由权利。因而徐敬亚写道：“扑面而来的时代气息，痛切中的平静，冷峻中的亲切，时代的大悲大喜被人们转换成独白式的沉吟。”于是，那些“细节形象鲜明，整体情绪朦胧”，内在节奏波动性大，类似于小说中的意识流手法；结构奇兀闪跳，类似于电影中的蒙太奇；语言，似乎可以擦亮读者的眼睛……所有这些令人兴奋的创新，都孕育着一个最为令人兴奋的主角：“一个平淡，然而发光的字出现了，诗中总是或隐或现地走出一个‘我’！”[②] 徐敬亚在这里小心翼翼地使用了“一个平淡……”为修饰语，企图掩饰那个“我”的历史闪光。事实上，这个“我”决不“平淡”，它是掠过这个时代长空的闪电，那个时期激烈的文学争论，都集中于这个焦点，而整个“新时期”文学观念和禁忌的破除也是从这里开始，正如“新时期”的

---

① 三个“崛起”，指谢冕的《在新的崛起面前》、孙绍振的《新的美学原则在崛起》、徐敬亚的《崛起的诗群》。

② 徐敬亚：《崛起的诗群》，载《当代文艺思潮》，1983（1）。

幻象也是在这里终结一样。

在这一意义上，“伤痕文学”与“朦胧诗”异曲同工，共同把“人”推举到时代精神的中心位置上。“伤痕文学”的那些代表作无一例外都表现了极左路线对“人”的迫害，展示了“人”的心灵所遭受的种种磨难和痛苦。这些作品的现实意义在于，它们不仅仅批判了极左路线，更重要的是写出了一代中国知识分子的精神史。走出历史阴影的知识分子从这里看到了自己的历史形象——遭受过历史劫难的人才有力量，才有价值，理应占有现实的中心位置。因此，“伤痕文学”之后关于“人”的神话不仅拥有历史内容，而且有理由在现实的意义上加以放大。这个“人”从历史阴影中走到现实的地平线上，他就不再是反省、忏悔、忧郁的受害者的形象，他变得勇猛而自信，携带着时代的激情去夺取“自我”的存在。

20 世纪 80 年代中期，中国到处都在谈论人的价值、自我、个性和自由等，这是一个自信而乐观向上的时期，张承志的英雄主义和理想主义恰逢其时。1984 年，张承志的《北方的河》打动了一代青年，与其说是这篇小说讲述拼搏的故事和华丽的文辞引人入胜，不如说是那种明朗的激情、挥洒自如的风格、桀骜不驯的气质等，给出了这个时代关于“自我”的理想化的“镜像”。只有那个雄浑的大自然背景，只有北方那四条巨大的浸透着历史文化和民族魂灵的河流才能与之相配。在此之前，张承志曾经骑着“黑骏马”在北方辽阔的草原上寻觅他失落的青春记忆，《老桥》中的那种忧郁、怀恋、失意、迷惘并不仅仅是张承志的情调，而是属于整整一代知青文学群体。而现在，《北方的河》出自张承志这个老知青的手笔，雄浑热情的风格把昨天的忧虑一扫而光。也许张承志尤为特殊，这应该归结于他的个人气质，但是，纵观那个时期的作品，不难看到正在滋长的雄浑一路的风格，与之相配的是一整套大自然的背景。与其说这是一种风格，不如说这是“人”（或“自我”）的本质力量全面呈现所必需的背景，“自我意识”不仅具有历史批判的深度、理论的力度，它现在还迫切需要大自然的生命强度。

当然，20 世纪 80 年代上半期一直酝酿着现代主义流向，强化并且给“自我意识”注入了特殊的内容，它使这个时期关于“自我”的想象关系在某种程度上、在某些侧面脱离思想解放运动，偏离现实主义“文学是人学”的规范，而具有更多的理论抽象意义。这股流向源头应追溯至“意识流”小说。尽管 20 世纪 80 年代初期的这次探索，主要是形式方面的技巧实验，但是，它探索人的内心世界的企图，无形中强调了人的“意识”那种主观性，并且引出了现代主义关于人的生存意识（其实质就是“自我意识”）等偏离现实主义的思想观念。虽然这次探索在形式技巧方面并无多少实质性的收获，但是，它关于人的生存问题、自我的心灵体验问题等，却给予“新时期”文学观念的历史嬗变以切实的推动。到了80年代中期，西方现代主义的哲学观念和文学作品被大量评介，关于尼采、弗洛伊德、存在主义的小册子成为热门读物。对现代思想的渴望，与对实现现代化的渴望混为一体，共同造就了这个时代的主体意识，并且不断向着“个体”、“自我”偏斜。“反传统”的历史潮流所具有的偏激态度，与一代青年正在滋长的“自我意识”和“个体意识”是分不开的。某种意义上，它们互相激烈碰撞。“反传统”的历史话题给人们揭示了一种情境，当然也制造了一种主体想象，一代青年自以为站在历史的交界点上，站在传统与现代化交汇的历史断层上，站在中西文明冲撞的十字路口。个人被设想为——被自己设想为——历史主体，这个主体敢于拒绝历史、传统，敢于拥抱另一个雄伟的文明，并且正在创建一个伟大的新文明。一方面是对西方现代思想及其现代艺术精神的急迫汲取，另一方面是对本民族的历史传统的断然拒绝及对未来的坚定信念。80年代中期，这个“大写的人”已经脱离了“反文革”的历史轨迹，在更为广阔的现实背景上推演出具有现代主义倾向的“自我意识”。

显然，刘索拉的《你别无选择》和徐星的《无主题变奏》当推为这个时期的代表作。刘索拉写出了一群大学才子激动不安的生存状态，是什么东西在怂恿、诱惑这群天之骄子？他们每个人刻意追求的既不是什么非凡的品质，也不是什么伟大的理想，不过是与众不同的尖锐个性，仅凭这一点，就足以向当代社会发起空前的挑战。与之相去未远，徐星的《无主题变奏》其实主题非常明确，那就是追求超脱芸芸众生的自我感觉。“我”每时每刻感到的无聊与厌倦，不过是“我”反抗社会的“自我意识”，“我”反复强调自己是一个普通人，并且只愿意做一个普通人，其实却是寻找摆脱庸众、摆脱既定的生活秩序的突破口。80年代中期，刘索拉和徐星对“自我意识”的特别强调令一代青年倾倒，中国文坛也为终于有了自己的“现代派”而欣喜若狂。事过境迁，仅仅两年之后，文学界又为“伪现代派”这个问题所困扰。到底刘索拉、徐星是冒牌货，还是喝彩者反应过激？事实上，刘索拉和徐星从“现代派”那里掠夺来一点似是而非的感觉具有如此强烈的社会效应，归根结底是80年代关于“人”的神话，关于“大写的人”、关于“自我意识”的想象关系推演的结果，它混合了19世纪浪漫主义激情和现代主义非理性精神及某些荒诞感，正是那个时期期待已久的“自我镜像”。

二、镜像的解体：自我的角色化或符号化

20世纪80年代中后期，以“大写的人”为中心的新时期的想象关系面临变动的社会秩序的严峻挑战，这种价值准则的“合法性”陷入危机。改革开放的经济大潮引起中国现实的深刻变化，经济实践成为社会的第一历史实践，政治的意识形态以及与之相关的文化实践退居次要的地位。特别是过热的经济增长，强化了民众对经济利益的渴望，社会的期待价值全部向经济实践倾斜。市场经济初步形成的结果必然产生一个相对自由的“市民社会”（或称“民间社会”、“公民社会”），这个社会奉行一套新的价值准则。显然这一价值准则不是从主流意识形态的价值体系推演出来的，恰恰相反，它是从自发地形成的市场经济中自发地生长出来的，因此，它一开始就具有反主流意识形态的倾向——不管是权威的政治意识形态，还是知识分子的精英意识形态，它义无反顾地逃避、反抗损毁这两种曾经孕育了它的意识形态。具有戏剧性意义的是，这两种意识形态一直都在设计、鼓励、推动（偶尔也阻碍）这个生气勃勃的“市民社会”自由发展，它们终究是这个新生社会力量的牺牲品，它从产生的那一时刻起，就注定了是一个叛臣逆子。整个知识分子阶层突然发现自己被这个迅速生长的“市民社会”抛到一边，他们原来占据的社会中心位置一夜之间被冲垮。在80年代后期，随着摩天大楼拔地而起，广告招牌遍布街头，倒爷经理招摇过市，小摊小贩遍地开花……哪里还有什么“大写的人”的位置呢？90年代初期，这个时代被称做“文化人”的那些人，主要是指影星、歌星、穴头、出版商、制片人之流，而各种“大奖赛”、街头小报、歌厅舞厅就构成这个时代几乎全部的文化形式。因此，所谓“思想解放运动”、“人道主义信念”、“历史异化”、“文学是人学”诸如此类，过去一度是神圣的大是大非的，关系到国家存亡、个人尊严的理论（思想）命

题和文学主题，现在变得一钱不值。文学去“解放”谁？去“启蒙”谁？向谁布道？精英意识形态那套话语突然失去听众，面对这个生气勃勃的“向钱看”的市民社会，文学已经患了失语症。

那么文学除了“自言自语”外别无选择。自言自语的文学只能讲述自身，讲述纯粹的文学之梦（语言之梦）。讲述者当然也就不再是以历史的主体的身份地位讲述社会共同的愿望，他只能讲述自己的愿望。于是，文学之梦与个人的白日之梦完全重合，个人、自我成为故事的一个讲述者或者角色。现在的写作者不过在那个灰尘朦胧的镜像上随意勾画几笔“自我”的潦草形象，或者说，他们更乐意去做的事乃是“逃避自我”，远离自我的中心。所有的那些关于“我”的描写，在先锋派的作品中，都缺乏伟大的历史背景，根本就丧失了自我的历史连续性。“自我”不过是沉于幻想、犹疑不决或随遇而安的个人。那个“自我”仅仅是一个不断分离的角色，一连串残缺不全的符号。它在关于欲望表达的话语或话语的欲望表达中徒劳无益地挣扎，而我们时代残存的纯文学写作者却在这里举行“人”（自我）的末日庆典，这当然是一次同归于尽的仪式。

所谓“新生代”（或称“新生代”）诗人率先表达对“人”（自我）的怀疑。更年轻的诗人不愿忍受北岛启蒙主义的沉重感、舒婷的人性论式的哀怨美学、杨炼早期组诗中大块状的历史文化意象。大约在1985年底“打倒北岛”的狂妄口号就预示了一场叛乱——这不过是打倒“大写的人”的另一种说法。“新生代”只想做个凡人，在生活中扮演各种角色：“抽烟、喝酒、跳迪斯科、性爱，甚至有时候打架，酗酒，让那些蓝色的忧伤和瓶装的忧郁见鬼去吧。”（于坚）这些所谓“凡人”虽然拒绝充当历史主体，但是20世纪80年代中期，他们仍未摆脱自以为是的腔调，那副胡作非为的嬉皮士姿态与刘索拉、徐星的那些大学才子和文学青年做派如出一辙。1986年9月30日，《深圳青年报》推出现代诗群体大展，这是中国诗坛第一次也是最后一次大展。那恢宏的气势和激动人心的场面不过是中国新诗由来已久的梦想的延期实现而已。1986年，敏感的“新生代”诗人已经预感到文学的（也是“人”的）末日即将来临，他们偏居于生活一隅而无所作为：“回忆起某个日子不知阴晴/我从楼梯摔下，伤心哭泣/一个少年的悲哀是掉下楼梯/我玩味着疼痛、流血、摔倒的全部过程。”（丁当《回忆》）尽管随后诗坛上也还有“新生派”偶尔摔出长句式和大块状的意象（例如“汉诗”），但是它无力垒起时代的纪念碑，只能去堆积“自我”的坟墓。从整体上看，1986 年之后，“新生代”大都抒写那些随波逐流、游手好闲、自怨自艾、自欺欺人（例如性幻想）之类的“小写的人”，咀嚼那些微不足道的欢乐或悲哀成为他们的全部爱好。1989 年，海子以他殉道者的伟大姿态完成了一次绝对的写作，这既是一次绝望的拒绝，也是一次希望的预言。海子和骆一禾的死突然警戒诗坛盛行的游戏精神，然而，我们时代最后的英雄已经死去，最后的理想主义和最后的失败主义又有什么区别？当然，这是后话。

1986 年，马原的出现，并不仅仅意味着小说叙事的革命，同时也预示着“新时期”的文学理想——“文学是人学”的失落。马原把曾经神圣的文学创作改变成玩弄“叙事圈套”的写作技艺，他的那个叙述人同时也是一个故弄玄虚的角色，他的那些人物相继失踪或是随意死去便不足为奇。《虚构》中的那个“马原”虽然多少还保有一点英雄本色，但充其量也只是一个冒险家或病态的猎艳老手。作为马原的追随者，洪峰另有所长，《奔丧》开启了 20 世纪 80 年代后期的“渎神运动”，通过对“父亲”形象的损毁，洪峰给予“大写的人”以致命的一击。“父亲”的神圣性和神秘感消失之后，“人”的神话必然彻底破产，子一代既然不能从“父亲”那里看到人的神圣价值和生命的辉煌，那么，他的“自我意识”也不过是一系列随遇而安的拙劣品性而已。尽管洪峰在《瀚海》里也像莫言那样“寻根”，然而生命已经没有任何英雄本色，徒然剩下一些野合的乐趣。

残雪在另一意义上改变了“女性”的自我形象。1986 年，残雪发表《苍老的浮云》、《黄泥街》、《公牛》、《山上的小屋》等作品。传统小说中“女性”作为男性欲望对象的温柔俏丽形象不见了，也读不到男女之间惯常有的温情脉脉的关系。在残雪表现的梦幻世界里，只有男性对女性的各种迫害和女性奇怪的心理仇恨。残雪的女性话语第一次在中国文学中有意识地摧毁男性的自我形象，在女性的眼光里，那些粗野蛮横的男性不过是一些靠压迫女人才建立权威地位的无能家伙，而男性也不再能从“女性”那里得到本质力量的确证。然而残雪在颠覆男性的自我形象的同时，也摧毁了女性设置的自我“镜像”，残雪描述的有意识在心理世界中反抗男权统治的女性形象也同样值得怀疑。残雪的女主角除了沉入自我内心世界想入非非之外，她永远是一个不断丧失、不断被剥夺的、无法把握也无法辨认的光秃秃的自我。残雪的关于女性欲望的话语，也是女性对自我的一次摧毁。

在20世纪80年代后期，当代中国文学难以看到前期的那种积极、乐观、自信的精神，即使有人依然在讲述“人”的神话，但是，只要置放在意识形态的历史实践中稍做检验，就不难发现它的夸大。1987年，张承志发表《金牧场》，草原背景，部落迁徙，现代都市，异国情调……这一切都由第一人称“我”以浓郁的抒情风格表达出来。这是80年代热情的最彻底的一次表达，由张承志充当80年代最后一位理想主义者，历史恰如其分地选择了它的末路英雄。

1987年之后，苏童、余华、格非、孙甘露和北村等人，更加注重小说的叙述方式和话语风格，远离意识形态主体中心，不直接描写现实，小说写作被转变为个人自我表白的话语。然而追寻叙事策略和话语风格并没有把“人”（自我）放置于话语中心；恰恰相反，在他们的讲述中，个人被话语分解为一个不断错位的角色，一个不断改变本质的身份不明的语言怪物，不管是叙述人还是被叙述人（人物），总是卷入强烈的表达欲望而异化为语言碎片。而幻觉一直是他们热衷于表现的绝对存在。既然表达本身成为写作的根本要义，那么世界也就只能以幻想的形式存在，而沉迷于幻想界的人物何以有真实性可言呢？他们没有历史、没有现实，甚至没有名字。幻觉构成了个人与外部世界的唯一联系，他当然无法成为这个世界的主体。像格非在《褐色鸟群》里叙述的那样，“我”这个蛰居者，只是为时光的流逝而忧心忡忡，逃避现实的结果只能靠“回忆”来替代，而“回忆”的力量把“我”带到历史重复的迷宫，历史变得似曾相识却似是而非，“我”的整个存在变得可疑而不可捉摸。1988年，格非的《褐色鸟群》并不仅仅标志着当代小说在叙事方法方面达到的难度和复杂度，同时表明年轻一辈作家对“自我”及其存在的哲学性怀疑。这个“自我”不仅拒绝而且怀疑周围的世界，更重要的在于，它怀疑“自我”本身。“新时期”上半期的那个自以为是的“自我”，这个代表着时代“意识到的历史内容”的自我，现在却是一个彻底的怀疑论者，为存在、为时间、为回忆所困扰的幻想者。

对于余华来说，“人”、“自我”这种能指已经毫无人文主义意义，它远离历史、文化，被强制性地从经典文本序列中剥离出来。在写作的意义上，“自我”纯粹是一种表达欲望；在文本的叙事语境中，“自我”仅仅是被纯粹欲望驱使的物体，它同时是无名无姓的符号。表达的欲望，存在的欲望法则，无序的符码拼贴混合为余华反历史、反文化的革命文本，这种叙事谋杀“人”（或自我）不过是轻而易举的事。如果说，反历史、反文化也具有特殊的人文含义，那么，余华是一个最绝对的反人文主义者。他那冷漠的目光，从来不屑于浏览蔚蓝的天空，却专注于那些阴险、凶恶、丑陋、恶毒的各个角落。只要想一想余华写作的那些小说的篇名：《世事如烟》、《难逃劫数》、《往事与刑罚》、《河边的错误》等等，余华的人物（如果还称得上人物的话）无一幸免被推入阴谋、凶杀、诡计的中心，他们的结局不是失踪就是死亡。

对于余华来说，子一代的劫难早已被历史注定了。在余华讲述的所有故事中，都暗藏着“父/子”对立的模式，这个模式被余华绝望地打入了一个“反俄狄浦斯”情结。因而，余华这种反历史的写作又具有中国文化的历史寓言特征。与弗洛伊德谋杀父亲的“俄狄浦斯”情结相反，余华的故事中总是父亲谋杀子们，子们永远处在“父亲”的监视与阴谋之中。老谋深算阴险毒辣的“父亲”诡计多端，子们懦弱无能或愚顽无用，他们难逃劫数。《世事如烟》的“算命先生”心安理得享用儿子们的寿数，他那宰杀公鸡的拙劣行径像是在完成一项古典仪式，而所谓的“采阴补阳”术可以看成是对中国传统文化的心领神会或是精妙误读。在这个“敬德”、“宗孝”的文化传统中，“父亲”至高无上的权力永远使子们屈居其下，死亡则成为历史进化的唯一法则。然而，“父法”不仅掠夺子们的寿数，而且阉割子们的生殖力（《难逃劫数》的那个老中医完成了对东山的毁容之后再加上剥夺其性功能才算心满意足）。“父法”如此彻底地掠夺残害子们，这是历史疯狂必然行使的手法，绝望的“父法”与无望的子们共同构筑了无可挽救颓败命运的历史主体，他们在劫难逃，除了自戕或他戕别无所求——这就是历史的“自我意识”或者说是处在这种历史之中的人们的“自我意识”。

如果说格非的那个“自我”变成忧心忡忡的怀疑论者或妄想者，余华的“自我”已经消失于父亲/子们的自戕与他戕的疯狂罪恶之中，那么，孙甘露的“自我”则被彻底流放到叙事游戏和文本的语词快乐中去。不用说本书多处谈及的《访问梦境》、《我是少年酒坛子》、《信使之函》、《请女人猜谜》等小说，1989 年，孙甘露发表《岛屿》，这是一篇关于小说的小说。如果说《请女人猜谜》是同时写作两篇小说，以互为文本来开拓小说结构的话，那么，《岛屿》则是在叙述叙事本身。故事中的人物已经完全脱离了他的生存现实、历史、文化等背景，仅仅从属于小说叙述。不管是叙述人的还是被叙述人（霍德）的“自我意识”全部交付于叙述游戏。实际上，这篇小说的故事十分简单，也有几个相互关联的人物：作家霍德在一个岛屿上超速行车撞上了少女桦，在送少女桦去医院的路上不幸又撞上一辆运货卡车。这个故事几乎毫无意义，连戏剧性也谈不上，这正是孙甘露所需要的原材料，因为叙述游戏占据了支配地位。解构式的叙述有意戏弄了主角（人物），霍德在某个叙事单元是一个想入非非的作家，在另一个单元却又是一个秘密的偷情者，他还可以是一个迁徙者或流浪汉……由于时间总是错位，在各个叙事单元里，霍德的身份发生莫名其妙的变化。他与少女桦或火车司机小默的关系也弄得十分蹊跷。脱离现实，脱离了人文背景、历史、文化的人物，不得不任凭叙述随意驱遣。他是一个随便更换的角色或任意游戏的符号。正如小说中叙述的那样：

> 他在岛上漫游就犹如是一种叙述，一种对叙述本身的叙述，他提到了岁月、历史、海、友情、性、罪恶甚至上帝。但是这种陈述的激情是不易被察觉的。它的谨慎、繁复和回旋遮蔽了潜在但至高无上的悠长情感，并使它温文尔雅地富于装饰性，并且正是这种装饰性指明了动机所在，还预示了变化与寻求归宿是同样必需的。

孙甘露的叙述力图解构经典文本的人文符码，解构叙述本身则当然是一次彻底的解构。通过对叙述本身加以叙述，孙甘露把叙述引入到话语的迷宫，人物与人物相互矛盾，人物与自身也相互冲突，优美华丽的语句与东拉西扯的叙述混合而成的文体，既引人入胜，又令人不知所措。某种意义上，孙甘露不仅是在写作写作本身，不仅是在叙述叙述本身，他同时在讲他这个写作者自己。他嘲弄了写作，拆解了每一阶段的虚构，这是一次对“自我意识”的绝对解构；连作者的叙述意识也被消解，这是对写作的制度与方法的彻底背叛，它当然包括对叙述者本人的权威地位的颠覆。

总之，在先锋派“自言自语”式的写作中，人物“自我意识”却被交付给反抗经典文本和反权威话语的写作，交给放任自流的叙述游戏和语词的快乐，那些诗性的描写和夸夸其谈的议论，不仅表达了存在世界的荒诞性和虚假性，而且表示了对“自我意识”的不信任。这并不奇怪，正如我一再强调的那样，我们时代的先锋派是在文化溃败的历史时刻步入文坛的，他们的怀疑主义或虚无主义本质上是一种失败主义，既然他们不再寄望于成为新的历史主体，他们乐于把自我（及其人物）流放到写作的快乐和叙述游戏中去。也许人们可以争辩说，他们这种自虐式的写作也是强调“自我”的一种方式。但是，不管如何，这个“自我”不再具有历史普遍性的意义，毋宁说那是一个孤零零的“自我”，一种光秃秃的存在，一个被当代文明流放于历史异化领地的幻想之物。

三、胜过“父法”：逃亡与超越

当然，“新时期”设想的“大写的人”是一种幻想，“后新时期”表达的“小写的人”同样是一种幻想。只不过前者的幻想成为一个时期的意识形态，后者仅仅是某个群落的自我镜像。事实上，先锋派在描写个人危机或个性分裂的那些故事的同时，总是热衷于表现暴力，暴力总是幻觉的伴生物，总是对自我怀疑而发出的一个延期行动。也许在“幻觉”与“暴力”之间，可以找到一个戏剧性的推论过程：先锋派无法辨认也并不满意锈迹斑斑的镜像中的自我形象，因而一怒之下打破镜像。那个孤零零的自我被从整个文明的语境中剥离出来，企图超越所有的经典文本和权威话语。然而，只有在“自我”毁灭的时刻，只有在镜像彻底破裂的瞬间，先锋派才能真正体验到绝对的绝望感，体验到伟大的空无（虚无）；只有在这样的暴力行径发生时，他（他们）才摧毁了连同自我在内的文化秩序。这是一种写作的犯罪，而逃亡是其唯一延期存在的形式。因此，幻觉—暴力—逃亡，这是合乎逻辑的美妙的三部曲，它超然于合法化的文化秩序而具有全部遗世独立的美感。

余华对幻觉的热爱直接造成了他的那种临界叙述的语言经验，这种语言经验当然又强化了幻觉的连锁反应。余华的那些沉于幻想的角色始终在欲望和本能的边界漂浮，通过把“自我”改变为“本我”（纯粹的“力比多”），余华的人物滑向暴力不过是举手之劳。在“幻想界”漂浮的“本我”，只有行使暴力才能得到满足；而他们相继死去，或失踪，或逃亡，乃是拒绝实现自我、逃避自我的必然归宿。在余华所有的小说中，《难逃劫数》把幻觉与暴力推到极致，即使看上去纯净而流畅；那些想入非非的角色为欲望所怂恿，或堕入情网，或迷恋犯罪。幻觉与暴力是一对孪生兄弟，而欲望则是黏合剂。东山与露珠的婚姻，不过是被情欲鼓动起来的幻觉；婚礼是情欲、暴力混杂而成的激烈场面（情欲当然也是一种暴力，不过有时优雅，有时粗野而已），随后每个人都在劫难逃。这些人走向暴力，走向死亡，与其说浑然不知，不如说兴致勃勃。甚至连轻佻的彩蝶对美容的幻想也不过是对暴力的变相迷恋（通过刀刃之类的器械完成手术），她跳楼自尽乃是注定的结局。这里面每个人都难逃劫数，东山作为幸存者，逃亡异地他乡，他不仅面目全非，隐姓埋名，而且永远丧失生殖力。他没有历史，没有现实，没有未来，甚至没有真实的姓名。作为一个逃亡者，他是一个虚假的存在；作为一次远离家园的自我流放，他总算如愿以偿。

现在，“人”、“自我”不再是思想的主体，通过把“自我”改变为“本我”，个人仅仅是在欲望界随遇而安的流放者。显然，这种描写，这种讲述本身就是一种暴力，一种逃亡。与张承志们带着时代的激情不同，与韩少功、阿城们带着历史文化记忆不同，余华的写作把“人”强行从时代背景，从经典文本和历史符码中剥离出来，这是些身份不明的人物——例如《往事与刑罚》，那个“陌生人”“接到一份来历不明的电报”，在“重温了几十年如烟般往事之后”，“开始滑上了这条蚯蚓般的道路”。余华的人物全然不在意面临的危险，而让他们去冒险，去领略怪诞或恐怖，正是余华所需要的。观看他的那些没有历史，也没有现实感的人物陷入一连串的暴力行径，这种写作获得一种虐待的快感。这是一次对新时期“大写的人”的蓄谋已久的凶杀，是一次彻头彻尾的愚弄。那个陌生人与刑罚专家大谈莫名其妙的刑罚理论，写作者在这里找到了暴力式的表达快感。这种谈论（对暴力或是对任何权威话语和经典文本排斥的话题的谈论），无疑是对既定的合法化的文化秩序的扰乱。也许人们可以从中读到各种历史隐喻或寓言，把那个“刑罚专家”视为某种历史符码或真实历史事件的表征。那些刑罚意指着疯狂的革命行动，那个“历史之物”（刑罚专家）也已丧失了往日的悲剧色彩，不过是个寻找死亡方式的拙劣的垂死者，选择“自缢”则是历史自我终结的最好方式。“陌生人”作为一个暴力的见证人，作为历史死亡的目击者，他现在真正是空空如也：“面对如此的情景，陌生人内心出现一片凄凉的荒草。刑罚专家的死，永远地割断了他与那四桩往事联系的可能。他看着刑罚专家，犹如看着自己的往事自缢身亡。……”暴力当然是结果历史的最有效手段，那段暧昧不清的历史、似是而非的往事记忆，在写作的暴力中消解，徒然剩下没有任何历史记忆的个人（这也能算是完整的个人?），没有意义中心的真实所指的一大堆混乱不堪的符号，与其说它们堆积起写作的坟墓，里面埋葬着历史、文化、往事、自我或人，不如说它们是纯粹的症状，喻示着当代文化难以诊治的精神疾病。

1994年，余华发表《在细雨中呼喊》，重新清理了个人的历史根基。作为一部讲述幼年故事的心理自传，《在细雨中呼喊》不仅仅写出了幼年生活中那些令人绝望的生活事实，而且给出了反抗绝望（或超越绝望）的“倔强精神”。这种精神当然不仅仅来自那些特殊的幼年生活情调或情趣，它更重要的来自反抗“父法”的那种非成人化视角。这种视角使余华小说中的自我呈现出明确而有力的状况。余华过去惯用的那种非成人化叙述视点，在这里首先还原为幼年主人公的生活视角。正是在幼年人的视野中，成人的世界无可挽救地被颠覆或自行解构。显然，这是一次对“父法”的无情嘲弄。“父亲”的形象在这里绝无神圣尊严与慈悲的权威性，相反，却是一个凶恶而卑劣或虚伪狡诈的迫害狂。孙广才，这个主要的“父亲”毫无疑问是一个十足的无赖，压迫无辜的子们是他的拿手好戏。他把大部分精力消耗在寡妇那张已经毫无诗意的床上，他的主要功绩是把贫困的家庭搞得一塌糊涂。这个父亲是不幸的，某种意义上他是更加不幸的，那次令人悲哀的虚荣心的损伤，可能是他破罐子破摔的出发点。孙广才的儿子孙光明（年仅九岁）舍己救人，成为英雄，县里广播站做过短暂的报道。“英雄的父亲”这种称谓令孙广才陶醉，然而他却异想天开以此来作为“脱贫致富”的机遇。他幻想政府会因此给予奖励。信心十足的等待迅速破灭之后，严重的失落感使他铤而走险，甚至于发展到去向被救者家庭进行勒索。贫穷加上愚昧自然是一把锋利无比的刀子，轻而易举就剔除了“父亲”身上的任何尊严和自信。而那个幻想的政府救济奖励，显然不仅仅嘲弄了父亲的愚蠢，同时也是一次政治之父对真实之父的愚弄，这是一次最寻常而简单的愚弄，也是一次最高的和最根本的愚弄。“父亲”就如此轻易地被否定了。说到底，它们都是“父亲”世界里的事，否定也是自我否定。非成人化的视点似乎更加真实地观看到“父亲”的拙劣品性，或者说这个视点本身就是对“父亲”形象的漫画化变形。

改写“父亲”形象已经不是什么惊人之举，只是余华变本加厉了而已。余华1987年之后的小说，虽然没有明确的“父亲”形象，但是《世事如烟》中的“算命先生”，《难逃劫数》中的“老中医”，都是依稀可辨的“父亲”，他们或者罪孽深重，或者阴险狡诈，总之不是什么令人肃然起敬的人物。然而，如此清晰而彻底地“污蔑丑化”父亲的形象，暴露父亲的虚弱、无耻而荒谬的面目，《在细雨中呼喊》当推顶峰之作。当然，孙广才作为一个普通人并没有什么特别之处，况且他基本上还是一个安分守法的群众，绝非什么罪恶累累的恶棍，在当代小说中比他丑恶凶残的人物多如牛毛。问题在于，他是作为“父亲”被书写，他是“我”的父亲这一视点，则给予这一形象以特殊的象征意义，它表明“父亲”权威的丧失和子们对“父亲”的蔑视背叛。

因而，在这种“非成人化”的视野中，“父法”不再是合理的秩序和公正的惩戒。“我”的父亲本身就在猖狂地背离父道，他非但不能以身作则，就是在行使父亲权力的时候，也是胡作非为，他对他的父亲和对儿子都同样蛮横无理。小说中写到的第一次殴打，就是一次错误的惩罚。这次来自成人世界的迫害，却是逆反的子们与昏庸的父亲合谋的结果，它给予非成人化视角以敌对的定位。那作业簿上记载的当然不仅是复仇的心情，还是对“父法”的否定。在另一方面，代表着“父法”的“师道”，同样洋溢着迫害的热情。这个见到老婆就低声下气的老师，对付小学生却是驾轻就熟，观看那些学生被处罚搞得垂头丧气的模样，是他的职业爱好。他那不动声色的惩罚，掩饰着一种猫玩耗子的惬意和满足。在这里，“父法”显然不是给子们以教育、培养和关怀等，而更经常的是惩罚和迫害。那个唯一能给“我”以一点温情的养父王立强，却又死于非命。这一死亡事件，不仅完全打碎了“我”的幼年生活，也彻底打消了“我”对“父法”的最后一点希望。

非成人化视角促使“父亲”的形象漫画化，促使“父法”显得荒谬而不合理。然而，更重要的在于，非成人化视角给出了“我”的倔强的孤立存在。“我”的孤独感不仅仅是成人世界排斥压制的结果，也不仅仅是“我”无法自觉进入并且融合于欢乐的群体中，其根源在于“我”的主动拒绝和逃避。饱受排斥的“我”也只能用拒绝来愤怒反击，尽管这种反击披上了羞怯、胆小、恐慌的外衣。试图游离于这个世界，是这个孤独之子保持幼小心灵完整性的唯一方式，回到内心生活深处，使这个非成人化视角具有一种不可摧毁的内在力量：

> 一直以来我都担忧家中会再次出现什么。我游离于家人之外的乖僻，已被村里人习以为常。对我来说被人遗忘反而更好；可是家中一旦出事我就会突出起来，再度让人注意。看着村里人都向河边跑去时，我感到了巨大的压力。我完全可以遵循常理跑向河边，可我担心自己的行为会让家人和村里人认为是幸灾乐祸。这样的时刻我只能选择远远离开，那天晚上我半夜才回到家中……

如此复杂微妙的内心独白，给出了拒绝外在世界的绝对态度。敏感而乖戾的心理在逃离外部世界，逃离父法的同时，也摆脱了父法的统治支配力量。这个年幼的孤独孩子，如此执拗地回到自己的内心，因为他已经全部洞察了以父法为核心的外部世界的凶险、冷漠和谬误。因此，当他被诬陷（写反标）和被虐待（挨打）时，他对来自成人世界的威胁和迫害给予了坚决的抗拒，甚至不惜以自虐的行径（绝食）来表达不可屈服的态度。

当然，余华并没有把“反抗父法”的意识处理成自觉的斗争，在每一个被父法压制和迫害的位置上，这个孤独之子都被愚弄。恰恰是非成人化视角在叙事中始终保持着那种童稚的单纯、善良和天真无邪，并且父法总是愚弄孩子的善良和天真，由此构成的强烈反差产生反讽意味，父法自行解构。被诬陷写了反标的“我”，依然傻乎乎地坐到教室里准备上课，立即遭到老师的嘲弄：“你在这里干什么?”孩子被弄得不知所措，然而孩子固有的纯朴天真则使老师的精明老辣的手段和自鸣得意的神情变得丑陋不堪，它可以划归到人性最低劣的栏目之下。

尽管孩童世界一再遭受父法的侵犯和压迫，也不可避免地被同化（例如多次的陷害和同谋），但是，孩子的世界依然有着它那脆弱而倔强、透明而纯净的存在：那种内心的敏感与孤独，那种颤抖与恐惧，那种情趣和快乐……种种迹象表明孩子的世界里有一种不可驯服的力量。而在另一方面，成人世界则充满欺诈和危险：父亲愚蠢的幻想，老师阴险的处罚和逼供，恶毒的窥探跟踪，铤而走险的报复，可怕的政治牵连等。父法统治支配下的成人世界危机四伏，险象环生，他们（成人）除了穷凶极恶压迫孱弱的子们之外，还能找到其他什么有效的途径确认自我的权威呢？

罗兰·巴尔特后来曾经表述过这样的文学观点："最大的问题是去胜过'所指'、胜过法律、胜过父亲、胜过被压制者，我不说驳倒，而是说胜过。"① 巴尔特的话显得很费解，他这里所说的"所指"、法律、父亲，大概是指为意识形态所确认的权威意义和语言秩序，而"被压制者"则是指写作者处在常规位置，他总是作为被经典意义和规范秩序压制的角色而写作。因此，巴尔特主张不是去"驳倒"——直接对抗，论辩式的较量，其结果必然是一个权威代替另一个权威。而"胜过"则意味着真正的超越，层次上的跃进，对原来的法规秩序的智高一筹的跨越。因而写作既是超出权力界域的"永久的语言革命"，又是悠然从容的"永久启示"。

余华的写作一直有一种退回到非成人感觉状态中去的愿望，而摆脱既定的美学规范和语言秩序则与这种感觉状态相辅相成。《在细雨中呼喊》讲述的心理自传，并不仅仅在故事的层面上给予父法以绝对的抗拒，那种感觉方式和心理状态同时归结于反抗"父法"的写作方式，在这里，叙述视点和叙述句法使写作具有反抗的象征意义。这部心理自传的线性时间被最大程度破坏，叙述人的回忆视点，不断侵入被叙述人（主人公）的行为、感觉、经历和自我意识，它给出心理历史中那些深刻的环节。这部心理自传表达了回到内心生活深处去的最大愿望，它是回忆、反省和忏悔的混合体，因而叙述视点（叙述人的视点）代表了新的叙述法则和新的世界视点，它明显属于新一代的写作者。在相同的意义上，个人的心理经验被余华加以重新编码，严重过剩的心理经验以大量过多的形容词、定语、状语以及各种补充结构表现出来。就写作角度而言，当然是语言和语法的过剩造成心理经验的不断深化、反复叠加甚至扭曲、变形和延伸。作为一部心理自传，个人经验被发挥得淋漓尽致，因而也到了极端的地步。在这里，不可规范的语言句式，过量的心理经验，过剩的欲望表达，乃是对父法秩序的一次不容置疑的超越或"胜过"。

---

① ［法］罗兰·巴尔特《符号学原理》，李幼蒸译，203页，北京，三联书店，1988。

四、后个人主义时代：自虐与自恋的怪圈

年轻一辈的作家在20世纪80年代后期步入文坛，他们承受了“新时期”解体的全部灾难，没有“大写的人”支撑全知全能的叙事，没有激动人心的故事可讲，甚至没有听众。自言自语式的写作必然变成无所顾忌的诗性祈祷，他们幻想用狂放的表达欲望来填补“人”和故事的空缺。“人”和“自我意识”不得不变成表达的牺牲品，不得不淹没于无边的幻觉和混杂的语词世界里。与其说年轻一辈找到了自己的话语，不如说他们一开始就不得不用自己的话语、自己的方式、自己的语法。因而“自我意识”为“话语意识”所替代，个人的历史经验和心理（日常）经验为语言经验所置换。既然个人退居到社会的边缘地带，个人不再有信心从整体上把握文明，讲述社会的集体愿望，那么，个人只能捕捉到某些文明解体的碎片。带着偏执狂的精神逃离残存的中心，则是其别无选择的历史歧途。因此，并不奇怪，嘲弄自我，怀疑自我，乃至忘却自我，经常构成表达的动力。这在20世纪80年代后期其实是极其普遍的社会意识或文学观念，甚至像王朔这样最切近市民社会的作者也沾染上如此习气（有过之而无不及）。然而，先锋派的写作过于沉迷于个人的叙述方式和语言经验，因此，那种“自虐”式的写作终究又落入“自恋”的圈套。

怀疑自我、嘲弄自我只是在反抗和拒绝“新时期”的主流意识形态的历史语境中才具有真实的意义，面对不可逾越的“父法”，自虐式的写作仅仅是延搁“去势”[①] 的一个诡计。在其自言自语的写作范围内，先锋派看上去更像陶醉于自己设计的语言乌托邦的文化自恋主义者。那些幻觉、暴力和逃亡无疑远离“新时期”讲述的神话主角。然而，在那些迷醉般的目光注视下，那些幻想者、独白者、

① “象征性去势”是拉康主体结构理论中的术语。父亲是“认出”孩子的人，通过言语给他以个性。这个言语就是法，法是精神的亲属性与许诺之间的一种联系，孩子如果接受了“父亲”的法，俄狄浦斯情结成为过去，孩子心灵上就发生了“象征性去势”：父亲通过使孩子与母亲分离而使孩子“去势”。有关论述可参见雅克·拉康《文集》，法文版，巴黎，1905；英文版，伦敦，1977。权威性的解释有A. 雷麦尔（A. Lemaire）著《雅克·拉康》，英文版，1977。关于先锋派的历史实践的精神分析学图式的理解，可参见拙文《主体与幻想之物》，载《钟山》，1993（1）。

施暴者和逃亡者再次变成了自我的镜像。某种意义上这是一个无法逃避的怪圈，当先锋们把自己推到历史异化的边缘地带，推到背离权威话语和经典文本的极端境地，当先锋们对自己丧失历史本质和现实地位感到无比焦灼时，他们能看到的就是自己的“倒影”，他们流放了自己的本质，却拥抱了自己的影子，他们也是在水面上行走的舞者（语言的舞者）。

对于马尔库塞来说，这种纳克索斯式的（自恋式的）幻想却是一种值得肯定的“伟大解放”。在他看来，这种幻想具有认识的性质，因为它保存了那个“伟大的拒绝”的真理，或者从正面来说，它不顾一切理性的作用而保护了受理性压抑的、人和自然要求全面实现的欲望。马尔库塞写道：“较之普罗米修斯文化英雄的形象，俄狄浦斯和纳克索斯世界的形象本质上是不实在、不现实的。它们代表了一种‘不可能’的态度和存在。而且，也不可能有文化英雄的行为，因为它们是非自然的、超人类的、不可思议的。但它们的目标和‘意义’并不违反现实。相反，它们是有用的。它们促进、加强而不是破坏这个现实。然而，俄狄浦斯—纳克索斯形象确会破坏这种现实；它们并不表示一种‘生活方式’，它们所诉诸的是地狱和死亡。它们至多是某种对灵魂和内心来说富有诗意的东西。但它们并不给人以任何‘教训’，也许除非是这样一种否定的教训：人不能战胜死亡，不能在对美的赞赏中忘记和拒绝生活的召唤。”①

在20世纪70年代激进主义日渐式微的岁月里，马尔库塞的言论依然具有蛊惑人心的力量。在操作原则控制的工业文明时代，在冷战、权力盛行的时代，马尔库塞不得不鼓吹“自恋式”的幻觉以克服人与自然、人与社会、主体与客体之间的对立。总之，感性革命使“世界正在趋向于美”。马尔库塞设想的那个“爱欲的”乌托邦已经被历史实践击得粉碎，正如普罗米修斯式的文化英雄无法拯救这个世界一样，纳克索斯式的自恋主义更不能拯救自我。

当然，先锋派企图拒绝自我的写作，结果却助长了另一种自我中心主义。但是，需要辨别的是，这种自我所打上的特殊印记——它不再把自我设想为处于历史中心的位置；毋宁说它有意把自我流放到历史之外的语言领域，流放到幻想和写作的快乐游戏中，通过

① ［美］马尔库塞：《爱欲与文明》，黄勇等译，120页，上海，上海译文出版社，1987。

自我放逐来消除“父法”（权力秩序）的支配与同化。某种意义上，在这种自戕行径的背后产生“自我意识”，类似弗雷德里克·杰姆逊所设想的“后个人主义”经验。在杰姆逊看来，当今文学理论所处的进退两难的困境迫切需要发展一种概念的工具，它们能适合于当代生活本身和当代文本中的主体和后个人主义（post-individualistic）经验。作为一个马克思主义者，杰姆逊深信，意识之非中心化的理论和实践必然服务于“清除资产阶级个人主义残余并为即将出现的后个人主义思想模式准备基础”[①]。杰姆逊设想的“后个人主义”类似于“社会主义新人”，然而实际上，这个“后个人主义”更多来自拉康“颠覆主体”的后结构主义图式，它与德勒兹和伽塔利在《反俄狄浦斯》中，把精神分裂病人抬高成“欲望的真正英雄”的做法如出一辙。在20世纪70年代中期，杰姆逊的这种理论设想依然带有激进主义的流风余韵。但是，杰姆逊的设想却揭示了在后现代主义语境中重新理解“自我意识”的可能性和必要性。正是这一概念有效区别了先锋派的个人化经验与“新时期”神话讲述者充当历史主体的那种时代精神，并且也揭示了先锋派无法逃脱自己设下的圈套：他们可能颠覆了某个中心，但是，他们并不能消除业已形成的文化秩序。“后个人主义”不仅仅描述出他们在时间序列上的晚来位置，而且表明他们的“独特”经验有必要在传统的、经典的和权威话语的序列中加以考虑。

通过把历史主体从破碎的不完整的历史故事中驱逐出去，通过把人物改变成符号或者某个多面的角色，通过毫无节制的幻觉描写把个人改变为纯粹欲望分裂的主体，先锋派的写作确实把“自我意识”压制到最低限度，也确实创造了非同凡响的个人化的语言经验和心理经验——这也是“后个人主义”的要义所在。尽管这种“后个人主义”带有某种历史虚妄的成分，它在多大程度上有效反抗“父法”及其权威话语仍然值得怀疑。但是，在20世纪80年代后期文化转型的历史时刻，先锋派创造的个人化经验做了及时的应答。这既是一次尖锐的挑战，也是一次仓促的应战。随着先锋派逐渐被历史认可，他们创造的“后个人主义”经验也将被普遍认同。自虐式的写作已经变成过去的姿态，这使得先锋派逃亡式的写作成为一次幻想中的狂奔，一次闲暇时的出游。尽管如此，那个“大写的人”

① F. 杰姆逊：《关于戈夫曼的理论框架分析》（“On Goffman's Frame Analysis”），见美国《理论与社会》，卷三，130～131页，1967年春季号。

却无论如何也无法修复，那个怀抱昨天的太阳灿烂而别的历史主体，再也找不到回归的精神家园。然而，我们时代的文化前景未必因此暗淡下来。“后个人主义者”也许会为我们提供另一种景观。全部问题可能归结为，当代文明是否有足够的耐心——这就是历史的脆弱性所在。

下　篇

文化象征：断裂与更新

写作就是存在中他者的这种本源山谷的时刻，是作为衰退的深度时刻，是铭写的场域与强烈要求。

——德里达《书写与差异》

最坚定的信仰者渴望从一切信息中获取最激进的现代圣训，使有序化超越其机制所能维持的界限……

——齐格蒙特·鲍曼《后现代性及其缺憾》

第十一章　历史的颓败：后悲剧时代的寓言

当代中国的“新时期”文学在20世纪80年代后期划下一个段落，不管这是一个多么无力的结尾，或是多么勉强的开端，至少它有一点是特别值得注意的，那就是文学转向语言本体的构造。意识形态热点消失之后，文学不再是历史和现实的附庸，文学以它自身的美学追求展开语言本体的有机构成活动。当然，文学说到底不是单纯的文本，文本总是蕴含着特殊的社会历史内容。具有自主性意义的文学文本有所不同之处在于，它对历史/现实的表达出自文学的审美观念。而在那些具有明显形式主义倾向的文学叙事中，历史/现实经常是文本活动的有机构成部分。在现实主义的文学叙事中，历史的本质规律决定了叙述方法；在具有形式主义意义的叙事中，叙述方法决定了历史或现实的意义。如何叙述决定了小说所表现的生活情态。

在20世纪八九十年代之交的历史时期，先锋小说群体不约而同热衷于书写那些家族破败的故事或是那些残缺不全的传说——这些年代不明的破碎往事在油灯将尽之时突然闪现出隐秘的光亮——这也是历史，或许这是一种更真切的历史。

这些关于“家族颓败”的故事表明（或隐含）什么意义呢？正如福柯所说的那样：重要的不是话语讲述的年代，重要的是讲述话语的年代。然而，作为丧失了“历史性”的一代，先锋小说群体却在构造一种“后历史”（post-history）的话语。在这个历史颓败的话语情境中，他们显然感受到一种对“历史”的阉割与补充的双重快感：一种沉迷在“后悲剧”（post-tragedy）状态中的救赎与恐惧的欢愉。不管把它们看成是对“寻根”的反动，还是对拉美魔幻现实主义的挪用，或是对西方后现代主义的效仿，它们无疑是当代文学走到历史行将终结时刻所作出的特殊表达。宏大而确凿的历史迷失于语言和叙述方法的重重困境，对现实的逃避不得不以改写历史来获取存在的依据。它们既摆脱了旧有的历史，又重新划定了现实表达的边界。进入到它们所构造的那个“历史颓败”话语情境，就足以感知、体验到激动不安的历史意识——这个讲述话语的年代重又消融于那个话语讲述的年代，历史与现实巧妙地缝合，而那些裂痕正是我们理解的插入点。

一、颓败的故事：历史性、家族与往事

作为复活“历史”的一种方式，文学在那已死的久远年代里一直作为民族的史书、典籍而广为流传。最古老的文学或许就是文字本身，岁月的磨砺使人类的记忆淡漠如烟，然而那些碑碣铭文却依稀可见，那是死亡凝聚而成的文字，它是永存的故事。

因而，故事就是已死的往事，正是对“已死”的过去的书写，文学才具有沟通人类与历史、个人与民族、生存与愿望的永久力量。已死的往事重新复活，这不仅对于历史本身来说是一件激动人心的事，并且对于生活在这个历史中的人们，对于书写和感受历史的人们，都无疑是一次膜拜与痛悔交织的秘密仪式。

如果说“寻根文学”在20世纪80年代中期出现，是基于对现代化语境中的文化反思作出的反应，试图修复历史与现实的断裂带而去寻找一个历史延续性的活的源流的话，那么，80年代后期的先锋文学则因为丧失了这种雄伟的现实冲动而专注于“历史故事”的构造。因为现实动机的明确与执着以及传统固有的叙事模式，它不能避免进入意识形态主体中心化的再生产过程，在历史与现实之间构造简单必然的连续性。很显然，苏童、叶兆言、格非、余华等人的出现打破了这种连续性（其中的过渡阶段当然有马原、洪峰，如前所述），故事时态的单一模式随之瓦解。故事作为已死的往事从那些破碎的时间流程中随意涌溢而出。丧失了现实的往事才是纯粹的故事，它用它的“死亡”证明了它曾经拥有的存在。

在这里，我想追踪苏童的“回忆”意识看看先锋小说的叙事是如何在历史的边界获取话语表达的空间的。苏童在1987年以前写的小说，算不上是那种“历史的”或“家族的”故事，但是，它们有一个显著的特征（除了少数几篇），那就是叙述人的非成人视角。苏童后来作为一个成人，作为一个拥有现实本质的叙述人来叙述那些故事，并且获得超距的历史感，显然得自苏童开始写作时就采用

的这种非成人视角。苏童作为一个成人在叙述少年时代的故事，这使他的那些故事不仅具有回忆的历史性特征，更重要的在于他的叙述视角一开始就制造时间的陌生化距离。叙述的历史感并不仅仅取得本身的历史时间，更主要的来自叙述约定的视角。这个视角显然具有双重性：作为一个成人的自我回忆的视角与作为一个非成人的审视他者的视角。这种双重性有效地把“故事”推进一个时间的深渊。“遥远的”童年时代与“遥远地”观看到的外部世界的重合，无疑制造出一种时间的诱惑。回忆使往事在时间的隧道里变得更加遥远，而童稚的目光掠过外部世界的广袤空间无法找到理解的插入之点。这个回忆的视角在时间与空间的交合线上留下盲点，使苏童的故事具有那种遥远悠长的感觉。

那都是一些亲切而温馨的往事，然而，由于“回忆”的先验性质，由于叙述的间距和角度，那些不过是童年或少年时代的往事却变成“许多年以前”的故事。它们获得一种“历史性”——无法进入的时间之流在异域的河床上缓缓流动，而沉静的历史之光总是在那些偶尔开启的瞬间闪现，它不仅使历史变得遥远而且使现实变成虚无。

回忆的气氛和非成人化的眼光，使苏童初期的作品具有一种悠长而纯净的意味，故事在普鲁斯特式的“追忆逝水年华”的情感思流中沉着地呈现出来。正是那种纯粹的生活事实，那种不可复活的逝水年华，它在记忆的家园里亘古如初，因而它是真正的历史。苏童凭着“记忆”进入历史，因此他在“记忆”的隧道中摸索前进则要选择那些突出的标记——这些标记构成了苏童故事的关键性意象，它们作为苏童故事中反复呈现的标志，作为叙事话语无意识的泄露，无疑具有特殊的含义。例如在《桑园留念》里，苏童写道：

> 我们那个城市有许多古老的或者并不古老的拱桥……

“古老的”这一意象在苏童的故事中随处可见，这不仅在于现实已是成年人的叙述人的记忆中那些少年时代的往事都已经是“古老的”，而且在于那些故事本身与一种“古老的”过去（历史）联系在一起。尽管叙述人在童年或少年时代停留，然而，童年或少年时代不过是一个象征，一个进入历史长河的码头，记忆之舟在这里偶然停靠。“古老的”喻示着故事连接着“很久很久以前”，记忆中的世界已经打上历史陈迹的烙印。“古老的或者并不古老的……”，对于苏童来说，“古老的”乃是那个世界存在的基本特征，“并不古老的”不过是以否定意义再次肯定了“古老的”优先性。

因而“传说”这个词被重复使用乃是理所当然的。尽管“传说”在苏童及其同道的叙事中主要作为动词来运用，它不过是“传播”的意思，然而，“街上传说”这种叙述不禁让人想起博尔赫斯或马尔克斯的语式。这个“传说”作为一个动词确实只表达了一个行动，然而它一旦植入这个“古老的”世界中作为不断重复的行动，也就自然构成了这个“古老的”世界的内容。苏童的叙事并不仅仅是关于童年或少年时代的故事，更重要的是在这个回忆的情境中插入了各种各样的传说。“传说”在叙事中与回忆的往事时间平行同一，但是，“传说”具有一种抽象的意味，它使回忆的往事在那个“古老的”氛围中深深扎下根。“传说”这个行为本身就是历史，从久远的过去不断绵延而至的历史。

“古老的”作为定语一开始就潜伏在先锋小说的故事中，在一定程度上决定了故事性质，“传说”作为一种习惯性的行为构成这个古老世界的表征，而“死亡”作为一个决定性的事件，作为故事的关键性环节，它是“古老的”传说的真实内涵。“死亡”一直是自马原以来的先锋小说叙事期待已久的目标，它使“传说”真正成为叙事，成为无可挽救的颓败的历史。“死亡”作为故事的高潮和结束书写，然而，它的情感意向却被最大限度地压制了，“死亡”不过是类似于失踪的偶然行动，不过是故事在其客观行程中的一个夸张的动作，它是“历史”的暂时停顿，一个无可奈何的终结，因而故事的高潮也实际被阉割了。事实上，主角或主体的弱化乃是所谓“大写的人”的萎缩的理所当然的投影，而“人”的萎缩，他的无缘无故的失踪与历史的终结的位置转换，正好表明历史颓败的情境。对于当代的先锋群体来说，构成“死亡”的机遇总是“差错”，这个差错不过是以非解释性的动机掩盖历史的命定劫数而已。不管历史（生活）总是一再出差错，还是说“差错”构成了历史命运的或个人生存的基本法则，都表明历史之颓败命运。因此，不难理解，“古老的”、“传说”与“死亡”三要素事实上是当代先锋群体——叙事话语中隐含的基本的（也是根本的）元素，尽管后来有诸多变体，但不难看出它们之间的血缘联系。

事实上，先锋小说一直在尝试进入历史不可释义的隐秘结构，正是这种历史的通灵术触摸到历史的边界——那由来已久的颓败命运。话语讲述的年代在这里不过是历史的残余物，例如苏童的那片罂粟花地，那口隐藏在后花园中的古井，格非的那个无法释义的语词“青黄”，余华的那个苍老的“算命先生”和“老中医”等等。它们正是历史废墟边界上的景观，是凝固已久的死亡，是关于历史最后年月的传说——它们是历史末世学的图像志。历史的伟大石像树立在每一种文化的废墟上，而家族和它们相会的久远的历史不过是用以奠基的石料，这是全部历史颓败的崇高的死亡象征。

很显然，并不仅仅是苏童着力去叙述那些家族颓败的故事，叶兆言、格非、余华，乃至孙甘露和北村，各自都以不同的方式，或者以特殊而复合的叙事方式深入到这个情境之中。叶兆言的那些追求质朴写实性的故事，总是在 20 世纪三四十年代的破落家族中展开。他像古钱币收藏者一样琢磨着那些古旧往事，历史没有在叶兆言的叙述中复活，而是在客观性的自我呈现中走向宿命论的终结。与其说叶兆言写了中国现代初期的故事，不如说他写了中国古代最后的时光里的事情。这是一次无望的书写，作为我们时代少数几个怀旧者之一，叶兆言刻意追求的“古典性”正是历史诀别馈赠的纪念。相比较而言，格非没有直接描写家族破败的故事，然而在格非的叙事话语中可以轻易读出那些隐约浮现的破败的历史背景，它与那些无所不在的叙事“空缺”融合一体，不仅仅隐喻式地表达了生活世界的不完整性——生存没有着落与归宿，而且转喻式地表现了历史的起源性、过程及其结果的匮乏。因而生活之不可弥合的破裂正是历史颓败情境的现实结果。格非后来写出《敌人》那样纯粹家族颓败的故事乃是顺理成章的事。在余华的那些没有明确的时间和地点的叙事中，历史不是被阉割，而是自行萎缩成超验性的“原罪”。个人的历史、人类生存的历史在余华的叙事话语中全部被剔除。我是谁？我从哪里来？我要到哪里去？这些问题全部被余华强制地改变为当下的本能冲动，非理性的和不可知的劫难支配那些丧失了历史性的可怜怪物，它们徒劳地在生死的边界挣扎。作为原罪的历史性与被剥夺历史性的个人在话语的欲望领域达到无边的统一。

总之，描写家族破败的故事或是以某种变体的方式表达历史颓败的情境，乃是当代先锋小说群体值得注意的动向（苏童不过是一个显著的表征而已），其叙事话语隐含的“古老的”、“传说”、“死亡”三要素也是先锋群体叙事话语隐含的基本的“历史性”因素。

因而他们书写的三四十年代的故事其实与一个久远而古旧的历史或文化一脉相承，毋宁说末世学的情调使那话语讲述的具体年代成为进入历史颓败边界的一个入口，某种蛰伏在叙事中的历史通灵术抹去时间的皱褶，只有纯粹的话语从那颓败的边界涌溢而出。

二、颓败的历史死结：性与原罪

历史之颓败不仅仅是人类活动的外部情境，其实它就是人类最内在的现实。因为，在先锋小说的叙事中，“颓败”植根于人类原始冲动，植根于生命延续性的基因。因此，毫不奇怪，颓败的死结正在于生命繁衍行为——“性”。“性”的紊乱和错位并不仅仅是颓败的一个表征，它本身就是颓败的根本原因。

在先锋小说群体（尤其是苏童、格非）中，“性”经常被植入叙述的抒情描写组织而具有一种不可思议的纯净的美感，其理想性可以与19世纪的浪漫主义传统沟通。然而“性”与“死亡”纠缠在一起却又不可摆脱宿命论的劫数，“性”变成一种神秘的生存陷阱，变成生存永远无法超越的扎布里斯基之角（古希腊传说中的一个死亡之角）。因而，历史——生存的和生殖的血缘的历史（从而也是家族的历史），其颓败乃是理所当然的结果。

在苏童的《一九三四年的逃亡》里，蒋氏旺盛的生殖力与乡村的灾难构成某种隐秘的联系，这种联系在陈文治这个古怪的人精那里得到末世学的启示。陈文治的那个白玉瓷罐不过是多少年来乡村聚集的原始罪恶——邪恶的性的象征符号。作为人类历史得以延续的伟大而隐秘的行为，现在却变成维持乡村苟延残喘的邪恶之举，生存希望竟然寄寓于这个罪孽物化的瓷罐，这是愚昧而倔强的乡村的最后劫难。《罂粟之家》作为一个家族破败的故事自始至终散发着忧伤的气息，“性”在这里作为多元组合关系的凝聚力量，被植入深邃的神秘性而且有客体化的形而上意义，它更像是家族自生自灭的劫数——一种起内在支配的作用向倒错的方向位移，正是在这一意义上家族的破落乃是不可避免的后果。

在当代先锋群体的叙事中，几乎每一个破落家族都陷入性的怪异倒错之中，即使像叶兆言笔下的盘桓于追月楼上的丁先生也不例外。他在致力于道德的自我完善时也没有放弃纳小妾的现实享受，这当然是合乎封建秩序规范的行为。尽管先锋小说的叙事非常隐晦委婉，甚至一再强化性爱的情感因素（例如苏童的《妻妾成群》、格非的《敌人》），然而那种刻意掩饰而蒙上的温馨之气，那种有意偏离主题和主导背景的描写性组织，在家族破败的边缘遮不住历史颓败的情境。它充其量是一首优美动听的末世挽歌，其旋律愈是美妙，愈是表明"颓败"之劫数难逃。它如同废墟上盛开的几朵鲜花，其娇艳不过是绝望剩余的纪念。正如苏童一再写到的那些"怪胎"，它们不过是历史结不出果实而无法延续的确证而已。

很显然，性、罪孽、死亡构成家族破败的必然逻辑，行将破落的家族总是陷入性的错位之中，以血缘关系建立起来的家族，其支撑点最终落在性的罪孽上。在这里，男性作为封建制度的肯定力量，其唯一的能力就是通过对女性的压迫与玩弄来证明。在中国传统道德的规范意识中，所有无助于生育功能的性行为都被视为反常行为而予以禁止，然而，恰恰是在这里"生殖"不过变成一个堂皇而空洞的标志，它使男性特权的任何性行为合法化。男性作为主动者，作为主体，是封建宗法制度的维护者，因而也是受害者。性现在不仅是手段，而且成为目的。然而，性一旦成为目的，其不可抑制的内在破坏性（当然还是在所谓"超我升华的限度内"），使之严重摧毁了本我（不是个体，而是作为整个男性制度的历史之内在性）。男性拥有性特权的结果就是为这个特权所毁灭。作为种族（家族）得以延存的原动力的"性"已经发生畸变，那么家族只能在深重的罪恶感中走向终结。

因此，毫不奇怪，"罪孽"——作为"性"的一种变体，作为性的直接现实性剥离之后更为抽象的生存劫难，它被作为生存的历史之源，一种元支配力量得到书写。在生存的历史性被剥夺之后，其无历史的现实状态植根于这种类似"原型"的罪孽，无疑获得了一种超历史的深邃与神秘性。例如，余华的那些无时间标志的故事本身就是一种历史的"伪形"形式，这种叙事话语存在、进行的观念依据，与其说历史业已丧失，不如说"历史"就迷失在那种超时间性的话语之中而凝聚为不可拒绝的历史原罪。余华的小说中最具有震撼力的就是那种不可言喻的原罪，那种与"性"纠缠在一起并且已经丧失了"性"的任何特征的"罪孽"。对于余华来说，"罪恶"这种东西甚至与价值判断无关，它是纯粹的"无状态"的存在。生活所具有的那种延续力量，那种永不枯竭的创作欲望，不再有一个活的源头，它使人作为主体的实践活动变成一连串无依据、无目的的事实。生存之舟在无边的大海上沉没了，只有那些光秃秃的事实像岩石一样浮出海面，它们远离动荡不安的冲动，而陷入没有终结的自我复制的机械运作过程——这是历史的真正末日，在这里“历史”并非仅仅呈示为一个颓败的情境（这是历史最后“活着”的情景），而是呈示为一个“无历史”的状态。事实上，在余华的叙事中，“历史”已经经历了这次“死亡”：其一，作为叙事对象，“历史”被先验性地剥除，或者说“历史”萎缩成纯粹的“罪孽”，这是处在无历史的虚空中的人物活动的唯一凭借，同时也是那些被阉割了理性和智力的角色无目的的活动的必要“空地”；其二，作为叙述的结果，余华的叙事话语在语言和感觉的临界状态的延搁，通过对故事的自然时间与叙述时间的双重性解构瓦解了历史的生成。

相比较而言，格非一直过于注重他的叙事空缺，他无须关注实际也并不关注人物实际活动的原始冲动，“性”与“罪孽”这种东西在格非的叙事中既远离道德判断，也不具有余华的那种纯粹的或起源性的意义。性不过是叙述进入故事的一个插入点，而“罪恶”也只是偶尔加以运用的原材料（例如《迷舟》、《青黄》、《褐色鸟群》等等）。只是到了《敌人》，格非的目光投向历史——格非习惯运用的叙事空缺为“性”与“罪孽”所填补，尽管格非的填补依然是一种先验性的阉割。“性”与“原罪”，虽然没有在叙事中被催化成一个行动链，然而，一系列的行动（行动链）就是从缺席的“性”与“罪孽”中生发出来的，那个不在的本源变成无处不在的弥漫伸延的质素，那些灾难性结果只有从这个“不在”的原因中找到原动力。

“敌人”的存在作为外部世界的事件（一场大火），如此深挚地沉积在内心世界中，并且成为个人和家族存在的先决条件，其转化的根本原因和方式被省略了，这个家族颓败的现实原因既不是出于神秘的“罪孽”，也不是出自主体的实践本能的性冲动。“敌人”这个不存在的存在，是个无法证实的外部存在，它转变成最内在的最实在的存在，赵少忠必须依靠这个缺席的敌人才能生存下去。他的生存不是为了报仇，甚至不是寻找“仇敌”，而是为了证实敌人的实际存在而已。“证实”在这里成为一个最为消极的存在，承受者不过是期待证实自然出现。“证实”作为一个主动性行为颠倒了赵少忠这个先验读者的位置，他变成一个被动的意义接受者。那一切降临的灾难被赵少忠强制性地与“敌人”绞合在一起，填补敌人缺席的空缺是他唯一可以选择的意义。对“敌人”的证实在天长地久的习惯中变成唯一的期待，那个不在的“敌人”如此真实地存在于他的内心世界中，只有当灾难降临，他获得了解释存在的先验意义，填补了的外部空缺与内心的真实达到统一，生存才具有了真正的现实性。因此，当期待已久的劫难没有降临时，他只好亲手扼死儿子赵龙以补充这个最后的空缺。然而，正是这个“补充”证明了那个根本不存在的空缺，他那坚不可摧的历史变得如此脆弱不堪，在其将要弥合的完整性中全盘瓦解。

《敌人》虽然没有直接写到“性”或“罪孽”，然而，造成赵少忠陷入对“敌人”的期待的根本原因就是“赎罪感”，他之所以期待敌人出现，并且平心静气地接受“敌人”加诸的灾难，正在于他对家族的“原罪”的体验。对敌人的仇恨转化为一场期待已久的赎罪仪式，在道德与宗教统一的境界里承受了由来已久的罪孽。与其说赵少忠最后把家族推向破落的境地，不如说他自觉接受颓败的劫数。说到底，家族以及历史颓败根源依然是某种“原罪”，这种“原罪”变成历史发展至今不可摆脱的劫数。这种历史“原罪”未必是作为历史主体的人的有意识实践的产物，它不过是一种不可言喻的隐蔽在历史起源之中的“元力量”。按照这种宿命论的观点，全部历史发展至今已经不可避免地颓败了，“原罪”作为它的结果同时也是它的命定劫难。

毋庸讳言，先锋小说群体的历史观已经坠入宿命论的或神秘主义的深渊。事实上，任何一个时代的艺术家在找不到现实的切入点时，其理解历史的终极意义都不得不殊途同归走向“宿命论”。因而先锋群体在书写历史颓败的故事时，其对历史的终极性的理解如出一辙也就不足为奇。所谓“性”、“原罪”之类的观念，在先锋小说的意识中不过是一种替代性的概念，丧失了进入历史隧道的现实入口的先锋小说，其实就没有（也无法）追究这种历史本源性的意义。关于历史起源性的观点，关于历史发展至今的情境，不过是话语表达的结果，而不是原因。其思考起点的原因已经在改写现实的写作中转化为历史无意识，因而对于历史本身的哲学思考其实是一个空缺，它除了用“性”、“原罪”这种最现成也最通俗的观点来填补还能找到什么其他的理解方式呢？更不用说个人理解的插入点。历史就是这样被推入神秘的领域，其边界不过是书写行为的先验规约，这些破败的家族已经被先验地（也是现实地）认定是“历史”这棵千年老树结下的最后果实，这个历史之根如果不是浸透了“罪孽”，它又如何会颓败呢？这种简单的粗暴的对历史进行的判定，才使历史的通灵术、随意的感悟、任意的割裂、舒畅的对话、自行其是的抒情、话语的欲望表达方式等等随意越过历史的边界。因而，颓败的“症结”不过是关于历史的话语欲望表达的借口而已——与其说这是一次对历史的忏悔式的书写，不如说是对历史进行一次狂欢般的掠夺罢了。

三、颓败的话语情境：对话与解构

“历史颓败”的观念在先锋小说的写作中并不是一个明确的概念或某种现实的价值判断，它不过是作为一种集体无意识隐含在文学叙事之中。对于具体的文本构成而言，表意的焦虑始终是其内在的原动力。只是在无意识的水平上“意识到”历史颓败的命运，表意策略开启了话语欲望生产的阀门（显然，我审慎地使用“话语的欲望”这一概念是植根于“无意识”结构中的，因为迄今为止我所分析的还只是话语及其表达方式），因而潜藏已久的话语欲望在“历史颓败”的情境中找到表达的理想场所。当话语的欲望表达成为压倒一切的需要时，对历史的追忆也就不得不变成是对历史的掠夺。因此，毫不奇怪，“表达”不再是重新构造历史或还原历史的本来存在（历史本无所谓有，也无所谓无——它终究不过是现实的一种改写形式），而是与历史对话或在颓败的历史边界插入抒情性的描写组织。于是，与历史对话和抒情性描写是当代先锋小说构造的历史话语的两个显著特征。与其说“历史”是在文本之外命运的颓败，不如说是在话语的欲望表达，在话语之相协调的抒情描写中呈现为一片废墟。在这里，以写作构成的历史实践活动至少包含了三个结构层次。

A. 话语构成方式…………表层（话语）

↑

B. 话语欲望冲动…………转换结构（写作）

↑

C. 历史边界之无意识…………深层（集体无意识）

关于“历史颓败”之无意识这里暂不作进一步的阐释，这里先就话语的欲望表达方式（亦即历史颓败的话语情境的构成方式）——与历史对话以及抒情性表达作一简要解析。

作为话语的欲望表达，作为一种自我表白的话语，叙述人“我”当然是理解的插入点。“我”这个曾经“大写的人”，在新时期文学中崭露头角，他一度怀抱理想主义的理念，在“现实”的广阔背景的映衬下踌躇满志（如张承志、张贤亮）；或者他走向另一个极端，在现代都市的街头巷尾落落寡合，愤世嫉俗，以一种个人主义的姿态自我欣赏（如刘索拉、徐星）。很显然，“我”的萎缩在当代中国文学中是由所谓“新生代”诗人率先发出唏嘘之声，他们蛰居于生活的某个角落，意识到生活无可挽回的破碎，不再作徒劳无益的挣扎。由于咀嚼那些无聊的快慰，既不怨天尤人，也不自我陶醉，他们不过是随遇而安的歪斜的个人，有如某种木块结构在生活的河流中无目的地漂泊。“新生代”诗与先锋小说在书写自我的现实状态时有相通之处，例如苏童的《平静如水》、《井中男孩》，孙甘露的《我是少年酒坛子》、《请女人猜谜》，格非的《褐色鸟群》等等。然而，在现实与历史的岔道口，先锋小说与新生代诗却分道扬镳：新生代诗继续蛰居于现实一隅，而先锋小说大都走向历史的纵深之处，这是两次奇怪的双向背离。因此，先锋小说的叙述人“我”，不管是直接出现还是间接出现，或变换方式出现，都改变了那种现实中强制性错位的状态，消除了现实的焦灼与困窘，在与历史对话的情境中，找到使话语合法化表达的方式。在话语的欲望表达与欲望的话语表达之间，在历史与现实的转型之间，先锋小说的那个叙述人“我”没有在压制性状况中变形，恰恰相反，他从容而舒缓地在历史的裂缝中游刃有余。

在历史话语的构造方式上，先锋文学与传统写实主义文学存在叙事方法上的差异。传统写实主义以第三人称“他”作为全知全能的叙述人，这个隐含的故事的自我起源，自我发展的情节中的“他”，最大可能地构造了现实的客观历史性，“他”始终暗含着一种纯历史的过程。按照罗兰·巴尔特的看法，这种与动词的过去时态结合一体的第三人称，意指着一种由于简单的再生作用而能增加具有不同远近或虚构性的秩序。这个全知的“他”退隐到历史之外，“他”把互相联系的共有方向的行为组合全部交付给“现实”本身——对此，巴尔特在《写作的零度》里写道：“动词是在时间性的因果性之间维持着一种含混性，它引起一种事件的过程，也就是一种叙事的可理解性，因此它是一切世界构造的理想工具，它是有关宇宙演化、神话、历史和小说的虚构的时间，作为其前提的这个世界是被构造的、被制作的、独立自足的，是被归结为直线意指序列的，而不是被抛入的、被展现的或给予的。”[①] 当然，汉语没有动词时态的语法特征，通过把“过去时”改变成现在进行时，汉语的写实主义特征获得了直接的历史性，“历史”在纯客观性的自我呈现中获得了现实的实在性，它使意识形态的再生产过程不容置疑地变成真实的历史本身。

也许先锋小说与传统小说的差异并不如人们所期待的那么严重，然而要在理论上作夸大的表述（像巴尔特那样）也未尝不可，至少这种说法是真实可信的：叙述方式或叙述视角的改变表明先锋小说在寻找一种远离意识形态主体中心化的自我表白的话语。当然，任何话语都不可能完全脱离意识形态的再生产过程，只不过进入这个过程的插入点改变了，这种话语与意识形态的主体中心化的关系也大不一样。那个全知全能的“他”，那个创造了现实的自明历史的上帝，现在被改变为历史对话的“我”，正是这个不断偏离意识形态主体中心化的“我”与历史的对话，构造了特殊的叙事方式——颓败的家族（或历史）故事不再是一个连续性的历史，而是当代文明特有的“对话情境”，关于这种“话语情境”的特征可以作如下的解析：

（1）这种对话情境被作了“现在”的改写，融入了叙述人的历史颓败意识。因而历史不是在现实的起源性上来构造，而是在叙述人“我”的强烈的历史边界感的对话过程中被给予的，那些历史故事总是在现在与过去的交接边界得到书写。“历史的事实”被化解为一些瓦砾似的碎片，在颓败的情境中它们绞合在一起，而叙述人的感觉、叙述方式，不断从这些绞合的缝隙中透示出来。在这一意义上，苏童的《一九三四年的逃亡》以其激越的历史冲动与话语表达的欲望，显示了开放性的对话语境。当然，发表于1987年的《一九三四年的逃亡》多少打上了莫言式的寻根痕迹。莫言的“我爷爷”、“我奶奶”的叙事方式，把叙述人首次推向历史对话情境。莫言作为寻根文学的最后一个作家，难以承受文化蕴含的那种深重的苦难意

① ［法］罗兰·巴尔特：《符号学原理》，李幼蒸译，78～79页，北京，三联书店，1988。

识，他更乐于在感性的生命形式里寻找“弘扬”民族生命的情绪突破口。莫言的那个“我”不过是契合1985年左右的时代心理，那个叙述人更像是期待被主流意识形态认同的代言人——他幻想着一种超文明的自然力给萎靡的民族注入新生的激素。因而历史在现实的幻想基础上得到重新书写，历史与现实在对话的情境中得到双向肯定，其相互关联的语境功能是肯定性的而不是否定性的。1987年以后的先锋小说在与历史对话情境中已经解除了超越现实的幻想，叙述人“我”不过是一个“对话”的角色，叙事视角的“回忆”性质其实丧失了现在与“过去”之间的意识形态的同一性或延续性的联系。沉迷于话语情境的叙述人与其说是运用“现在”的感觉瓦解历史存在，不如说是在历史的颓败事件中获得现时的感悟。因此，“与历史对话”是在叙述人（或写作者——在这里二者可以重合）与历史相遇的插入点开始书写的。这是一种偶然相遇的对话，这个情境既被剥夺了历史自身的起源性，也被割断了现实的本源性。强调这一点是很有必要的，这是偏离意识形态主体中心化的先锋性话语的基本规约。也正是在这一意义上，当代先锋小说那些看上去已经没有关系意义上的革命性的话语却依然维系着“先锋性”。在“历史”、“现实”与“自我”之间，“我”成为话语实践的历史插入点，对历史的“现在”改写始终是“我”现时的叙事。

（2）这种对话情境损毁了历史自我起源生成的逻辑行程之后，“对话”在叙述话语的运作中实际变成对历史边界的寻找，乃至是对历史缺席的追踪。这个“我”一旦不去修复历史与现实的连续性环节，那么，其极端形式便是历史的迷失，“我”寻找历史的实际缺席。正如格非在《青黄》里所做的那样，对“青黄”的词源学考据转化为关于“青黄”失踪的历史，而实际构成一部“青黄”的历史，也就是关于九姓渔户的残缺不全的历史。在这里，叙述人“我”所处的“现在时”不断渗透进“历史”，历史是为“我”的现在时所再度构造的，历史起源性的缺乏，其存在的不可靠性只有在“我”现时与历史的不断对话中才浮现出来，然而，历史是对话的产物，在对话中被不断地损毁改写。不管是苏童、格非、叶兆言，还是余华、北村，其叙事的显著特征，就是把历史变成一些可供辨析的“痕迹”，正是在“现时”与痕迹的对话中历史才可能生成。对“痕迹”（或“不在”）的追踪促使话语/欲望不断转化，历史、叙述、话语在这里可能变成一个无终极的开放领域。这不仅导致故事的整合链不断破裂或异化，而且话语在叙事中的构造方式经常为那些补充性的结构所侵占。话语在“所指”层面上的偏离延搁与在“所指”层面上的差异分解——这种双重的分离使关于“历史颓败的”话语情境变得十分空旷而虚幻，作为一个“历史本来不在”的情境，作为一个纯粹的话语情境，先锋小说不得不把自己推到历史与话语双重迷失的领域。

（3）这种对话情境为了强化叙述人的“现时”，经常采用“许多年以前，许多年以后”这道语式。叶兆言的《枣树的故事》当推这方面的代表作。这道来自加西亚·马尔克斯的《百年孤独》的语式在先锋小说寻找历史对话的情境中提供了自由开放的契机。借助这道语式，“对话”打断了故事的自然起源，促使“历史性”中断。叶兆言的《枣树的故事》就是利用这道语式不断把叙述变成拆解故事结果的逆反时间运动，故事时间的突然中断与叙述的纲领性预示达成对位的二重组合，它使一个阶段的终结成为预示另一阶段的开始。在这里，历史总是被“现时”不断先验性地预见，“对话”恰恰是在可预见性的（可知的）前提下把历史纳入不可知的神秘性之中，被叙述人先验性地预示历史结果不仅没有使历史变得合乎逻辑地可理解，反而颠倒了这种可理解性：预示变成了历史的宿命论。

（4）这种对话情境因为历史的起源或过程的“空缺”而进入到历史迷失的纵深领域。历史边界的重新划定与其说是叙事方法论活动造成了历史的残缺，不如说历史本身的破败使历史无法在自我意识里统一构成，它只能处于对话的情境之中。很显然，这种“空缺”来自博尔赫斯的启示。在格非的《迷舟》、《褐色鸟群》、《大年》、《青黄》、《风琴》乃至《敌人》中，故事的空缺不仅仅是有意为之的情节性的遗漏，也不仅仅是叙事得以转换进行的机制，更重要的是它转喻式地表达了历史对话的欲望难以实现的空白。历史本身无法自在自为地存在，历史的起源性被阉割之后，唯有在与历史对话的情境中触摸到历史破碎的心灵，故事的空缺不过是生存历史起源性破裂的寓言式的书写。在叙事层面上对故事空缺的修复、补充，结果却使生存的历史变得更加破败。生存是如此坚韧地在不堪弥合的破碎中默默伸越向前，历史在其最隐秘之处保持永久性的缄默。那些构成生存最内在的东西永远被排除在生活（历史）之外，只有这样，历史才是可能存在的，可以讲述的，可以与之对话的——然而，在这样的意义上，“历史”还成其为历史吗？

（5）由于叙事中的抒情描写，这种“对话情境”在历史与现实绞合的水平上产生一种“后悲剧”时代的震撼力量。叙述人经常由于一种无法遏制的话语欲望，一种弥合历史与现实的时间沟壑的巨大冲动，而以一种直接抒情的方式表现历史边界的颓败情境。在1987年，先锋小说以一种过于激越的感情与历史对话（例如苏童的《一九三四年的逃亡》），以“我”为主语的长句式强调现时此在的“我”的主观化感受，这个“我”的激情多少难以摆脱那个时期的理论幻想特征。1988年以后，这个直接抒情的“我”已经萎缩，转变为更为沉静的质素渗透到叙事的描写性组织中去（例如苏童的《罂粟之家》、《妻妾成群》，格非的《青黄》、《风琴》、《敌人》等等）。与历史的直接对话，叙述人“我”在历史与现实的交界处任意往来的叙述方式改变成更为隐蔽的、潜在的对话方式，那些关于自我对历史的感情的抒情性表达改变为历史客观情境的自我呈现——那些瞬间的情态“历史性”地呈现出来，其被给予性再次转变为历史的自在情境。“我”与历史的对话融入“历史”现时之中的存在。当然这不是简单回归传统的故事模式，回到故事的自我起源的完整性之中，正是因为这种抒情的描写组织的大量渗透，这种客观性的情境不再被构造为一个仿真的故事，而是成为一个不可逾越的历史边界，其自我呈示的客观性正是自我讲述的主体性存在。历史被重新划定一道永久的边界，它如此鲜明地呈现在眼前，它不再是一个被动的被给予的对象，它也是一个对话的主体，“我”的话语冲动全部转化到历史的情境构成中去。历史在生存论意义上的本原性破裂与叙事话语描写性组织构成解构式的悖论：历史愈是破败，它愈是激发话语表达的欲望。历史废墟的边界是如此清晰地伸延，它具有一种来自人类生存深处的不可动摇的震撼力。

值得注意的是，当代先锋小说的叙事普遍转向了更为沉静的客观情态的描写。苏童的《妻妾成群》和格非的《风琴》是值得注意的两篇小说，尽管它们风格迥异，但是那种改写历史的欲望已经为沉静而舒缓的古典情调所替代。如果说格非的《风琴》还运用了一系列的悖反，通过偶然细微的偏差使人物的行动与结果颠倒，从而使整个生活瓦解，其叙事与生活的存在情态构成又一级别的反差；那么苏童的《妻妾成群》则是完全平实而疏淡的描写，其话语的抒情性描写组织不过是不经意地从讲述故事的边界流露，话语与故事唯一辨析的反差几乎使它们融为一体。事实上，不管是格非有意制造的话语与故事的巨大差异，还是苏童有意抹去这种差异，都压抑不住那种偶然的、不经意的细微差别引起的解构力量，那种纯客观性的描写性组织隐含的改写历史的欲望，为话语所构造的客观性情境愈来愈成为先锋小说所追求的语言境界。在这里，先锋小说讲述的故事不过是偶然与故事讲述的话语形成偏差。事实上，当代小说和批语都已厌倦了更为夸大的语言实验；然而，如果当代先锋小说与传统小说的区别仅仅在这一点“细微的差别”上，那么这种“细微的差别”能否支持先锋小说走下去？这需要当代先锋小说具有非同凡响的智力、才情和思想洞察力。

四、后悲剧时代：历史颓败的寓言

历史的颓败感由来已久，那种“原型意识”可以一直追溯到公元前 4000 年前的美索不达米亚文明，可以在公元前 3000 年至前 2500 年的克里特岛的米诺斯文明与迈锡尼文明默默对峙中体验到历史的渴望与阴郁的心理。而在罗马大教堂的幽暗沉重里，在哥特式建筑的尖拱顶与耀眼的彩色玻璃反射出的光圈里，在巴洛克建筑的豪华外表掩盖下的那些狂怪的曲线与圆形图案的张力中，在 19 世纪巴黎街头或咖啡馆里的诗人那忧郁的目光里……历史是如此倔强而又无可挽回地颓败了。然而，作为一个现代主义者，本雅明无疑是第一个在理论上敏锐感觉到历史颓败并与之对话的人。在本雅明的精神史的现象学空间里，历史之颓败乃是构成寓言写作的生存底蕴。与其说寓言式的书写瓦解粉碎了历史之整合性过程，不如说颓败的历史——内涵与外延无法确定的非精神的历史系列——选择了寓言作为它自我书写的形式。对于本雅明来说，历史之颓败是一个时代的艺术风格上的纹章，是打开隐蔽的悲剧世界的寓言意义的关键所在。然而说到底，这种历史之颓败感与其说是本雅明笔下艺术史的自我书写的寓言艺术，不如说是本雅明——作为一个现代主义者的批评家敏锐感到的现实。事实上，不仅是本雅明，整整一代现代主义者都为历史颓败的现实景观而感到震惊，他们那孤独而忧郁的目光久久注视着历史废墟（当然这里面包含着反工业主义的浪漫主义传统与反对资产阶级意识形态的社会革命意识）。其思想的理智与狂怪更为隐秘的目标在于寻找拼合这些破碎的寓言意义的途径，因而构造永恒轮回的时间观和历史观。找到超越性的永恒的精神价值正是现代主义者的根本目标，而那个象征性的深度世界也就成为修复历史颓败的永久有效的诗性空间。

尽管拉美的魔幻现实主义也追寻轮回的时间观念，但是，轮回的或某种永恒性的时空不再具有类似现代主义的那种形而上学的抽象意义，那种轮回的时间观念就是现实存在的本来形态。那些轮回的历史在不断的重复中趋向于死亡的停滞，轮回是重复式地消解的一种方式。也许未必像弗雷德里克·杰姆逊所认为的那样，第三世界的话语是一种典型的民族—国家寓言，浸含着对西方文明的民族主义的敌视。不过，在拉美的历史传统中确实没有创造出一整套持久有效的经典文化和价值体系，作为民族生存的指针，其文化完全以世俗化的形态蛰伏于日常生活中。恰恰由于这种文化的日常性，因而它也只具有现实性而无法确立其历史性的经典价值，它永远是一种"传说"，与生活混杂在一起的传说——不如说它的生活本身就是一部永久的传说。随着这种现实被西方文明强行侵蚀，拉美的"历史"（民族存在的内在延续性）事实上已经断裂，因而，那些现实性的文化，不过是在西方文明侵蚀下的变形的文化性状，它的本土文化愈来愈像是"传说"——它是一部残缺的因而也是更加神秘的"传说"。拉美的现实不过以一种无历史的状态负隅顽抗西方文明（和文化）罢了。拉美的文化（现实）从来就没有历史，因而，它的那种循环、轮回的时间观念不过是一种"无历史"的永恒形式，不过是以误解历史的方式来把死亡的现在充当永恒的现实——它其实是在西方文明的侵袭下寻找确定自我历史的一种尝试，一种无可奈何的倔强的自我认同的模仿形式。其历史已被先验性阉割，这使得这种无目的、无结果的寻找变成历史的自我否定，变成历史的虚假死亡，变成现实对其空缺的历史进行的一次无终极的模拟回忆。

因而，拉美魔幻现实主义的话语讲述的年代中隐含的时间轮回观念不过是其讲述话语的年代历史颓败的现实形式，它既不具有形而上学的超越意义，也不具有修复历史的功能。作为"无历史"的破碎现实，其神秘性的力量以话语讲述的方式不仅表达了对西方文明的拒绝，而且表示了对本土的军事独裁的专制主义的反抗，使用重复把日常生活抛到无意义的边缘而消解文化隐涵的深度性。从拒绝走向自我认同，而自我认同却又无法确认其意义，因此，时间的能指滑脱了其所指的历史性之后只能转化为空间的所指——这个虚无的神奇的然而读不出任何所指意义的空间，无疑是已死的历史与破败的现实共存的最后领地。总之，受过西方现代主义文学熏陶的绝大多数拉美魔幻现实主义作家实际表达了一种与现代主义完全不同的历史景观与艺术风格，因而某些后现代主义实验作家，例如约翰·巴斯在拉美魔幻现实主义那里看到出路。尽管这里存在不同文化之间的误读，但是，它多少表明，作为历史的现实书写形式的魔幻现实主义与后现代主义更有可能是同路人。

对于后现代主义来说，历史已经随同永恒性的价值观念与绝对的真理权威一同死去，“历史之终结”为后现代主义进入语义学游戏领域扫除了最后的障碍。不管现代主义与后现代主义之间存在什么样的联系，“拒绝历史”无疑是后现代主义与现代主义的根本分歧之一。第二次世界大战后的美国实验小说把好斗、暴行、色情、自我分裂、错误等等主题推向极端，把生活的“不完整性”作为生活的“本来内容”接受下来。不管是生存观念意义的“历史”，还是在话语讲述中的故事的历史，或是角色的自我本质的连续性的领域，意义、个人，乃至话语的生成失去确定性的起源和结果。因而，毫不奇怪，对实验小说家来说，生活的碎片和话语的碎片乃是其唯一信奉的方式（例如约翰·巴斯、巴塞尔姆、巴勒斯等人）。实验小说的这种近乎恶作剧的损毁历史的写作方式难以持久，而后结构主义拒绝历史的主题则把后现代主义推到一个理论的高度，这不管是在德里达的解构哲学对形而上学的逻各斯中心主义的解构中（他的方法论向着缺乏起源的非历史的游戏领域开放），或是在福柯的“知识考古学”反人类学、反人道主义和反结构主义的前提中（福柯拒绝以历史的连续性为主题，在为话语的邻近成分的外在关系所规定的推论关系中，建立摆脱人类学的历史分析方法），或是在拉康、德勒兹和利奥塔的精神分析学中——尽管立场和方法论各异，然而寻找一个与历史起源、与自我呈现（在场）的过程相关的开放性的思想领域，一种交付话语的差异性的意指活动的思考方式——总之，拒绝历史的连续的主题是其共同的理论姿态。

无论后现代主义是否在其讲述的话语中实际消解历史，都无关紧要；重要的在于，历史在后现代主义的话语中已经成为一个“问题”，成为一个被谈论的对象，历史突然间“死亡”或“迷失”，这当然不是历史的实际状态——因为历史从来就没有过它的实际状态。正如罗兰·巴尔特早在1968年所说的那样：历史话语本质上是意识形态的产物（或者更准确些说，是想象的产物）。正是经由想象性的语言，历史才从纯语言的实体转移到心理的或意识形态的实体上。结果，“区别历史话语中的一项存在于语言上，而且我们通常的做法倒像是说，它完全是另一存在面上某物的，以及某种结构之外（extra-structure）‘现实’的单纯复制。历史话语大概是针对着实际上永远不可能达到的自身‘之外’的所指物的唯一的一种语言”①。巴尔特的描述同样也适用于后现代主义的立场，这是一个永远无法证实的悖论：如果历史话语像后现代主义所表白的那样——它不过是一种意识形态的产物，那么，后现代主义者关于“历史残废”或“拒绝历史”的主题本身，不也可能是一种意识形态的或想象性的话语吗?

事实上，后现代主义知识分子已经远离现代主义所经历的战争年月和社会动荡，并且对殖民地文化的历史与现状的观察也只具有理论的意义，尽管他们与资本主义社会存在这样或那样的矛盾冲突，70 年代以来的知识分子也已经远离社会革命而保持学术化的中性化立场。因此，后现代主义知识分子“拒绝历史”或者宣称“历史死亡”，显然不是他们从生活于其中的现实感受到的事实（恰恰相反，他们拥有坚实的现实），准确地说，那里理论的推论实践，是文学艺术和理论的批判本性不得不选择的话语——这是一种关于话语的话语。对于第三世界的知识分子来说，恰恰与此相反，他们总是面临现实严重匮乏的境地，他们或者用已死的历史（或文化）来重新虚构现实（例如拉美的魔幻现实主义），或者虚构历史来补充现实的匮乏（例如中国先锋小说）。在八九十年代之交的历史时期，中国先锋小说在潜意识中默认已经被先验性地阉割了现实存在，他们只有作为“逃逸者”徘徊于历史的边界地带才能找到生存的现实。因此，中国先锋小说讲述历史颓败的故事至少包含两层意义：其一，遁入历史领域找到话语“合法化”（legitimization）表述的方式；其二，逃逸到历史颓败的情境中获取补充和替代现实的存在。

当然，寻求话语的“合法化”表述不过是直接而表层的现实原因，它显然来自两方面的压力：一方面，文学话语的表意策略进入再生产过程具有一种无法逆转的惯性力量，在纯粹美学的意义上，只有不断预示创造活力的话语才可能进入再生产过程（例如在苏童、

① ［法］罗兰·巴尔特：《符号学原理》，李幼蒸译，60 页，北京，三联书店，1988。

格非、余华的叙事方式以后就很难再使用张贤亮和刘索拉那种话语），才具有真正价值意义上的“合法性”。另一方面，也是更重要的方面，在第三世界国家中，话语得以进入社会的再生产过程，并且成为一种公众认可的历史实践，那么它必须被意识形态主体“中心化”，如果不能为既定的象征秩序所识别与同化，它可能就要被作为“不合法”的话语排斥于社会实践之外。当然，话语的“合法化”并不是那么简单而绝对地打一个“意识形态”认可的标记，这里还可能有一个“合法化偏离”问题。因为这也是主流意识形态保持生命活力的一种方式，正是这种“合法化偏离”产生话语实践的张力，使社会的话语运作有可能重新编码。第一个方面的美学意义上的“合法化”不至于与第二个方面的意识形态的合法化产生根本对立，从而维系话语的扩大再生产。

先锋小说在讲述话语的年代里远离了现实的意识形态中心，并且找到了有别于前期新潮小说的硬性的观念模拟和偏激的语言试验的方式。在历史颓败的情境里，“讲述”变得从容而徐缓，沉静而诡秘。话语的颓败之流穿行于历史的碎片之间，毫无疑问这是一个无边的领域。因而先锋群体的“逃逸”具有了德勒兹和伽塔利认为的那种积极意义：由于积极的逃逸，欲望生产得以使社会生产屈从于自己，但是并不破坏它，而是和它结合为一个统一的、真正是人的生命活动过程。在每一具体情境中，逃逸达到欲望无意识地介入社会领域。① 当代的逃逸者在历史边界找到一种不断使主体融合于其中的话语表达方式，即那种对话的、抒情性的、反讽的、仿古典主义的叙事方式，尤其是通过那种“细微的差别”将仿真的历史故事解构。这种话语的表达方式在当代意识形态再生产的裂缝中找到一个准确的插入点，作为一种边缘性的潜在的欲望生产转化为社会化的话语实践。

文学的意识形态生产现在不是明显的强制性表现的主题思想，而是在各种话语缝隙之间流露、游走和缠绕的一些痕迹，年轻一代的叙述者所怀有的历史记忆也不单纯是表意策略的派生物，颓败的历史也并非无物之阵，那里面终究隐含着对自我与现实关系的认识。自以为失去现实本质的一代逃逸者，其讲述历史颓败故事的内在动机在于补充“现实”匮乏（absence），那种把并不久远的往事改变

① 参见［法］德勒兹、伽塔利：《反俄狄浦斯》，419～457页，纽约，1975。

成“古老的传说”的讲述方式，正是改写的开始，并且随着改写更加彻底老到，故事愈加远离了“现在”。改写从而获取生活于其中的存在，这显然是损毁与再造的双重满足。其话语讲述的年代不仅在时间维度上是一次冒险的远征，同时在空间敞开中是一次安逸的藏匿。讲述话语的年代——这个被先验阉割的存在，这个不存在的存在，不仅被象征性地损毁，而且被合法化地夺取。

因此，不难理解，一代逃逸者在讲述那些历史故事的构想中，“父亲”总是先验性地（非解释性的原因）缺席或亡故，或者作为家族生命内聚力的繁衍链（生殖系统发生错位）。“父亲”的亡故不过是遗忘“现实”（权威）的一种政治无意识的转化形式，“父亲”或生殖权威这个绝对的菲勒斯（phallus）被一代逃逸者以“遗忘”的方式扼杀了。只有“父亲”缺席或被误置，逃逸者才可能逃逸，沉重的恐惧与轻松的欣喜交错的无意识心理转化为话语讲述的欲望。当然，也只有在“父亲”缺席（不在场）的必然逻辑下，失去了父亲的子们（讲述者与角色）才真正有了一种毫无着落的自由自在，他们被那个颓败的命运俘获不过是在劫难逃。①

通过话语讲述的年代来损毁讲述话语的年代，在这里与其说讲述者愚弄了处于颓败命运劫难中的角色，不如说角色就是讲述者的替代。无父的一代逃逸者，失去了现实这个伟大的父亲，又怎么可能心安理得呢？因此，毫不奇怪，在历史/现实、父亲/子们、政治/话语、讲述/逃逸之间，当代的先锋群体陷入无可摆脱的解构境地。那个话语讲述的年代是无可挽回地破败了，那是已死的过去，它失去了延续性的生命力（生殖力），这个对“现实”的象征秩序的转喻式的讲述，在心灰意懒的认同中却隐藏着急切的期待，“复仇”与寻找“父亲”的主题的一再挪用足以表明这种潜意识。1989 年 3 月号《人民文学》刊载了一组新潮小说，我曾说过，这是一次臣服与回归

① 本章实际是根据我在 1991 年发表的《历史颓败的寓言》一文修改而成的，可以感觉到我那时的叙述方式和理论风格，怎么看都觉得与我现在的心情相去甚远。但这个问题多年来一直困扰着我，未进一步探究是我的心病之一，因而也是我写作本书的最初动机。因此我也就使用了这篇文章。由于那时思考问题的方式和那种理论冲动相关，我也就难以做过多改写。最后一节关于“无父的一代逃逸者”这一问题，我在 1988 年底与 1989 年初曾就“历史颓败”问题与靳大成、汪晖、许明、陈燕谷诸朋友讨论过，1989 年 11 月笔者应邀在解放军艺术学院作家班讲课，曾以“历史的颓败”为题谈论过这一问题，后因忙于博士论文的写作迟迟未能成文。直到 1991 年才在《历史颓败的寓言》中提到。现在时过境迁，历史已经面目全非，令人觉得理论与实际大相径庭，但不管如何，批评与理论并不是创作实践的附属物，我的这些文字未尝不可作为那个时期存留的思想剪影。

的仪式，作为这场仪式的目击者，后来读到格非的《风琴》、苏童的《仪式的完成》、余华的《鲜血梅花》是我意料中的事，古典味十足的抒情风格取代了以往扑朔迷离的叙事。当然把这种风格的转型（或改装）归结于某次毫无诗意的偶然聚会显得过于勉强，然而，历史的无意识难道不是在那些最不经意的裂缝中表征它的意义吗？余华的《鲜血梅花》被普遍忽略了，然而，我却从中读出一代无父的逃逸者以臣服的姿势表征的“恋父情结”及其自我误置的意指方式。毋庸置疑，这篇看上去是“为父报仇”的仿武侠小说实际是“寻找父亲”主题的变种。当代小说已经习惯于遗忘“父亲”，而余华现在开始追究那个遗忘已久的空缺，那个被谋杀的“父亲”变成故事的起源。寻找父亲的仇敌表现为一系列的错位（错过）与延搁，阮海阔无法找到仇敌，也无法亲手报仇，他的所有努力都相继被抛出关于父亲→敌人→复仇的能指链，他实际是一个多余的或滑脱的能指。他在能指系列的那些差异性（错位）的裂痕中往来，他先验性地丧失了“父亲”，也无法通过后天的努力（以复仇的方式）补足父亲的关系，结果，“父亲”对于他实际是一个没有任何现实所指的空洞物，“寻找父亲”事实上变成一个远离父亲，并且永远丧失父亲的延期行动。“父亲”已经死了，谋杀父亲的敌人也死于非命或者根本就不存在，那么“我”的存在还有什么实际意义呢？

确实，一代先锋群体的讲述因此具有“后历史主义”的意义，这就是处于历史与现实错位连接的边界上，在讲述的远离现实的历史颓败的故事中寻找重新生存于其中的现实。这是一个人为设置的悖论：必须遗忘“父亲”才能设置家族颓败的故事（子一代的劫难与子一代的话语），然而自我表白的话语却又依然期待得到“父亲”的确认。因此，在对历史与现实的双重超越中总是落入重新认同的补充结构，在损毁历史的话语颓败的现实快感中必然要陷入对历史的恐惧。这种话语的快感与无意识表征的恐惧在历史颓败的情境中统合产生不可摧毁的“震惊”——那种类似本雅明所说的在历史废墟的边界呈现的景观。在这里，话语讲述的年代与讲述话语的年代达到寓言式的重合，正是这种“后历史主义”的讲述使得中国当代的先锋群体讲述的“历史”，具有与西方后现代主义和拉美魔幻现实主义讲述的“历史”根本不同的风格蕴涵——一种来自历史深处的“后悲剧”精神。

在当代文学转型的某一时刻，也是当代历史某种特殊的情境中，他们被置身于这样的时刻，他们没有奔赴这一目标或那一目标的力量，作为一群“无父”的逃逸者，作为一群后悲剧时代的讲述者，其讲述的历史故事不过是自我表白的寓言。那些“古老的传说”不过是一些已死的往事，而那些相继死去的角色，没有一个具有殉难者的自觉姿态，其自我救赎不过是在历史劫难中随便寻找一个倒霉的位置而已。这些历史故事令人沮丧而痛心，在空旷无边的历史荒原上无处皈依而臣服于命运——这就是逃逸者期待已久的劫难。当然，那个历史颓败的情境中已经更多地滋长出一种古典主义风格，乃至与传统重新认同的价值观念，并且损毁历史的大块状的话语与结构性的陷阱也趋向于萎缩而不得不归结为“细微的差别”（结构上的和话语方面的）。逃逸者的寓言将要真正变成他们的现实家园吗？我们应该庆幸还是应该祈祷呢？——正如斯宾格勒在20世纪初所说的那样：愿意的人，命运领着走；不愿意的人，命运拖着走。

第十二章　无望的救赎：从形式到历史

文学史的变迁令人兴奋，也更经常令人沮丧。20 世纪最后十年以一个暧昧的历史定格为时间序幕，80 年代与 90 年代的重叠像是完成一个文明死结，那些历史转折当然也难以解读。果不其然，1989 年之后，先锋派的形式实验有所退化，原来不过是作为叙事话语的原材料来运用的“历史故事”却再度呈现出来，这使不少人倾向于认为“先锋派”已经臣服于传统的文学规范完成其历史使命。对于我来说，“先锋派”本来就是一个夸大其辞的比喻性说法，他们并没有明确向文化传统、文学规范以及意识形态主体挑战，因此“形式的退化”也就不能在“先锋性的丧失”的意义上来解读。在我看来，“先锋派”——我再三声明我不得不沿用这个比喻性的说法——的写作一直有着自身的准则：它那种“挑战性”的姿态，其实只具有“自我救赎”的立场。在我们的时代，写作的含义已经发生某些变化，某种类型的写作不再是去建构或认同主流意识形态的神话，而是变成个人在文明解体或价值失范时期完成自我救赎的一种方式，其扩大的意义也仅仅在于作为维系社会整合的“文化救赎”的形式。因此，先锋派从“形式”向“历史”的转化，也可以看成是以退却性的姿态完成“自我救赎”的深化进程。现在需要探讨的是，这种“自我救赎”（或文化救赎）式的写作是在什么样的意义上来确认的？“自我救赎”又是如何推导“形式实验”向“历史深处”（复古的共同记忆）转化的？“救赎”预示或者加深了先锋派所面临的哪些危机？……这其中隐含的文化象征意义非常复杂，有些东西难以言说，正如哲人所言，不能言说的东西就保持缄默。这就是理论、思想、概念和语言难以逾越的界线。

一、现实的尽头：写作与文化救赎

1929 年，T. S. 艾略特有感于西方文化中稳定的信念消亡而面临的危机，告诫世人说："世界正在作一试验，要建立有文明而无基督教的一种精神。这场试验将来必须失败，但是我们必然非常耐心地等待它的崩溃，目前则应该为这段试验时间赎罪。"[①]

中国文化没有类似基督教的那种宗教传统，"上帝之死"与我们无关，既无须惶惶不安，也不必为之赎罪。然而，20世纪80年代后期，意识形态权威的失落，统一的价值规范的解体，对于一代中国知识分子来说，也无疑是一次严重的精神危机。

事实上，文学是这次意识形态分化产生的精神灾难的最严重的承担者。

以"大写的人"为纲领建立的统一规范式的解体，意味着"纯文学"已经丧失了进入主流意识形态的功能，"大写的人"随同英雄主义，随同理想主义，随同"主体"、"人道主义"等等一道死去。文学共同体不可能在短期内修复或重建统一的规范式，按照库恩在《科学革命的结构》中提出的看法，新的范式（paradigms）只能通过"解难题"的实践活动才能建立，文学史在这一点上与科学史的发展原理相通。那么，现代文学共同体遇到的难题是什么呢？很清楚，俗文学去认同商品化社会的价值观念，而"纯文学"却失去了主流意识形态的支撑点，以"人"为中心构造"反映"现实生活的故事无论如何不会激动人心，它既不能在现实认同的意义上拯救文学，也不能在文学史的水平上得到确认。那么，难题的症结在于退回文学本身，在文学史的艺术进步（艺术创新）的意义上来找到突破的出路。事实上，在文学史的发展进程中，形式变革的冲动每时每刻都在压迫着、推动着自觉意识的写作者，而在文学失去意识形态的强大支撑力的时候，形式变革的力量就起到决定性的作用。1986年马原在文坛走红并非偶然，尽管1984年他就写下《拉萨河的女神》，但是，只有到了1986年，"寻根文学"和"现代派"耗尽了意识形态的想象力（关于人的历史文化本性和关于超历史的"现代人"的想象力），马原等人的"叙事圈套"才立即就吸引了人们的全部目光。"怎么写"，亦即形式实验使"纯文学"摆脱了不被大众意识形态认同的窘境，它干脆就以拒绝大众意识形态的姿态来实现自主性的文学品格，而且在文学史的水平线上找到自我确认的价值标向。既然纯文学已经不可能在意识形态的背景上与公众对话——建

① ［美］艾略特：《诗歌散文集》，1929。

立共同的想象关系，讲述共同的愿望，既然公众对“精英价值”，对“纯文学”失去兴趣，那么，文学写作若还以寻求“轰动效应”、寻求读者大众的热烈支持为目标，那将有如堂·吉诃德与风车搏斗一样徒然而可笑，文学已经没有敌手要征服，它唯一的对手就是自己，就是在文学史进步的水平线上寻求艰难的突破。马原因此而成功，也因此半途而废。

继马原稍后，苏童、格非、余华、叶兆言、孙甘露、北村们所面对的文学现实，不仅仅是意识形态热点的丧失，而且还有马原这个样板——同时也是他们亟待逾越的高地。也许人们对这些年轻的作者何以在 1987 年突然崛起感到大惑不解，他们实际已经操练小说多年，仅仅解释为几年的实践积累了一些经验，理所当然应该成熟，是远远不够的。在我看来，促使其成熟的中介力量，则是马原的探索清楚地表明了小说写作的“难题”：文学已经无法在意识形态的水平上与现实对话，只能面对文学史的变革来写作。显然马原另辟蹊径是明智的，但是马原的“叙事圈套”却有局限性，马原的基本语式：“我就是那个叫做马原的汉人”——通过把现实中的马原改变成虚构故事中的一个角色，来模糊真实与虚构的界线。然而，马原的“叙事圈套”变化有限，而且他实际是要获取“真实性”，他的“虚构”不过是认同“现实性”的一个手段而已。因此，年轻的作者——在超越马原的意义上他们被看做“先锋派”，开始在虚构性上画下背离现实的地平线，一个虚构的话语空间，一个由想象、幻觉和语言的迷津构筑的精神乌托邦。正如罗兰·巴尔特所说的那样：“尽管不断为自己的孤独感到内疚，文学的写作仍然是对语言至福境界的一种梦想的语言，这种语言的清新性借助某种理想的预期作用，象征了一个新亚当世界的完美，在这个世界里语言不再是疏离错乱的了。写作的扩增将建立一种全新的文学，如果这种文学仅是为了如下的目标才创新其语言的话，这就是：文学应成为语言的乌托邦。”①

然而，我们时代的“先锋派”并不是要也不可能仅仅去营造“语言的乌托邦”，他们的“形式主义”写作在当代的文明情境中不得不具有文化的象征意义。“象牙之塔”在 80 年代后期的风雨飘摇之中，早已破败不堪——它看上去更像是一座倒霉的瞭望塔，这里

---

① ［法］罗兰·巴尔特：《符号学原理》，李幼蒸译，109 页，北京，三联书店，1988。

没有任何能够自鸣得意或孤芳自赏的《珐琅与雕玉》[①]。当年戈蒂耶穿着他的小红背心，在法兰西剧院横眉冷对整个巴黎；而我们时代的先锋派披着“长城牌”风雨衣落荒而走。这座破败的“象牙之塔”不过是远离喧嚣的世俗社会的一块暂时的栖息地，它那徒有其表的拒绝掩盖的不过是自我确认的逃避姿态，而流浪者的郁郁寡欢则是其全部的浪漫情怀。先锋派蛰居于破败的“象牙之塔”不自量力，企图夺取文学史最后剩余的胜利；他们铤而走险毁坏传统与现实的“象征秩序”，拆解意识形态的神话而多少具有殉难者的革命气节；作为梦幻的孤独个体，他们不约而同以闪烁其词的诗意祈祷开始“自我救赎”的最后仪式——他们的“形式主义”实验因此隐含着特定的历史动机力量与重建精神乌托邦的价值标向，具有难以解读的暧昧的文化象征意义。

（1）话语的欲望表达。先锋小说显著的特征就是它强烈的话语意识，“话语”（discourse）这一概念显然不仅仅是指称某种语句单位，它比语言小比言语大的意义就在于，它隐含了特定的动机、视点和价值标向，因而具有特定的社会实践功能。因此，先锋小说的那些看上去仅仅具有文体学（或叙述学）的美学意义的语句单位，其实概括了很强的社会实践意义。

先锋小说的“话语意识”明显表现在越出常规语体的界线的叙事特征上。在传统小说里，语词句子是用来描摹客观事件的自然行程的，语句的意义在于传达出现实实在世界的表象与内容；而在先锋小说里，语句不再依照客观逻辑，而仅仅依据“叙述”（讲述）本身的规则，而这个关于“讲述”的讲述则使文体的传统界线受到严重的损害。很显然，1987 年先锋小说初出茅庐时，话语表达的欲望特别强烈，苏童的《一九三四年的逃亡》是尤为典型的例子。那些描写性的情境与故事的自然进程并无密切的关联，但是，它们不断从故事的断层涌溢而出，它们远离 1934 年的逃亡，而纯粹是讲述人的话语欲望的表达。当然，更为典型的例子有孙甘露的《访问梦境》、《我是少年酒坛子》，登峰造极者当推《信使之函》，人们难以肯定，孙甘露这些语言泛滥的文体，到底是散文、杂感、诗、寓言还是别的什么东西，然而，它们却是被当作小说来写的。随后，在 1988 年，文坛上流行运用加西亚·马尔克斯在《百年孤独》里运用

① 戈蒂耶的诗集。

的那道语式："许多年以前"，"许多年以后"。成功的例子有叶兆言的《枣树的故事》，这道语式在叶兆言的叙事中充当了一个万能的叙事纲领，它不仅打破故事的自然进程，使故事随意跳出原有的封闭圆圈而任意确定新的起点，并且，它巧妙地预示了人物的命运，它把一切结果呈现在阅读者的面前，而后再进入叙述的过程。在这里，强烈的讲述欲望通过"许多年以前"、"许多年以后"的语式得到充分实现。

显然，话语表达的"欲望"隐含了现实冲动，"欲望"不仅是个人的，也是社会的。而且，德勒兹和伽塔利在《反俄狄浦斯》一书中提出这样的观点："欲望不是感到需要什么东西，它不是感到自己的客体缺乏。"[①] 他们认为，"欲望"和任何生产一样，创造现实——人的存在的世界。正是在"欲望生产"中，个体与社会、与人的自然本性产生真正的、深刻的联系。"欲望生产"因此创造个体本身。人成为欲望的主体，获得了不仅在对外部环境的关系上，而且在对自己固有本性的关系上的自由。[②] 先锋派的"话语意识"在文学写作的意义上，当然是因为无法与主流意识形态对话而只能回到话语讲述上来，但是面对文学史写作也摆脱了表达的焦虑感：其一，他们前面有整整一代的"知青群体"——他们的战斗经历是独一无二的，而且已经被夸大为一种不可替代的历史。而我们的先锋派有什么呢？苍白的童年和匮乏的现实，他们必须在话语的欲望表达中来完成与自我、与社会的内在联系。德勒兹过于绝对，"欲望"在其起源上是一种"匮乏"，而对欲望的意识则是自觉的和自主的，因而欲望的实现就不仅仅是补充匮乏，而且是一种创造或"生产"，是重新构造欲望主体及其与社会的关系。其二，他们面前有马原。马原之所以陷入他自己设置的"叙事圈套"，就在于马原并没有真正找到自己的话语。因此，新一代的写作者有必要重新确立世界观、语法句式以及语言风格，因此，在话语的层面上，扣紧对"话语"的话语讲述，而不是重新认同传统的规范式，则激发了先锋们确认自我的话语表达方式。

不得不承认，话语的欲望表达在其社会化的实践意义上是对其现实匮乏的补充。不能与意识形态正常对话却又无法找到相对稳定的信念，在历史性地形成的现实的文化象征秩序中找不到自己的准

---

① ［法］德勒兹、伽塔利：《反俄狄浦斯》，34 页，纽约，1975。

② 参见上书，34 页。

确位置——这个位置不是等待填补的空缺，而是一个“无”，根本没有，这是先验性的排除（历史的、政治的和文化的制度化力量的排除）。因此，唯一的方式就是瓦解、损毁这个象征秩序，当然，也只能用文化象征的方式来扰乱其编码的程序，于是话语的欲望则以无所顾忌的诗意祈祷方式来夺取一席之地。然而，其意义永远只具有文化的象征意义，因为“象牙之塔”被现实性地排除在现实之外，它永远是一个“象征之塔”。这正是“欲望生产”的意义所在，如果它真正现实地实现了其欲望，那么欲望也就完结了。而先锋派所欠缺的自省意识也正在于此，在某种程度上它期待表达的欲望被认同——部分的被认同是不可避免的，而内在性的超越不应丧失。

（2）叙事策略的运用。作为话语的欲望表达的一个具体环节，叙事策略的运用在表达对传统写作规范式的损毁的同时，当然也表达了对现实的寓言式书写。格非的“叙事空缺”出现在他的故事中的关键部位，故事的高潮被阉割了，而变成一个不解之谜。格非的这个“空缺”是对传统写实主义小说的“完整性”的直接反抗。在格非那些非常贴近传统小说的作品中，例如在《迷舟》、《大年》、《青黄》中，那种古典味十足的抒情性与对大自然的纯净描写混为一体；然而，那个“空缺”颠覆了传统故事的整合意义，它引进解释的迷宫。当然，这个“空缺”是对博尔赫斯的挪用，但是，在博氏那里，“空缺”与玛雅文化的神秘观念相联系；而在格非的叙事中，“空缺”与故事呈现的生活史构成隐喻关系——对不完整的生活的“不完整”的讲述。格非多次强调，他的叙事方法完全基于他对生活的感受。经过多次交谈，我完全理解了格非的“空缺”，它不仅仅是对博氏的借用，也不仅仅是损毁传统规范式的一项叙事策略。它概括了格非对生活史，乃至对生存现实的感受，对生活的历史起源的缺乏，对生活现实的内在性丧失的特殊认识。这一切无法通过对现实的直接描写，而只能通过远离现实的形式实验来表达。

（3）幻觉与暴力。远离现实，置身于现实之外，从“象牙之塔”里窥视到的现实如此不真实，因而存在还是不存在？对实在性的根本怀疑，导致先锋小说对幻觉的着迷。格非的《褐色鸟群》运用重复来消解存在的真实性，历史在回忆之中自动瓦解。时间、回忆、重复、棋、镜子……这一切把存在的现实搞得似是而非。如果说格非对存在的思考过于形而上的话，那么余华却是把存在推入幻觉与语言相互辨析的临界状态。《四月三日事件》、《一九八六年》、《世事如烟》、《难逃劫数》、《此文献给少女杨柳》等等，都是对幻觉的极端个人化经验的描写。对于余华来说，“实在”根本不可靠，而“现实”根本就不存在。然而，这一切显然不是在观念上、在先验的理论意义上被判定的，而是在具体的写作中，通过语词对客体对象的怀疑性辨析、语词对语词进行的不确定的诠释来完成的。这个幻觉的世界是对“现实”、“实在”替代性的改写、象征性的消解，然而，这个“幻觉”的世界同样令人沮丧，余华并没有把它作为一个精神的栖息地，相反，这个幻觉世界充满了暴力，暴力随时都可能把这个幻觉世界摧毁。暴力既是余华构造幻觉世界的一个元素，同时也是幻觉世界内部不断增长的、无法抑制的自我否定力量。

（4）语言的选择。尽管北村绝大多数的作品发表于 1989 年以后，但北村是唯一坚持不懈探索形式主义策略的最极端的实验者，因此，在考察形式主义策略的文化象征意义时，不得不谈到北村。对于北村来说，小说多半是哲思意念的产物，而叙述方法则是观念的具体化。北村的叙述完全打乱故事的线性进展，例如《逃亡者说》、《归乡者说》、《陈守存冗长的一天》、《聒噪者说》等等，叙述总是陷入自相矛盾的或似是而非的重复之中，类似梦游的结构则把故事引进无限错乱的迷津。在北村的写作中，“逃亡”与“虚假性”是他讲述的核心主题。正是因为生活世界陷入无可救药的虚假性，因而生存变成一次毫无指望的拙劣的逃亡。远离生存的现实，厌俗而又终究不能超越。北村的思考达到一定的深度，因此也显得特别晦涩，像他在《诗人慕容》里讲述的故事那样，在我们的时代爱情都丧失了，我们还拥有什么呢？对于北村来说，他唯一的祈求就是神性的复归，生活之所以虚假，我们之所以要逃亡，其终极原因在于神性的丧失。当然，北村的“神性”过于玄虚且模糊，它不会是一种明确的信仰体系，只不过是一种朦胧的超越性的精神意向，在我们的时代，它仅仅是也只能是一种自我救赎的期待而已。

（5）人物与历史的死亡。与其说先锋派意识到“大写的人”确定的想象关系已经破裂，不如说“大写的人”是其话语的欲望表达的牺牲品。在理论上也许可以划分存在与意识的逻辑顺序，而在文学的写作实践中，只有表达行为才构成对现实的认识。话语的欲望表达摧毁了以“人物”为中心的故事模式。在传统小说中，“人物”的观念决定了小说的形式、技巧和风格，并且在“人道主义”（或“人性论”）的水平上确定小说的（也是整个文学的）价值观念。新时期文学关于“人”的想象关系显然决定了与之适应的艺术形式和美学价值；现在，先锋小说的形式主义策略把“人物”改变为故事中的一个角色——身份不明、性格特征不突出、经常分裂变异的人物，或者改变为一个符号——人物是在隐喻的、象征的或寓言的水平上得到描写，人物不过是可供分析的语义学标志。在先锋小说中出现的人物，或者是一个忧心忡忡的怀疑论者（格非《褐色鸟群》），或者是在幻觉中任凭原始本能驱动的暴力之徒（余华《难逃劫数》），或者是想入非非的性格分裂者（孙甘露《信使之函》、《请女人猜谜》），或者是“逃亡者”、“劫持者”、“稻草人”或“纸鸢”（北村）……人物的角色化或符号化，与“历史”的解体是原则同格的。在叙事话语的运作中，故事的自然时间秩序被打乱，角色与事件被卷入一连串偶发的、错位的“故事”之中，“历史”不再依照铁的必然性，不再具有它先定的本质规律，历史或者被当作原材料来运用，或者仅仅是一些破败的往事。“历史”随同“大写的人”及其意识形态神话而颓然死去，仅仅是在“垂死”的或“死亡”的意义上，“历史”才可辨认，才具有它特定的含义。因此，先锋派后来的写作似乎重视了历史的轮廓和情境，但是，历史依然是在“颓败的”意义上加以书写，先锋派后来企图修复“历史”，不过是对历史的一次更为深刻的掠夺而已。

总而言之，尽管先锋派的形式实验带有浓重的“外来影响”的阴影（例如格非的“空缺”之于博尔赫斯、余华的作品之于法国的“新小说”等），但是，我同样坚持认为，这些形式实验在作为本土文学史变革项目的具体运用时，已经极大可能地融合了先锋派对生存于其中的现实的感受。作为意识形态解体（多元化），作为“价值失范”时代的产物，先锋派的行为并不仅是破坏性的，也不都是消极的。他们不过是别无选择，把形式策略当作与现实对话的唯一方式。形式主义策略不仅是其美学价值实现的手段，也是其目的，只有使用充分地与传统背离的形式主义策略，先锋派才能完成其过渡时期的社会实践。说到底，形式主义策略不过是其完成“自我救赎”的美学承诺而已。

二、在历史的边缘：讲述与寓言

1989年历史又发生深刻变化，远离现实的“先锋派”其实与现实有着千丝万缕的联系，任何历史条件的修改都会触动先锋派敏感的神经，更何况某些巨大的历史变动呢？形式主义策略的美学承诺在当代中国文学苍白的背景上被映衬得格外炫目，那些本来十分雅致而温良恭俭让的探索，现在看上去却像是一次铤而走险。研究一下1989年的“先锋派”作品是很有意思的。事实上，发表于1989年的作品大部分写于1988年底或1989年初，这表明“先锋派”一直对自己温和的叛逆行径忧心忡忡，这当然是在潜意识深处。而在某些历史条件发生变更时，那种忐忑不安的心理就要兑现为实际行为。由此不难理解从“形式”到“历史”的变迁如此迅速而又轻易。

1989年3月号《人民文学》推出一组“新潮小说”，其中有格非的《风琴》、余华的《鲜血梅花》和苏童的《仪式的完成》。就人们对“先锋派”的期待来看，这些作品多少有些令人失望，人们渴望更富有挑战性和力度的作品划定文学历史的新纪元。然而，我们时代的“先锋派”却误入“历史歧途”。《风琴》以其优美清纯的抒情风格和简洁明朗的叙事预示了先锋小说的实验性姿态的微妙改变，与其说这种压力出自对权威性刊物的认同，不如说是小说叙事本身的历史无意识的选择。《风琴》的故事情境已经取代了格非过去在故事中起决定作用的“空缺”，尽管《风琴》依然有“空缺”，但是构成故事的决定性力量来自行动链的“细微误置”。正是一系列行动/结果的颠倒，一系列情境的反差，使这篇充满抒情意味的小说具有一种特殊的意味，在叙事中起作用的“差异性”因素被压制在“细微”的限度上，也就是说它们在整个行动意指链中始终是“细微的差别”，它们与古典味十足的抒情风格相互渗透而不留实验性的痕迹。这多少表明，当代小说叙事已经不能依靠硬性的（或结构性的）方法论活动，叙事充其量也只能停留在修辞效果上，叙事方式被压制在“细微的差别”这一级别，为先锋小说的无边苦旅开辟了一条暂时的中庸之道，它既不具有那种招致非议的激进姿态，又不失某种别开生面的特殊意味。

苏童的《仪式的完成》在苏童所有的作品中很难说是一篇特别

出色的作品，不过，这篇小说的题目“仪式的完成”却具有某种象征意味。对于这样一次集体无意识的选择来说，随意起的小说篇名却恰如其分地道出历史的蹊跷。故事讲述一位民俗学家过于投入民俗学研究而死于一次民俗仪式。在另一个民俗学家看来，这不过是“仪式的完成”。仪式是替代现实、超越生命的游戏，民俗学家过于投入他的民俗学研究，与其说他不幸成为牺牲品，不如说这是他的必然结果。在我看来，这篇小说寓言式地书写了先锋派自身的历史，也许苏童期待完成这种类似仪式的写作，这种写作先是被赋予了文化象征意义，随后象征被当作现实。这一切都不过是弄假成真，先锋派终究要充当可悲的殉难者，前途未卜而凶多吉少，何去何从？

值得注意的是，余华的《鲜血梅花》以另一种方式来完成一个类似的仪式。这篇看上去仿武侠的小说依然写得扑朔迷离，那种临界状态中的感觉与语言的辨析处理得舒畅明净如行云流水，可说是炉火纯青了。然而，这篇小说出现了一个奇怪的主题：“为父报仇”，这个武侠小说的习惯主题被挪用到一代先锋派身上，却别有意味。先锋小说一直是以“遗忘父亲”为叙事先决条件的，“父亲”形象或者先验性空缺，或者是垂死的历史的象征（例如余华《世事如烟》中的“算命先生”和《难逃劫数》中的“老中医”的形象）。现在，“缺席的父亲”被记忆唤醒，“为父报仇”不过是“寻找父亲”主题的一个变种。“父亲”这一“菲勒斯”形象作为“传统”、“法规”、“制度”或“权威”的象征，它一度被遗忘和损毁，叛乱的子们已感罪孽深重或是恐惧不安？阮海阔幼年丧父，长大了却立志寻找仇敌，为父报仇。这一行动既是补充自己匮乏的历史（起源），同时也是与父亲对话的唯一方式。没有父亲的恐慌变成毫无目的的寻找和一系列错位的行走。阮海阔找不到敌人（敌人早已死于非命），也无法为父报仇，他的行动的结果就是彻底丧失了与父亲对话的可能性，补足自我历史的所有努力都功亏一篑。这又是一次寓言式的书写。尽管余华恰当地写出了找不到父亲的历史命运，但是，他做了一次尝试，当然毫无结果，然而，这却象征性地预示了杀父仪式的终结。现在，对“父亲”（历史）的忧伤记忆及无父的恐慌替代了那种叛乱的快感，讲述历史颓败的故事成为无父的子们的又一次祈祷。于是，1989 年历史再次缝合了一个圆圈，“先锋派”的形式实验日益锐减，取而代之的是讲述那些古旧的或并不古旧的历史（家族）故事。这些故事大都生动而细致，与标准的写实主义作品相去不远，其文化蕴涵与美学风格可以辨析出传统的价值规范。虽然目前标志先锋派风格转型或向历史深处逃逸的作品尚不十分壮观，但就目前发表的几篇亦可见一斑。并且，他们正在全身心投入炮制长篇。据我所知，孙甘露和苏童新近都已完成各自的长篇；余华、格非和北村都先后和我谈过他们的构想，我从他们讲述的那些历史情境中，更加真切地体验到他们深入历史内心的那种战栗。

苏童在1987年左右写过不少颇具先锋意味的小说，尤其是那些“现实感”很强的作品，例如《平静如水》、《井中男孩》等，尽管这类作品在叙事方法方面并无特别创新的探索性，然而那种生存态度似乎很容易被认为远离现行的价值观念，其先锋性反倒显得突出。如果说1988年写的《罂粟之家》尚带有《一九三四年的逃亡》的流风余韵的话，那么1989年底发表的《妻妾成群》则可以看成一个完整的写实故事。舒缓沉静的风格洗劫了躁动不安的话语表达，那些不断溢出叙事边界的描写性组织完全销蚀于故事的韵味之中，人们不得不惊讶于苏童的成熟老到。

这篇平实俊逸的小说看上去写了一个传统的主题，故事讲述一个年轻的女性在封建制度下的不幸婚姻及其悲剧命运。西餐社的那个烛光摇曳的情境多少能窥视出这篇小说的复杂蕴涵。这个情境如同一个仪式，然而，它既不是一个见面的仪式，也不是一个生日仪式，它更像是一个历史祭祀的仪式。在摇曳的烛光里，陈佐千看到颂莲清新洁净的样子，而摆在颂莲这个19岁的少女面前的却是一幅苍老的历史肖像——这是一个颓败的历史情境，历史在它最后的时光里重温旧梦，颂莲不过是摆脱了时间之流的永久记忆，她那诗意的光辉照彻了那个颓败的情境。这种反差过于强烈，它使陈佐千的期待有如一次无望的祈祷，复活生命（历史）的愿望再次证明历史之颓败无可挽回。与其说陈佐千得到的是一个年轻的女性，不如说是一个历史残留的美的梦想，陈佐千对她除了表达纯粹的“性欲”之外还能表达什么其他的意义呢？颂莲身上确实有某种微妙而迷人的力量，然而，对于陈佐千来说，他更迷恋的是颂莲“在床上的热情和机敏”。“性”在中国古代宗法制社会里，既是一个隐秘忌讳的字眼，也是一个被滥用的主题，它折射出宗法制度的全部统治关系，也隐含了它最终要自我颠覆的种种危机。毫无疑问，宗法制度在它最后的日子里已经陷入欲望/功能对立的绝境之中，颂莲不过是宗法制度在绝望中奉献上的一个美丽的祭品，她无可怀疑地证明了古旧中国的宗法制度走向死亡。

在这里，我难以详尽分析这篇小说的多边关系以及复合主题，特别是无法深入揭示叙事话语隐含的历史无意识（有关具体论述可参见本书第十一章“历史的颓败：后悲剧时代的寓言”），在这里我只能简要考虑这种立场和姿态。《妻妾成群》显然与写实主义艺术成规相去不远：它有完整封闭的故事情节，有故事起源和发展的自然时间秩序，有完整具体的人物形象，有生动细致的细节描写等等常规方法。总之，它看上去已经不具有任何先锋性的方法实验痕迹。然而，它把讲述话语的年代完全缝合到话语讲述的年代之中，这种巧妙的缝合本身却表达了叙事话语隐含的历史动机，被阉割现实的讲述者只好“逃逸”到历史领域，然而“历史”徒具完整的外形，其内在（故事讲述的“历史生活”）却命定破败，“纯粹的”历史故事不过是无现实的自我历史的模仿而已。历史并非永久的归宿，它不过提供了一个远离现实而又不为意识形态主体中心所完全“识别”（排斥）的话语空间。像《妻妾成群》这样的历史故事，与其说是封建制度的绝唱，不如说是纯粹历史的挽歌。

《敌人》是格非的第一部也是先锋派的第一部长篇小说，它虽然没有取得预期的成功，但却坚定了先锋派向历史领域逃逸的方向。与《妻妾成群》相比较，《敌人》的形而上意念更强，它的叙事方法和话语也还残留一些实验的痕迹，那种强制性地促使人物偏离规范逻辑的做法随处可见。尽管如此，与格非先前的所有小说比较起来，不能不说《敌人》的叙事方法被压制在实验水平之下，叙事更加关注故事情节、人物的角色心理以及附属于故事的抒情风格。格非惯用的那个“空缺”也不再起到重建故事的作用，更像是偶然无意遗漏的一些细节，它可以被补足而不至于使整个故事的解释结构破损。当然，结尾处赵龙被扼死无疑是一个“结构性的空缺”，但在这里，这一“空缺”更主要的导向形而上的观念解释，而不是用以颠覆故事的那种悖论力量。

《敌人》讲述 20 世纪二三十年代江南小镇一个破败家族的故事，赵家遭受一场神秘的火灾而迅速破落。赵家厄运不断，当任何一个灾难降临时，赵少忠就理所当然将其理解为这是“敌人”加害于赵家。在如斯的岁月里，期待敌人出现变成他生活的唯一期待。“敌人”存在于他的内心，并且与他的生存水乳交融。现在，证实敌人存在这个不断延搁的行动，已经由手段、过程转化为生存目的，并且变成唯一的生存目的。

不管这个故事在逻辑上是否无懈可击，或者它表述的形而上意义是否过于玄虚，总之格非无疑令人震惊地揭示了“自我”的危险性。《敌人》寓言式地表明，生存在其先于“本质”的这个空洞的容器中，“自我”有可能注入一连串虚假的错位的历史，“自我”并非存在的主体、主动者和最高上帝，相反，“自我”是存在的真正的天然的敌人。从纯粹理论的意义上来理解，格非的推断（或我的推论）可能过于武断，然而，若把格非的书写移植到历史语境中，或许可以读出这个近似寓言的故事的真实含义。格非的《敌人》直接表达对“自我”的彻底怀疑和不信任。试图对此作纯粹精神分析学的解读是徒劳的，但是，如果把这种对“自我”的怀疑及其对“敌人”的恐惧看成是某种集体性的心理症候，至少有助于理解这种话语行为隐藏的历史（无意识）意义。

“自我”已经连同方法论一起萎缩，向历史领域逃逸的先锋派其实已经意识到“自我”是生存的从而也是书写历史的双重障碍——“自我”在其现实性上妨碍了话语的历史实践；在美学维度上，它在叙事的表层就解构了故事，而无法达到历史颓败情境的自然呈现。当然，向历史领域逃逸，讲述这个颓败的历史故事却又不得不依然是“我”发出的一个动作，远离现实而又损毁历史，一代先锋派在虚构自我历史的同时，陷入历史/现实不断移位的双重压力。“讲述”远离现实的故事却无法彻底摆脱那个像敌人一样的“自我”，因而颓败的历史情境令人震惊，在这里表达的并不仅仅是对“历史命运”的震惊，同时也是对讲述的这一个故事及其行为的恐惧。这个超越现实的历史是无法用“书写”来补充其完整性的，因为“补充”并没有提供一个替代现实的历史，恰恰相反，它却以“无意识”的历史叙述本身证明了现实（当然是先锋派生活于其中的现实）的空缺。这是一次在劫难逃的书写，这是又一次末世学的无望祈祷，在那静默如初的眼神中不经意闪现的战栗之光，已经全部洞悉了生命之旅的尽头。因而历史颓败的情境实则隐含“历史/自我/现实”的三边关系，先锋派以怀疑或压制自我的退却姿态，企图在历史/现实之间找到话语自在增殖的空间，然而，其寓言式的书写并没有提示一个和谐的前景，相反，却导致三边关系再度错位。这个“历史颓败”的故事确认的“价值标向”与其隐含的“动机力量”自相矛盾，作为对先锋派衰败历史的一次真实书写却恰如其分。仪式的完成与其说是一个干脆利落的圆圈，不如说更像一个含义复杂的曼陀罗图形，作为一次自我祭祀，这个图形隐含了它的全部忏悔。

三、救赎与皈依：复古的共同记忆

既然先锋派从来没有也不可能向当代文明做出有力的挑战，那么，在制度化权威（文化体制与美学规约）的多重压力之下，先锋派寻求自我救赎的途径则是理所当然的。对于我们时代的“无神论者”来说，自我救赎如果不至于沦落为“洗手不干”，他们将向谁、向何处皈依呢？历史不仅经常弄假成真，也偶尔弄拙成巧，先锋派向历史领域的纵深处逃逸，也并没有偏离它追寻历史的初衷，只不过削减了形式主义策略的价值标向，看上去不过是有所收敛，然而，这一姿态的变化却意味着“动机力量”的根本改变。它不仅与来自现实的各种压力相调和，而且触摸到传统的根茎。先锋派初出茅庐时力图寻找自我表白的话语，他们回避现实对历史题材的偏好也只是在无意中达成的共同抉择。然而在历史的深处——在“复古的共同记忆”中，他们在无意识的水平上并未完成一次有意识的自我救赎。我所谓“复古的共同记忆”，即是说在艺术史的转折时期，某种风格化标志呈现出那些隐瞒得很深的文化的和美学的记忆，它植根于传统经验而具有反抗历史异化的动机力量，它以非常独特的个人记忆的方式，在集体无意识的水平上重新认同历史原初确立的价值标向。现代以来的艺术史一直有感于历史的死亡与传统的枯竭，总是在那些非常激进的行动之后突然沉入“复古的”记忆，某些现代主义者和后现代主义者的所作所为足以证明。

事实上，在向历史领域深处逃逸的路途中汇聚了多元的决定力量，外部的制度化压力不过起了催化的作用。“救赎与皈依”之能结成一个统一的整体，在于自我表白的话语一直隐含“历史记忆”的动机力量。那些话语碎片浮出文明的表象层，当它们汇集并且形成推论实践的历史轴心时，某些历史变化将是不可避免的。在我看来，正是先锋派在作为梦幻的孤独个体时唤起的那些损毁“历史/现实”连接纽带的表象——它们作为无历史的或超历史的符号，结果沟通了深邃的历史记忆。

值得注意的是，作为向语言施虐的方法论实验，先锋派企图在话语的边界获取“梦幻的孤独感”，其满足的方式当然是感觉与话语的双重变奏。《百年孤独》以及其他的拉美的后现代主义小说，与其说是以它们的历史的和文化的深厚蕴涵吸引了探索者的视线，不如说首先是纯粹的“孤独感”与“损毁时间”的语式激发了他们的热情。前者契合了当时梦想建立“主体性”的意识形态，后者揭示了叙事革新的契机。因而，《百年孤独》一类的作品在观念上强化塑造了“梦幻的孤独个体”，在方法论的意义上怂恿他们向小说叙事的边界冲刺——这无疑是一次历史误读，然而，也是一次期待已久的叛乱。先锋派在“许多年以前”、“许多年以后”的时间跨度里自由往来，确实想不到如此轻易地就谋杀了“现实”这个威严的“父亲”。当这道语式的方法论功能萎缩之后，被损毁（或被遗忘）的现实空缺为那些“无历史”的符号所填补，这些残存的历史碎片不再仅仅是作为叙事的原材料，而是被置放到叙事的中心位置，“无历史”的符号向着历史本体还原，作为历史记忆的插入点，这些符号或话语碎片构成一个长长的历史意指链，由此呈现“共同记忆”的历史图像。首先是一些古旧的人物从集体无意识的深处浮现出来，例如余华《世事如烟》中的“算命先生”、《难逃劫数》中的“老中医”，他们无疑是“许多年以前”的历史活化石。其后是那些古旧的往事，例如苏童的《妻妾成群》，叶兆言的《追月楼》、《状元境》、《十字铺》、《半边营》等等。尽管其年代未必久远，然而，就其散发的那种历史陈腐之气而言，却不得不被认为是来自历史记忆的深处，它们是古旧过去的遗物，它们属于一个过去的漫长的传统系列。

当然，如果在文学写作的范围内来考虑这一次的推论实践的话，那么，就有必要再次把“回忆”这个因素考虑进去。先锋小说的叙事方法经常依靠“回忆”为中介力量，作为远离现实的话语之流，“回忆”提示了一种独特的心理经验。对于苏童、格非这一辈年轻的写作者来说，他们不可能像“知青群体”（或“寻根群体”）那样——自我的历史可以与现实重合构成连续的统一体。与之相反，年轻的写作者由于处于现实的尽头（匮乏、拒绝或被排斥），其自我历史不是通过书写现实就可以完善的，它只存在于童话的或神话式的记忆中，因此，“回忆”是重建自我历史的唯一方式。然而，先锋小说的“回忆”总是陷入时间的迷宫，它与童话、传说、幻觉、神话、宿命论、末世学混杂在一起（特别是格非的“回忆”最具形而上的意念），结果“回忆”使自我历史变得更加不真实，“回忆”提示的心理经验，有意模糊或重新划定实在/幻觉、真实/虚构、内心/外界、个人/社会之间的界线，因而，“回忆”是对自我的历史/现实的双重谋杀。不难理解，“回忆”在自我/现实的对立关系中必然要被推到形而上的极端，它是对自我处于“现实的尽头”的一次末世学体验，这显然需要足够的思想力度——当代文学因此要成为一次纯哲学的和异教徒式的写作。然后，当代年轻的写作者毫无疑问既不具备这样的勇气，也不拥有相应的思想准备。1988年，米兰·昆德拉的《生命中不能承受之轻》等作品在中国文坛风行，与其说这一次的阅读经验是领略期待已久的精神共鸣，不如说是承受一次难以名状的艺术压力。中国的作家向来有自知之明，在这条道上他们不可能再往前走一步。年轻的写作者唯有悬崖勒马，改弦易辙，把自我/现实相对立的“回忆”（对现实的自我回忆式的书写）改变为他者/历史相统一的“记忆”（对历史的“他者记忆式”的书写）。

因此，“回忆”不可能往自我的心理经验深处行进，而是抓住话语边界残留的那些古旧的历史肖像，向历史的纵深地带伸延，去寻找“他者”的历史记忆。“我”作为叙述人已经失踪，现在是作为“他者”的历史自在呈现——以第三人称来叙述的沉静而幽深的历史故事。例如苏童的《妻妾成群》、格非的《敌人》。总之，先锋小说转向讲述历史故事，并不仅仅是由于意识形态的压力，它在具体的写作过程中存在一系列的推论关系，来自拉美魔幻现实主义的那道语式（“许多年以前”、“许多年以后”），散乱于语言边界的古旧的历史意象，以及“回忆”构成心理经验意向等等，这些多元力量共同作用而导向历史情境。

于是，不难理解，屈服于意识形态和美学的双重压力的先锋文学，讲述的历史故事却表现出文化价值的蕴涵。先锋文学一度以“反文化”的姿态出现，并且以其拆解象征或隐喻的语义学深度背离艺术成规——显然，这是对“寻根文学”的直接反动。而现在，虽然它拒绝明确的文化意识，然而，其叙事风格和历史主义的态度却不可避免地产生它不得不接受的副产品——复古的共同记忆。

“复古的共同记忆”并不是来自年轻的写作者经常自我标榜的对“古典主义”的尊崇，他们的理论宣称与实际写作相去甚远，乃至悖反。虽然他们的写作中也时常透示出某种“古典主义”，例如格非在《敌人》中描写赵少忠对翠婶的感情态度，叶兆言的作品中经常显露的暧昧的文化态度。这些仅仅是漂浮在叙事表面的“文化素材”，它们远未达到“文化记忆”的深度。当然，在叙事中涌现的那些“文化代码”——它们经常是象征性的，其象征功能在完成文本的意指作用之后，起到文化原型的作用，由此可能触发那种“复古的”历史记忆。

“复古的共同记忆”更重要的在于叙事风格所表达的文化深度，例如，《妻妾成群》的那种典雅精致、沉静疏淡的风格，那种“哀而不伤，怨而不怒”的态度，沟通了古典主义文化的传统记忆——由审美态度无意识触及的文化记忆。尽管先锋小说的叙述人经常用现代的叙事话语讲述那些古旧的故事，然而，古典性的故事要素与文化代码完全吞没消解了话语的现代性特征，话语讲述的年代透示出纯净的古典时代的风格，而讲述人的精神气质和美学趣味则重现了古代士大夫文人的文化风范。显然，这一切都是以“无意识”的方式流露的记忆，因而它才具有那种来自历史深处的绵延而至的蕴涵——在历史的各个交界点上不断重现的“复古的共同记忆”。

这是一个无法摆脱也无法拒绝的记忆，它在历史的每一个虚弱时刻浮现于文明地表。“先锋小说”当其无力承受现实的压力时，它完全听任于文学话语自身的推论实践，在这种历史时刻，集体无意识可能是最终的决定力量。作为“梦幻的孤独个体”，年轻的写作者在语言的边界开始怀疑自我，以求拆除存在的乃至真理的最后障碍，这确实是一次难得的清醒。在历史的边界上，年轻的写作者讲述关于他者的历史故事时，“自我”不只是招致怀疑和批判，而是被彻底遗忘，这就不得不留下一个同样可怕的副产品，那就是“寓言性”的丧失。因此，先锋小说本来可能在“话语讲述的年代”中隐含更为明确的历史理性的批判力量，然而，事实上，“讲述话语的年代”是以“遗忘”的方式缝合进这个“话语讲述的年代”，并且其寓言功能也是在无意识水平上完成的。历史/现实在多大程度上可以置换同样值得怀疑，其寓言式的书写仅仅是在对自我及其现实的“遗忘”意义上才能读出“讲述话语的年代”的隐涵。不仅苏童的《妻妾成群》、格非的《敌人》存在这样的问题，我丝毫不怀疑年轻的写作者正在写作（即将发表）的那些作品也存在类似的倾向。

先锋小说转向讲述历史颓败的故事，这种转向的历史动机意味着“寓言式”的写作，然而，文学话语自身的推论实践促成这个写作的历史行动之后，写作却沉迷于美学的层面上止步不前。作为一次“自我救赎”的努力，年轻的写作者背叛了自我的历史，它不是在“负隅顽抗”的意义上完成一次对自我及其历史的绝望式的书写，一次“天问式”的无所顾忌的诗意祈祷。我们时代的“先锋派”半途而废，它在美学的层面上触及了“复古的共同记忆”，在风格化的写作中体味到历史最后岁月的文化趣味，那种来自古典传统的美学态度及其准价值体系已经完全俘获了“异教徒”的写作，年轻的写作者就这样完成皈依的仪式。寓言式的写作为美学风格所颠倒而消解，多少富有“异教徒”色彩的自我救赎，却变成一次美学清教徒的精神自慰。显然，在这里，“皈依”不是“救赎”的完成，而仅仅是背叛；同样的，“复古的共同记忆”没有在“讲述话语的年代”铭刻下深邃的寓言意义，而那些美学的和文化的流风余韵全然淹没了“话语讲述的年代”。

当然，从纯粹理论的意义来看，没有任何理由认为“寓言式”的写作的价值要高于美学风格的设计；然而，对于我们这个伟大而特殊的年代的写作，却不得不以“寓言”的方式切入它那悠长的精神隧道。我并不认为古典主义的美学风格就不能书写我们这个年代，恰恰相反，仿古典主义的美学风格完全可能达到“复古的共同记忆”的历史深度，而不仅仅是停留在美学的或文化的态度上面。正是在“寓言式”的刻意书写里，“复古的共同记忆”进入我们年代的深处，在历史最后岁月的纪念碑上写下震撼人心的墓志铭，在中国作为第三世界文化的“当代性”情境中，产生类似本雅明所说的“震惊”的美学效果。

四、无望的救赎与最低限度的承诺

总之，我们时代的先锋派确实意识到精神危机问题，他们的形式主义策略正是对危机作出的反应。他们没有掩盖艺术与现实之间存在的疏远，不回避生活中的分离状况，而是撕破那些虚假的纸鸢。阿多诺曾经说过：“在绝望面前，唯一可以尽责履行的哲学就是，站在救赎的立场上，按照它们自己将会显现的那种样子去沉思一切事物。”阿多诺对救赎的希望的最顽强的根据，就在美学这个领域中。对于阿多诺来说，“美学承诺”并不仅仅是创造超越性的价值，它同时是“否定性”力量的实现。当代中国的先锋派在这一意义上保持着自觉品格，尽管先锋派采用了隐晦曲折的笔法，但是可以看出，他们一直在给说不出名称的东西命名——正如马尔库塞所说的那样：让人类面对那些他们所背叛了的梦想与他们所忘却了的罪恶。对虚假性的揭示与对神性的精神乌托邦的祈求，使他们无法与“真实的生活”相融合。对于这个“不完整”的生活的不妥协的书写来说，当然要承担很大的文化上的和美学上的风险，从不完整的生活中引申出不完整的艺术方法，先锋派一度揭示了“真实生活”的空心结构。

然而，我们时代的先锋派并没有强化他们同所给予的现实之间的不可调和性，历史条件的变动促使他们在形式的苛求面前退缩了。尽管这也可以理解为“自我救赎”的另一种形式，或许是更深厚的形式。“美学承诺”确实要承担很大的风险，它很容易演变为另一种意识形态。然而，“非承诺”的美学风格，是否又会变成认同被给予的现实，而回到“真实的生活”中去呢？重新确认传统的文化蕴涵、美学风格又如何保持精神上的超越呢？看来只要期待完成“自我救赎”就要保持“最低限度的承诺”——不是把“承诺”的意义压制在最低限度上，而是把“承诺”的姿态、方式和方法限定在最低限度上，并且始终确定在文化救赎的水准上。

也许“救赎”这种观念不过是当代文明强加给先锋派的文化象征意义，正如先锋派这顶荆冠也是它所强加的一样。许多年以前，本雅明就说过：“只是因为没有希望，希望才给予我们。”我们怎么能得救呢？

第十三章 欲望化叙事：历史修辞学的变形记

在西方的20世纪六七十年代，一些激进的批评家宣称："小说已经死亡。"这些人把文学的创造性看成超越现实的革命性行为，文学是资本主义时代唯一给个人提供心灵自由的精神飞地。在90年代的当今中国，人们也有理由认为"文学已经死亡"，这些人对文学怀有更高的期待，它是团结人民、教育人民、打击敌人的有力武器，或者是民族心灵的深刻发掘、人类精神的独特阐发，最起码也应给人以"美的享受"和有益的启迪。然而，历史总是差强人意，80年代后期的文学已经"失去轰动效应"，它无法在意识形态的推论实践中起到轴心作用。90年代的文学甚至丧失了基本的创新热情，并且模糊了基本的道德准则。这一切都意味着文学已经走向穷途末路，或者说无所作为。然而，历史总是在人们的意料之外走着它自己的路，这并不是说历史总是对的，无可非议的，而是说应该历史地理解我们置身于其中的现实。

90年代的中国文学并没有死亡，事实上不过是另一部分人占据了文学潮流，而且又有一些人跃跃欲试，一代人有一代人的观念和经验，一代人有一代人的文化目标。80年代后期以来的文学规范的变化，在艺术形式方面的成就人们已经难以否认，而在精神价值方面则令人困惑不已。当代小说在形式方面引发的革命，却又不得不在精神意识方面、情感态度方面以及道德准则方面留下"恶果"。也许人们对当代文学最大的失望正来源于此。人们所习惯的文学过去的"巨型语言"，那些深邃的精神和思想，那些感人的情调和风格已经荡然无存，一种平静的、淡漠的、观赏式的视点正在支配小说叙事，而那些欲望化的片断则成为90年代文学走向市场的命运之筏。一种后情感式的态度贯穿了新一代写作者的叙事，他们偏离了传统的轨道，超越了现有的道德准则，他们的叙事不过是去追逐表达的快乐，强化观赏效果，他们逃脱了文学旧有的"巨型语言"，而乐于给这个时代提供一幅感性满足的全景图。

一、“人”的退场：从爱情到本能

1979 年张洁的《爱，是不能忘记的》的发表，是一个象征，是一个伟大的起点和崭新的开端，它喻示着新时期文学已经从“反文革”的历史叙事，转向了“人”的神话，它同时标志着那个有着历史创伤的“人”，具有了现实的情感内容。文学领域内的思想解放运动，现在不再单纯把目光投向历史，而是开始关注人本身。“爱情”这个字眼在文学中一直具有奇怪的震撼力，在“新时期”文学中，它表征着人道主义信念在中国崛起，把被剥夺了的人的权利还给人本身。这个在西方属于文艺复兴时代的观念，在中国的七八十年代之交却具有革命性的意义。用“复苏”这个语词来描述 80 年代的人道主义在中国文学中的存在方式是不恰当的，因为 20 多年以来的文学，其发展行程就是对人的不断剥夺。因而张洁渴求“柏拉图”式的爱情，也就有了开创性的意义。那些温馨感伤的关于“爱”的咏颂，却如同林中的响箭、思想解放的匕首和投枪。它十分委婉却又执着地要求着人的权利、人的精神欲求。在思想解放运动的巨大背景的映衬下，张洁的浅吟低唱表达了时代的最强音，它理所当然具有感人至深的力量。“爱情”给“大写的人”注入了必要的情感内容，而这个“人”则是所罗门的瓶子放出的妖孽，它一旦在现实中有立足之地，就义无反顾地夺取自己的本质。

80 年代中期，关于“人”的思考在理论界和文学界迅速蔓延，它那恶性膨胀的姿势从古典人道主义、现代派观念、存在主义乃至于弗洛伊德主义那里广泛掠夺来它的内容，伴随着思想解放运动的伸越和意识形态领域翻云覆雨的斗争，这个“人”已经变得不伦不类。它不得不回到人本身，变得个人化，具有了人的现实性。从观念的人向着自然的人伸越，生理学意义上的人则要脱壳而出，而这个生理学的人一旦混同了存在主义和弗洛伊德主义等等现代派观念，这个“人”就要迅速触摸它的身体，探索它的本能，表达它的欲求。80 年代是个观念化的时代，“回到人本身”这种说法依然是一种观念性极强的思想诉求，它不过是把那个古典性的人拉到现代主义的荒原，使它看上去显得压抑、焦灼，以它孤傲的姿态自我标榜。仅仅几年之后张洁就写下《方舟》这样风格迥异的作品，这里面囚禁着一群现代女性，她们已不再会有钟雨的那种透明的痛苦和温馨的感伤，她们的焦虑、激动和不安已经向着现代个人主义倾斜，她们甚至初露女权主义的端倪。“爱情”这个字眼也变得暧昧不清，它为独身、离婚、压抑和性苦闷所肢解。

如果把视点转向张辛欣和残雪，就不难理解以思想解放为依托的“爱情”主题在80年代中期趋于破裂的必然性逻辑。张辛欣的《在同一地平线上》已经开始张扬一些女权意识，爱情惯有的温馨现在被男女各自强调的个性、自我价值的实现等现代意识渗透了，“爱情”被推到“人”的主题的极端的同时，也就退到了现代意识的幕后。过去是以它的完整性作为“人”的价值实现的证明，现在则是以它破碎的面目作为个人存在的抵押。张辛欣所完成的这次抵押不过是一个象喻，它表明“爱情”主题所表征的古典人道主义情结及其启蒙主义意图业已完结，它为这个时代更尖锐的感觉和更为实用的观念所替代。因此，残雪才能以她梦呓般的绝对女性的倾诉提示一种乖戾的女性主义话语。80年代中期，残雪的出现是一个难解之谜，而她产生如此广泛的影响更是一个奇特的神话，仅仅归结为南方几位评论家的个人嗜好是不够的，她的存在虽属偶然，但却是一种迹象，一种征兆，它喻示着一个段落的结束和另一个段落的开始。残雪以她极端的女性姿态现身说法，新时期的那种启蒙主义式的爱情主题已经受到怀疑，女性生存于父权制的巨大压迫之下，她们被肢解为一些乖戾的语言碎片和自虐的幻想。

作为新时期文学半路杀出的程咬金，马原以其三板斧在诸多方面改变了当代文学的习惯做法。不用说把“爱情主题”改变为性的原材料，马原立下了汗马功劳。他的叙事圈套不仅仅拒绝了庞大的历史神话、时代精神的巨型象喻，当然也消解了“爱情主题”。在他的《冈底斯的诱惑》、《虚构》和《阅读大师》等作品中，那些作为爱情动机出现的因素，并没有像在传统小说中预期的那样形成爱情故事，而是向着一些乖戾的性和莫明其妙的死亡转化。《虚构》细致描写了“我”和那个女麻风病人富有激情的交欢场面，这是一种绝望的爱欲，只有纯粹的性才能超越生死的界线。在这里，“性”作为生活的一个聚焦的视点，击碎了生活的梦想。这里没有希望，也超越了悲剧，它显示了生活破灭的绝对性，破碎生活的深处最后的残留物就是这次疯狂的交欢。

苏童把性的神秘意味引申为生活破裂的直接表征，它是家族

（历史）颓败的根源，是不可知的形而上的历史力量。他的《一九三四年的逃亡》、《罂粟之家》、《妻妾成群》、《米》等等中，可以看到“性”所引发的各种乖戾而富有诗意的事件。在苏童的叙事中，“性”经常是故事的原材料，也是叙事的动机，个人的命运和历史的倒错，经常是“性”在作祟。在格非和余华的叙事中，当然也看不到感人至深的爱情故事。格非的《迷舟》似乎在讲述爱情故事，但是萧和杏的爱欲，却被那个可怕的“空缺”吞没，这个故事为一些错误、遗漏、阴谋和命定的劫数所渗透。至于格非的《蚌壳》，则可以从三四十年代穆时英等人的新感觉小说中读到一些原型，但格非的叙述依然是十分出色的，那种性心理和潜意识幻觉，与对生活的不可知片断的捕捉给人以极为细致的印象。相比较而言，余华的“性”简明扼要，“性”就是生活中一个无处不在的因素，一种原动力。余华的“性”更靠近人的原始本能，它与暴力结下不解之缘。在《世事如烟》、《难逃劫数》等中，“性”不再是爱情主题的附带物，它甚至没有任何社会心理的和历史文化的含义。在余华的叙事中，性就是纯粹的非理性的本能，它是一些光秃秃的事实，乃至于经常是一些麻木而机械的日常行为。它最大限度地表现了生活的原生状态。

当然，同时期也有一些作品试图用“性”作为叙事的聚焦视点，去表现历史文化的某些死结或生活的某个死角。马建的《伸出你的舌苔或空空荡荡》（1987），在异域文化的背景上展示出远离现代文明的原始的性文化，性的纯粹性与宗教的神秘性相绞合，构造了一个超现实的性神话。这篇作品在80年代后期给当代文化禁区递上了一份反压抑的抗议书，马建一扫以往文学作品描写性的那种羞羞答答的抒情风格，他不仅把“性”第一次作为纯粹的“性”主题，并且开启了关于性的描写性的纪实风格。马建对“乱伦”行为的正面描写，率先宣告“性禁区”在当代小说写作中已经彻底解体。它是一种喻示，也是一种怂恿，它甚至引发了激烈的宗教纠纷。不管如何，马建打开了一个尘封已久的区域，从此以后，当代小说没有什么禁区不能突破。刘恒的《伏羲伏羲》（1988）力图以它独特的视角和非常个人化的体验，去发掘“性”所蕴含的民族的文化的内容。但是，小说对那个乱伦主题的细致描写，却又不得不展示性本身的魅力。刘恒的叙事技法极为高超，他尤为擅长把握那些故事环节的微妙变化、人物的心理层次和失控的局面，性在这里是一个绝对的动机，它诱惑和推动人物走向灾难。“性”在刘恒的叙事中，具有技术的和人文的双重含义。相较于余华对性的处理方式而言，苏童的“性”在叙述中和在形而上的意义上都显得神秘玄虚：它们是某种不可抗拒的命定力量。刘恒则处理得更加具体和技术化，同时它的人文含义也明确和现实。

不管如何，80 年代后期中国文坛卷起一股“性文化”大潮，而具有创新和探索意向的纯文学，在这股潮流中别具一格也独领风骚。它承接着新时期的思想解放纲领，同时以文学的形式主义策略拆碎了这个纲领，使之向着非意识形态化的方面转化。从“爱情”主题向“性”的改变这一历史行程，有力地折射出当代文化的某些根本的变动，那种以古典人道主义和启蒙主义为核心的现代性企图，让位于一种后个人主义式的写作，并且也由此表明文学写作的意识形态冲动，它在社会现实中的精神轴心功能都已下降到最低限度。

二、背景的虚化：没有内在性的历史现场

20 世纪八九十年代之交的历史背景过于复杂而凝重，那些非历史化的写作，那些处在（意识形态）零度状态的形式主义策略，都在这个背景的投射下而具有政治无意识的意义。历史之手重新书写了这个时代的文学文本，给它以某种特殊的现实定格，赋予它以又一种寓言（后寓言）的意义——这就是历史的不可超越性。那些作为形式主义实验原材料的“性”事，也不再是一些光秃秃的事实，而是具有不可抑止的形而上意指功能。在苏童那里，那些“性”的原材料既意指着历史颓败的事实，也意指着它的不可知的根源。格非的那些诡秘的“性”在叙事的边界徘徊，它因此而成为生活破败的佐证，不可挽救的绝望。至于余华，他如此任意使用“性”作为他的人物的行动力，“性”从叙事的各个边界盲目而倔强地涌溢而出，它使生活变得怪诞、坚硬、残酷而不可理喻。而这种叙事的总体情势，在那个巨型背景的投射下，不仅在文学革命的水准上与现实主义范式构成实际对话，而且在政治无意识的意义上与现实本身也构成“潜对话”。因此，作为叙事原材料使用的“性”，也就在历史/现实双重的水平上具有了精神现象学的意义。

那个凝重的历史背景在 90 年代商业主义大潮的冲击下迅速解体，经济一旦成为这个时代的轴心，意识形态实践也就变得华而不

实。权威意识形态实际上不起绝对支配作用，这使所有的艺术创新突然间都丧失了“潜对话”的寓言性功能——中国这个最后保存的第三世界文本，现在不再有真实的历史底蕴。它的冲突、碰撞和投射的历史叙事的机制实际不起作用，也就是说，现在“历史之手”不再在政治无意识水平上写作那种具有“潜对话”的叛逆性文本，“历史之手”充其量也就是在商业主义的背景上操作这些表象化的叙事。90 年代我们面对着一个空旷的历史背景、一个虚脱的历史现场。90 年代的经济形势无疑令人振奋，然而诸多的人文知识分子却陷入更深的危机。这几年到处都流传着科技知识分子在南方获得重奖的新闻，暴发户在祖国各地层出不穷，狂热的圈地运动使中国迅速进入一个经济腾飞的神话时代。这个时代的主旋律，这个时代的生活主潮都与人文知识分子无关。特别是巨额消费和豪华商场，把囊中羞涩的知识分子彻底拒于幸福的大门之外。大款和大腕成为这个时代的主体，“发烧友”、“追星族”趋之若鹜，大众文化这一次是真正全面而彻底地主宰人民群众的精神生活。所谓“高雅文化”、“严肃文学”的败落，不过是人文知识分子失落的佐证。关于“文人下海”的争议居然会成为一个普遍关注的问题，不过表明文人对自身存在的必要性已经没有多少把握。文化失败主义的情绪困扰着文坛，它与明星大腕的趾高气扬春风得意恰成对照。

现在，文学无须夺取什么形式主义高地，也没有与之抗争的历史力量（在某种意义上，这些力量过分巨大而属于“天文学”的范畴，实用而功利的文学是不会把自己置放在天文学的困境的），文学写作真正失去了它的历史依托，这使它处在一种没有精神负荷的轻松（而虚脱）的状态。在这样的历史情境下也不再有“集体无意识”，完全个人化的写作只能去拼贴现实表象，即使试图冲进一些精神深处，其结果也必然是被那个苍白的历史布景反弹出来。人们无法超越历史，而只能做历史允许的和给定的事情，在这一意义上，人是历史的宿命动物。

于是，并不奇怪，“纯文学”这块金字招牌不再挂在文学创新的殿堂内，而是挂在文化集贸市场的入口处。在这一意义上，1993 年可以看作文学史完成巨大转型的时间界碑。这一年有各种各样的“纯文学”精品、史诗式的巨著和文学活动在社会主义初级市场一展风姿。《废都》和《白鹿原》不过是郁积已久的革命成果。它们表征着新时期至后新时期以来的空前繁荣景象——一次当代中国文学有史以来最为辉煌的欲望奇观。《白鹿原》以它宏伟的构架，讲述渭河平原50年变迁的历史风云。白鹿两家为争夺白鹿原的统治权明争暗斗，惊心动魄。两个家族的争斗又引入新民主主义革命的历史冲突，使得整个故事更加雄浑奇崛。

主人公白嘉轩六娶六丧，命运把他磨炼得坚韧硬气，种植鸦片使他重整旗鼓。再次娶妻生子使他成为堂堂正正的接脉人，白鹿两家也就正式进入鼎立的较量时期。陈忠实对中原地带的风土人情有着十分精深的了解，并且谙熟中国农村的宗法制度，因而他表现农民争夺统治权的斗争，就显得精当老到。白嘉轩出卖天字号水地，能屈能伸，工于心计，颇有远见卓识。显然，白嘉轩是作者理想化的人物，经过一番劳其筋骨之后，他迅速成为一个杰出的乡绅。品行端正，刚直忠良，公正无私，明察秋毫，他身上凝聚着中国传统文化的全部精华。相比较而言，鹿子霖则多少有些奸诈而狭隘。他热衷于权术，玩弄阴谋，甚至与侄媳妇通奸。当然，作者并没有把这个人写得十恶不赦，而是恰到好处地表现这个人的多面性。某种意义上这个人似乎更贴近中国农民的那种精明和狡猾的自然天性。

作者显然在写作史诗式的作品，历史的变迁结构随着几代人在不同的历史条件下的冲突而展开。白孝文和鹿兆鹏的矛盾，引入了中国新民主主义革命的斗争背景。革命的选择与斗争，在偶然性的环节中发生并向着不可逆转的方向发展。白孝文一度落到吸食鸦片、讨饭乞食的地步，却为了一个饭碗入国民党；鹿兆鹏却以早期共产党人的英勇姿态显得大义凛然，尽管偶有过失，例如，从弟弟手中夺来女友白灵，这就有些偏离革命英雄的经典形象。中国社会代代相传的宗法制度及其权力斗争，到了20世纪上半叶演化为你死我活的政治斗争。作者在写出斗争的历史演变的同时，也喻示着这种斗争的非历史化本质，亦即这种斗争不过是在不同时期的历史采用的各种表现形式而已。斗争的结果，那些参与斗争的人们都没有什么令人欣慰的下场，共产党人鹿兆鹏下落不明，白孝文迅速窃取革命胜利果实，伟大的革命斗争——在鹿子霖看来，终究还是没有逃脱白鹿两家的争斗。

《白鹿原》试图在历史文化和阶级斗争的大背景上来揭示人性，或者说它力图在人性的多面性和丰富性的层面上折射出中国民族的文化蕴涵。作为一部“史诗式”的巨著，它对中国传统文化怀有理想化的态度，试图以宗法制的传统观念来作为中国文化的精髓，作为走向世界的民族性标记，这不过是它的白璧微瑕。至于那些细腻生动的性描写，无疑达到中国小说叙事艺术的高峰，这固然出于揭示人性和宗法社会的根本内涵的需要，但它过分渲染的笔调，不能不说已经与商业主义结下不解之缘，这与史诗式的巨著身份多少有些相左。不管怎么说，开篇就用七个女人的故事作为铺垫，与其说是出自对于探求中国民族文化的特殊内容的需要，不如说是进入阅读市场的必要标签。

相比较而言，贾平凹的《废都》则以更加大胆无所顾忌惊世骇俗的笔法，令1993年的中国文坛神魂颠倒。这部名为“废都”的作品，显然表示作者试图描写当今时代文化（和精神）面临的严重危机。在某种程度上小说的叙事也向着这个主题推进。庄之蝶这个文化名人，卓尔不群，桀骜不驯，不修边幅，有意蓬头垢面，穿双拖鞋，喝酒，题字，玩画，何其潇洒。然而，除此之外，这个惊天动地的“文化名人”并没有什么大不了的作为，他那显赫的名声除了偶尔被人利用一下，并没有人对此当一回事，那个表面上把他奉若神明的文学爱好者，一转身就把他题名的书当作废品卖掉。他被搅进一场莫名其妙的官司手足无措，任人摆布，终至于一败涂地。他唯一值得称道的地方是为人捉刀写情书。他开书店本想在商海中捞一把，却做了赔本买卖，而且是为学生所骗。当然，这个品格高尚的名人也偶尔骗人，乘人之危收购朋友字画，却也驾轻就熟。庄之蝶最后一败涂地，连市长也对他失去信心。这个原西京城里风云一时的名人无所作为，终至于没落潦倒，生死不明。事实上，四大名人加上孟云房，没一个活得像样，瞎的瞎，死的死，再不就是流落街头。

贾平凹在某种程度上写出了知识分子颓败的当代图景，令人惊异的是，失意的文化名人却不断在女人那里获取重新肯定的依据。事实上，庄之蝶这个文化名人慑服的唯有女人，在妇人那里他成功地确证了自己的存在。唐宛儿这个美艳风骚的妇人如期而至，他们一拍即合，这个文化名人迅速成为一个欲望的英雄，到处是他们交媾的场所。庄之蝶把他们那个寻欢的去处称为“求缺屋”，这个正在丧失政治学和文化学功能的名人，现在只有从生理学中获得补偿。他的缺失——他的自我意识也只有性欲。他的姿态一开始就摆在那里，只有女人能填补这个“缺失”。这个填补乃是双重错位的结果：这些女人出身低微，唐宛儿是个与人私奔的妇人，柳月是个保姆，阿灿则是个削价处理品。她们都对文化名人有着奇怪的渴慕之情，她们通过献出身体而从庄之蝶那里取得文化。正如阿灿在交媾时所说的那样：她不仅是获得身体的满足，更是“整个心灵的满足”。对于庄之蝶来说，他需要的是妇人的身体，他交出“名声”，而获得身体。他是个欲望的焦虑者，而女人则把他误读为文化名人；那些女人不过是文化仰慕者，而庄之蝶却把她们解读为淫妇。贾平凹通过这个双重误读来获取双重意义：既肯定了庄之蝶文化名人的主体地位，又顺利完成了性欲话语的表达。实际上，这些女人在文化上对庄之蝶的肯定是十分可疑的，这些私奔者、保姆和劳动妇女，她们对文化以及对文化名人的渴慕不过是叙述人的假想和强加。如果说庄之蝶在文化上的意义上只是由这些妇人来确认，那么这是肯定还是嘲弄？庄之蝶重返历史主体的夙愿是彻底落空了，他不得不努力扮演一个纵欲者的角色。

对性的趣味构成文化溃败时代一部分人处置生活的特殊方式，贾平凹的叙事当然无可厚非，只不过贾平凹的叙事隐藏着多重矛盾，包含着不少似是而非的东西。这不仅表现在庄之蝶与那些女人的关系上，也表现在叙事方式及其所关涉到的文化母本上。这个关于当代文化人颓败的故事，又与中国古代的一些典籍结下不解之缘。这些男人和女人带着太多的古籍的痕迹（例如《红楼梦》、《金瓶梅》、《西厢记》、《浮生六记》、《翠潇庵记》、《闲情偶记》等等）。文本对当代文化溃败的表达，又转化为对中国古代那些典籍的开掘和模仿。特别是那些煞有介事的“□□”，它们卓有成效地勾起了人们关于中国古代那些禁书淫书的文化记忆，同时起到巨大的广告式的诱惑作用。尽管《废都》存在这样那样的问题，特别是它采用的诸多的商业主义广告手法一时令人难以释怀，但《废都》对当代中国文化的溃败状况还是作了十分尖锐的揭示，如果不过分追究它和古籍的关系，则这部作品在叙事方面无疑极为精当老到，甚至它的那些似是而非的问题本身，也是对当代文化面临的危机进行一次前所未有的揭示。

也许责任并不在贾平凹，而在于这个商业化的文化实践和欲望化的观赏潮流。贾平凹这位纯文学的“最后一位大师”，他说他要以美文写作这部唯有“心灵真实”的作品。然而，一进入这个社会的阅读空间，它就被这个时代的欲望化的阅读裹胁进一种情境中，也足可见当今文学的写作与阅读所发生的惊人变化。在某种程度上，它们的位置被颠倒了，现在，读者才是上帝，这些在当今中国无法吞噬成人读物的人们，当然把他的全部压抑倾泻在“纯文学”上。“上帝的眼光”现在渗透进作品的叙事，规定了那些故事和场景。那个“隐含的作者”——他的观赏目的，实际支配和推动了故事的情节及其发展。

当意识形态背景虚化之后，艺术创新也不再喻示着革命性意义，而读者和市场正是一个敞开的新世界，所谓的“纯文学”势必越过界线，填平鸿沟，这是一个无法阻遏的历史趋势。事实上，20 世纪 90 年代的文学写作一直在朝着这个方向努力，或者说，它一直被这股潮流拖着走。更年轻些的写作者，他们顺利进入这股潮流，并且以他们崭新的经验在文学的市场化趋势和最低限度的创新之间，开拓一条中间道路。在这个大众文化全面扩张的时代，在这个文化大腕领风骚的年代，年轻一代的写作者当然不可能把自己尘封于破败的象牙塔内，他们也不得不争夺大众，夺取市场。因此，不足为奇，欲望化的阅读法则决定了这个时期的叙事法则，90 年代的文学技艺将在这里初露锋芒。

这样一种历史过渡虽然差强人意，但也顺理成章。80 年代末期，先锋派小说就已经剔除了“爱情主题”的情感内容，而剥离出光秃秃的“性”作为叙事的原材料，作为诡秘而怪诞的生活要素来运用。90 年代，随着故事在叙事中的复活，作为原材料的“性”相应展开，它们转化并呈现为一些细节和情节，一些有序展开的场景。它们再度散发着一些奇妙的感伤气息，一些蛊惑人心的力量。看上去是传统现实主义手法的复活，它们甚至和古典时代的一些文本密切相关；然而，在 90 年代的背景上，这些细节和场景显得尤为重要，它们与经典现实主义的深度模式无关，它们是一些纯粹的表象，一些作为高潮出现的叙事核心。我们置身于其中的历史背景不过是一份勉强拼贴的文化草图，它不再具有投射功能，软弱无力的“历史之手”也不能把它的超量意义强加于这些场景和片断。这使得 90 年代的小说处于一种前所未有的轻松状态，它似乎真的回到生活本身，它就是生活自我放任的表象之流，是没有内在性的后当代现场。

欲望化的叙事法则决定了 90 年代的故事其实也不过徒有其表，引人入胜的故事实际上是那些场景的遮盖物，它们委婉细致，从容不迫，步步为营，成功走向那些期等已久的高潮。对那个高潮的渴求和遮掩竟然构成了欲望化叙事法则的艺术技巧，这样一种小说无意中却也有令人惊异的艺术水准，这确实是不可思议的事。在某种意义上，它显示了一种新的叙事态度，新的方法和态度。从理论上来说，没有任何理由认为关注“性”的写作在艺术上就一定低劣，但是过分关注“性”的作品也就难免有庸俗之嫌。像米兰·昆德拉那样把“性”与政治作为一枚硬币的两面来表现，他显然也是在玩弄一种叙事技法，这二者的重叠才使昆德拉的叙事既获得某种思想的力度，又不失强烈的阅读效果。这个人的书在中国的地摊上疯狂出售，也足以说明很多问题。米兰·昆德拉用他的“政治反讽”给“性”涂抹上一层灵光圈，随着柏林墙的倒塌，昆德拉的“性”也失去了政治的内在性，徒然剩下一些光秃秃的欲望，一些尴尬的玩笑。冷战结束之后的 90 年代，全球都处于意识形态弱化的历史情势中。地缘政治和种族冲突对于不同国度的人们构不成强烈的政治冲击，它们也不可能转化为普遍的意识形态。文学写作在这个时代已经不可能从政治那里汲取生命力，那种革命式的献祭写作已经让位于后革命式的快感表达，这使得人们理直气壮地去制作那些欲望化的观赏场景，并且从这里表现出这个时期的美学趣味和表现技法。

三、情爱的表象化：欲望化的叙事法则

20 世纪 90 年代的文学已经完成了它的历史转型，性爱主题几乎变成小说叙事的根本动力，那些被命名为“严肃文学”或“精品”的东西力不从心承担起准成人读物的重任，这股潮流当然也就迅速抹去严肃/通俗的界线。历史已然颓败，只剩下一些残缺的布景，那些精神和思想的厚度早已在小说叙事中失去最后的领地，而欲望化的表象成为阅读的主要素材，美感/快感的等级对立也不复存在，感性解放的叙事越来越具有蛊惑人心的力量。

颇有象征意义的例子可以在刘心武的一篇作品中看到。刘心武，这个新时期的主将，“伤痕文学之父”，在 90 年代已经不再自觉充当历史的启蒙者，《风过耳》就是一次告别新时期的写作，它未必像大多数人认为的那样是一部有着现实实际影射意义的作品，我更倾向于认为这是一部启蒙的历史主体自觉退场的无意识的表达。一部也许是不经意写下的《仙人承露盘》（1995），也许是这个新时期主将对当代小说叙事的普遍法则的响应，他现在转入探讨一些非常个人

化的情感。在很大程度上，他的表现已经超出古典人性论的范畴，不再强调真切的同情和情景交融的理解，更多关注一些纯粹的存在事实，展示那些场景和生活奇观。那么，由此可以看出90年代中国小说叙事的超级法则。

这篇小说讲述一位少女非常奇特的情感生活。从朦胧的性爱意识到反常规的情感，刘心武细致刻画了这个变迁的过程。说穿了，这是一个同性恋的故事，这个领域在当代中国文学中一直是一个禁区，长期探求人性深处的刘心武，这次涉猎人性的那些隐秘的角落。刘心武既没有从怪异的一路去贬抑这种情感，也不作过分的渲染，他的叙述深入到少女心灵的那些角落，去探究这个非常规性的情感是如何滋生的。这一切都源于那个关于"仙人"的传说。刘心武的叙事当然还是走比较传统的现实主义路子，力图构造一个完整而自足的封闭故事。"她"的无父无母，对叔叔和胡姨的暧昧关系的窥视，特别是那个"仙人承露盘"的神话，构成了她的怪异性意识的根源。这个"她"的内心深处盘踞了那个玄妙的神话，注定了她是个超现实的人，一个生活在自我的幻想天地的女子，一个拒绝和逃避俗世的少女，这使那个情有所钟的大勺难以遂愿。

这个隐秘心理的历史和现实依然被刘心武探究得充分而动人，这个故事的内核隐藏得十分巧妙。徐姐的出现使整个故事急转直下。"她"的一系列似是而非的经历，没有着落的心理轨迹，在电梯里的那一黑暗时刻突然闪亮，整个故事的内在意义在这里突现。看上去极为平易淡泊的叙事，其实在制造极强的悬念，做足了铺张和酝酿。就这一点，足可见刘心武在传统表现手法这一路上已是炉火纯青。前面是曲曲折折，犹抱琵琶，随后的故事则是飞流直下，波澜跌宕。这个反常的绝望之恋注定了它的悲剧性发展轨迹。刘心武试图揭示这种恋情并不仅仅是难以为社会所接受，就她们自身也难以达到正常的理解和沟通。同性恋情感与所谓"正常生活"格格不入，就她（她）们自身而言，也难以与之正常相处。女同性恋是什么？在西方一位女权主义者看来："当一个女人的愤怒浓缩到了爆炸点时，那就是女同性恋，她是这样一个女人，在很小的时候她就常常按自己内心深处的不可扼制的力量去追求更完整、更自由的人生。这种追求在当时就很可能是，但在以后肯定是社会所不允许的。很多年当中，这种追求使她痛苦地与人们发生冲突，与所处的环境，与被人们所接受的思想方法、感情和行为发生冲突，使她处于一种与周围的一切，以及常常与她自己进行不休止斗争的境地。或许她并不能完全意识到自己作为一个人所包含的政治意义，然而在某种程度上她不能接受社会给予她的限制和压迫，不能接受社会给她安排的角色——一个女人的角色。”①

就对女性这种特殊情感的表现，刘心武陷入了两难境地：一方面，他给予那种自恋式的情结以理想化和浪漫化的超越性特征；另一方面，他又不断地促使那种同性恋情感扭曲化、怪异化。“她”和徐姐之间，充满猜忌、占有、自私，在相互逃避与投入、剥夺与奉献之间纠缠不清。刘心武也力图去写出她们的生活是如何被扭曲的，这种极为优美的扭曲又如何自行其是撕拉到极限。这种情感终究被作畸形化的处理——尽管刘心武超越了单纯的同情性的情感基调，但却未必超过流行的社会化视点。它必然导向悲剧式的结果，那把火不过结束了这个故事，也使这个叙事在现实主义经典模式中完成它的充分完整性。

年轻的一批作者，以他们更为单纯直露的经验闯入文坛，明显给人以超感官的震撼力。张旻、何顿、述平、刁斗人的写作，构成了这股潮流。

正如我在前面几章论述过的那样，何顿的兴趣在于抓住当代生活的外部形体，抓住个体经济的历史实践中城市市民和小知识分子无法抵御的欲望，充满欲望的生活场景构成了叙事的主体。

《太阳很好》讲述一个走向商品社会的妇女所遭受的情感挫折。是什么力量导致宁洁丽家庭迅速瓦解？当然是欲望——对金钱的欲望，消费的欲望，过一种享乐主义生活的欲望。这里的各种人物都被“欲望”搞昏了头。她的那个“配不上她”的丈夫居然当着那个妖冶女人的面打她的耳光，这只能说是金钱的诱惑怂恿这个男人发昏。这个男人轻而易举离家出走，可以看到金钱的欲望如何强有力地控制了人们的行为和选择。而宁洁丽在不知不觉中重蹈丈夫的覆辙。这个一度清高的女人，其实一直经不住商品的诱惑。她对那些漂亮衣服的倾慕，对丈夫无能的责备，这些都决定了她最终的选择。她也进行了抵抗，但经不住章明之流的几番进攻。在这个时代，歌厅舞厅与其说是一个娱乐消遣的去处，不如说是一个向商品社会膜拜的祭坛，经过歌厅舞厅的洗礼，没有人不对这个商业社会的最高

① 转引自张京媛主编：《当代女性主义文学批评》，112页，北京，北京大学出版社，1992。

象征俯首称臣。这是一个堕落的场所，也是一片反革命的领地。半个世纪的无产阶级专政下的继续革命，一夜之间就在灯红酒绿中土崩瓦解。宁洁丽这种普通群众的投降归顺只需要几分钟，她抵挡不了这些优美的乐曲，这些衣冠楚楚的人们。几个回合下来，这个国家事业单位的职工，成为一个个体户的职员。如果说这一切都是被迫的，都是因为周围过于强大的经济势力的有意支配，那么，想成为龙百万的明媒正娶的老婆则是她自觉的愿望。这个愿望一度是她的生活理想，她为此进行了奋斗，当然终究为此付出了代价。

何顿写出了这个时期欲望化生产的现实，欲望是如何被这个急剧发展的个体经济社会生产出来的，它席卷了各个阶层的人们。人们不得不以生意组合他们的关系，按照新的欲望化的生产法则，个人重新调整和社会的特殊关系，调整他的价值观念和行为方式。这个个体经济社会对底层贫困的民众尤为有吸引力，它把一个对它一无所知的人迅速改变为一个受它支配的成员，人们的价值观念早已认同了商品拜物教，如何被这个商业社会彻底俘获则是一个更重要的实践问题。这样一个过程被何顿表现得极为生动细致，宁洁丽无法拒绝，她被拖进了这种生活，因为这种生活代表这个时代“前进”的方向。龙百万和章明都是大玩家，但龙百万才是这个时代真正的英雄，才是妇女心目中的白马王子。龙百万这种人敢于冒险，敢想敢干，冷酷，自私，背信弃义。必要的时候，他也会装得温文尔雅，一旦目的得逞、猎物到手他就翻脸不认人了。这样的人在当今中国资本原始积累时期才是成功者，才是人人顶礼膜拜的英雄。他们生活极为潇洒，他们的生活主要由喝酒、搓麻将、找女人以及斗殴构成，这种生活与文化无缘，这是一群反文化的拜金主义者，他们为中国的经济起飞作出了卓越的贡献，作为代价，他们也严重地搅乱了当今人们的价值观念。他们本身是当代中国的产物和写照，是期待已久的和只能如此的产品。

对于这样一种历史实践，对于这样的生活变迁过程，对于这样的一种生活和它的英雄主角，何顿通常不加明显的价值判断和观念性的批判。他一直是忠实而具体地表现出个体经济所表征的当代现实。这篇小说相对于何顿过去的作品来说，还多了一些价值倾向，龙百万身上的恶劣品性表现得很明显，而宁洁丽这个女性终究以自己的能力干起了霓虹灯业务，何顿试图表达在这个迅速发展的个体经济社会中妇女真正的出路。

述平对商业社会新的生活形态有着敏锐的感觉，前面曾经论述过他的《凸凹》和《晚报新闻》对商场、男女之事和城市暴力有着惊人的表现，将城市男女之间的暧昧情感、相互诱惑和逃脱的困境刻画得淋漓尽致。而《此人与彼人》(1994) 又是一次对两性关系的毫无保留的揭露。《此人与彼人》看上去是一篇好读的通俗读物，它有舒畅的故事、细致的人物刻画，尤其是对男女之事的大规模渲染。然而，仔细推敲则不难发现，这篇小说隐含着一个严重的（不是严肃的）主题：对这个时代“没有爱情”的生活状况做出惊人的表现。

当代中国生活的变化是如此之快，一个极为保守压抑的古老国度，一旦打开那个所罗门的瓶子，一切将变得无法控制。过去人们徜徉于天国的遐想（《爱，是不能忘记的》)，而现在，在我们生活的各个角落，大规模开展的是爱情游戏。一次邂逅，一次出差的机会使人们迅速而突然地拥有了情人。尚小木不是一个情场老手，但也不是一个圣徒。借助感冒的作用他居然轻而易举地爬上女同事的床。这件事并没有给他带来荣耀，相反却使他惴惴不安。于是这场游戏式的爱情导致了随后的一连串的爱情游戏。乔兵是一个爱情的游戏大师，一个划时代的欲望英雄，这个饱尝失恋之苦的男人，居然一夜之间成为床上的运动健将。他的收藏怪癖，是对他的已逝爱情的祭祀，也是对这个时代的爱情的嘲弄。以收藏这种保留历史的行为作为短暂偷欢的欲望化表达的补充形式，乔兵堪称是个有创造性的人。在这个时代，男女的关系只存留下一些毛发。对于乔兵来说，那是一种卓越的战利品；对于这个时代来说，它是全部情爱失败的佐证。

然而，游戏的人们并不是玩得轻松自如，每一个游戏的背后都隐藏着一个摆脱不掉的历史前提和难以逾越的后果。乔兵的游戏其实一直在追悼他的那段精神之恋，而胡颖则为她的腹中之子而费尽心机，甚至那个职业妓女田丽也为一段情欲的交易而心有所动。述平当然不是在简单地表现这个时代的堕落景象，对于他来说，人们只有经历堕落，才能对罪恶有所认识。“灵魂如何才能得以拯救”，述平的解答奇特而明确，那就是在堕落中才能感悟到爱：“这是一个被堕落的表象覆盖着的世界，爱在深处的某个地方，在我们重新认识到爱的真义之前，我们甚至得对罪恶和堕落有深度的体验，备尝堕落所带给我们的深深的痛楚，在罪的尽头爱才会出现……”这完全有可能是一种荒谬而自欺欺人的逻辑，一种述平式的关于堕落/爱的奇怪的推论。述平的人物显然是在这种推论方式中来进行他（她）们的故事的，这些游戏的人们都在堕落中感悟到爱，不管是自觉还是被迫，他（她）们终于都在爱中得救了。包括那个老干部，他是在堕落中才表达了他的纯粹的自然人本主义的爱的。尽管述平关于堕落/爱的推论实践未必正确，但是我们不得不承认述平的讲述揭示了这个时代生活的一些根本的症状，并且尖锐地表达了游戏的后果和人们内心的希冀。

虽然述平对爱的升华表达得有些勉强，但是他对堕落的描述却是极为出色的，那些露骨的欲望总是表现得优雅，他的叙述从容而俊秀，朦胧的南方细雨给堕落的男女勾画了一幅美妙的背景，它们充盈着一种末世学的意味。在这一意义上，述平的叙事是这个时代露骨而优美的堕落图景。

刁斗，可能是一个对规则和秩序有着天然敌意的人。近年来他的小说写了不少，却没有引起注意，或许应该归结于生不逢时。他的中篇小说《作为一种艺术的谋杀》[载《花城》，1994（2）]，篇名取得有点骇人听闻，实际上，这篇小说写了一个很常见的故事，一位年轻的女记者（或编辑）与一位文化名人的浪漫风情，这是城市里或文化圈里惯有的暧昧关系。刁斗的写作不再去追逐那些爱情故事的人生内涵、那些发人深省的道德意味或悲剧力量。刁斗的叙事热衷于观察一个男人和女人的故事是如何发生、如何向个人无法控制的区域迈进的。人物的性格、内心的无意识，使这个诱惑的故事充满动态的可变性，那些转折关节被处理得欲望横生。显然，国与丰丰一直处在极为微妙的状态中，他们相互诱惑，如履薄冰；看上去水到渠成，其实随时都可能发生意外。

男人和女人之间的相互吸引和诱惑像是一门伟大的技艺，一种细致的雕刻，他们以游龙走丝的笔致相互书写人生优美而错误的章节。这个拙劣的偷情故事被刁斗叙述得起伏跌宕，他们由陌生而吸引，而相伴同行，最后共浴爱河，层层推进，一切终于都如期发生。然而结果呢？悲剧的后果发生在这两个人的故事之外。因为这个封闭完满的世界其实存在一道深深的裂缝，丰丰的家庭一直被叙事遗忘，然而却潜伏在幸福的侧面，在那些完满的时刻像幽灵一样如期而至。对于女人来说，背叛家庭并不是一件轻而易举的事，丰丰渴望一次浪漫的经历，但她却必须以全部生活的平静为代价。丰丰是个跟着感觉走的不可思议的女人，她也许一直就向往外面的世界，只不过缺乏目标和机会，与其国诱惑了她，不如说她借机完成了一次由来已久的精神漫游，她逃离了没有诗意的日常生活，但她无法逃离生活的宿命安排。这里面虽然也有一些似是而非的关于宿命论的含义，对生活的谬误的澄清，但对于刁斗来说，那些“深邃的思想”已经终结，他只热衷于去讲述那些纯粹的观赏化的欲望片断，对男人和女人的事务，做出机敏而舒畅的描述，就大致可以宽慰这个焦灼忙乱的时代。

张旻，一直热衷于写作小知识分子的欲望，校园里的师生之恋，是他的写作的持续性主题。对那些缠绵悱恻情感的描写，对那些卑琐欲望的过分渲染使张旻的叙事显得平白露骨。但是《生存的意味》（载《作家》，1993）却是张旻别具一格的作品，张旻的叙事出人意料地坚决超然于情感之外，直接切近那些裸露事实。

这是一个情杀的故事，然而，里面渗透着复杂的生存意味。童年的那些经验被描写得非常细致，芬的家庭经历，沉默窝囊的父亲，与人偷情的母亲，这些在幼小的芬的心灵中留下抹不去的创伤，它们铸就了芬倔强的个性。直到那一天，软弱无能的父亲杀死那个民兵连长，芬的童年阴郁才一扫而光。芬的童年渗透了屈辱、悲愤、通奸和枪杀的场景，这些场景并不是像呈现在电视里的节目那样仅仅是一些与她无关的画面，恰恰相反，那些画面，渗透进她的记忆和生存，那些“红惨惨的晚霞，在芬的眼前永不坠落”。处于如此境遇的芬，渴望有力量的精神支柱，蛮横的大军成为芬的同桌。与其说是芬的天性，不如说是芬的童年经验使芬有一种对大军这样的男人的不由自主的崇拜与依赖。芬从小就仰慕、期待、渴望大军这样的男人，然而，她的婚姻又选择了一个平庸软弱的男人，这使芬多少年之后与大军的相遇不可避免要生出是非。

这篇小说叙事的显著特征，就是不断运用倒叙手法，去发掘生活中的那些最初的源头，去寻找那些灾难的根源。这种强制性的因果解释链构成的叙事反倒使生存敞开不可洞见的神秘性。人们的存在结果已经被预先给定了，生活再也没有比这种境遇更令人绝望的了。这个武断的解释链，拖曳出一个人的一生那些不可言喻的细节，它们串联一体，构成了不可思议的命定之路，并且这里还融进了父辈的阴影，与一个更强大的历史绞合在一起。这种发掘实则给出了一个女人不可洞见的精神自传，在这一意义上，《生存的意味》像是一部精神分析小说。

作为一篇探求精神深处那些幽暗之地的小说，这篇小说显得十分精细而有质感，极为细致而深入地剖析了芬的心理。芬从小以她表面的温和顺从掩盖了她的执拗，每当大军的小手突然伸向芬的腿部时，“芬总是一声不响地悄悄地用自己的手一个一个扳开大军铁钩似的精瘦手指……”沉默而有主见，平静而执着，这些外在化的行为非常有力地反射出她的内在心性，它们与她的生存处境相互映射，显现出一个孤僻而倔强的少女芬的形象。那些心理在很大程度上是被性支配的。对于张旻来说，性意识潜藏于人的心理深处，支配人的行为方式，乃至于支配了人一生的命运。芬在看电影的黑暗中与荣华的触摸，那种急切和兴奋，写得栩栩如生，它显示出芬这个女人对性特别敏感。这些美妙而幼稚的早期萌动，暗示了她以后为此付出的沉重代价。张旻对芬的心理描写，采取了悖反式的叙事，少女芬对大军的那种态度，他们二人构成的欺压与反抗的关系，隐藏了许多年后他们之间的如醉如痴。“芬当初对大军曾经有过多么深的反抗，今天就有多么深的依恋；有过多么深的隐匿，今天就有多么深的执着；有过多么深的畏惧，今天就有多么深的渴慕……”正是这种悖反式的描写，使得这种心理刻画富有节奏，乃至于使整个小说叙事富有张力，富有内在凝聚的力度。

对一桩情杀故事的内在性的探索，张旻写出了一个女人的客体化精神史，这部精神分析史却又强制性地勾连着她的父辈的历史，一种显性的可分析的政治历史与隐性的神秘性的命运重叠，提示了生存中那些美妙而令人惊惧的瞬间，这些瞬间构成了生存进程中持续而闪光的支点，它们却又无不意指着悲剧性后果。作者的叙事冷峻而超然，那些冷静的视点直逼生存事实，不再是情感意义上的对人的遭遇的关怀、对人性的反省，而仅仅是一种超越于情感价值判断的审视，对那些生存事实的纯粹关注，甚至于是对那些“性”构成生活死结的揭示。应该说，这篇小说对“性”给予了极为有力的表现，性在这里折射出一种生活史，又意指着生命不能逾越的盲区。

这种欲望化的景观，在20世纪90年代的现实中急剧扩张，它构成了这个消费社会的基本表象，也开始成为当代小说叙事最具有奇观性的资源。凡一平的《通宵达旦》（载《山花》，1994），这篇小说似乎与电视肥皂剧相去未远，却有着不少耐人寻味的东西。警察与妓女——这个美国向第三世界输出的电视连续剧层出不穷的题材，现在被移植到这篇小说中，作为小说叙事的起点。这个起点十分鲜明地给出了90年代小说写作的基本倾向——类似罗兰·巴尔特的做法，把写作比作勾引，把阅读比作色情，当然这是比喻性的说法，在现行的检查制度规范内，作者当然不可能有什么惊人之举。但是，这种姿态却是极为明显的。在某种意义上，这种做法，还可以在像《白鹿原》这一类被称为史诗式的鸿篇巨制中看到。当然，《通宵达旦》不过异曲同工，它实际是另一种小说。

这篇小说把通俗读物的故事母题作为叙事的原材料来运用，它们在叙事中起到纯粹观赏性代码的作用。一些香艳女子，性感的形体和暧昧的表情，这些都构成商业社会基本的观赏性代码。在中国这个初涉市场的国度，其他东西未必发达，这方面却是日新月异。这些欲望化的符号与整个社会急剧膨胀起来的经济欲望相互鼓舞怂恿，这是商业社会这枚金币的两面。作者的叙事并不是仅仅停留在这些欲望化的符号的表层，在这些符号的里层，打入了权力和精神性存在的楔子。把一些商业社会最流行的符号与对这个社会的似是而非的揭露和超越相混淆，因而这篇小说的故事隐含着内在的跨度，把形而下与形而上加以强制性的重叠，起到连接作用的仍是那个“特权阶级”——马禾。马禾的出现使这个通俗故事迅速发生转机，妓女被无罪释放，现在，警察变成了诗人，小说的叙事也开始向着形而上的层面倾斜。小说叙事能够做出转折并且能不断开拓叙事的空间，在于能够运用有效的中介因素。应该说，这篇小说中马禾这个人物的运用还是成功的，他起到多方面的连接和转承作用。

随着警察变成诗人，现在小说叙事开始打穿那些形而下的欲望化符码，一些关于妓女关于香艳女人的丰乳，关于装扮嫖客还是装扮妓女的争论，这些流行符号、流行话题引出了关于这个社会现实和人的存在方式等的看法。特别是那个圣诞节，纯粹是一次化装舞会。这是形而下的中国对形而上的基督教西方的模仿，而警察居然成为艺术家，这里面都是一些假模假样的人。对形而上的追踪不过是对舶来品的模仿，并且是对仿造的伪造。这些似是而非的有名的人的聚会成了真正的假面舞会，这里面充斥着模仿品和赝品，连哲学也商业化，诗人成为一千元的交易者和剽窃者。那个主角宋杨能够回忆起富来的那只纯洁的鸽子——他的青春萌动期的情人，却也只是一个强奸犯的妻子。现在凤凰一样的女人、貌美才高的朱楠正在与他倾心相谈。他们在玩着骗与被骗的游戏中心心相印。十分有趣的是，朱楠对骗局拆穿缺乏基本的能力，她可以怀疑宋杨的任何谎言，却不怀疑他存在的最基本事实——他的身份的真实性。这个时代人们怀疑任何东西，却从不怀疑有钱人的真实性。这次形而上的精神会餐终究又成为一次肉体享乐主义的盛会，这个时代的精神早已迷失在经济事务，迷失在欲望崇拜里，那个哲学博士被放逐于欲望狂欢的节目之外，他在等待批文。

这篇小说以它对流行代码和现实表象的反讽书写，揭示了这个时代精神性存在彻底丧失的现实状态。然而，这种揭示并不是作者有意识的行为，不过是小说叙事的副产品，恰恰是作者大量堆砌这些欲望化的符号，在游戏和狂欢的场景中，穿梭往来，随意漂流，没有一个人能真实地进入精神存在的领地。作者的叙事甚至无力给出基本的情感价值判断，那个似是而非的初恋情人，他也无力保持她的纯粹性，小说叙事本身是一次对这个时代的表象的自在呈现，一次放任自流的后情感式的观望和游走。在这一意义上，20 世纪 90 年代已经无力给出任何真实有力的精神性向度，它恰恰是复制和拼贴这个时代的欲望化景观，由此创造这个时代的观赏奇景，创造具有诱惑力和想象性满足的纯粹快感式的阅读情景。

这里值得提到的是王小波的《革命时期的爱情》，这篇重写“文革”时期的作品，别具一格，这主要得力于它不再把叙事的重心落在“反省”、“批判”一类的历史内涵上，那场庞大的历史运动，在这里被改变为可供窥视的场景，一个后进的男青年，被一个进步的女青年关在一个小屋里作思想检讨。革命年代的爱情不得不采取革命的形式，然而我们洋溢着青春愿望的女团支书，终于忍受不了“革命的”形式，个人的欲望战胜了那个可笑的外表。在王小波的叙事中，所有的那些戏谑式的描写都不过是等待那个欲望化的高潮出现，那个纯粹的爱欲的场景乃是全部革命行为的伟大成果。这个成果其实一开始就潜伏在叙事的动机中，它随时都有可能原形毕露，但王小波却以他恰如其分的节奏推出这个高潮场面。对于那个隐含的窥视者来说，经过一段时期的煽动、引诱，现在总算如愿以偿。王小波的写作一直处在当代文学制度化体系之外，他一度在资本主义国度里游荡，在海峡那边发表小说，他以他怪诞而超然的行为把自己放逐于乱哄哄的大陆文坛之外，很快人们就会发现，这个在当今文化边际地带游走的人，这个远离当今现实的人却又一如既往地触摸我们生活的关键部位。他对欲望的表达有着惊人的兴趣和敏锐，那些漫不经心的描写都给这个时代的生活以尖利的刻画。

四、越过界线：女性叙事的后道德状况

妇女解放不仅仅是社会解放的尺度，在现代社会，妇女经常走在社会解放的前列。在发达国家，妇女活动构成了富裕时代唯一的后革命景观，它是冷战过后唯一有点刺激性的保留节目。因此，毫不奇怪，妇女写作也是这个时代多少还具有挑战意义的文学行为。新时期的女性写作十分活跃，但一直附属在男性话语的纲领之下。因此，有一点是不难推测到的，20 世纪 90 年代的中国文学，将无法遏止女性主义潮流。事实上，张辛欣和残雪曾经以非常独特的个人经验表达了最初的女性主义意识，赵玫的一些作品也表现了女性对待世界的特别态度，更为典型的女性主义方式可以在海男和林白的作品中看到，女性话语无视男性的道德准则，在急切迂回到女性的内心生活中去的时候，在对女性自身经验的无所顾忌的发掘中，女性写作以其偏执的后道德立场表现了最为鲜明的过渡性状态。

我曾在前面讨论过，海男一直在以纯粹女性化的语言去完成诗性的祈祷，对男女特别的情爱的表现构成海男持续不断的兴趣。关于生/死、爱/恨、永恒/暂时等的追问，乃是海男叙事的内在意蕴，她异想天开要在灵与肉的撞击中撕开那道无底的深渊。《人间消息》(1989)、《没有人间消息》（1992)、《观望》（1994)、《疯狂的石榴树》（1995）等等，大都描写一些男女性爱片断，生命本能的恐惧、一些死亡事件和欲望化的场景，充满着整个叙事。海男的叙述像是一次绝对女性自白，又是一次前所未有的自我呈现。

《私奔者》（载《钟山》，1994）是海男又一篇激烈蔑视当代道德规范的作品，这个关于私奔的故事，看得出海男的叙事已经发生了很大变化，开始注重故事性和人物相对完整的形象。海男的叙事总是充满歧义，她习惯把人物的内心活动、回忆、遐想等随时折叠到叙事中，这给阅读造成一些障碍，但是给叙事提供了复杂而多变的空间。

这个关于“私奔”的故事，由一个女子独自一人来到一个城市的内心遐想构成。这个叫苏修的女人出差到外地，住进一个小旅馆的第一个强烈愿望就是尽快洗个热水澡。“洗澡”在整个叙事中起到动机的作用。由洗澡引发了苏修的各种心理感觉和回忆往事。“洗

澡”想到少女那双纤细的脚插进水流，那是生命的河流。古典辩证法曾经诡辩过的真理，你不能将双脚同时插进一条河流——这是什么逻辑？这是生命哲学？过去的私奔故事与现在已经迥然不同。生命之河在流动，回忆者能抓住过去的什么痕迹呢？这个私奔的故事，就像一条流动的河，有不同的插足者，她们先后插入江林的生活，然而，她的存在，她们的幸福和感觉都大同小异。也许作者没有清晰写出那种深刻的不同很有些缺憾，但在另一方面，也许作者触及生活的一个无法抹去的事实，那就是生活不断地重复——一种对古典辩证法的绝望颠倒，不同的是插进去的还是同一条河流。

那个私奔者苏修，替代了美丽的雯，后起之秀燕子又替代了苏修。人们在那些自以为是的生活追寻中，其实不过是扮演着一个角色，替代者也为他人所替代。显然，海男力图写出生活的两极悖论：一方面，人们渴望变换生活，渴望逃离现在的处境而走向私奔之路；另一方面，私奔终究不能完成对生活的彻底的超越，生活终究还是回到现实性中。

对生活的绝望和渴望是如此矛盾地交织在海男的写作中，对于她来说，这些想法并不单纯是形而上的观念，在很大程度上这些是她真实的内心祈祷。比起张洁那代人的《爱，是不能忘记的》那种态度，那种时代意识，海男这代女作家对生活的看法、对文学说话的方式，都发生了惊人的变化。她们变得如此复杂而坦诚，变得如此不可理喻而固执己见，对于人类由来已久的那些情感、那些价值立场，她们给予了毫不留情的拒绝和超越。海男居然不加掩饰地赞美“私奔”：“第一，私奔的快乐就是建立一种新的意义，它是反抗一种不能令人满意婚姻的赔偿，私奔者通常是带着对未来的展望——通常是一种令人生畏的东西。未来对于私奔者来说往往是一个不许进入的禁区，然而，私奔者总是亲自到场证明私奔者是一些幸福的人。第二，私奔者制造着事件，这是一种偏离常规的、无法解释的行动或事件，私奔者都沉湎于一个跟他（她）制造事件的女人或男人的怀抱，这是一种音乐的怀抱，让私奔者蛰伏在自己的小窝里，与世隔绝地度过一段时光。第三，私奔者们总是带着最初的诱饵出发，这诱饵是美色，是肉欲，是闪烁的星空，是沉醉的深渊等等。”

这个关于“私奔”的故事令人想起法国的“新浪潮”电影《去年在马里安巴》，那个私奔的故事被“存在还是不在”这种现代主义观念搞得歧义百出，它充满了对存在与选择的复杂思考。海男的叙述则是一次对往事的眷恋，对家园的追忆，对女性内心渴望的后现代主义式的散漫书写，它把此在的感觉与迷失的记忆相混淆，把不着边际的生活远景与微不足道的幸福相拼贴，那些流动的生活表象渗透了女性的内心独白。应该说，海男的叙事有着某种复杂的透明性，那些感觉和回忆，那种心绪和遐想的状态，都给人以细致而深刻的印象。

摆脱了爱情母题的当代女性叙事，向着细致的欲望体验与玄虚的形而上观念两极分化，而把二者有机结合起来，则可以看到当代中国女性叙事所达到的一种难度。例如，徐小斌的《双鱼星座》（载《大家》，1995）把女性的自我经验、隐秘的内在欲望与玄妙的形而上观念相混合，这二者相互推动和补充，使徐小斌既抓住当代生活的那些最有扩张力的表象，又不懈地探究人类生存由来已久的那些意蕴。

《双鱼星座》看上去是在讲述“一个女人和三个男人的古老故事”，但这个古老的故事被徐小斌以非常个人化的当代性的经验加以改造。拉康式的精神镜像使得徐小斌的写作像大多数女性作家一样，散发着“自恋”的优雅情调。这当然不能说卜零就投射了过多的作者的影子，这种“自恋”乃是女性对自身的绝对关注——女性永久的“精神镜像”——正是这种“自我关注”，使得徐小斌的写作执拗地进入女性自我的精神深处，优雅而又毫不留情地去打开那些生活死结。

卜零，这个优雅而聪明绝顶、脆弱而漫不经心的知识妇女——与其说这是典型的知识妇女形象，不如说是知识妇女乐于认同的自我形象。这个优雅的女人在三个男人之间周旋，对家的厌恶，对权力和社会制度的拒绝，与对爱欲的纯粹追寻相混淆，使卜零形象如此密切地扣紧这个时期的物质生活；那些流行的俗世价值观念，又不断地在虚幻的空间、在自我的镜像中呈现。古典时代温情脉脉的两性关系，那个生活的寄托——家，在这里却是生活的牢笼，一个极为虚假而没有实际内容的处所。在 20 世纪 90 年代这个被普遍描述为商业/文化二元对立的时代，徐小斌尤为尖锐地表现了女性对变了质的两性关系的直接书写，这一切混杂着对这个时代的流行价值的抨击和那些生命神秘崇拜的寓言性叙述，使得徐小斌的这个“古老的故事”具有犀利的直接性和女性神话学的深邃性。

卜零，这个知识妇女，对生活像是在观望，又像是在进行某种绝对的追求，她一直在精神/物质、文化/商业、灵魂/肉体之间作一连串不切实际的徘徊。她以她的精神性存在对物质主义盛行的时代采取了不合作的态度，那个韦，代表了当今时尚的丈夫，遭到卜零的彻底蔑视，这显然是精神对物质的超越，而那个司机石却又以他的自然主义本色令卜零想入非非。作为一个文化的人，作为一个女性的精神自恋者，卜零有理由对在商业上踌躇满志的丈夫不屑一顾，她也理所当然地拒绝了那个精于权术的老板，然而又是作为一个自然主义者，作为一个回到女性自身欲望的纯粹女人，卜零对石这个年轻男人充满着爱欲。在这里，精神性的卜零奇怪地转化为物质性的卜零，并且以自然崇拜的形式而获得现实的内容。那个绝对沉浸于精神自恋的卜零，回到她的最内在的存在的时候，她就回到了身体，回到了她的最坚实的女性自我。只有一个自然存在的男性他者，才使这个女性对身体的意识具有了现实的爱欲内容。

卜零这个心比天高的女人经历了一次愚蠢的下降运动，在某种意义上，也可以看成这篇小说的叙事所走过的历史行程。这个精神性的女人受爱欲的支配，不得不走出她的精神自恋的天国，她的爱欲必须转化为现实，她必须从男性他者那里掠夺来她的现实本质。她选中了石这个漂亮的年轻男人，卜零于是重温了一次青春萌动期的纯情之恋。这段被世俗化的爱欲，尽管以自然崇拜的借口加以观念性升华，但它依然掩饰不住那些压抑已久的欲望。那些温情脉脉的恋情，使得卜零险些成为一个被爱情冲昏头脑的纯情少女，成为一个被流行的美学趣味支配的暧昧人物。徐小斌终究打破了石这个“自然人”的幻象，他不过是一个社会化的情场老手，一个偷香窃玉的下里巴人，卜零最后用谋杀的形式结果了这个男人（和其他两个男人），这个多少有些夸张的举动显然不仅仅把她从俗世的尘土中解救出来，再次确证了她作为一个精神性存在的绝对价值，而且使这篇小说恰如其时地逃脱了现时流行的趣味，它以同归于尽的方式拒绝同流合污。显然，对女性爱欲的关注使徐小斌找到连接二者的自然通道。把女性的爱欲与某些循环论和文化原始神话相混合，构成徐小斌叙事的内在意蕴，它们使徐小斌的那些关于女性爱欲的故事具有不可知的神秘性。

值得注意的是铁凝的《对面》，当然不是说这篇小说有多高的艺术水准，恰恰相反，这篇小说证实了当年寻找“心灵”和美感的新时期神话讲述者，却是转向描写一个窥视行为，一个纯粹的女性符号。这篇出自女性作家手笔的小说，却采用了一个男性的视点，并且是一个不断窥视的视点。在男性的欲望化的目光的窥视下，那个女性逐渐呈现出她的性感形象直到这个形象背后隐藏的悲剧内容。小说的叙事初步可以看成是对诱惑的逃避和投入的描写，那些太近的诱惑，直接而明确地呈现在你的面前，你却找不到真实的感觉。然而，无意中窥见的诱惑却是那样令人着迷，一种有距离的观看、纯粹的窥视，一个无关的作为他性的诱惑，反倒是真正的诱惑。那种距离和隔膜被一种欲望的修辞学所填充，被一段阅读所补足，这是对一个诱惑的一次详尽解读和重新书写。然而，在更深一层的含义上，这篇小说又是关于人们无法面对一个真实存在的某种探讨。这是一个无法证伪的问题，一方面，我无法真实地面对我的对象，那些明确呈现于我的面前的诱惑，都给我以不真的感觉；另一方面，也没有一个真实的对象物向我呈现，那个令我着迷的女性肉体，当然不是向我呈现的，但是我却倾注了无限的热情和欲望，我最终解读出的却不是欲望的高峰体验，而是由来已久的女性悲剧。

这篇小说试图用男性的眼光来看女性的世界，在男性的视野中，女性只有“很棒的体形”，她们都企图获得男性的认同，以不同的方式与男性搏斗，结果则逃不出男性的控制。那个勇敢的尹金凤，当上市长太太总算如愿以偿。那个伪装的男性的视点其实已经看到了“对面”世界的真实意义。这个欲望化的视点，在其内在性上，又回归到女性的立场，它依然揭示了女性的特殊境遇。事实上，这种思想性的东西在小说叙事中并不显得特别重要，在这里，思想法则让位于观赏法则。推动叙事和阅读前进的是那些富有观赏价值的场面，把欲望和窥视叙述得如此详尽并充满悬念，这就是技巧的胜利，填平鸿沟的“纯文学”将不得不在这些欲望化的场景中穿梭往来。那个伪装成男性的叙述视点，完成了对女性的全方位窥视，他是否看得到真实的世界，或透过现象看到本质，已经无关紧要，那些欲望化的场景浮出文明的地表，它们构成这个时代唯一生动的文化景观。

在当今的女作家中，林白一直在讲述一个绝对的女性自我的故事时，女性作家往往把眼光率先投向自己的内心，正是对外我的反复解读和透彻审视，才拓展到那个更为宽泛的女性的“自我”。这些故事在多大程度上契合作者的内心世界并不重要，重要的是它是真实的女性独白，是一次女性的自我迷恋，是女性话语期待已久的表达。她也许是最执拗地走进女性记忆深处的人。我曾经不无夸大地说过，林白的小说以它特殊的光谱，折射出那些文明的死角。

林白的小说《子弹穿过苹果》、《同心爱者不能分手》、《回廊之椅》和《瓶中之水》多少有些离经叛道，其令人惊异之处，可能在于它们隐含着“同性恋”的意味。林白着眼的那些微妙的女性关系因为附加这样一个系数而具有惊心动魄的效果，林白的女性以从未有过的绝对姿态呈现于我们文化的祭坛之上，她们具有蛊惑人心的力量和引人入胜的效果。

《一个人的战争》显然是林白最精彩的作品，它如此彻底地讲述了一个女人的内心生活，那种渴望和欲求，那些绝望和祈祷。一个逃避生活的女人，又是如此挚爱生活，因为只有她才是如此倔强，几乎是不顾一切回到内心生活深处。这是一个纯粹的女人的故事，那些非常个人化的女性经验，从那些狭窄的历史缝隙之间涌溢而出，它们怪模怪样而又朴实率直。小说叙事以它彻底的方式，直接从童年经验开始，那些最原初的心理欲念，现在像一个绿苹果悬挂在多米的蚊帐里。林白的叙事一开始就抓住这些超乎寻常的个人经验，抓住这些富有象征性和贯穿始终的代码，它们潜伏于叙事的最初的角落，使整个故事具有无法分隔的内在力量。多年之后，在轰轰烈烈的大学校园，多米依然躲在她的蚊帐里，透过蚊帐的网点看她置身于其中的环境，她一如既往地沉浸在她的故事里，漠然地看着她们在她的蚊帐之外来来去去。

多米是一个内心有力量的女孩，尽管她一再自我表白说她内心没有力量，这就像20世纪初易卜生所说的那样，谁最孤独谁就最有力量。多米不怕孤独，不害怕被孤立，躲进她的内心，就像躲进那顶白色的蚊帐一样，那是她回归自我的乐园。我说过这部小说是一次彻底的倾诉，它无须回避，它没有什么需要掩饰，这是一次类似卡夫卡所说的自我埋葬式的写作，彻底的倾诉就是彻底的埋葬。幼年的快乐与孤独，十九岁时的辉煌与惨败，多米总是执拗而怪模怪样地走着自己的路。多米就是这样一个人，她总是在孤僻/虚荣之间徘徊。林白能把多米的孤独感刻画得起伏跌宕，就在于她并没有一味沉入内心世界而无法自拔，而是彻底地审视和全面梳理。林白没有回避记忆中的那些暗礁，那些在生活的尽头滋长起来的希望，那些无法正视的挫折，那些绵延不尽的悲哀，它们尘封于内心生活的深处，那是你的无法逾越的存在，那是你的绝对的存在。我说过这是一个纯粹的女人的故事，只有纯粹的女性写作才会正视这种存在，才会彻底倾诉这种存在。

当然，这还是一个绝对的女性故事。它如此偏执地去发掘反常规的女性经验，那些被贬抑、被排斥的女性意识，从女性生活的尽头，从文明的死角脱颖而出，令人惊奇而又惶惑不安。林白的小说在当今文坛给人以兴奋，又颇有非议，这大约与她独辟蹊径去揭示那些怪异的女性经验不无关系。她近年发表的一系列小说，诸如《同心爱者不能分手》、《子弹穿过苹果》、《瓶中之水》等等，都对一些怪异的边缘性的女性经验加以发掘，它们展示了一个女性的奇观世界。《一个人的战争》在这方面则是大胆地往前走，它是如此坦率地暴露自我的经验世界，它是如此绝对地埋葬自己，以至于它无所顾忌地倾诉了全部的内心生活。结果，这次返回内心的倾诉，不得不变成一次超道德的写作。它对男权制度确立的那些禁忌观念，对那些由来已久的女性形象，给予了尖锐的反叛。多米三岁就没有父亲，无父的感觉在她的心里很可能是一片抹不去的阴影。小说没有提到渴望父爱，但不难感觉到多米内心的祈求，她的逃避，她的片面的自我认同，在这里可以找到最初的线索。小说的结尾处多米以她奇特的婚姻形式填补了最初的缺失。

残雪曾经表现过女性封闭的世界，在残雪那里，女性以她极端自虐的方式表示对男性的断然拒绝，那是一个绝对封闭的女性世界，以至于残雪的小说里只有一些关于女性的片断感觉，一些始终在能指层面上滑动的话语碎片。显然，林白的叙事重新开启了女性封存已久的那些心理角落，它以女性自慰的方式敞开女性的多元性。没有人像林白那样关注女性的自我认同，女性相互之间的吸引、欣赏，女性的那种绝对的、遗世孤立的美感。北诺，美丽而奇特的女人。美丽的女人，一个多么有诱惑力的说法，她们总是有一些其他的表述方式：尤物、玩偶、伴侣、情妇等等。现在，美丽的女人满街都是，她们穿着超短裙呼啸而去，她们已经不是女人，她们是尤物、玩偶、伴侣、情妇……她们什么都是，就是不是女人。北诺，林白经常痴迷的一些女人，那是一些绝对的女人，她们在生命的某个阶段不期而至，然后又倏然消失，使我们看不清生命的真相。南丹是一个出类拔萃的女子，她显然是因为过分自以为是而对所有男性嗤之以鼻，不管在个人的经验世界里，她是否有真实存在的理由，然而在小说中，她像是一个女权主义的概念，一个妇女解放的前驱。

显然，林白笔下的女性自我形象被揭示得更充分，她们逃避社会不过是逃避最内在的自我。那些怪模怪样的女性“一直认为自己是没有内心力量的人”，她们其实在顽强抵制和压制她们的内在力量。渴望与压抑，使这些多少有点反常的年轻女人，在生活的尽头观望、徘徊、游走。她们敏感意识到生活如何被扭曲，如何被推到了极限。那些与男性交往的经验，虚假、不真实，它们由一些骗局和滑稽的粗暴构成。这些经历都使林白的女性重复体验生活的虚妄性。在林白的故事中女性总是经受莫名的屈辱，她们是如此容易遭受伤害，而男性触角（权力、欲望和幸福的诺言）又是如此轻易地打开女性的自我封闭之门，那些孤僻的女性在她们的青春年华里总是像条惊慌失措的鱼在永远陌生的异地他乡游走。这一切都以犀利而流畅的倾诉涌溢而出，林白的叙述自由挥洒，极为明快的语言句式，随意且充满锐气，奔放而优雅从容，干脆利落却不失隽永淳厚。

也许人们会对林白如此详尽倾诉内心生活感到疑惑不安，或者不以为然。然而，她彻底地表现了一个女人的生活，林白的女性从男性庞大的写作制度体系中滑脱出来，她是这样一个女人：她在幼年时期就按自己内心深处的不可扼制的内在力量去追求更彻底、更自由的人生——在很大程度上，这是林白自我形象的写照——很多年中，她封存于自己的内心，她被环境随意摆布，各种失败纷至沓来，然而，她不能接受社会给予她的限制和压迫，甚至不能接受社会给她安排的角色，她怀抱着那些绝对的女性观念，那种超乎寻常的女性的感觉方式，她倔强地在生活的尽头行走。“她的身上散发着寂静的气息，她的长发飘扬，翻卷着另一个世界的图案。”这就是林白反复刻画的绝对的女性形象，一个已经逝去的灵魂。一部成功的长篇就是一次自我埋葬，林白埋葬了绝对的女性，她当然也埋葬了自己。

1995 年林白发表《致命的飞翔》，与其说这是林白最后的冲刺，不如说这是一次致命的写作。“北诺曾经在我的青春期一闪而过”，那些压抑在记忆最底层的印象，只在生活最孤寂的时刻偶尔呈现。也许这正是林白写作的特点。那些最奇怪的生活片断往往是她写作的起点，它们是最真切的个人记忆，又是最虚妄的幻想。关于一个女人的故事由一些忧伤而动人的场景构成，它们包裹着锐利和极端狂妄的女性冲动。在这一意义上，林白的个人记忆又是放任自流毫无节制的女性妄想，一种致命的飞翔，而对细节和具象的关注，使她的叙事具有特殊的质感。她的长篇小说《守望空心岁月》，则是对这个时代的女性的内心世界和她们的窒息而又空洞的岁月作一次彻底的清理，她的叙述锐利而惊人，打开女性自我记忆的深处，她审视那些令人绝望的时刻，一些不断被歪曲的生活事实，它们毫无保留地呈现于男权的祭坛之上。这个看上去极为文弱的人，何以有如许勇气，这是令人惊异的。

不管如何，在20世纪90年代文学的集体想象关系解体之后，文学不得不面对个人的存在经验写作，当代小说应该说是处在某种绝境，它不得不以走极端的方式走出穷途末路。制造生活奇观，发掘那些被掩盖的精神死角，甚至精心策划一些欲望化的观赏场景，都是当代小说走出困境的必由之路。如此看来，对于《一个人的战争》、《守望空心岁月》等林白诸多作品存在的诸多偏颇，特别是她对女性经验的极端发挥，过分回到女性记忆的无意识深处的写作姿态，也就不得不以宽仁为怀；同时对她完全返回到内心经验去的写作方式又不得不有所疑虑。埋葬了自己的林白，她如何复活呢？在生活的边界上，在艺术的边缘，在女性记忆的尽头，林白还将呈现何物？

五、欲望化的象征：历史修辞学

经历过20世纪八九十年代沉重的历史折叠，90年代的中国文学突然间处在一个无比空旷的场所。这里没有方位，没有中心，没有冲撞，甚至没有真实的压力。一切都显得那么的实用而空洞，那么虚假而随意，有谁能够承受这种无根的轻松呢？事实上，人们经受住了，而且乐于分享这种轻松。90年代的中国文学处在某种状态中——它也只能是一种状态，人们只能看到它的外在状态，而无法触摸它的内心，或许它根本就没有内在性，传统的和经典的话语无法给出它的确切含义。它总是处在某种状态中，或者说从一种状态过渡到另一种状态。在这样一个过渡时期，这样一个表象主义时期，文学实际处在多元化的和多方位的过渡性状态。

文学在这个时期确实发生了某些实质性的变化：写作主体、表达形式、传播方式及其效果，都与80年代相去甚远，甚至与80年代后期——我们称之为“后新时期”变动的早期阶段都大相径庭。

“先锋派”和“新写实”所作的革命性举动，依然是在文学精英主义的序列之下来进行，它们与经典权威话语构成紧张而持续的对话；对于90年代后起的又一批写作者来说，他们已经完全脱离了“宏大叙事”，他们的个人化立场彻底向市场倾斜，他们的叙事没有文学的历史由来，更没有文化目标，我说过，“历史之手”也不再能强加给他们以革命性的象征意义。在这一意义上，文学写作成为历史本身，它不过是历史自我指涉的修辞学表达。

没有理由认为在作品中强调欲望化的观赏价值就是低级趣味，但是所有有关欲望化场景的描写，必须精到奇妙，否则将弄巧成拙。另一方面，对欲望化场景的强有力的表达，无疑构成这个过渡时期的重要的叙事法则之一。对情欲和暴力的巧妙书写，足可见出这个时期小说叙事的艺术水准和必要的智慧。在这样的过渡时期，某种程度上也像罗兰·巴尔特所做的那样：把写作比作勾引，把阅读比作色情。当然巴尔特是在后结构主义式的写作的普遍象征意义上来发此惊人之论的，在写作和阅读双重意义上的互为隐喻，写作也就真正成为一种自为的精神修辞学。对当代中国的小说叙事而言，它在很大程度上不得不填补身体写作的空缺。对这个空缺的关注，构成了这个过渡时期小说的主要叙事母题和重要的叙事策略。

当然，在这一意义上，1993年可以在当代文学史上再次划下一道界线，它标志着这个过渡时期所达到的临界状态。事实上，对身体的表现已经成为这个过渡时期的必要难题，欲望化的叙事已经无法拒绝成为这个多元化过渡时期的唯一有贯穿能力的文学法则；对欲望想象不自量力的替代，使当代小说写作殚精竭虑或黔驴技穷，或才情焕发。当代小说以欲望化的叙事法则当然有可能抓住这个过渡时期的生活特质，对现实进行强有力的穿透与创造一种生活奇景，在过渡性状态里达到奇妙的重合。狂乱的欲望表达也就是狂乱的内心生活，也就是历史压抑修辞学的变形记。

第十四章　后当代传奇：仿真的审美能动性

20 世纪 90 年代的中国文学在总体性的历史特征方面显得暧昧不清。当然，“总体性”和“历史特征”这种说法，现在受到反本质主义者的怀疑。现在我们姑且不扮演反本质主义者的角色，而是本着对历史依然怀有某种客观性的理解，试图从整体上去把握 90 年代中国文学的总体特征——就此而言，很显然，人们无法找到相对完整的历史地形图。90 年代给人的印象是那么的庞杂而自相矛盾。从一个角度来看，它意志消沉，无所作为；而从另一角度来看，它又热闹非凡，每天都有节目上演。从各种名目的“新××”（“新状态”、“新体验”、“新市民”、“新都市”、“新乡土”等等）就可以看出人们对变异有多么急切的渴望。但这一切都转瞬即逝，人们急于命名，抛出了一大群的能指，却永远俘获不住确切的所指。陈思和说，这是无名的时代。越是无名，人们越发焦灼，越发表现出对命名的酷爱。一种对命名的命名，一种关于命名的命名，也就是说命名本身构成了我们的文化的“物自体”。命名的过剩和过剩的命名，堆积起当代思想前沿假想的精神堡垒。现在的前沿卫士也像加缪的西西弗斯一样努力向思想山顶推动概念的巨石，但不是现代主义式的悲壮，而只是无可奈何和勉为其难。轰轰烈烈却无所作为，这就是当今的文化现实。

这是怎样的一种现状？仅仅拒斥它或贬抑它，在理论上既不充分，也不能解决问题。所有局部的命名都陷入困境，这说明这个时期在总体性上已经发生根本的变异。现在，也许不得不从总体上去认识我们置身于其中的现实。当然，这种总体性已经很难在本质主义的基础上加以论证，也就是说，这种总体性的确认本身就是对本质主义的否决。因此，我设想 90 年代以来的文学现实进入了一个“仿真”的历史阶段。“仿真”这一概念要表述的正是本质丧失的历史特征。相较于 80 年代初期和后期，90 年代的文学现实处在表象的堆积过程，人们既然抓不住历史本质，那又为什么一定要给历史以本质呢？本质有限性和相对性就已经表明了本质存在基础的危机。“仿真”作为这个时代的总体性特征，它本身是对历史总体性的一种否决。这就是仿真的特殊意义，它是反总体性的一种总体性。在我看来，八九十年代中国文学历经了从“现实”到“虚构”，再到90年代的“仿真”这种历史变动。现实—虚构—仿真，这样一种历史运行的结构性描述，可能有助于我们理解这个时期的总体性特征。本章试图提示一种历史变动的精神轮廓，目的是加深对这个时期的总体性理解。

一、从现实到虚构：现实潜文本的位移

不管从哪方面来看，20世纪80年代初期都是中国文学无法重复的辉煌时代。文学及时表达了时代的愿望，聚合了人们的感情，把人们推向思想解放运动的前沿。文学叙事就是人们的直接经验，也就是人们置身于其中的历史和现实。只要想一想卢新华的《伤痕》、刘心武的《班主任》、从维熙的《大墙下的红玉兰》、王蒙的《春之声》、鲁彦周的《天云山传奇》、蒋子龙的《乔厂长上任记》、张洁的《爱，是不能忘记的》、孔捷生的《在小河那边》，等等，实际上这里可以把那个时期所有知名的作品列上。这些作品被认为贯穿了现实主义美学原则，同时人们也以现实主义美学原则展开阐释实践。文学之所以可以取得如此热烈的轰动效应，是因为文学叙事被看成是现实的直接反映。“真实地反映现实”和“反映真实的现实”，就是那个时期文学成功的秘诀。人们凭直接经验就可以判断文学作品是好是坏，而那个时期人们的分歧的个体差异并不大，主要依据“思想解放”的程度和基本的政治立场来判定，就可以得出总体的结论。从这里我们可以作出简要的推论：第一，80年代初期在文学上是一个崇尚现实主义的时期；第二，现实主义文学经常或总是被当作现实本身来对待；第三，“现实”具有时代的共性特征，也就是说，人们享有一个共同的现实；第四，现实具有无可争辩的真理性。这些推论不过是老生常谈，是一些关于当代文学史或文学原理的基本常识。问题就在这里，这些常识背后的东西是人们长期忽视的思想盲区。常识是我们讨论问题的前提和出发点。如果80年代上半期在文学上是一个崇尚“现实”的时代这样一种判断可以成立的话，那么，

我们后面的推论才有可能展开。

对于当代中国文学来说，现实主义并不仅仅是一种文学创作方法，更重要的在于它是一种审美的意识形态。现实主义认为文学应该而且可以真实反映社会现实。现实主义是如何长期在审美领域取得文化霸权地位的，这确实是一个非常复杂的问题。我们说“霸权”(hegemony)，亦即主导权或领导权，这与那种绝对压制性的集权力量是不同的，文化霸权是通过意识形态策略，通过一系列的谈判、沟通和协调，才起到令人信服的支配作用。如果认为现实主义作为一种审美的意识形态一开始就是至高无上的，这肯定不符合历史实际。事实上，现实主义是在特定的历史情势下在中国酝酿而成，从而为中国知识分子所接受，逐步上升为主导的意识形态，确立它的审美霸权地位的。就其历史动因来说，它是中国现代以来的“现代性”规划在文化上的直接表征。去探究这个复杂的形成过程，非本章力所能及。[①] 本章考虑问题的出发点就确定在现实主义已经作为一种审美霸权（领导权）长期在起支配作用。文学共同体对此达成共识，认同它的一系列美学规则，因而以这样一种世界观哲学去创作文学作品。

如果我们限定在“新时期”来看待文学上的现实主义的支配作用及其发生的变异，那就可以看到理论的本质和历史实践的变异的双重问题。也就是说，现实主义的支配作用通过历史的变异显示出它的理论实质。永恒的或绝对的真理因为它本身的困境和需要重新定位的理论实质而不得不使人们重新考察它的起源，也就是它的真理部分构成的天然权威性值得重新理解。

就已然的历史事实而言，新时期以文学的现实主义拉开厚重的历史帷幕。正是在现实主义“复苏”或“复归”的这样一种自我定位中，新时期文学被认为（也就是自认为）真实地反映了“文革”的历史和改革开放的现实。从粉碎“四人帮”之初的伤痕文学到改革文学，从知青文学到寻根文学，以至现代派文学，就文学的总体历史实践而言，它们是80年代的社会现实的“真实反映”。人们这样认为，也这样去展开文学的具体实践。在这一意义上，“真实”与“现实”经常相互置换、相互替代，由此构成一种

① 当然，“现实”在文学艺术活动中的优先性，既与艺术起源可能植根于人类的模仿天性有关，也与现实主义作为19世纪反对浪漫主义的一项运动有关。在中国，当然又是俄苏文学传统特别是社会主义现实主义对中国社会主义文学影响的直接结果。

互相强调和强化的共谋关系。“真实”作为现实的附属品存在，因而实际也是现实的替代物。因为现实只能“真实地”存在。语言的透明性使现实存在于“真实地反映”的审美形态里。把“真实”加以特殊的规定然后再置于文学叙事的优先地位，这是现实主义文学范型理所当然的策略。真实性被纳入整个历史背景，作为时代的本质规律得到肯定，真实性是现实幻想的象征秩序，正是真实性的观念使写实主义文本与实在世界合二为一。离开了“真实”，现实就没有立足之地。人们强调真实的重要性，也就是在强调现实的权威性。

为什么人们相信文学可以而且应该“客观地”、“真实地”反映“现实”?“现实”何以具有这样至高无上的权威性?“现实”是什么?从认识论的角度来说，就是我们感知到的外部世界或社会生活。作为一个对象世界，它的意义、价值和存在的优先性，这一切是如何构成的呢?我们为什么要尊崇现实存在的优先性?

很显然，“现实潜文本”(realistic subtext)本身已经包含了权威性的意义，或者说它必然具有已经为权威性的意义所设定的本质或规律，文学反映的审美形态就是努力去再现这个本质规律。因而“本质的真实”就成为现实主义文学最高的美学规范。

文学的现实主义法则归根结底是对现实的认同方式，本质上是意识形态的产物。毫无疑问，在人类的文明中一直存在着提高历史意义的永恒压力，而对于当代的生活秩序来说，确定现实意义则是说明历史的最有效的方式，现实从历史延续而来，它是历史的凝固或结晶，现实成为一种历史的过程，这就拥有了获得永恒性的可能。因此，崇尚现实的法则与其说是在搜集现存的事实，不如说是在搜集“能指”，正如巴尔特所说的那样：“把这些能指以这样的方式联合和组织起来，以取代受拘于固定意义的纯事项的贫乏性。”现实的或历史的事实从来都是想象的结果，都是人们设定的和认可的东西，事实要想存在就必须先引入意义，这样事实只能同语反复地加以定义。巴尔特分析说，我们注意能够给予注意的东西，但是能给予注意的东西不过就是值得注意的东西，结果，区别历史(或现实)话语与其他话语的唯一特征就成为一个悖论：“‘事实’只能作为话语中的一项存在于语言之上，而我们通常的做法倒像是说，它完全是另一存在面上的某物的，以及某种结构之外的‘现实’的单纯复制。历史话语大概总是针对着实际上永远不可能达到的自身‘之外’的所指物的唯一的一种话语。”[1]

因此，历史话语是一种假的执行语，其中自认为是描述性成分的东西，实际上仅仅是该特定话语行为的独断性的表现。人们认可的“现实性”从来都是以特定的观念、概念、术语表达的意义，历史或现实的“真实性”，不过是居于统治地位的意识形态对现实的某种规约和期待。而文学以意识形态再生产的方式使这种“真实性”形态化了，似乎它确实是某种现实存在的反映形式，不是通过现实人们认识这种反映形式，而是通过这种意识形态的再生产方式，人们认为存在一个更为本源的真实的现实（历史）。在这里，文学真实性的优先权是通过双重假定来实现的：文学首先假定了一种现实事实，它被认为是生活的本来内容或实际存在，它的主观性方面，它的立场观点和话语成分全部被掩盖隐瞒，它被当作原材料或素材来运用；随后，文学运用特定的话语指涉结构来表达这些“现实”表达与所指物被认为是完全同一的，并且第一阶段的假定掩盖了第二阶段的假定，在这里，所指物被当作现实实际本身。因此，写实主义的话语只需要承认表达与所指物，而意义则完全与所指物混淆，“意义”的忽略则使文学话语与现实的关系直接同一，在这里，现实性（真实性）就变成一个纯粹的先验观念，成为话语与现实相互认同的基本依据。在现实主义的美学规范中，文学的假定性与虚构性不仅完全被忽视而且被彻底压制，现实主义的叙事力图证明文学话语不是虚构的产物，而是历史事实与现实关系的真实再现。“再现”对虚构的否定，充分表明现实实在的绝对优先性；再现表明现实秩序对文学叙事话语的绝对控制，于是真实性的实际意义就是现实的绝对充分而直接的自我呈现。

因此，写实主义话语是双重颠倒的产物：它把虚构的现实事实当作绝对的真实，然后它把构造现实秩序的写作活动当成是对“现实”的反映。这个双重颠倒实际就是同义反复，它最终不是表现了自身之外的现实，而是表现了它自身。更明确地说，现实从来没有作为客体对象存在于写实主义的话语之外，“现实”自始至终都是话语的自我创造——它是对生产的再生产的产品。因而，写实主义的叙事话语当作自明的历史，重新书写当代的各种现实关系和秩序，文学既是当代神话的制造者，也是当代神话本身，因为当代现实在

---

① ［法］罗兰·巴尔特：《写作的零度》，见罗兰·巴尔特：《符号学原理》，李幼蒸译，59～60页，北京，三联书店，1988。

神话里才获得自己的“真实性”存在。这不是一个价值判断，而仅仅是一个历史性的观点。

文学崇尚现实，唯现实是尊，看上去文学是在依附于现实，但同时也表明现实对文学的依附关系，现实需要文学去表达其本质，它的存在意义迫切需要文学加以典型化的处理，加以升华，现实亟待文学给其以本质意义——说到底，“现实”不过是一切想象关系的总和。五六十年代大量的关于革命历史题材和农村合作化道路的文学作品，就可以看出历史与现实的“本质规律”对文学叙事的依赖。通过文学叙述的故事、人物和历史事件的详细过程，历史和现实才获得确定的本质存在。例如，新时期之初的“伤痕文学”为人们认识“文革”这段历史提供了一幅具体的历史全景图。我们当然可以说“伤痕文学”真实地反映了“文革”的历史事实，但我们也可以反过来说，“文革”的历史存在于“伤痕文学”的叙事文本之中。正是由于从“文革”的历史阴霾中走了出来，重建政治秩序和社会秩序的历史重任，需要给“文革”这段历史以规定的意义。上层建筑和意识形态致力于开创历史与现实的新纪元，文学则是最有效重述历史重建现实的工具，这表达了“团结一致向前看”的历史愿望。确实，文学与现实的这种密切关系，在很大程度上也取决于“现实”本身的脆弱性，特别是在那些历史大变动的年代，政治对人们生活的深入渗透，并且在整个社会中起到顽强的整合作用。这样，少数走在历史前列的政治精英和文化精英，急需给历史（现实）定位，因而文学艺术都承担了解释或重述历史和现实的重任，通过给社会提供共同的想象关系，从而给历史（现实）以“符合”历史发展趋势的本质存在意义。

因此，也就不难理解，当现实与文学的这种依赖关系解体时，文学的现实主义法则就变得不那么重要了。有一点必须阐明的是，文学与现实的关系——尽管在一些非常时期会有强制性权力在起支配作用，但在大多数情况下，只有通过复杂的权力结构转变为文学共同体自觉的感性经验和理性认识才起作用。同样，这种“解体”也是复杂的权力运作的结果。

20 世纪 80 年代中期以后，中国社会的“现实秩序”已经基本确认，改革开放政策深入人心，思想解放运动业已告一段落，“现实”已经无须文学阐释其本质。相反，文学共同体（以及相关的知识分子）对现实的阐释很有可能偏离已经确认的“本质规律”。例如，人道主义、人性论对于控诉“四人帮”及其极左路线对人的迫害极其有力，但进一步的推论实践则与“现实本质”相左。80 年代中期奉行意识形态“不予讨论”的政策，表明文学及其相关的思想实践无助于建构关于现实的想象关系。“现实”按照其本质规律发展，而文学则与之分离。80 年代中期以后，文学对现实的依赖关系日趋弱化，文学反映现实的功能和热情也在锐减，文学当然无力建构现实的总体性的现实想象关系。事实上，“现实潜文本”本身也发生了多元分离，尽管从社会结构的意义上看，中国社会的“现实”还是一体化的，但其内部已经出现各种各样的分离和差异。例如，随着市场经济的逐步形成，社会特权向经济领域的高速转化，使中国社会不可避免地在一定程度上出现社会阶层的断层。社会的利益来源和形成、利益分配和再生产等等，不再是以平均化的原则来实现，它必然促使人们按照不同的个人的和阶层的愿望构造着关于现实的想象关系。因此，社会的共同想象关系必然趋于解体。从现实的角度来看，没有一个构造现实的总体性存在的文学话语体系；从文学的角度来看，也没有一个完整的、总体性意义上可把握的现实存在于文学话语体系内部。[①]

因此，80 年代后期的文学从构造现实的本质规律，转向了文学自身的本体论领域。[②] 1988 年王蒙发表《文学：失却轰动效应之

① 这种描述很可能是同语反复的。因为并没有一个本源的第一义的“现实”存在于话语叙述体系之外，当我们谈论现实的时候，我们实际上是在谈关于指称现实的各种事实——而事实总是被语言叙述出来的。但我们还是可以假定存在一些未经特定的话语体系重建的事实，在构成总体性的现实之前，它们确实发生过。这样，我们在理解文学与现实的关系的时候，可以在一定的前提下，分辨出社会现实系统与话语表意系统。前者由社会事件、活动和实践过程构成，后者则是由语言符号构成。但在总体性上描述、把握和重建现实，则只能通过语言符号或话语系统。因此，在这里，我使用“现实潜文本”这种说法，即是指存在于话语表意系统（叙事系统）背后的内在力量。“现实潜文本”这一概念来自杰姆逊的“历史潜文本”（historical subtext），语出《政治无意识》。杰姆逊所说的暧昧混乱的事实背后的不可理喻的决定力量，即是历史辩证法，也可以理解为“历史潜文本”。

② 很显然，“文学本体论”是一个非常暧昧的说法。这个概念看上去像是在强调现代主义式的文学的本体论—神学梦想，亦即文学有着自身存在的本质，文学语言就是一个充足自主的世界。形式主义和现象学美学一直在强调这种观念。但文学本体论经常也与文学的文本观念相混淆，因为文本观念也强调文本的独立性，像德里达所说的那样，文本之外无他物，似乎文本就是一个充足的存在客体。但文本观念强调语言表意策略的开放性和差异性。语言符号的差异性意味着文学叙述话语拒绝存在的本体论—神学梦想。但在中国 80 年代中后期，对“文学本体论”的强调似乎主要是与文学反映论相对，只强调文学艺术的表现形式，尚未上升到文学作品（或文本）存在的自主性问题。

后》，这是一篇宣言式的和预言式的文章。作为“新时期”最有成就的中国作家，王蒙对历史的变化有着特殊的敏感。“新时期”的那种伟大想象，那些宏伟的场景，那些激动人心的作品，王蒙既是当事人，也是见证人。现在，“记忆犹新而又恍如隔世”（王蒙语）。那些与意识形态热点相呼应的潮流，已经不复存在。作家没有回天之力，“写什么，怎么写，似乎已经很难出现那种‘轰动’效应。”这是历史发展的必然趋势，社会的安定化、正常化使人们不再仅仅为政治意识形态所激动。“人们变得日益务实以后，一个社会日益把注意力集中在经济建设、经济活动上而不是集中在政治动荡、政治变革和寻找新的救国救民的意识形态上的时候，对文学的热度会降温。”①王蒙不仅是这个时代最敏锐的书写者，同时又是一个卓越的预言家，他的感觉是对的。20世纪80年代后期文学与前期相比已经迥然不同。王蒙注意到80年代后期文学的意识形态功能明显弱化这一事实，他同时指出根源在于人们的利益关系已经发生变动。经济实利成为人们日益关注的重心，无须文学提供思想指南和精神抚慰。

事实上，这种转变早在1986年就已经开始，马原在1986—1987年发表的一系列小说，与现实社会的意识形态生产已经没有直接的关系，他的叙事不再是导向对现实的描述，而是回到文本自身。也就是说，这不是一次与意识形态热点对话的产物，而仅仅归结为个人写作经验的偶然发掘，例如它们可能与阅读博尔赫斯、马尔克斯的作品有关（博尔赫斯的《短篇小说集》1983年在中国翻译出版，1984年马尔克斯的《百年孤独》风靡中国）。事实上，马原早在1984年意识形态充分活跃的时期，就写下《拉萨河的女神》这样的作品，在意识形态充分活跃的时期，这种个人化的写作不会引起重视，直到意识形态轴心已断裂或改变时，马原的写作提供了替代性的经验，它在意识形态解体的真空补进艺术创新的神话。因此，毫不奇怪，马原这种纯粹个人化的写作迅速被再造为一个历史支点，成为文学转型的一个关键性的过渡。尽管马原的意义不再具有意识形态普遍化的实践功能，但是，他无意识地回避意识形态普遍化的叙事方法被视为当代文学历史转型的重要标志，则又构造了一个回到文学自身的神话，在文学有限性的范围内，它预示着“新时期”

① 王蒙：《文学：失却轰动效应之后》，载《文艺报》，1988-01-30；此处引自《王蒙文集》，第六卷，339页，北京，华艺出版社，1994。

的终结，以及“后新时期”的来临。

当然，同时期还有莫言。莫言的写作具有双重色彩：一方面，他保留着寻根文学的流风余韵，还带有相当强烈的重建历史主体的乌托邦冲动（关于人性、人的生命强力与民族生存之根等等）；另一方面，他的文学叙事又包含相当明显的形式创新特征，例如，他的语言风格，他对感觉的细致捕捉，他对人的主体地位与生存境遇强行剥离式的描述等等，都可以看出他的形式探索具有前卫先锋意义。莫言和马原使随后的先锋小说在形式主义的道路上的迅速推进变得不可避免，马原与莫言之后，人们不得不考虑文学叙事“怎么写”的问题。

80 年代后期，文学与现实的关系明显脱节，所谓的纪实文学从文学阵营分离出来后，依然不自量力去拥抱“现实”，很快人们就会发现，这种热情除了使一部分文学具有创造经济价值的特殊功能外，无助于建构幻想的现实秩序。而所谓的纯文学，由于先锋派小说的崛起，在“文学本体论”转换的进程中，完成了一次形式主义的跨越。对于更年轻一辈的写作者来说，既没有多少关于历史（革命历史神话、“文革”记忆等等）的集体记忆，也没有关切现实理想主义式的情怀。因而，他们步入文坛，只是在文学既定的艺术经验前提下开始他们的写作，当这批作者的艺术探索构成了文学创新的一个闪亮的焦点时，也就意味着与现实脱节的文学进入一个自成一格的虚构空间。也就是说，现实文学叙事不再是指向“现实”，重构现实的想象关系（或幻想秩序），而是去展开文学纯艺术的想象空间。因此，不难理解，在 80 年代后期，先锋派小说大量描写“幻觉”，在无所顾忌的诗意祈祷中把自我构造为梦幻的孤独个体，正是在对话语（符号之物）的充分意识中，他们在幻想之物与符号之物（象征之物）之间无止境地往返徘徊。例如，在格非、余华、孙甘露、北村、潘军 80 年代末期写作的那些小说中可以看出，小说习惯的那种秩序和等级被推翻了，文学话语在转向形式的构造物时，解除了它所负载的整个实在世界。真实的现实消失之后，叙述仅仅是虚构的游戏——写作和阅读双重快乐的虚构，小说不是让你认识和重建现实，而是给你提供一次虚构的想象经历。写作和阅读不过是一次面对虚构的游戏。

像格非的《褐色鸟群》所做的那样，存在和不存在，始终无法界定。他把存在时空与小说叙事时空加以随意错位的组合，竟然产生了不可思议的魅力。“格非”在叙事中突然出现，经常意味着叙述人被要求去辨认自己的现实性或虚构性，故事在这里出现令人困扰的情境，在自我与他者之间插入一个分离的地带。叙述人的自我意识没有产生任何真实性的效果，相反他使一切变得可疑，他扰乱了真实与虚构、现实与幻想之间的过渡环节。因此，在这种叙事话语中，似真性的情境总是为叙述人的感觉状态所破坏，叙述人通过使用比喻或象征的补语结构，使事实的存在状态虚构化，甚至使故事中的人物的感觉虚幻化。现在，叙述的描写性组织不在于准确地传达出逼真的现实过程，而是着力去表现那种特定情境的（分离的）感觉状态，比喻成分的运用导致真实的现实被掩盖，而叙述人的和人物的感觉情态全部涌现出来。显然，这是叙述作用的阴谋，叙述人把自己的感觉伪装成当事人的感觉，结果却使这个情境变得无比虚幻，它不具有现实中的可能性样式，它把现实的象征秩序摧毁之后向另一方向逆转。

格非的叙述人在这里起到双重转换的作用：作为一个叙述人，他不断打破故事的自然时间程序，他总是促使故事的似真化效果破裂，故事时间向着叙事本位时间变换，叙事变成一次虚构的侵犯行为。作为被叙述人，他扮演了真实的自我，因而他也尽可能重新书写自我的现实性，对现实的自我的虚构也就是对现实秩序的虚构的一个环节，一个现实的被叙述人成为对现实存在再度构造的起点，对自我的现实性虚构引向对存在确定性的怀疑。记忆、经历和感觉都不一定可靠，现实的直接性经验也缺乏绝对的现实性，格非质疑的也就是现实的本体论存在的绝对性。

总之，在这种叙事中，“现实性”被彻底虚构化了。既然现实在其本质上是永远缺席的，所有的现实，即关于现实的种种规定，都不过是人们对现实秩序的幻想。现实并没有本源性的存在，它一开始就是话语构造的产物，是意识形态再生产的结果。那么，这个被认为是真实的“现实幻想”则完全可以被重新虚构，而有效的策略之一就是把它加以重新组合，抹去它原有的逻辑和秩序。通过对现实的感觉化处理而达到对事物存在情态的虚构化，这是企图改变叙述话语与现实关系的重要策略之一；描写不是还原真实性存在的方式，而是一个拒绝现实性的过程，是重新构造现实的话语实践。

二、仿真的时代：现实的复活与审美能动性

进入 20 世纪 90 年代，由于特殊的历史情势，文学的先锋性探索势头锐减，不过崭露头角的先锋派迅速以老成持重的姿态表现出对传统的复归。90 年代的文学从总体上来看，创新的欲望已经为轻松自如的生存之道所取代，模仿现实的写作重新占据主导地位。审美能动性的严重退化，意味着这种简单现实主义既无力创造时代的精神乌托邦，也无力制作一个超越现实的艺术虚构世界。因而，它只能被动地复制现实。这种复制使文学看上去像现实一样，也只能是现实仿制品或仿真物，但却在丰富性、生动性、可能性等方面，远远落后于现实。我们可以把 90 年代文学的这种主导趋势称为文学叙事的仿真时期。

经历过短暂的沉寂之后，又有一批“新锐”步入文坛，他们的创作尽管在某种程度上承继了先锋派的艺术经验，但无疑表现出整体上的差异。尽管 90 年代的文学实践呈现出更为复杂和多样的格局，但在考察一个时期的文学实践的历史趋向和总体特征的时候，不得不去发掘那些提示这一时期的创新经验的现象（尽管 90 年代“创新”这个术语显得相当夸张，但在相对的意义上还是可以用来考察局部的现象），以求对这一时期的特殊性有深刻的认识。因此，我认为“晚生代”群体或六七十年代出生的群体，表征着这一时期的文学具有创生力量的发展动向。他们未必能代表 90 年代文学发展的主导方面，但他们显示出的群体效应和美学倾向，率先表现了 90 年代的一些不容忽视的动向，他们提示的某些经验可以看作是对文学仿真化进程的一种抗拒。当然，历史具有不可超越性，特别是在现时代高度组织化和制度化的历史时期，历史给定的条件具有强大的约束力量。“晚生代”或年轻一代作家的个人经验，在很大程度上也只能理解为是一种能动的仿真叙事。

当然，“晚生代”群体并没有理论上的一致性，也不存在共同的美学理想，在很大程度上，他们是以个人的经验为写作依据的。与先锋派群体相比，他们甚至没有与既定的文学史语境对话的愿望。例如，余华、格非、苏童、叶兆言、孙甘露、北村等人，在他们起步时，与马原和莫言以及残雪的写作经验有直接关联，同时与西方

现代主义小说构成特殊的对话语境，由此形成这一群体在艺术上的突破口。而 90 年代的“晚生代”群体步入文坛的文学史语境已经解体，既没有创新的时尚，也没有绝对起支配作用的审美霸权体系。这些群体的艺术修养普遍比较薄弱，既然不再承受艺术创新的压力，也就可以放手书写个人的直接经验。艺术创新的欲望降到其次，直接后果就是文学的最朴素的方法，例如，纪实的方法、自传体的方法迅速占据主导地位。但有一点是令人惊异的，这些对直接经验书写的作品，却并不适宜在经典“现实主义”的美学规范意义上来理解，也看不出这些作品能在总体上构造这个时代的现实“本质规律”。尽管他们书写了现实，但却难以创造关于现实的想象关系。在他们的叙事中，虚构性总是为自传体的叙述方式所吞噬，而现实性又与传奇性混淆不清。朱文、何顿、韩东、毕飞宇、鲁羊、邱华栋、东西、鬼子、李冯等人的小说叙事，已经很难在虚构性与“现实性”的意义上来讨论。另一方面，那些被称为女性主义的小说也可以作如是观。例如，陈染、林白、徐小斌、徐坤、海男等人，女性的叙述视角最大限度地混合着自传体与传奇性的诸种要素，在真实与虚构之间很难划定边界。

就文学的本体论的（同时也是认识论的）基本的关系，即文学与现实的关系而言，在晚生代群体内部已经很难以真实/虚构这一对矛盾来描述，他们既没有真实地再现或重建现实的主体性意愿，也没有虚构超越现实的幻想的文学自足世界。也就是说，他们既放弃在意识形态的意义上重建现实本质规律的现实主义叙事，也放弃在形式主义原则下（虚构艺术形式）以建构文学的唯美主义超级文本的努力。对现实直接经验的书写本身，就意味着可以最大可能地构造混淆现实性与传奇性的文学叙事。这种现实性与传奇性相混淆的叙事，不再设定现实本质，却最大可能与现实混合，以此给现实重新命名，由此可以看出能动地仿真叙事的倾向。从理论上来说，这种能动性的仿真叙事在如下方面显露端倪：

第一，发掘现实表象下的坚硬事实。90 年代的小说叙事很明显可以看出故事与人物的复归，但回归现实的文学并不能高于现实，虚构现实也不过是对现实的传奇化的同步反映而已。虚构的叙事再也难有激动人心和引人入胜的效果。这种面对现实的写作就以对现实的态度而言，可以简要分为两个群落：一类把现实看成平庸化的过程，不必加虚构；另一类则把现实看成充分传奇化的系列事件，现实无须加以虚构。就前者而言，把现实理解为平庸化无机过程，面对这种现实，文学虚构显得毫无意义。他们专注于去书写那些了无生气的生活过程，去发掘一些潜藏于其中的锐利的因素。朱文在90年代写作的关于小丁的系列故事，可以看出他对虚构超越现实的神奇化故事的反动。他的那些小说故事主要由一些个人的偶然活动构成，个人对这种生活的态度不时越出了无生气的生活边界，这些在朱文的叙事中显得颇有力量。《傍晚光线下的一百二十个人物》在朱文的小说中不算是最好的，但却表现出朱文写作的显著特点。对于朱文来说，傍晚光线下能看清什么呢？这个关于小店铺的故事，不过是一些琐事的堆积，一些日常生活的随意观看。“于是你知道了你也只是一个短暂的时刻，在这个没有过去也没有将来、没有爱也没有恨、没有近处也没有远方的世界上出没，并不消失。”去关注那些微不足道的时刻、一些偶然的生活亮点，正是这种描写反倒在小说叙事中显得极为出色：“徐树元和李金良骑着单车在小店对面的水泥路上停了下来，他们没有下车，只是用一只脚支着。徐树元的车是新车，在夕阳的照射下，车铃上有一个点特别亮，亮得刺眼。”现实主义小说叙事，只能向着超级现实主义逼进，整体上已经没有必要也无力去虚构现实，只有观察生活过程的细部，让事物的存在来展现生活的倾向。韩东的小说也试图去表现生活的散文化状况，应该说韩东一直敏锐感受到文学虚构的困境，他试图以反虚构的叙事方式来直接呈现生活漫无目的的过程。不能说韩东的叙事策略仅只具有消极的意义，他当然在某种程度上揭示了生活平庸化的过程；只是在发掘那些平庸化的日常现实向神奇转化的方向时刻，韩东似乎欠缺必要的主动性。朱文、韩东以及同时代的不少作家（另外如丁天、何顿等人）意识到文学超越现实的困境，他们力图去呈现生活的局部过程，去发掘那些日常性表象下面的乖戾和变异。这可能是把现实理解为平庸化存在的叙述人所能做的能动性创作。

第二，直接经验本身的传奇化。认同文学虚构超越现实的不可能，一部分作家采取了自在式的叙事策略，让无机的现实呈现其散文化的过程。另一些作家则关注到“现实”本身的“超现实”特征，直接挪用现实的神奇化事件，来促使叙事神奇化。90年代初，何顿的一系列小说表现了城市资本积累时期的生活过程，这些过程在很大程度上契合了何顿的个人经验。并非文学科班出身的何顿，从写作开始阶段就把视点投向个人的直接经验，他对文学史的语境，对文学的形式革命之类的美学乌托邦没有多少兴趣，而对个人直接经验的表现，使他的小说叙事具有一种生机勃勃的特征。他的那些故事可以在南方各个中小城市的日常现实中找到，可以在晚报新闻和道听途说中一再流传，那些故事就是已经传奇化了的现实本身。何顿的书写就是把现实文本再次加以重建，它们是现实符号化在文学领域里的延伸。在这方面，徐坤显得毫不逊色。她的小说不断地出现她实际工作的环境，不断地把现实的人物略加改头换面推到她的小说叙事中心，这些现实的传奇故事已经充满了虚构的特征，文学叙事的任何能动性创造都显得黯然失色。设想把现实的直接经验引入小说，这并不是什么创新之举，不过是现实主义的习惯路数。但在 90 年代的这类小说中，不再是基于艺术源于生活又高于生活的典型化原则，对生活进行加工处理，从而重新构造一个想象的理想化的现实。在这里（徐坤们的叙述），对现实的戏仿，表现出艺术虚构对生活现实的自觉屈从。只有在现实直接的参与下，小说虚构才更具有传奇性。只有"现实性"才具有神奇化的效果。经典现实主义在无止境地抬高现实的权威性时，又一再贬抑"现实"的独立存在意义，现实只有被典型化处理才能显露它的本质。现在，叙述人的主体意向并没有（也不可能）把文学叙事置于现实之上，仅仅是对现实的挪用——准确地说，一些发生过的现实故事，被引入小说叙事，看上去使得小说叙事如同现实一样。戏仿现实，是为了使文学虚构具有现实的传奇化特征。

相当一部年轻作家已经关注到现实审美化构造的庞大符号体系对文学叙事的挑战和压迫。邱华栋近年的小说以描摹城市生活状况而引人注目，某种意义上，邱华栋的小说可能是当今中国为数极少的真正具有城市意识的小说。当然不是说所谓的"真正的"城市小说就是好小说，而是说在考察这类小说时，邱华栋的小说明确表现出对城市空间的感受。邱华栋一再写到城市的那些表象体系，城市的形状、建筑、人群和生活流向。像邱华栋在《时装人》里所做的那样，他不断地写到电视，写到表演，写到时装人。他的叙事本身是对已经艺术化的、虚构化的或审美化的生活现实的表现。邱华栋反复的书写再也捕捉不到"原初"的生活现实，一切都已经被审美幻象化了，现实本身已经成为超现实。邱华栋的艺术虚构不过是对超现实的审美化现实的复写而已。问题在于，能够捕捉到现实的审美幻象，就显示出令人惊异的神奇效果。在这里我们可以看出，90

年代直接表现现实的小说，要么变成超级现实主义（朱文式的照相现实主义），要么变成超现实主义（邱华栋式的幻象化的现实主义）。

当然，有少部分作家走得更远些，他们的激进姿态不再是行进在艺术形式主义的迷宫，也不是构造观念性的思想空间，而是发掘存在事实时的坚决与彻底。东西和鬼子对生存的绝望情境作了毫无保留的暴露，他们以极其冷静的面对存在事实的态度，打破了时下流行的温情脉脉的浪漫情调。东西的《没有语言的生活》、《耳光响亮》，鬼子的《被雨淋湿的河》等等，可以看出对现实那些绝望而又坚硬事实的彻底表达。

第三，自恋主义和白日梦式的写作。新时期的女性写作属于思想解放运动的一个重要组成部分，不管是关于反省“文革”，还是关于人性、人道主义和个性解放等等主题，都表现出重建新时期现实的历史愿望。90 年代中国文学出现比较鲜明的女性主义话语，这主要表现在不断地表达女性内心生活，把女性生活看成一个与男性对立的、自我封闭的世界。在女性的叙事中，可以看到崭露头角的女性主义热衷于沉迷于女性自恋的想象中，那些与社会分离的女性主角，总是迷恋自我的一切方面——思想、品质、精神气质、身体、习性等，不断地返回到自我的内心生活，小说叙事也就是女性自我倾诉的一种形式。在这方面，陈染、林白、海男、徐小斌和王坤红等人显得比较突出。陈染总是固执地叙述女人封闭的故事，女性成年的经历，她们对男性的偏见和抗拒，她们特别丰富和乖戾的内心幻想，这些在陈染的叙事中都显示出异常生动的意味。林白一直讲述一个女人如何经受着社会的各种排斥，她们坚韧地寻求女性自身的生存之路。林白的女性叙事始终与社会构成某种对话，但女性的内在性或者说内心生活显示出对男权社会的义无反顾的拒绝。海男可能是迄今为止最激进的女性主义者，她的女性总是强烈地逃脱社会的任何羁绊。因此“私奔”是海男最热心的主题。相比较而言，徐小斌可能不是那么明确的女性主义者，她比较宽广的写作领域使她在思考女性的命运时，更多侧重于形而上的哲学意味。她近期的作品显示出她对男女神秘的宿命论关系有着精湛的理解，这使她的虚构世界充满生存的神秘性。她依然在设想用艺术虚构去对抗当代审美幻象化的现实。打碎当代审美幻象（如《迷幻花园》和《双鱼星座》），或者构造一些旧时代的故事（如《若木》、《吉耶美与埃耶美》），徐小斌的叙事提示了另一个替代性审美幻象世界。但过于优美又使得徐小斌的这个想象的空间显得虚无缥缈。王坤红的写作时断时续，由于远离文坛中心，她在地理学意义上和文化学意义上的边缘位置，反倒使她的数篇小说显示出某种比较纯粹的女性主义倾向。她的一些关于生存的空想（如《空中阁楼》），顽强地把个人从现实中剥离出来，试图用女性的空想去抗拒男权符号化的社会权力。

总之，这种回到女性立场，反复表现女性的优越性，以此来表示对男权社会的某种方式的反抗的姿态，显示出中国女作家的女性主义经验。这种经验表达出的自恋主义倾向，试图替代真实的现实。女性本身的日常性被理解为一种幻想的现实，女性生活本身就是想象的（当然也是虚构的）超越性现实，而小说叙事则不过是对已经剥离现实实在性的幻想生活的复述而已。当然，从中可以发现这些女性写作反抗的有效性。另一方面，相当多的男性作家的写作也进入男性的白日梦，他们宁可大量地书写那些欲望化的场景，也不关注现实的实在生活。对于他们来说，现实实在已经毫无意义，或根本就不存在，只有男人的欲望化的场景才是男性存在的理想情境。写作和阅读都变成白日梦的暂时实现。在对现实的屈从方面，这种男性主义倾向乃是仿真的现实符号化的热心同谋。

确实，90 年代商业主义的兴盛，留给文学共同体保持审美能动性的空间已经非常有限。在现时代怀抱精英主义式的文学理想也很困难，并且很有可能被改变为另一种形式的商业主义策略。但在商业主义提示的审美空间里，就中国当下特殊的精神生产方式而言，也未必就一味具有消极的意义。商业主义的审美霸权目前主要是简单重复再生产的方式，对传统的文学观念和文学创作方式产生排挤，但它对个人的写作和阅读提供了更大自由度。事实上，在 90 年代，仿真的文学实践大部分体现在具有商业主义倾向的大众化文学实践方面。商业主义在严重削弱文学的精英主义倾向时，也使文学尽可能增强了大众化或平民化的趋势。文学不再是引导民众的精神火炬，而是适应大众的趣味的快乐消费品。文学不再能创造时代的共同想象关系，但消费式的写作和阅读却有可能最大限度地满足大众的日常想象。90 年代大量的欲望叙事，以及不管是纯文学还是通俗读物，都在检查制度许可的范围内最大可能地表现那些欲望化的场景。像述平、刁斗这种写作，既表现了现时代比较尖锐的关于生存选择的思考，但也大量地展现了那些提供阅读快乐满足的欲望化场景。

在这方面，哲夫的写作可能颇具代表性。1997 年，40 岁出头的哲夫出版了他的 10 卷本的文集，这在数年前是一个不可想象的事件，他的写作速度、规模、出版发行等等，都表现了这个时期文学实践的商业化成就。哲夫的小说或许难以简单定位为纯文学或大众读物，他可能最大限度地把二者加以必要的重构组合。他把他的小说称为“环保文学”，而事实上，他的那些关于环境保护的叙事，极为成功地把人类的生存状况与环境危机相关联，而具体的叙事中，他巧妙地以人物为叙事中心，毫不犹豫地把自然以及人与自然的冲突推到背景中。就这样，在哲夫的具体叙事中，对人欲的揭露得以始终被凸显出来。也正是对人欲的充分而彻底的表现，使哲夫的小说叙事显示出他的审美取向——并且显示了这个时期相当重要的审美流向。解读哲夫，也就是解读这个时代的美学地形图，那洋洋大观的 10 卷本鸿篇巨制，隐含着这个时代无法遏止的倾诉冲动和阅读欲望。对人欲持批判态度的哲夫，在具体的叙事中，却极为细致而生动、全面而彻底地表现人欲。在这里，哲夫的思想意向，被他的叙事所颠倒。在那些关于人欲的叙事中，不难体会到哲夫的反复渲染意味。也许这是一切企图揭露人欲的文学叙事所面临的尴尬和悖论。越是揭露得彻底，意味着关于人欲的话语表现得越充分，增殖得越多。就这一特征而言，哲夫的叙事像是一次感觉和想象的爆炸，对历史和现实、对人和自然、对情感世界进行一次超级的狂欢化书写。

狂欢化的书写也是快感化的写作，它当然也给阅读提供充分的快感。这些人物、事件和随机应变的思想，都使哲夫的小说充满了生机。它们随时涌溢而出，却又转瞬即逝。狂欢化的写作也是平面化的写作，哲夫从来不深究一种思想，不持续发掘一种生存状态。他总是那么敏感，随处可见奇闻逸事，但他从不长久地停留。对于他来说，狂欢化的写作就是消费式的写作，也就是给消费式的阅读提供暂时的精神的、情感的和心理消费的领地。阅读哲夫的小说有时在快乐之余总有一些遗憾，他有相当出色的艺术感觉，但他并不加以深究，在狂欢化书写的背后，是对艺术感觉和素材的任意挥霍。特别是他的一些关于现代城市生活片断的短篇小说、杂感和随笔，应该说是很有特点且相当出色的，但哲夫总是随意打发掉一些相当好的感觉和素材。与其说这是哲夫写作的局限，不如说是一种时尚。这种消费式的写作与消费式的阅读，全然由这个时代的商业主义审美霸权所决定。这种审美霸权不再追寻永恒性的和深度性的思想观念，而是捕捉涌动不息的表象体系、随意的思想闪电和感觉碎片，重在提供狂欢节式的感官快乐和满足。这种由视觉符号表征的审美霸权，日益侵入了语言符号领地，当代文学已经在相当的程度上为商业主义文化霸权所俘获，勉为其难的抵抗已经更多地为大势所左右。

90 年代的文学实践本身正在趋向符号化。在经典现实主义的文学规范体系内，文学实践与现实一直构成相互诠释的置换关系。在谈论文学的审美价值时，主要谈论的是它如何真实地表现了现实的本质规律，在这里，文学的意义由现实的本质规律所决定；而在谈论现实的本质规律时，又主要是在谈论文学叙事。实际上二者是同一种叙事，它们都由想象的语言符号构成。但文学的语言符号系统显然从属于现实的本质规律——尽管这种本质规律也是以语言符号的形式存在，但在谈论中，它被设定为现实的实在，而文学的语言符号则被实际忽视；同样，文学的写作主体、阅读主体、文学的传播等，都被忽略不计，也就是说，现实的实在本质占据了文学全部的存在方式，因而文学实践在整体上也无法构成独立的符号体系。进入 90 年代，尽管文学的“现实性”特征明显加强，但人们已经不再把文学看作是现实的反映，也不单纯在“反映论”的意义上来展开文学实践。90 年代的文学功能是全方位的，它既是现实的一种表征，又是一种精神消费品；它既是一种群体的行为，也是个人经验的表达。特别是 90 年代的文学传播大规模地采取了“活动”的方式，任何一部作品被完成之后，不再像经典现实主义占主导地位的时代那样，只要将其置放进主导意识形态的阐释空间，它的功能就可以全部实现——一部作品的完成与价值实现，都是在主导意识形态规定的想象空间内完成的。现在，情形已经很不相同，各种各样的作品讨论会充满了文学想象的空间，人们一方面慨叹文学走入低谷，另一方面的实际情形则是文学活动空前繁荣。官方的/民间的、正式的/非正式的、宏伟的/弱小的、政治的/商业的、学术的/非学术的、中心化的/边缘的等等，各种各样的文学活动，构成文学价值实现的中介环节，文学不再依附于现实的本质规律，作为一种透明的语言符号承载现实的存在；现在，文学自身就构成一种现实，一种现实存在的符号体系。文学的历史和现实，不再是单纯地由文本、文学性的东西构成，它在更大范围以群体活动的方式完成历史写作的文学的实践文本。在这一意义上，文学在总体上不再是高于现实的精神产品，而是与现实平行并排的符号体系。这就是文学实践在总体上对“现实”符号化过程的全面仿真。

三、仿真的实质：现实的审美化及超越的可能性

仿真式的叙事表明文学传统意义上的审美能动性在减弱，文学不再以高昂的姿态去对待现实，毋宁说它变得更加平实和客观。一个时代的精神活动，只能在历史给定的范围内展开实践，这并不是说“存在的就是合理的”，任何能动性的创造都是不自量力的主观愿望，而是说精神活动的方式取决于既定的历史前提。“仿真”的文学叙事也只能是一种被（历史）给予的精神活动，因为现实已经率先仿真化了。①

现实的仿真化的根据在于现实本身的传奇性，现实已经很难在传统的理性秩序范围内加以把握，现实变成了超现实。因此，对现实（或直接经验）的表现，既不是传统意义上的模仿现实，也不是再现现实，甚至也不是能动地虚构现实。文学叙事变成了现实的仿真物；更重要的在于，现实本身变成了现实的仿真物，文学其实是现实的仿真的一部分——理解这一点可能很重要，现在，由于现实本身的符号化，没有一个以物质形态存在的、脱离了符号体系存在的纯客体的现实世界，现实（现实潜文本）本身是以符号的方式存

① 在这里，有人可能会对我的逻辑推论持怀疑态度，因为我一再谈到“现实”是被虚构出来的。而我又在这里使用现实（历史），似乎我又承认实在性的先验的现实存在。显然，在理解“现实”这一范畴时，有必要引入历史，现实其实不过是历史在现在时的显现。古典历史观（例如黑格尔）把历史看成是绝对精神的演化过程；在新历史主义观（如克罗齐）看来，历史不过是当代精神的总汇；在后结构主义看来，历史不过是语言修辞的结果；而在新马克思主义者（如杰姆逊）看来，历史是隐藏在事实或事件迷雾背后的不可理喻的力量，所谓历史，其实质就是“历史的辩证法”。杰姆逊等新马克思主义者的历史观虽然是从反后结构主义立场出发，其实是后结构主义与马克思主义的调和。唯其调和，对历史的解释相对不那么偏激。这种解释历史的方式，可以用于我们解释“现实”这一范畴。现实是一切事实、事件和现象的存在总汇，它可以先于人们的认识存在，但它一旦要进入人们的解释视界和理解视界，它就被特定的知识和观念所界定。现实确实先于认识而存在，但现实只有在特定的认识系统中才能被理解和掌握。因此，在这里不断地谈到现实依据的意义在于，这些事实、事件和现象都存在，但总是在特定的描述、解释和理解系统中才确立它的总体意义。

在的。[1] 这样，文学叙事与现实其实存在于同一个平面上，它们都是这个符号化世界的一部分。

在这里，我可以进一步讨论“仿真”的含义。这里的“仿真”（simulation）这一概念来自鲍德里亚（Baudrillard）。按照鲍德里亚的观点，从文艺复兴到工业革命的“古典”时代的显著特征是“仿造”（counterfeit）；工业化时代的特征是“生产”（production）；而在现时代的符号生产阶段的显著特征可以称为“仿真”（simulation）。[2]“仿真”时代是符号急剧扩张的时代，过去被理解为物质实在性的“现实”，现在已然为符号的加速传播所遮蔽；我们现在所理解的现实，被各种符号，也就是为各种话语、各种叙事、各种指称所代替。消费时代把一切都变成商品，又把一切商品都变成符号，一切商品只有变成文化才能被顺利消费。但事实上，生活的各个领域，现实的各种存在物，事件和事物，各项实践活动——政治的、经济的、文化和科学技术的，无不被一个超级的符号化体系所表现，离开了符号化体系，我们无法感知我们面对的事实。在事物和我们知觉以及理解力之间，横亘着一个庞大的符号系统。过去，我们把符号系统看成透明的，看成一种载体，得意而忘言，符号不过是认识现实实在世界的工具。然而，现在，符号的背后并没有确定的、绝对存在的实在现实，毋宁说符号背后还是符号。现实实在也已并且只能以符号的方式存在。对此，正如杰姆逊所说的那样：“一个文化自律领域的瓦解应该被设想为一次爆炸，即文化在整个社会领域中的大规模扩张，以至于我们社会生活中的一切——从经济价值、国家权力到实践乃至以下结构本身——在某种迄今仍未得到理论化的意义上，可以说都成为‘文化的’了。”[3] 杰姆逊的这个说法，实际上正是来自鲍德里亚的“仿真”理论，即把现时代理解为一个符号化的时代，崇尚形象或幻象，即把真实改造为许多想象的事件，在这一意义上，杰姆逊和鲍德里亚实际是如出一辙的。

鲍德里亚在他那本影响卓著的著作《象征交换与死亡》中坚持认为，超级现实主义（hyperrealism）必须以颠倒的方式来理解：今

---

① 这与其说是“现实”本身发生了根本性改变，不如说是人们对现实的认识发生了深刻的变化。

② 参见［法］鲍德里亚：《象征交换与死亡》，50、74页，伦敦，1993。

③ ［美］杰姆逊：《晚期资本主义的文化逻辑》，见王岳川编：《后现代主义文化与美学》，82页，北京，北京大学出版社，1992。

天，现实自身就是超级现实主义的。超现实（surrealism）的秘密就在于大部分的日常现实能够成为超现实（surreal），但是仅仅在那些特许的时刻——在这些时刻，艺术与想象力也相形见绌。鲍德里亚认为，现在，日常生活、政治的、社会的、历史的、经济的等现实已经合并入仿真超级现实的向度，以至于我们现在完全生活在现实审美幻象中。“现实比虚构更陌生”的老生常谈与现阶段的审美幻象如出一辙，只不过后者变本加厉而已。虚构已经被生活征服，再也没有任何虚构能够与生活本身相提并论。人们根本的不满在于，热烈的幻想时代已经为冷漠的控制论时代所取代。①

鲍德里亚基于他的后现代主义立场，对以高新技术产业为主导的后工业化社会展开激烈的批判。这种立场其实并不独特，事实上，大多数后现代主义者都持这种立场，例如，查尔斯·纽曼早在1985年对后现代主义下的积极定义就指出：“‘后现代主义’蕴含一种对经过电子技术的渗透而在战后美国达到顶峰的原子化的、麻木冷淡的大众文化的理性抨击。”② 在20世纪80年代中期，这些承袭了法兰克福学派阿多诺和本雅明观点的马克思主义式的后现代主义者，充满了对高科技社会的激进批判，对于他们来说，“后现代主义不过是在英雄消遁的前提下发起的一场对盲目革新的信息社会的非历史主义的反叛”（查尔斯·纽曼语）。这一点似乎令人难以理解，西方的人文学科的知识分子，似乎对自工业革命以来的科学技术革命就持怀疑态度。并不止后现代主义者，早年的浪漫派诗人和艺术家，以及后来的现代主义者，甚至像伽达默尔这种写作《真理与方法》鸿篇巨制的思想家也说道：“科学家就应该凭良知对他们自身的局限性有足够的认识。”对科学主义（唯科学主义或科学至上主义?）的怀疑不过是西方惯有的一种人文传统而已，对于中国这种发展中国家来说，科学技术尚处于起步的阶段，当然谈不上过剩，也谈不上对人和社会的直接压迫。但多年的改革开放，却使中国社会以较快的速度享用西方高新技术的成果，在基础科学和研究探索领域谈不上与西方先进成果接轨，但在消费领域却是越来越趋向于同步。没有人否认中国还相当落后，大多数人还生活在贫困线之下，但人们也难以否认也有不少人已经提前进入小康，还有一些人已经奔向

① 参见［法］鲍德里亚：《象征交换与死亡》50、74页，伦敦，1993。

② ［美］查尔斯·纽曼：《后现代氛围——通货膨胀时代的虚构行为》，西北大学出版社，1985。

"大康"。在消费领域超前接触西方输入的高新技术，这并不是对中国当今社会夸大其辞的描述。在中国数个发达的大城市里，高新技术对人的生活的影响，也许并不输于西方发达国家多少。因此，如果说鲍德里亚是在把高新技术作为现实仿真化的主导因素，那么，这用于理解中国社会现实（当然是指超前进入现代化的那些社会状况）在高新技术影响下的某种生活现实，也未尝不可。

但中国的情形显然不能等同于西方，也不是强行要与西方作同步对比。它的特殊性显而易见，但我不是一个东方中国"特殊论者"，我决不漠视那些特殊性，但也不把这些特殊性看成是寻求理论对话的绝对鸿沟。① 在我看来，特殊性并不是与普遍性绝对对立的，恰恰相反，特殊性是对普遍性的丰富和发展。在这里，我以为鲍德里亚的观点对我们颇有启发性，只不过以"仿真"的概念来理解 20 世纪 90 年代中国社会或中国文学时，需要考虑的是更加复杂的历史情势，不是单纯从唯科学主义的角度，而是在科学、政治、经济与文化的多边作用中，来理解当代中国社会现实的复杂性，特别是"现实"本身的虚构化、审美幻象化，或者说"仿真化"。

中国的 90 年代是一个神奇的时代：一方面是平庸，刻骨的平庸；另一方面却是奇迹迭出，到处是突飞猛进的景观。作为全球经济发展势头最强劲的国家，中国正在给疲惫的 20 世纪末注入兴奋剂。世界关于中国的想象，中国关于自身的想象正在迅速展开。按照鲍德里亚的观点，"城市现在不再是政治—工业中心，而是符号的领地，是媒体和代码的领地"。就算中国的城市打些折扣，依然是政治的中心，但正是政治与符号分享和混淆的领地。正由于这种特殊性，中国社会现实的符号化更具有"仿真"或"幻象化"的特点。中国在 90 年代快速城市化和消费化，使得中国的城市也迅速进入文化幻象的时代。光怪陆离的写字楼、大型现代化商场、广告、休闲

① 我采取这种论述方法，很像是要以西方作为理论参照系。这显然是再次落入一些人指责的罗网。我们在理解当代中国现实时，总是不得不去借用一些西方的概念，对于那些"东方主义者"（这些东方主义者明显不同于赛义德的东方论者，后者是对东方带有特殊想象的西方中心主义者，而前者恰恰相反，正是一些对西方怀有特殊想象的"东方特殊主义者"）来说，这种做法不过是司空见惯的崇洋媚外。但我坚持认为人文学科并没有那么强的民族性色彩，特别是现代人文知识，国际化的趋势，使我们更有必要在同一理论层面上展开对话。另一方面，现在那些标榜回到民族本位的本土化论者，也不见得就回到国粹的渊源，只要稍加辨析，便不难发现他们不过是在运用那些人们已经熟知的 19 世纪西方的经典知识而已。因此，在理解现时代的中国社会现实时，广泛汲取一些西方的理论知识没有什么不体面的。

读物、周末版报纸、滚动式的电视节目、卡拉OK、点歌、体育竞赛、时装以及多媒体电脑的日益普及等等，城市生活已经完全为符号和幻象所重新结构编码。例如，中国的数个大城市的空间已经迅速审美幻想化了，过去不过是用于居住和工作的空间——完全按照实用的目的建立起来的空间，现在却为各种现代化的新型建筑材料所重新编码，特别是玻璃钢的广泛运用，中国一些大城市的发达地区正在构筑一些超级的幻象空间。这些空间与那些低矮的平房、粗陋的阁楼、混乱的工棚等等相得益彰，使得相互间都失去了实在的真实性，如同电影的布景和道具一样似是而非。它们并不仅仅是在物理时空的意义上重建中国城市，而且以中国最新、亚洲最高、世界最大等宏伟叙事，使这些空间打上奇特的关于中国、中国关于自身的21世纪的想象。这只是一个方面的事例而已。事实上，外部世界的图景、信息和节奏正在改变着人们的感觉方式和思维方式，这一切必然要反映在文学上。尽管从80年代末以来，人们就在慨叹文化步入低谷，文学萎靡不振，但文学和文化的各项实践都在毫无节制地展开，足够丰富的事实和现实场景表明文化并没有溃败，相反却在蓬勃发展，只不过是以一种新的、不同于以往的意识形态文化或经典文化生产的方式在扩展。人们有理由抱怨精英文化陷入困境，也可以理直气壮地指责文化工业的粗制滥造，但不能不认识到这个时代的文化和文学正在以不可抗拒的方式推进文化和文学的生产。商业主义文化霸权正在把触角伸向各个领域，人们不是一直在慨叹传统文化霸权留给人们的想象空间过于狭窄吗？现在，商业主义以它混乱不堪而又生机勃勃的姿态打开历史之门（感官的、愉悦的、狂欢的）。

尽管中国的历史发展阶段不能和西方作简单的比拟，但“仿真”这一历史特征却不难从当今中国的现实和文化生产实践中看出。由于当代中国相当复杂的现实情境，也就是说，政治、经济与文化总是处在多边作用的结构关系中，在这些关系中决定了当代文化生产的特殊方式。一个在文化生产方面最大的矛盾在于，同时代的人们在精神上和文化上并不是同代人，人们在说根本不同的语言，一些占主导地位的霸权话语生产了一系列的超级能指，却始终无法真正给出所指。大量的无所指的能指超量复制，这是使现实符号化的最大根源。现实本身被遮蔽和遗忘了，人们不需要现实，也无法真实地把握现实，人们都满足于生产能指，人们以为有了能指就能重建现实。但事实是，人们重建了庞大的符号化的现实。

也就是说，在某种程度上，中国社会正在以这种方式进入一个“仿真”的时代。“仿真”的现实，或者说现实的仿真化，也就是说现实完全符号化了，现实只有变成符号才能被理解和把握，人们只有抓住符号才能抓住现实，现实已经没有本质可言，现实由各种各样的似是而非的幻象构成，现实就是“超现实”（surreality）。现实本身就是一部庞大的超级的虚构小说，一切虚构文学作品与这个仿真的现实相比都显得相形见绌，它除了以仿真的方式对现实幻象进行复制外，别无良策。然而，分享这个幻象化的超级现实，虽然可以使当代中国的文学叙事有能力创造各种各样的奇迹和神话景观，但它毕竟显得被动无力。

尽管说我们意识到我们可能面对着一个符号化猛烈扩张的仿真时代，我们意识到文学只能在既定的给定的历史前提下展开必要的实践，同时我们也意识到现时代的写作主体只能抓住剩余的想象去与各种压制性的力量对抗，但不等于说文学叙事只能在同一平面上追随现实，把文学叙事降低到被动的仿真过程。文学可以而且应该以积极主动的方式奋起反抗，并且寻求新的出路。当然，简单回到传统的现实主义、浪漫主义或形式主义都无力真正反抗迅速的仿真化，但不管是把当代现实看成是平庸无聊的，还是神奇变幻不定的，依然都有可能从中发掘出一些锐利的、坚韧的局部事实。超级现实主义（hyperrealism）或超现实（surrealism）两种截然不同的方式（前者是绝对逼真地表现局部事实的绝对真实，后者是总体上把符号与现实剥离，重新给现实编码）都可能抓住那些破裂的事实和幽闭的时刻，重建文学令人震惊的现实。

第十五章　命运与性格：晚生代的现代性策略

一、先锋之后：晚生代的突围

如何评价 20 世纪 90 年代的中国当代文学，一直是一个令人棘手的问题。大多数人怀恋 80 年代文学的轰动效应，而对 90 年代文学的有限性的影响表示失望。这一判断影响了对 90 年代文学整体状况的评判。很显然，仅仅依据文学对社会产生的作用来评价一个时代的文学是片面的，因为文学的社会作用借助社会意识形态的力量才能起到作用，而文学本身具有其独立存在的艺术特性和审美价值，只有回到文学本身去探讨，才能理解一个时期的文学的艺术特征，以及它所达到的艺术水准。

"先锋派"小说对汉语言小说所做的贡献已经有不少论者反复阐述过，这一点几乎是毋庸置疑的。先锋派小说在 80 年代后期进入文坛，真正引起反响并被承认，是在 90 年代初期，而那时，先锋派基本上偃旗息鼓，随后走下坡路。90 年代初期，更具有冲击力的是"晚生代"的小说，它们以直接的现实经验引人注目，突然给人们描画了当代中国城市生活的最新变动，因而，仅凭这一点，它们就被推到文坛的中心位置。这就是"晚生代"的第一次冲击波，来势并不凶猛，也没有酿就潮流。然而，却不知不觉地形成普遍的经验，这应该归结于现实的力量。文学从来没有像这样紧贴现实，它几乎不需要经过意识形态的"典型化"处理，却可以把自己个人的直接经验转化为文学表象。"晚生代"与其说是弄潮儿，不如说是顺应商品化大潮的识时务者。他们放弃了"先锋派"的形式主义实验，故事和人物又回到了文学文本。他们中的大多数人都乐于为出版业的市场化趋向助一臂之力，因为新鲜的现实经验，老套的故事也显得生机勃发。初出茅庐的"晚生代"想不到自己就这样成为幸运儿，他们并没有向他们的先行者（先锋派）发动进攻，他们只是顺应了现实的要求就把先锋派抛在身后。“先锋”们在现实面前突然迷失了方向，他们进退维谷，既无法按照原来的老路走下去，也无力开辟新的道路。事实上，“先锋派”沉寂了相当长一段时间。与现实共舞的文学现场，只剩下“晚生代”独当一面（当然，还有更多的更有影响力的主流写作。就最新变动的现实而言，它们没有提供新的经验和表现方式，就文学的创新趋向而言可这样理解）。“晚生代”至少以他们切入当代商品经济大潮的那种新奇的故事、人物，宣扬的新的价值观和生活方式，算是与这个变动的时代接上了轨。

当然，“晚生代”这个概念一直让人们犹疑，这一群体越来越宽泛，流动性很大，把握起来很困难。原来的中坚力量颇有为后起之秀所取代的趋势。这一概念当年仅仅为了与先锋派区别而被使用[①]，但随后还是发现它的可用性。它还是一个具有理论的内在含量同时很有效率的概念。具体地说，“晚生代”实际上是指60年代出生而又比“先锋派”更晚出现的一批作家。“晚生代”大部分是在60年代后期出生，但也有些是在60年代前期，甚至50年代末期出生，例如鬼子和熊正良、荆歌等人。“晚生代”的含义不妨简要理解为：主要是指晚于“先锋派”出现，艺术高地和文化象征资本被先锋派占据后，他们不得不另辟蹊径的一批作家。这两批作家没有发生任何正面冲突，但其潜在的历史较量却始终存在。中国的文化冲突，经常是采取替代式的，也是简单超越式的方式。“晚生代”契合了回到现实的潮流，它就轻易地跨越了先锋派。但这种简单的跨越并不是文学史（或艺术史）的超越，它终究要回到文学史的语境中，重新去确认跨越的起点。

“晚生代”在艺术上一直显得捉襟见肘，尽管他们中不少人相当自信，并不认为他们在艺术上比之苏童余华们有什么不足的地方。[②]但从总体上来说，文学的表现手法，作品的内在性，对有质感的生活的把握，以及最终的文学的品质，都还不能说达到完满的境地。

“晚生代”的敌人或者说直接的竞争对手并不是“先锋派”，而是一群妖娆的“美女作家”。同样是对当代变动现实的表现，同样是

---

① “晚生代”这一概念最早见于我在1991年发表的《最后的仪式》[载《文学评论》，1991（5）]。在这一篇文章中，我把苏童、余华那一拨“先锋派”作家称为“晚生代”，以示他们与“知青作家”的区别，后来才用于指称“先锋派”之后的作家群。

② 这些观点虽然未必广泛地见诸文字，但他们私底下的谈论足以见出他们的自我评价，以及他们对文坛现状的认识。

表达直接的个人经验，“晚生代”显然不如美女们大胆泼辣，特别是当中国社会更趋向于城市化和时尚化时，美女们更是如鱼得水，她们轻而易举就博得了出版商的青睐。而“晚生代”则显出了尴尬，他们既然已经很难认同这个主流社会，那么也不再能怀着热烈的情绪去表现这个新奇的现实。现在，“晚生代”要么进一步走向边缘化，捡起波西米亚的衣钵，要么更进一步切入文学的内在品质去下功夫。实际上，在“晚生代”对美女们的菲薄中，表达的不只是一种性别的敌对，同时也是一种阶级冲突。90年代末期，“晚生代”这类作家多半变成了自由撰稿人，他们成为城市中的“流浪者”，如果不认同这种状态，那就不是一种写作状态。对于年轻的美女作家们来说，随时都可以找到一个资产阶级的港湾停泊她们的文学游艇，而“晚生代”（当然包括更年轻的70年代出生的写手们），则在社会的边缘位置游走。现在，这个奔小康的社会，这个到处是新生“小资产阶级”的大都市，并没有令“晚生代”引以为豪的位置。他们引以为自信的除了艺术之外别无他物，这使他们更倾向于投靠艺术，重新祭起艺术这面旗帜。这就像当年法国巴黎的戈蒂耶之流的“为艺术而艺术”的狂妄之徒们，只不过当今中国这拨人没有本钱旗帜鲜明而已。他们不得不去开辟自己的道路。

“晚生代”还不得不面对先锋派的艺术遗产，当代汉语言小说所创造的那些经验，“晚生代”如何在回归现实和故事以及人物的这种叙事中，来强调自身的艺术表现方式，来建构自身的文学品质，依然是一个未能解决的问题。纵观近几年“晚生代”的写作，相当一批的作家并没有回避问题，他们认真努力地探索，正在有效地填补先锋派离场后遗留下的历史裂痕。现在，年轻一代的“晚生代”作家也已经走向成熟，他们在艺术上的作为，已经不得不让人刮目相看，也许可以说，“晚生代”群体正在酝酿第二次冲击波。在这样一种艺术本性的追寻中，追逐现实的文学行动，正在逐步转向文学本身，散乱的历史又得到重新的组合。我们一度认为已经断裂或终结的文学史，还有可能在这种探求中延续下去——这种延续也许是更为内在和富有真实活力的延续。这样一种“返回”确实可以看到现代性的那些美学规范依然在起支配作用。尽管中国文学的现代性意识主要表现在思想文化方面，它在意识形态化方面的超量发展，其实严重地抑制了它在艺术表现力和审美感受力方面的展开。中国文学的现代性意识没有在思想和艺术表现力两方面同步推进，以至于经过漫长的历史变动之后，现代性的意识形态发生了深刻的变动（在某种程度上它趋向于终结），而艺术表现力却并未走完它的历程。现在，现代性的那些理念已经很难重新聚集起具有鲜明时代特征的标志，而文学艺术却怀着无路可走的困窘重返现代性的氛围之中。当然，这种重返不可能按照原来的理念，也不可能是彻底的，但却由此给当代文学提示出一种相当有深度和力度的美学机制。去理解现代性的美学幽灵，并且去理解年轻一代作家的艺术能动性，在回归的纠缠中表达出真正的超越性，也就抓住了当代文学最有活力的动向。

二、极端力量：“命运意识”

在最近几年的作品中，“命运意识”再度抬头。就在年轻一代作家的写作中，随着对故事和人物把握更具有力度和深度，“命运意识”显示出更鲜明的特征。

“晚生代”初起时的“命运意识”并不很强，也许是题材方面的限制（多数为中篇小说），但最主要的还在于“晚生代”更热衷于反映现实变化的新经验。大量的直陈式的叙事，使得小说对人物和命运的开掘都不够深刻有力。近几年出现的一些作品，则开始扣紧人物的命运来展开叙事。当然，表现命运不过是传统现实主义的套路，在当今时代，其表现命运的内涵和方式都有明显的变化。“晚生代”回归现实并不是在传统现实主义道路上的简单重复，二者的历史依据已然大相径庭。过去现实主义式的人物命运是一种历史命运，历史与集体给定的命运，所有关于个人的命运的叙述，最终都指向民族—国家寓言。杰姆逊的第三世界理论无疑存在不少可疑之处，但就他第三世界文学叙事的寓言性这个观点而言，是很有见地的。不过杰姆逊未曾料到，20世纪90年代中国社会走向经济建设，全面建设小康社会，意识形态的实际支配作用趋于弱化，文学不再以宏大的历史叙事为主导方向，个人化写作在年轻一代作家中开始形成气候。失去宏大的历史背景支撑的当代文学写作，也一度无法把握个人命运。相当长一段时期，当代的个人化写作沉迷于浅吟低唱，无法找到个人与社会的连接方式，这种方式可能以矛盾、冲突、对抗或者调和的形式出现，但它总归是内在而真实的。因而人们总体感觉到个人化写作缺乏深度和力量。

其实所谓个人化的写作也就是偏向于表达个人的内心感受，或者在文学叙事中偏向于描写个人的生活状态。强行把个人从社会历史背景中剥离出来，在特定的过渡时期，在文学创新方面可能有积极意义，但如何进一步在个人化的叙事中重新揭示人物的命运，依然是文学不能回避的内涵。

最近几年来，熊正良、鬼子、毕飞宇、东西、荆歌、李洱的作品持续关注人的命运。他们的作品触及当代底层民众的生活，揭示出生活的困境和无法更改的境遇。熊正良的《谁在为我们祝福》、鬼子的《被雨淋湿的河》、东西的《没有语言的生活》，都是这方面比较典型的作品。这些作品表面上看与过去现实主义的精神一脉相承，但仔细分析下去，还是有很不相同的地方。根本区别还是在于这些个人的命运并不一定具有民族—国家的寓言意义，并不折射出集体的命运。这种关于个人命运的叙述使这批作家获得了思想深度，并且找到文学叙事的力量感，这使他们沿着这条路得以前行。

值得注意的是几部长篇小说。2002 年第 3 期《收获》发表荆歌的长篇小说《爱你有多深》，这部小说讲述一个叫张学林的中学教师的艰难困苦的生活经历，更准确地说，是写一个被损害的倒霉蛋如何倔强而绝望地生存下去的故事。几乎所有的倒霉事都让张学林碰上了，一出生被父母遗弃，少年时期妹妹患了不治之症，他就开始了为妹妹输血还债的生活。这一切没有尽头，但他却觉得天经地义。张学林在中学教书却和女学生搞恋爱，但莫名其妙被栽上了“耍流氓”的黑名，张学林因此离开学校自谋生路。他成为最早下海摆摊的小商贩，显然他没有富起来，而是生活越弄越糟。后来他成为一名以炒田螺著名的厨师，随后的生活更是一败涂地。老婆结婚几天就离婚，后来的女友却患上不治之症，生活稍为好转，他染上赌博的恶习，最后为了钱掐死养母。可想而知，他最后的结局将更糟糕。这个关于一个人一生的故事，在荆歌的叙述中，透示出一种持续向前的伸越力量。荆歌的叙述看上去自由松弛，但却有一种磁性，这就在于他的叙述始终把握住一个人的命运的变化。很显然，荆歌把一个人的命运推到了极端，通常我们无法想象一个人倒霉到这种地步，但这个人却承载了所有的苦难。似乎生命只有在这样的状态中，才会显示出它的质感，才会透示存在的愿望，才会给生命本身提出“到底有意义还是无意义”这样尖锐的问题。不把生命推到极端，无以表现生命的非常态，也就无法在普通平凡的生活进程中撕开一条裂缝，从那里透示出生活最后的悲剧性。

2002年的《当代》第4期发表浙江青年作家艾伟的长篇小说《爱人同志》，小说讲述青年教师张小影与对越自卫反击战伤残英雄刘亚军婚恋的故事。这部看上去政治色彩明显的作品，却有着非同寻常的内涵。它既不是在简单直接的意义上复述经典故事，也不是有意颠倒权威话语给定的意义。这部小说却是大胆选取这一角度，来窥探一个人（或两个人）的命运演绎的全部过程。这里的生活一开始就被推到一个极端奇特的困境，一个年轻秀丽的女教师与一个下肢瘫痪的退伍军人结婚，这在所有的人看来，都是政治色彩浓重的婚姻。但是生活的外在形式并不能压抑人们处在特殊境遇中的存在愿望，他们有着自己的幸福体验。小说令人惊异的地方在于，它揭示出生活真正难以抗拒的是内在性的变化。外在命运（伤残、反常的婚姻等）并不能使人的生活破碎，更重要的是人的内在性所决定的生活本质。他们曾经找到幸福，刘亚军在相当长的一段时期，坚持了对自己英雄身份的认同，但他最后还是放弃了。当他不再仅仅与外部社会对抗（他关在黑屋子里、出去讨生活、捡破烂等等），也与家、与张小影、与自己的内心对抗时，刘亚军把自己的命运真正推到极端。他没有退路，命运在这个时候全面掌握了刘亚军。

命运感只能发生在生活处于绝境时，如何在绝境中来展示生活的那种韧性，成为小说建构内在性力量最有效的方式。值得注意的是2002年第4期的《收获》发表的刘建东的长篇小说《全家福》，这部小说朴素的书名并没有掩盖它丰富的内涵。小说以一个家庭为缩影，反映了“文革”前后这段历史普通中国人的生活道路。与其他涉及这个年代背景的小说有所不同，这部小说并没有花多大笔墨描写那个时期外部社会的政治运动及其压力，而是从表现家庭琐事入手，从这些细小的个人生活的变故来揭示人性的本质。小说以一个家庭幼小成员的视角来展开叙述，这就使得这种叙述既具有亲历的真实性，又以“似懂非懂”的方式最大可能地披露生活的隐秘。小说从开头就描写了“妈妈”爱穿的皮鞋，这双皮鞋引发无数的家庭纠纷，汇集并酿就了巨大的家庭危机。这部被命名为“全家福”的小说却是深刻地揭示了亲人之间的误解与仇视，那种不可消除的隔阂横亘在亲人之间，连他们都不能逾越，那么人与人之间所能达到的理解和谅解，真正的亲情在哪里呢？家是最后的避风港，但家也同样脆弱，亲情不堪一击。生存的紧张、压力、焦虑和变态，蚕食着家的基础。所有的幸福与不幸都源于妈妈喜欢的那双皮鞋，妈妈最大的幸福就是穿上那双皮鞋，父亲最大的快乐是为妈妈擦擦那双皮鞋，当那双皮鞋被不谙世事的孩子弄丢之后，这个家的快乐就消失了。父亲为了买皮鞋起早贪黑，在百货商店柜台前与胖胖的王阿姨探讨皮鞋的价格问题，他们的探讨不知不觉中超出了皮鞋的范围。妈妈为了皮鞋与一个叫杨怀昌的男子显然也有了暧昧关系。结果父亲患上了不治之症，成为植物人，住在小院的黑屋子里，生活如此轻易地就崩溃了，家其实也像父亲一样几近于瘫痪。

然而，生活还要延续，人还要活下去，这就是改革开放初期那个年代人们生存的韧性。子女们长大成人，就想尽力逃离家。大哥去遥远的青海高原当兵；姐姐徐辉一门心思考上大学后，再也不与家庭联系。这些人的命运就这样铸就了，怀着对家的逃离和敌视，他们选择了不同的生活道路。而妈妈多少年来就与一个摔跤教练偷情，他们走遍了城市的大街小巷，到处寻找可能而可怜的一个空间。他们之间并没有多少真情，只是身体的需要使他们走在一起。这里的人物关系主要是以背叛伤害的方式加以结构的，姐姐徐辉在读大学期间面对一个痴心的追求者，却是以对他的断然拒绝作为回应；二姐徐琳对她的表姐的信任却以背叛及取而代之作为回报；徐琳青春萌动时期迷恋的体育老师锒铛入狱，最后死于她面前……所有这些背叛或敌视都因为人被命运所裹胁，人的命运决定了这样的选择。例如，大姐徐辉，她对家的冷漠都源于对家的极度失望，她选择了自己孤僻的生活道路。命运反过来铸就了人的心理与性格，这一切使生活处于极限状态，只要往前走一步生活就趋向于崩溃。

这一切并不表明刘建东对生活的观点和态度就偏向于悲观，实际上，正是把生活推到这样的极限状态，他揭示了生活的那种执着与坚定。假定我们不去追究亲人间的这种冷漠的合理性和可能达到的真实程度，那么，我们还是不得不承认，在这种状态中每个人都坚定地走着自己的道路。这些人都没有在这些外在和内在的压力面前退缩，挫败使他们的生活更具有不断伸越的力量。

总之，通过把生活推到极端的状态，命运从破碎的生活过程中突显出来，它给失去庞大历史背景的个人生活赋予了内在性，年轻一代的作家已经据此开掘出生活的内在蕴涵。当然，我们需要进一步指出的是，这种对命运的表现并不是强调客观存在的优先性。并不是说因为揭示了命运，小说才显示出价值，才抓住生活的本质要义。我们要强调的是，在对命运的表达中，文学性的表现才显示出力量，文学品质才更有质量。在这里，“命运”这个词并不具有脱离文学文本的客观性，它是文学表现的依据，同时也是它的结果。在文学文本中，“命运”是与语言表现浑然一体的那种有质感的生活性状。

三、极限状态：性格的极限

生活只有推到极端才会促使命运“脱颖而出”，很显然，推到极端的结果就必然使人物性格出现偏执的倾向。在小说的叙事中，命运具有方向感，它只有在生活向着某种方向发展变化时，才形成强烈的悲剧情感思流。幸福和快乐无法构成命运，所有的幸福和快乐都是相似的，也都是停滞不前的。幸福和快乐是没有历史感的存在物。所以书写“命运”，也就是书写苦难、悲剧、生活的破碎等等。在这种境遇中，人物的性格确实会发生变异，经历过生活磨难，才要迎接生活的挑战。要冲过生存的障碍，例如，像西西弗斯那样，他要不断地把滚下山的石头推上山，这就是偏执。偏执就是知其不可为而为之的那种倔强，人物性格在这样的时刻才会显示出更大的能量。

刻画出性格鲜明的人物形象，这是现代性的美学命题，这样的人物承担着历史重压或重任，他身上凝聚着历史的合力，凝聚着历史冲突的全部能量。人物的性格矛盾经常指向历史矛盾，它只能在阶级和历史冲突中获得解释或得到深化。当今的人物性格描写显然已经失去了这样宏大的历史背景。这些性格当然也在与现实抗争，其内涵也反映出时代的某种意味。但这种性格主导的方面是内爆式的，也就是自己和自己较劲。人物性格的能量聚集不是从外部的历史现实冲突中获得，而是依靠艺术表现的力量强行注入的品质。

具有强大能量的人物性格，或者说能折射出命运的人物性格，因为其蕴含了太多的意义，它也必然有些不自然且超出常规的特征。看看那些深入表现命运的作品，其中的人物性格无不具有偏执特征，晚生代作家群在这方面显得尤为突出。就这一问题，我曾在《无根的苦难》［载《文学评论》，2001（3）］中探讨过熊正良的《谁为我们祝福》、鬼子的《上午打瞌睡的女孩》、荆歌的《计帜英的青春年华》这几部作品。这几部小说都写得相当出色，关注底层人的生存困境，揭示了一个人的生活是如何走向绝境的。在这样的命运行进中，我们并没有看到历史和现实的绝对的压力、不可抗拒的个人与外部世界的你死我活的冲突，促使个人走向绝境的是个人本身的偏执性格。年轻一代的作家，在对人物性格的极端刻画中，不只找到了揭示生活内在性的方式，同时也找到了一种叙述的内驱力和语感。

在最近发表的这几篇小说中，我们可以看到这些作家在这方面的艺术手法趋于圆熟老到。荆歌的《爱你有多深》中出现的主人公张学林，显然是个与众不同的人。也许人们会说，现实主义经典小说的典型化的人物也显得与众不同，性格也具有“这一个”的品性。在现实主义经典小说那里，典型人物是按照历史发展的观念加以塑造的，他总是在历史进步和落后的概念意义上被指认和强化。现在的这些人物性格是以自身的行动、以自己的意愿顽强地走向极端来展开的。看看张学林，几乎所有的倒霉事都堆到他的身上，但他没有屈服，他承受了生活的各种压迫和挫折，不顾一切地走向绝境。也许我们可以冷漠地说，在任何一个生活关口，这个人只要稍微不那么执拗，他的生活就可能完全是另外一种样子。他可以不辞职，他可以不去摆地摊，他可以不跟赵春华搞在一起，也可以后来顺从美代子，可以不去赌博，最后，他可以不掐死养母……所有这些举动都显得不太正常，都超出正常人的逻辑。唯其如此，张学林的性格才显示出奇特的韧性，他执拗地走向极端，目的就是把自己的生活推向绝境。当然，在幕后起作用的是作者荆歌，他需要的就是在生活的绝境中来打开生活不可洞见的那种隐秘性。

文学显然不是在简单地还原生活，毋宁说是在扭曲生活，把生活推到极限，由此来创造美学上的震惊效果。在经典现实主义小说中，生活是在一个超越性的层面被推到极限处。因为我们的生活已经被先验性地规定为与一种特定的历史/现实本质相连，它已经被概念化地提升了，它已经具有乌托邦的水平。在乌托邦的维度里，尽管那些典型化已经非常过度，但我们依然视若平常，因为生活本身就被赋予了巨大的魔力。现实因为不过是未来的暂时停留地，不过是未来理想的雏形，因而它的任何神奇化都是可以容忍的，并且是可以心安理得地接受的。但现在的作家则面对不同的历史前提，未来并不是虚无缥缈的乌托邦，未来就是从现实出发的一种延续。对未来的乌托邦理想的祛魅，也就是对历史与现实的双重祛魅。失去了乌托邦的魔法，现实就只能依靠它自身的日常性而存在，在这样的平淡无奇的存在中，如何去创建文学的审美震惊效果？那就只能依靠艺术给现实施以魔法。时尚前卫们依靠时代的新奇风尚，也试图给现实施魅，但人们并未认可他（她）们创建的美学效果。“晚生代”的一些作家，却是通过回到古典悲剧的“命运”概念中，来发掘生活的奇异品质。

正如我们在前面所说的那样，只有在生活的极限状态，“命运”才能突显出来。生活的极限状态有待于人物走极端的行径才能到达，这就需要最大限度地扭曲人物的性格。性格的极限就是生活的极限。荆歌的张学林终至于亲手掐死他的养母，荆歌就等着这一行动的实现，他的小说就完整了，张学林所有的不可思议的举动仿佛在这一时刻都变得合情合理，变得完满了。一个富有献身精神的人，一个始终怀着感恩之情的人，怎么就变成了一个杀死自己感恩对象的人？这一个巨大的变异，它所需要的逻辑支持环节实在是太多了。荆歌就让他（张学林）变，一个称职的中学教师，就这样一步步走向生活的绝境：倒磁带，进监狱，做厨师，摆小摊，赌博……这就是走向绝境的必然流程。张学林的生活始终在极限处运行，他的性格中充满了自我破坏的冲动。荆歌设计得很巧妙，张学林从小就被人抛弃，他遭遇到这么多的不幸，他还有什么选择？张学林在命运之路上行走，就像走钢丝一样，绷紧命运这根弦，就要绷紧性格这根弦，张学林的生活就这样始终处在生活极限状态，荆歌的小说叙述也因此始终处在持续的张力状态。

艾伟的《爱人同志》一开始就把人物置放在一个非同寻常的情境中，一个年轻秀丽的女子与一个下肢残疾的军人结婚。艾伟几乎立即就把小说的要害抓住了，生活几乎一开始就处在极限状态，他的叙述因此获得向生活、向人性的纵深地带推进的力量。这些人物也几乎立即就处在性格的极限状态。张小影为什么要嫁给刘亚军？无论什么理由，都无法使这个行为得以充分实现。只有她自身的执拗而倔强的性格，才会推动她向着生活的极端方向迈进。残废的刘亚军的性格当然更加强硬，他本身就处在落差中，他是人们敬仰的英雄，又是人们可怜的残疾人。同样的目光也投射在张小影身上。他们二人的生活和心理不可能不受到这种目光的影响。这种目光既是外在的，也是内在的。不管是顺应这种目光，还是反抗这种目光，他们都被外力和内力推向生活的高度和难度，推到生活水平的极限状态。不断地发掘出极限体验，正是艾伟选取这个视角的意外收获。

当新婚之夜，张小影意外发现刘亚军这个残疾人居然还具有超强的性功能时，她几乎处在幸福的巅峰状态。小说写道：

> 他不能动，但他好像早已对这一切了如指掌，他一点也不慌乱，像一个伟大的舵手一样驾驭着她这条船。她虽然什么都不懂，但她还是入港了。她感到这一天来不安的心情像早晨的雾一样消散了，她感到阳光从她的身体里面升出来，把她整个身体都照得像是透明了似的。她感到她的身体里面流动着什么，后来，她才知道那是幸福。这幸福来得非常突然，就好像是上帝对她选择的褒奖，她本来以为她选择他就是受苦受难，她没有想过获取这份甘美的馈赠。她突然激动得流下泪来。[①]

确实，他们生活在“别处”，连幸福也是别样的。张小影偏执地选择了她的生活，没有人能真正理解她的选择。不管是听报告的人，还是她周围的同事，以及后来学校的老师们、文学社的那些自以为走在时代前列的人。“英雄”这个指称，实际是把他们划到非凡人的领域，他们始终要生活在这样的领域，这就需要非凡的性格，当然也是极端的性格。刘亚军和张小影都想回归普通平凡，但他们都失败了。在这种自我祛魅的进程中，艾伟对刘亚军的描写显然是抓住了问题的关键。他看到这种回归的不可能性，刘亚军的任何回归普通平凡的尝试，都有向性格的极限领地冲刺的努力。刘亚军是一个不能被概念规范的人，这是他与张小影根本不同的地方。刘亚军开始和现实较劲，他的性格开始拧紧，开始扭曲，开始向着自我的极限伸展。他与单位的领导冲突，他要为弱者伸张正义，他要在张小影那里确认自己的尊严，他再次阳痿，他在广场当维持秩序的管理员，他终于把自己关在黑屋子里……他的一系列行为，都在向性格的也是人性的极限挑战。只有在这样的时候，他的生命品质和质量才显示出来。

实际上，谁也不能否定他们的幸福，尽管小说也写到外部世界的巨大的变化，社会冷落了当年的英雄和先进人物，但真正推动他们走向绝境的始终是他们自己的内心冲动，是他们性格中无法遏止的打破幸福的倾向。艾伟当然也深知过分描写外部社会的压力会有

---

① 艾伟：《爱人同志》，载《当代》，2002（4）。

风险：或者可能遭遇出版方面的障碍，或者难以自圆其说。他不得不把所有的力量都用在对性格和心理的扭曲上。在他们幸福的时候，刘亚军就对幸福不信任，他甚至故意怀着恶意去打破幸福的状态。在他们快乐的时候，刘亚军总是说些刺痛张小影的话，只有经历过类似的伤害，才会有某种温暖的东西在他们中间生长，把他们俩紧紧地联系在一起。然而，天长日久，那些幸福的新鲜感退去后，生活的困难日益磨损他们的承受力。在这样的境况中，刘亚军的性格（个性）并没有起到缓解生活危机的作用，相反，却是推动着生活向着更为绝望的境地迈进。他的过分执拗，他对自己身份的坚定认同，他对自己角色的坚决指派，就导致他把自己关进黑屋子，去捡破烂，以至于最终放火自焚。

小说的叙事有一种自然的力在流动，这取决于小说叙事最有优势的那种局面逐步取得支配地位。好的小说可以顺势而为，作者的力，推动了叙事中出现的那种力，使这种力向着更有效果的方向运动。在艾伟这部小说中，开头部分写张小影显得更加出色，在随后的叙事中，张小影基本是概念化的，无法变化，张小影的性格没有发展的潜力，没有走向变化和极端化。而关于刘亚军的叙事在小说的后半部分越来越占据重要地位，小说的局面被刘亚军这个人物控制了，或者说，刘亚军这个人物失控了，他按着他的性格逻辑向着极端化的方向推进。艾伟也欲罢不能，因为只有在这样向着极限状态运行的性格，才会产生叙事的强烈的效果，才会使生活的极限形态显露出来。张小影已经无能为力，不能迈向极限，她只能在原地踏步，除了奇怪地在与刘亚军交合时她提到肖云龙，甚至讲些黄色故事刺激情欲，她几乎没有什么新的作为。而刘亚军这个人物却不断地做出各种大胆的举动，连他的内心世界都显示出极为奇特而细腻的变化层次。在一个春天的野地里，张小影推着他到了一个山坡上，但刘亚军在这样一个美好的自然风光中，再次刺痛了张小影，他需要的就是刺痛感，刺痛他人，刺痛生活，也刺痛自己。只有在这样的时候，他的心灵才能获得一种平静和深化。结果是：

他是自己推着轮椅回去的。从高坡下来的过程，他眼前的小城就从整体变成了局部。他已经有三年没见到小城了。小城已立起了不少高层建筑。他感受到了小城某种扩张的欲望。到处都是建筑工地，大片旧城都被推倒重建。现在小城看上去就像是刚经历了一场战争似的，到处都是废墟。他觉得此刻的小城看起来很像他残缺不全的身体和内心世界。

也许在这里我们触及一个复杂的小说美学问题，当然也是一个当代思想意识的深层问题。小说中的人物性格只有往极端化的扭曲的方向发展，小说叙事才能找到感觉，找到表现力。性格在哪里弯曲变形，生活的深度就在哪里敞开。这又怂恿着作家不断地给性格加码，叙述从中获得力的支撑和推动，这种力反过来推动着性格向极限状态发展，其结果就是性格的断裂与生活的崩溃。

四、视点的阴谋：略微的荒诞感

经典现实主义的叙事采用全知全能的第三人称视角，叙述人既是隐身的，又是无处不在的，叙述视点预示着历史发展的无限可能性，叙述人始终是一个无穷大的历史主体，文学在整体上对社会历史进行承诺。在 20 世纪 80 年代中期的现代派小说中，第一人称带着强烈的时代情绪，躁动不安而自以为是，这种视角反映了那个时代文学变革现实的自我期许。文学怀着强烈的改变现实的愿望，处在时代的前列，自以为诉诸观念的文学就可以推动历史前进。在随后的先锋派的叙事中，叙述人却是隐匿的，他们也采用第三人称叙述，因为他们无法给自我定位，无法确认自我的身份，文学无法给出历史的承诺。文本的语言句式打破了历史的完整性，同样也使叙述人消解于语言碎片中。90 年代初期，在晚生代的小说叙事中，几乎是突然出现了第一人称叙述，那个“我”从现实生活的裂变的缝隙中突显出来，从价值变动和转型的结构中抛离出来。文学退守到生活的边界，既怀着热望观望生活，也怀着无奈倾诉个人经验。何顿率先表达了这种第一人称，他轻而易举地就把自我定义为一个普通的追逐现实利益的小人物。这是个真正的小“我”，他随遇而安，没有宏大的抱负，寻求基本的生存之道。何顿近两年的小说更加切近平民化，更多地使用第一人称“我”，这个“我”已经进一步退守到生活水平的底层。2002 年的《花城》发表何顿的中篇小说《我的生活》，这里的“我”已经变成一个四十岁、个子矮小的无权无势的乡镇小干部。他唯一能找到自我感觉和位置的现实活动，就是陷入与一个按摩小姐的情爱关系。何顿的小说倾向于选择社会底层人的视角，很难说这种叙事视角就反映了一批作家的自我认同的态度，但可能包含了他们认识社会的一种方式。他们乐于把自己放在一个较低的社会层次上，去揭示普通人和底层人的生活困境。在某种意义上，这种视点有“躲避崇高”的嫌疑。叙述人经常是与他所叙述的故事的崇高性相关而获取等值的价值确认，当叙述人着眼于生活的卑微面时，他压低了自身的社会角色认同，从而获得与他所描写的对象的亲近（邻近）关系。

刘建东的《全家福》采用的第一人称却显示很独特的效果。这个视点不再对社会现实怀有激情，也不过分热衷于自我的经验，而是退回到家庭的一隅，观看生活最内在部分如何变质和硬化。这个视点直击人性的痛处，人性的变化在历史的压力下变形，同时在亲情的磨损中变得坚硬和锐利，它反过来刺伤人性的各个部位，并且镌刻着人性成长的绝望纹章。所有这些，在刘建东的叙述中，都由于他采用的视点，而使那种锐利感得到缓解，生活的悲愁与刺痛感因为这种视角而显示出荒诞的愉悦，使这部小说的情感质素显示得异常丰富。

小说选择家庭中未成年的最小成员的视角，这使它可以看到家庭生活的各种隐秘部分，并且可以使生活的那些艰难悲痛转化为荒诞的情境。显然，这种转化不是大起大落的拆解，而是使之略微变形，使之与原来的状态发生细微的差异。因为一双皮鞋的丢失与重新获得，这对父母之间产生了剧烈的冲突，而爸爸则是最痛苦的，这个无能为力的爸爸，只能骑着自行车驮着幼小的女儿到处乱逛，所以对于1980年的爸爸“我”最为了解。小说这样写道：

> 我时常在后座上听到他一边骑着自行车一边发出一声长叹。我爸爸一长叹我脚下就有些慌张，我的脚没有着地，它一慌就往车辐条里面钻，所以在我爸爸病倒之前的那些日子，我的脚经常被车辐条无情地卡出斑斑的血迹。因此在我六岁时，我的脚上经常涂满了紫药水。而我的哭喊成了爸爸那些最灰暗的日子的一段悲怆的伴奏。①

---

① 刘建东：《全家福》，载《收获》，2002（4）。

有时候生活的悲愁是如此让人难以承受，一双皮鞋就把一个人的生活压垮了，就把一个家庭的生活摧毁了。生活是如此脆弱，人性是如此脆弱，这不能不说刘建东对生活的揭示令人震惊。刘建东并没有展开多么尖锐而强力的叙述，他选取一个未成年的女孩的视点，从她眼里透示出的是对这种悲愁情境的客观化的观看，她并不理解这一切，也无法表达出她的感受。孩子看到的世界总是带有游戏的“好玩”特征，这种感受反射到客观情境中，使之又增添了一点荒诞色彩。这“略微的荒诞”与悲苦情境的融合，正是小说最有韵味的地方。生活在这里弯曲敞开，它透示出的意味难以言喻，也无法用理性概念加以准确而全盘地表达，这就是文学表现的魅力和意义所在，也就是真正的文学性品质扎根的地方。

也许这就是视点的阴谋。通过把视点压低到极限状态，只看到生活的那些最隐秘的部分、不可思议和不可理喻的部分，由此使生活变形。这里所描写的生活的细部显然与经典现实主义的细部不可同日而语。后者的细部总是与整体，与庞大的历史和现实相连，而这里的细部只是细部，它就是生活的隐秘部位，是生活本身的私密性。这个视点不只是看到生活的痛处、那个坚硬的内核，同时要使之变得有意味。这就是这批作家的艺术手法趋向于丰富的地方。荆歌的《爱你有多深》和艾伟的《爱人同志》也是如此。那些生活的艰难困苦情境，总是被他们叙述得有声有色，在那种有距离的叙述中，生活总是有那么一点偏斜和变形，这使他们的叙述显示出独特的语感和韵味。相比较而言，荆歌的叙述更偏向于苦中作乐的幽默，艾伟的叙述更坚硬些。荆歌在切入生活内核时，经常采取迂回战术，他更看重过程的感觉和表达的快乐。

值得强调的正是这种略微的荒诞感，不是大悲大恸，也不是存在主义式的强烈的荒诞感，而只是生活细微的变形，生活在这样的时刻可以显示出一点更多的意味——这就足够了。这种手法正是当今文学所需要的品质。文学的艺术表现方法可能像当年的“先锋派”那样强硬的形式主义实验，回归故事和人物的小说叙事，容易流于过分写实而显得平淡无奇。通过细微的差异，在生活的客观情状中打入文学的楔子，使之敞开并透示出诗性的特征，这正是当今文学进一步向前延伸的高明之举。很显然，不少作家意识到这一问题和方向，但总是不能找到恰当的进入方式。刘震云一直在寻找这种突破口，他的《故乡面和花朵》无疑是一部了不起的作品，但很明显它在艺术上过分分裂，一方面是传统色彩很强的经典性叙事，另一方面却是自我毁灭性的戏谑。刘震云其实对两方面都不满，但他无法把二者协调起来，找到一种统一的风格，以融合他对两种东西的超越。实际上，问题也很简单，他在两方面都过分用力。回到人物故事的叙述和摧毁人物故事的叙述，他都太用力，如果他能把握住细微的差异，使二者都走中间道路，则它们相遇产生的那种情境，更有一种内在韧性，可以发掘更有内涵的文学品质。

五、有限的超越性：审美的现代性情结

实际上，当代文学已经在常规状态中运行了很长一段时间。20世纪80年代中后期是文学被创新的焦虑所支配的时期，实现现代化的时代精神也充分投射在文学领域，结果是文学为实现自身的现代化寻找创新突破的出路。文学的现代主义就是这种创新上演的前奏曲。随后的“先锋派”几乎是在短短的数年时间内，完成了汉语小说的彻底而激进的实验。“先锋派”留给后人的艺术形式的变革余地已经极其狭窄，与其说留下了宝贵的财富，不如说留下了一大堆的难题。从形式主义高地撤退下来的当代文学，在艺术创新方面失去了方向感，转向常规的文学写作，重新面临在传统的美学规范框架内拓展艺术表现力的难题。90年代中期，小说叙事依靠经济高速发展的现实提供的资源，也获得文学表现的活力。然而，进一步的活力则要从文学的艺术手法方面进行发掘。这显然是一个更大的难题。

传统的美学规范确实具有强大的支配力，当代小说再次面临着回到原有的美学规范中再做突破的挑战。这本身也表明，当代中国的艺术变革并没有人们想象和期待的那么深刻而剧烈，现代性的审美规范在当代中国同样是一项未竟的事业。就我们在这里讨论的一些“晚生代”作家而言，他们做出的艺术探索显然带有非常强烈的现代性特征，例如，对命运感和人物性格的深刻把握，这就是典型的现代性美学。经历过一段语词的革命之后，在生活的平面滑动并没有找到恰当的表现方式，也无法在当代文化语境中扎下根，现代性的那些美学规范依然具有强大的惯性作用。命运和人物性格本质上与历史叙事联系在一起，与现代以来的文学和人类命运相关的这种经典性表述相联系。人们习惯于在文学艺术作品中发现深刻有力

的东西，悲剧性的情感因素依旧是当代审美心理的基础。90 年代末和 21 世纪初，一批青年作家重提责任感，表现下层民众的生活艰辛（例如，熊正良、鬼子等人），这些都与难以抹去的现代性情结相关。在某种意义上，我曾经说过，现代性在中国，既走到了尽头，又是一项未竟的事业。现代性的那些任务并未完成，其方案也未能有效地展开；而另一方面，现代性却身陷困境，它既承受着中国传统的牵制，也受着后现代新兴力量的冲击。这种矛盾境遇非常鲜明地体现在当代的美学表现风格上。

重新深化现代性的美学表现力构成了当今文学回到深度的一种努力，显然，其方式和结果也不能与过去同日而语。不管如何，命运和人物性格都无法在一个完整的历史叙事结构中加以把握，它更多地打上了个人化的特征，因此——正如我们在前面讨论时指出的那样，命运意识来自对个人生活的极端化处置，通过把个人的生活推到极限，生活的悲剧性的情境得以产生，但这一切的推动力不再从历史本身获得，而只能从人物性格的极端化处理中获取。现在，性格成为一切表现的纽带和中心，失去了历史异化压力的性格，其动力机制只能来自作家的艺术表现，它成为人为的产物，而不是历史的产物（所有历史的产品都必须在意识形态的全能叙事中才得以存在）。性格是艺术表现的结果，也是其中心，而命运则是结果的结果，是中心的替代。

就这一点而言，年轻一代的作家似乎并未找到更恰当的表现方式（我不说更好，而是说更恰当）。荆歌的《爱你有多深》和艾伟的《爱人同志》，其结尾都在寻找一个完整的命运归宿。前者亲手掐死了养母，后者则放火自焚。关于一个人的命运的叙事就这样获得了完整性和完满性，荆歌和艾伟的叙事都过分依赖这个结局，他们都期待这个结局来把小说推向高潮，以至于在他们的叙事中，不敢有其他的开放性的因素参与进来，始终紧紧地把握住他们的命运，向着极端化的高地推进。被时间的线性链锁控制住叙事节奏和发展的可能性，这就压制了小说叙事中可能出现的更有活力的因素。当然，荆歌和艾伟都是非常有才华的作家，他们依然有对具体情境的多角度审视，以及那种反讽性的语感，也缓冲了时间的紧张感和单向度。刘建东的《全家福》从故事的构成上来说，也具有明确的完整性，这部小说甚至被命名为"全家福"，尽管这含有反讽的意思，但小说还是下意识地追求了完整性。家庭内在的分离，留给每个人的创伤似乎始终在期待着弥合，刘建东的聪明之处在于，他知道这种弥合之不可能，并且这种弥合会损害小说更复杂的内涵。所以最后的弥合是一个反讽性的弥合，在高大奎死亡的现场，这个家庭的成员照了一张合影。然而内在的裂痕依旧清晰可见。但刘建东无法摆脱线性时间对他的叙述施行的压力，他也期待小说出现高潮，他不断地往人物的生存困境上加码。大姐徐辉的悲剧性意味被明显加码，妈妈与摔跤教练的偷情行为却显得了无生气，没有显示出更特别的意味；二姐徐琳的命运也在期待中推向前进，高大奎的出狱果然如期而至，这使线性的时间压力获得了一个圆满的解决方案。当然，刘建东选取的视点使他始终可以保持一种距离，那些"略微的"荒诞感，使线性时间的压力并不生硬，命运的悲剧感依然在散发反讽的意味。

不管是命运意识，还是对性格的极端处理，都表明当代小说还是试图回到现代性美学氛围；而调动其他表现手段来开启他者化的空间，则表明当代小说在建构更复杂丰富的文学品质。也许这种更深地回到不可能的历史之中，而又能带着历史痕迹走出来的创新，具有更切实的艺术韧性。这一点依然是需要强调的，但这里并不是当代小说的最后的栖息地。

尽管说年轻一代作家在重返现代性的美学氛围中大有斩获，就当今的文学创作而言，这些作品无疑显示出非同一般的文学品质；但是，如何提供更新而更有冲击力的文学要素，这是我们更加迫切需要对待的问题。在这里所论述的几位作家，在我看来是最有创新欲望和潜质的作家，但我依然还有些不满。并不是说我们一定要偏爱"后现代"这种概念，经历语言实验的尝试之后，当代小说一直没有能力在后现代性上作出突破，从先锋派那个原点无法向超前性的审美感受延伸，却只能返回到现代性的秩序中。后现代的经验在其他的艺术种类中倒是肆意生长，并且有成为主导样式的趋势（例如美术和音乐），而在文学领域始终没有找到新的出发点。具体地说就是，文学文本与现时代的真实经验没有得到有效结合。这一切也可能归结于整个文学圈的传统力量过于强大。很显然，作为主导的美学趣味，故事和人物的分量太重，年轻一代的作家也还迷恋现代性的美学规范。就现今营造的现代性美学氛围来说，既有其必要的意义，也不能过分沉迷于其中。这个时代毕竟正在发生更加生动的变化，我们不能无视新的全球化经验的挑战，在美学上应该可能提供新的经验。确实，一个时期的艺术表现方式、水准和风格总是为既定的现实条件所决定的，就直接的现实关系来说，出版商导向、读者趣味、编辑方针以及批评规范，都约定了艺术表现方式，稳妥的策略就是适应这些现实条件，在给定的圈子里施展。任何超出这个范围或超出游戏规则的尝试，失败的可能性要远远大于成功的可能性。这几位作家的经验正预示了当代文学所处的历史境遇，他们一只脚踩在现代性的厚实的土地上，另一只脚正在迈开步子。我相信，只要他们往前迈一步，当代中国文学就会开启一个更为精彩而远大的前景。

第十六章　异类的尖叫：断裂与新的符号秩序

当代中国文学从来没有像今天这样处在失败的困境，也从未像今天这样处在企图突围的焦虑之中。现在人们面对的文学现状，不再是单纯的文学观念和技巧的变化、思想和情感的变化，而是文学生产的方式、文学的美学要素、文学的基本功能等等都发生根本性的变化。尽管我们谈论文学的变化已经十年之久，例如，20 世纪 80 年代后期我们就在讨论文学“失去轰动效应”，讨论先锋派对现实主义和现代主义的超越等等。但 90 年代最后几年的变化是根本性的：作为文学生产的主体，作为最能切中当代生活的文学写作者，他们不再是总体性制度的一部分，他们企图（或者已经?）突出墙围，而站到文学史的另一面。现在，有一种处在文学现有体制之外的“异类”的写作存在，它们几乎是突然间浮出历史地表，占据当代文学的主要位置。尽管大多数人还对这些“异类”视而不见，充耳不闻，但只要稍微客观地了解一下当代文学实践的实际情形，就不难看到，那些主要文学刊物的主要版面、那些销量最好的文学图书、那些为青年读者所喜爱和在大学校园被谈论的对象，过去文坛的风云人物已经销声匿迹，取而代之的都是一些怪模怪样的“新新人类”。实际上，人们忽略了这样的事实，十年前，对当代文学最有影响（虽然未必是什么好的影响）的作家是王朔这个无业游民，他改变了作家对文学和对社会的态度。自王朔之后，文学不再是机构内部的事，而是一种职业谋生手段或业余爱好。数年之后，王小波再度成为文坛的一股旋风，虽然这股旋风由一起悲剧性的死亡事件引起，但王小波突然间打开了文学写作者的社会空间，这个人长期在文学制度之外生存，他对文学提示的经验异常丰富。但作为一种象征行为，其最重要的意义在于：他打破了文学制度垄断的神秘性，表明制度外写作的无限可能性。1998 年，对于中国文学而言似乎是无能为力的年份，但却是所有的矛盾和暧昧性都明朗的历史关头。这一年有几个事件值得注意，它们虽然不值得大惊小怪，大多数人也许毫不在意或不以为然，但我想这些事件在这同一时期发生，每个事件都有了非同寻常的象征意义。1998 年，中国当代文学的出版发行遇到前所未有的挑战，大多数出版社的文学类图书蒙受了 30%以上的退货损失；这一年有多次期刊主编讨论期刊的出路问题；这一年的文学刊物明显向着文化一类的非文学内容转向（最典型的如《小说家》）；这一年有一部超级长篇小说——刘震云的《故乡面和花朵》出版，这部小说的出版曾经是出版界的一个热闹的事件，但书本身却没有引起足够的重视，批评界几乎保持麻木不仁的沉默，甚至没有几个人看完这部小说。但这并不重要，重要的是，刘震云本人采取的态度和手法。这部耗时六年之久的长达六卷 200 多万字的长篇小说，没有完整明确的结构，没有清晰的故事情节，没有个性鲜明的人物，在大多数地方刘震云采取了戏谑的手法，通篇都是荒诞无稽的玩闹和毫无节制的语言洪流。但六年六卷 200 多万字，这表明刘震云对“经典”、“名著”的内心渴望。作为一个聪明而识时务的人，刘震云对当代文学的尴尬处境有着透彻的领悟：他要写作名著，但他知道“名著”和“经典”已经死亡，一部完整或完美无缺的名著只能是一部陈旧的愚蠢之作，而“经典”只能是可悲的笑料。他在写作名著的同时，不断地损毁这部名著。他一直以两种姿态在写作这部天书，因而这是两本完全不相协调的书被无可奈何地拼贴在一起。因而这又是一部宣告名著和经典死亡的划时代的无字之书。正是这部满纸荒唐言的天问之书，讲述着书与乡土中国的无望之旅。书写本身与乡土中国荒唐裂变一样，它被绝望之情痛苦不堪地融合为一体。多少年之后，人们会意识到刘震云这部荒谬之书乃是一部世纪大典。

1998 年，《北京文学》发表由朱文主持的问卷调查，题为《断裂：一份问卷和五十六份答卷》（以下简称《断裂》）。这在平静慵懒的 1998 年的文坛，引起一阵不小的骚动。尽管见诸媒体的反响极少，但私下的议论还是掩盖不住人们剧烈的反应。尽管贬斥的意见远多于肯定的见解，但依然无法否定这个行为具有的空前象征意义。中国文坛居然有一群人敢于突然公开他们的态度，把自己明确界定为主导文化之外的“异类”①，这在半个多世纪以来的中国文坛还是

① 在这里我使用“异类”这个词，而不用“另类”，是为了与被时尚文化用滥了的“另类”作出区别。时尚文化中的“另类”不过是流行文化塑造出来的前卫，标新立异的潮流的领先者，它注定了被迅速复制，被批量化生产。“异类”多少可能还带有一点真实的现实叛逆性，相对于特殊的历史情境，它们与历史构成实际的冲突，尽管这一切也相当有限，并且被迅速抹平。

首次出现的咄咄怪事。这当然不是什么值得推崇的行为，但它的象征意义却不可被轻易忽视：它标志着一种异类的文学，一个异类的文学群体正在茁壮成长，它们生长于强大的总体性制度之外，但却又奇怪地构成当代文学最有活力的部分。所有这些现象，都在传递这样的信息：我们习惯理解的文学、文学界、文学群体、文学流派、文学观念和文学价值等等，总之，传统的文学从社会化组织结构到精神实质都发生根本性的变化。我们不能也没有理由对此熟视无睹。

一、尖硬的断裂：异类的自我界定与符号资本

问题可以回到那份问卷。在这份被称为《断裂》的东西中，汇集了56位60年代以后出生的“新生代”或“晚生代”作家对现存文学秩序的直率批评。他们中有些人对前代作家充满了敌意，毫不掩饰他们的蔑视，他们拒绝承认与前辈作家有任何精神联系。他们对几家主流刊物进行了攻击，对文学批评和大学的文学教育以及汉学家进行了不同程度的贬损。这份问卷的发表，几乎是突然间公开了这代人对文坛的态度，其带有表演性的激进而不留余地的姿态，当然也激怒了不少人。一些人认为，这份问卷显得过于偏激和自以为是。无可否认，这份答卷中有些人出言不逊，某些言辞无疑过激偏颇，不无恶作剧的味道。但个人的好恶，不必成为阐释历史的障碍。但不管如何，应该看到，这是中国作家第一次敢于在官办刊物上公开表明自己对文坛的态度，敢于把自己与现行的文化传统和体制区别开来，敢于无保留地提出“断裂”的命题。这是不容忽略的。在对这些人的过激言行求全责备时，也有必要对我们现行的文化秩序进行反省。这些人的存在表明当代中国文坛格局正发生某些变化，但他们的存在无疑预示着当代中国文学总体性制度发生合法性危机。

“断裂”可能并不是哗众取宠的惊人之论，也不是什么新的发现，只不过其说法更加坦率直白而已。十年前，“食腐动物们”（韩东语）就开始讨论“新时期终结”的问题，关于“后新时期”的讨论虽然不了了之，但对历史变动的描述和分析是明确鲜明的。事实上，断裂早就发生，人们不过对此视而不见罢了。断裂是一种客观的历史事实，宣称断裂则是表明主体能动性的决裂。早些时候，80年代后期，随着意识形态轰动效应的弱化、文学形式主义创新情绪

的宣泄，文学的总体性制度（general institution）就发生了合法性危机。也就是说，经典现实主义审美霸权不再对整个文学共同体起到绝对的支配作用。只要客观地面对历史，就不难看出，在90年代最后几年，主导文化建立的审美霸权并不能有效支配着当代文学的生产和传播，更不用说推进新的创生文化产生与发展。就此而言，我们就不得不承认，断裂已经发生。“异类们”的宣称不过是掀开了文坛上的那层锦绣华丽而温情脉脉的面纱而已。说到底，“断裂”也没有什么可怕的，不过是有一批年轻作家不再认同既定的审美霸权，要另辟蹊径，确立他们这个群体的文学观念和美学趣味。

断裂并不可怕，可怕的是对断裂视而不见，或者根本就不知道断裂于何处，为什么发生断裂。事实上，在文学史任何一个发展阶段，断裂都随时发生，没有断裂就没有艺术创新和发展的动力。只不过在艺术史的常规发展阶段，每一次断裂都有可能被占据霸权地位的主导文化修复，而原有的主导文化依然行使文化领导权（文化霸权）。但处在文化的大的转型期，旧有的主导文化无法修复断裂，那么，新崛起的创生的文化就会取而代之，重新确立一套新的符号秩序。当然，从理论上讲，判定“断裂”依据的是对现在的文化象征秩序和对断裂本身的定义。这些断裂的历史总体性表现在意识形态功能的弱化，表现在历史主体地位的严重改变，表现在客体化的文学艺术的生产方式、传播方式和审美趣味的根本区别上。

就宣称他们的文学观念和态度而言，韩东的《备忘：有关“断裂”行为的问题回答》[①] 集中反映了他们的观点。韩东坚持认为他们与前辈作家，乃至与同时代的作家明确分野，绝不暧昧：“在同一代作家中，在同一时间内存在着两种截然不同甚至不共戴天的写作，这一声明尤为重要。……我们绝不是这一秩序的传人子孙，我们所继承的乃是革命创造和艺术的传统。和我们的写作实践有比照关系的是早期的‘今天’、‘他们’的民间立场，真实的王小波，不为人知的胡宽、于小伟，不幸的食指以及天才的马原……”韩东们并不是孤零零地从土堆里爬出来的，拒绝经典历史的他们断然建构了一个他们的历史——一个长期为正统文化所忽略的“异类”的历史（边缘史）。确实，这样的历史是倔强而不屈的，它们始终在主导文化霸权的范围之外。但同时也要看到，否认主流文学史的权威性并

① 韩东：《备忘：有关“断裂”行为的问题回答》，载《北京文学》，1998（10）。

不意味着它就真的不存在，没有王蒙、李陀、高行健等人进行的意识流小说实验，中国的现代主义潮流就不会迅速传播；没有马原、莫言、残雪以及苏童、余华、格非、孙甘露、北村等人进行的叙事探索，中国小说还在意识形态的圈套里左右摇摆；没有王朔的“顽主姿态”，中国作家现在可能还在充当人类灵魂的工程师，并且要起稿费来也没有这么凶猛……（这些群体流派和人物，也被朱文韩东们当作主流文学史看待）这都是中国当代文学史（主流史?）的一些阶段事实，它们肯定不是尽善尽美的，当然不无令人失望之处，但这些事实都是韩东们大胆提出“断裂”的必要前提。当代文学的断裂并不是从朱文韩东们这里开始的，但是从他们开始才有中国作家敢于把自己界定为“异类”从而提出与主导文化断裂。前者是历史本身潜在发生的变革，后者是作家的主观意识的自觉革命。历史的事实不能随意抹去，但历史的意义也不能视而不见。

朱文韩东们拒绝被主导文化同化，他们同时明确宣称，他们发起的这场“路线斗争”，并不是为了战胜主导文化取而代之：“它谋求的并不是权威和势力。它永远不可能成为唯一的或主要的、决定性的，它正是这些变态的文学的目的的反对者。它表明的是自身，而不是相对而言的，它并不在与正统的对抗中获得发展壮大的动力。”这些言辞确实说得无懈可击，甚至有些德里达式的解构意味。当然也没有理由怀疑其真诚性，但这种姿态和方式本身就具有进攻性，它的客观效果也必然强调了韩东们（“异类们”）的存在权利。确实，中国文学史上很少有人敢于宣称以“异类”的形式存在（李贽一类的人物寥若晨星），就这一点而言，他们的勇气值得赞赏。但韩东们在这样的时候发表宣言，也并不基于“是可忍也，孰不可忍”的激愤。就是说，这些人不再愿意作为主导文化的附属物和边缘物而存在，他们要自我界定。不管他们主观意愿多么崇高——不想与主导文化一争高下，但他们的客观历史效果，则必然是以“异类”的姿态与主导文化分庭抗礼。他们要强调“少数的、边缘的、非主流的、民间的、被排斥和遭忽略的”文学“异类”族群的生存权利。作为一种诉之于媒体的行为，并且以群体的方式展开实践，这就具有了象征意义。

这一场大张旗鼓的宣扬断裂的路线斗争，其实质就是文学的少数“异类”族群与主导文化争夺符号权力的斗争。这种斗争在文学史的任何阶段都存在，所谓文学创新就是创生的文化试图分享主导文化占据的霸权地位的斗争。关于符号权力（symbolic power），皮埃尔·布迪厄认为，拥有符号资本（symbolic capital）的人，便具有一种把某种认知工具和社会现实的表达强加给弱势群体的力量，这就是符号权力。依照布迪厄的意义，符号权力就是这样一种力量：它通过言辞来构造既定的世界，使人们理解并相信它，确定或改变某种世界观，因而也能确定或改变对世界所采取的行动，甚至世界本身。这就几乎是一种魔术般的力量，它能使一个人获得通过物质或经济实力而得到的那种东西的等价物，通过某种特殊的动员效应获得好处。[①] 现在，“异类们”不愿意认同既定的文化秩序，不再信服现有的符号权力。他们相信有另一种符号独立存在的可能性。他们在把自己界定为“少数边缘”族群时，也就是在躲避总体性制度的规范。这与其说是“异类们”的胜利，不如说是当代文化（文学）的总体性制度的困窘。主导文化的符号权力不再具有魔术般的力量，知识分子群体也不再自觉屈从于这个唯一的生存资源。就这一点而言，朱文韩东们并不是先知先觉，也不见得特别勇敢，不过生逢一个微妙的时期罢了。

符号权力依靠政治权力才得以强加到弱势群体身上，但我们说过，通过符号本身的魔力，“强加”会潜移默化地变成心悦诚服。但这种过程依然有赖于政治经济权力的一元化，也就是说，具有总体性制度强加的可能性。弱势群体在政治经济权力获取方面多大程度上依靠占支配地位的集团，也就决定了它支配符号权力能获得多大的自由度。在一个多元社会里，符号资本可以与政治经济资本分离，即使在中国五四时期，符号资本与政治资本也可能处在完全对立的状态，例如，李大钊、陈独秀、鲁迅等人，其符号资本显然与当时的占统治地位的政治资本根本对立，但这无损于他们建立符号资本体系。甚至于可能这样认为，在多元社会中，与政治权力对立是创建符号资本的有效方式。只要看看资本主义社会中，知识分子普遍左倾、信奉马克思主义就可以理解这一点。敢于声称自己是右派的人，都是符号资本特别雄厚的名师大家（如以塞亚·伯林之流），否则，一般的知识分子都没有能耐敢声称自己臣服于资本主义霸权。但在一个一元化的社会里，情形正好相反，首先必须获得政治权力的认可，才有可能积累自己的符号资本。在中国的现实主义审美

---

① See Pierre Bourdieu, *Language and Symbolic Power*, Cambridge, Mass., Harvard University Press, 1991, pp. 170, 129.

霸权创建的早期，显然也是通过确立政治信念，使符号资本归属于政治资本，符号资本具有政治的附加值，才可能行使社会的动员功能。在这种状况中，符号资本不具有符号本身的独立价值，它只用于兑换政治资本。因此，知识分子的符号权力实际上只是政治权力的附属物，处在政治上强势的集团，也就顺利地掌握符了号权力。

中国的符号资本在现代性的历史转换过程中，经历过至少两次大的转换。其一是五四时期至 40 年代，经历着从传统到现代文化资本流通领域的大转换；其二是从延安整风时期至 80 年代改革开放初期，经历着从符号领域到政治领域的转换。这种描述似乎有点不合逻辑，但与符号资本交换普遍规则相悖的状况，正是中国特殊的政治文化情境的产物。我们可以看出，在五四时期，谁拥有现代思想知识，谁的符号资本附加值就高；正如建国以后，谁的政治性更强，包括政治权力更大，谁的符号权力就更大。也许现在正面临着第三次符号权力更换，也就是符号权力从政治领域转向符号领域。把符号资本交给符号流通领域去决定。这种情境的出现依赖于掌握符号的社会群体具有政治资本和经济资本分离的独立性。正如第二次符号转换依靠政治的决定性力量一样，第三次的符号转换也同样依靠政治权力不再起决定性的支配作用，并且依靠经济资本独立于政治资本，经济资本与符号资本结合。

被称为“新时期”的文学时期，并不能被看作符号资本独立的时期，因为这一时期的符号生产从总体上看，还是依附于政治资本。也就是说，符号资本本身的价值由政治资本决定。作为符号生产主体的作家，依然依据政治信念来建构符号系统。被描述为标志“现实主义复苏”的那些作品，与其说是站在文学立场反映“历史真实”，不如说是站在政治立场建构历史叙事。就从《牧马人》、《天云山传奇》、《大墙下的红玉兰》、《绿化树》等作品来看，其叙事的主观意愿无疑非常强烈：通过把所有的罪责推到“四人帮”身上，伤痕文学捍卫了革命的正确性和神圣性。通过对老干部和知识分子的信念的描写，表现了老干部和知识分子在“文革”时期惊人的忠诚。老干部和知识分子受迫害的历史，被这些小说描写成是与“四人帮”斗争的历史。于是，老干部和知识分子，在粉碎“四人帮”之后重新回归党的怀抱，共同建构“新时期”的历史。他们本来就是统一的，作恶多端的不过是“四人帮”。通过这种叙事，作者从精神上拯救了历史的受害者和参与者。被现实主义称为客观真实的那种东西，显然是按照意识形态的需要设计的历史叙事。作家的客观性背后，隐藏着强烈的主观愿望——当然也是历史主体的意望，它反映了政治权威和知识分子精英以及民众的历史愿望。但不管如何，这一历史叙事与其说是在批判“文革”历史，不如说是在修复这段历史，它假设了一道历史断裂，而后把它修复。断裂是暂时的、异化的，而这段历史在“第二种忠诚”中获得了完满的延续。这代右派作家在讲述历史时，没有忘记自身的历史处境和内心隐秘的焦虑，只有再三表白第二种忠诚，主动讲述和修复这段历史时，它才能充当历史的主体。正如《灵与肉》中的许灵均，《天云山传奇》中的罗群，《大墙下的红玉兰》中的老公安，以及《绿化树》中的章永璘，在证明了自己的信念的同时，也就把自己置于（回归于）这个革命史的主体位置。对于这代作家来说，符号资本与政治资本是等值的，并且符号权力最终反映在政治权力上。因为通过符号资本可以获取政治资本，从而反过来加强其符号资本的象征意义。

知青一代作家看上去是以“革命无罪，造反有理”起家的，但其反叛性植根于政治信念，相当强的政治情结是这代作家的基本精神气质。他们在艺术上并没有强烈的反叛和创新的意识，实际上，他们的文学观念以及美学趣味，依然自觉归属于主导文化。因此，也就不奇怪，知青一代作家开始讲述他们的历史故事时，并不是对“文化大革命”进行深刻反省，而是重温青春年华的理想主义和英雄主义情绪。张承志和梁晓声作为典型的知青作家，集中地表现了这种倾向。张承志的《北方的河》，梁晓声的《这是一片神奇的土地》，看不到多少对革命异化的批判，却表现出对那种理想主义的更加夸大的表现。当然，20 世纪 80 年代中期，人们已经不需要批判反省“文革”（这种反省批判不过是为建构新时期历史确立一个前提），人们需要的是进一步在这个已经被命名为新时期的历史阶段中，走向既定的目标。这种理想主义和英雄主义正是主导文化所需要的东西。知青作家群同样是这个历史序列中的一种角色，许多年之后，知青作家分别在文学制度化体系中占据重要的权力位置，这就十分清楚他们曾经承担的历史角色了。

“新时期”文学依然有一种整体性的历史，作家们自觉进入总体性制度，以分享最有效的符号资本。多少有些不同的是“朦胧诗”群体。尽管“朦胧诗”在新时期之初被思想解放运动强行纳入主导文化的话语谱系，但这个群体在其根本的艺术冲动和艺术实践方面，就与主导文化相去甚远。只要看看从白洋淀诗派到“今天派”和“后今天派”，就可以理解它们所具有的非主流本质。“异类们”在90年代步入文坛，与“后朦胧诗”群体有着精神上的一脉相承的联系（例如朱文韩东本来就属于这一群体），就他们的意识观念、生活态度和生存方式而言，他们属于社会的边缘群体。就他们中大多数人写过诗这一经历而言，并不仅仅只具有艺术经验的意义，更重要的在于它早已约定了这代作家的精神状态和历史角色。这代作家当然不可能以历史主体的角色去构造主流意识形态的神话，去创建时代的共同想象关系，他们的写作只关注个体经验，表达个体的生命欲求。问题的实质在于，他们不太容易被纳入主导文化，现在，文化（文学）的总体性制度强加变得有些困难。因为开始出现了自由撰稿人，这些人的符号资本开始具有了独立性，他们依附于经济资本就可以生存。实际的情况也许与此有关，即旧有的符号资本体系依附于政治资本已经达到饱和状态，现有的符号资本如果要保值的话，就不再可能给新的符号生产者发放资本。于是，这些所谓崛起的“新锐们”，在某一次规模宏大的仪式上（可能是1996年12月）给予了部分象征性的命名。随后，这些“新锐们”就散落在祖国各地，他们以不被制度化的边缘人姿态自鸣得意。朱文曾经在小说《弟弟的演奏》中描述过他们这代作家的写作动机和精神状态：

> ……我了解自己，我清楚自己正在干的这种事情，我有能力对这一切负起责任来。……我非常尊敬我的前辈，那些历尽磨难的老作家们，他们对钱不感兴趣，也没有睡过十个以上的女人，所以他们没能写出什么东西。再看看稍后一些的作家，他们终于尝到一点金钱和女人的甜头了，但是谈起来要么扭扭捏捏，要么装腔作势，所以我们也不能希望他们能干出什么像样的事情来。但是再后来就不一样了，一伙贪婪无比的家伙双眼通红地从各个角落里冲了出来，东砸西抢，骂骂咧咧。他们是为金钱而写作的，他们是为女人而写作的，所以他们被认为是最有希望的。但是其中若干角色支撑不了多少时间就筋疲力尽了，他们的肾有毛病，谁也帮不了他们。我说爸爸，能说的我都对你说了……

尽管这是小说中的描写，但在一定程度上可以理解为“异类们”对他们的文学立场所作的一种挑衅式的表达。这种姿态和立场显然是糅合了非非派的达达主义行为和王朔式的反精英主义姿态。“异类们”在文化上确实与“新时期”没有紧密的联系，由于他们大多数人并非毕业于大学中文系，他们对人文学科的传统知识并不很以为然，也不考虑文学史的前提。这就使他们的写作完全定位于个体经验，面对市场，以写作为生。他们当然不可能像生存于体制内的作家那样，承担起建构历史神话与教育人民打击敌人的重大使命。他们像是文学史上孤零零的群落，他们的符号价值无从界定，也无人界定，他们成为自己制作的符号系统的界定者。这使他们必然要以异端的形式出现，他们以非法闯入者的身份来获取新的合法性。正如皮埃尔·布迪厄在论及异端性话语与正统权威的关系时所说的那样：“通过公开宣称同通常秩序的决裂，异端性话语不仅必须生产出一种新的常识，并且还要把它同一个完整的群体从前所具有的某些不可言传只可意会的，或遭到压抑的实践和体验融合在一起，通过公开的表达和集体的承认，赋予这种常识以合法性。”[①] 这些被放逐的亚文化群体，也正是以与制度化生存对立的姿态才能迅速获得象征资本，这就像当年法国巴黎的一群波西米亚式的艺术家，以他们的特殊的异类姿态与上流社会作对，鼓吹他们的为艺术而艺术观念，从而迅速建立他们的象征资本。再或者如当年美国“垮掉的一代”所扮演的归来的浪放者的角色。同样的情形在不同的布景前面再度上演。朱文宣称的“本质性写作”，在韩东的进一步描述中，他们的写作与那种“在自我麻醉的状态中逐渐出卖自己的灵魂的”写作根本不同，他们所表明的写作，“则是对现有的文学秩序和写作环境抱有天然的不信任和警惕的态度，它认为真实、艺术和创造是最为紧迫的事……写作应成为一件有其精神价值的事，为了这一目的，在与环境的对峙中绝不退缩避让……”。总之，他们的写作是“一种有理想热忱有自身必要性的真正写作”[②]。这种态度难能可贵，但并不是文学史上的发明创造，这不过是西方现代派经常挂在口头上的套话而已。但从当代中国作家的口中说出，却有不寻常的力量。

某种意义上，朱文们的“复数”形式也显得非常可疑，他们实

① Pierre Bourdieu, *Language and Symbolic Power*, Cambridge, Mass., Harvard University Press, 1991, pp. 170, 129.

② 韩东：《备忘：有关“断裂”行为的问题回答》，载《北京文学》，1998（10）。

际并不构成一个真实的群体，如果说有同伙的话，可能只有朱文和韩东是一对搭档。尽管从理论上也未尝不可把他们划入“晚生代”群体，但他们两个人与团伙实际上貌合神离。他们的“个人性”即使没有走火入魔，也差不多登峰造极。他们不能忍受任何集体性的存在方式，他们的思想显然不是引领大众的精英主义，而是离群索居的“异类”。“异类”在当代文化语境中显然陷入矛盾状况，他们不愿意忍受伯林式的“消极自由”① 而试图以个人的激进姿态来创建一种已经趋于消失的异类文化。不管如何，在这样的时代，激进的个人主义也未必就完全不需要。激进的个人化姿态，给沉寂的文坛注入了一些活力，而他们试图与主导文化抗争的举动，也不无殉难者的英勇。

二、本质性写作：有限的革命

20 世纪 90 年代以来，我们使用过各种概念术语去描述这些急于出人头地的家伙，诸如“新生代”、“晚生代”以及“六十年代出生”等等，但这些概念主要还是在现有的经典文学史的框架中来讨论他们的意义，如何更多地关注他们的写作的根本差异性，依然是一个有待深入探讨的问题。并且，像朱文和韩东显然不能满意这种群体划分。当然，这些自诩为“断裂”且独树一帜的职业写手们，与经典文学的距离并不像他们想象的那么大；但他们也试图在经典文学庞大的秩序之外开创自己的道路。应该看到，“异类们”并不是简单地宣称断裂，并不只是依据历史的力量，而且同时也从他们自身的符号体系中确定反抗的依据。确实，朱文们的写作已经难以引起轰动，也不再能引起文学史语境内的对话欲望，但他们的写作表明了文学的另类存在，表明另类的文学存在。本章无法详尽地去分析“异类们”的那些具体的断裂环节，但毋庸置疑，他们努力在制作一种新型的文本。他们公开宣称的“本质性写作”，在理论上并不明晰，我倾向于把他们所宣称的“本质性写作”理解为“片面性写作”，即他

① 在伯林看来，自由有“积极”和“消极”的区分，积极的自由意味着努力获取个人存在的权利，保护个人存在的空间；消极的自由即不参与的自由，不被干涉的自由。在自由主义的历史上，大多数人倾向于强调积极的自由，而忽略消极的自由；伯林则更强调消极的自由，他认为消极的自由才是真正的自由。

们致力于表现生活的“片面性”。这些片面性反映在下述方面：被扭曲的片面生活情境，某种偏执片面的人物性格，向片面激化的生存矛盾，片面的美学趣味等等。他们的创作实践其根本区别未必在于形式方面，而是有着根本不同的文学史定位或处在不同的文学场(field)，有着根本不同的叙事主体立场（position），以及根本不同的美学趣味嗜好（hobbies）。

朱文自信、偏激，带着强烈的反叛欲望走上文坛，这种欲望也可以说是理想和勇气。朱文的反叛是彻底的，他的写作可以直接面对当代生活的任何禁区（当然除了政治——这是一个被当代先天遗忘的领域），他的小说可以和当代生活糟粕同歌共舞却始终生气勃勃。没有人像他这样对一种歪歪扭扭的生活充满了热情，充满了不懈的观察力。这就是朱文，他能抓住当代毫无诗意的日常性生活随意进行敲打，任何一个无聊的生活侧面，总是被左右端详，被弄得颠三倒四，莫明其妙，直到它们妙趣横生。

朱文最富有争议的作品大概是《我爱美元》。这篇小说的标题耸人听闻，热爱帝国主义的硬通货，这与中国社会标榜的价值观明显对立。但这就是朱文的方式，毫不掩饰，既不掩饰自己的观点，也不掩盖中国社会实际的现实。实际上，这篇小说充满了挑战性，它完全站到现行的一切价值观的对立面，把生活所有的面具都撕毁，我们的文明业已建立的秩序、规范和修辞，在这里都受到拷问。没有人像朱文这样直接地对现行的生活发问，毫不留情，无所顾忌。这篇小说像朱文所有的小说一样，其叙事依然有明晰的时间线索，情节也简单明确，父亲来到城里，要我一起去找荒废学业成为流行歌手的“弟弟”。显然找弟弟并不重要，到处寻找弟弟不过是给“我”对这个社会的评判提供各种素材和契机而已。现在，儿子带着父亲来到花花绿绿的城市乱转，这给儿子审父提供了借口。朱文的写作之所以彻底，就在于他从来不在“性”的问题上扭捏作态，这个难关一破，他还有什么不可以长驱直入的呢？“性”是朱文一部分有挑战性的小说叙事的出发点、轴心和思想源泉。朱文的“审父”绝不是抽象的、形而上的思辨，而是唯物主义式的直接面对。朱文把“性”直接放在父亲的面前，和父亲讨论性，谈论女人、情妇，带父亲去舞厅找舞女，甚至于为父亲拉皮条，最后找到自己的情妇请她去和父亲睡一觉，以被情妇打了一个耳光告终。父子关系到这个地步，已经不只是极大地远离而且全盘颠覆了中华民族的传统。

当然，从道德上谴责朱文是容易的，然而，从文学的意义上来肯定朱文也不困难。中国文学家没有人像朱文这样把“性”的伦理学彻底解构。性对于朱文而言是一个支点，一个阿基米德式的支点，他只需要这个支点，就能把我们的世界颠覆，这本身说明我们的文明确实有薄弱的地方。中国传统的君君、臣臣、父父、子子的等级制度，通过性这个支点，在这里被击得粉碎。朱文的这个性焦虑的叙述人，不再遮遮掩掩，挥舞着性的丈八蛇矛，并不是把我们引向色情的幽闭之地，而是把我们的生活驱赶到光天化日之下，接受这个毫不留情的家伙的检验。这个人先把自己的衣服脱光，赤裸裸在那里手淫，喷射出来的不是什么无聊的液体，而是思想的火花。这点不得不令人惊异。理论就怕彻底，彻底就无所畏惧，就能接近本质。也许这就是朱文追求的“本质性的写作”。尽管说人类的本质未必就是性——至少不这么简单，写作的本质也不是弗洛伊德式的白日梦，但穿过这一点，就能接近某个本质的方面。但穿行于这一点需要勇气、智力和技巧。朱文以他的干脆和彻底可以说打开了本质的某个方面。

相比较起来，《弟弟的演奏》则是有过之而无不及。这篇长达110页的中篇小说，实则是一部小长篇，写一所工科大学的同一个宿舍里的一群青年学生的故事，对青春期的性骚动作了淋漓尽致的表现。迄今为止，没有任何一部小说对青年文化作过如此详尽的反映。20世纪80年代中期曾经有过现代派——刘索拉的《你别无选择》与徐星的《无主题变奏》，相形之下，这些不过是一些温文尔雅的古典浪漫主义而已。这个在大学宿舍里发生的故事还是多少能看到《你别无选择》的影子，但这些家伙没有在精神领域去表现个性，而是回到了唯物主义的基础上，回到了他们的肉体。说到底，性饥饿问题现在被朱文当作青年生存的首要问题，这个问题的解决是如此的困难，以至于他们不得不竭尽全力。这个问题成为他们生活的轴心，现在一切都围着这个旋转，当然，生活完全被搞得颠三倒四。这些人根本不好好念书，违规乱纪是他们的拿手好戏。他们都有一些莫明其妙的绰号——“南方以北”、“纽约”等等。“南方以北”东溜西窜，游手好闲；周建则永远考不及格；建新一天到晚睡在他的蚊帐里，他显得孤高超然，是唯一一个对女性不感兴趣的人，但最后被揭穿他患了阳痿；来自北京的“纽约”不甘寂寞，先是声称他要吃屎，后来却成了一次反对黑人的学潮的幕后策划者；海门是个低三下四让人踢屁股的倒霉蛋；老五则是一个强奸犯，后来刑满释放成为一个拙劣的小商人；而叙述人“我”的精力主要集中在如何把那些女同学变成性伙伴，“我”潜入女生宿舍，竟然一个学期天天在女生宿舍过夜，“我”还写诗，办诗刊，见到女人就想入非非，离色情狂也就只有一步之遥。这些人显然没有任何高尚品德可言，没有理想，没有抱负，没有自尊，也不表现自我与个性，这些人完全凭本能生活，随波逐流，就是写诗也不过是无所事事追赶时髦，闹学潮游行则不过是“像洒水车一样把折磨我们的那几毫升精液全都纷纷扬扬地洒在这个城市的大街上”。

这是一群杂种、王八蛋、下流胚子，比王朔当年的痞子还要无耻，王朔的痞子经常还和女人来点纯情，不过偶尔才光着脊梁，朱文的这些杂种则是成天赤身裸体，他们只有本能，完全靠着力比多进行他们的生活。没有人像朱文这样把一代中国青年（大学生）写到如此地步，迄今为止任何中国文学标榜写作“小人物”的作品都会给“小人物”留有余地，他们总有某一方面的品质值得肯定，但朱文的“小人物”没有，就像小说中一再声称的那样：“这些杂种。”

很显然，如果用中国现行的文艺理论理解朱文，那肯定会把朱文判定为一个歪曲现实、道德败坏的家伙。文学越来越不具有反映现实的功能，也越来越不具有教化社会的功能。对于朱文这一代作家来说，写作就是一种象征行动，用这种象征行动表达他们对生活和社会的看法。我们可以同意有一类作品是现实的反映，同样，我们也要容忍有一种文学就是以特殊的方式或者曲折的方式表现现实。而且在现时代，文学需要更大程度地借助夸张、荒诞、变形，以此来获取表现生活的快感。我们想，朱文的写作正属于这一种。

朱文追求“本质性写作”，对于他来说，就是直接面对本质，不加掩饰，不留余地。他的本质就是性，至少他理解青年人的生活的本质就是“性”——不一定是生活的全部内容，但它是最根本的或最本质的内容。朱文抓住这个要点来看青年人的生活，看看被力比多驱使的青年人，看看被力比多搞得不伦不类的青年人，从这里，朱文撕开了青年人生活的面具，看到他们面对自我本质时的种种表现（我表演）。

也许生活本身就是一种模仿，一种戏仿，只不过有些人模仿高雅的生活，有些人模仿低劣的生活，朱文的人物则乐于以最轻松的方式过自己的生活。小说叙事就像后现代的舞台剧一样，每一个生活行为都成了戏仿，都充满戏剧性。朱文叙述的力量就在于他把这些无聊的生活叙述得生气勃勃，每一个环节都是反常规的，都散发着道德败坏的气息，并且都以一连串的极端行为来推进。总之，各种恶作剧充满了这个宿舍，随时随地从这些人的嘴里、手上、脚上、胯下发出。它们无耻却生动，荒谬却快活。

朱文的小说，特别是《弟弟的演奏》是很难用理论加以概括的作品，它需要阅读，每一页都无耻下流，但肯定生动有趣。那些描写并不具有多么严重的色情意味，但却是对性禁忌的尖锐挑战。统观朱文的小说，没有露骨的性描写，但却无不充满露骨的性意识，说到底，朱文不是在呈现性，而是在撕破这个东西。说到底，朱文露骨地写作性，不过是以此作为他的小说叙事的支点，根本目的在于向我们现行的道德挑战。

以性作为支点的作品是朱文最尖锐的也是最有代表性的作品，但朱文大多数的作品却并不是聚焦于性，他关注那些日常生活中的细节，在那些最平庸的生活环节中找到趣味，这是朱文非同凡响之处。《到大厂到底有多远》是朱文小说中司空见惯的那种，连坐一趟公共汽车他也能把这个过程写得有声有色：邻座的不断吃橘子的姑娘，站着的一位女人，神经质或发酒疯的丈夫，如此而已，这些毫无生气的事实，却可以见出朱文叙述的能动性，并且对生活进行锐利的评判。敢于扭住那些生活的痛处，不断敲打，并且有能力对那些乖戾的生活事实进行评判，这就是朱文的力量所在。

韩东多年来一直是个引人注目的异类人物，他的写作总是以反常规来显示出他的挑战性。早年的《关于大雁塔》等于是给狂热的现代史诗浇了一盆冷水，随后韩东把主要精力投向小说。他开始的小说写作不能说很成功，那些作品也试图从“关于大雁塔”的思想角度出发，去描述没有内在性的生活过程，这些过程过于散文化，没有展现出叙事的力量。直到《双拐李》、《杨惠燕》、《在码头》这几篇小说，韩东的小说叙事才显示出特殊的力量。韩东的小说叙事实际遵循时间框架，他习惯在既定的时间顺序中来展示某种生活或某个事件的全过程。通过把人物的性格心理加以片面化的处理，那种扭曲的快感从叙事的各个戏剧性的关节不断涌溢而出，韩东的小说由此展现出荒诞的诗意。《双拐李》讲述一个独居的拐子与单身女房客的故事，人物的狭猥心理与卑琐的欲望，在叙事中形成动力机制。双拐李对女性怀有强烈的欲念，但他设想把精神利益与物质利益结合的方式，与女房客建立某种暧昧的然而也只是想象（意淫）的关系。人物的生活情境被扭曲之后，这些片面的人构成片面的联系和冲突形式，各种奇形怪状的趣味也就自然产生。一个拐子房东和从事风尘职业的单身女房客，这本身就是一种戏剧性的场景，这给韩东捕捉那些变了味和变了质的趣味提供了无限的可能性。《在码头》写一群无所事事的青年在一个渡船码头惹是生非，与地痞和警察发生纠葛。过程和细节被发挥得淋漓尽致、生气勃勃而富有喜剧感，每一个环节都以多种可能的方式推进，并且使人物始终处在戏剧性突变的状态。人性的恶劣，乖戾的心态，对权力的屈从，这些都被表现得相当出色。韩东的小说叙事虽然有些有意扭曲人物性格，人物的遭遇也有些刻意推向极端，但韩东的叙述从容不迫，改变了过去的那种松散状态，对生活的那些错位环节反复刻画，将之磨砺得有棱有角，而且情节和细节的处理都强化了戏剧性效果，使之变得富有张力。韩东所有的叙事都聚焦于人性的弱点与生存困境的冲突，人总是以他的弱点抵抗困境，这就使这种抵抗的情境具有了后悲剧的荒诞诗意。总之，对人类的那些根本的困境的揭示，显示出小说叙事的内在力量。

有必要指出的是，继苏童、余华、格非、孙甘露、北村之后，朱文韩东们也不可能在形式方面作出更多的变革。事实上，形式主义策略已经不重要，也很难有实际作为，他们在艺术上的理想追求，既不可能有更多的颠覆意义，也不会有更大的开创性。事实上，他们的小说叙事更倾向于常规小说，例如，有明晰的时间线索，人物形象也相当鲜明，情节细节的处理也很富有逻辑性。他们在艺术上的独创性已经有限了，这不是说他们缺乏独创性，而是说小说这种形式所能开掘的资源已经接近于枯竭，以至于 20 世纪 60 年代苏珊·桑塔格等人宣称小说已经死亡——传统小说的那些形式技巧已经耗尽了可能性。朱文韩东们能开拓一片独特的领域，在很大程度上只能寄望于他们对生活的理解方式和他们叙事视点别具一格，从而对生活的局部具有独到的穿透力。事实上，他们的“本质性写作”的真实含义在于反本质主义式的叙事，他们正是拆除了生活原有的本质意义，把生活最无意义的环节作为叙事的核心，在没有历史压力的语境中，来审视个人的无本质的存在。他们的叙事整体上是历史解体的产物。正如我数年前在一本书里说到的那样，文学史留给后人的不过是“剩余的想象”。因而，从这一意义上来说，“断裂”已经不可能预示开启一个新的时代，而只能是个人抵御平庸化的一块暂时的飞地。

朱文与韩东在叙事文学方面显示出的异类色彩，不过是多年来郁积的诗歌方面的异类文化在小说方面的偶然转化而已。自从北岛之后，中国的新生代诗人（或称第三代诗人，他们大约是指“他们”、“莽汉”、“非非”等等）就以异类文化的形式存在，这并不是指他们的政治身份，实际上，这些人最缺乏政治素养。他们是一群纯粹的迷狂的语词吞吐者，他们的生活方式、行为规范与既定的秩序大相径庭。在《第三代诗人》的创刊号序言上，他们自称为“早熟的向日葵”，诗人钟明曾描述道：“恋爱，逃课，倾诉，喝汽水，开会，朗诵，漫长地写信，比赛谁敢跳楼，把恋爱游戏中的自我牺牲，称作‘洪堡的礼物’。但有一点区别十分重要，那就是，他们不再把文学当作唯一的追求，至少是今后唯一高尚的职业，而只是一只要使一代承担起‘复兴民族重托’的号角。最后，这只号角，把许多人吹进了茫茫的商海，同时，也吹进了普通人的生活。朦胧派的崇高感，在他们那里，逐步转换成了平凡和责任或不负任何责任。”① 朱文韩东原来就属于第三代诗人群落，后来转向写小说，但精神上属于第三代诗人。虽然朱文韩东的个人行为规范以及对文学的态度要严肃得多，但他们在文化上的自我定位是非边缘性的、非制度化的。事实上，第三代诗人在20世纪90年代也产生了严重分化，海子等诗人的相继自杀，一度唤起这代诗人对神性和终极价值的眺望。我之所以使用眺望，是指他们的关怀是象征性的，而非实际行动。随着那些自杀事件的淡化，人们又凭着历史惯性，开始我行我素。但我们注意到，第三代诗人确实是分化出一批诗人强调形而上精神价值，或以语言修辞来应对意识形态，他们转向了更温和的精神的和语言的修辞学领域。看上去激烈的朱文韩东，实际上可能是第三代诗人中比较温和的务实派。他们对文学写作还抱有严肃的态度：可能是过于严肃绝对的态度，蔑视制度化体系，对其他团伙不屑一顾等等。不能说他们身上没有第三代的流风余韵，但第三代的精神和习气还是被他们加以创造性转化了。除了他们的行为多少有点自以为是而令人不快外，看不出他们的行为对他人和社会构

---

① 钟明：《天狗吠日》，载《倾向》，1996（6）。

成什么威胁。相反，他们的写作对日趋平庸化的文坛也不失为一剂猛药。

朱文与韩东不过是作为异类文化的代表而显得引人注目，事实上，年轻一代作家越来越多的人是处在体制外的状态中写作的。这主要是指他们的精神状态，他们的文学观念，他们的写作与社会的联系方式。尽管制度化体系无处不在，但由于机制不够灵敏，他们还远远不能被关注，因而也不能被纳入总体性制度的规范体系内，而这些新的写作群体实际已经占据或正在创造当代文学主流的创生的文化群体。这个群体在形式上四分五裂，除了传统的文人相轻愈演愈烈外，还沾染着现代主义式的小团伙的意气用事，但在我看来，一种新的文化潮流终究会淹没那些微不足道的个人主义式的偏狭。

三、异类的符号谱系：时尚前卫与亚文化写作

1998年，《作家》第7期推出一组70年代出生的女作家小说专号，在封二封三配上了这些女作家争奇斗艳的照片，她们看上去都很酷。这些作家的出现，已经完全改变了当代作家的固定形象。传统作家的老成持重的形象，现在被改变为毫不掩饰的矫揉造作，但这种姿态与其说是挑逗性的，不如说更多些挑衅的含义，它表明传统中国作家精英形象的世俗化趋势。当然，问题的实质在于，这些作家写作的作品及表现的生活情态，已经在很大程度上改变了经典文学的本质含义。文学的社会性，文学与现实的关系，文学的观念与法则，都发生相应的变更。

把这些作家归为一个群体只是表面的做法，她们的年龄、性别的相同，并不能成为她们写作的共同基础。她们的身份和个人经验与过去的文学群落相比有明显的区别。例如，右派作家、知青作家，他们是历史地生成的一代人，而这一批作家，没有坚固的历史纽带，因为历史在当代已经失散。历史也不再具有经验的同一性，历史存在于提高现实意义的理念中，当现实无法固定其统一意义时，历史也就难以被虚构。这些作家确实没有历史，只有个人记忆，只有当下展开的生活，这些生活与我们此前的历史脱节或断裂。她们每个人不是依靠历史意义来加以自我认同，而只是根据个人的经验来确定自我。因此，试图用“70年代出生”来指认这些作家不过是一

次简单而草率的命名，这只是暂时的编号。① 这些作家与当代城市生活密切相关，她们与乡土中国已经相去甚远，中国的城市化和市场化以及全球资本主义化是她们写作的现实背景。她们乐于寻找生活的刺激，各种情感冒险和幻想，时尚生活和流行文化，漂泊不定而随遇而安……总之，一种后现代式的青年亚文化成为她们写作的主题，她们当然也在建构当代商业社会和城市幻象的新的符号谱系。

卫慧的《像卫慧一样疯狂》是一篇颇有冲击力的小说。这篇小说讲述一个二十刚出头的女子相当乖戾的心理和躁动不安的生活经历。这个叫"卫慧"的人物，当然不能等同于实际作者卫慧。现实中的卫慧与小说中的人物可能相去甚远。这个叫卫慧的女子少女时代丧父，内心深处对继父的排斥酿就奇怪的被继父强暴的梦境。逃避继父这个莫明其妙的举动，看上去像是弗洛伊德恋父情结的颠倒。躁动不安的孤独感构成了这类人物的基本生存方式，她们处在闹市却感受着强烈的孤独感，她们也只有处在闹市中才感受到孤独感，这并不是无病呻吟，这就是这些亚文化群落普遍的生存经验。这篇小说的情节并不重要，无非是年轻女孩逛酒吧歌厅遇到一些男人的情爱故事，但那种对生活的态度和个人的内心感受却被刻画得非常尖锐。小说同时写了另一个叫阿碧的女孩，这个女孩的生活爱好是充当第三者，不同地变换插足的空间，但始终是第三者。这些女孩奇怪地爱上各种已婚男人，与这些男人进行一些痛苦而混乱不堪的爱情则是她们生活的真正意义。卫慧的叙事能抓住那些尖锐的环节，把少女内心的伤痛与最时髦的生活风尚相混合，把个人偏执的幻想与任意的抉择相连接，把狂热混乱的生活情调与厌世的颓废情怀相拼贴……卫慧的小说叙事在随心所欲的流畅中，透示出一种紧张而松散的病态美感。这一切都被表现得随意而潇洒，这才是青年亚文化的叙事风格。青年亚文化在美学方面的一个显著特征就是一种激进/颓废的美感。在多数情况下，青年亚文化是外向式的，因而也是激进的；但这种文化以个人的方式存在，它经常就呈现为颓废的情调。"颓废"的美感当然并不是什么新奇的东西，但却是长期为人们

① 用年代来命名作家可能是当代中国文坛一件奇怪的事，年代现在成为变革、创新的简单标识，这使当代文坛奇怪地处在"年轻化"的压力之下，作家迅速成名，迅速老化。人们找不到标准，就只好以年轻来代替"新"，就像电器产品的换代一样。换代的焦虑构成文学发展的动力，这是一种极其幼稚的想法。文学当然不断要求新人出现，但这并不意味着年轻的就是新的，新的就是好的。这不过表明当代文坛完全失去标准和判断力，处在经典的失忆状态。

所忽视、为正统文化所排斥的东西。从王尔德的后期浪漫主义到整个现代主义（后现代主义），在某种程度上都在寻求颓废之美。这种自虐性的、个人化的被延搁了快感高潮的美学，与集体性的狂欢相对立，在所有的主流审美霸权中，“颓废”都处于被排斥的边缘状态，它像精神病一样被界定为异类。颓废与激进总是一枚硬币的两面，激进总是伴随着颓废，集体狂欢之后，就是不可抗拒的颓废。卫慧的小说中出现的个人幻想、个人的梦境，在很大程度上都是病态的，都具有颓废的特征。那个叙述人“卫慧”与阿碧的差异，正像一个不断参与集体狂欢的激进主义者与一个沉浸于幻想中的颓废主义者的区别。

在卫慧的不安分的叙述中，始终包含着一些坚硬的东西，一些不可逾越的生存障碍，它们如同某种硬核隐含着生活的死结，也像一堵墙，挡住所有的生活真相。卫慧在这篇小说中运用了继父的形象，以及关于被继父强暴的幻觉，而这个硬核同时还包含着父亲之死、无父的伤痛。生活的刺痛感像是一道不可逾越的门槛，把这个少女的灵魂阻隔于喧哗的世界之外，她只有在回味生活的刺痛感时才有回归精神家园的感觉。但她们并不是一些精神忧郁症患者，那些刺痛感招之即来，同样也挥之即去。忧伤和快乐就像交织的双重旋律，随意在生活中展开。卫慧的人物绝不是一些幽闭的女孩子，她们渴望成功、享乐生活、引领时尚。她们表面混乱的生活其实井井有条，卫慧确实写出了这代人独有的精神状态。

卫慧的小说叙述充满了动态的感官爆炸效果。她不断地写到一些动态的事物：街景，闪现的记忆，破碎的光和混乱的表情等等。《蝴蝶的尖叫》［载《作家》，1998（7）］同样是一篇相当出色的小说，把生活撕碎，在混乱中获取生活变换的节奏，体验那种尖利的刺痛感，在各种时尚场景中行走，构成了卫慧小说叙事的内部力量。她能把思想的力量转化为感性奇观，在感性呈现中展示商业主义审美霸权，这一切都使她的小说给人以奇特的后现代感受。

与卫慧同居上海的棉棉同样热衷于讲述亚文化故事，这当然与上海迅速的城市化背景相关。棉棉的《香港情人》，也讲述一个女作家介入流行音乐的故事。卫慧的人物始终有一些历史记忆，恋父/杀父的情结构成内心的顽强情感。在棉棉的这篇小说里，反常规的生活方式和价值观念构成人物的基本经验。女主人公长期与一位男同性恋者同床，却不断地介入一些与其他男人的似是而非的绯闻。这篇小说提供的经验怪异而复杂，其主体叙事是对后现代式的女权主义的戏仿。女权主义者津津乐道的姐妹情谊，在这里被改变为一个男性同性恋者，他们在一起相安无事。这是对女性主义习惯主题，例如性别身份、性欲、身体修辞等等的重新写作。开放式的文本试验与反常的不断分裂而变幻不定的生活过程，构成隐喻式的双重结构。不断被外力干预的生活，就像不断被侵入的文本叙述，它们又具有异质同构的特征。每一次文本的被介入，也是生活被现代媒体重新干预叙述的过程。这些都显示出作者的不俗的才气。虽然作者的意识还不很清晰，但个人的直接经验给予棉棉新的表现空间。对性爱主题进行直接书写，并且不惧怕反常的性爱经验，这些更年轻的女作家，显示出比陈染、林白和海男更激进的姿态。但她们的激进只是局部的、经验意义上的。就她们的文学观念和现实背景而言，她们又不是“先锋性”这种概念可以描述的。她们的写作不过是当代商业社会已然出现的某些经验的反映，这与陈染们当年的预言性的写作具有本质的不同。陈染们试图表达对现实的顽强超越，而棉棉卫慧们则最大限度地接近现实。她们的“激进性”不过是现代商业社会的时尚而已，这是她们的不幸，也是她们的幸运。

在捕捉怪异的生活方面，这代女作家显示出她们独有的想象力。在故事已经枯竭的时代，金仁顺会写出《月光啊月光》这种作品，是令人惊异的。这篇小说讲述一个年轻女子被电视台录用后的经历，自从她到台里工作，她便成为仅次于至高无上的台长的重要人物，甚至台长都让她三分，她得到台里最好的公寓，同事对她敬而远之。人们理所当然认为她是台长的情妇。而事实上，台长患有严重的失眠症，台长自从见到她并和她同居一室后便能安然入睡。小说并没有像流行的情爱故事那样落入俗套，而是别出心裁地去揭示女人的生活如何被男性强权轻易侵入这样的事实。在现代商业社会，或者说在中国这样的以权力为轴心的社会，妇女只有依附男性才能生存。但这只是事物的一个方面，事实上，拥有权力的男性无法超越力比多的支配，这使他变相地受到女性的控制。这篇小说里的台长需要这个女人做伴才能入睡，可以看成一种隐喻性的说法，由此暗示男人实际处在权力/性欲的严重焦虑中。男人以为他可以任意控制女性，但女性同样以各种方式支配着男性的生存。这个被侵犯的女性终于杀死这个强权男人，这只是反抗的一种方式，事实上，女性在男性的潜意识和现实的各个环节都扭曲了男性的强权。

周洁茹的小说实际与卫慧棉棉很不相同，她的小说与传统的关系更近，也更贴近日常现实。她把个人的心理与外部现实的情状描写结合得相当和谐、细腻、纯净而不失一种棱角，这是她的显著特点。《我们干点什么吧》[载《人民文学》，1998（1）]，描写两位年轻女子的心理感情，对人物的情绪起伏的层次刻画得非常细致。周洁茹的小说与宏大的社会问题无关，完全是个人私生活的某个或明或暗的侧面，没有惊心动魄的叙述，只有随意放任的散文化的倾诉。正如李敬泽所说的那样："周洁茹的小说中，真正值得注意的是那个说话的声音。那声音很敏感，你可以从语调的波动感觉到都市生活中时时刻刻飘荡着的很轻、有时又很尖锐的欣快和伤痛。这是一种很'快'的生活，以至于七十年代就已看出了沧桑。"① 李敬泽的把握可以说相当准确。那个"很轻"，有时却又尖锐的声音，构成周洁茹小说特有的韵味。周洁茹的小说叙述因此有点类似于单声道叙述，清晰而单薄。她把叙述人作为表现的主体，其他的人物的语言和感觉都被压制到最低限度。周围的人像影子一样出现又消失，他们总是作为叙述人的某种心情的附属物。在周洁茹试图去表现以其他人为主角的小说中，也可以看出叙述人的感觉心理依然构成描写的中心。《回忆做一个问题少女的时代》，写一个学拉小提琴的少女的故事。小说试图反复突出吴琳琳的形象，刻画一个挚爱提琴艺术，却生活得极不如意的女人，那种生活的苦涩感写得楚楚动人。但作为第一人称的叙述人的感受，依然起到支配作用。叙述人也作为被叙述人的心理反应是小说始终侧重的方面，那种乖戾多变的心理表现得更加充分，并由此构成小说叙事的特殊情致和意味。确实，少有人像周洁茹这样细致而不厌其烦地把叙述人/被叙述人的心情表现得如此有层次感。

此外，朱文颖的《广场》[载《作家》，1998（7）]，这篇小说是对男女迷宫般的关系进行哲理思索的类似散文的小说。戴来《请呼3338》（同前），是一个寻呼台的职业女性，与一个中年男子的偷情故事。魏微《从南京始发》（同前），是关于两个青年男女若即若离而又心心相印的情爱故事。这些作品虽然不见得都有惊人之笔，但都写得清新俊逸。这些 20 世纪 70 年代出生的作家俨然已经构成一个不小的群落，引发了各个刊物追捧的热情，他（她）们要成气候

① 载《人民文学》，1998（1）。

似乎已是不可避免的事情。他们虽然未必具有什么革命性的冲击，但却可能改变传统文学的审美趣味和传播方式。这些人有着完全不同于中国以往作家群的生活经历，他们生长于“文革”后，大多数是城市独生子女，她们完全感染着中国城市化所带来的消费主义生活氛围。她们的故事主要是关于男女情爱的，没有任何一代中国作家写作情爱像她们这么大胆直接又这么透明绚丽。青春期的躁动不安，故作轻松又自怜自爱，这些构成她们小说持续不断的基调。这些关于城市恋人的叙事，已经最大限度地改变了经典小说所设定的那些人物形象模式和价值取向，这些小说大多数主角都是一些怪模怪样的女子，她们热衷于邂逅的男欢女爱，贪恋床笫之乐，甚至沉迷于奇特的梦境，或者充当第三者与有妇之夫偷情而乐此不疲。这些主角当然未必是她们的现实写照，但也多少显示了她们的趣味和个性特征。她们有很强的生活独立性，渴望成功，却也能顺其自然。她们在情爱方面老练而独立，正如她们自己所言，自恋、高傲而又自私利己，多情善感又冷漠怕死。她们大胆而直接，尖锐而彻底。她们的小说清新亮丽，提供了完全不同的生活经验与社会场景。这些人的故事是否概括地表现了新一代中国青年（新新人类）的生活方式和价值观念难以断言，但她们的小说提供了一种新鲜而有刺激性的生活景观，构成了转型期中国一种特殊的人文景观。这就是最年轻一代的中国作家，这与灵魂工程师的形象相去甚远。但她们的作品在不久的将来就会拥有最可观的读者群，这是谁也抗拒不了的趋势。她们是一批青春的文学精灵；确实，她们绝大部分称不上是“异类”，但她们是一些无所顾忌的文学第三者……我们无法给予恰当的定位——她们是属于社会学描述的“亚文化群体”或“新新人类”，还是闯入文学圈的野次马？

1999年，云南《大家》推出“凸凹文本”专栏，众多的职业写手，跃跃欲试。人们似乎已经意识到，当代中国文学已经不再能够依靠“概念”和“主义”的热炒扭转颓势，而要从文本这一根本处下功夫。不管怎么说，这也不失为一项突围之举。率先推出的“凸凹文本”有蒋志的《雪儿》、海男的《女人传》、雷平阳的《乡村案件》、鲁西西的诗《明天见》、庞培的《旅馆》等。这些作品都毫不掩饰明确的形式主义实验意向，甚至刻意在形式上别出心裁。蒋志的《雪儿》看上去像是激进的文本实验，有意打乱结构和叙述时间，随意的插入语和生硬的符号体系，表现出对小说叙事惯例极端无理的骚扰。这两则文本似乎是在说些关于女人的话题，它们是男人的白日梦或胡说八道。关于情人的思考试图进入当代时尚话语空间，以文化失败主义的态度，穿行于精神颓败的各个空间。关于“情人的记分牌”、“情人语录”、“与情人的独幕剧”等等，可以看出作者迷狂般的睿智。这种叙述是对“嚎叫、垮掉、变态、忧愤、恶作剧、臭水沟似的意识流……”的热烈书写，充分表达了与当代精神糟粕同歌共舞的颓废主义美学趣味。另一则文本《星期影子》，是关于男女引诱、逃离与窥视的叙述。其中有关男女邂逅的引诱经历描写得细致清晰，而这些片断与传统小说相去未远，反倒显示出作者对传统小说要素把握的才华。除了作者有意使用时间来割裂故事外，在形式上这则文本并没有多少特别之处，但这并不妨碍《星期影子》显得更为出色。

海男的《女人传》试图对女人的一生进行阶段性的叙述，这些阶段使人想起毕加索在不同时期的那些不同色调的画。没有人像海男如此深刻细致地去思考女人的生命历程，过去海男就持续性地写作女人的精神家园的主题，这一次则是全方位地审视女人的精神/肉体与命运构成的象征关系。它有如一部女人的命运交响曲。海男从来对女人生活的日常性都不感兴趣，这使她的写作总是进入悲剧性的语词缠绕运动。她总是要选择那些纯粹的语词去表现纯粹的精神过程，所有日常性和物质世界都物象化了，它们成为精神生活的影子。阅读海男的小说就像是在与影子对话，你总是抓不住实在性，面对纯粹的灵魂，我们的精神和心理都被压得喘不过气。海男对女人的生活体验无疑是敏锐而奇特的，也只有她才会写出这种场景：“她 40 多岁以后的性生活也不再能够使她在事后哭泣……”把女人的生活和命运推到这种情境，没有什么比这种日常性更能令人震惊，但海男经常随意处置这些生存中的令人惊异的事实。海男的小说中最高频率地使用了做爱和性欲，而它们都像影子一样撞击你的魂灵。海男的写作是独特而纯粹的，没有人像她那样始终充满旺盛的想象力，对精神意象持续不断的捕捉，使她在语词与物象之间开掘写作的无尽之路。在赋予小说以诗意的同时，她给诗提供了叙述的多种可能性，因此把各种反常规的欲望话语毫无障碍地表达出来。她的写作到底跨越了语词和灵魂的限制，还是钻进精神现象学的牛角尖，这就有待历史的回答。

雷平阳的《乡村案件》以片断的形式对乡土中国的残忍生活进

行极端性的书写。乡土中国温情脉脉的人伦风情，在这里呈现为简明扼要的凶杀。令人惊异的当然并不仅仅是对人性之恶的揭露，而是雷平阳对恶进行风景描写般的笔调。恶或凶杀就像乡村的自然景观一样，随处可见，随时都可以发生，没有充分的缘由，它们就像地里长出的一些庄稼。因而，雷平阳的叙述就像是描写自然风景一样，随意、轻松自如，不动声色。雷平阳对这些凶杀行为的因果解释不感兴趣，也无须反省其内在本质，他的兴趣在于对恶的叙述方式：在非常充分的描写性组织里，恶自然呈现。恶不是一个故事情节中的事件，只是一种要素。《乡村案件》一直在揭露村民进行的游戏：毁尸/暴露的不断置换的游戏。凶手总是想消除罪证，但总是弄巧成拙。这种置换游戏充满乡村自由主义气息，那些人体的消失和出现都具有不可逾越的个性。这是一种关于尸体的修辞学，罪恶因为过于愚昧而减轻了令人震惊的程度。但尸体的出现和人体被刀、斧头或绳子一类物体否定的过程，却被表现得极为充分，并且始终洋溢着一种激情，而其中富有表现力的语词似乎在生动展现乡土中国最具有“后悲剧”色彩的场景。人们可能会指责雷平阳过于冷漠地叙述了乡土中国的不幸侧面，但也不得不对他的后自然主义笔法表示极大的钦佩。余华当年在《河边的错误》、《难逃劫数》和《世事如烟》里曾做过类似的表现，但在余华那里，那些残酷性的事件是小说叙事中的核心事件，它们起结构性的推导作用，在大多数情形下，余华的这类小说还是偏向于对人在某种特殊境遇中的反应方式加以关注。而在雷平阳这里，凶恶是无处不在的要素和场景，是非主体化的动作和结果，它们是被叙述不断利用的原材料。能把罪恶残酷的事实写得生意盎然，如果不是当代小说黔驴技穷，那就是它获得了前所未有的解脱。

鲁西西的《明天见》作为一首诗而言，无疑写得相当机智而灵巧，对语词的运用也表现出对诗歌时尚（语词写作的时尚）的准确把握。简洁与灵巧的转折相当优雅地切近当代生活的物质主义表象及内部结构，戏谑与语词的杂耍充分显示了作者的才情。但作为凸凹文本，并不能看出它所具有的凸凹之处。事实上，在近十年的中国新诗实验中，诗歌的所有凸凹方式和凸凹部分已经被发挥到极致，它已经没有形式方面的潜力可挖掘，也不需要形式方面的实验。对于诗歌而言，凸凹的不过是语词或思想。诗性地思考这个时代的存在本身可能就是荒谬的，诗人何为？除了把这个时代加以荒诞化之外，诗必然无法接近这个时代。

“凸凹文本”在某种意义上还是拒绝与现实发生直接关联的写作实验，依靠语词和文本的力量，把文学拉到一个超现实的精神空间。庞培的《旅馆》[载《大家》，1999（2）] 已经很难界定它的文体属性，它可能属于长篇散文或杂感之类的叙述文体。《旅馆》把一些经典作家关于“旅馆”的描写或论述加入文本叙述中，在文本间性中获取文本的敞开空间。庞培的散文一直就写得很有个性，思想机智，想象怪异，特别善于在物理世界创造精神现象学的空间。这部关于“旅馆”的文本，在显示作者广泛的阅读面与怪诞的想象力的同时，对人类与环境的交往关系进行了卓越的探讨，那些喋喋不休的胡思乱想，无疑充满了睿智和生动的趣味。

李洱的《遗忘》[载《大家》，1999（4）] 是一则出色的“凸凹文本”。当然，试图阐释《遗忘》的主题，或者说搞清楚它在说什么，显然是一件吃力不讨好的事情。也许它就是一次纯粹的文本实验，运用转换的技巧，看看人物和主题，特别是那些不可逾越的人伦道德概念，是否可能任意转换和颠覆。《遗忘》以考证远古神话传说为叙事轴心，运用灵魂转世这项叙事策略，把远古传说与现代生活嫁接起来，从而对人类起源的神话进行颠覆或祛魅（disenchantment），对当代人生活的虚妄性进行过分的揭露。在这里，由于灵魂转世充当主导的叙事策略，这些人物实际都符号化了，他们在古典传说和现代生活中随意往来。大量图片和其他非叙述文字渗透进文本，使小说的叙述不再按照线性的因果模式，而是让文本完全无拘束自由生长。人们处在历史拼贴的场景中而获得奇特的快慰。

《大家》作为一份有影响的文学刊物，它极力倡导的“凸凹文本”试验会在一定程度上、一定时间内影响当代小说的美学选择。其他刊物也开始出现类似做法，例如《作家》推出的“作家实验室”和“后先锋文本”等也有激进的动作。《一副扑克牌》，车前子、李冯（整理），登载于《作家》1999 年第 5 期。这篇作品更难确定它的文体类别，它如果不是迄今为止最激进的文体实验，至少也是最胡闹的印刷文字。孙甘露当年的《信使之函》还可以在段落之内理解，而这篇作品则是“不可读”的文本。这则文本从解构作者开始，作者首先就陷入疑难境地，署名车前子，还是李冯？在李冯后面出现（整理）字样，可能是车前子口述，李冯整理，那么作者到底是谁？作者的存在已经不重要，文本的存在甚至也不重要，只有书写本身。

这些杂乱的文字如果说有意义的话，那也只有一个意义，那就是颠覆所有的叙述法则，颠覆所有的可读性和可阐释性。

实际上，“凸凹文本”并不是一个单纯的形式主义概念，作为一个矫枉过正的口号，“凸凹文本”具有它的必要性和迫切性，它反映了当代中国文学急于摆脱目前疲软状态的愿望，以及急于制造热点的努力。形式主义不可能支持文学持续发展，形式主义只是变革或转折的一个必要的过渡，它同时也是新的思想和生活经验突然冲破旧有模式束缚的必然结果。形式/内容这种二元对立可能就是理论设定的悖论，它也许就是一个脱离实际的极不准确的隐喻。只要人们在谈论形式，它就在割裂有内容的形式，正如人们谈论文学的内容，它就在改变形式之内的内容。哪里是形式？哪些是内容？这是文艺理论从来就没有解决的问题。人们设想旧瓶装新酒或是形式的积极作用，这些都不过是理论玩弄的花招。然而，我们目前对文学的思考还不能完全摆脱现有的概念术语，我们还不得不在一系列自相矛盾的语境中建立新的阐释模式。正如文学要突破也只能沿着现有的形式内容所约定的基本方向运行一样。不管怎么说，“凸凹文本”作为一种口号，它可以暂时推动文学作出一些新的举动。就现有的“凸凹文本”而言，可以看出它在文体实验方面还是作出了有效的探索：第一，文体的解放或错位。“凸凹文本”努力突破文体界线，传统的小说叙事所规定的人物、时间、情节等要素，在“凸凹文本”的探索中显得更加自由灵活。小说叙述向散文、杂感或议论文方面发展。第二，叙述的散文化。小说叙述开始大量使用插入语，传统小说叙述紧紧围绕人物、环境与情节展开叙事，“凸凹文本”则无视人物与情节的逻辑发展，而更侧重于抒发个人的感受，随时打断故事的自然进程，引入其他的相关或不相关的议论。有意造成文体形式凹凸不平，这些插入语占据了叙述的主体部分，甚至构成小说叙事的主要审美趣味。第三，人物的符号化。人物不再是一个“丰富完满的性格整体”，人物不过是一个符号，一个随意改变存在本质的角色。第四，主题的消失或随感化。打破完整的历史叙事，也就打破了建构意识形态共同想象关系的冲动，小说不再提供人类的终极关怀一类的宏大思想，而是喋喋不休地表达个人的暂时感受，随感式的小思想构成这类文本随处跳跃的思想要素。第五，怪异的审美趣味。由于宏大的叙事的解体，小说叙事不再能在巨大的精神关怀方面起到悲剧性的震惊效果，同时当代散文的四处弥漫，那些优雅一类的美学趣味也被散文占尽，“凸凹文本”既然要表现它不同的美学追求，它在审美趣味方面必然偏向于乖戾或颓废。这与“凸凹文本”不得不与荒诞派戏剧殊途同归有关。

四、暧昧的可选择性：后革命时代的备忘录

20 世纪 90 年代“异类”文化浮出历史地表，从主体方面来说，当然是一代青年作家广泛接受了西方现代主义文学观念，他们力图以个人主义的方式展开文学实践。从客观的历史情势来说，意识形态的总体性制度不再以强加的方式展开实践，给现代主义式的个人立场留下了必要的空间。从思想层面来说，历史的终结或意识形态的式微，思想文化的整合实践愈加困难，思想的多元化趋势，也使原有统一性的宏大叙事难以作为文学共同体的基础。说到底，“异类”这种说法既是有限的，也是相对的和比喻性的。例如，在思想严酷禁锢的时期，绝不可能有异类的声音存在。没有异类存在的文化是不可想象的文化，那一定是自我窒息的文化。作为一种反讽性的意义，“异类”永远是作为“正统”（或主导文化）开放性的证明而存在。正如“异类”有理由攻击主导文化一样，“正统”（当然是真正有幽默感的“正统”）也可以轻视“异类”的存在而显示自身的开放性和包容性。事实上，进入 90 年代，由于以经济建设为中心，以及全球化的全面渗透，中国的社会主义文化霸权正面临重建的时机。当然，权力机制可以依靠它既定的模式动作，但冷战时期建立的一整套话语体系则有必要加以调整。按照新马克思主义者葛兰西的观点，社会主义文化霸权也是与其他类型的文化不断沟通而后才能取得合法性的领导权。90 年代的文化的市场化趋势，也给民间文化以及“异类”文化提供了必要的空间。90 年代的主导文化也呈现出与民间文化、大众文化合流的部分特征，特别是在大众文化方面，主导文化实践不得不借助大众文化的叙事方式和话语来表达它的思想，这本身说明主导文化陷于表达的危机，通过向新型的文化借用表意策略，主导文化本身的表意系统也必然发生某种变化。例如，在经济学领域，官方/民间、主流/边缘、前卫/保守，它们之间的观点可能存在某种程度的分歧和差异，但它们使用的术语和概念、论述方式和理论资源都没有过多的差异。大众媒体也一样，其官方叙

事与大众叙事一直相互纠缠渗透。只有在人文学科和文化方面，主导文化与边缘文化或前卫文化存在着表意系统的巨大差异，其思想资源相差半个多世纪。因此，这些“异类”文化之所以被指认为异类，不是因为它们有多么激进、尖锐或奇特，主要是因为主导文化的表意系统和思想资源缺乏必要的符号创新。在某种意义上，异类文化的存在，异类被允许存在，它可能给主导文化重建表意策略和多元的符号体系提供了有用的资源，当然，这依然取决于主导文化是否有足够的活力和能动的开放性与异类文化展开对话与沟通。

事实上，当代异类写作还显得相当薄弱和稚嫩。异类写作并没有自己的哲学基础，也没有明确的文化思想立场。当代“异类”实在是因为当代文化过分缺乏自主意识和挑战性，才使得这些强调个人化立场的写作显得尖锐而怪模怪样。当代“异类”写作大体上应分为两类。朱文韩东一类的异类文化——正如我们指出过的那样，都源于第三代诗人这一文化源流。实际上，当代诗歌最鲜明地体现了异类文化是如何占据着实际的诗歌主潮的，而占据权威刊物和权力机制的“主流诗歌”在传播领域实际早已被边缘化。尽管第三代诗歌本身以“地下”的方式传播，并且极尽混乱之能事，但其中所孕育的创生力量是不可拒绝的，它属于并引领诗歌新生力量。在叙事文学领域，新崛起的职业写手在精神上与之一脉相承且遥相呼应，它们使文学写作变成少数文学守灵人的未竟事业。文学的功能和美学趣味，以绝对个人化的方式，在这个日趋商业化和全球化的时代，偏执地向人们已经麻木的精神空间发起最后的冲刺。这类异类写作也许永远是少数派，但可能也是真正的永不屈服的异类，然而也注定了是真正悲剧性的异类。当代，把一群落扩大化地来看，大部分并不刻意与主导文化产生直接的对立或冲突，如李冯、东西、鬼子、邱华栋、毕飞宇、荆歌、丁天、鲁西西、夏商、李洱、张生等人，他们中有些人辞去公职，有些人依然有公职，但他们凭着个人的经验和天生的文学观念而与主导文化产生距离。某种意义上，在当代中国特定的文化情境中，“异类”只是极有限的少数，或者说只是在某些特定的语境中才表现为异类，在大多数情形下，异类更多地表现为差异而不是对抗。革命年代的流血或祭祀式的写作已经不是艺术变革需要为之捍卫的理想，而可选择性（alternate）则为后革命时代的个人自由提供更大的可能性。另一种“异类”是如卫慧一类的更年轻的写手。他（她）们生长于城市幻象急剧扩张的时期，他们是消费社会的幸运儿，他们把前卫文化与消费社会的经验巧妙结合在一起，创造了这个时期时尚的表意策略和符号系统。他们之作为异类，仅仅是因为与当下主导文化有半步的差距，但永远是这半步的差距，使他们永久性地享有未来的空间。朱文们是负隅顽抗的异类，最后的堂·吉诃德，他们在书写文学的墓志铭时，将会留下20世纪文学最后的备忘录。但卫慧们是未来的精灵，他们在城市幻象和当代虚假的布景前舞蹈，但终究为幻象所吞没。历史已经死去，问题是，文学是为过去而死留下记忆，还是为未来狂舞，获得新生？

结语　文化溃败时代的馈赠

由于非常特殊的原因，这本书的写作前后延续了五年。[①] 1988年底我着手写这本书的主要章节时，先锋们不过刚刚崭露头角；而今天我写作“结语”时，他们大都已是名噪文坛，蜚声海外。他们中有的人变本加厉，有的人炉火纯青，有的人却也面目全非。短短几年，寥寥数人，变化是惊人的，这使我企图给出公允的历史评价显得捉襟见肘，力不从心。时间跨度使我有可能稍加检查自己的观点，我发现几年前的分析和评价基本上还是符合历史实际的，只不过我的希望大都落空。现在已经没有人怀疑这段历史（先锋派历史）意味着一次艺术革命，同样，也少有人相信这次革命能开创文学的历史新纪元。几年前我们为愤懑所窒息，几年之后我们为悲哀所侵袭。现在我才恍然大悟，所谓“先锋派”完成的艺术革命，不过是文化溃败时代的馈赠，并且是最后的馈赠。不管人们怎么看待这段短暂的历史，对于我来说，它依然是值得谈论的历史。

马尔科姆·考利在总结达达主义运动时说道：“凡是读到达达主义运动的人，无不感到其成就之微小与其背景之丰富、复杂不成比例到荒谬而几乎可悲的地步。这里有这样的一群年轻人，他们可能是欧洲最有才能的青年，他们人人都有能力成为好作家，或者，如果他们下这样的决心，成为很受欢迎的作家。他们有着法国文学的悠久传统（他们完全熟悉这些传统）；他们有活着的大师可做榜样（他们研究过这些大师）；他们热爱自己的艺术，而且强烈希望超过别人。他们到底取得了什么成就呢……”考利的评价在某些方面、在某种程度上也适合于中国当代的“先锋派”。在20世纪80年代后期那些“文化失范”的年月，我们时代的“先锋派”不是没有可能

① 本篇写于1992年8月，为了保持本书原有的主体内容，在2003年修订再版时，依然采用了原来的结语。因此，2015年再版时，因为只增加了两篇附录，故同样没有理由改变结语。很显然，由于修订再版增补了一部分内容，这篇结语并不能完全概括后来增补的内容。对于我个人来说，那个时期的那种情绪、态度和表述方式，是值得留下来的。

成为“达达主义者”的，所幸的是，他们立足于中国本土，从事一些小说叙事方式和语言表现方面的探索。然而，他们毕竟做出过艰辛的努力，他们到底取得了什么成就呢？在审视过他们走过的历史之后，我依然感觉到从未有过的虚空和惶惑。先锋派创造的新型艺术经验并没有迎来文学复兴的时代，相反，它却耗尽了文学最后一点的热情和创新的想象力。文学在这个时代已经死去，而我们不过是些哭丧的人——我知道大多数人会把我的这种想法视为故作惊人之语，然而，数年前这种想法就使我困扰不安，当我写完这部书稿时，这种看法已经令我深信不疑。

事实上，“文学已死”这种说法，在20世纪60年代的美国批评界就盛行一时，约翰·巴斯1967年在他题为《枯竭的文学》中就说道：文学史几乎穷尽了新颖的可能性，因而，“试图显著地扩大‘有独创性的’文学的积累，不用说长篇小说，甚而至于一篇传统的短篇小说，也会显得太自以为是，太幼稚天真；文学早已日暮途穷了”。按照巴斯的这一观点，认真的作家面对着小说创新的死胡同而可能全然住笔。然而，巴斯并没有伏在小说死亡的棺材上只唱挽歌，准确地说，巴斯宣告了“旧小说”的死亡，他试图从一种新的、独创性的方向为小说提供可能的启示。巴斯更重要的思想在于：小说家不应沉默，他能够继续采用过去“枯竭了的”形式，只要他讽刺性地使用它们，他就能花样翻新。1969年，莱斯利·费德勒在引起多方争议的杂志《花花公子》（该年第16期）上撰文《越过边界，填平鸿沟：后现代主义》声称：确定无疑，旧的上帝已经死了，同样，旧的小说也已经死了。一时间应者云集，一个鼓吹旧小说死亡的小集团应运而生，60年代美国批评界的为数不少的风云人物构成这个集团的坚强核心。苏珊·桑塔格显然是最激进的鼓吹者。对于她来说，“旧小说”的死亡，不过是为“新小说”诞生提供了一个有力的借口，其目的十分明确，她早就试图用“坎普文学”来取代传统小说。她认为，坎普的全部要点就是摒弃严肃性，技巧性、戏剧性变成了它的理想。从纯粹美学角度而言，“它体现了‘风格’对‘内容’，‘美学’对‘道德’，冷嘲对悲剧的胜利……风格即一切”。

然而，实际情形又如何呢？这种仅仅供人娱乐的“既反艺术，又反严肃性”的“坎普文学”，并没有“填平……高等文化与低等文化之间、纯文学与流行艺术之间的鸿沟”，它没有在所谓的新型的革命文化中扎下根，只不过是与大众文化同流合污，它那转瞬即逝的生命恰如其分地证明了理论的虚妄。同样，十三年之后（1980 年），巴斯又写下《填补的文学》，发表在《大西洋月刊》上，巴斯又在呼唤理想的“后现代小说”，那是以博尔赫斯为范本的、类似卡尔维诺写作的那种小说——一只脚踩在古典传统上，另一只脚踩在现代宇宙论上。这些奇思怪想却也回天无术，现代小说一直在为实现它的最低目标——娱乐大众而疲于奔命，至于文学，从整体上来说，它已经属于当代文化最无足轻重的那个部分。在“机械复制时代”，或者说在“文化工业”时代，文学越来越没有立足之地。在古典时代，或者在现代主义时代，文学乃是一个民族的精神自传，是历史的圣书，是人类激动不安的灵魂启示录；而现在，它仅仅是人们消遣娱乐的一个微不足道的代用品，或者是少数人孤芳自赏的勉强证明。

当代中国文学在历经 20 世纪 80 年代前期的辉煌之后，在 80 年代后期迅速跃入溃败的困境。事实上，“新时期”文学的轰动效应主要是在意识形态背景下完成的，80 年代后期，商品经济大潮冲毁了意识形态的一体化格局及其实践功能，整个社会奉行经济实利主义原则，政治意识形态和知识分子意识形态不再起到中心化的价值构造作用，文学当然不具有讲述社会共同愿望、表达共同想象关系的功能。年轻一辈的作家步入文坛，既困难重重，却也如鱼得水。他们本来就与“新时期”神话无关，本来就是这个历史时期的局外人，他们乐于在这个历史崩溃的废墟上举行成人庆典；另一方面，文学不再具有社会的“轰动效应”，年轻一辈的作家无法讲述意识形态神话，他们必须讲述自己个人的话语，只能面对文学史的形式创新的压力去写作，在形式主义这条历史栈道上去夺取最后的胜利。在这文学破落的时代，先锋派并不是一群迷途的逃亡者，也不是媚俗的文化掮客，应该承认，他们多少还信守自己的艺术准则。尽管他们严肃性的写作态度与那种游戏性的方法经常使他们的立场变得似是而非，然而，在这文化溃败的时代，他们是为数甚少可以称得上“认真的艺术家”的那种人群。在感觉方式、叙事方法、语言风格、内心透视，以及对幻觉、暴力、情爱和逃亡等特殊主题的处理方面，“先锋派”无疑创造了我们时代崭新的文学经验。他们敏锐地意识到当代文化危机的问题而凭着艺术直觉率先作出反应，后来历史的事实证明，他们的感觉和意识处在当代文化的前列。

不管人们愿意不愿意，先锋派创造的形式主义经验，已经构成当代中国文学不可忽视、不可分割的一部分。尽管当今文坛还有其他流派，还有传统的写法继续为人所用，但是，更多的青年作家，或多或少都从他们那里汲取叙事方式和语言风格方面的经验，即便像王朔这样标榜“过把瘾就死”的职业写手，1991年他自认为最认真的作品《动物凶猛》，在叙事和语言方面也不难看出先锋派的蛛丝马迹。从某种意义上来说，艺术的进步，哪怕苟延残喘，它都没有退路。新型的艺术经验，即使不是诱惑，起码也是一种警戒或威胁，人们不可能往回退，至少在相当一段时期内是这样。因此，我们又不能不承认，20世纪80年代后期文学落入低谷，然而，它在艺术创新或艺术形式变革方面，跃进到一个高度，这一高度，使当代中国文学，特别是当代小说，终于具有相当水平的艺术性可言。

如此看来，20世纪80年代后期，文学落入低谷，却在酝酿艺术上的革命，而且取得了某些成功——正如我一再说明的那样。与其说这是自觉的变革，不如说是迫不得已的冒险。当然，“文化失范”的文明情境给这种冒险提供了可能的条件：不再有必要去讲述意识形态神话，文学写作变成纯粹个人的行为，那么发掘个人经验、追寻个人的语言风格不再会有意识形态的压力。从整个文化危机的场景来看，文学不过是在进行一次无可奈何的负隅顽抗；从文学史的革新力量来看，它又确实是一次不可低估的自觉变革。先锋派从文明解体的现实情境中汲取了特殊的感觉方式，那些破碎感、不完整性、严重的错位、诗性的荒诞、名实不符等等，被晶化为新的文学观念和表现方法。可以不夸大地说，这些艺术创新乃是文化溃败时代的馈赠。先锋派从这个“溃败”的历史场合中获益匪浅，他们不仅被迫走向形式主义的探险之路，同时也找到了最佳的适应方式。如果没有80年代后期的特殊历史境遇，肯定不会有先锋派的艺术革命，当然也不会有先锋性的后现代主义。

先锋们直接从文化溃败的现实中体悟到他们的世界“观”，这种世界“观”与西方最革命或最激进的（在反对资本主义意识形态生产的意义上）思想意义相去未远。正如我在“导言”中阐释过的那样，这种相似，一半出自文化上的直接影响，另一半因为知识分子的历史境遇有相似之处。年轻一辈作家普遍意识到历史与人“死亡”的问题。“新时期”终结宣告了“大写的人”也已萎缩，“寻根文学”表达了对理解历史文化（传统）的渴望，结果却一无所获——就文学史自身的变革来说，人与历史的消亡也不可避免。当然，更深层的原因在于社会的“一体化”秩序陷入“合法化”危机，“卡理斯玛”解体，使人们不可能找到统一的价值规范和共同的想象关系，人们必然陷入没有历史真实性的文明情境。没有绝对的精神领袖，没有权威，没有最高的文化象征，每个人都自以为是，每个人又什么都不是。一部分人追寻怪诞奇妙的个人感觉，另一部分人则乐于玩味平庸琐碎的日常生活。20 世纪 80 年代后期至 90 年代初期，文坛有“先锋派”和“新写实主义”两股大相径庭的流向并不奇怪，它们以截然不同的方式，表现出这个时代在文化上的灰暗处境。拿这两股流向与 80 年代中期的那两股流向——“寻根派”与“现代派”相比，则不难发现历史在数年之内发生的惊人变化。

虽然那时的“现代派”也在慨叹孤独、痛苦、忧虑之类，然而，这一切的背后都掩藏着对个体、个性存在的绝对自信。至于“寻根派”充当历史主体，反省民族的历史与现实，更具有不可置疑的“历史意识”。现在，“晚生代”（“先锋派”与“新写实”）却无论如何也鼓不起对个体存在，乃至对人体存在的自信。先锋派干脆不再直面描写孤独、痛苦之类的情感——它们全然被化解到语词的修辞快感和一系列荒诞的生活情境中去。格非的那些个人，无法摆脱那些生存的“空缺”，他们的故事总是不完整，因为他们的生活本来就已经破碎。余华的那些人压根就没有社会性，更谈不上历史本质——他们是谁？从哪里来？想干什么？一概暧昧不清，或者卷入可悲的阴谋，或者迷恋于暴力，他们的结果当然是死亡。至于苏童，那些纯净如水的叙事，总是掩饰不住历史宿命论的末世情调，那些女性一开始就被注定了“薄命”的结果。孙甘露从来不顾及他的人物的“个性”、“完整性”之类的理论问题，对于他来说，人物仅仅是符号，仅仅是满足叙述快感的一些物件，只有语言（或文本），没有人物，当然也没有历史性。

新写实小说看上去有完整的人物和历史性，然而，其一，这些人物为基本的物质欲求所纠缠，他们毫无经典文本强调的那种“精神性”；其二，他们不具有“自我意识”，总是把“人”的灵光圈彻底消解，他们意识到的仅仅是：人是普通的、平凡的、无所作为的、为命运所玩弄的个体，反抗命运大可不必，听任生活的摆布苟且偷安可能是上策；其三，写作那些荒诞的日常生活，寻找一些无聊的快慰构成其主要的艺术效果。这是一种没有“历史意识”的写作，“原生态”的生活当然也没有历史性。像刘震云的《故乡天下黄花》，看上去“历史感”甚强，人物个性也很突出，然而，“历史”的客观性进程完全被“权力”的轮回重复模式消解，而那些人物不过是一些为“权力”所驱使的历史配角。没有一个人物占据历史的中心；没有一个人物可以掌握自己的命运，支配他人的命运。“人”的关系网络异化为“权力关系”网络，人们的灭亡是理所当然的结局。

当代小说再也无法讲述正面人物的故事，也不会有深邃的历史意识。像王朔那样，早就摆出一副嬉笑怒骂的姿态，他的那些“痞子式”的人物却被标榜为“社会主义新人”，然而，他们毫无远大的革命理想，充其量是些改邪归正的浪子。他们那种装模作样的正义，不过是胡言乱语的遮羞布而已。王朔主要凭借他的油嘴滑舌，插科打诨就获得了疯狂成功，当今的读者大众从王朔这里获得了嘲弄一切的快感，这本身就是对“精英文化”强调的“历史意识”、“主体性”一类观念的彻底嘲弄。王朔并不是一个特殊的例子，相反，他概括了普遍的文化心理和生活情绪，他无可争议地表明当代文化陷入了深刻的困境。

作为文化溃败时代的馈赠，“先锋派”与“新写实”，乃至王朔，都不过从文明解体的现实情境中找到相应的感觉及其表达方式。然而，形式主义策略却一度使“先锋派”不得不向超越性的道路滑翔。“新写实”刻画日常性情境，回到生活的原生态；王朔及其市井文化在商业主义大潮中如鱼得水；而先锋派却远离现实，逃离大众。这一切不得不归咎于形式实验的“抽象性”——它抽象化地表达了这个时代的“卡理斯玛”解体情境，或者说“解体情境”获得了抽象化的表现形式。现实不再被表现为直接的生活故事，而只剩一种寓言形式，现实隐退到那些叙事结构、感觉和语言风格背后。这样，先锋派那些胆大妄为的叙事实验，实际从生活中退却出去，通过创造一种新的形式主义神话把生活加以吸收，它是一种适应，当然也是一种放弃。正如美国当代批评家杰拉尔德·格拉夫所说的那样，形式主义策略利用了社会强加于艺术类知识分子的无家可归、无能为力以及边际作用的附带价值。从美学上肯定“游戏”的态度，肯定对意识边界的无拘无束的探索，便忽视了这种游戏和这种探索必然从中发生的严重规定的界限：形式主义的词汇承认艺术家是同社会相疏离的，如果疏离可以不必这样称呼的话。脱离社会，而又丧失这种脱离得以理解的远景，不再只是艺术在某种社会形势下的不幸遭遇，而是变成艺术定义的一部分了。

先锋派在“现实性”问题上的策略之一是背弃意识形态和历史，

退缩到艺术的“另外一个世界”。当然，形式主义策略还可以把政治和历史纳入艺术结构，把它们变成想象力和纯粹个人化经验的表现形式，从而对它们加以报复。脱离意识形态中心化使先锋派获得了想象的自由，文化上的软弱无力以写作的快乐形式加以体验。先锋派被自己逼到绝路上，他们不得不把形式主义美学作为超越性的价值来崇拜。那些抽象化的形式，不是适应妥协和同谋的产物，而是革命、报复和一意孤行的证明。先锋派放弃（逃离）了意识形态的先验性，他们又不得不寄望于美学上的超越——这种态度使先锋派处在一个尴尬的境地：形式主义策略无法适应这个社会，又无力抵御它。

先锋派在1989年以后向“历史”领域撤退，并非仅仅是因为特殊的历史变故。形式主义实验在短短两年里就走完了现代小说的革命道路，并且耗尽了想象力。当代小说已经没有任何堡垒需要攻克，没有任何形式不能随意为之，至少在观念上是这样。观念的障碍消除之后留下一片无边的旷野，然而先锋们却又并不能随心所欲找到现实的路径。形式实验不再具有艺术上的革命性——这一革命对文学史、对作家本人以及对一部分批评家才有意义。现在这个意义在这一范围内已经被普遍认可。另一方面，这一“革命”行径，对更大范围的社会现实或读者大众而言仍然是个令人望而却步的怪物。在这里，起警戒作用的不仅仅是读者大众，事实上，“读者大众”仅仅是一个虚幻的存在，它是由另一类理论家、批评家和编辑们虚构的现实客体，这个客体不过是这一操持权威（或权力）话语的主体自我放大的替身。在很大程度上，“读者”这张王牌就足以把“先锋派”打垮。人们忘了（或者有意忽略），王朔已经把“为人民服务”、“工农兵方向”等弄得面目全非，商业主义已经填补进全新的内容——这一内容或许才对先锋派构成真正的诱惑和威胁。

先锋派创造的那些观念、感觉方式及其价值立场，尽管抽象地超越于这个现实社会，它当然也概括了这个社会变动秩序的主要方面，然而，有必要考虑到，1989年之后，先锋派创造的那种观念，既不为权威意识形态所认可，也落后于正在蓬勃发展的大众社会。所谓的不完整性、随意性、偶发性、无目的、嘲讽一切、游戏、语言快感、非主体、反自我、反历史等等——这一切即使定位在“后现代性”上来理解，也比当今大众（消费）社会呈现的种种形态要逊色得多。先锋派向正统价值观念、向权威秩序的挑战，与消费社会一拍即合，摆脱传统（正统）的制约正是扩大消费的一个必要条件。当今中国初具规模的大众消费社会，正在造成一种“有计划的感官错乱”，使先锋派反常规的分裂行为和陌生化相形见绌。在当今中国，暴发、贪欲、虚假、及时行乐、拜金主义、迷信、投机等等，这些日益成为消费社会的共同基础。由于这样的社会情境，先锋派有意制造的那些错位的、荒诞的、游戏的、无所适从的认识论，便丧失了他们的对抗力量。特别是“顽主”文化的扩大蔓延，使得当代先锋派的“挑战”不仅显得无比吃力，而且几乎失去了实际的社会作用。现在，连激进的批评家也不得不怀疑：艺术上的“先锋派”究竟是在引导社会，还是在努力跟上它？

当然，我们时代的先锋派一直是在形式主义的意义上来命名的，它以疏离现实社会的姿态来维持它在美学上和文化上的“超越性”意义。当人们已经充分领略了先锋派在形式方面的历史成就时，就不得不苛求他们对我们时代的现实缺乏哪怕是少得可怜的表现。正如欧文·豪在指责大多数美国战后的后现代派小说家时所说的那样：“不能，或许由于过于精明而不能直接地表达战后的感觉，他们更愿意背离正面的描写；他们本可以表达他们的激情，尽管这种激情常常是难以名状的，他们对美国生活的批评不是通过现实主义的生动描绘，而是通过神话、流浪汉小说、预言和怀旧等形式表现的。”欧文·豪的批评同样适用于当代中国的“先锋派”。先锋派一直是依靠疏离现实社会来强调语言革命的重要性，并且以此来表示对大众社会的拒绝。然而，从另一方面来看，疏离和拒绝也是一种自我“悬搁”，先锋派把自己悬搁于现实文明之上（之外）。1989 年之后，先锋派的形式实验有所退化，而转入讲述历史故事，其实是历史故事浮出叙事表层。在特殊的历史时期多少还具有“历史寓言”的意义，事过境迁，那种“政治无意识”的话语也解读不出多少寓言意义。

不管如何，在 20 世纪 80 年代后期文化溃败的岁月里，先锋派文学创造了新的小说观念、叙述方法和语言经验，可以不夸大地说，先锋小说改写了当代中国小说的一系列基本命题和小说本身的定义。小说写作被移植到个人化的经验位置上（生存经验和语言经验位置上），当代小说因此取得了前所未有的艺术成就和无可置疑的艺术高度。然而，所有这些又如何呢？先锋派改变了小说写作的方向，却并未改变文学的命运。先锋小说所创造的艺术经验迅速成为过去的炫耀，它既是 80 年代文化溃败的历史馈赠，也是 80 年代文化颓败的证明。那是文学的最后一次回光返照，是在穷途末路的历史困境中，形式主义冒险夺取的一个险峻的高地。先锋派无力坚守这个阵地，它不过以此证明，文学创新方面最后一次冲锋陷阵取得成功，然而却也结束了，一切刚刚开始就已经结束了。这就是文学颓败的证明。

进入 20 世纪 90 年代，文学并没有迎来它的历史新纪元。1991 年对于当代中国文学来说也是值得庆幸的年头。这一年，“新写实主义”半途而废，曾经锐气十足的“先锋派”已经溃不成军。他们那勉为其难的冲刺看上去更像茫然无措的逃亡，那些姗姗来迟的“后起之秀”却发现是挤上了一辆已经停开的公共汽车。1991 年的文坛如果说有什么引人注目的行动或场面的话，那就是开始时兴“擂台赛”。这种江湖气十足的姿态，却在为拯救文学破败的命运舍身搏击——这显然是文学垂死挣扎的绝妙象喻。王安忆说：“在一种虚无主义的空气笼罩着我们的时候，一场擂台赛重新激起了我们的光荣心，审美的标准又得到一次审核的机会，寂寞的写作便有了一个聚集地。出于比试比试的念头，我们恢复了读作品的耐心和用心，并且开始培养分析的习惯。当我们写作时，因有了擂台赛的背景，一种古典的热情充斥在心中——擂台赛把解散了的我们作了一次集合。”

然而，擂台赛不过是一次假想的聚集，这次期待已久的集合徒具搏击的形式而没有搏击的实际内容。如此雄壮的气势却并无惊人之举，而更多寻常之作。参赛的写手少有探索的勇气，而多有退却的姿态；一度自我感觉良好的作家已经迷失方向；常规化趋势又使异想天开的作家（包括那些曾经桀骜不驯的“先锋派”）循规蹈矩。看得出作家们都特别使劲，也不难见出都力不从心，勉为其难的招式有献身的英勇，却全无挑战的气概。公正而言，《小说家》1991 年推出的擂台赛，在通常的意义上来看还是有一些好作品的。然而，我的兴趣所在乃是文化溃败的历史背景，这样一次雄伟的“集合”到底孕育了怎样的进军，到底能在多大程度上改变文学的历史命运？事实表明，擂台赛没有鼓起激烈的拼搏和英勇的冲刺，却组织了一次声势浩大的撤退——向常规化的撤退，向商业主义暗递秋波。无形中“擂台赛”起到了推波助澜的作用，它使这个趋向异常醒目。对于我来说，这个场面完成了一次历史定格——它意味着 20 世纪 90 年代对 80 年代无可奈何的拒绝与后悔，它更像是一次为了告别的聚会，告别80年代那些被视为艺术生命的尖锐探索。

也许我的这种说法有失公允。1991年底，余华发表《在细雨中呼喊》——这是一部绝望的心理自传，其“绝望”不仅在于写出了“绝望的”生活记忆，并且它自我证实为一次“绝望的”写作。这部被称为心理自传的小说，写出了童年和少年经历非常真实的内心感受，那些非常隐秘的敏感与乖戾，并且小说叙事采用的内心独白方式敞开了非常独特而复杂的心理经验。它所展示的心理历程令人惊叹，它在叙事方面的技巧，精细而洗练的语言风格，叙述视点与内心感受结合得恰到好处等，使这部小说有一种遗世独立的美感。确实，这是一部令人惊叹令人沮丧的作品，责任当然不在余华。我说过这是一次“绝望的”写作，余华登峰造极的技巧像是一次玩命的冲刺，问题在于，没有顶峰，也没有高地。对于文学现状来说，它并不是一次革命性的突破，所有的艺术手法和风格特征余华早都表现过，这充其量是一次彻底的温习和全面的炫耀。当代文坛一直就为厌倦与冷漠所纠缠，而现在又笼罩着“失败主义”的气氛。作为一次最全面反抗既定语言秩序和权威话语的写作，《在细雨中呼喊》既没有博得普遍的赞赏，也没有引起片面的骚动。文化溃败时代的绵绵“细雨”淹没了任何创制新调的呼喊——“再也没有比孤独的无依无靠的呼喊更让人战栗了，在雨中空旷的黑夜里。”——这是“余华们”的童年的写照，也是当今企图摆脱文学失败命运的余华们的历史象喻。文学的溃败不仅仅在于创新的愿望和能力已经丧失，而且在于整个“客观的”文化气氛（形势）。

只要重温一下20世纪70年代末80年代初文学的“轰动效应”，再看看那时文学（尤其是小说）的写作水平，就会对90年代初期文学所受到的冷落感到大惑不解。先锋派的形式革命夺取了当代文学最后的胜利，也埋葬了它获得“新生”的希望。在当今商业主义盛行的时代，人们想象不出文学这种古典时代的梦想如何蜕变为辉煌的现实。在这个时代，被称为文化的东西，主要是由流行歌曲、广告招贴画、交谊舞大赛、模特儿表演、卡拉OK、台球、电子游戏机、街头书摊、通俗读物、封面女郎、游艺场……构成。大众文化兴盛无疑有它的历史合理性和必要性，它给中国的现代化转型提供了广泛的文化基础。然而，当代中国的“大众文化”何以如此轻易并且不留余地地迅速击垮了知识分子文化，确实是件令人称奇的事。至于“大众文化”与知识分子文化、“大众文学”与“纯文学”（或精英文学）之间的对立如此绝对，却也令人感到不可思议。80 年代后期的文化溃败，乃是权威意识形态对知识分子长期贬抑的必然结果，而商业主义轻而易举就掠夺了这个胜利果实。这是一个没有文化的时代，根本原因就在于根本就没有知识分子。正如安·兰德（Ayn Rand）在 60 年代指责美国知识界时所说的那样："我们目前在文化上处于崩溃的状况，之所以得以存在和延续下去，并不是由于那样的知识分子，而是由于我们没有任何知识分子。今天，那些以知识分子姿态出现的大多数人是一些被吓呆了的傻瓜……"如果说，兰德固执新保守主义的偏见，其指责多少还有点夸大其辞，那么，以此来描述 90 年代初中国的文化界和知识界则是一点都不过分的，所不同的是，"那些以知识分子姿态出现的大多数人"同时还是被各种利益弄昏了头的江湖术士。这是一个在文化上没有代言人、没有捍卫者的时代。当今中国是一个被她的文化上的卫道者背叛、愚弄和遗弃了的国家。如果考察一下当今文化界（知识界），我们就会看到一幅目不忍睹的景象：那些被称为"文化明星"的人，以嘲弄知识分子为乐趣（他们因此博得广泛的喝彩）；他们在流氓面前装扮成知识分子，在知识分子面前大要流氓；他们装腔作势，哗众取宠，以自我标榜而自豪，因堕落行为而自负——所有这一切都构成一种不负责任的、放任自流的、互相欺骗的、见利忘义的文化泡沫。如果这还不是一个时代的人文主义精神到了枯竭的境地，更坏的情况就不可能再有了。恩格斯当年描述德国的资产阶级时说道：德国的资产阶级在德国这堆粪便上生活得很舒适，因为他们本身也是粪便。同样，我们时代的"文化明星"在当今中国的文化泡沫上生活得很舒适，因为他们本身也是泡沫。

20 世纪 80 年代前期与后期的对比过于鲜明，经历过 80 年代前期文化洗礼的人们（例如我本人），总是难以忘怀那些热闹的场面。虽然 80 年代上半期的文化存在诸多的夸大，以及自以为是的种种谬误，但是，那毕竟是一个在文化上有追求的时代，毕竟还有一部分怀有真实的人文主义理想的知识分子。虽然我和我的同辈人大多数未必赞成那种理想，然而，在情感上却又存在深深的怀恋。当我对 80 年代后期直到 90 年代初期的文化现状进行抨击时，我感到我不仅陷入矛盾的境地，而且陷入一种深深的、近乎感伤的愤恨。80 年代的知识分子主流文化对我这个年龄层的人来说，一直是一个巨大的屏幕，我们怀着兴奋的心情观赏，偶尔也参与，随后却在努力等待这个伟大的神话破产。80 年代后期“卡理斯玛”解体的现实，其实也正是为我们这辈人在文化上冲锋陷阵提供了一个战场，然而，不曾料到，文化上的溃败是如此迅速而彻底，历史不是没有如期提供另一个地盘，而是根本就没有那样一块地盘。我们不得不在批判 80 年代文化神话内容的同时，却又怀念那样一种文化形式——文化的历史机遇和历史实践方式。80 年代已经颓然死去，留下的不仅是一大堆问题，而且是一种回忆。

在 20 世纪 80 年代后期，我确实说过不少关于拒绝“理想”的话，那时我们被各种虚假的“理想”压得喘不过气，时刻期待轻松自如的游戏，甚至在王朔那里看到文化的前景。当我站在 90 年代的历史分界线上，观望文化溃败的历史情境时，又感到无处着落的恐慌。确实，应该承认我没有摆脱 80 年代的影响，在文化上依然怀有某种目标。尽管我再三谈论“后现代主义”，我也会为当今中国文化界的“后现代”时代来临而感到庆幸，然而，我同时也会感到悲哀，我知道在“后现代”时代没有真正的知识分子活动的地盘。西方那些“后现代大师”何以能对他们眼前的文化随心所欲地进行规划，这本身又嘲讽了利奥塔们关于后现代是一个“文化稗史”时代的说法。在当今中国文化溃败的历史境遇中，我却努力寻找一种“真实的历史感”——对于我来说这是文化批判的基本立足地，我们无法否定一切，拒绝一切。解构主义给我们提供了一种武器，而不是最后的栖身地。1981 年 4 月 23 日和 24 日，在巴黎歌德研究所举行的会议上，伽达默尔一派和德里达展开面对面的交锋。伽氏自己扎根“在人文科学的浪漫主义传统之中，在其人文主义传统之中”，而德里达却是以“省略的、随想随提的形式”提出几个问题，把伽氏的根基解构。当人们责问德里达，我们总不能永远“解构”时，不置可否的解构大师表示，至少现在应忙于解构。然而，当今中国的情形，既令人欣喜，更令人沮丧，人们尚未开始“解构”，一切就自行解构了。那些企图操持解构主义长矛的年轻一代的批评家（包括我本人），突然间发现自己不再可能是一名思想斗士，而仅仅是个随遇而安的堂·吉诃德。对付这个自行解构的时代——为了使自己不会落到堂·吉诃德那种可笑的境地，唯一的办法就是重新扎根“在人文科学的浪漫主义传统之中，在其人文主义传统之中”。

这样，我们这辈人在文化上注定要扮演尴尬的双重角色：一方面我们拒绝那些独断论的“绝对真理”和不可能的“终极梦想”；另一方面我们同样不能忍受不负责任的、急功近利的、虚假的文化现状，试图拆除那些人为的思想障碍。我们发现自己置身于一个无边的旷野，没有方位，没有目标，也就没有道路。我不断听到那些一度是“先锋派”的朋友，再三表示要重新寻找我们时代的人文主义精神，寻找“东方神性”，寻找真实的“我们自己”。可是，这一切表述都含糊其辞，并且又如何付诸实践呢？先锋派也不可能组织一次向“现代主义”的撤退，何况他们中大多数人宁可跌落到“现实主义”的泥坑，因为这个泥坑距离大众社会只有一步之遥。在这个时代，企图固守住人文主义精神，不仅尴尬，而且没有退路，因为人文主义者的背后已经看不到“人文科学的浪漫主义传统”，而只有德里达们玩弄的“没有底盘的游戏”。

我们时代的人文主义者以及“纯文学”的追寻者，发现自己处在绝路上：背后是“后现代主义”，前面是商业主义，这条中间的道路当然无力挽救文学失败的命运。在文化溃败的时代，这不过给文化未亡人——“哭丧的人”提供一个观望的或是自我救赎的最后领地。许多年前，斯宾格勒在那本耸人听闻的名著《西方的没落》结尾处写道：“但对命运已使其置身于这种文化并处在它的这一发展时刻的我们来说——这时金钱正在庆祝它的最后胜利，行将继之而来的恺撒主义正以安详的、坚定的步伐走近——我们的自愿的，同时也是不得不然的方向是限制在狭窄的范围之内的，而在任何其他条件下，生活是值不得活下去的。我们没有奔赴这一目标或那一目标的自由，我们只有做必做的事或什么也不做的自由。历史的必然性所安排的任务，将要由个人或是违背个人来完成。”令我惊异之处在于，这段话用以描述我们这个时代是如此贴切，而用来作为这部书的结束也恰到好处。斯宾格勒期望的“个人”早已粉身碎骨。19世纪尼采说“上帝死了”，20世纪福柯说“人”死了，我们不可能指望任何“个人”来拯救历史，甚至连文学都拯救不了。而我们——这些文化守灵人，只有被命运拖着走，这就是我们的劫数。

1992年8月6日改定

2003年4月21日修订

2015年7月12日再次修订

附录一　最后的仪式："先锋派"的历史及其评估

仪式作为促使某种行动或事件取得社会性的合法地位的象征活动，它在神圣或恐惧的心理意识中完成个人或集体的精神塑造。仅仅在"先锋派"的写作自以为具有拯救文学和拯救自我的象征意义上，他们的写作具有"仪式"的意义。阿多诺曾说过："在我们的生活世界中，总有一些东西，对于它们，艺术只不过是一种救赎；在是什么和什么是真的之间，在生活的安排与人性之间，总是存在着矛盾。"① 我们时代的"先锋派"——我不得不沿用这个称呼，以免引起混乱——他们身陷维谷，徘徊于文明的边缘，远离现实而身后没有历史，写作构成了他们生存的要义，成为他们精神超度的唯一方式。当代的"先锋派"，虽然不是一个有组织的流派，但也不意味着可以把任何初出茅庐的作者包括进去。在我看来，这个称呼的最低限度的意义是指马原以后出现的那些具有明确创新意识，并且初步形成自己的叙事风格的年轻作者。他们主要有：马原、洪峰、残雪、扎西达娃、苏童、余华、格非、叶兆言、孙甘露、北村、叶曙明等人，此外还有一些崭露头角且颇有潜力的新秀。因篇幅所限，那些划归到"新写实主义"名下的作者只好另作别论，王朔的情况比较特殊也暂不论及。

"先锋派"的探索不过短短几年，他们到底是在什么样的文化的和文学的现实背景下步入文坛的？他们到底做了哪些探索，取得了哪些结果？他们的探索是否像人们所期待的那样已经走到穷途末路，或者皈依于传统？还是说他们的探索不过刚刚开始，然而存在深刻的危机……所有这些问题一直没有得到实事求是的探讨。在当代文学的大背景上，"先锋派"以它短暂而暧昧的历史划下一个发人深省的问号；作为当代文明危机的表征，"先锋派"同样是一个令人不安

① ［德］阿多诺：《现代音乐的老化》，见［美］马丁·杰：《阿多诺》，中文版参见胡湘译：《法兰克福学派的宗师：阿道尔诺》，203页，长沙，湖南人民出版社，1988。

的焦点。因此，本着“回到历史本身”的态度，清理“先锋派”的历史足迹，总结其成败得失，则是势在必行的任务。

一、期望超越：“先锋派”出现的历史条件

把“先锋派”描述为 20 世纪 80 年代的文学或文化氛围这个所罗门的瓶子里放出来的妖孽，显然有些夸大其辞，因为文学写作在很大程度上依赖非常独特的个人化经验的修炼。但是，“先锋派”何以形成这种个人化的经验，何以运用这种叙事方法和语言风格讲述那些故事，无疑要到 80 年代的思想文化的和文学的历史过程中才能得到合理的解释。

80 年代的中国文学之所以一直被称为“新时期”文学，是因为它伴随着改革开放时代的思想解放运动而迈开它的历史步伐。尽管现在看来其中有诸多的谬误，但是无法否认它们之间的因果关系。随着多种社会矛盾出现，社会意识形态[①]产生分化，文学共同体不可能在统一的规范下表达共同的愿望。于是，80 年代中期，当代文学出现两股看上去截然相反的趋势：一是以刘索拉的《你别无选择》和徐星的《无主题变奏》为标志的“现代派”；另一个是声势远为浩大的“寻根派”。“现代派”着力去表现青年人追求自我和个性的生活态度，狂乱而富有浪漫情调的心理情绪极大地契合了青年群体寻求新的价值观的精神倾向。实际上，“现代派”强调的“自我意识”和“个体意识”并没有超出 80 年代上半期“大写的人”的范畴，它不过是把“自我意识”加以想象性夸大而置放到“人的理想”的中心。而“寻根派”大体上是知青群体，对“文革”的反思险些使他们成为“迷惘的一代”，然而坚定的理想主义信念支持着他们去寻找永恒的和超越性的价值。“人的理想”不仅陷入现实的实践困境，同时面临各种观念的（文学的和哲学的）挑战。当时国内热烈的文化论争、世界范围内的文化认同、海外汉学界倡导的儒学复兴、拉美文学的输入等等，使知青群体的个人记忆触及的那些异域风情、人伦习俗、自然蛮力、生活习性和神话传奇等等立即镀上一道“文化”

---

① 这里的“意识形态”是一个中性的概念，参照阿尔都塞的定义，其最基本的意义在于：意识形态“是人类对人类真实生存条件的真实关系和想象关系的多元决定的统一”。（参见［法］阿尔都塞：《保卫马克思》，英文版，253～256 页，伦敦，1977。）

的光彩。古典人道主义的哲学基础已经为混乱不堪的诸如存在主义、生命哲学、现象学、神秘主义等等现代主义观念所淹没。“寻根”实际上是在“现代性”与“历史性”的夹缝中求生。在其观念上，“寻根派”力图在现代意识的水平上观照中国民族步入现代化所遭遇的价值危机；而在文学表达的客观对象方面，却力图写出民族生存的历史性的文化谱系。“寻根派”在这两个方面的认识都极其模糊且相当混乱。

“寻根”的深化结果偏执于某些先验的地域文化特征和形而上的哲学理念。1986年莫言发表《红高粱》，这是“寻根”的一个意外收获，也是它的必然结果。莫言把寻找民族的文化之根的历史沉思改变为生命强力的自由发泄，历史、自然与人性被似是而非的文化绞合在一起，这是关于“人的理想”的最痛快也是最放肆的一次夸大。《红高粱》被改编成电影，及时迎合了人们对“寻根”的那个历史性深度和玄虚的形而上观念的厌倦，卓有成效地完成了一次自我宣泄的狂欢节。80年代关于“人”的想象力已经被挥霍干净，英雄主义的主角怀抱昨天的太阳灿烂死去，理想化时代的终结倒也干净利落。

80年代后半期，改革开放初见成效，商品经济的发达改组了人们的真实生存条件，经济利益实际已超出其他利益占支配地位，在原有生存现实关系上建立的想象关系不可避免地要解体。对于文学共同体来说，“大写的人”不仅面临现实的经济潮流的挑战，而且遭受各种外来文化思潮的冲击。“人”的价值既然在现实中受到怀疑，那么它当然无法在意识形态的推论实践中起到基础性的构成作用。80年代人们经历了太多的现实变动和思想变动，而对于文学来说，已经不可能有权威性的话语来维系文学统一的规范式。一方面，现实的（原有的）关于人的想象关系解体，而新的想象关系尚未完全确立，文学不能充当时代的代言人，讲述大家共同的愿望，表达超越性的理想化价值形态；另一方面，如此纷纭复杂的外来思想和文学范例涌进中国，我们是在短短的不到十年的时间里浏览了西方一个世纪的思想成就和文学成果。在理论方面，人们粗通唯意志论、弗洛伊德、现象学、存在主义、符号学、结构主义、逻辑实证主义、后结构主义等；在创作方面也知道卡夫卡、黑塞、纪德、塞林格、意识流、新小说、荒诞派、黑色幽默、拉美魔幻现实主义乃至后现代主义的实验小说等等。虽然谈不上融会贯通的理解，但是对于酝酿一次文学观念和写作立场的改变则是绰绰有余的。后来的写作者不得不考虑文学的写作态度和写作方式的改变。纯文学既然被现实推到了社会的边缘地带，那么它可能的选择之一就是和自身的既定传统对话，亦即改写文学的“规范式”。更何况，报告文学和纪实文学已经与纯文学分道扬镳，与现实展开紧张而热烈的对话，纯文学更难在现实中找到一席之地。人们当然可以尽情批评这种选择，但是也有必要充分考虑“别无选择”的历史条件。

当然，我强调外部的历史条件，并不是说文学就是被现实拖着走的迷途的羔羊。外部历史情境不过仅仅提供了文学史出现新的转型的条件，事实上文学史内部始终存在艺术形式变革的自觉力量。“艺术创新”的压力如同达摩克利斯之剑永远悬于任何一位认真的写作者的头顶，只不过“新时期”文学（乃至中国现代以来的文学）有它特殊的历史难题。即使在“新时期”之初，文学史内部的形式变革的力量也依然存在，例如“意识流”小说实验。由于文学规范式强大的构成作用，所以将这种形式探索依然纳入“人的主题”系列（它属于“探索人的隐秘心灵”的“人学”范畴）。然而，“人的理想”一旦解体，文学形式探索的潜在力量就变得不可抗拒。在这次历史性的转折中，马原无疑起到关键性的作用。在清理“先锋派”的历史轨迹时，马原不可否认是一个标明历史界线的起点。实际上，马原在1984年就写下《拉萨河的女神》，这篇小说第一次把叙述置于故事之上，把几起没有因果联系的事件拼贴到一起。1984年马原用这种方法写小说是有特别的意义的，并且后来形成一股无法切断的流向。1985年以后，马原陆续发表几篇力作《冈底斯的诱惑》（1985）、《虚构》（1986）、《阅读大师》（1987）等，他的影响发生在1986年到1987年之间。

马原把传统小说重点在于“写什么”改变为“怎么写”，预示了小说观念的根本转变。因此马原的立场标志着“创作”向“写作”的退化。创作的主体面对着文明、人类、时代等巨大的历史客体，创造出一套与之相适应的“想象关系”和理想价值；而“写作”则只是面对语词的一种个人行动，一种话语讲述的过程，它表明“想象关系”的破裂与超越性价值的失落。创作关注“写什么”，而“写作”则偏向于“怎么写”。前者由现实的真实关系和想象关系的统一决定其内容实质；后者则是在文学史纵横交错的坐标系上寻找有限的突破口。马原的“叙事圈套”在1986年和1987年名噪一时。马原用叙述人视点变换达到虚构与真实的位格转换，叙述构成一种动机力量推动故事变化发展。然而，马原的“叙事圈套”的功能有限，它更像是几个故事单元的刻意组合，它仅仅定位在故事的层面上，而不是定位在话语的层面，虽然马原确定了新的小说视点，但并没有确立新的“世界观点”。随着“我就是那个叫马原的汉人”这句语式的神秘性在不断重复中逐渐丧失新鲜感，马原的挑战性也丧失了。

洪峰一直被当作马原的第一个也是最成功的追随者，但是人们忽略了洪峰的特殊意义。1986 年，洪峰发表《奔丧》，传统小说中的悲剧性事件在这里被洪峰加以反讽性的运用。“父亲”的悲剧性意义的丧失和他的权威性的恐惧力量的解除，是令人绝望的。

《奔丧》的“渎神”意义表明“大写的人”无可挽回地颓然倒地，它怂恿着叛逆的子们无所顾忌越过任何理想的障碍。洪峰同时期比较出色的作品还有《瀚海》（1987）和《极地之侧》（1987）。前者带有“寻根”的流风余韵，后者显示了对马原的某些超越，它们与《奔丧》比起来，艺术显得更加成熟，但是却不具备《奔丧》的那种改变观念的力量。

在谈论“先锋派”或“新潮”的时候，不能不谈到残雪，尽管残雪那若即若离的独行气质难以归类，然而，残雪以她冷僻的女性气质与怪异尖锐的感觉方式，不仅与此前的中国女性的写作诀别，而且与同代的男性作家群分庭抗礼。只有残雪才具有那种绝望的反抗男性制度的意识，因为绝望，她才绝对，因为绝对她才如此怪僻与尖锐。1986 年，残雪连续发表几篇作品：《苍老的浮云》、《黄泥街》、《山上的小屋》等。残雪显然过分夸大了日常生活里那些精神乖戾的现象，但是她也确实暴露了女性在潜意识里企图用她们怪异的精神反应来对付已经制度化了的男权统治。残雪的写作洗劫了女性的脂粉气和臣服于男权制度的浪漫情调。她的主题值得推敲，但是她的那种冷峻怪异的感觉，那种对妇女心理的淋漓尽致的刻画，对暴力的幻觉式的处理方式，以及有意混淆幻想和实在的叙事方法，显然严重影响了稍后的“先锋派”，至少残雪打开了一扇隐秘的窗户，破除了一些清规戒律，她预示了一个似乎超离现实的幻想世界在文学中的存在。

1986 年在中国当代史上并不是一个特别富有诗意的年份，然而在当代文学史的进程中却是一段诡秘莫测的岁月，在它那偃旗息鼓的外表下掩盖的是一系列小小的诡计。就是这些不起眼的行径，为后起的“先锋派”铺平了最初的道路。马原、洪峰、残雪既是一个转折，也是一个过渡，在他们之后，文学观念和写作方法的某些禁忌已经解除，但是，留给后来者的不是一片广阔的可以任意驰骋的处女地，而是一个前途未卜的疑难重重的世界。过去“写什么”可以从现实生活中找到与意识形态直接对话的重大题材，写作只有主题的类别之分；而“怎么写”明显地见出才情技法的高下之别，写作不仅要发掘个人化经验的非常独特的角落，而且要去寻找动机、视角、句法、语感、风格等等多元综合的纯文学性的要素。只有独特的话语、技高一筹的叙述，才能在失去意识形态热点的纯文学的艺术水准上得到认可。在这一意义上，马原既是一个怂恿、一个诱惑，也是一个障碍。马原在他那曾经卓有成效的“叙事圈套”上，不仅垒起了一个时代的，同时也垒起了他自己的纪念碑。显然，更新一辈的写作者必须跨越这块并不雄伟的石碑，有必要在叙事视角、价值立场、心理经验、感觉方式、语言的风格化标志等等方面超越马原。

19 世纪末尼采说道：“上帝死了，上帝不会复生。我们已经把他杀死了，我们这些最大的凶手，将何以安慰自己呢？……我们必须发明出什么样的赎罪节目和神圣游戏呢？”① 我们是无神论者，“上帝之死”我们可以无动于衷；然而，我们不幸曾经是（而且还会是）理想主义者，“大写的人”及与之相关的信念体系在 20 世纪 80 年代后期突然崩溃，我们同样面临一次严重的精神恐慌。我们时代的“先锋派”——虽然不过是些无足轻重的同谋者，然而，他们从未体验到“弑父”的快感，却承担了这场灾难的全部后果，他们将何以安慰自己呢？难道说只有远离现实的写作是其自我救赎的唯一节目？

二、艰难跋涉：“先锋派”的历史轨迹

1987 年被认为是当代中国文学跌入低谷的时间标志，这个标志隐含了太多的历史内容，因此它更有可能是当代文学另一个历史阶段的开始。其显著特征在于，继马原之后，更年轻的一批作者步入文坛。这里面可以看到“现代派”的线索，也不难发现“寻根派”的流风余韵，当然还有马原的叙述视点。1987 年初，一批小说悄然

① ［德］尼采：《诗歌科学》，95～96 页，纽约，1959。

面世，例如，孙甘露的《我是少年酒坛子》、北村的《谐振》、叶曙明的《环食·空城》、姚霏的《红宙二题》、乐陵的《扳网》、杨争光的《土声》等［以上几篇均发表于《人民文学》，1987（1～2）］。这几篇小说的显著特征在于：其一，故事情节淡化或趋于荒诞性；其二，“反小说”的讲述与注重语言句法；其三，现代性寓言。孙甘露的《我是少年酒坛子》只能称为一种“亚小说”，它是散文、诗、哲学、寓言等等的混合物，这是孙甘露一贯的风格。北村的《谐振》、叶曙明的《环食·空城》和姚霏的《红宙二题》，表达的是有关当代人的生存困境及其荒诞性的主题，其反讽的效果及其对世俗化生活的批判意识，明显与刘索拉和徐星的那种自以为是的“现代意识”区别开来。那些看上去是现代主义的主题，实际是被反讽性地挪用了。

这些发表于1987年初的作品大都写于1986年，看得出对观念性的东西的特别爱好，只不过那种虚张声势的激情更多为心灰意冷的沉思冥想所代替。事实上，对观念的追求来自80年代的流风余韵，而灰暗的经验则是与生俱来的记忆。这些年轻的写作者大都是些曾经（或正在）自诩为“新生代”的诗人。在我看来，作为小说写作者，他们被称为“晚生代”或许更加恰当。对于他们来说，摆在面前的不仅有西方的那些古典的和现代的艺术大师，同时更加难以承受的是还有整整一代的“知青群体”——他们有着不寻常的战斗经历，他们的痛苦和磨难已经深深铭刻在历史的墓碑上。而这些后来者拥有什么呢？快乐而苍白的童年和少年？他们是一些生活的“迟到者”，永远摆脱不了艺术史和生活史的“晚生感”。1987年初的这些“先锋小说”（当然还有其他的我无法一一列举的作品），显然急于摆脱“晚生感”而表达新的艺术经验，反“传统小说”的态度过于明确：淡化情节、压制角色、形而上的寓言思考、语言的修辞策略等等。

1987年底，《收获》第六期明显摆出一个“先锋派”的阵容。这些作品在艺术上比年初的那些作品要成熟纯正些，那些姿态、那些硬性的所谓“现代观念”已被抛弃，非常个人化的感觉方式熔铸于叙事话语的风格标志中。苏童的《一九三四年的逃亡》，多少可以看出一点莫言“寻根”的味道和马原的那点诡秘，然而，以“祖父”、“祖母”为表征的历史却陷入灾难，历史已无根可寻，留在虚假的时间容器（一九三四年）中的，不过是颓败的历史残骸。显然，这篇小说没有可以全部归纳的主题，历史、农村、都市、生殖、革命、生活等等，都不是在观念的领域里被寓言性地谋杀，而是在具体的叙事中被无所顾忌的诗性祈祷所消解。那些在叙事中突然横斜旁逸的描写性组织，构成叙事的真正闪光的链环。苏童在此之前已经写过多篇小说，只有《一九三四年的逃亡》确定了苏童未来写作的道路。过于激越的抒情意味和强烈的叙述节奏打断了残败的历史之梦，并且标志着新一代的写作者鲜明的话语意识，然而，这种情感过于外露也过于外在，它并没有沟通深挚的“个人记忆”。但苏童后来找到纯净如水的感觉这就对了。

余华的《四月三日事件》是继他的《十八岁出门远行》之后，对少年心理意识的又一次更加怪异的描写。对于余华来说，少年的视角不过是他有意混淆“幻想”与“现实”、“幻觉”与“实在”的一个特别视点。一个无名无姓的“他”，在十八岁生日的时刻，神经质地意识到“被抛弃”的恐惧。“他”的精神的漂流状态真切地呈示为他对生存环境扭曲的细微感觉，迷醉般地用“幻觉”来审视他的实际存在。叙述时间由于卷入幻觉与实在的不厌其烦的辨析过程，而在精细怪诞的感觉中无比艰难地推进。余华随后在《一九八六年》中，把一个疯子推到叙事的中心，作为“文革”疯狂历史的精神遗产，疯子不过是历史疯狂的凝聚。然而，现实的人们完全漠视了这个历史凝聚之物。疯子的存在不仅是在道德的水准上对人性、良心的诘难，同时也是对生活的虚假性的全部戳穿。余华从这里出发走进一个由怪诞、罪孽、阴谋、死亡、刑罚、暴力交织而成的没有时间也没有地点的世界——那是他的温馨之乡，是他如愿以偿的归宿。

如果把孙甘露的《信使之函》称为小说的话，那么这是迄今为止当代文学最放肆的一次小说写作。这篇被称为“小说”的东西，既没有明确的人物，也没有时间、地点，更谈不上故事，它把毫无节制的夸夸其谈与东方智者的沉思默想相结合，把人类的拙劣的日常行为与超越性生存的形而上阐发混为一谈，把摧毁语言规则的蛮横行径改变为神秘莫测的优雅理趣。孙甘露像个远古部落遗留的现代祭司，端坐在时间与空间交合转换的十字路口，而后不失时机地把他的语词抛洒出去。《信使之函》作为当代第一篇最极端的小说，证明当代小说没有任何规范不可逾越。然而，孙甘露不过证实这种证明毫无意义，小说的规范已经死了，然而人们还活着。

相比较而言，格非的《迷舟》看上去要传统得多，这个战争毁坏爱情的传统故事是以古典味十足的抒情风格讲述的，那张简陋的战略草图一点也不损害优美明净的描写和浓郁的感伤情调。然而，整个故事的关键性部位却出现一个“空缺”。萧去榆关到底是去递送情报还是去会情人杏？这在传统小说中无论从哪方面来看都是一个精彩的高潮，然而，它竟然在这里被省略了！这个“空缺”不仅断送了萧的性命，而且使整个故事的解释突然变得矛盾重重，一个优美的古典故事却陷进解释的怪圈。这个“空缺”在 1987 年底一出现，轻而易举就使格非那古典味十足的写作套上“先锋派”的项圈，尽管这个“空缺”不过是从博尔赫斯那里借用来的，然而格非用得圆熟到家，就像祖传秘方。

当然，1987 年还有一些值得注意的小说，我难以全面列举。就以上提到的几位“先锋派”作家而言，其实已经操练小说（或诗）多年，何以他们在 1987 年底突然间集体成熟？仅仅归结为他们长大了是远远不够的。在我看来，1987 年也不仅仅依靠外部现实的压力（文学不得不重视“怎么写”），而且在于文学的写作标准已经趋于明确：强调叙述视点、独特的感觉方式、鲜明的语言风格、对故事的特殊处理方式等等。总之，每个写作者必须找到自己的“话语”。因此，1988 年底，《收获》第 6 期再次推出一组“先锋小说”，几乎一样的阵容，显然艺术水准有了明显提高，在这一期上同时刊登了马原的《死亡的诗意》。曾经是“先锋派”领路人的马原，现在却明显落伍，我们没有理由认为这篇小说不好，然而，人们可以容忍追随者的平庸，却无法忍受开山者的重复，马原功不可没，却足以抹杀后来的自己。因而对马原的超越已经变成一种考验，叙事话语的风格标志才显得至关重要。如果说《一九三四年的逃亡》还带有一些兼收并蓄的痕迹，那么《罂粟之家》则真正显示了苏童的风格。这个家族颓败的故事内涵相当丰富：历史与生殖、压迫与报复、血缘与阶级、革命与宿命等等，或对立或统一，以一种舒缓纯净的风格化语言从容讲述出来。苏童的人物总是为情欲所驱使，毫无指望地抗拒命运而事与愿违，《罂粟之家》散发着淡淡的历史忧郁之情而远离悲剧，故事明白晓畅却不失深邃诡秘之气，这是苏童的独到之处。《罂粟之家》作为苏童以往作品的一次全面总结，看不到外来小说影响的痕迹，这并不容易。

1988 年，余华在暴力与阴谋的无边苦旅中越走越远，没有人可以否认余华的感觉古怪而奇妙，他把那些奇形怪状的人物的全部智力压制在正常人的水平线之下，这样余华就可以驱使他们去干任何不可思议的勾当。显然，余华对人物的行动并不感兴趣，他关注的是那些过分的反应方式给叙述语言提供的可能性。《河边的错误》、《现实一种》显然有不少令人瞠目结舌的场面，然而，更加令人注目的是对那些场面的感觉方式和语言特征。随后的《世事如烟》［载《收获》，1988（5）］、《难逃劫数》［载《收获》，1988（6）］，无疑是余华最好的作品。《世事如烟》对暴力、阴谋、罪孽、变态等等的描写淋漓尽致。在余华的那个怪异的世界里，时间与空间、实在与幻觉、善与恶等等的界线理所当然地被拆除，而阴谋、暴力和死亡则是日常生活必要的而又非常自然的内容。“算命先生”作为全部阴谋和罪恶之源，如同远古时代令人恐惧的部落长老。这尊历史的古老肖像总是在余华的写作中浮现出来。余华的那些怪诞不经的故事因此又具有某种发人深省的历史宿命论的意味。《难逃劫数》把暴力场面写到炉火纯青的地步，它们看上去像是一些精致的画面。余华的那些被剔除了智力装置的人物，总是处于过分敏感与过分麻木的两极，而且总是发生错位，他们不过注定了是些倒霉的角色，一系列的错误构成了他们的必然命运。人们生活在危险中而全然不知，这使余华感到震惊，而这也正是余华令人震惊之处。

《褐色鸟群》无疑是当代小说中最玄奥的作品。格非把关于形而上的时间、实在、幻想、现实、永恒、重现等等的哲学本体论的思考，与重复性的叙述结构结合在一起。“存在还是不存在？”这个本源性的问题随着叙事的进展无边无际漫延开来，所有的存在都立即为另一种存在所代替，在回忆与历史之间，在幻想与现实之间，没有一个绝对权威的存在，存在仅仅意味着不存在。这篇小说使人想起埃舍尔的绘画、哥德尔的数学以及解构主义哲学那类极其抽象又极其具体的玄妙的东西，它表明当代小说在“现代派”这条轴线上已经摆脱了浅薄狭隘的功利主义。虽然这篇小说明显受到博尔赫斯的影响（例如关于“棋”与“镜子”的隐喻），但是汉语的表现力及其关于生存论的思考，也可以置放在现实中来理解，因而这篇小说读起来有些晦涩费解，但决无做作之感。如果说《褐色鸟群》的形而上观念过强毕竟只能偶尔为之，那么《青黄》则把叙述的结构设计与生活史的存在方式结合为一体——一个不完整的统一体，结构上的“空缺”正是生活史的不完整性的隐喻投射。对“青黄”的词源学考据，变成对九姓渔户生活史的考证，结构上隐瞒的那些“空缺”恰恰是九姓渔户生活中最不幸的环节，“补充”可能使叙述结构变得完整，但是却使外乡人的生活彻底破碎了。格非的故事主角经常是“外乡人”，对于格非来说，生活本质上是不能进入其中的，因而“外乡人”的历史构成了人类生活史最隐秘的部分。

1988年因为有了孙甘露的《请女人猜谜》［载《收获》，1988(6)］，“先锋派”的形式探索才显得名副其实。在这篇小说中，孙甘露同时在写另一篇题名为《眺望时间消逝》的作品。这是双重文本的写作，就像音乐作品中的双重动机一样，结果后者侵吞了前者。在这篇没有主题，甚至连题目都值得怀疑的小说中，角色随时变换自己的身份，时间与空间的界线变得相对。这是一次关于写作的写作，一次随意弹奏的卡农，孙甘露不过想试验一下写作的可能性到底有多大。同时也不能忽略孙甘露对生存的似是而非境遇的似非而是的剖析、对那些虚度瞬间的心烦意乱的刻画，都具有玄妙深长的意味。值得提到的还有潘军的《南方的情绪》。这篇对侦探小说反讽性模仿的小说别有趣味。这个企图侦探某个秘密的主角却是一个忧心忡忡的多疑者，他总是落入别人的圈套。把这一主角的形象与“新时期”文学“大写的人”作一对照是一件十分有趣的事，角色的变迁正是社会心理改变的投影。《南方的情绪》其实为当代小说的写作开启了一条类似罗伯·格里耶的《橡皮》的那种路子，潘军没有坚持探索有一些可惜。同期的作品还有扎西达娃的《悬崖之光》，我一直没有谈论扎西达娃并不是我的有意疏忽，扎西达娃是个非常奇特且含义复杂的人物，当我勉为其难把苏童、格非等人作为“先锋派”来讨论时，再把扎西达娃扯进来是不是有点乱套？但是没有扎西达娃我的讨论显然缺了一角，遗憾的是我只好让自己的文章缺些角，只能另行撰文，以补空缺。

如果把1989年看成是“先锋派”偃旗息鼓的年份显然过于武断，但是1989年“先锋派”确实发生了某些变化，形式方面探索的势头明显减弱，故事与古典性意味掩饰不住地从叙事中浮现出来。1989年《人民文学》第3期再次刊登了一组“先锋”（或“新潮”）小说，在那些微妙的变化和自我表白的话语里，我看到另一种迹象。我发现他们在寻找另一种东西，一种更深地扎根于生存的现实和本土文化中的动机力量。《风琴》如果不是近年来最优秀的短篇小说，至少也是格非最出色的作品。这篇看上去抒情味十足的小说，颇具古典情调。格非以往的那种形而上的观念和叙事“空间”不再在故事中起控制作用，相反，故事是不留痕迹自然流露出来的一些场景片断。它们像一些精致的剪贴画呈现出来。然而人物的行动链的某些环节出了差错——就是这些细微的差别，使整个故事、整个生活无可挽救地颠倒了。王标渴望一次真正的伏击却伏击了一个迎亲的队伍，他能干什么呢？他只好请新娘唱支歌。歌声被王标的遐想掩盖了，然而正是歌声激起王标的遐想，正是歌声掠过早春的原野经久不息地飘荡——还有什么比这种情境更让人悲哀，更为感人至深的呢？只有在这时人才能和真实的生活融为一体，与自然融为一体——回到"生活之中去"的渴望恰恰是在破碎的生活边界上奏起的无望的挽歌。

余华的《鲜血梅花》看上去是一篇仿武侠小说，这不奇怪，同一时期的《古典爱情》就仿过《聊斋志异》一类的志怪或古典言情小说。然而这篇仿武侠小说却别有值得注意的内容，这里为父报仇的主题完全可以看成是"寻找父亲"主题的变种。我们时代的"先锋派"，在他们讲述的关于历史或现实的故事中，"父亲"不是被"遗忘"，就是苍老而濒临死亡，现在却渴望"为父报仇"（寻找父亲）。无父（无历史或现实）的恐惧已经从潜意识深处流露出来，其写作姿态和立场的微妙改变是不难理解的。也许我这种解读方式有些武断，然而随后的文学实践将会印证我的推论，例如格非的《敌人》。更有象征意义的是苏童的《仪式的完成》。这篇小说的题目如此抽象而难以捉摸，甚至与小说的内容并不切合。我想这篇小说的"题目"是重要的，而故事无关紧要。事实上，这篇小说没有按预期显示苏童在1989年应有的功力和风格——这是一次勉强完成的仪式，因为仪式总是要完成的。然而，"民俗学家"却不是这样，仪式会使人迷狂，仪式的规则就是弄假成真，民俗学家用性命完成了仪式。这是对"先锋派"现实心理的一次寓言式的书写，或者说是一次自我警告：在类似仪式的这种形式探索中，"先锋派"是不是陷得太深？至少苏童的自我疑问是成立的，尽管苏童不过才湿了鞋面。事实上，仪式并未完成，我们时代的"先锋派"何去何从？

1989年，"先锋派"以其转向的姿态完成历史定格。我说过，我宁可认为这不过表明他们期待更深地回到生存的现实和本土文化的根基上来。然而作为"晚生代"，他们只能以非常特殊的方式与现实社会对话，因此，不难理解，他们暧昧的目光投向"历史"的深处。事实上，"先锋派"一直在讲述历史故事，只不过形式的探索一直压制了历史故事，现在，形式的外表被尽可能褪下，那些历史情境逐渐浮现，讲述“历史颓败”的故事成为1989年之后“先锋派”的一个显著动向。显然，叶兆言在这方面多有建树。尽管叶兆言写过《枣树的故事》这种形式意味很强的作品，但叶兆言最拿手的是讲述20世纪30年代散发着历史陈旧之气的故事，例如《状元镜》(1987)、《追月楼》(1988)、《半边营》(1990)、《十字铺》(1990)等等。叶兆言写出了30年代那些被遗忘和淹没的往事，虽然他没有表达真切而深挚的怀旧情绪，但是叶兆言写出了历史无可挽回的颓败命运，在古代与现代的交接点上，观看历史弥留之际的最后时刻的景象。

《妻妾成群》[载《收获》，1989(6)]显示了苏童对历史的特殊感觉方式，尤其是对“历史颓败”情境的刻画。苏童的叙事迂缓从容，圆熟老道，苍凉老气，潇洒横秋，浓郁的抒情笔法掩饰不住悠长的历史感伤气息。虽然这篇小说可以看出某些《家》、《春》、《秋》的痕迹，甚至可以上溯到《红楼梦》的那种文人化的古典传统，然而我以为这恰恰显示了当代“先锋派”皈依传统的有益的尝试。同样，格非的《敌人》[载《收获》，1990(2)]也表现了类似的意图，例如在主角赵少忠的身上表现出对古典价值认同的愿望。当然，这部长篇小说的观念性和寓言性很强，格非试图写出生活史中令人震惊的事实：这不只是赵少忠的复仇愿望在天长日久的等待中徒具形式，更重要的在于先入为主的观念是如何促使赵少忠误解接连不断的灾难，他最后只能扼死儿子以证实敌人的存在。敌人就在我们内心，就是与生俱来的“自我”。虽然《敌人》没有取得预期的成功，但是，不管是对生活史中那些惊人的事实的描述，还是对 代“先锋派”的潜意识的书写，《敌人》都有其独到之处。

当然，并不是说形式探索就根本不存在了，1990年孙甘露发表《岛》这种实验性很强的小说。而北村一直没有放弃他的语言与叙述视角的探索实验，继《谐振》之后，北村发表《陈守存冗长的一天》、《逃亡者说》、《归乡者说》、《劫持者说》、《披甲者说》、《聒噪者说》，这些作品一如既往显示了北村对叙述语言探索的宗教徒般的精神。在北村看来，语言与世界相遇显然存在一个漫长的过程，他乐于观看那些放慢的动作在精确的语义序列中的推移过程，而仿梦的叙述视点（结构）为语言的迷失设置无限的歧途。北村过于重视语言的精确性和表现力，使人觉得北村是在显微镜下写作。然而读者不会拿着放大镜阅读，这不仅是北村的不幸，也是所有语言探索者的悲哀。1991年暮春，北村和我有过一次长谈，我感觉到北村发生了某些重要的变化，那些原来作为叙述语言的原材料的生活事实，现在已经蕴含了“东方神话谱系”的意味，它们从历史深处绵延而来。

显然，走向历史深处的阵容已经摆好，苏童发表了长篇小说《米》。孙甘露刚刚完成一个长篇（据说与历史有关）。格非正在构思一部时间跨度很大的长篇。而余华也着手去刻画那些古旧的历史肖像。当然，我并不是说他们都去讲述那些很久以前的历史故事，相反，他们大都把兴趣投放在二三十年代——不是中国现代史最初的年代，而是中国古代史最后的岁月。以一种怀旧主义的手笔重写中国现代史，写出那种令人震惊的历史颓败的情境，在美学风格的水平上呈现民族的历史心灵。

三、有限形式：先锋小说的成就与局限

马尔科姆·考利在总结达达主义运动时说道：“凡是读到达达主义运动的人，无不感到其成就之微小与其背景之丰富、复杂不成比例到荒谬而几乎可悲的地步。这里有这样的一群年轻人，他们可能是欧洲最有才能的青年：他们人人都有能力成为好作家，或者，如果他们下这样的决心，成为很受欢迎的作家。他们有着法国文学的悠久传统（他们完全熟悉这些传统）；他们有活着的大师可做榜样（他们研究过这些大师）；他们热爱自己的艺术，而且强烈希望超过别人。他们到底取得了什么成就呢……”① 考利的评价在某些方面、在某种程度上也适合于中国当代的“先锋派”。在20世纪80年代后期那些“文化失范”的年月，我们时代的“先锋派”不是没有可能成为“达达主义者”，所幸的是，他们立足于中国本土，从事一些小说叙事方式和语言表现方面的探索。然而，他们毕竟做出了艰辛的努力，他们到底取得了什么成就呢？在审视过他们留下的历史足迹之后，我突然感觉到从未有过的虚空和惶惑。我能从那些奇思怪想的语句中，从那些支离破碎的故事中，归结出哪些有用的东西呢？

① ［美］马尔科姆·考利：《流放者的归来》，张承谟译，135页，上海，上海外语教育出版社，1986。

我知道自己遇到真正的困难，尽管如此，我还是勉为其难，因为这毕竟是一段不可多得的历史，更何况妄自菲薄和盲目的夸大一样无助于理解历史真相。

（1）尽可能地拓展了小说的功能和表现力。人们可以对“先锋派”的形式探索提出各种批评，但是却无法否认他们使小说的艺术形式变得灵活多样。小说的诗意化、情绪化、散文化、哲理化、寓言化……传统小说文体规范的完整性被损坏之后，当代小说似乎无所不能而无所不包。在向传统小说文体规范挑战的诸多探索中，孙甘露无疑是最极端的挑战者。他的每一次写作都是一次“反小说”的语言智力游戏，在把小说的叙事功能改变为修辞风格的同时，孙甘露最大可能地威胁到小说的原命题。现在，孙甘露寥寥几篇小说的影响却像罂粟花一样蔓延，当叙事和话语制作上的最后一道界线都被拆除之后，当代小说写作还有什么顾忌呢？我们应该感谢还是诅咒孙甘露这个过河的卒子呢？显然，在拓宽小说功能领域的同时，小说的表现领域也随之被放大，特别是那种非常独特的个人化经验构成当代小说混乱不堪的生存空间。

（2）强化了感觉与语言风格。没有人会否认当代“先锋小说”创造了一个奇异而缤纷的感觉世界，这显然得自二三十年代中国现代“新感觉派”小说和五六十年代法国“新小说”的影响。“先锋小说”的独特感觉并不仅仅在于攫取那些奇怪的主题或题材，也不只是表现在叙述方式上，最主要的在于接近物象的特殊感觉方式，这种特殊的感觉方式用语言的形式表现出来，就是独特的语言风格。在这里，语言与感觉是原则同格的。例如余华无限切近对象的那种语言与感觉所处的临界状态，北村的那种缓慢向前推移的蠕动状态，苏童的那种纯净如水明朗俊逸的情境，格非的优美隽秀的抒情意味，孙甘露的冗长的类似古代骈文的清词丽句等等。显然，其语言句法最重要的集体特征在于，他们尤为热爱而擅长使用“像……”的比喻结构。实际上，这个特征并不仅仅局限在语法意义上，“像……”引进的比喻句，不仅仅引进另一个时空中的情境，使叙事话语在这里突然敞开，发出类似海德格尔的“光”或“空地”的那种感觉；而且，“像”所引导的比喻从句经常表示一种反常规的经验。“像……”从句产生的“反讽”效果不断瓦解主句的存在情态及确定意义。“像……”显然充分显示出话语表达的无穷欲望。当然，应该看到，由于过分强调感觉的怪异与语言的分解功能，“先锋小说”显得晦涩难读，这显然是一个亟待纠正的偏颇。

（3）注重叙事策略。由于强调“怎么写”，话语意识当然要通过具体的叙事策略来表达，广义地说，叙述人和叙述视角的强调、叙述结构的设置、语式句法等修辞策略都可以看成是叙事策略的运用。但是，在这里，我强调的是在整个叙事中起决定作用的“策略”，例如苏童运用的“叙事动机”和格非的“叙事空缺”。就写作的“母本”意义而言，“先锋小说”经常是从其他文本（例如某些经典范本或类型范本）中攫取或借用动机。显然，“动机”与灵感不同，前者要具体得多，例如人物、故事或情境的标志等等。苏童的写作不仅仅在于他善于发掘母本的动机，更重要的在于苏童的叙事善于运用动机来组织、推动故事的发展，这使苏童的叙述与故事之间疏密有致，节奏感舒畅明快。

例如《罂粟之家》中“罂粟”的象征意义起到的动机作用，《妻妾成群》中在西餐社见面的情境构成的动机，还有萧的动机等等。至于格非的“叙事空缺”，我说过它来自博尔赫斯的启迪。它在格非的运用中，不仅仅形成某种结构上的补充链环，也不仅仅像博尔赫斯那样表达一种形而上的时间哲学，与格非讲述的那些生活史构成隐喻关系的、那些被省略的恰恰是生活史中最不幸、最绝望的隐秘部分，例如《青黄》和《敌人》中的“空缺”。

（4）多用反讽与对“自我”的怀疑。反讽即指一个陈述或事件描绘，却原来包含着与人所感知的字面意义正好相反的含义。20 世纪 80 年代上半期那种乐观的浪漫激情在文学作品中逐渐消失之后，当代文学乐于去描写人所遇到的各种难以解决的困难和矛盾。“先锋小说”（和某些“新生代的诗”），不是表达那些怨天尤人的激烈的不满情绪，相反，却是通过“反讽”性的描写，平心静气地接受了“不完整的”现实。“反讽”在这里显然不仅仅表达语言修辞的意义，更重要的在于它表达了一种生活态度和感觉方式，一种异常清醒的思维状态。因此，“反讽”既是怀疑“自我”的结果，也是消解“自我”的有效手段。作为“晚生代”，年轻的写作者不再标榜“自我”，“自我”被改变为一些歪斜的个人或是其行为的动机和效果总是发生一些故障的芸芸众生。他们当然不是“反英雄”的现代主角，不过是随机应变却又随遇而安的小写的人。在这一意义上，“先锋小说”与“新写实主义”可以说是异曲同工。值得注意的是，格非在《褐色鸟群》中表达的对“自我”的怀疑，在《敌人》中引申为对“自我”的恐惧，以至于可以归结出“自我”就是最内在的敌人这种极端的命题。这显然有些过分，它往前走一步就要坠入虚无主义的泥坑。

（5）借鉴后现代主义。“新时期”文学一直没有完全意义上的“现代主义”（刘索拉和徐星充其量不过是“伪现代派”而已），因此我在这里提及“后现代主义”（仅仅是萌芽）肯定令人感觉奇怪。其实也不难理解，后现代主义虽然是后工业社会的产物，但是作为一种文化形态、思想潮流、艺术准则和价值立场，它并不一定与经济基础直接同一。我以为这也是马克思说的“精神生产与物质生产的不平衡关系”的一个方面。例如拉美魔幻现实主义的那些代表人物博尔赫斯、马尔克斯等人却被实验小说家和批评家奉为圭臬。中国当代奇特而多样的文化形态，滋生后现代主义因素并非不可能，更何况近些年对后现代主义和后结构主义的东西也有所引进。就以文学实践来看，“先锋小说”处理那些幻想、暴力、死亡等等特殊主题的方式，破除传统小说的文体规范界线、语言的大规模泛滥、在生存态度上反理念而认同不完整性、拒绝超越性等等，都显示了后现代主义的典型特征。

应该强调指出的是，后现代主义已经退去了现代主义那种令人紧张的反抗欲望和自以为是的超越性。后现代主义其实表达了一种更为温和乃至保守的价值立场（例如，后现代主义者反对激进的社会革命而诉诸语言游戏和知识构型的分析）。当然，这些后现代主义萌芽在中国无疑带有本土文化的现实特征。其意义仅仅在于对生活现实境遇持更为冷静、求实的态度。其负面效果在于它对终极真理和绝对价值的回避。新一代写作者及其追随者由于滋长出的后现代主义态度而丧失信念和神性则是可悲的，企图用卑琐平庸的小市民趣味来冒出“后现代主义”则更显无聊。不管人们对“信念”、“神性”如何定义，文学写作永远要有超越性的内在精神。

（6）富有后悲剧风格。后悲剧风格即从历史颓败情境中透露出的美学蕴涵，通过对历史最后岁月进行优美而沉静的书写，通过某些细微的差别（差错）的设置而导致生活史自行解构，“先锋小说”讲述的历史故事总是散发着一种无可挽救的末世情调，一种如歌如画的历史忧伤，如同废墟上缓缓升起的优美而无望的永久旋律。例如苏童的《妻妾成群》和格非的《风琴》。

写作必须置放到非常个人化的经验中才能获得到有效的说明。

我以这种方式归结一群人的艺术特征，不过是力图勾勒历史某方面的轮廓。然而，仔细辨析就不难发现，这些粗线条与整个背景并不协调，也不深刻有力。令我吃惊的是，在我所归结的这些“艺术成就”的背后，都隐藏着它的副作用，或者说它的局限性。

形式的意义是有限的。在当代中国，苏珊·桑塔格主张的“坎普”文学不可能流行，也不会产生实际的影响。约翰·巴斯在20世纪60年代就认为，文学史几乎穷尽了新颖的可能性。这不仅仅是说形式技巧无法翻新，我以为更主要的在于光凭形式技巧无法拯救文学。中国当代的“先锋小说”从事形式探索无疑是有益的，但是形式探索在当代中国既不能走得太远，也无法持久。在这一意义上，中国当代没有真正的“先锋派”，他们有限的叛逆意义几乎起不到挑战的作用。对于处于这个文明中的绝大多数的芸芸众生来说，他们不仅是一些不可企及的先锋，而且是人们急于忘记的殉道者。例如孙甘露和北村就不得不饱尝“远行者”的孤独。余华最受欢迎的作品可能是《难逃劫数》，那是因为他把他的语言感觉方式糅合到鲜明的场景刻画之中。1989年底，余华发表《此文献给少女杨柳》，那是余华所有感觉和语言最精致的一次提炼。然而，结构和语言的方法实验过于明显，在1989年底，余华理应迈过形式的门槛，然而，余华却又奇怪地在门槛上磨蹭。这是一个奇怪的表现：一方面，形式的魅力迅速消失，至少它无法单独起作用；另一方面，形式却是读者大众望而却步的天然障碍，曲高和寡，更何况“曲怪”呢？1989年以后，“先锋小说”的形式有所退化，当然有多方面的原因，但是，期待读者认同则不能不说也是一个重要原因。

当然，并不是说形式探索就应该废止，事实上，形式可以不露痕迹糅合在故事的讲述中。约翰·巴斯在1967年慨叹“枯竭的文学”之后十三年，写下《填补的文学》，美国的实验小说也不得不从拉美魔幻现实主义那里吸取养料。中国当代文学这些年其实深受马尔克斯、博尔赫斯的影响，然而同时接受法国新小说的影响却又无意中喝下去语言的致幻剂。语言是一座迷宫，它会使任何聪明的头脑误入歧途。更何况汉语字词的象形特征和无时态的语法功能，它们使那些意象横陈的时空变得更加扑朔迷离。那是一张无边的语言之网，而网中的猎物只能是写作者自己。因此，有必要把讲述“语言”改变为讲述“故事”，叙述中出现的过多的分支应该被消除，那些太多的局部的小转折有必要被压平拉直，融合到舒畅伸展的故事中去，应该有叙事动机（主导的和局部的）起到纲领性的结构作用，只需要某些“细微的偏差”就足以摆脱故事的线性模式。

最近，苏童发表长篇小说《米》，这部划在“新写实主义”名下的小说，充分显示了苏童驾驭故事的才能。故事精彩绝伦，甚至有点惊心动魄，这是一部血迹斑斑而又破败不堪的江南历史。在这里，个人的经验发掘得极其深刻，那种复仇欲望和恶的本性超出道德水准的意义，而是类似于达尔文主义的生存法则。每个人为欲望所驱使却又逃不脱命运的劫难。这部长篇可以看出苏童正在开拓写作的新途径。然而，我唯一感到疑虑的是，苏童过去的那种舒缓纯净、优雅洗练的历史主义风格却为凶猛的故事所压制。“纯净如水”是苏童特有的功夫，我想目前苏童还没有充分的理由把它轻易抛弃。《米》是一次前进，也是一次退却，我说过“先锋小说”有必要从形式退到故事中去，但不等于完全放弃形式和风格，故事意味着形式的复活而不是死亡。

纵观“先锋派”几年前的探索历史，至少以下一些现象和问题值得注意：

其一，在当代文学多元化的格局中，出现这样一种动向，即小说写作不再以人为核心来讲述故事。19世纪末，尼采说“上帝死了”，半个多世纪之后，米歇尔·福柯惊叹“人的死亡”。在80年代后半期的中国，“大写的人”（人的理想）已经萎缩，“先锋文学”已经无力创造出具有正面肯定价值的人物，即使反面价值的人物也未必能确定作品的艺术价值和艺术水准。在“先锋小说”中，人物不得不退居到讲述的故事和故事的讲述的背后。人物变成一个“它”，成为话语表达中的一个符号，或是故事中的一个角色。而故事的讲述——尤其是话语的风格化意味成为小说的艺术价值和水准的根本标志。但对人物形象的忽视，无疑是这类小说的弱点。

其二，当代小说的写作倾向于越来越复杂，即必须考虑小说的视点、角度、动机、句式、语感以及个人化风格等等而锐意制造的复杂形式：如无扎实的内容支撑，便难于持久存活。现在不仅是马原影响了其后的“先锋派”，而且“先锋派”正在影响同辈的作者。现在初学写小说者似难抵制“先锋派”的那种叙事方法和语言风格的诱惑，而后者作为迟了半拍的“先锋派”，不幸的是仅仅陈袭形式的复杂，他们实际上磨去形式的锐气而吞食人们对形式的厌倦。当代小说写作对形式的重视并不等于唯形式是尊，事实上，实践证明，真正有意味的形式并不彻底消除小说的那些传统因素，而是在更高的水准上融合传统。显然，“先锋派”探索形式的经验表明，过于极端的、硬性的形式结构和语言技巧，在损毁传统规范的同时，也败坏了自身的美学趣味。

其三，先锋小说一直专注于个人化经验的发掘，因而它在感觉、故事、话语和风格等方面才能别具一格。然而单纯在个人化经验中走极端，其结果则是在幻觉的奇怪空间和语言的歧途中永无止境地循环、重复和自我消解，其个人经验除了怪异之外，应有更深广的意义。因此，当代小说在发掘个人化经验的同时，有必要强化历史意识——对历史的理性意识。事实上，马尔克斯、博尔赫斯乃至米兰·昆德拉所创造的非常个人化的经验，始终蕴含着深邃的历史意识。余华较成功且有内涵的作品如《世事如烟》、《难逃劫数》、《往事与刑罚》等等中出现的“算命先生”、“老中医”、“刑罚专家”预示着余华把独特的个人化经验融合到历史意识（或历史无意识）中去。然而，余华后来并没有深入发掘这种“历史意识”，他的《此文献给少女杨柳》之所以徒具怪异的感觉，其欠缺正在于此。

其四，文学必须从本土文化中吸取生命汁液，“先锋派”偏向借鉴西方文学的影响无可非议，但是同时要找到传统活的源头。仅仅从传统中攫取母本或动机是不够的，这种做法经常重复会使所谓的“创新”再次留下仿造的痕迹。例如，苏童的《妻妾成群》之于《家》、《春》、《秋》，格非的《蚌壳》之于穆时英的《白金的女体塑像》，余华的《现实一种》之于施蛰存的《石秀》等等。也许这种类似出于偶然的巧合，但是它们依稀可辨的类同毕竟令人不快。至少，“先锋派”没有立足于本土文化作宏观理解，更不用说融会贯通的运用。先锋们曾一再表示认同古典价值，但那仅仅是空泛的表态，它与本民族的精神意蕴相去尚远。

其五，“先锋派”远离现实确实有非常复杂的原因。然而，他们显然夸大了与现实之间的裂痕。他们企图通过讲述历史来书写现实，事实上他们几乎遗忘了现实。并不是说他们真正远离现实生活——这当然不可能，他们就生活于其中，而是说他们并没有抓住现实的真谛。正如欧文·豪在《群体社会与后现代派小说》一文中指责绝大多数美国战后小说家时写道：“不能，或许由于过于精明而不能直接地表达战后的感受；他们更愿意背离正面的描写；他们本可以表达他们的激情，尽管这种激情常常是难以名状的；他们对美国生活的批评不是通过现实主义的生动描绘，而是通过神话、流浪汉小说、预言和怀旧等形式表现的。”① 欧文·豪的批评同样适用于中国当代“先锋派”。那些“历史故事”在多大程度上表达了他们“意识到”的历史内容和现实内容是值得怀疑的。纯粹的美学价值并不存在，至少现在其意义有限。福柯的那句话依然值得深思：重要的不是话语讲述的年代，重要的是讲述话语的年代。对于理论和批评具有参考价值，对于小说写作同样具有启迪意义。由于对“讲述话语的年代”（当代现实）研究得并不透彻，因而“话语讲述的年代”（故事的历史内容）并不具有强大的震撼力，而虚假的美学风格漂浮其上则又可能是一次历史错觉。

历史总是惊人地不完美，因而历史才能变化、前进。也许人们已经看到“先锋派”的疲软和退却，然而我依然固执地相信，他们丢弃了“先锋派”这项刺眼的荆冠之后，正在酝酿一次至关重要的自我突破。“最后的仪式”远未完成，他们的生命苦旅不过刚刚开始。我想，这不仅是他们的自我期待，也是历史的和整整一代人的期待。

1991 年 7 月 3 日于北京大有庄

（原载《文学评论》1991 年第 5 期。）

① 欧文·豪：《群体社会与后现代派小说》，载《党派评论》，第 26 期。

附录二　先锋派之后：90 年代的文学流向及其危机

1983 年，米兰·昆德拉在法国巴黎一次演讲中说道："如果小说真的要消失，那不是因为它已用尽自己的力量，而是因为它处在一个不再是它自己的世界中。"[①] 这句话表达了一种绝望的忧虑。就小说的现代命运而言，它确实越来越被边缘化，在这个符号帝国急剧扩张的时代，小说如何去（去哪里）寻求它的安身立命之地呢？它的衰败是必然的。然而，这句话还隐藏着另一层意思，如果说小说"自己的世界"不仅仅指外部的符号帝国——由现代文化工业构成的排斥性力量，更重要的在于小说迷失了自己的方向，小说找不到自己"内在的世界"。也就是说，小说不再处在自己的（美学规定的）世界中，它放弃了它的根本的艺术追求，逃离了它应是的存在，这将是它最根本的危机所在。当今中国小说显然正处在这样的双重困境之中：一方面，它置身于视觉符号帝国和各种非文学的社会化力量的分化和瓦解的境地；另一方面，它的艺术追求变得越来越模糊，它正在走出自身的世界。

没有先锋性的探索，文学在现今时代就难以找到自身的世界。然而，"先锋派"这个术语现在已经变得陈旧而不合时宜，曾经被称为"先锋派"的作家们，功成名就后已经难有再探索的热情。当然，从来就没有永远的先锋派，随着一代先锋派创制的艺术经验被广泛认同，先锋派的挑战意义也就终结了。但当今中国的先锋派的历史如此短暂，并且如此迅速地被人们抛弃乃至于遗忘，这不能不令人惊异。尽管说当代文化语境是如此复杂，个人的选择总是为多重历史力量所决定，但个人总是能确立自己面对文学说话的基本位置和文化目标。"有力量的跟着历史走，没有力量的被历史拖着走。"（斯宾格勒语）在当代中国文化语境中，"有力量"不幸被理解为"有能

① 参见［捷克］米兰·昆德拉：《小说的艺术》，16 页，北京，三联书店，1992。该演讲原题为《塞万提斯的遗产》，随后以《如果小说抛弃我们》为题，发表在法国《新观察家》杂志上。

力顺应时势潮流”。“永远的先锋派”固然强人所难，但文学却永远需要先锋派。即使在后现代文化语境中，“先锋派”这种说法显得非常勉强，但文学共同体总是保持着创新的努力，保持着构筑新的文化乌托邦的冲动，否则人们就注定了生活在一个“文化稗史的新时代”（利奥塔语）。

20 世纪 90 年代的中国文化处于急剧的裂变和转型时期，中国文学创作显现出从未有过的复杂、丰富和含混。90 年代的中国文学以其面对“现在”的直接性而开创了一个新的局面。就文学面对“现在”而言，它无疑提供了一系列新的艺术经验，改变了不少由来已久的原命题。但是，先锋性的形式革命很少在表现现实的文学叙事中留存下来，没有形成进一步保持面对“现在”写作的先锋性。一方面，昔日的先锋派逃离“现在”，另一方面，面对现在的写作没有展开有效的先锋性艺术探索。这二者构成的矛盾严重阻碍了当代文学的有序发展。仅仅是（又是）短短的几年，随着历史背景的不断变幻，文学为适应“现在”的潮流进行各种调整，已经耗尽了文学的创新冲动。不管人们从哪方面来说，先锋性的丧失，对“现在”把握无力，不能不说是当前文学创作缺乏深度、高度和力度的危机所在。归根结底，文学共同体缺乏一个深厚有力的思想基础和认识体系，就不可能保持先锋性的艺术创新和对“现在”（历史）的深刻把握。因此，重新审视先锋派文学直至 90 年代的文学面对“现在”的文学叙事，不是简单的肯定或否定，而是进入到历史的实际过程，去找出那些症结性的问题及其可能的出路，这是本文试图作出的努力。

一、先锋性的退化与文学转型的历史语境

当代先锋派文学到底是一个虚构的神话，还是实际的历史？或者如某些论者所言，所谓先锋文学和先锋批评不过是 1989 年以后的特殊意识形态氛围的产物，得到官方意识形态的有力支持而风行一时。①

---

① 参见杨扬：《先锋的遁逸》，载《二十一世纪》，1995（6）。该文认为所谓先锋文学和先锋批评是在 1989 年以后的特殊意识形态氛围里出现的，“恰好满足了当代意识形态的需要”，借助官方意识形态之力，从南方批评家手中夺过胜利果实，并且得到官方意识形态部门的有力支持。稍做一些实事求是的资料工作，当不难发现，“北方评论家”（按照一些人的划分法，自然也包括我在内）关于先锋派的评论文章，有不少是发表于 1989 年 6 月以前和 12 月以前。稍有常识的人都知道中国学术刊物发表文章的周期。

这里暂且不去辩解先锋派批评是否是“合谋”的产物，先锋文学在80年代后期崛起于文坛，这是基本事实。它的崛起既不仰赖南方批评家的慧眼识珠，也不必凭借北方批评家的不遗余力，更重要的在于它乃是文学史发展到这一阶段的必然结果。也就是说，它表达了历史发展的必然要求。也正是在这一意义上，先锋文学创立的文学经验可以普遍化并且有效建构当代文学的美学高度。

很显然，先锋文学一直在文学史的对话语境中展开探索，它既与西方现代主义构成一种借鉴关系，同时更重要的是与当代中国既定的经典现实主义文学传统构成对话关系。当文学不再能从意识形态推论实践中获取内在动力，它只能以形式主义实验来寻求从社会领域退却的途径。先锋派文学回避了意识形态话语，但其艺术创新方面的探索无疑使当代文学的格局发生某些根本变化。如果不理解80年代文学写作的历史前提（历史语境），就无法理解任何文学创新给出的意义。80年代中后期以来，经典现实主义文学规范就面临合法性危机。在文学创新的压力之下，现实主义文学体系既保持着顽强的制度化的支配力量，又难以提出与之应战的开放性策略，未能及时提出一整套的表象体系和表意策略突破旧有的文学规范。这就使得80年代后期（直至90年代）文学所做的一些小小的技术性调整和观念的些微变化，都被视为具有变革意义的探索。文学创新的意义显然是被经典现实主义的自我封闭语境放大的。换句话说，如果经典现实主义的制度化力量呈开放性势态，那么它有可能提出自我创新的表象体系，它有能力接受一切先锋性的挑战，并且把那些反抗和创新吸收为它的表象体系。但事实并非如此，这就使得所有的创新被置放到它的对立面，任何创新都不得不被看成是一次背叛，那些细微的变化也成为对经典现实主义的超越。

当代中国文学在80年代后期开始历史转型，我坚持认为这种转型发生在1987—1988年，持续到90年代。这种转型是政治/文化/经济多边作用的结果，而不仅仅是某个历史事件起到突发性的杠杆作用。不理解这一点，就不理解当代中国文学所发生的那些变化本身具有的文化逻辑。不管是用“新时期后期”还是“后新时期”来描述它，都是基于文学历史本身的变化和起关联作用的语境来给予定位。[①] 尽管当代历史语境是如此复杂，包含过多的变异和重叠，但我们还是可以从中找到最主要的历史前提，找到创生的文化与主导文化冲突的基本关系。这些关系并不是突然出现的，也不是一成不变的，但在理解当代中国文化的创生力量时，不找到那些对话的阶段性语境，就不能给出它的准确位置。先锋小说在80年代特殊的历史语境中应运而生，这并不表明它是投机取巧或“合谋”的产物，恰恰相反，它的崛起表现了当代中国文学少有的对文学说话的纯粹姿态，它那过分的形式主义实验，既是一次无奈，也是一次空前的自觉。毋庸置疑，先锋小说把中国小说叙事推到相当的高度、复杂度和难度。

面对先锋小说在短暂的历史时期创立的艺术经验和准则，文学界除了保持短时期的麻木和排斥之外，再也无法回避它的存在。进入90年代，先锋小说的叙事语言和叙事方法在潜移默化中被广泛接受。然而，这一切并不表明先锋派完成的叙事革命就取得永久有效的胜利。事实上，先锋派的实验突然而短暂，在90年代随后几年，先锋派差不多放弃了形式主义实验。除了格非和北村在90年代初还保持叙述结构和语言方面的探索，先锋派在形式方面已经难以有令人震惊的效果。一方面，先锋派的艺术经验不再显得那么奇异，另一方面艺术的生存策略使得先锋们倾向于向传统现实主义靠拢。故事和人物又重新在先锋小说中复活。苏童的《妻妾成群》不仅仅是在叙事方法方面回到现实主义的规范之下，而且那种文化品味明显是在表达某种“复古的共同记忆”，只是那种叙事语言和叙事情境的构造还保留着先锋小说的痕迹。这是一种“成熟”，也是一种退避。不管如何，苏童的成功具有示范意义，与传统和现实的调和，使先锋派的写作找到安全而有效的途径。

但是，这种“退避”（或成熟）对于先锋性的写作来说却是退化的开始。先锋派的写作并没有关于历史、现实和人类生活特别独到深刻

① 关于“后新时期”的讨论，1992年10月，在北京大学由谢冕教授主持的“告别新时期”座谈会才为文学界所广泛注意。“后新时期”这一提法却有一个发展过程。我在1988年以来写的一系列关于当代先锋文学的文章中，“新时期后期”是我理解当代中国文学历史转型的一个最基本的概念。1992年拙文《“新时期的终结”与新的文学课题》（载《文汇报》，1992-07-08）再次强调“新时期后期”的文学转型：“‘先锋派’的实验性探索无疑最深刻地显示了‘新时期’的终结，而且最尖锐地预示了‘新时期后期’极端的文学流向……”现在有些文章关于“后新时期”的讨论，显然没有顾及有关这个概念的一些基本的理论前提。

的认识论基础，他们仅仅是依靠与经典现实主义的文化史语境对话进行写作，其艺术表现方法具有革命性的意义。当他们的写作从这个对话语境撤退之后，他们要迅速忍受思想方面的贫困。先锋派的那些对人类生活境遇的怪异、复杂性和宿命论式的表现，在很大程度上得力于形式方面的探索。那些超乎寻常的对人类生活境遇的表现，其实是艺术形式的副产品。这点在余华的写作中表现得最为明显。余华那些对生活的怪异性、对人类生活的原罪和暴力倾向的揭示，例如《世事如烟》、《现实一种》、《难逃劫数》等等，得益于他寻求那种将人物与所处的环境不断剥离的叙述视点，得益于他始终寻求的语言对不可表现之物的倔强表现。格非的小说对生活的劫难、对不可知的命运的复杂表达，得益于他经常使用的叙事“空缺”，通过把故事的某些关键性部位“隐瞒”的方法，格非的小说（如《迷舟》、《青黄》、《褐色鸟群》等等）对生活的那些命定的困境和存在的真相进行了令人震惊的书写。很显然，这是当代中国小说非常特殊的时期，形式主义的书写替代了对历史和现实的直接书写，先锋派文学在这里不仅仅提供了崭新的艺术方法论，也表现了对生活世界的异乎寻常的表现。然而，这也正是先锋派的局限，当他们试图从形式实验的高地撤退时，他们要直接面对历史和现实时，哪里又是他们新的立足之地呢？

事实上，90年代最初的几年，先锋派没有找到撤退之后的新的起点。那些放弃艺术创新尝试的作品，大多数只是简单回到写实的传统，并且依靠陈旧的思想观念来支撑再现性的叙事。苏童的《妇女乐园》收录的小说，无疑对妇女生活作了极为细致的表现，那些情境描写和人物心性的刻画都非常出色，但不能说在对生活、对历史和现实的整体把握上有多么独特复杂而深刻的认识。余华的《活着》在表现一个人的命运方面当然相当成功，但他的思想意识并没有超出古典人道主义。余华的《许三观卖血记》，受到多方颂扬，他的自我感觉也十分好。就常规小说叙事而言，无疑可以从中看出余华的艺术手法已经十分圆熟老道，叙述显得纯净而流畅。但这部小说出自余华之手就不能不说还留有诸多缺憾。这部关于“苦难生活”的故事，不过是近几年重写五六十年代苦难兮兮往事的流行主题。[①]这个主题在90年代初还有些令人惊异之处，而在1996年则很难说

① 例如，方方早在1988年就写过《风景》，随后发表《落日》。池莉1991年发表《你是一条河》。这些故事都是对五六十年代的苦难生活的叙述。池莉《你是一条河》讲述的就是一个妇女卖血养家糊口的故事。

它揭示了什么新的经验。就其叙事而言，这部被称为长篇小说的作品，过分追求单纯性，流畅明晰的叙述替代了余华过去的有意混淆现实和幻想的叙事方法。其中一些片断通过人物语言来迅速推进叙事，类似电影惯用的叙事手法，虽然在这里恰到好处，但也不过是经典现实主义惯用的手法而已。而余华在叙事中甚至剔除了人物与人物的复杂的关联，以至于人物的内心刻画、人物与环境的交流都没有得到必要的表现，更不用说对人物所处的历史环境、人物真正面对的生存境遇进行强有力的揭示。这不能不说显得过于单调平直。单纯性并不是长篇小说追求的艺术特征，正如跳高不是跳远追求的效果一样。余华在当今青年作家中无疑是一个佼佼者，他当然可以放低形式实验和对生存的复杂性的探索，但在回到生活现实、回到人们置身于其中的历史境遇时，他应该有相当的创造性。然而，1996 年余华充其量处在徘徊或重复的状态，如果视之为一次卓有成效的艺术进步或转折，那就不能不说是夸大其辞。

格非在 1995 年发表《欲望的旗帜》，这部面对“现在”的作品，可以看到格非对当代中国变动的现实、对精神生活流失的现状所进行的思考。格非的叙事依然保持相当好的语言感觉和叙事节奏，试图在较大的现实层面上来表现当代生活，这不能不说是格非的有益努力。但由于格非过分刻意表现当代精神生活的混乱，因而他对当代生活的理解难免有些概念化的痕迹。对人物命运的处理，各种事件的关联，那些隐含的时代象征，似乎过于明确地进入既定的理性框架。但不管如何，格非有勇气摆出面对“现在”的写作姿态。格非的困难不过是表明讲述“现在”故事必然面对的难度，理解“现在”，艺术地把握变动的“现在”，并不是一件容易的事。仅仅把“现在”描述为一个道德沦丧的时代是远远不够的，而这一点正是大多数作家面对“现在”的基本立场。北村也不例外。这个一度是个真正的“先锋派”的人，一直陷入思想的迷惘之境。一旦从形式主义的实验高地撤退下来，北村只好求救于宗教。而他的宗教在小说里更像是一个勉强的后缀。这里想强调指出的是，我并不是指责这些作品平庸乏味，恰恰相反，在同一时期的作品中，这些作品无疑是极为出色的，就常规小说而言，这些作品的叙事和语言都具有相当高的艺术水准。我的追问在于，当先锋派从形式实验撤退之后，它本来应该在，也完全有可能在思想的领地确立自身的起点，对历史、现实和人类生活的复杂性作出更深刻的探索，表现这一代人的思想力度和艺术地把握世界的能力。然而，当他们面对现实时，他们难以找到理解现实的思想出发点（例如格非），而更多的人则只是简单地退回到一个轻松自如的领地。当然，在这个急功近利的时代，要一群人保持艺术上的纯粹性显得过分苛求，但我坚持认为他们有着良好的艺术素质，有着相当圆熟的艺术手法，他们应该可以找到90年代文学“自身的世界”。

说到底，对于现今的文学来说，能不能找到它自身的世界，关键在于它能不能面对“现在”——文学史的既定前提和人们生存面对的现实——这就是“现在”的基本含义。对于当代中国文学来说，特别是对于小说叙事来说，“现在”既是一个永远无法逾越的障碍，也是一条走向自身世界的必由之路。多年前，克里斯蒂娃在一篇关于罗兰·巴尔特的文章中追问道：“人怎样对文学说话?”事实上，对于当今中国文学来说，对这个问题的追问也就必然导致追问：“文学怎样对现在说话?”——这是文学保持先锋性姿态的基本出发点。因此，并不奇怪，先锋派现在已经很难给文学创新揭示新的可能性。失去形式的遮掩，“先锋派”小说不仅仅在思想意识方面显得平淡无奇，同时，更重要的在于，他们回避现实的写作不能不说是一个致命的局限。在特殊的历史时期，先锋派的文学叙事回避现实，以形式主义实验来表达他们的特殊感受，并且以此与既定的文学传统构成对话，毫无疑问有其特定的历史的和美学的意义。但当形式革命的挑战姿态已经放弃之后，先锋派的文学叙事还依然如故徜徉于那些似是而非的历史演义故事，或不断重复五六十年代的陈年老账，这不能不说是其写作缺乏生气的根本原因。格非已经走近“现在”，可以肯定这是一个良好的开端。没有创新就没有艺术，尽管就其客观历史效果而言，艺术创新的实际意义总是有限的，但创作主体总是要面对文学史的既定前提和当代生活作出创新的努力。不能面对“现在”说话的文学无论如何是缺乏力度的文学。

因此毫不奇怪，90年代又有一批年轻的作家步入文坛。这些人年龄不一，艺术准备也大相径庭，对他们的命名是困难的，“新状态”、“晚生代”、“新生代”、“六十年代出生群落”、“女性主义”、“新生存主义”等等都无法概括这一庞杂的群落。但有一点是共同的，那就是他们直接面对当代生活，面对他们置身于其中的现代社会。在“寻根”群体及马原和莫言的背后，先锋派以其远离现实的形式主义实验在纯粹艺术的层面上标新立异；而现在，就在先锋派的侧面，这一庞杂的群落，仅仅以对当代现实社会的直接书写就吸引了人们的全部目光。先锋们还在重温旧梦，或是在影视圈里名利双收，后起之秀的作品已经在那些显要刊物的显要位置神出鬼没。尽管命名是一种非常粗暴的理论行为，但是不命名就无法进行新的理论概括，也无法描述和阐释新的历史现象。在这里，我不得不用“晚生代”来描述 90 年代出现的新的文学群落。[①] 这个概念我在用来描述和概括 90 年代的文学现象时，给予了必要的限定。这个群落既没有统一的文学观念，更没有相近的艺术风格，但是，相较于先锋派和新写实群体而言，他们明显有着某种“现在主义”的特征：

第一，他们的写作难以明确划归在某个流派和理论范畴内。他们的写作明显不同于现实主义，也不同于现代主义和后现代主义，它是 90 年代中国“现在”阶段的一种文学现象，它具有显著的“中国本土特色”。第二，他们的写作直接面对当下中国变动的社会现实，特别是 90 年代中国经济高速发展、全面市场化引起的现实变动。因而他们的写作面对“现在”说话，而不是面对“历史”或面对文学说话。第三，他们的写作没有文学史的观念，先锋派的写作一直在思考小说艺术的既定前提、当代中国的和西方现代主义创立的小说经验，面对这个前提进行叙事革命，这是他们存在的历史依据。然而，90 年代这批人的写作没有这个前提，一方面是因为文学史赖以存在的价值体系陷入合法性危机，不再有一个明确的文学规范体系制约着文学共同体的写作；另一方面，这些“现在主义式的”写作冲动来自个体的生存经验，而他们个人的文学经历在很大程度上是远离既定的文化秩序的。第四，他们关注对“现在”的书写，特别是对中国处在现代化的历史进程中表现出的非历史化特征进行直接表现，使他们的叙事没有历史感。第五，他们乐于使用表象拼贴式的叙事，倾向于表现个人的现在体验和转瞬即逝的存在感受，并且热衷于创造非历史化的奇观性。所有这些，使得他们的叙事具

---

① 这个概念开始使用见于拙作《最后的仪式》，载《文学评论》，1991（5）。那时我用这一概念来描述苏童、余华、格非等先锋派，由于“苏童们”习惯称之为“先锋派”。我后来用这一概念来描述继先锋派之后出现的更年轻的文学群落。相对于先锋派而言，他们是一群“晚生代”。关于他们的文化定位，参见本文关于“现在主义”列出的五个要点。所谓“晚生代”群落大致包括：何顿、述平、朱文、韩东、毕飞宇、邱华栋、张旻、刁斗、东西……“晚生代”与“女性主义”群体有交叉之处，但还是应该做出尽可能的区分。女性主义群落的年龄跨度更大些，她们大致有：林白、陈染、徐小斌、徐坤、迟子建、张欣、海男、虹影、王坤红等等。

有某种“现在主义”的特征，表示了90年代与80年代迥然不同的文学流向。

去论证这种文学现象的合理性和合法性，非本文的任务，我既把它视为一种进步，一种在现有的历史前提下所作的变革，同时又看到它的矛盾和混乱。作为一种有创生意向的文化，它有可能表达新的历史进向，但它无疑带着诸多片面和似是而非的倾向。当代文化是如此缺乏自觉的创生意向，因此，对这些初露端倪的动向，视而不见或给予任何夸大都不是历史主义的态度。

二、90年代面对“现在”的文学叙事及其美学局限

对“现在”进行直接书写，这本来并不是什么惊人的艺术创造，但是当代文学有相当长一段时期无力把握当代中国的生活现实，无力揭示新的生活经验和提供新的现实图景，这不能不说是严重的缺憾。因此，当有一批人以现在进行时来书写当代生活时，他们就迅速站在当代文化的前列。如果说“先锋派”的形式探索，乃是文学史的历史语境给予其以特殊的革命意义，那么，“晚生代”作为一种创生的历史力量，就是当代现实直接给予他们存在的依据。90年代初期，新时期的宏伟叙事实际上已经无法整合多元分化的文学格局，“新时期”构造的那个“巨型语言”已经破裂，那些现代性企图，那些启蒙主义的伟大规划，已经为当下的生存利益所替代。只有经济能改变人们的生存境遇，人们也只相信经济利益构成全部生活的意义。商品拜物教与消费主义构成了这个社会轰轰烈烈的外表，没有人相信精神生活存在的可能性与必要性。一切都变成“现在”——没有历史、没有未来、没有内在性的“现在”，就是人们存在的精神乐园。因此，富有现实敏感性的人们抓住“现在”，直接表达他们的“现在”感受，则构成当代文学的特殊景观。然而，也正因为他们只有“现在”，只有“现在式的”书写，所以他们的写作存在根本的局限。

（1）表象化书写与本质性叙事。

不管把这个时代的生活描述成分崩离析的情势，还是完美无瑕的形态，都无法否认现实本身发生的巨变，当代生活正在以夸张的姿势奔腾向前。没有人能够抓住它的本质，触摸它的精神和心灵。

没有历史感的“现在”，只有表象而没有内在本质。从个人生活的边界进入文坛的晚到者，显然与那个现代以来的宏伟叙事无关，与新时期的历史语境也不再有直接关联，他们无须在现实主义/现代主义的二元对立的语境中来确立叙事起点，他们就生活在这个消费至上主义的间隙，再也不能也不必要从整体上书写这个时代，内在地把握这个时代。何顿、述平、朱文、邱华栋等人对这个时代的直接书写，确实构造了一幅生动的商品拜物教与消费至上主义的时代的全景图。这是一个只有外表而没有内在性的时代，一个美妙的“时装化”的时代，一个彻底表象化的时代。后来者既然捕捉不到“宏伟的意义”，他们也只能面对现实的生活表象展开叙事。事实上，90 年代崛起的一批作家正是以他们对表象的捕捉为显著特征，对表象的书写和表象式的书写构成了他们写作的基本法则。那些“宏伟意义”、那些历史记忆和民族寓言式的“巨型语言”与他们无关，只有那些表象是他们存在的世界。对表象的迷恋，一种自在漂流的表象，使 90 年代的小说如释重负，毫无顾忌，彻底回到了现实生活的本真状态。

何顿的一系列小说如《我不想事》、《生活无罪》、《弟弟你好》、《太阳很好》以及长篇《就这么回事》等等，对当代中国走向市场经济的历史过程给予直接的表现，并且揭示了渴望致富是如何支配了城市市民的生活愿望和日常行为的。经济利益全盘支配当代生活，并且构成当代价值选择的唯一轴心。不管是城市个体户，还是曾经一度是“人类灵魂工程师”的中小学教师，都无不把经济的成功看成是唯一的成功。何顿写出了这个时期个人和社会的特殊关系，特别是个体经济带来的社会变革、价值观念变革和人们的行为方式的变革。何顿的叙事无疑是一次现场见证。何顿的写作没有与文学史对话的愿望，对存在与意识之类的复杂关系他一概弃之不顾，他的兴趣在于抓住当代生活的外部形体，在同一个平面上与当代生活融为一体。他的那些不加修饰的逼真性的叙事，带着生活原生态的热烈和躁动，使那些粗砺的日常现实变得生气勃勃而无法拒绝。何顿的叙事从来不诉诸形而上观念的批判性表达，而是限定在与生活息息相关的体验和感觉之中。

这使何顿的小说在抓住当代生活的外部特征方面，具有其他人所不具有的那种直接性。但何顿的小说过分生活化，过分经验化，也显得缺乏文学的历史感和思想的复杂性。这是他的与众不同之处，也使他的叙事缺乏变化和更强更长久的冲击力。因此并不奇怪，何顿的写作迅速就显得类型化，人物类型化，故事类型化，叙事线性模式，这些阻碍了何顿的写作跃进到一个较高的艺术水准。加强思想力度，加强对个人与自身的历史、与社会的复杂关系性的描写，摆脱过分平面化的和线性的叙事，这些不能不说是何顿应该面对的问题。

并不仅仅是何顿，这个难题是新一批作家都无法回避的困境。述平和邱华栋的小说对中国当代消费社会的生活现实给予直接表现，城市的生活表象构成他们叙事中非常有生气的文化代码。述平的《凸凹》、《晚报新闻》、《此人与彼人》等等作品，对城市男女的引诱与背叛的描写，对当代生活的情感危机方面的揭示，都显示了他对生活的独特而敏感的理解。邱华栋的《时装人》等作品表现现代城市人与消费社会的异化关系，人们不断寻求自我位置，然而却在城市的不断异化的空间里找不到自我存在的实在性。生存选择的后现代式的恐慌，构成邱华栋小说叙事独到的主题。但他们二人在试图透过生活的外部现象进入内在本质时，也就是说在作进一步的思想开掘时，都显得有些束手无策。述平的《此人与彼人》不再满足于叙述一个男女相互引诱和背弃的故事，而是试图去探求男女关系背后潜伏的复杂的思想意蕴，特别是在现时代的特殊意义。但述平诉诸一大堆空泛而不着边际的关于爱与背叛的诡辩论式的议论，这些议论，不能不说有作者对生活的独到解释，但试图以此作为加强作品思想力度的努力，却无济于事且显得生硬笨拙。同样的情形在邱华栋的一系列作品中也可以见到。邱华栋对现代人生存状况——生活的方式与过程的捕捉十分敏感，但他试图去揭示这种生活的内在矛盾，去表现现代人的生存困惑与恐慌时，却在重复现代主义的那些现成的命题，诸如人的自我认同的危机、存在的绝对意义、西西弗斯式的生存悲剧等等。邱华栋显然有必要找到一种与他所表现的生活状态和叙述视角相契合的思想资源。

无法找到准确的思想插入点，这使年轻一代作家的写作受到相当的局限。鲁羊在同代作家中，应该说知识准备相当充分，他的思想洞察也相当敏锐而明晰。鲁羊有极好的艺术感觉，相当长一段时期，鲁羊保持着形而上的高蹈姿态，他的叙事显得有些隔膜。事实上，那种隔膜主要由与“现在”的经验隔膜所造成。当鲁羊直接切近“现实”，他的叙事立即显得生机勃勃，舒畅流丽。《存在与虚无》

(1995)、《越来越红的耳根》(1997)是相当出色的小说。但就是这些在叙事上非常精彩的作品，在试图揭示某种生活的本质要义时，却陷入思想的窘境。《越来越红的耳根》在揭示当代生活的虚妄性时，却无意中极力贬抑女性，把女性推到一个丑恶、无耻的境地。一次非常锐利的对当代生活的拆解，却无形中在重复中国关于女性的一些古旧观念，即把女性视为丑恶，视为祸水。也许鲁羊有反潮流的精神，在当今女权盛行的时代，他敢于如此彻底地贬抑女性。但不管如何，对人物的类型化处理和过分鲜明的道德立场，以及对全球时代思想潮流的漠视，这些不能不说削弱了鲁羊对"现在"生活本质进行更深的洞察。

韩东与朱文是当今被普遍看好的"新锐"作家。韩东曾经在诗歌界崭露头角，以对"大雁塔"的重新书写而表达了"新生代"诗人反历史的叛逆性立场。显然，韩东一直在以反历史的方式重新书写当代生活。前些年他重写知青故事的几篇小说显得相当出色，如《西天上》、《母狗》等等。韩东有意掏空了那段记忆的历史内容，他不再以历史主体的角色反省大是大非，也不去找寻所谓丢失的青春，那种超距离的零度叙述，仅仅是在追溯一些奇闻逸事，那个巨大的历史神话被分解为一些无聊而有趣的日常生活，被处理成一些欲念化的表象片断。关于选择、怜悯和命运戏弄的故事，并不是以它的装模作样的思辨特征而引人入胜。那些反讽性的描写和各种不协调情境的随意配置，才是叙事的奇妙之处。韩东的叙述有一种虐待历史的快感，把那段厚重的历史加以漫画化的处理，改变成一些戏谑的表象材料，却也有强烈的反讽效果和解构力量。但是名声日噪的韩东并没有进一步的作为。尽管他试图去表现没有诗意的当代生活，但韩东的表现经常变成没有诗意的叙述，他总是期待在他的叙事中出现一个奇特的转折——这个转折不仅会给他带来叙事方法上的突变，使小说叙事在这个关节点上被全盘激活，同时又能带来思想性的突然深化，不能不说这种叙事动机用心良苦。为了达到这个叙事效果，韩东不断地铺叙，不断地堆砌各种无关紧要的过程和细节，这使他的叙事变得松散而拖沓。既拒绝思想性的发掘，又无法找到奇特的叙事转折，韩东的小说叙事就不得不忍受了无生气的后果。《去年夏天》(载《今天》，1995)不断在无关紧要的细节中停留、重复，流水账式的叙述极为单调沉闷，最后，叙述人装模作样对小说文体的议论，并没有成功掩盖技巧的贫乏，不过使叙述变得更加累赘而已。对生活缺乏应有的概括力，也难以见出思想的穿透力，这不能不说是韩东需要正视的问题。

朱文是90年代崭露头角的职业写手，写作成了他的谋生手段。追求所谓的“本质性写作”，使朱文显得像是决定与写作同归于尽的人。就目前来说，也许是生活所迫，也许是急切渴望出人头地，朱文写得太快，也写得太多。但不管如何，这个人真正是90年代的小说家。他有极好的小说意识（我说的是90年代的小说意识）。他能抓住当代毫无诗意的日常生活随意进行敲打，很多“新锐”都试图这样做，但大都缺乏聚合的能力。然而朱文有高度聚合的能力，他的那些随意概括的表象，那些毫无诗意的当代生活场景，总是渗透进一种质素，一些莫明其妙的乖戾的不安定因素潜藏于其中，它们总是要越出叙事的边界。

对于朱文来说，生活是毫无诗意的，对毫无诗意的生活的书写构成了他叙事的奇怪的动力（在某种意义上，这也是韩东的动力）。生活没有内在性，没有深度，这怎么办？去发掘那些最没有“意义”的生活事实，从而把它们弄得怪模怪样，这是朱文小说意识的最基本的出发点。这一点可以看到朱文受到卡夫卡或契诃夫的影响。然而朱文已经全然改换了卡夫卡式的内心反省，改换了契诃夫对细节的精雕细琢，在他这里，是对那种不安定的生活事实的观望，把它们随意聚合在一起，进行敲打（而不是追问）。《食指》（载《钟山》，1995）未必是朱文最好的作品，但却显示出朱文对粗陋的当代生活的拆解。这篇小说是对“诗歌”生活的表达，但显然，当代生活已经毫无诗意。在这个时代，诗人们的“最高心愿”是什么呢？这个时代诗人已经彻底堕落（按照朱文的观点），我们的生活还有什么真实的诗意呢？只剩下卑琐的欲望。诗歌的堕落，诗人的堕落，不过是启蒙主义的精神失落的象喻。然而，朱文描述了一个最后的“诗人”吴新宇，他却依然一如既往地谈论“人民”。这个人的准悲剧性命运，折射出当代生活的全部虚妄性。这个也许是“真正的诗人”的人，被卷入了“现在”混乱不堪的诗坛，他的诗情为“现在”无限扩张的生活表象所吞没。在处理这样的观念时，朱文干脆把代表当代生活的全部表象的语词堆砌在一起。

也许这个时代是无法概括的，它堆积了太多的事件，这个历史现场时时处于爆满的状态，对于这个古旧的国度来说，它显得过分地力不从心。这些涌溢而出的表象铺满了“现在”这个时代的生活表面，它构成了这个时代的表面生活，以至于这个时代已经没有内在性的生活，只有表面化的生活。在某种意义上，那个最后的诗人的死或失踪是必然的结果。没有人会记住他，在一次公园里举办的“剪纸展览”（剪纸——多么有象征意味的展览，纸做的生活），没有一个人谈论到吴新宇，他不过是经历了一次“不必要的、匆匆的、秘密的诗歌旅行”。但是更重要的在于，这个表象化的时代全部淹没了过去有过的那么一点诗性。当然，朱文的叙事不是批判式和反省式的，而仅仅是呈现式的，对“现在”生活现场的呈现，展示出它的外形状态也就是对生活击穿的一种方式。

实际上，朱文有一篇小说的题目就叫做《傍晚光线下的一百二十个人物》（载《钟山》，1995），这是对生活的某种命名，它表达了朱文对生活的一种特殊的观望：“我看到了傍晚，而我所能说出的只是今天的这一个傍晚，一个傍晚光线下的眼睛能够捕捉到的傍晚的影子，它什么也不是。”朱文的叙事干脆采取了“场景”的方式，七个场景的拼贴，捕捉傍晚微弱光线下的人们影子一般的生活。朱文是对当代生活比较敏感的人，有着他们这代人对生活的领悟方式。在某种意义上，年龄具有不可超越性，他们没有那种对生活自以为是的理解，没有把生活纳入坚固的理性框架的武断倾向，他们与这个时代同歌共舞，甚至连他们的揭露都显得亲切，抨击都像是在亲吻。

把生活中最无聊的碎片收集起来，拿捏成有棱有角的怪异形状，这种叙事是杨争光、李锐、余华前几年一直在从事的工作，只是朱文把它挪到当代生活而显得尤其尖锐。但朱文的叙事还显得格局太小，他面对这种怪异的生活时游刃有余，一旦他的叙事偏离怪异，回到日常性，要表现更宽阔复杂而厚重的“现在”时，他的力度就迅速削弱。他近期的小说《夏天，夏天》[载《大家》，1996（6）]，当然是一篇非常出色的作品，朱文把叙事全部限定在某种片面的生活上，这使他的叙事容易具有尖锐性，但也难以摆脱其狭隘的一面。在朱文的叙事中，“环境”都变成物质性的事物，社会性的环境只有隐喻的特征，这使他的“直接性”实际上又转化为一种“间接性”。如何进入当代生活的多重结构，如何在更复杂和深广的意义上去书写我们面对的“现在”，以“本质性写作”去写作当代生活的本质性（无本质）的生活真相，这是朱文面对的困难。

（2）故事的奇观性与多元性叙事。

新时期的“宏伟叙事”解体之后，当代文学不可避免地倾向于“小叙事”。文学不再去表现时代惊天动地的变化，去呼唤或指引人们朝某个共同的目标行进。文学在很大程度上不得不变成生活的抚慰剂，变成填补闲暇的精神消费品。因此当代小说看上去呈两极发展：对古旧历史生活的叙述和对当代生活的表现。前者大部分不过是些年代不明的古代传奇，后者则更像是后当代传奇。当代生活变成一系列的奇观，这使当代小说在寻求新的适应性方面找到一条捷径，但也牺牲了当代小说叙事已经创立的那些艺术经验。所谓“晚生代”的写作在制造当代生活的奇观性方面无疑提供了新的生活经验，如何顿、张旻、述平、刁斗等人，但其小说叙事在艺术性方面明显不如先锋小说所达到的那种境界高。张旻曾经写过《生存的意味》这种非常有力度的小说。《生存的意味》是如此坚决超然于情感之外，直接切近那些裸露的事实。在一个情杀的故事里面渗透复杂的生存意味。这篇小说叙事的显著特征，就是不断运用倒叙手法，去发掘生活中的那些最初的源头，去寻找那些灾难的根源。这种强制性的因果解释链构成的叙事反倒使生存敞开不可洞见的神秘性。人们的存在结果已经被预先给定了，生活再也没有比这种境遇更令人绝望的了。这个武断的解释链，拖曳出一个人的一生那些不可言喻的细节，它们串联一体，构成了不可思议的命定之路。并且这里还融进了父辈的阴影，与一个更强大的历史绞合在一起。一种显性的可分析的政治历史与隐性的神秘性的命运重叠，提示了生存中那些美妙而令人惊惧的瞬间，这些瞬间构成了生存进程中持续而闪光的支点，它们却又无不意指着悲剧性后果。作者的叙事冷峻而超然，那些冷静的视点直逼生存事实，不再是情感意义上的对人的遭遇的关怀、对人性的反省，而仅仅是一种超越于情感价值判断的审视，对那些生存事实的纯粹关注，甚至于是对那些“性”构成生活死结的揭示，又意指着生命不能逾越的盲区。

然而，张旻大部分的小说并没有在《生存的意味》上推进，相反却在重复一个故事母题，即男教师与女学生的暧昧关系。偶尔变换一下故事主角的社会角色，但故事的核心总不外乎男欢女爱。张旻的叙事从总体上来看是封闭性的，限定在一个特定而狭窄的生活小圈子里，他的叙事只是不断地呈现一些欲望化的生活场景，这些场景围绕男女传奇般的邂逅随时展开。那些缠绵悱恻的恋情，如同男性的白日梦绵延不绝。叙事视点缺乏变化，人物没有必要的对抗性和生存位置的颠倒，在人物与他人、与社会的权力网络、与庞大的“历史潜文本”之间缺乏复杂而多重的关联。

述平和刁斗显然是以讲述当代城市传奇而引人注目，只不过运用暴力因素使他们的传奇故事具有突发性和变异的效果。尽管述平的叙事节奏把握得相当好，故事的转折处理也相当出色，但述平的叙事过分依靠事件为叙事的支点，而很少有效运用叙述本身的可能性来打开社会化的语境。当他试图去捕捉生活的本质含义时，他不得不使用议论和评价之类的简单手法（例如前面提到的《此人与彼人》）。对生存境遇复杂性的表现在很大程度上得力于叙事方法的复杂化运用。尽管说常规小说不可能像实验小说那样过分注重形式的因素，但并不意味着把艺术形式全部压制在故事性的水平底下就可以奏效。故事的奇观性应尽可能与叙述视点的多元化、结构的多重性相结合，这样才可能避免这些城市传奇落到通俗小说的地步。刁斗的小说具有相当强的可读性，这主要依靠他的故事总是围绕着邂逅的浪漫以及意想不到的后果来构成。追求那个传奇性转折，在韩东那里是在叙述的层面上，而在刁斗这里则是事件本身的突发性变化或一些被有意掩盖的细节。如刁斗的《作为一种艺术的谋杀》(1994)，他的叙事热衷于观察一个男人和女人的故事是如何发生如何向个人无法控制的区域迈进的。人物的性格，内心的无意识，使这个诱惑的故事充满动态的可变性，那些转折关节被处理得生机勃勃。故事最后出现的一具男尸，在这个男女相互诱惑的老套路里加进了一些宿命论的意味。但刁斗的小说总是有一个固定的叙述套路，被掩盖的情节或细节最后显露出来，使故事的转折性具有奇特的效果。最近的一篇小说《伪币制造者》[载《人民文学》，1996 (10)]，同样如此。过分依赖那个戏剧性的转折、巧合、疏忽、有意的掩盖等等，这些并不是能动的叙述技巧，它们主要依附在故事的层面起作用，而不能超越故事层面起到多元组合的作用。

过分堆砌欲望化场景，追求奇观性效果，面对“现在”的小说叙事普遍忽略复杂多变的艺术表现方法。当然，这里并不是说所有的小说都要进行形式主义实验，而是说小说应该有一定高度和复杂度的叙述意识，这种叙述意识未必要延续先锋派小说曾经进行过的探索老路，恰恰是融化在对当代生活的全方位表现方面，对当代有生气或没有诗意的生活重新进行编目，这需要更高的叙述视点，更广阔的叙述视野，更强的思想穿透力度。

（3）女性主义话语与开放性叙事。

当代中国的女性作家群因她们以果敢而极端的姿态冲进个人生活的深处而令人惊异，陈染、林白、徐小斌、徐坤、海男，等等，各自以其特有的方式书写着这个时代生活最隐秘的角落。应该承认她们的写作是具有挑战性的，写出了这批女性作家面对生活的方式和表现生活的特殊视角。中国女性作家的写作长期附属在男权话语之下，无性的写作，也就是社会化的写作才确定她们写作的意义。面对女性自身的问题，总是迅速被男权历史话语遮蔽。张洁1979年发表的《爱，是不能忘记的》，那种女性的立场被思想解放运动，被当时关于人性、关于人道主义的宏伟叙事所压制。张辛欣对现实的锐利观察却又不得不放弃她的女性视角。她的《在同一地平线上》，是以关于个性张扬，关于人与社会冲突的典型男性话语来表现的。王安忆一直试图去发掘女性在历史夹缝中特殊的命运境遇，显然，王安忆又过分注重历史性的宏伟叙事，她返回到女性内心的叙事就显得相对薄弱（也许王安忆是属于自成一格的大叙事作家，女性意识对于她不如历史意识重要）。残雪回到女性的内心生活主要是通过语词——一种极端的女性内心独白，这又不得不使残雪的女性叙事难以还原为女性普遍有效的生存经验，使她对生活的表现过于虚幻。但残雪的写作本身是一种象征性行为，它预示了当代女性写作不得不在性别认同的方位铤而走险。然而，女性意识的表达并非易事，它并不仅仅是如何关注妇女本身面对的问题，更重要的在于，女性独特的表达方式。在这一意义上，新写实群体中不少女作家，如池莉、方方、范小青、蒋韵等，在现实主义的经典叙事规范底下，她们的写作无疑极为出色，她们对女性生存境遇的刻画深刻有力，她们的写作无疑表征着一个时期女性写作所达到的高度。但也正因如此，女性话语意识的表达就不得不有所削弱。

90年代出现的现在的女性写作顽强地把叙事动机确立在女性的立场，这些人不再面对宏伟的历史叙事，也不太关注文学史的语境，她们关注女性自身的问题，用女性的直觉去表达她们的生存感受。在创造独特的女性自我意识经验方面，在把女性作为一个有性别特征的社会群体和文学群体方面，这些女性作家的写作毋庸置疑有开创性的意义。她们存在的独特性在于她们与此前的女性作家的区别，但并不因此意味着有一种彻底超越既定的文学规范的女性写作。并不是说，只要是与男权社会彻底决裂的女性写作就一定是有创新意义的女性写作。女性意识在女性写作中无疑是一个必要的支点，但不是全部的基础。当前女性写作在强调女性的自我意识和女性独特的内心体验方面无疑相当出色，但一味沉浸在女性的自我体验中，已经使女性写作经验变得越来越狭窄。事实上，女性经验并不是一味的封闭式的、后退式的和内心化的，女性叙事完全可以也有必要走向开放性——面对“现在”世界的开放性。

在这方面，陈染可能是值得认真研究的一个案例。纯粹的女性写作只关注女性自身，它把那些极端的女性经验作为叙事的核心，它必然蔑视经典的文学法则和现行的道德准则。不管人们愿意不愿意承认，陈染的写作是一种存在，一种极端的女性主义存在。这些年来，她一如既往地冲进女性经验的那些幽暗领地，不断地说着“自己的故事”。

什么东西一直在困扰着陈染？什么东西在激发着并且推动着她的叙事？这就是爱欲——女性最内在的自我经验。表达、呈现、歪曲那些女性的爱欲，使之变形，难以实现，由此构造极端的妇女生活，这就是陈染写作的基本特征。《与往事干杯》可以看成是陈染的代表作，也反映了陈染写作的基本倾向。《与往事干杯》是一个关于女性爱欲的故事——女性的爱欲是如何异化、分裂和移位的。小说的叙事从一个受阻的情爱故事开始，里面包含的依然还是受阻的情爱故事，并且具有传奇性。自我的爱欲在小说叙事中始终处于中心位置，不断地审视自我的内心世界，审视爱欲的生长和变异的全部过程。在这里，母亲，男人……都不过是外在化的叙事支点，它们起到的是反射和反观作用。陈染感兴趣的是不断地自我观看，不断地自我呈现。当然，并不是说陈染的叙事是超历史的，而是说，她最关注的是纯粹的爱欲本身，历史在这里充当了一种结构的脚手架。呈现是主观化的、积极的、主动的、赞赏性的；而受阻则是无意识的，是被迫的和客观化的。在《与往事干杯》里，女性的爱欲在最初萌发时就被历史误置了，她从历史社会逃到女性内心世界，然而，逃避是无用的。因为历史、社会和政治已经深植于女性的历史发生学之中。这就是女性写作的奇妙之处，她愈是想逃脱外部世界，回到纯粹的女性爱欲，却愈是深入地回到历史之中。

不管有意还是无意，《与往事干杯》揭示了女性爱欲的历史发生学是如何具有第三世界的寓言特征的。个人的利比多冲动，却不可避免地为历史所裹胁。它越是尖锐地表达女性爱欲的困境，就越是深刻地反映了爱欲与历史（政治）的辩证关系。事实上，陈染在这里已经触及到女性的内心体验如何与历史建立内在关联的问题，但陈染显然越来越关注女性的内在经验，并且进一步将其限定在女性自我封闭的“家”中。在陈染的“家”里，甚至没有男性存在的位置，女性的自我幻想、女性与女性之间的心灵交往成为她描写的中心。《与假想心爱者在禁中守望》、《潜性轶事》、《空心人诞生》、《站在无人的风口》、《巫女与她的梦中之门》、《时光与牢笼》、《麦穗女与守寡人》、《空洞之宅》、《秃头女走不出来的九月》、《空的窗》、《凡墙都是门》等等，则是在纯粹的观念意义上写作一种绝对的妇女生活，一些独居封闭世界的女人，不断地与自己对话，形成她奇特的内心体验。自恋与自虐的双重描写，使陈染创造了一种“不妥协的”女性形象，她们偏执地维护一种边缘人格，拒绝社会认同并被社会排斥。陈染写作的极端女性化却是一味地走向与社会隔绝的角落，与历史和现实的基本对话语境都被拆除，这不可避免地使她的叙事显得重复和狭窄化。

在当今的女作家中，林白也许是最直接插入女性意识深处的人。她把女性的经验推到极端，从来没有人（至少是很少有人）把女性的隐秘的世界揭示得如此彻底，如此复杂微妙，如此不可思议。我无法推断这里面融合了作者多少个人的真实体验，但有一点是不难发现的，作者给予这些女人以精湛的理解和真挚的同情，甚至不惜融入自己的形象。这种坦率和彻底在某种意义上构成妇女写作的首要特征，在讲述女性的绝对自我的故事时，女性作家往往把眼光率先投向自己的内心，正是对自我的反复解读和透彻审视，才使她拓展到那个更为宽泛的女性的“自我”。林白的小说以它特殊的光谱，折射出那些文明的死角。

1990 年林白的《子弹穿过苹果》以其异域色彩和尖锐的女性意识而引人注目。林白的小说习惯采用“回忆”的视点，它并不仅仅引发怀旧情调，同时也使她的叙事带有明显的自传特征和神奇的异域色彩。那些往事、那些回忆的片断，都指向特殊的文化意味，散发着热带丛林的诡秘气息。林白的女主人公们无一例外都来自南方边陲地带，她们有着特殊的性情、心理和行为方式。因为异域文化的前提，那些多少有些古怪或反常的女性，也变得不难理解，她们超然于汉文化的正统禁忌之上而别具魅力。随后的《同心爱者不能分手》、《回廊之椅》和《瓶中之水》是林白近年来颇受好评的作品。这些故事多少有些离经叛道，其令人惊异之处，可能在于它们隐含着“同性恋”意味。林白着眼的那些微妙的女性关系因为附加这样一个系数而具有惊心动魄的效果，令人望而却步或想入非非。林白的叙述细致而流丽，女性相互吸引、逃离的那些环节委婉有致。女性的世界如此暧昧，而欲望不可抗拒，这使得她们之间的关系美妙却危机四伏。林白的女性以从未有过的绝对姿态呈现于我们文化的祭坛之上，她们具有蛊惑人心的力量和引人入胜的效果。

《一个人的战争》（1993）更加彻底地讲述了一个女人的内心生活，那种渴望和欲求，那些绝望和祈祷。一个逃避生活的女人，又是如此挚爱生活，因为只有她才是如此倔强，几乎是不顾一切地回到内心生活深处。这是一个纯粹的女人的故事，那些非常个人化的女性经验，从那些狭窄的历史缝隙之间涌溢而出，它们怪模怪样而又朴实率直。小说叙事以它彻底的方式，直接抓住那些超乎寻常的经验，抓住那些富有象征性和贯穿始终的代码，它们潜伏于叙事的最初的角落，使整个故事具有无法分隔的内在力量。这些使得这部小说是一次彻底的倾诉，它无须回避，它没有什么需要掩饰，这是一次类似卡夫卡所说的自我埋葬式的写作，彻底的倾诉就是彻底的埋葬。作为一次对内心生活的全面梳理，林白没有回避记忆中的那些暗礁，那些在生活的尽头滋长起来的希望，那些无法正视的挫折，那些绵延不尽的悲哀，它们尘封于内心生活的深处，那是你的无法逾越的存在，那是你的绝对的存在。我说过这是一个纯粹的女人的故事，只有纯粹的女性写作才会正视这种存在，才会彻底倾诉这种存在。

当然，这还是一个绝对的女性故事。《守望空心岁月》（1995）同样偏执地去发掘反常规的女性经验，那些被贬抑、被排斥的女性意识，从女性生活的尽头，从当代文化分裂的间隙跳脱而出，可以看到，林白的叙事再次开启了女性封存已久的那些心理角落，并且将其强制性地推到当代文化混乱不堪的边界，以女性奇怪的逃避/投入的方式敞开女性的多元性。没有人像林白那样关注女性的自我认同，她热衷于去描写那些绝对的女人，她们在生命的某个阶段不期而至，然后又倏然消失，使我们看不清生命的真相。那些最奇怪的生活片断往往是她写作的起点，它们是最真切的个人记忆，又是最虚妄的幻想。关于一个女人的故事由一些忧伤而动人的场景构成，在当代文化扩张的语境中，它们闪烁着锐利和极端狂妄的女性冲动。在这一意义上，林白的个人记忆又是放任自流毫无节制的女性妄想，一种致命的精神飞翔。

尽管说，林白的叙事是对这个时代的女性的内心世界和她们的窒息而又空洞的岁月作一次无望的清理，在打开女性自我记忆的深处，在审视那些令人绝望的时刻，她的叙述锐利而惊人，而对细节和具象的关注，使她的叙事具有特殊的质感。但是，自传性的叙事视点总是有一定的限度，那些个人经验被多次运用之后，它的奇观性色彩必然减弱，而且它们很容易转化为狭隘的女性自恋式的自我表白。林白显然意识到了这一点，她的《守望空心岁月》就力图走出女性封闭的视野，但是，林白在这里遇到了困难，当她的女性经验面对当代社会变动的现实时，她的女性意识无法进入其中，在个人化的故事、叙述和“现在”的表象之间，存在着明显的断裂。林白不得不依靠对亚文化现象的大量拼贴来支撑她的整体叙事，以保持林白的叙述视点的自由转换和对日常性的超越。试图表达这个时代的尖锐感受，但又找不到准确的思想支点，这确实是一代青年作家普遍面对的问题。

徐小斌和徐坤的叙事具有相当的开放性。徐小斌把女性的自我意识引入当代商业社会不断错位的现实情境，《迷幻花园》与《双鱼星座》是她最出色的作品，可以看出她的叙事以智力游戏的形式展开，她的那些女主人公总是在精神/物质/爱欲三者之间循环，它们像某种怪圈组合在一起，在每一个极端总是预示着另一个起始，总是向另一个对立项转化，从而具有一些奇妙的双重意味。徐小斌一直在探索一种新的写作法则，促使那种玄妙的形而上的思想意念与明晰流畅的故事相绞合。显然，对女性爱欲的关注使徐小斌找到连接二者的自然通道。无可否认，从这里折射出当代生活的那些直接的现实和流行的价值观念，徐小斌也极力对当代生活作出尖刻的拆解。把女性的爱欲与某些循环论和原始神话相混合，构成徐小斌叙事的内在意蕴，它们使徐小斌的那些关于女性爱欲的故事具有不可知的神秘性。对于徐小斌来说，这些复杂深邃的意蕴不是单纯地由神话的隐喻性的意指方式来表现，而是在对女性自我意识的直接刻画中来表达，或者在二者之间找到更紧密的结合关系，这依然是徐小斌的叙事要进一步解决的难题。特别是当徐小斌返回到女性的自我意识时，她的描写显得过于优雅，她的女性看上去是分裂的，而实际上，徐小斌总是竭力在她的叙事过程中把她的女性主角表现得完整而理想化，这与她所追求的那种现代社会的分裂感构成不协调的关系。重新审视女性的绝对的自我，把她们放逐到现代商业社会中去，并且观看她们的内在自我是如何被“现在”彻底分裂的，从这里打开现代社会远为复杂的女性神话谱系学，徐小斌的面前依然疑难重重。作为当今少有的向现实领域彻底开放的叙事，徐坤的小说并不刻意表现女性意识，她似乎更热衷于直接切入“现在”——她的写作甚至追求一种绝对的现在进行时。但如果认为徐坤的小说与传统现实主义如出一辙就错了，《斯人》、《白话》、《先锋》、《游行》等显示了徐坤在叙事上的显著特色。一方面，她拒绝对现实进行典型化的处理，她把现实作为原始材料直接引入小说叙事；另一方面，她又以强烈的主观视点对现实进行冷嘲热讽。她的叙事随意而机智，欲念和感觉结合得恰到好处，快乐的叙述穿行过当代生活各种似是而非的断裂带，停留在当代生活的各个虚情假意的现场。既使之荒诞，又播放出无尽的快乐。在捕捉当代错位而生动的现实方面，徐坤的叙事无疑极有开拓性。但徐坤的叙事从总体上来看显得有些松懈，叙述视点主要按线性规则运行，时空变换的自由度受到限制，因此叙述结构也缺乏多重转折的张力，这使徐坤的叙事从总体来看还缺乏高度内在的聚合力。她的那些机智和幽默如果与更深广的思想意识相关，则她的小说叙事显然更有力度。但毫无疑问，徐坤极有潜力，她的叙事隐含着多种可能性。但如何把多种可变性因素凝聚为一种有主导冲击力的叙述方式，在这方面徐坤应该更有作为。

先锋派与后起的一批年轻作家的显著区别在于，前者注重艺术形式实验，即使形式实验退化之后，他们的作品也依然保持在一个较高的艺术水准层次上，但他们普遍不能面对现实生活，无力表现这个时代的变动的生活状况和价值选择；后起的“晚生代”敢于面对当代生活，最直接地表现他们置身于其中的现实，表现 90 年代人们的生存状况和情感需求，但相较于先锋派，他们的艺术表现力尚显得不足，回归生活和故事的小说叙事大都放弃了艺术形式的必要探索，更不用说在整体上形成这一批人的艺术风格。这并不是否定“晚生代”的作品的艺术水准（这里面不排除个别比较成熟的作家艺术手法颇为洗练），而是在更高的艺术水准层面上，对“晚生代”热闹的写作现场提出警惕。毫无疑问，“晚生代”的艺术成就代表了当今小说最有生气的现实，他们的存在恰逢其时，他们无须去寻求与历史对话的现实语境，他们的写作显得轻松自如，具有中国文学少有的那种直接性和现实感；然而，从另一方面来看，他们又生不逢时，他们无法（或者说他们无力）去表达锐利的、对抗性的思想，他们无法从时代、从集体无意识那里找到强大的支撑力，他们无力抓住“历史潜文本”。长此以往，他们的写作在艺术上将缺乏持续的冲击力。这是我们必须面对的现状。

三、重建文学叙事的“认识论图式”

任何具有历史敏感性的人都不难发现，90年代的“晚生代”的文学创作表征的倾向，比之80年代明显发生重大变化，最显著的特征在于，依附于意识形态推论实践的宏伟叙事，成为群落性的乃至于个体性的艺术表达。90年代没有80年代的那种宏大的历史感，却更多个人化的体验和个人性的艺术风格特征。就其总体趋向而言，90年代的“晚生代”和“女性主义”群体的文学创作表征的趋向，非常明显，表现了如下一些新的动向：

其一，写作立场由历史主体向个体经验位移，一批年轻作者顽强地表达个地人的内心体验。文学显示了从未有过的个人化和自传性的特征。在这方面，女性主义的写作可以说是显著的代表。

其二，被表现的客体不再具有历史的连续性、完整性，文学面对“现在”写作，文学叙事热衷于捕捉生活的过程和片断，制作生活的奇观。

其三，表现生活而不是评价生活，表象式的拼贴，也就是“现在式的”叙述方式，不是本质式的书写，而是无深度的反本质主义的书写。

其四，崇高的或悲剧一类的美学风格，转化为戏仿、反讽或黑色幽默。

其五，文学传播不再仅仅是国家制度体系的有机生产，更普遍的是走向市场化的自由动作。

其六，文学的社会功能从总体走向来看，不再有能力创造社会共同的想象关系，或是充当意识形态整合的有效形式。更经常的是作为调节社会精神心理的抚慰手段，在弥合社会的精神裂痕方面，在完成社会无意识的宣泄方面，以及在满足人们的日常想象需要

（提供高情感平衡和快乐原则）方面，都起到有效的作用。

但是，很显然，正如我在前面分析指出的那样，90年代的创作经验，同时意味着它在另一方面的不足和缺失。

其一，缺乏深刻复杂的思想意识和历史意识，无力在历史/现在的多元对立关系中来展开叙事。

其二，过分的个人化和私人性，使90年代的文学叙事对现在的把握显得狭隘，无法在深度和广度上表现“现在”。

其三，对“现在”进行表象式的书写并未达到较高的艺术水准，表现力单调而缺乏创新的动力，无法把对“现在”的有力表现与更高水准的艺术方法结合起来。

其四，90年代的年轻一代的作家过分热衷于表现怪异的非常态的生活状态，这又使得他们试图表现个人的独特感受的作品殊途同归，显得雷同。

其五，在文化全球化的时代，对世界格局、对当今世界思想文化潮流缺乏必要的理解与认识。

其六，过分追求市场化的成功，为各种非文学的利益因素所支配，这一切都使90年代年轻一代作家的艺术水准无法上升到一个较高的层次。

90年代这些新的艺术经验存在这样或那样的不足，但最首要的不足在于艺术作品普遍缺乏深刻有力的思想意识。除了激进的探索性形式的实验文体，文学写作不得不在每一次叙事中去表现某种思想性，这是先锋派以后的当代文学叙事无时不面对的难题。试图给文学的“思想性”下个定义是困难的，这个术语通常指与感觉经验和情感体验直接相对的那种有启发性的思考意识和认识的综合体。文学作品的思想性经常可以被粗略地解释为作品的思考所涉及的主题。文学叙事对生活的理解必定包含对所反映或体现的思想的认识。显然，文学的思想性并不能被简单地理解为是叙述人的形而上的议论和抽象的评价。当新一批作家回到常规小说的位置上时，他们就不得不面对小说叙事最终要具有思想力度这个难题。当这一批作家以他们对生活的直接性表现，对“现在”生活的外部形态进行表象化的书写时，“思想性”的表达就变得越加困难。正因为如此，强调当代文学叙事的思想性，建构文学的思想认识体系就显得尤为迫切和必要。文学的思想认识体系，也许可以表述为文学的“认识论图式”（Epis-temological paradigm）。所谓“认识论图式”，并不是在哲学意义上所说的“认识论”，即关于人类认识的来源、发展过程，以及认识与初衷的关系学说。它并不用于回答思维和存在何者为第一性这样的哲学原命题，它主要是解决文学创作对历史、世界和现实的一般认识和艺术把握世界的方式。重建文学的认识论图式，并不是要回到本质主义的更改基础上去，也不是简单重建文学的深度模式和一元论的历史观，更主要的是在现时代的历史语境中创建文学认识现时代世界的思想体系。

事实上，从80年代到90年代，中国当代文学存在着一个巨大的认识论断裂带。80年代中后期，传统反映论不能把握多元分化的历史现实，作家艺术家对历史、世界和现实的认识关系，作品与现实世界的直接反映关系，都不得不发生变化。艺术形式从意识形态推论实践的历史空档浮出地表，年轻一代作家依靠艺术形式对历史和现实存在世界重新编码。确实，形式革命有效地充当了认识论（反映论）破损的桥梁。年轻一代作家艺术无法对世界提出一整套的认识，仅仅依凭语言表现和方法论就能改变传统艺术方法所建构的世界图景。这是一种以逃避的姿态完成的解构策略，人们无意中只是摆弄着一些形式方法的魔圈，就使文化的制度化体系在艺术方法论这一层面上象征性地改变。这个“解构的”（逃避的）时代也是一个过渡的年代。从1987年到1997年，整整十年过去了，人们在没有深度的平面上戴着脚镣跳舞，这就是当代中国文学最具有挑战性的革命景观——这也就是一个过渡时期。人们努力逃避那个不断移位和自行解构的中心，努力寻求个人的感觉和体验、中心化价值体系解体的那些碎片作为个人精神超度的飞地。现在，面对90年代中国的现实，仅仅以逃避的姿态是不足以表现这个变革时代的神奇景观的。对于理论批评来说，同样要找到理解这个时代的思想基础，一方面是清理，另一方面则是必要的建构。

在当代复杂的历史情势中，建构和解构有着非常密切的联系。①

---

① 对解构的误解，莫过于把这个概念仅仅理解为推翻一切既定的概念范畴、思想规范和价值准则。试图创造一套全新的概念范畴，人们将不可能在可理解的基础上讨论现有的知识和文化。解构理论并不是在简单的推翻/重建二元对立关系中展开其专业活动的。事实上，解构理论试图揭示任何文学科学和话语科学的内在困难（不可能性）或可能性的限度，解构批评的专业工作不过是将文本内部意指作用的各种冲突力量细心区别开来。有关解构批评的方法及理论目标，可参阅乔纳森·卡勒：《论解构》，英文版，150～151页，伦敦，1983。或参阅拙著《解构的踪迹：话语、历史与主体》，16～22、41～61页，北京，中国社会科学出版社，1994。

在某种意义上，它就是一枚硬币的两面。当然，其侧重点还是有区别的。在历经一段时间的解构（文学叙事的和理论批评的）后，同时着手于建构是必要的。但尤为要强调的在于，不能认为现今的建构就是意味着放弃解构，简单回到过去的基础上。建构本身也包含着解构，否则就谈不上真正的建构。某种意义上，我们正处在这样的历史关头："……在这些时代里，它要求更多的智力去掌握如此巨大的思想和资料库……"（马修·阿诺德语）由于我们处在一个极为复杂的历史语境中，各种历史事实都被强制性地堆放在一起，这就要求我们能够把握那些错位的、误置的历史环节，清理出更加清晰和真实的历史面目——这就是"历史的辩证法"（杰姆逊语）。重建当代中国文学的认识论图式，就是要建立更加丰富、复杂、深刻、有力的认识体系，从而有效认识和把握现时代的内在本质和发展情势。

新的"认识论图式"强调社会存在决定社会意识，以马克思主义的辩证唯物主义认识论和历史唯物主义为基础，建构一个把握"现在"的丰富的思想认识体系。随着社会的生产力和生产关系的变更，一句话，随着经济基础的变更，人们的社会意识必然要发生相应的变更。不认识到这一点，不承认这一点，就不可能深刻有力地认识"现在"、表现"现在"的伟大变革及其错综复杂的关系。因而，建立新的"认识论图式"就是要使文学叙事既避免逃避"现在"，无力表现"现在"；同时又避免"唯现在主义"，简单化地对待"现在"，把现在作为唯一的光秃秃的存在，把"现在"缩减为一些当下的事实和行为，一些廉价的情感和虚假的词语。米兰·昆德拉曾经在对浅薄的"现时性"进行抨击时说道："小说的精神是持续性的精神，每一部作品都是对前面的作品的回答，每个作品都包含着小说以往的全部经验。但是，我们时代的精神却固定在现时性之上，这个现时性如此膨胀，如此泛滥，以至于把过去推出了我们的地平线之外，将时间缩减为唯一的当前的分秒。小说被放入这种体系中，就不再是作品（用来持续、用来把过去与未来相接的东西），而是像其他事件一样，成为当前的一个事件，一个没有未来的动作。"① 米兰·昆德拉对"现时性"的抨击当然有他的片面性，而且这位谙熟音乐动机的小说家显然有些过分偏爱小说叙事时间的持续性，但他对"现时性"的时代精神的批判却是值得我们思考的。对"现在"

① ［捷克］米兰·昆德拉：《小说的艺术》，18页，北京，三联书店，1992。

的书写当然应当包含对现在的历史性的把握，同样，对历史的书写也应当包含着对“现在”的理解。不是简单地连接“现在”与“历史”的必然关系①，而是去揭示这些连接的复杂过程和谬误。

因此，新的“认识论图式”强调对历史的理解把握，在马克思主义历史唯物主义的基础上，广泛接受各种对历史的陈述，吸取其思想中之丰富和深刻之处。例如，对非连续性的历史观就持理解态度。强调文学叙事的认识论图式，并不是要回到现代性的宏伟叙事中去建构民族性寓言，相反，而是对历史的非连续性，对宏伟叙事进行有力的清理，对超量的历史叙事进行拆解，去发掘“现在”的历史档案馆里隐藏的无限可能性，以此给出“现在”的“历史潜文本”无限丰富的本质。90年代文学对历史的模糊而无力的认识，是导致对“现在”把握缺乏力度的根本原因，在相当长一段时间里，强调解构历史宏伟叙事，对于发掘现在/历史的复杂性和多重性当然有相当的意义，但并不意味着文学写作就此放弃对历史的理解和把握。

新的认识论并不是回到本质主义的基地，也并不意味着简单片面追求“反本质主义”。对逻各斯中心主义的本质观持警惕态度，对那些根深蒂固的独断论式的本质主义的怀疑，并不表示文学叙事完全不关注对现实和历史的内在性的认识，而是强调“内在性”或“本质”的含义发生变化。“现在”并不是没有本质，只不过它的本质是用事物的异化形式不断累积相加构成的。“历史”也经常如此，历史本身没有本质含义，如果为了强加一个方向，使其服从于特定的权力形势，那么它就进入一种规则体系之中，并且随时可能受制于次要的规则，那么历史的本质就成为各种权力实践及其话语实践的连接成果。②

正因如此，建立新的“认识论图式”，就是为了促进文学叙事对“现在”的复杂本质的有力把握，对当代变动的中国现实有深厚的理解，在政治/经济/文化多边作用的关系中来辩证理解我们置身于其中的现实。既看到现在，又看到历史和未来。但新的认

① 在历史学领域曾经盛行过“现在主义”，历史分析中的“现在主义”热衷于“根据现在写过去的历史”。“现在主义”另一方面可以称作决定主义。这种历史观试图在过去某一点发现现在的核心，然后揭示从那一点到现在的发展的确定了的必然性。但是，福柯“写着现在的历史”却是另一回事，这种研究明显地且反思地以对“现在”情势的诊断为开端，当然，理论与艺术作品的表达很不相同，但理论家对待历史的态度和处理方法，对文学写作无疑有启示意义。

② 有关事物的本质和历史的本质的看法，可以参考福柯《尼采·谱系学·历史学》。

识论图式并不轻易给出文化前景的承诺，而是对那些道德至上主义持怀疑态度，但不意味着新的认识论图式彻底拒绝“理想主义”。事实上，对现有的“唯道德主义”进行质疑本身，就是对未来文化建构的承诺，只不过面对的现实语境要我们做出更全面的阐释。在这一意义上，新的认识论图式尤为强调开拓广阔的视野，在全球文化扩张的背景下来理解现时代的世界发展趋势，来把握“现在”的复杂性和广阔性。对后冷战时期的新秩序，对地缘政治，对民族—国家认同在晚期资本主义时代的复杂性和多重性有必要的认识，对于全球文化想象，既作为一种必要的参照语境，又对之保持质疑。这会使文学叙事具有较敏锐的时代感。很显然，当代中国既是一个独特的、努力超越全球文化想象的“民族—国家”，又是一个反复自我论证的“东方他者”。因而，它又不可避免地某种程度上具有“后殖民主义”文化特征，并且有其独特的表达方式，如果不理解这一点，就无法理解我们置身于其中的“现在”的复杂性和多重性。

新的认识论图式说到底是要达到一种美学认识的综合高度。对历史、“现在”和全球文化现状的理解，最终都转化为审美认识论，转化为艺术地把握“现在”和表现“现在”的特殊方式。思想认识总是通过具体的叙事方式，通过描述、刻画和表现手段反映出来，通过语词和句子陈述出来。因此，“认识论图式”仅仅是文学叙事的基础，它会加深我们对历史和现在的认识，对事物的理解和洞察，但不直接构成有效的叙事方法。然而新的认识论无疑强调了一种美学向度，强调了艺术表达的先锋性势态。没有这种向度、立场和势态，无法想象文学在这个时代如何重新指认它自己的位置和世界。

不管怎么说，在90年代最后几年，中国文学经受了前所未有的考验。一方面，年轻一代作者置身于一个伟大变革的时代，中国社会正在经历着由传统向现代剧烈转型的历史机遇，青年一代的作者可以目击神奇的历史现场。而越来越多的新生的文学力量步入文坛，构筑着新的文学空间，他们对现在的普遍关注，无疑有效地促使当代中国文学变得更加生机勃勃。但是，另一方面，文学也从未像今天这样被更多的社会力量分解和利用，文学随时都在离开自己的世界，文学正在危险地变成驯服和臣服的软体动物。是随波逐流，成为当下利益的俘虏者，还是把握住文学的历史机遇，拓展现时代文学的内涵，把中国文学推进到一个更有挑战性的高度，这就要看我们时代的文学人是否有对文学说话的良知，是否有领着历史走的勇气。

1997 年 2 月 22 日于北京望京斋

（原载《当代作家评论》1997 年第 3 期。）

附录三　中国先锋小说主要代表作年表

(1984—2000)

先锋小说在狭义的意义上，专指 20 世纪 80 年代末期以苏童、余华、格非、孙甘露、潘军、北村等人为代表的具有形式实验文本特征的作品，这种先锋性的艺术探索在 90 年代上半期已经明显退潮。但从文学对时代的审美规范和价值观念所具有的挑战意义来看，文学的先锋性行为始终存在于文学的潮流中。因此，本年表把 90 年代后期以来部分原来被列在“晚生代”和“时尚前卫”中的作品也列进来，以期对先锋派文学有一更为广泛的认识。本年表主要由我的博士研究生皇甫风平制作，因时间匆忙，其中还有不少遗漏，恳望同行和读者们批评指正。

1984 年

6 月　扎西达娃的小说《谜样的黄昏》发表在《西藏文学》第 6 期。

8 月　马原的小说《拉萨河女神》发表在《西藏文学》第 8 期。

1985 年

2 月　马原的中篇小说《冈底斯的诱惑》发表在《上海文学》第 2 期。

3 月　刘索拉的中篇小说《你别无选择》发表在《人民文学》第 3 期。

4 月　马原的小说《叠纸鹞的三种方法》发表在《西藏文学》第 4 期；莫言的中篇小说《透明的红萝卜》发表在《中国作家》第 2 期。

5 月　扎西达娃的小说《巴桑和她的弟妹们》发表在《收获》第 3 期。

6 月　扎西达娃的小说《西藏，隐秘岁月》发表在《西藏文学》第 6 期。

7 月　莫言的小说《秋千架》发表在《中国作家》第 4 期。

8 月　残雪的小说《山上的小屋》发表在《人民文学》第 8 期；

扎西达娃的小说《冥》发表在《西藏文学》第8/9期特刊。

9月 莫言的小说《球状闪电》、马原的小说《西海的无帆船》发表在《收获》第5期。

10月 马原的小说《喜马拉雅古歌》发表在《人民文学》第10期。

11月 徐小斌的小说《对一个精神病患者的调查》发表在《北京文学》第11期；王朔的中篇小说《浮出海面》发表在《当代》第6期。

12月 莫言的小说《爆炸》发表在《人民文学》第12期。

1986年

1月 莫言的小说《美丽的自杀》发表在《解放军文艺》第1期。

3月 莫言的中篇小说《红高粱》发表在《人民文学》第3期；北村的小说《黑马群》发表在《福建文学》第3期。

4月 马原的小说《风流倜傥》发表在《春风》第4期；洪峰的小说《蜘蛛》发表在《作家》第4期。

5月 残雪的短篇小说《苍老的浮云》发表在《中国》第5期。

7月 陈染的小说《世纪病》发表在《收获》第4期；莫言的中篇小说《高粱酒》发表在《解放军文艺》第7期；莫言的中篇小说《狗道》发表在《十月》第4期。

8月 莫言的中篇小说《高粱殡》发表在《北京文学》第8期。

9月 洪峰的中篇小说《奔丧》发表在《作家》第9期；马原的中篇小说《虚构》发表在《收获》第5期；马原的中篇小说《拉萨生活的三种时间》发表在《解放军文艺》第9期；孙甘露的中篇小说《访问梦境》发表在《上海文学》第9期。

10月 马原的小说《涂满古怪图案的墙壁》发表在《北京文学》第10期。

11月 罗望子的小说《橄榄镜子》发表在《钟山》第6期；王朔的中篇小说《橡皮人（上）》发表在《青年文学》第11期；北村的小说《流失的箭矢》发表在《福建文学》第11期。

12月 洪峰的中篇小说《湮没》发表在《人民文学》第12期；王朔的中篇小说《橡皮人（下）》发表在《青年文学》第12期。

1987年

1月 余华的小说《十八岁出门远行》发表在《北京文学》第1

期；孙甘露的中篇小说《我是少年酒坛子》、北村的中篇小说《谐振》、叶曙明的小说《环食·空城》、杨争光的小说《土声》发表在《人民文学》第1期；马原的小说《K神》发表在《上海文学》第1期；马原的小说《错误》发表在《收获》第1期。

2月　苏童的小说《飞越我的枫杨树故乡》发表在《上海文学》第2期。

3月　洪峰的中篇小说《瀚海》发表在《中国作家》第2期；马原的小说《阅读大师》发表在《作家》第3期。

5月　马原的小说《回头是岸》发表在《小说界》第3期；莫言的中篇小说《红蝗》发表在《收获》第3期；陈染的小说《小镇的一段传说》发表在《当代》第3期。

7月　洪峰的小说《白雾》发表在《小说家》第4期。

9月　孙甘露的中篇小说《信使之函》、苏童的中篇小说《一九三四年的逃亡》、洪峰的中篇小说《极地之侧》、余华的中篇小说《四月三日事件》发表在《收获》第5期；扎西达娃的小说《风马之耀》发表在《西藏文学》第9期。

11月　王朔的中篇小说《顽主》、格非的中篇小说《迷舟》、余华的中篇小说《一九八六年》发表在《收获》第6期；残雪的小说《种在走廊上的苹果树》发表在《钟山》第6期。

12月　马原的小说《八角街雪》发表在《上海文学》第12期；莫言出版长篇小说《红高粱家族》。

1988年

1月　余华的小说《现实一种》发表在《北京文学》第1期；余华的小说《河边的错误》发表在《钟山》第1期；孙甘露的小说《仿佛》发表在《中外文学》第1期。

2月　海男的小说《女人》发表在《人民文学》第2期；洪峰的小说《夏天的故事》发表在《青年文学》第2期。

3月　格非的小说《褐色鸟群》发表在《钟山》第2期；叶兆言的中篇小说《枣树的故事》发表在《收获》第2期；马原的小说《低声呻吟》发表在《黄河》第2期；马原的小说《旧死》发表在《钟山》第2期。

9月　余华的中篇小说《世事如烟》发表在《收获》第5期；苏童的中篇小说《井中男孩》发表在《花城》第5期。

11月　苏童的中篇小说《罂粟之家》、格非的中篇小说《青黄》、孙甘露的中篇小说《请女人猜谜》、马原的小说《死亡的诗意》、余华的小说《难逃劫数》、潘军的小说《南方的情绪》、扎西达娃的小说《悬崖之光》发表在《收获》第6期。

12月　王朔的中篇小说《一半是火焰，一半是海水》发表在《电影创作》第12期；余华的小说《古典爱情》发表在《北京文学》第12期。

1989年

1月　黄石的小说《雅农的劣势》发表在《收获》第1期；吕新的小说《带有五个头像的夏天》发表在《黄河》第1期；洪峰的小说《第六日下午或晚上》发表在《钟山》第1期。

2月　残雪的小说《两个身世不明的人》发表在《作家》第2期；洪峰的小说《重返家园》发表在《青年文学》第2期；余华的小说《往事与刑罚》发表在《北京文学》第2期。

3月　余华的小说《鲜血梅花》、苏童的小说《仪式的完成》发表在《人民文学》第3期；张梅的小说《殊路同归》发表在《钟山》第2期；黄石的小说《园廊式概括》、熊正良的小说《红河》发表在《收获》第2期；海男的小说《黑暗形式》发表在《青海湖》第3期。

4月　扎西达娃的小说《流放中的少爷》发表在《中外文学》第4期。

6月　北村的小说《逃亡者说》发表在《北京文学》第6期。

7月　余华的小说《此文献给少女杨柳》发表在《钟山》第4期；王朔的中篇小说《一点正经没有》发表在《中国作家》第4期；北村的小说《陈守存冗长的一天》发表在《收获》第4期。

8月　虹影的小说《圣水》发表在《作家》第8期。

9月　林白的小说《裸窗》发表在《作家》第9期。

10月　林白的小说《同心爱者不能分手》发表在《上海文学》第10期。

11月　苏童的中篇小说《妻妾成群》发表在《收获》第6期；马原的小说《雪利冷饮店，第一种报应》发表在《北京文学》第11期。

1990年

1月　北村的小说《劫持者说》发表在《长城》第1期；陈染的小说《角色累赘》发表在《中外文学》第1期；林白的小说《大声

哭泣》发表在《收获》第1期；残雪的小说《一种奇怪的大脑损伤》发表在《特区文学》第1期；余华的小说《偶然事件》发表在《长城》第1期。

3月　格非的小说《敌人》发表在《收获》第2期；黄石的小说《雅农的劣势》发表在《收获》第1期。

5月　北村的小说《披甲者说》发表在《钟山》第3期。

7月　林白的小说《子弹穿过苹果》发表在《钟山》第4期；吕新的小说《人家的闺女有花戴》发表在《青年文学》第7期；洪峰的小说《离乡》发表在《收获》第4期。

9月　北村的小说《钟起智之持刀杀人》发表在《福建文学》第9期；述平的小说《饮马河上的野鸭》发表在《作家》第9期；苏童的小说《妇女生活》发表在《花城》第5期。

10月　马原的小说《窗口的孤独》发表在《芒种》第10期。

1991年

1月　北村的小说《聒噪者说》、陈染的小说《空的窗》发表在《收获》第1期；海男的小说《没有人间消息》发表在《钟山》第1期；苏童的小说《红粉》发表在《小说家》第1期。

3月　陈染的小说《空心人诞生》发表在《百花洲》第2期；林白的小说《亚热带公园》发表在《收获》第2期；马原的小说《双重生活》发表在《鸭绿江》第3期。

5月　罗望子的小说《白鼻子黑管的风车》发表在《钟山》第3期；熊正良的小说《老鱼》发表在《收获》第3期；扎西达娃的小说《野猫走过漫漫岁月》发表在《花城》第3期；洪峰的小说《年轮》发表在《小说家》第3期。

6月　残雪的小说《饲养毒蛇的小孩》发表在《收获》第6期。

7月　潘军的小说《流动的沙滩》发表在《钟山》第4期；苏童的小说《另一种妇女生活》发表在《小说界》第4期。

9月　陈染的小说《与往事干杯》发表在《钟山》第5期；鬼子的小说《家癌》发表在《收获》第5期；北村的小说《钟起智之持刀杀人》发表在《福建文学》第9期。

11月　北村的小说《迷缘》发表在《花城》第6期；马原的小说《倾述》发表在《小说家》第6期；王朔的中篇小说《动物凶猛》发表在《收获》第6期；残雪的小说《饲养毒蛇的小孩》发表在《收获》第6期。

1992 年

1 月　陈染的小说《无处告别》发表在《小说家》第 1 期；韩东的小说《反标》发表在《收获》第 1 期；北村的小说《孔成的生活》发表在《小说家》第 1 期。

2 月　潘军的小说《陷阱》发表在《作家》第 2 期；残雪的小说《旅途中的小游戏》发表在《小说界》第 2 期。

3 月　残雪的小说《旅途中的小游戏》发表在《小说界》第 2 期。

5 月　残雪的小说《一个人和他的邻居及另外两三个人》发表在《作家》第 5 期。

6 月　吕新的小说《残阳如血》发表在《北京文学》第 6 期。

7 月　东西的小说《相貌》、黄石的小说《蚱蜢之歌》、林白的小说《随风闪烁》发表在《收获》第 4 期。

8 月　海男的小说《疯狂的石榴树》发表在《天津文学》第 8 期

9 月　余华长篇小说《呼喊与细雨》发表在《收获》第 5 期。

11 月　格非的小说《边缘》、余华的小说《活着》、苏童的小说《园艺》、孙甘露的小说《忆秦娥》、韩东的小说《母狗》、述平的中篇小说《凸凹》发表在《收获》第 6 期；鲁羊的中篇小说《弦歌》发表在《花城》第 6 期。

1993 年

1 月　何顿的中篇小说《生活无罪》发表在《收获》第 1 期；叶兆言长篇小说《花煞》发表在《钟山》第 1～4 期。

3 月　叶兆言的小说《人类的起源》发表在《长城》第 2 期。

5 月　陈染的小说《潜性逸事》发表在《收获》第 3 期。

6 月　花城出版社出版“先锋长篇小说丛书”，收入余华《在细雨中呼喊》（原名《在细雨中呼喊》，发表在《收获》1992 年第 5 期）、苏童《我的帝王生涯》、格非《敌人》、孙甘露《呼吸》、吕新《抚摸》、北村《施洗的河》。

7 月　格非的中篇小说《湮灭》发表在《收获》第 4 期；张旻《生存的意味》发表在《作家》第 7 期。

9 月　何顿的中篇小说《我不想事》发表在《上海文学》第 9 期；述平的中篇小说《晚报新闻》发表在《作家》第 9 期；熊正良的中篇小说《匪风》发表在《收获》第 5 期；徐星短篇小说《我是怎样发疯的》发表在《北京文学》第 9 期。

11月　北村的中篇小说《伤逝》发表在《钟山》第6期；海男的中篇小说《罪恶》发表在《收获》第6期；刁斗的中篇小说《假如种子死了》发表在《江南》第6期。

1994年

1月　长篇小说《武则天》发表在《小说家》第1、2期；陈染短篇小说《饥饿的口袋》发表在《大家》第1期。

3月　林白长篇小说《一个人的战争》发表在《花城》第2期；北村的中篇小说《玛卓的爱情》发表在《收获》第2期；洪峰的中篇小说《几度夕阳红》、海男的中篇小说《观望》发表在《大家》第2期；徐小斌长篇小说《敦煌遗梦》发表在《中国作家》第2期。

5月　北村的中篇小说《最后的艺术家》发表在《大家》第3期；陈染短篇小说《与假想心爱者在禁中守望》发表在《花城》第3期；邱华栋短篇小说《刺杀金枪鱼》发表在《山东文学》第5期；熊正良的中篇小说《红锈》发表在《收获》第3期。

6月　徐坤的中篇小说《先锋》发表在《人民文学》第6期。

7月　徐小斌的中篇小说《迷幻花园》发表在《收获》第4期；鲁羊的中篇小说《某一年的后半夜》发表在《大家》第4期。

9月　述平的中篇小说《此人与彼人》发表在《钟山》第5期；徐坤的中篇小说《热狗》发表在《当代》第5期；李冯短篇小说《多米诺女孩》发表在《花城》第5期。

11月　虹影的中篇小说《康乃馨俱乐部》发表在《花城》第6期；邱华栋短篇小说《时装人》、海男的中篇小说《私奔者》发表在《钟山》第6期。

1995年

1月　北村的中篇小说《水土不服》发表在《收获》第1期；陈染的中篇小说《只有一只耳朵的敲击声》发表在《钟山》第1期；林白的中篇小说《致命的飞翔》发表在《花城》第1期；邱华栋的中篇小说《手上的星光》发表在《上海文学》第1期。

3月　残雪的中篇小说《重叠》发表在《人民文学》第3期；何顿长篇小说《就这么回事》发表在《花城》第2期；张梅的中篇小说《这里的天空》发表在《花城》第2期；徐小斌的中篇小说《双鱼星座》发表在《大家》第2期。

4月　东西短篇小说《抒情时代》发表在《作家》第4期；徐坤短篇小说《鸟粪·轮回》发表在《青年文学》第4期。

5月　何顿的中篇小说《太阳很好》发表在《钟山》第3期；邱华栋的中篇小说《环境戏剧人》发表在《上海文学》第5期；朱文的中篇小说《我爱美元》、虹影的中篇小说《你一直对温柔妥协》发表在《小说家》第3期。

7月　何顿的中篇小说《无所谓》发表在《大家》第4期；林白长篇小说《守望空心岁月》发表在《花城》第4期。

9月　莫言长篇小说《丰乳肥臀》发表在《大家》第5、6期；陈染的中篇小说《破开》发表在《花城》第5期；格非长篇小说《欲望的旗帜》发表在《收获》第5期；徐坤的中篇小说《女娲》发表在《中国作家》第5期；徐小斌的中篇小说《吉尔的微笑》发表在《人民文学》第9期。

11月　余华长篇小说《许三观卖血记》发表在《收获》第6期（1996年由江苏文艺出版社出版单行本）；鲁羊的中篇小说《存在与虚无》发表在《钟山》第6期。

1996年

1月　何顿长篇小说《荒原上的阳光》发表在《大家》第1期；虹影的中篇小说《千年之末布拉格》发表在《花城》第1期。

3月　陈染长篇小说《私人生活》发表在《花城》第2期，同年出版单行本；海男的中篇小说《金钱问题》发表在《花城》第2期；刁斗的中篇小说《骰子一掷》发表在《大家》第2期；罗望子的中篇小说《矮个儿哲学家》发表在《大家》第2期。

5月　陈染的中篇小说《嘴唇里的阳光》发表在《漓江》第3期；鬼子短篇小说《走进意外》发表在《花城》第3期；鬼子的中篇小说《谁开的门》发表在《作家》第5期。

6月　余华的长篇小说《许三观卖血记》由江苏文艺出版社出版。

7月　徐坤的中篇小说《沈阳啊，沈阳》发表在《青年文学》第7期；罗望子的中篇小说《南方》发表在《大家》第4期；罗望子的中篇小说《裸女物语》发表在《漓江》第4期；叶兆言长篇小说《一九三七年的爱情》发表在《收获》第4期。

8月　毕飞宇短篇小说《哺乳期的女人》发表在《作家》第8期。

9月　邱华栋的中篇小说《哭泣游戏》发表在《钟山》第5期；李冯的中篇小说《王朗和苏小眉》发表在《收获》第5期。

10月　潘军短篇小说《纪念少女斯》发表在《作家》第10期；徐坤短篇小说《狗日的足球》、熊正良的中篇小说《绿蚱蜢》、鲁羊的中篇小说《亲切的游戏》发表在《山花》第10期；东西的小说集《没有语言的生活》由华艺出版社出版。

11月　东西的中篇小说《背叛》发表在《漓江》第6期；吕新长篇小说《梅雨：四车的异象》发表在《大家》第6期；鬼子的中篇小说《农村弟弟》发表在《钟山》第6期。

1997年

1月　东西的中篇小说《美丽金边的衣裳》发表在《江南》第1期；徐坤短篇小说《小青是一条鱼》发表在《文学世界》第1期；棉棉短篇小说《一个矫揉造作的晚上》发表在《小说界》第1期。

3月　鬼子的中篇小说《苏通之死》发表在《收获》第2期；韩东短篇小说《双拐记》发表在《北京文学》第3期；徐小斌的中篇小说《若木》发表在《人民文学》第3期；邱华栋短篇小说《消息树》发表在《百花洲》第2期，洪峰长篇小说《爱情故事的通俗讲话》发表在《江南》第1期；吴晨骏的小说《往事或杜撰》发表在《钟山》第2期；荆歌的中篇小说《歌唱的年代》发表在《收获》第2期。

4月　林白短篇小说《火光穿过白马镇》发表在《天涯》第4期。

5月　鬼子的中篇小说《被雨淋湿的河》发表在《人民文学》第5期；林白长篇小说《说吧，房间》发表在《花城》第3期；吕新长篇小说《梅雨》发表在《大家》第3期；刁斗的中篇小说《新闻》发表在《收获》第3期。

7月　潘军的中篇小说《结束的地方》发表在《钟山》第4期；海男的中篇小说《关系》发表在《钟山》第4期；毕飞宇的中篇小说《飞翔像自由落体》发表在《漓江》第4期；徐小斌的中篇小说《吉耶美与埃耶美》发表在《收获》第4期。

9月　格非的中篇小说《赝品》发表在《收获》第5期。

11月　东西长篇小说《耳光响亮》发表在《花城》第6期；张梅的中篇小说《随风飘荡的日子》发表在《花城》第6期。

1998年

1月　李洱的中篇小说《现场》发表在《收获》第1期；张梅长篇小说《与米兰无关》发表在《广州文艺》第1期；何顿的小说

《喜马拉雅山》、海男的小说《带着面孔的人》、刘继明的小说《仿生人》、朱文的《什么是垃圾，什么是爱》由江苏文艺出版社出版；荆歌的长篇小说《漂移》由长春出版社出版。

2月　罗望子的中篇小说《理智与情感》发表在《漓江》第2期。

3月　朱文的中篇小说《弟弟的演奏》发表在《江南》第2期；李洱的中篇小说《午后的诗学》发表在《大家》第2期；棉棉的中篇小说《九个目标的欲望》发表在《小说界》第2期；卫慧的中篇小说《像卫慧那样疯狂》发表在《钟山》第2期。

4月　红柯短篇小说《阿力麻里》发表在《人民文学》第4期。

5月　东西的中篇小说《痛苦比赛》发表在《小说家》第3期；李洱短篇小说《喑哑的声音》发表在《收获》第3期；罗望子的短篇小说《过街时与天使交流》发表在《作家》第5期。

6月　李大卫的中篇小说《双城寻猫记》发表在《人民文学》第6期；棉棉短篇小说《我是个坏男人或者生日快乐》发表在《时代文学》第6期。

7月　红柯的中篇小说《金色的阿尔泰》发表在《小说家》第4期；李大卫短篇小说《禁中》发表在《钟山》第4期；李大卫的中篇小说《蓝桥遗梦》发表在《大家》第4期；李大卫的中篇小说《骨牌一路倒下去》发表在《山花》第7期；戴来短篇小说《请呼3338》发表在《作家》第7期；罗望子的短篇小说《小丁醉了》发表在《北京文学》第7期。

9月　徐小斌长篇小说《羽蛇》发表在《花城》第5期；戴来短篇小说《我看到了什么》发表在《钟山》第5期；卫慧的中篇小说《欲望手枪》发表在《芙蓉》第5期。

11月　刁斗长篇小说《证词》发表在《收获》第6期；吴晨骏的小说《明朝书生》载《大家》第6期。刘震云的长篇小说《故乡面和花朵》由华艺出版社出版。

1999年

1月　李洱的中篇小说《葬礼》发表在《收获》第1期；戴来的小说《突然》发表在《长城》第1期。

2月　海男的中篇小说《女人传》发表在《山花》第2期。

3月　北村的中篇小说《周渔的喊叫》发表在《大家》第2期；罗望子的短篇小说《迷人的田园》发表在《山花》第3期；荆歌的

短篇小说《流光塔》发表在《人民文学》第 3 期。

5 月　卫慧的长篇小说《蝴蝶的尖叫》，由湖南文艺出版社出版；朱文颖小说《浮生》发表在《收获》第 3 期；戴来的中篇小说《一、二、一》发表在《人民文学》第 5 期。

7 月　罗望子的长篇小说《暧昧》发表在《花城》第 4 期；吴晨骏的小说《再生》发表在《上海文学》第 7 期。

10 月　刁斗的小说集《证词》由上海文艺出版社出版。

11 月　吴晨骏的小说《可疑的变化》发表在《收获》第 6 期；石康的长篇小说《晃晃悠悠》由长春出版社出版；荆歌的中篇小说《画皮》发表在《收获》第 6 期；戴来的中篇小说《恍惚》发表在《钟山》第 6 期。邱华栋的长篇小说《太阳帝国》由百花文艺出版社出版。

2000 年

1 月　棉棉长篇小说《糖》发表在《收获》第 1 期；东西的短篇小说《我们正在变成好人》发表在《天津文学》第 1 期；徐坤的短篇小说《北京夜未眠》发表在《作家》第 1 期；戴来的小说《自首》发表在《人民文学》第 1 期。

3 月　刘燕燕的小说《阴柔之花》由中国对外翻译出版公司出版；东西的短篇小说《送我到仇人的身边》发表在《作家》第 3 期；荆歌的中篇小说《计帜英的青春年华》发表在《花城》第 2 期。

4 月　朱文颖的小说《豹》发表在《上海文学》第 4 期、《绯闻》发表在《人民文学》第 4 期。

5 月　吴玄中篇小说《玄白》发表在《青年文学》第 5 期；戴来短篇小说《准备好了吗》发表在《收获》第 3 期；潘军的小说《实验作品集》（上、下卷）由花城出版社出版；荆歌的中篇小说《再婚记》发表在《收获》第 3 期。

7 月　海男的《男人传》由云南人民出版社出版；夏商的小说《日出撩人》发表在《花城》第 4 期。

9 月　东西的小说《不要问我》发表在《收获》5 期；朱文颖小说《禁欲时代》发表在《作家》第 9 期；孙惠芬的中篇小说《春天的叙述》发表在《当代》第 5 期。

10 月　徐坤的短篇小说《蜘蛛的网》发表在《山花》第 10 期。

11 月　邱华栋的《正午的供词》由中国青年出版社出版；夏商的中篇小说《沉默就是千言万语》发表在《小说界》第 6 期；东西

的中篇小说《不要问我》发表在《收获》第5期；夏商的小说《沉默就是千言万语》发表在《小说界》6期；孙惠芬的中篇小说《舞者》发表在《山花》第11期；孙惠芬的中篇小说《歌哭》发表在《钟山》第6期。

主要参考书目

一、中文部分

1. 谢冕．文学的绿色革命．贵州：贵州人民出版社，1988.

2. 谢冕．地火依然运行．上海：三联书店，1991.

3. 马尔科姆·考利．流放者的归来．张承谟，译．上海：上海外语教育出版社，1986.

4. 莫里斯·迪克斯坦．伊甸园之门．方晓光，译．上海：上海外语教育出版社，1985.

5. 柳鸣九，编选．新小说派研究．北京：中国社会科学出版社，1986.

6. 罗杰·加洛蒂．论无边的现实主义．吴岳添，译．上海：上海文艺出版社，1986.

7. 罗兰·巴尔特．符号学原理．李幼蒸，译．北京：三联书店，1988.

8. 恩斯特·卡西尔．语言与神话．于晓，等，译．北京：三联书店，1988.

9. 瓦尔特·本雅明．发达资本主义时代的抒情诗人．张旭东，等，译．北京：三联书店，1989.

10. 赫伯特·马尔库塞．审美之维．李小兵，译．北京：三联书店，1989.

11. 赫伯特·马尔库塞．单向度的人．刘继，译．上海：上海译文出版社，1989.

12. 赫伯特·马尔库塞．爱欲与文明．黄勇，等，译．上海：上海译文出版社，1987.

13. 塞缪尔·亨廷顿．变动社会的政治秩序．张岱云，等，译．

上海：上海译文出版社，1989.

14. 周宪，等，编．当代西方艺术文化学．北京：北京大学出版社，1988.

15. D. 佛克马，编．走向后现代主义．王宁，等，译．北京：北京大学出版社，1991.

16. J. 哈贝马斯．交往与社会进化．张博树，译．重庆：重庆出版社，1989.

17. M. 霍克海默．批判理论．李小兵，等，译．重庆：重庆出版社，1989.

18. M. 霍克海默，T. W. 阿多尔诺．启蒙辩证法．洪佩郁，等，译．重庆：重庆出版社，1990.

19. M. 福柯．性史．张廷深，等，译．上海：上海科学技术文献出版社，1989.

20. H. 马尔库塞，等．工业社会和新左派．任立，译．北京：商务印书馆，1982.

21. 丹尼尔·贝尔．后工业社会的来临．高銛，译．北京：商务印书馆，1984.

22. 丹尼尔·贝尔．资本主义文化矛盾．严蓓雯，译．北京：人民出版社，2010.

23. F. 杰姆逊．后现代主义与文化理论．唐小兵，译．北京：北京大学出版社，1986.

二、外文部分

1. H. 弗斯特．后现代主义文化（*Postmodern Culture*）．纽约，1983.

2. A. 科洛克．后现代主义景象：发泄的文化与超美学（*The Postmodern Scene*：*Excremental Culture and Hype Aesthetics*）．纽约，1986.

3. B. 麦克哈莱．后现代主义小说（*Postmodernist Fiction*）．纽约，1987.

4. L. 哈桑．奥尔甫斯的解体：走向后现代文学（*The Dismem-*

berment of Orpheus: *Toward a Postmodern Literature*). 纽约，1871.

5. L. 费德勒．越过边界，填平鸿沟：后现代主义（*Cross Border—Close that Gap*: *Postmodernism*）. 坎里夫，1975.

6. 杰拉尔德·格拉夫．对抗自身的文学：现代社会的文学观念（*Literature Against Itself*: *Literary Ideas in Modern Society*）. 芝加哥大学出版社，1979.

7. 利奥塔．后现代状况：关于知识的报告．纽约，1980.

8. A. 瓦尔德．一致赞成的视野：现代主义、后现代主义与反讽想象（*Horizons of Assent*: *Modernism, Postmodernism, and the Ironic Imagination*）. 霍普金斯大学出版社，1981.

9. D. 洛奇．现代写作的模式：隐喻、转喻及现代文学的类型（*The Modes of Modern Writing Metaphor*: *Metonymy, and the Typology of Modern Literature*）. 伦敦，1977.

10. I. 哈桑．什么是后现代主义？西方文化中的新潮流动（*What is Postmodernism? New Trends in Western Culture*）. 乌特莱支大学出版社，1984.

11. 欧文·豪．群体社会与后现代派小说．党派评论，第26期．

12. J. 巴斯．枯竭的文学（*Literature of Exhaustion*）. 大西洋，第220期．

13. J. 巴斯．填补的文学（*The Literature of Replacement*）. 大西洋，第245期．

14. J. 巴斯　迷失在乐园里（*Lost in the Funhouse*）. 纽约，1969.

15. D. 巴塞尔姆．雪白（*Snow White*）. 纽约，1968.

16. C. 布特勒．觉醒之后：论当代先锋派（*After the Wake*: *An Essay on the Contemporary Avant-garde*）. 伦敦，1980.

17. J. 德里达．论文字学（*Of Grammatology*）. 霍普金斯大学出版，1977.

18. J. 德里达．书写与差异（*Writing and Difference*）. 劳特里奇出版公司，1978.

19. R. 巴尔特．S/Z（*S/Z*）. 凯普出版公司，1975.

20. R. 巴尔特．文本的快乐．凯普出版公司，1976.

21. 约瑟夫·哈莱．文本的策略（*Textual Strategies*）．梅纽因，1979.

22. G. 哈特曼．拯救文本（*Saving Text*）．霍普金斯，1981.

23. H. 布鲁姆．影响的焦虑（*The Anxiety of Influence*）．牛津，1973.

24. J. 米勒．阿里阿德涅的恐惧：重复与叙述线索（*Ariadne's Thread: Repetition and the Narrative Line*）．批评探索，第3期．

25. B. 约翰逊．批评的差异（*The Critical Difference*）．霍普金斯，1980.

26. J. 克里斯蒂娃．语言中的欲望（*Desire in Language*）．纽约，1980.

27. J. 拉康．文集（*Ècrits: A Selection*）．伦敦，1977.

28. M. 福柯．知识考古学（*The Archeology of Knowledge*）．伦敦，1977.

29. M. 福柯．权力与知识（*Power/Knowledge*）．伦敦，1980.

30. G. 德勒兹，F. 伽塔利．资本主义与精神分析：反俄狄浦斯（*Capitalism and Schizophrenia: Anti—Oedipus*）．纽约，1975.

（附注：本书所涉及的文学作品，不另列入主要参考书目内。）

当代中国人文大系

文学

论二十世纪中国文学　谢冕

新世纪的太阳
——二十世纪中国诗潮　谢冕

中国反封建思想革命的一面镜子
——《呐喊》《彷徨》综论　王富仁

嬗变
——辛亥革命时期至五四时期的中国文学（修订版）　刘纳

性格组合论　刘再复

中华古代文论的现代阐释　童庆炳

维纳斯的腰带
——创作美学　童庆炳

中西比较诗学（修订版）　曹顺庆

文学的维度　南帆

修辞论美学
——文化语境中的20世纪中国文艺　王一川

众神狂欢
——世纪之交的中国文化现象（最新版）　孟繁华

楚辞与原始宗教　过常宝

中国现代新诗与古典诗歌传统　李怡

无边的挑战
——中国先锋文学的后现代性（修订版）　陈晓明

历史学

古文献丛论　李学勤

楚史　张正明

夏商西周的社会变迁　晁福林

《周礼》主体思想与成书年代研究（增订版）　彭林

简帛数术文献探论（修订版）　刘乐贤

秦史稿　林剑鸣

秦汉交通史稿（增订版）　王子今

汉代婚姻形态　彭　卫
察举制度变迁史稿　阎步克
唐、吐蕃、大食政治关系史　王小甫
唐代藩镇研究（增订版）　张国刚
唐五代敦煌寺户制度（增订版）　姜伯勤
宋朝阶级结构（增订版）　王曾瑜
宋代地方财政史研究　包伟民
宋夏关系史　李华瑞
元代大都上都研究　陈高华　史卫民
明清土地契约文书研究（修订版）　杨国桢
在国家与社会之间
——明清广东地区里甲赋役制度与乡村社会　刘志伟
市场机制与社会变迁
——18 世纪广东米价分析　陈春声
明清福建家族组织与社会变迁　郑振满
近五百年来福建的家族社会与文化　陈支平
清代社会的贱民等级　经君健
江南的早期工业化（1550—1850）（增订本）　李伯重
中国的社与会（增订本）　陈宝良
近代中国社会的新陈代谢　陈旭麓
十九世纪后半期的中国财政与经济　彭泽益
太平天国的历史和思想　王庆成
离异与回归
——传统文化与近代化关系试析（增订版）　章开沅
二十世纪初中国政治改革风潮
——清末立宪运动史　侯宜杰
中国近代会党史研究（增订版）　蔡少卿
章太炎思想研究　姜义华
寻求历史的谜底
——近代中国的政治与人物　杨天石
胡适新论　耿云志
国学与汉学
——近代中外学界交往录　桑　兵
西学东渐与晚清社会（修订版）　熊月之
晚清政治革命新论（增订版）　郭世佑

美国的奠基时代（1585—1775）（修订版） 李剑鸣

哲学

哲学与主体自我意识 高清海

走向历史的深处
——马克思历史观研究 陈先达

理论思维的前提批判
——论辩证法的批判本性 孙正聿

为马克思辩护
——对马克思哲学的一种新解读 杨 耕

论黑格尔的逻辑学（第3版） 张世英

海德格尔思想与中国天道 张祥龙

走进分析哲学 王 路

现象学的始基
——对胡塞尔《逻辑研究》的理解与思考 倪梁康

论可能生活（第2版） 赵汀阳

寻求普世伦理 万俊人

激动人心的年代 李醒民

现代科学与伦理世界
——道德哲学的探索与反思 张华夏

希腊空间概念的发展 吴国盛

中国佛教与传统文化 方立天

中国伊斯兰探秘
——刘智研究 金宜久

多元化的上帝观
——20世纪西方宗教哲学概览 何光沪

宗教哲学研究
——当代观念、关键环节及其方法论批判（增订本） 张志刚

心学之思
——王阳明哲学的阐释 杨国荣

孟子性善论研究（修订版） 杨泽波

情感与理性 蒙培元

从物质实体到关系实在 罗嘉昌

因果观念与休谟问题 张志林

图书在版编目（CIP）数据

无边的挑战：中国先锋文学的后现代性/陈晓明著．—修订版．—北京：中国人民大学出版社，2015.6
（当代中国人文大系）
ISBN 978-7-300-21508-2

Ⅰ．①无…　Ⅱ．①陈…　Ⅲ．①中国文学-当代文学-先锋文学-文学研究　Ⅳ．①I206.7

中国版本图书馆 CIP 数据核字（2015）第 135650 号

当代中国人文大系
无边的挑战
中国先锋文学的后现代性（修订版）
陈晓明　著
Wubian de Tiaozhan

出版发行	中国人民大学出版社		
社　　址	北京中关村大街 31 号	**邮政编码**	100080
电　　话	010－62511242（总编室）		010－62511770（质管部）
	010－82501766（邮购部）		010－62514148（门市部）
	010－62515195（发行公司）		010－62515275（盗版举报）
网　　址	http://www.crup.com.cn		
	http://www.ttrnet.com(人大教研网)		
经　　销	新华书店		
印　　刷	北京东君印刷有限公司		
规　　格	155mm×235mm　16 开本	**版　　次**	2015 年 7 月第 1 版
印　　张	30.25 插页 3	**印　　次**	2018 年 8 月第 2 次印刷
字　　数	466 000	**定　　价**	98.00 元

无边的挑战